KB003702

김석범 대하소설

火山島

9

김환기·김학동 옮김

보고사

차례

제20장

1

이방근은 서문교 근처에 식사가 제공되는 하숙집을 구해 달라고 부탁해 놓고서, 잠시 이사를 미루었다.

가족의 반대는 이미 알고 있었고, 새삼 그것에 얽매일 필요도 없었지만, 단지 유원의 사정이, 그건 그것대로 이방근 자신과도 관계가 있었기 때문에, 일단 이사를 보류하기로 했다. 그렇지만 이방근이 집을 나와 하숙생활을 한다는 소문은 이미 읍내에 돌고 있었다.

아버지 이태수는 대놓고 반대하지는 않았다. 말하자면 아들의 일은 이미 포기한 상태로, 나가고 싶으면 나가라, 아무도 말리지 않는다……며 태도를 바꾼 듯했지만, 계모 선옥은 무거운 몸을 힘들게 뒤로 젖히고 울면서 이방근에게 하소연했다. 이사까지 가야 할 무슨 이유가 있단 말인가. 이 넓은 집은 어쩔 생각이냐. 그건 계모인 자신을 창피 주는 일이다. 서울에라도 가 버린다면 모를까, 같은 성내에서 세상 사람들이 뭐라고 생각하겠나. 부탁이니 방근이가 양보 좀 해 줘. 나이 먹어 혼자 버티고 있는 아버지 입장을 생각해서라도 그만두길 바래. 아이고, 이 집에 살이 끼어서, 그 사악한 기운이 가족 사이를 해치는 것이라면, 살풀이를 해야겠어……. 그리고 부엌이 일이라면 신경 쓸 것 없어……라고, 이것은 틀림없이 아버지를 대변하는 말이었다. 부엌이가 집에 돌아와서 한 지붕 아래 살고 있다고는 해도, 부엌이와의 관계를 이러쿵저러쿵 말하는 세간의 사람은 없었다. 벌써 이전의, 아무 일도 없었던 원래의 상태로 돌아갔으니……. 이방근에게 있어서 그것은 세간의 이목이 아니라, 자신의 문제였고, 부엌이와 매일 얼굴을 마주치고 싶지 않다는 생각이 있었다.

유원도 다른 가족들과 마찬가지로 오빠의 이사에 찬성할 리 없었지
만, 오빠가 기어이 이사를 해야 한다면 굳이 반대는 하지 않겠다고
했다. 다만 서울로 돌아가지 못하고 궁지에 몰린 상태의 그녀는, 같은
성내라고는 해도 이 집에서 오빠가 갑자기 사라진다는 것이 불안하고
견딜 수 없이 두려웠다. 이방근은 이사를 미룬 잠깐의 시간엔, 유원의
문제를 해결하기 위해 매달렸다.

오늘은 벌써 9월하고도 13일, 이미 새 학년이 시작되었는데도 여동
생을 아버지의 '감금'이라는 주박(呪縛)에서 해방시켜 서울로 돌려보
내지 못한 것은, 이제까지의 이방근에게는 있을 수 없는 일이었다.
지난 6월에 여자전문학교에서 승격한 대학은, 9월에 신입생을 맞이
하고 있었다. 유원은 체포되어 12일간 유치된 사건 때문에 정학이나
퇴학 처분을 당할 뻔했는데, 서약서 제출과 담임인 하동명 교수의 진
력 덕분에 최종학년으로의 진급을 인정받은 그때에, 신학기가 시작되
자마자 결석을 하게 된 것이었다. 후견인인 건수 숙부를 통해 집안
사정이라는 결석계를 제출해 두고 있었지만, 제주도에서 서울까지 국
내유학을 하고 있으면서, 병이나 집안의 좋지 않은 일과 같은 명백한
이유도 없이, 더구나 '감금' 상태로 학교를 결석한다는 것은 예삿일이
아니었다.

이제까지 아버지와 불화가 있었다고 해도, 이씨 집안에서 이방근의
존재와 그 발언은 아버지 이태수를 능가하는 암묵적인 힘을 가지고
있었고, 그가 일단 관여한 일에 대한 그의 주장이나 생각에는 아버지
도 귀를 기울였고, 혹은 묵인하면서 맡긴다는 형식을 취하는 경우가
많았다. 그것은 아버지가, '빈둥대는 자식'이지만 남다른 능력이 있다
고 내심 인정하고 있기 때문이기도 했다.

이방근이 여동생을 일본에 보내는데, 서울에 체류 중이라는 사정도

있지만, 사전에 아버지와 상의도 하지 않고 '사후승인'을 강요하는 형태가 된 것도, 여동생을 '지배'하고 책임지는 오빠로서, 만일의 경우 자신이 아버지한테 이야기하면 통한다. 이해하게 된다는 식의 무의식적 과신의 결과라고 할 수 있다. 그것이 '아버지를 초월하려는 놈'이라고 해서 아버지의 분노를 산 것이었다.

지금 이방근은 아버지 앞에서, 적어도 여동생에 관한 한 완전히 무기력한 존재가 되었다. 유원의 '나의 임금님, 전제군주'인 오빠에 대한 '신화'가 무너져 버린 느낌이었다. 여동생의 결혼 강요를 막을 뾰족한 수도 없이(아버지의 입장에서 본다면 강요는 아니었다. 남매가, 적어도 그중에 어느 쪽인가가 다른 집안처럼 가장인 아버지의 뜻을 따른다면 아무런 문제가 없었고, 아버지는 그것을 당연한 것으로 여기고 있었다), 아버지가 자신의 뜻대로 일을 진척시키고 있다는 사실이 이방근의 무기력함을 증명하고 있었다. 아버지는 지금까지 딸의 일을 아들에게 맡기고 있었다면, 지금은 다시 그녀를 자신의 슬하로 데려가, 말하자면 직접 지배한다는 방법을 택했다고 할 수 있었다. 그것은 아들에 대한 불신이었다. 아들의 이사에 대한 이태수의 의식적인 무관심은, 한편으로는 딸의 혼담 진행에 아들이 관여하는 것을 허락하지 않겠다는 의사표시이기도 했다. 그러나 딸을 그 지배하에 둔다는 것은 이미 늦은 일이었다. 그녀의 정신은 자립해 있었다.

잠시 이사를 보류한 것은 여동생의 일과 뒤얽혀 아버지를 자극하지 않으려는 이방근의 배려가 있었다.

그는 지금 여동생의 출도(出島)를 도모하기 위해, 아버지가 승낙하지 않을 것을 알면서도, 아버지의 거실로 얼굴을 내밀고 있었다. 저녁식사를 마친 후였다. 탁자에 아들과 마주 앉은 한복 차림의 이태수는, 암초 위에 앉아 있는 독수리를 그린 큼직한 기름종이를 바른 부채를 천천히 움직이고 있었다.

"……아버지는, 본인이 잘 간직하고 있는 도항증명서에 출도허가 검인을 찍지 말라고, 경찰에 연락해서 유원의 도항을 저지하고 계시지 않습니까. 아버지는 부정하고 계시지만, 밖에서는 그런 얘기도 제 귀에 들어오고 있습니다. 유원이 무단으로 몰래 서울에 가려는 것을 막기 위한 것으로, 딸을 전혀 믿지 않으신다는 거겠죠. 차라리 도항증명서를 몰수하시는 게 낫지 않을까요. 사람들이 비웃고 있습니다."

"비웃다니, 누가 말이냐. 소문 말이냐. 음, 그건 누구를 두고 하는 말이냐. 어디서 나온 얘기냐고, 있지도 않은 일을……. 만일 그런 얘기가 나온다면, 그거야말로 소문이다."

술기운이 없는 이태수의 붉은 얼굴은 다소 윤기를 잃고 있었지만, 그는 표정 하나 변하지 않고 퉁방울눈을 부라리며, 경찰에 손을 쓴 것 아니냐는 아들의 지적을 완강하게 부인했다. 그리고는 유자차를 한 모금 마셨다.

"그렇다면 다행입니다. 그러나 유원은 이미 대학이, 신학년이 시작되었습니다. 종로경찰서 건은 학교 당국의 배려로 처분을 받지 않고 4학년에 막 진급했는데, 발을 묶어 집에 붙들어 놓는 이유를 모르겠습니다. 아니면 대학에는 돌려보내지 않을 생각이십니까?"

이방근은 식전에 마신 술의 가벼운 취기가, 지금 아버지 앞에서 이야기를 하는데 오히려 방해물처럼 느껴지고 혼란스러웠다.

"후후, 무슨 말을 하는 거냐. 마치 막말을 하는 거 같구나. 어떻게 그런 해석을 하는 거냐. 지금까지 들인 학비가 얼마인데. 애초에 여자는 대학교육 따위는 필요하지 않다고 생각했지만, 이제 곧 졸업인가 하는 판이고, 간신히 여기까지 온 거다. 난 그 애를 여기에 붙들어 둘 생각이 전혀 없다. 지금 잠시(그래, 잠시. 아버지 쪽에서도 잠시라는 말이

나왔다), 필요해서 부모 밑에 있는 것이고, 결석, 결석이라고 하는데, 건방지게, 사리 분별도 못하는 주제에 경찰서 유치장에 있는 동안에도 결석하지 않았느냐, 안 그러느냐 말이다. 거기에 비하면 이 중요한 시기에, 여자의 일생에서 가장 중대한 일이 결정되는 이 시기에, 고작 며칠 결석하는 것을 가지고 거창하게 소란을 피우는 건 또 뭐냐."

"……" 유원은 여름방학 중인 8월 초에 체포당해, 열흘 남짓 유치되어 있었기 때문에, 결석한 건 아니었다. 아버지의 착각을 알아차린 이방근은 그대로 내버려 둘까 생각했지만, 현재의 결석 사실을 강조하기 위해서는 지적이 필요하다고 바꾸어 생각하고, 무척 성가신 느낌에 사로잡히면서도 한마디를 덧붙였다. "아버지는 잠시 착각하고 계십니다만, 유원이 유치장에 있었던 건 여름방학 중이었기 때문에 결석은 아니었습니다."

"뭐라." 발끈하여 표정을 바꾼 이태수가 이방근을 매섭게 쏘아보고, 커다란 부채를 탁자 위에 휙 바람을 일으켰다가 내려놓고서는 쏘아붙이듯 말했다. "딸 주제에 유치장이라니, 도대체가. 어디에 그런 딸이 있다더냐. 얼마나 내가 혼자서 창피하게 생각해 왔는지 모른다. 그래 가지고 시집이나 갈 수 있다고 생각하느냐. 분수도 모르는 녀석이……. 결석이든 뭐든, 십여 일이나 유치장에 들어가 있었다는 건 마찬가지야."

아이구―, 도대체가…… 하며, 아버지는 분하다는 듯이 논리를 비약시켜 말했다.

"유원의 일까지 여러 가지 억측이 섞여 소문이 나돌고 있다는 걸 알고 계십니까. 서울에서 뭔가 추문이 있어서, 그래서 서울로 돌아가지 못한다고 말이죠. 아까 넌 뭐냐고 하셨는데, 말씀하신대로 저도 죄송스럽게 생각하고 있습니다만, 이상한 소문은 저 혼자만으로 충분합니다. 제 얘기에 귀를 기울이지 않으시겠지만, 제가 할 수 있는 일이라면 하겠으니, 부디 유원이를 서울로 보내 주십시오."

"너도 제법 기특한 말을 하는구나. 그런 근거도 없는 소문은 소문에 지나지 않는다. 다들 곧 알게 될 거고. 그런 소문은 3일만 지나면 사라져. 나는 대수롭지 않은 소문 따위 신경 쓰지 않는다. 만일 잘못된 소문이 돌고 있다면 사실을 증명해 보이면 돼. 으흠, 그러나 말해 두겠는데, 잘 들어라⋯⋯." 아버지의 목소리가 갑자기 알아듣기 어려울 정도로 심하게 쉬고 흐트러졌다. "유치장인지 뭔지는 서울에서의 얘기다. 여기서는 아무도 그 사실을 모르고 있으니, 절대 입 밖에 내지 말거라. '흠진 물건'이 아니냐. 파치. 아아, 이게 무슨 일이냐, 이 이태수의 딸이라는 게, 이씨 집안의 딸⋯⋯. 음, 혼담이 진행된다고 해도 이 사실이 알려지게 되면, 중지되거나 딸의 값어치를 떨어뜨리게 돼. 어느 놈이고 할 것 없이⋯⋯. 으−흐, 후훗⋯⋯." 아버지는 숨이 막힐 듯한 한숨을, 떨리는 숨을 크게 토해 내며 말했다. "난 이제 막판에 몰린 게 아닌가 생각하고 있다. 사태가 그렇게 흘러가는 거 같구나."

"막판이라니 뭐가 그렇다는 겁니까?"

이방근이 아버지의 말을 가로막고 말했다.

"막판? 모르겠느냐. 모든 게 그렇지. ⋯⋯분수에 맞지 않게 소문을 신경 쓰고 있는 모양인데, 그런 말을 할 거면, 네 자신부터 소문이 나지 않도록 하는 게 어떠냐. ⋯⋯음, 너는 친족회의 결정을, 서울의 문 아무개라는 여자 얘기를 꺼내 무효로 만들었는데, 그 여잔 첩이라는 말이 돌고 있다. 그것도 소문으로 돌고 있다는 말이다. 그것이 모두 이 이태수와 이씨 집안에 얽혀 가지고⋯⋯. 네 귀에는 들리지 않더냐?"

"뭐라고요?"

이방근은 등골이 서늘해지면서, 취기가 두개골을 덮고 있던 피부에서 한꺼번에 발산하는 것을 느꼈다.

"뭐라고요, 라는 건 또 뭐냐. 그 여잔 서울의 국제통신사 회장이자 국회의원을 하고 있는 서 아무개의 첩이라는 얘기가 내 귀에까지 들어왔다. 여기 있는 동안, 아침에 서울로 장거리전화를 신청한 상대는 서 회장이였을 것이다. 네가 하는 말은 뭘 믿어야 좋을지 모르겠지만, 결혼한다는 둥 어쩐다는 둥, 그 여자에게 함부로 손대지 말거라."

"헷헤, 아니, 잠깐만요. 첩이라는 건 뭡니까." 이방근은 말문이 막힌 듯 말했다. "문난설은 서 회장의 양녀입니다. 저도 그런 얘기를 서울에서 들었습니다만, 그것은 일부에서 말하는 속설이고 소문입니다. 하지만 어떻게 그런 얘기를 아버지가 들으셨습니까?"

"속설이라니……. 이 바보 같은 놈이, 그 양녀라는 것이 속설이겠지. 진실을 은폐하기 위해서 말이야. 홋후훗, 이제 됐다, 너도 제법 계집질을 해 왔을 텐데, 이제 눈까지 먼 모양이구나. 이제 됐다. 한심하구나."

이태수는 탁자 위에 물을 부어 둔 재떨이를 앞으로 끌어당겨 얼굴을 가까이 대더니, 칵 하고 끈적거리는 침을 길게 늘어뜨리며 뱉었다. 가래가 끓는지 한 번 더 반복하고 재떨이를 탁상에서 옆의 장판 위에 내려놓았다. 재떨이는 씻어 놓은 그대로 담뱃재는 없었는데, 아버지는 아마도 병원에서 주의를 받았는지 담배를 삼가고 있는 것 같았다.

난 말이다……. 이태수는 테이블 위의 부채를 집어 들고 양반 자세로 앉아 자세인 상반신을 좌우로 가볍게 흔들면서, 일전에 꿈을 하나 꿨다……고 화제를 바꾸어 말했다. 꿈? 이방근은 반문했다. 계모 선옥이 부엌이에게 말하고, 부엌이가 유원에게 얘기했다던, 이 집이 홍수를 당했다는 그 꿈 얘기였다. 그 꿈 얘기라면 여동생에게 들었다고 이방근은 말했다.

"유원이가 어떻게 꿈 얘기를 알고 있느냐?"

"부엌이에게 들은 모양입니다만, 새어머니한테 말이 나왔겠죠."

"선옥이 말이냐. 여자란 입이 가벼운 법이다. 내가 나중에 생각해 봤는데, 홍수가 나서 이 집을 삼켜 버린 꿈은 내 마음을 반영한 것이 아닌가 싶다. 너희들과 그 배후에 있는 것이 홍수라고 말이야. 그런데 다음날 꿈에서는 전날 꿈에 홍수로 떠내려갔던 이 집이 허물어진 곳도 없이 그대로, 게다가 일부는 누각이 딸린 2층 집이 되어 있었는데, 나는 그 집 주변에 커다란 성벽을 쌓고 있었다……. 꿈속에서."

"어째서 꿈을 그렇게 신경 쓰십니까. 마치 겁이라도 내시는 거 같습니다. 게다가 다음날까지 계속해서 꿈을 꾸다니……. 너희들과, 그 배후에 있는 거라고 하신 건 무슨 말씀입니까. 홍수 속에 제 얼굴이라도 나왔다는 말씀입니까. 터무니없는 얘기입니다. 여동생한테 그 꿈 얘기를 들었을 때, 저는 그것을 길몽이라 생각하고 유원에게 그렇게 얘기했을 정도입니다."

"무엇이라, 길몽이라니……. 너는 해몽을 할 수 있는 게냐?"

"해몽을 할 수 있다는 게 아니라, 꿈을 여러 가지 묘한 방식으로 해석한다면, 또 다른 해석법도 가능하다는 겁니다."

"길몽, 그 길조라고 하는 건 무엇이냐?"

아버지는 떨떠름한 웃음을 지으며 흥미를 보였다.

"아버지 앞에서는 송구스러워 말씀드리기 어렵습니다……."

"뭐라, 길조를 내 앞에서 얘기하기 어렵다는 건 또 무슨 말이냐. 길몽이 아니라, 사실은 흉몽이라는 게냐?"

"그렇지 않습니다. 다만 저는 꿈을 그렇게 거창하게는, 정말로 집이 떠내려간 것인 양 생각지는 않는다는 겁니다. 그리고 꿈이라고는 해도 성벽이 생겼다는 것은, 기분 상으로는 안심할 수 있는 것 아닙니까. 해몽이라기보다도 여동생으로부터 꿈 얘기를 들었을 때, 그렇게 느꼈을 뿐이니까요."

"그게, 여기서 말하기 어려운 일이냐. 흐음, 넌 예전부터 뭔가 그런 걸 느끼는 능력이 있었다. 너의 그 꿈 해몽 얘기 좀 해 보거라."

"특별히 대단한 건 아닙니다. 여동생한테라도 들어 보세요."

"유원이는 있느냐?"

"있겠지요, 자기 방에. 유원이 없다면 그건 문제죠."

"절에라도 들어갈 생각이냐. ……마침 너희들에게 할 얘기가 있다. 유원이를 부르기 전에 잠시 기다려라. 유원이의 결혼에 대해 먼저 네 얘기를 듣고 싶구나." 이태수는 반가부좌의 다리를 천천히 고쳐 앉으며 말했다. 이방근은 지금까지와는 달리 유원의 결혼이라는 현실감을 띤 아버지의 어조에 움찔하며 아버지를 정면으로 쳐다보았다. "넌 아까, 자신이 할 수 있는 일이라면 하겠다고 했는데, 그것이 진심이라면 이번 유원이의 혼담에 참견하지 말아라, 반대하지 말라는 것이다. 여동생을 생각한다면 여동생을 설득하는 것이 오빠로서 당연한 일인데, 도리어 오빠가 여동생의 마음을 엉뚱한 쪽으로 부채질하고 있지 않느냐. 반드시 한두 달 사이에 결혼하라는 건 아니다. 어차피 그건 내년이 되겠지만, 일단 결정만 나면 그때는 유원을 서울에 보내도 좋다." 아버지는 의식적인 것인지 순간적으로 깜빡 잊은 것인지, 유원의 일본행을 인정한다는 말은 하지 않았다. 유학을 가게 된다면 결혼은 불가능하게 될 것이었다. "……옛날에는 서로 얼굴도 모른 채, 서로 얘기 한 번 나누는 일 없이 양가 합의를 토대로 남녀가 백년가약을 맺었는데, 그래도 부부가 서로 화합하고, 아내는 남편을 흠모하는 법이었다. 물론, 제대로 된 중매인이 중매를 서야 한다. 옛날식으로 하자면 남자는 서른에 아내를 맞아들이고, 여자는 스물에 시집가는 것을 가장 적합하고, 또한 그게 상한으로 정해져 있다. 유원이는 이미 스물을 두 살이나 넘겨서 내년에는 스물셋. 지금은 이러쿵저러쿵 말을 하고 있지만, 유원이도 결혼을 하면 가정생활에 익숙해질 것이다……. 어험, 서시 부엌이 있느냐?"

아버지는 반쯤 열린 미닫이문 밖의 부엌 쪽을 향해 소리를 질렀다. 잠시 후에 부엌이가 방 앞 툇마루로 나와 허리를 굽혔다.

"방에 유원이 있는가 보고 이리로 오라고 해라. 음, 그리고 유자차를 한 잔 더 내오고……."

"예—."

부엌이는 부엌에서 쟁반을 들고 오더니, 아버지와 이방근의 찻잔을 쟁반에 올려 들고 나갔다가, 잠시 후에 향긋한 냄새가 피어오르는 차를 들고 왔다.

"……결혼에 있어서 무엇보다 중요한 것은 중매인을 세우는 일이야." 아버지는 부채를 내려놓고 한 손으로 찻잔을 들어 차를 마셨다. "중매인의 역할은 신랑 신부의 자격심사를 하는 것이나 마찬가지여서, 양쪽의 인물, 성격, 가문, 재산, 건강 상태와 교양, 취미 등을 조사하고 양가에 알려서 결혼을 제의하는 것이다. 중매인은 결혼 성립을 위해 무엇보다 중요한 사람이다. 중매인이 없는 결혼은 야합으로 부도덕하고 비천한 인간들이 하는 결혼이고, 사회적으로 승인받을 수 없는 것이다. 옛날에도 중매인이 중매를 서서 성사된 정당한 결혼으로 태어난 자식만이 과거에 응시할 수 있었고, 벼슬도 할 수 있었다. 양반의 자식이라도 정실이 낳은 자식이 아닌 서출인 경우에는 벼슬길에 오를 수 없었던 것도 이와 같은 이치에서 나온 것이다……."

아버지는 왜 갑자기 중매인 이야기를 꺼낸 것일까. 거기에는 유원의 결혼을 본인 의사와 관계없이 억지로(라고 하기보다는 아버지로서 그것은 당연한 것이었지만) 밀어붙이려는 아버지의 의지가 느껴졌다. 결혼이라는 사회적인 승인과 감시의 테두리, 그리고 남자를 알게 됨으로써 아내는 남편을 사랑하게 될 것이기 때문에, 본인은 지금 '이러쿵저러쿵'하며 결혼을 꺼린다고 해도, 그것은 결혼하기 전까지의 일시적인 일이라는 인식이 아버지에게 있었다. 아마 유원이를 앞에 앉혀 두고 중매인 이야기가 나올 것이다.

실제로 중매인이 없는 결혼은 일반적으로 용인되지 않았고, 비합법적인 것으로 배제의 대상이 되는데, 중매인이 일단 개입을 하면 그 혼담은 반은 성사된 것으로, 거절하기 어려운 국면으로 간주되었다. 본인들 간의 합의를 무시하고 중매인을 매개로 한 혼인은 집안의 존재가 무엇보다도 우선시되는 것이었다. 또 '남녀 7세가 되면 자리를 같이하지 않고, 식사도 함께하지 않는다'는 사회적인 조건하에서, 이렇듯 격리되어 있는 남녀를 합법적으로 결혼시키기 위해서는 아무래도 매개자가 필요했고, 중매인은 결혼이 사회적으로 승인되기 위해 불가결한, 중요한 존재였다. 그리고 중매인으로는 양가의 격에 어울리는 인물이 필요하고, 만일 혼담이 한쪽으로부터 거절당한 경우, 다른 쪽의 체면이 손상되지 않도록 신중한 교섭이 요망되었다. 일단 선을 본 후의 결혼 거부는, 거절당한 쪽은 물론이거니와, 거절한 쪽도 세간에 체면을 잃게 되어, 경우에 따라서는 사회적으로 매장될 수도 있었다. 따라서 중매인을 세워서 선을 보고, 아니 선을 보기 이전의 아직 본인들이 만나기 전 단계에서 집안끼리 서로 이야기가 있었다면, 그것으로 이미 간단하게 발을 빼기는 어려웠다. 맞선은 거의 결혼을 의미한다……

친척 장로인 이문수가 2, 3일 전에 일부러 유원의 일로 찾아와서(여자인지라 문중회의 주제는 되지 않는다), 본인에게 막 이야기를 하고 돌아간 참이었다. 그때는 중매인 이야기 같은 것은 전혀 없었으므로, 갑자기 나온 것임에 틀림없었다. 지금은 누가 중매인 역할을 하는지 분명하지 않지만, 곧 아버지의 입을 통해 분명해질 것이었다. 현실의 톱니바퀴는 이미 소리를 내며 움직이고 있었다.

이방근은 아버지의 중매인 이야기 속에서 이미 현실이 되어 나타난 유원의 혼담 문제 앞에서, 어쩔 도리 없이 궁지에 몰린 기분이었다. 여동생의 결혼임에도 불구하고, 그것은 이방근 자신의 진퇴유곡에 빠진 입장을 말해 주는 것이었다.

친족회의와 일본행의 문제를 빙자하여 유원에게 갑작스럽게 귀향 명령이 내려졌고, 이방근 자신은 이에 대해 일종의 불안감을 느끼면서도, 결과적으로는 슬쩍 바꿔치기한 아버지의 함정에 빠진 듯한 기분이 가시질 않았다. 이방근은 입속에서 신물이 올라왔다.

유원이 최용학과의 혼담에 응하겠다는 자세를 보이지 않는 한 서울로 돌아가기는 어려울 것이었다. '당분간'이라는 그 시간은 유원의 대답 여하에 따라 더 앞당겨질 수도 있고, 동시에 더 늦어질 수도 있었다. 또한 대학에 서약서는 제출되어 있지만, 서울로 돌아간 뒤에는 건수 숙부의 책임과 '엄중한 감독' 아래, 일체의 정치적 활동이나 관계는 불가능하게 될 것이었다. 만에 하나 또 다시 체포라도 당해 그것이 공공연히 알려진다면, 그때는 혼약의 해소만으로 끝나지는 않을 것이다. 유원은 혹시 내심 그런 것을 바라고 있을지도 모른다 해도, 아버지 이태수, 아니, 이씨 집안의 사회적 명예는 완전히 실추되고 말 것이다. 아니, 최용학은 그런 일이 있더라도 여전히 유원을 '용서'할 것이다.

유원이 왔다.

그녀는 방으로 들어서자, 아버지 앞에 무릎을 꿇고 절을 한 뒤, 오빠 옆에 앉았다. 이어서 부엌이가 그녀를 위해 차를 내왔다. 전등불에 밝게 반사된 하얀 스웨터를 입은 그녀의 얼굴빛이, 창백하게 비쳐 보여 좋지 않았지만, 단식을 한다거나 그런 것은 아니었다.

이태수는 딸을 한 번 힐끗 쳐다봤을 뿐 아무 말도 하지 않았다. 유원도 시선을 떨어뜨린 채 아무 말도 하지 않았다. 이태수는 딸을 불러 놓고, 마치 주변의 공기를 천천히 들이마시기라도 하듯이 잠자코 숨만 쉬고 있었다. 아들이 말했던 길몽 이야기를 물어보려고도 하지 않았다. 답답한 느낌의 공기가 세 사람이 앉아 있는 탁자 위에 들러붙더니 서서히 퍼져 나가는 기분이 들었다.

"자고 있었나?"

이방근이 왼편 출입구 쪽에 앉아 있는 유원의 그늘진 옆얼굴을 보며 말했다.

"예-."

"자고 있었다고?" 아버지가 입을 열고 쉰 목소리를 내었다. "어디 안 좋은 데라도 있느냐."

"아니에요."

"그럼 왜 이렇게 이른 시간에 잠을 잔 것이냐?"

"……"

"피곤하기도 하고, 생각할 것도 있고, 그야 누워 있을 수도 있겠지요."

"피곤하기도 하고 생각할 것도 있고……. 누워 있는 것은, 핫하, 그건 네가 하는 일 아니냐. 그런데 유원아, 차를 마시면서 듣거라……." 이방근은 움찔 놀라면서 마음의 준비를 하고 있었다. 아버지는 헛기침을 한 번 하더니 아들을 쳐다보며 계속했다. "오늘 상대방 쪽에서 한성주 선생이 중매인이 되어 주었으면…… 하는 이야기가 있었다."

"한성주라면 전 지사의 사촌인 그 한성주를 말하는 겁니까?"

이방근은 확인하듯이 되물으면서 충격으로 떨리는 마음을 억눌렀다. 벌써 중매인 역할이 나타나고, 게다가 한성주라니⋯⋯. 그는 술기운이 싹 가시는 것을 느끼며 아버지를 똑바로 쳐다보고, 상반신을 앞으로 쑥 내밀듯이 탁자 위에 오른팔을 올려놓았다. 그 눈이 빛을 말하며 곧장 아버지의 눈 속으로 파고들어, 그 '덜컥' 하고 소리를 내는 듯한 눈빛과 얽히는 것을, 이방근은 자신의 눈 속에서 느꼈다. 아버지의 눈빛이 순간 초점을 잃고 흔들렸다. 이방근은 시선을 돌렸다.

제주도 정계의 실력자인 한성주는, 해방 전에는 변호사로서 민족주의자를 비롯해 좌익 활동가의 변호까지 맡은 인물이었고, 자신이 '사상범'으로 대전형무소에서 1년의 실형을 선고받은 경력이 있었다. 섬 안에서 이방근이 존경하는 몇 안 되는 인물 중의 한 사람이었는데, 중매인이 되는 것과는 별개의 이야기였다. 한성주건 누구건 납득할 수 있는 일이 아니었다.

한성주가 중매인이 된다는 것은, 그리고 그를 매개로 상대방인 최 씨 집안에서 유원에 대한 혼사를 들고 나온다는 것은, 그것이 그대로 혼인의 실질적인 성립을 의미하는 것이었고, 남은 일은 결혼식에 이르기까지 그야말로 번문욕례 그 자체의, 복잡하고 성가신 절차와 의식을 거칠 뿐이었다.

"한성주라고 함부로 이름을 부르는 건 무슨 경우이냐. 존경받는 고향 선배에 대해서 선생님이라는 경칭을 붙여야지. 본인이 눈앞에 있든 없든, 그렇지."

"⋯⋯" 이방근은 그렇습니다⋯⋯라고 일단 고개를 끄덕이고 말했다. "그래서 아버지는 어떻게 하셨습니까?"

지금 적은 이 집 문 앞을 넘어, 바로 눈앞에 있는 이태수 입에서 튀어나오려 하고 있었다.

"그래서 지금 이렇게 너희들과 얘기를 하고 있지 않느냐."

아버지는 충혈된 눈을 굴리며 유원을 향해 말했다.

"예─." 이방근은 순간 안심했지만, 그것이 안심할 수 없는, 잠깐 동안의 일이라는 걸 알고 있었다. "그렇다면 한 선생님이 중매인으로서 이쪽에 직접 얘기를 했다는 건 아니로군요."

"그래, 물론 아직 한 선생님이 중매인이 된 건 아니야. 상대방이 그렇게 하고 싶다는 얘기를 전해 왔다는 것이지. 상대방은 당연한 일이지만, 비밀리에 타진을 해 보았을 게다. 하지만 우리가 나서서 한 선생을 세우려고 한 것은 아니야. 어험……."

이태수는 유자차의 찻잔을 입으로 가져갔다.

그렇다면 아버지는 어쩌겠다는 말인가. 그리고 여동생은? 나는? 이방근은 차를 마셨지만, 그 소리가 마치 입술에 걸린 것처럼 뚜렷하게 들렸다. 그러나 아버지는 그렇게 말은 하면서도, 상대의 그 제안을 받아들일 수밖에 없을 것이다. 결국은 같은 일이고, 아버지는 내심 아마도 그것을 바라기까지 할 것이다. 어쨌든 지금 이 자리에서 모든 것이 결정된다. 사태가 그렇게 되어 버린 것 같았다. 아버지는 상대에게 승낙의 답변을 할 것이다. 중매인으로서는 나무랄 데가 없다. 그것을 이 자리에서 어떻게 막을 것인가. 아니, 이미 호의적인 답변을 해 버렸을지도 모른다. 지금 아버지 앞에서 중매인 건으로 이렇다 저렇다 할 입장은 아니었다. 즉 그걸 가지고 연장하는 것은 불가능한 일이고, 다만 싫으면 싫다고 말할 수밖에 없었다. 그리고 결과적으로는, 어찌 되었든 결혼을 거절하게 될 것이다. 게다가 지금 여동생과 상의할 만한 여유도 없었다. 모든 것이 아버지의 면전에서, 말하자면 거울속 같은 공간에서 지금 천천히 확실하게 움직이고 있었다. 만약 둘이 잠시 나가서 상의를 하고 싶다고 하면, 아버지는 그렇게 하라고 말씀하실 것이다. 하지만 결과는 마찬가지이고, 아버지의 상의라는 것은 이미 당사자를 배제한 채 일이 진행된 뒤의, 완곡하고 간접적인 절대 명령이었다.

유원은 차만 마실 뿐 아무 말도 하지 않았다.

"……유원이 너는 어떻게 생각하느냐?"

차를 마신 딸의 발언을 기다리고 있던 것으로 보이는 아버지 이태수가 말했다.

"예ㅡ. ……이러한 중매인 선생님에 관한 것은 제가 말씀드릴 일이 아닙니다. 아버지께서 결정하실 일입니다."

유원은 방석 위에 무릎을 꿇고 단정하게 앉은 자세로 말했다.

"음, 그것은 집안에서 결정할 일이긴 하지만, 당사자로서의 네 의견을 묻고 있는 게다."

"유원아, 너는 아버지께서 하시는 말씀의 의미를 알고 있냐?" 이방근은 아버지의 시선을 이마에 느끼며, 옆에 있는 유원을 보고 말했다. "중매인에 대해서는 물론 아버지가 답변하실 일이지만, 아버지가 그걸 승낙하시는 경우에는, 넌 상대방의 그 사람과 결혼하게 된다는 거야……."

"어째서요?" 유원이 오른쪽에 있는 오빠를 향해 얼굴을 들고 말했다. "그럴 수도 있지만, 그렇지 않을 수도 있잖아요?"

"그렇지 않아. 중매인이 나서고 그것을 서로 납득하여 받아들인다면, 이미 비공식적인 승낙이 되어, 집안끼리 결정한 게 된다. 특히 이번과 같은 경우는 결정적인 게 되지……."

"방근아, 그래서 어떻다는 게냐."

이태수가 한마디 던져서 이방근의 말을 끊었다. 이방근은 깜짝 놀라 남은 말이 쏙 들어갔는데, 말하면서도 입을 잘못 놀렸구나 하고 스스로도 인정하고 있었다. 그러나 이것은 바로 막혀 버릴지도 모르지만, 하나의 돌파구가 될지도 모른다.

"넌 아까 자신이 할 수 있는 일이라면 뭐든 하겠다고 말했을 텐데."

이태수의 입술을 일자로 굳게 다문 입에서 목소리가 나고 있었다. ……혼담의 진행에 참견하지 마라, 반대하지 말라는 것이야. 진심으로 여동생을 생각한다면, 여동생을 타일러라. 반대로 여동생을 부추겨서…….

"예―. 할 수 있는 일이라면 뭐든 하겠다고 한 건 그 때문이 아닙니다. 게다가 중매인 문제를 저희들과 상의하겠다고 말씀하셨지만, 아버지는 필시 한성주 씨가 중매를 서는 데 찬성하실 테니, 그렇게 되면, 이미 그것만으로 유원의 결혼을 상대방에게 승낙하는 게 되지 않습니까?" 이방근은 일단 말을 끊었지만, 바로 아버지의 반격이 없어서, 어차피 나선 일이라 몰아붙이듯 말했다. "형식상으로는 순서로서 별도의 일로 되어 있고, 양자 간 큰 차이가 있다고 해도, 실질적으로는 그렇게 되는 거 아닙니까?"

이태수는 말이 막힌 듯 턱을 당겼다. 어금니 주위의 양턱 근육이 실룩거리며 움직였다. 그는 입을 벌려 칵 하고 침을 뱉더니, 옆의 장판에 내려놓았던 재떨이를 들어 올리며, 아까와 마찬가지로 푸푸 소리를 내며 입술에 붙어 떨어지지 않는 끈적끈적한 침을 떨어뜨렸다. 그것을 보고 있던 유원이 일어나, 오빠의 등 뒤를 돌아 아버지의 옆으로 가더니, 침이 그득한 재떨이를 들고 방 밖으로 나갔다.

이태수는 잠시 입을 움직였지만 아무 말도 하지 않았다. 모기 한 마리가 내려와 날개 소리를 내며 이태수 주위를 날았다. 이태수는 천천히 한쪽 손을 뻗어 느긋하게 모기를 쫓았다. 이윽고 새로운 도자기 재떨이로 바꿔온 유원이 아직도 날고 있는 모기를 쫓고 나서, 아까 철제 재떨이가 있던 자리에 그것을 내려놓았다.

이태수는 유원이 자리에 앉자, 네가 돌아올 때까지 기다렸다는 듯한 표정으로 입을 열었다.

"방근아, 너의 말대답도 대단하구나. 양자간……이라든가, 그리고 실질적으로……라는가, 그게 무슨 말장난이냐. 마치 이치를 내세워 아버지의 입을 봉해 버리려는 속셈이냐. 넌 네 됨됨이가 뛰어나다고 생각할지 모르지만, 그게 너의 결점이다. 여동생의 행복을 생각한다면, 말하기 쉽다고 그렇게 함부로 입 밖에 내서는 안 된다. 어제……, 상근이 아버지가 와서……."

"그것은 어제가 아니고 벌써 사흘쯤 전입니다……."

"사흘 전, 알고 있다……." 이태수는 화가 나는지 쓴웃음을 지으며 말했다. "그때 문수 형님 앞에서 유원이가 선을 보겠다고 했었다. 너도 거기에 찬성하였을 텐데(아니, 이야기가 다르다. 이방근은 아버지를 쳐다보았다. 그때의 그건 이야기가 다르다). 넌 당사자의 마음의 존중이라는 둥 유예라는 둥, 여전히 반복하고 있다만, 그건 언제까지 그래야 하느냐. 이제는 그 시기가 왔다는 것이다……."

"아버지, 잠시 기다려 주십시오. 얘기가 조금 벗어났습니다……."

"남의 말을, 애비의 얘기를 끝까지 듣고 말해라……."

이태수는 아들의 말을 뿌리쳤다.

"또, 모기가 나왔네……."

모기가 세 사람의 머리 위에 나타나 날고 있었다.

유원이 일어났다. 그리고 탁자 위의 커다란 부채를 들고 주위에 바람을 일으키며 모기를 반쯤 열린 입구 쪽으로 쫓았는데, 이미 모기는 자취를 감추고 없었다.

"넌 가만히 앉아 있거라. 뭘 아까부터 일어났다 앉았다 하느냐. 얘기를 하고 있는데 성가시구나." 아버지는 마치 불성실함을 질책하듯 말했다. "모기는 그냥 내버려 두면 나가든가, 나중에 모기향을 피우면 돼."

실제로 짙은 감색 스커트 아래로 뻗은 하얗고 날씬한 다리로 여기저기 움직이며 방을 돌아다니는 유원의 모습은, 마치 결혼 이야기는 자신과 관계가 없으며, 전부 오빠에게 맡긴다는 식으로 보였다.

"예―."

계속 모기를 쫓고 싶었던 모양인 유원은 주눅도 들지 않고, 부채의 암초에 선 독수리의 판화 같은 터치의 그림을 잠시 보고 나서, 그걸 탁자 위에 되돌려 놓고 자리에 앉았다.

사흘 전, 유원이 맞선만은 보겠다고 한정해서 대답한 것은 사실이었다. 친척 장로인 이문수가 창고에서 고문서라도 꺼내 온 것처럼, 한바탕 혼인에 대한 설명을 한 다음이었다. 이방근은 맞선이 갖는 의미를 알고 있으면서도, 현실의 장애물을 뒤로 미루는 방편으로써, 결혼이 아닌 그때까지의 유예를 전제로 맞선을 보는 것만이라면 괜찮지 않을까 생각하고 있었다. 그것은 문수 백부도 참가했던 이방근의 결혼을 위한 친족회의 경우와 마찬가지로, 마음에 들지 않으면 거절하고 새로 맞선을 본다, 마음에 들 때까지 반복한다……는 식에 준하는 것이었다. 따라서 사흘 전의 이야기는, 맞선을 보더라도 그것이 반드시 결혼까지 연결되는 것은 아니었던 것이다. 무엇보다도 그때는 혼담을 한꺼번에 현실화시키는 역할을 담당하는 중매인 이야기는 아직 나오지도 않았으며, 그 이전의 일반적인 이야기 단계였다.

"음, 문수 형님도 말씀하신 것처럼, 결혼의 적령은 남자는 서른, 여자는 스물이 가장 적합하며, 그것을 상한으로 한다. 보통은 스무 살까지 얼른 결혼을 해서, 산모가 젊었을 때 자식을 낳는다. 내년이면 스물 셋, 아이가 하나둘 딸린 엄마라 해도 이상하지 않은 나이다. 지금 당장 결혼을 하라는 것은 아니다. 지금까지는 재학 중이라는 점이 있

있는데(대학에 갔다고 해도, 결혼 때문에 학교를 그만두거나, 혹은 학생 신분으로 결혼을 하는 예도 있을 것이다. 음), 이미 새 학년이고 내년은 졸업이야. 결혼은 졸업하고 나서 해도 좋다는 게다. 상대방은 지금 당장이라도 며느리를 원한다지만, 그건 안 될 말이고……. 음, 내게도 생각이 있다. 그러니 우선 최용학 측이 원하는 대로 약혼을 하고, 지금부터 결혼에 대한 마음의 준비를 하는 것이 좋겠다는 말이다. 도대체 이 얘기의 어디가 마음에 들지 않고, 어디가 문제란 말이냐. 난 도무지 모르겠구나……. 어험, 부엌이 있느냐……." 입구 쪽을 바라본 이태수가 갑자기 소리를 질러 두 사람을 놀라게 했다. "부엌아ー!"

유원은 부엌이를 부르려고 자리에서 일어서지는 않았다.

부엌이가 부엌에서 나와 방문 앞 툇마루에 모습을 보였다. 이태수는 술을 한 잔 가져오라고 이르고, 그리고 너도 한잔하겠느냐고 이방근에게 말했다. 하지만 이방근은 아니요…… 하고 고개를 가볍게 흔든 뒤, 이태수는 지금 술을 삼가시는 중이 아닌지 되물었다. 게다가 부엌이가, 술을 내놓지 말라는 마님의 분부가 있었다고 말했지만, 이태수는 귀담아 듣지 않았다. 괜찮으니 잠자코 가져오면 돼. 이럴 땐 술 한 잔이 좋은 약이 되는 법, 안주는 필요 없으니 술만 가지고 오라고…… 명령했다. 부엌이는 주인마님 쪽을 걱정스런 눈으로 바라보면서 잠시 움직이지 않았다.

"이 집의 주인이 누구냐. 걱정하지 않아도 되니 어서 가져오너라."

이태수는 갑자기 후후후 하고 웃으며 말했다.

"예ー."

부엌이가 물러갔다.

부엌이가 소주를 담은 오지 주전자와 술잔을 가지고 오는데 채 몇 분도 걸리지 않았다. 그 사이 아버지 이태수도 이방근도 잠자코 있었다. 분위기는 참기 힘들 정도로 아무도 말을 하지 않았는데, 부엌이가 방으로 들어왔을 때는, 편안하게 긴장이 풀리는 듯한 공기가 흘렀다. 아까부터 이방근은 담배를 피우고 싶었다. 몇 번인가 침을 삼키며 바지 주머니에 있는 담배에 손을 대었다가 떼었다를 반복했다. 이태수가 담배를 피우는 앞에서라면, 담배를 피우겠다고 양해를 구하고 한 개비 피울 수도 있겠지만(지금까지 그런 일은 거의 없었지만, 이태수는 너도 내 앞에서 담배를 피워도 상관없다……며 개의치 않았다), 지금은 설령 이태수가 괜찮다고 해도 그럴 마음은 들지 않았다. 이태수는 마치 타구(唾具)를 대신하듯 재떨이에 침을 뱉었는데, 설사 짧은 시간이라고는 해도 용케 담배를 삼가고 있었다.

유원이 무릎을 꿇고 단정하게 앉은 채로 허리를 들어 올려 오지 주전자를 양손으로 잡고, 한 홉이 채 들어가지 않는 찻잔 모양의 잔에 소주를 따랐다. 쌀로 빚은 강한 소주 향이 탁자 위로 넘쳐흘렀는데, 오지 주전자는 간단히 크게 기울어지고, 표면에 기름이 떠 있는 것처럼 윤기가 흐르는 도수 높은 소주가, 눈 깜짝할 사이에 방울이 되어 주둥이에서 술잔으로 떨어졌다. 부엌이가 정확하게 한 잔 분량만 담아 왔던 것이다. 아버지는 불평을 하지 않았다.

이태수는 술잔을 손에 들고 한 모금 기울인 뒤, 입안에서 아주 잠깐 머금고 있다가 삼키고, 하아 하며 목구멍을 태우듯이 자극하는 뜨거운 숨을 토해 냈다. 그리고 손바닥으로 입 주위를 닦았다.

시각은 여덟 시에 가까워, 땅거미가 낮과 밤 사이를 지탱하고 있었다. 계모 선옥은 외출을 한 것 같은데, 아직까지 돌아오지 않았다.

"……음, 너희들에게 이 애비의 존재는 무엇이라고 생각하느냐?"

아버지 이태수가 입을 열었지만, 약간 당돌한 말에 이방근은 당황하였다. 그러나 이태수는 당돌한 것이 아니라 생각하고 있었던 것이다.

"……"

"너희들에게 이 애비는 무엇이냐고 묻고 있다."

즉석에서 대답할 수 있는 질문은 아닐 것이다.

아버지 이태수는 아버지로서의 권위에 대해, 자식 된 자의 아버지에 대한 존경심에 대해 말하고 있었다. 이는 원점으로 되돌아가는 질문이었다. 세간의 청년들은 가령 존경하는 인물이 누구냐는 질문을 받을 경우, 우선 자신의 아버지를 들 것이었다. 최용학도 그 제일은행 이사장이자, 이태수와 나란히 섬 유수의 자산가인 아버지 최상규를 존경하고 있다고 이야기했고, 그것을 자랑으로 여기는 사내였다. 만약 유원과 결혼을 한다면, 사랑하는 부인의 아버지, 장인을 친아버지처럼 '존경'할지도 모른다(아아, 여동생이 그놈의 아내가 된다니, 이것을 견딜 수 있을까. 두발의 모근이 따끔따끔 욱신거리며 당장이라도 머리털이 거꾸로 설 것 같았다). 이방근도 아버지를 존경하는지 질문을 받는다면, 그렇다고 대답할 것이다. 그러나 그 대답은 아버지의 마음에 닿지 않을 것이다. 존경한다는 것은, 예를 들어 현 상황에 한해 말한다면, 아버지의 명령에 따라 자기 자신의 결혼, 또한 여동생의 결혼을 아버지의 뜻에 따라 진행한다는 것 외에는 없었다. 그것은 한편으로는 지극히 당연한 일이 되겠지만.

어쨌든 여기에서 더 이상 아버지를 자극하지 않는 편이 좋다. 길은 예스 아니면 노였지만, 어떻게든, 있을 수 없는 일이지만 대안을 만들어 이 자리를 벗어나야만 한다. 잠자코 있어서는 이야기가 진전되지 않는다. 이야기를 진척시키고, 이 자리를 빨리 벗어나야 한다. 더 이상 그저 생각해 보겠다며 뒤로 미루는 것은 불가능했다.

"중매인 문제는 언제까지 답변을 하기로 돼 있습니까?"

웬만한 일이 없으면, 마치 담합하듯이 중매인 문제를 양가에서 상의하는 것은 이상한 일이지만, 이방근은 그렇게 물었다.

"음……." 아버지는 가볍게 고개를 끄덕이고 나서, 잠시 사이를 두고 말했다. "언제까지라고 정해진 건 아니야. 상대가 일부러 나와 상의할 필요도 없는 일이거니와, 이쪽에 경의를 표하기 위해 한 말이니, 내가 이렇다 저렇다 말할 일이 아니니까. 그건 참으로 송구스런 일이다. 그럼 잠시 생각하게 해 달라고 난 대답했다. 잠시 생각한다는 건 중매인 문제가 아니야. 그건 이쪽의 영역이 아니니까. 말하자면 상대방의 간접적인 혼담 제의에 대해 잠시 생각해 보겠다고 대답해 두었다."

"중매인으로 한 선생님을 세우고 싶다는 얘기를 들고 나왔다면, 그 일을 이쪽에서 반대할 여지는 없겠지요?"

유원이 입을 열었다.

"그렇지."

아버지는 분명하게 말했다.

"그렇다면, 오빠……." 유원은 옆에 있는 오빠의 향해 말했다. "그 일로 이렇게 얘기하거나 생각해 봐도 소용없는 일이겠네요."

"그건 그렇지만, 그래서 얘기를 하고 있는 거겠지." 이방근은 본인 스스로도 의미를 알 수 없는 말을 했다. "……그러니까 결혼을 할 것인지 말 것인지, 결국 모든 얘기는 결혼과 관련되기 마련이야. 거기에 귀결되는 거라고."

"……"

유원은 입술을 꼭 다물고 탁자 위의 한 점을 응시하였지만, 아니 그 눈은 자신의 내부를 향하고 있어서, 바깥의 한 점을 응시하고 있으면서도 안으로 흡수되어 초점을 맺지 않고 있었다. 그녀는 아무 말도 하지 않았다. 어째서 결혼을, 아버지의 말씀대로 약혼을 하겠습니다, 라는 말을 하지 못하는 것인가……. 이방근은 누군가의 초초한 목소리를 귓가에서 들었다.

아버지는 일단 술을 한 모금 머금었다가 천천히 삼켰다. 눈에서 빛이 나고 불그레한 얼굴에 피가 돌기 시작했는지, 느긋한 피의 순환에 따라 삼성의 굴곡이 느껴졌다.

"대답이 없는 걸 보니 아직 마음이 내키지 않는 모양이구나. 흐-음……." 아버지는 한숨 섞인 커다란 숨을 내쉬고, 취기에 조금 촉촉해진 목소리로 조바심을 내듯 말했다. "이제 두말할 필요가 없는 일, 아버지가 이 정도로 자식 앞에서 애원하듯 하는 경우가 어디 있겠느냐. 난 아까 너희들에게 애비는 무엇이냐고 물었지만, 너희들은 대답하지 않았다. 세상 어디에, 이 집안처럼 자식과 애비의 마음이 맞지 않는 곳이 있을까. 음, 도대체 애비를 뭐로 보는 게냐. 애비에 대한 손톱만큼의 애정도, 애비의 생각을 손톱만큼도 이해할 생각이 없다는 건, 애비를 인간으로서 대하고 있는지조차 의심스럽다는 말이다. 친구나 타인과의 관계에서도 이렇지는 않을 게다. 이 정도까지 부모를 무시할 수 있단 말이냐. 이제 와서 신라시대의, 어머니를 위해 아이를 땅에 묻은 손순(孫順)이나 심청이 얘기를 하려는 게 아니다. 손순의 얘기를 알고 있느냐. 어린 외아들이 연로한 어머니의 식사를 가로채는 바람에, 어머니가 매우 배고파하시는 걸 차마 보지 못해, 입을 줄이고자 자신의 아이를 땅에 묻었다……는 얘기야. 중국에도 이런 설화가 있다. 난 그런 얘기를 여기서 하자는 게 아니다. 하지만 어째서 이렇게까지 이러쿵저러쿵 이유가 많은 게냐? 인과응보라는 말이 있는데, 이런 결과를 초래한 것도 내가 자식 교육을 잘못시켜서 그런 것이겠지. 여자들처럼 사주팔자를 입에 담고 싶지는 않지만, 팔자가 사나워서 이렇다고밖에 말할 수가 없구나. 정말 한탄스럽다……."

아버지의 얼굴이 희미하게 경련을 일으키고, 빈틈없는 그 눈의 움직임 속에서 눈물 같은 것이 반짝하고 빛났다. 그렇다고 이것으로 아버지가 마음을 접고 포기한 것은 아니었다. 일보 후퇴 이보 전진, 일종의 도약을 위한 준비운동이었고, 이제부터 최후의 일격, 말하자면 자신의 의지대로 묵묵히 일을 진행시킬 것이다. 그러기 위한 다짐, 양해 작업, 판을 뒤집겠다는 예고인 것이다. 이방근은 눈앞에 분명하게 다가온 최후의 통고와 같은 것을 느꼈다.

"아버님, 죄송합니다……." 갑자기, 유원은 정좌하고 있던 몸의 위치를 뒤로 끌면서 양손을 장판에 짚었다. 그리고 불쑥 머리를 들고 뭔가 인기척에 귀를 기울이는 듯한 동작을 하면서 말했다. "아버님, 조금만 더 생각하게 해 주십시오. 아버님의 뜻에 따르도록 하겠습니다."

그리고 여동생의 행동에 놀란 오빠를 쳐다보았다. 아버님의 뜻에 따르도록……. 마지막은 분위기에 휩쓸려 쓸데없는 말을 한 것이 아닌가. 유원은 곧바로 상반신을 일으켜 일단 자리에 앉았는데, 결심과 동요가 뒤섞인 여동생의 일그러진 표정에, 이방근은 가슴에 통증을 느끼면서도, 이건 위험하다……고 직감했다. 유원은 동요하고 있었다.

"으흠." 아버지는 고개를 끄덕이며 말했다. "방근이도 여동생이 하는 말을 들었겠지……." 고뇌가 엿보이는 그 얼굴에 인자함이 배어 있었다.

"……아이고, 그렇고말고요. 성님……."

안뜰을 건너오는 선옥의 목소리였다. 고무신을 신어서 발소리는 들리지 않았다.

"이제 곧 사돈지간이 될 텐데 성님이라뇨, 게다가 제가 동생이라고 하기에는……, 홋홋호……."

"그래도 그때까지는 지금처럼 성님으로 부르고 싶네요. 정말이지 사돈지간이 되고 나서도 계속……."

손님과 함께인 모양이었지만, 일행은 아무래도 최용학의 모친인 듯했다. 이방근은 괜히 가슴이 철렁했다.

　이태수의 얼굴 근육이 움찔하더니, 조금 남은 잔의 술을 비우자, 마침 방으로 들어온 부엌이에게 서둘러 오지 주전자와 술잔을 치우게 했다. 그리고 손바닥으로 입을 닦으면서, 상반신을 조용히 흔들었다.

　"손님이 온 것 같구나……."

　유원이 손등으로 눈가를 훔치듯이 누르면서 일어섰다.

　"어딜 가느냐?"

　아버지는 의아해하며 물었다.

　"제 방으로 가겠어요."

　조금 울먹이는 목소리였다.

　"뭐라, 사돈 될 분이 오셨다는데……."

　"아버지, 제발 부탁입니다……."

　유원은 얼굴이 굳어졌다.

　이방근도 일어섰다.

　"너도 가느냐?"

　"손님이 오셨는데 제가 남아서 어쩌겠습니까."

　이방근은 스스로도 싫다고 생각하면서 엷은 미소를 흘리며 말했다.

　자리를 뜬 남매가 방에서 툇마루로 나왔을 때, 옆방 앞 툇마루에 선옥과 최상규의 부인이 올라오고 있었다. 두 사람 모두 황혼의 희미하고 고운 빛이 반사되는, 하얀 비단 치마 저고리를 입고 있었다. 젊었다면 황혼의 호수 위의 두 마리 백조로 착각할 정도였다.

　"아이고, 유원아, 그리고 방근이도. 아버지는 방에 계신가? 인사해야지. 최용학 씨 어머님이셔……."

　"알고 있습니다."

　"어머, 안녕하세요……."

최 부인은 매우 반갑다는 듯이 인사를 했다.

유원은 머리만 살짝 숙여 인사를 했을 뿐, 왼편의 응접실 앞쪽으로 툇마루를 지나가 버렸다.

"저런, 이게 어쩐 일이야. 성님, 갑자기 뵙게 돼서 부끄러운 모양입니다……."

선옥이가 적잖이 당황하면서 수습했다.

최 부인은 이방근을 보자, 여자치고는 큰 얼굴에 흠칫 놀라 기가 죽은 듯이 험상궂은 표정을 상냥한 미소로 바꾸며, 서너 걸음 다가와 정중하게 허리를 굽혔다. 아마도 사랑하는 자식의 '불구대천'의 원수라고 생각하고 있는 것은 아닐까. 이방근도 인사를 하고 한 두 마디 대화를 나눈 뒤 그 자리를 떠났다.

이방근은 여동생의 뒤를 쫓듯이 툇마루를 따라 서재 쪽으로 걸어갔다.

유원은 자신의 방 앞에서 일단 뒤돌아서서 오빠의 모습을 확인하자(그 화가 난 모습은 저무는 어스레함 속에서 잘 알 수는 없었겠지만), 그대로 자신의 방을 지나쳐 옆에 있는 서재로 들어갔다.

몸집이 큰 이방근이 큰 걸음으로 밟는 툇마루의 널빤지가 거칠게 삐걱거리는 소리가 들렸다. 그는 그것을 의식했다. 지금부터 벌써 인척 관계가 어떻고 하다니 무슨 경우란 말인가! 용서할 수 없다는 생각이 들었다. ……이제 곧 사돈이 될 텐데, 홋홋호……. 사돈될 분이 오셨다는데, 너도……? 사돈이 될지도 모른다……가 아니었다. 양자의 사이에서는 역시 당사자를 빼고 합의를 한 것이었다. 이방근의 머리는 전광석화와 같은 속도로 회전하고 있었다. 여동생은 이미 흔들리고 있다. 집안의 압력과, 장미꽃 다발을 안고 뒤를 쫓아다니는 부잣집 도련님의 집착, 맞아도 꺾이지 않고 고개를 들이미는 그 집요한

'정열' 앞에 유원은 꺾일지도 모른다. 도끼로 찍어서 넘어가지 않는 나무는 없는 법이다. 아니, 그런 일은 있을 수 없다. 그것은, 그런 일은 있어서는 안 된다.

유원이 만일, 적어도 이번의 결혼을 결심하게 된다면, 그때는 이미 여동생이 아니다. 여자는 원래 일단 시집을 가면 타인이 되지만, 가족 제도상의 문제가 아니라, 이미 기분 자체가 여동생이 아닌 타인이 되어 버릴 것이다. 그렇지 않으면 모든 것을 내팽개치고 산으로, 게릴라들이 있는 산으로 들어갈 가능성도 있다……. 그는 자신의 상상에 갑자기 뒤통수를 얼음덩어리에 댄 것처럼 서늘해져서, 걸으며 고개를 흔들었다. 음, 일본으로 같이 가는 거야……. 일본으로. 이런 일들을 이방근은 불과 수십 초 사이에 생각하고 있었다. 서재 앞에 와 있었다.

유원은 안뜰을 등진 소파에 앉아 오빠가 오기를 기다리고 있었다.

이방근은 서재에 들어서자, 안뜰 너머 맞은편 아버지 방에서 이쪽이 보이지 않도록 미닫이문을 닫았다. 정원수가 있는 작은 뒤뜰 쪽 창에서 불어오는 시원한 바람이 갈 곳을 잃고 방 안에서 잠시 망설이듯 머무는 것이 느껴졌다.

이방근은 여동생과 소파에 마주 앉자, 바지 주머니에서 담배를 꺼내 입에 물었다. 그는 성냥을 손에 든 채 다른 사람 같은 표정을 짓고 있는 여동생을 바라보고, 어딘지 모르게 억지웃음은 아니었지만, 담배를 입에 문 채 그만 피식 웃어 버렸다. 여동생도 그 묘한 웃음에 이끌려 웃어 보였지만, 서로의 웃는 시선이 마주치는 순간, 유원의 웃는 얼굴이 무너지더니 순식간에 참을 수 없다는 듯이 엉망으로 일그러져, 와락 울음을 터뜨릴 것만 같았다.

"싫어……."

유원은 오빠를 응시한 채 눈물을 뚝뚝 흘렸다.

"뭐야, 울기는……."

이방근은 입에 물고 있던 담배를 손가락에 끼우고 애써 웃으며 말했다.

"미워요, 웃다니……."

유원은 갑자기 일어나 몸을 훌쩍 날리듯 오빠 옆으로 오더니, 떼를 쓰는 것처럼 오른손으로 오빠의 가슴 언저리를 때리면서 털썩 그 무릎 위에 엎드려 울기 시작했다.

"미워, 오빠는 정말 미워. 어떻게 웃을 수가 있어……."

거의 콧물을 훌쩍거리는 우는 목소리였다. 이방근은 커다란 아기를 무릎에 안고 순간 당황했지만, 전등에 하얗게 반사되는 스웨터 위로 여동생의 물결치는 부드러운 어깨에 손을 얹고 잠시 그대로 있었다.

"자, 이걸로 눈물이랑 콧물 닦아라."

이방근은 비좁아진 주머니에서 손수건을 꺼내, 무릎 위에 얼굴을 묻고 엎드려 있는 여동생의 손에 쥐어 주었다.

"미워요, 콧물이라니, 콧물 같은 거 나오지 않았단 말이에요……."

유원은 무릎 위에서 눈물을 닦으며, 격한 감정이 지나간 후의 얼굴을 들고 자세를 고쳐 앉았다.

"뭐야, 다 큰 놈이 울기는. 네가 슬퍼하면 오라비도 슬퍼지잖아."

"정말? 오빠도 슬퍼지기는 하는 거예요……."

"이런 바보, 무례한 말도 잘하는구나."

이방근이 다시 담배를 물자, 여동생이 성냥을 들고 켠 뒤, 옆에서 불을 내밀었다.

"나도 담배 피워 볼까……."

"피워 볼래?"

"싫어요, 그런 담배 냄새 나는 거. 오빠는 순진한 것 같으면서도 아주 못된 구석이 있단 말야……."

"이상한 데로 말 돌리지 마. 좋아……."

음, 결코 그놈에게는 시집을 보내지 않겠어. 말도 안 돼! 결혼 따위 시키지 않겠어…….

"오빠, 왜 그래요? 뭔가 혼잣말을 하는 것처럼……."

"담배를 피우고 있는 거야."

"……"

유원은 자리에서 일어나 원래 자신의 자리로 돌아가 앉았다.

"오빠, 나 어떻게 해야 할지 모르겠어요." 유원은, 그러나 애매하지 않은 표정으로 말했다. "하지만, 이제 싫어, 절대로 결혼 따위는 하지 않을 테니까. 결혼은 안 합니다(이번 일만 말하는 것인지, 아니면 결혼 자체를 거부하는 것인지 모르겠지만, 아무래도 결혼 그 자체를 말하는 것 같았다). 어쩌자고, 아버지에게 나는 그런 말을 해 버린 걸까요. 오빠……."

"……"

이방근은 대답은 하지 않았지만 담배 연기를 내뿜으며 생각하고 있었다. 일본에 데리고 가 공부를 시킨다. 그리고 반드시 음악가로, 훌륭한 음악가로 만든다. 절대 산에는 보내지 않는다. 만약 여동생이 게릴라에 뜻이 있다면, 나는 게릴라는 되지 않더라도 그 뜻을 대신할 수 있는 뭔가를 하자. 나는 이 섬에 남는다……. 그는 아버지와 결정적인 충돌을 각오했다. 다만, 아버지의 건강이 염려된다. 어쨌든, 어떻게 해서라도 아버지께 한 번 더 간절히 청해 보자. 그 대가로 내가 아버지의 뜻에 따라 결혼을 해도 좋다……. 문난설의 하얀 얼굴이 머릿속 공간의 어슴푸레한 안쪽에서 빛났다. 이방근은 오남주가 '서북'의 아내가 된 여동생을 죽이고 싶어 한 그 거친 기분을 이해할 수 있을 것 같았다. '서북'의 씨를 잉태한 여동생. 최용학의 아내가 된 내 여동생을 상상해 보라. 그 남자에게 안겨서……. 후웃…….

"흐음, 그 얘기는 됐어. 어쨌든 조만간 최용학과 만나기로 하자. 상대는 최용학이 제주에 있을 동안 그 집으로 초대하고 싶어 하지만, 이쪽으로 찾아오겠다는 것은, 네가 응하지 않을 것을 알고 있기 때문이다. 그리고 질리지도 않는지, 이 오빠 되는 사람과도 만나서 새삼 인사를 하고 싶다고 하는구나. 어쨌든 한 번은 만나야겠지. 그의 방문을 받아들이자. 일은 그 다음부터야. 그건 오빠에게 맡기면 돼. 오빠도 생각해 보겠다. 이미 생각하고 있다. 핫하, 하아, 최용학이 찾아온다면, 이번에는 지난번처럼 호통을 치거나 하지는 않겠다. 혹시 화가 나는 일이 있어도 참으련다. 그리고 친절하게 손님을 대접하기로 하자. 알았지? 어쨌든 그렇게 생각해 두거라."

이방근이 불쑥 자리에서 일어났다.

"어디 가려고?"

"너는 방에 있어. 오빠는 지금 술을 좀 가지고 와야겠다. 너도 한잔 할래? 조촐한 주연이야."

이방근은 미닫이문을 열고 방 밖으로 나갔다.

2

계모 선옥과 최용학의 모친이 사돈지간이라는 둥 서로 스스럼없이 부르는 것은 쇼크였다. 사돈 될 분이 오셨는데……. 이렇게 말한 것은 아버지인 이태수였는데, 쇼크로 받아들이는 쪽이 잘못된 것이고, 부모들끼리 이야기가 그 정도로 순조롭게 진행되고 있다면 그것을 기뻐했으면 했지, 이의를 제기해서는 안 되는 법이었다. 세상에 자기 자식의 불행을 바라고 결혼시키는 부모는 없을 것이었다. 하물며 이태수에 있어서는…… 더욱 그러했다.

여동생을 방에 남겨 두고 이방근이 스스로 부엌으로 발길을 옮긴 짓은, 혹시 여동생의 모습이 아버지나 계모의 눈에 띄면, 손님이 있는 곳으로 불려 갈지도 모르기 때문이었다.

소파에 앉은 이방근은 담배를 피우면서, 반쯤 열어 둔 미닫이문 틈 사이로 보이는 안뜰 너머, 전등 불빛에 밝게 빛나는 하얀 장지문을 넌지시 응시하고 있었다. 사람 그림자의 움직임은 없었다. 뒷문에서 밤바람이 안뜰 쪽으로 불었다. 탁자 위는 까칠까칠하게 얇은 모래 먼지의 막이 생겼다.

부엌에는 부엌이가 없었다. 이방근은 스스로 항아리에서 술을 퍼 술병에 담았다.

아버지의 거실에는 인기척이 없었지만, 안방으로 자리를 옮겨 선옥과 함께 '사돈이 될' 최 부인의 말상대를, 아니 세상 돌아가는 이야기를 하면서 유원을 결혼시키기 위한 무언가 구체적인 이야기를 나누고 있을지도 모른다. 그렇다면 그것은 음모와 다름없다. ……유원이 만일 이번의 결혼을, 최용학의 아내가 되기로 결심한다면, 그때는 이미 여동생이 아니다. 여자가 시집을 가서 다른 집안의 사람이 되는 가족 제도상의 문제가 아니라, 기분 그 자체가 여동생으로부터 멀어져서 타인이 되어 버릴 것이다……. 이방근이 부엌에서 서재로 돌아오는 도중의 발소리가 삐걱거리는 툇마루에서, 조금 전 자신의 머리에 스친 상념을 떠올리고는, 흠칫 놀라며 순간적으로 멈추었다. 아니, 상념보다도 먼저, 갑자기 여동생이 저 멀리로 멀어져 가는 순간의 쓸쓸한 감정이 격렬한 마찰을 일으키며 마음을 스쳤던 것이다.

그렇게 되면 이미 여동생이 아니다……. 가슴에 스치는 생각지도 못한, 황량하기 그지없는 감정의 여운. 가슴을 도려내는 듯한 칼끝을 가진 그 감정은 섬뜩할 정도로 천박한 냄새를 풍겼다. 순식간에 여동생에서 타인으로, 그런 격렬한 감정의 변화가 있을 수 있는가. 설령 결혼을 한다 해도 여동생은 여동생일 터이다. 그런데 결혼을 상상하는 것만으로도 여동생을 빼앗기는 느낌이 든다. 아니 여동생에 대한 기분조차 얼음처럼 응고된 차가운 마음의 움직임을 안은 채, 여동생이 있는 방으로 돌아갈 수는 없었다. 음……. 그는 어둠의 색이 머물기 시작한 안뜰의 지면을 잠시 내려다보고 있던 시선을 거두고, 툇마루를 천천히 걸었다. 아버지는 아들에게 딸을 빼앗겼다는 것을 깨달은 게 아닐까. 아버지는 지금 딸을 아들에게서 되찾으려 하고 있는 것이다……. 그는 자신의 불쾌한 냄새가 나는 마음의 움직임을 안으로 끌어안고, 방으로 돌아왔다.

"천천히 마셔, 목구멍에 걸려 사레들리겠다. 목에서 콧구멍으로 넘어오면, 그야말로 폭발한다……."

유원은 술잔에 따른 소주를 오빠의 놀림을 받으며 조금씩 입에 머금었다가, 얼굴을 찡그린 채 눈물을 글썽이며 마셨다.

이방근은 고개를 천천히 뒤로 젖히고 술을 단숨에 흘려 넣었다. 조금 전에 순간적인 상상 속에서 유원이 타인이 되어 멀어졌을 때 가슴을 찌르고 지나가는 고통과 같은, 점막을 태우는 마찰을 목구멍에서 느끼고 자신도 모르게 숨이 막혀왔지만, 취기를 부르는 농후한 액체를 위 속에 떨어뜨렸다. 순식간에 소주의 덩어리가 살아있는 것처럼 위 벽으로 스며들어 차갑게 기어 다니는 흔적을, 눈으로 보는 것처럼 느껴졌다.

한성주가 중매인이라니……. 그다지 이상하거나 놀라운 일도 아니고, 양가의 격에도 맞는 가장 그럴듯한 중매인이라 할 수 있었지만,

이방근이 그의 이름을 듣는 순간 충격을 받은 것은, 유원의 결혼이
말로만 오가는 단계가 아니라 실제로 현실감을 띠고 돌연 눈앞에 다
가왔다는 실감 때문이었다. 그것은 기습을 당했을 때의 당혹감이기도
했고, 게다가 이미 우리에 갇힌 것과 마찬가지로 도망칠 방도가 없다
는 생각에 빠졌다. 이렇게 되면 오로지 정면으로 돌파할 수밖에 없었
고, 그것조차도 적절한 방법이 없이 궁지에 몰린 느낌에, 아마도 당사
자인 유원 이상으로 이방근은 몰려 있었다.

술 한 잔의 취기가 얼굴 피부 아래에서 열기를 띠며 빠르게 퍼져 갔다.
머리의 심(芯)을 때리고 흔들더니, 이윽고 평온한 마비 속에 잠겼다.

그는 거듭 잔을 기울였다.

유원은 입에 머금고 천천히 술잔의 반 정도를 비우고 있었다. 그것
만으로도 백자 같은 창백한 볼이 홍조를 띠었다.

"오빠, 어떻게 해요. 아버지 뜻에 따르겠다고 말해버렸어요……."

"네 기분이 그렇게 말하지 않을 수 없었던 거지. 게다가 그러지 않았
다면, 아버지 방에서 나올 수 없었을 거야. ……이런, 사람이 온다.
음, 부엌이 같아."

"나를 부르러 오는 걸까요?"

유원의 표정이 어두워졌다.

"그렇겠지."

조금 전부터 유원을 부르러 올 것 같다는 생각을 하고 있었는데,
아무래도 그 심부름인 것 같다.

"오빠, 어떻게 하죠. 싫어요. 최용학 씨 어머니가 있는 곳 가는 거.
게다가 거기서 뭘 하라는 걸까요."

방 밖에서 멈춘 발소리 주인의 목소리가 나고 미닫이가 열리더니,
예상했던 대로 부엌이가 주인마님이 부르신다고 일단 유원을 향해 말

했지만, 이방근의 승낙을 기다렸다. 유원은 소파에 앉은 채, 마치 쇠사슬에라도 묶인 것처럼 몸을 움직이지 않고 오빠를 쳐다보았다.

"몸이 안 좋아서 자고 있는 것 같다고 말해 두는 게 좋겠어."

"이 방에서 서방님과 함께 계신 것을 주인마님이 알고 계시우다."

"오빠, 그렇게 말해도 될까요?"

유원이 군은 목소리로 말했다.

"상관없으니 그렇게 말하면 돼. 이미 자신의 방으로 돌아가서 서재에는 없었다고⋯⋯." 이방근은 사전에 대답을 준비하고 있었던 것처럼 침착하게 말했다. "나머지는 부엌이가 알아서 말하면 돼. 손님이 와 계시잖아. 유원은 가지 않는 편이 좋으니까."

"예―." 부엌이는 주저하지 않고 대답했다. "아가씨는 지금이라도 뒤쪽 툇마루로 옆방에 돌아가세요. 그편이 좋을 거우다. 알겠수다. 뒷일은 제게 맡겨 주세요."

문지방 바깥쪽에 우뚝 서 있던 부엌이는 미닫이를 닫고 물러갔다.

"새어머니가 부르러 오면 어떡해요. 오빠, 부엌이 말대로 내 방으로 돌아갈래요⋯⋯."

"그래도 좋다만, 아마 이제는 부엌이도 새어머니도 오지 않을 거야."

"오빠는 올지 안 올지 어떻게 아세요?"

"어쨌든, 오면 오는 대로 상관없으니까, 불안해하지 말고 거기 앉아 있으면 돼. 핫, 핫, 왔다 한들, 여자가 술을 마시고 얼굴이 새빨개져서 '사돈 될 사람' 앞에 나갈 수 있겠냐고 하면 된다구. 으―흠⋯⋯." 이방근은 일단 말을 끊고 거의 웃는 얼굴로 말을 계속했다. "유원아, 부모는 자식으로 인해 횟술을 마셔도, 자식은 부모로 인해 횟술을 마시는 일이 없다고 하는데, 넌 그 의미를 알고 있어?"

그는 그렇게 말하고 나서 스스로도 왜 그런 말을 입에 담았는지 알 수 없었다.

"……" 유원은 갑작스런 비유에 어리둥절했지만, 당장이라도 얇은 피막이 벗겨질 것처럼 예쁜 혈색을 띤 입술을 매력적으로 조금 내밀며, 머리 한쪽 구석에서 생각하는 듯한 표정을 지었다. "아까 아버지가 드신 술은 홧술인가요?"

"그건 담배 대신 마신 걸 거야."

"자식은 부모 때문에 홧술을 마시지 않으니까, 부모는 자식 때문에 이것저것 마음이 아파서……라는 걸까요. 그렇지만 자식도 부모 때문에 홧술을 마실 것 같은데……."

"그렇겠지." 이방근은 고개를 끄덕이며 말했다. "네 말대로 자식도 부모 때문에 홧술을 마시는 일도 있겠지만, 결국 자식은 부모가 자식을 생각하는 만큼 부모를 생각하지 않는다는 거겠지."

"오빠는 갑자기 왜 그런 말을 하는 거예요?"

"부모란 그런 거라는 말을 하고 있는 거야. 자식은 비정했다. 성서의 문구는 아니지만, 결국 자식은 부모에게서 등을 돌린다. 딸은 시집을 가면 다른 집안의 사람이 된다. 부모보다도 남편과 자식이 사랑스러운 법. 친정에 올 때마다, 닭 한 마리만 달라, 된장 한 덩이만 달라……며 있는 거는 뭐든 가지고 돌아가지. 그래도 부모는 딸이 사랑스러워 척척 들려 보내고……."

"오빠, 무슨 일이에요?"

"특별한 일은 없어, 예전부터 그랬던 것이고, 사람들은 그걸 인정하면서도 논쟁이라도 벌이듯이 일부러 그렇게 말하는 거야. 그러고 보면, 부모 된 자의 숙명적 독백 같은 거겠지."

"오빠가 아버지처럼……. 저, 지금 아버지 얘기는 싫어요. 오빠, 전역시 제 방에 갈래요. 머리가 아파요. 소주 탓인가 봐요. 게다가 혹시 새어머니가 오는 것도 싫고요. 새어머니가 이쪽으로 올까."

"그건 몰라. 새어머니가 오셔도 상관없다고 한 건 오라비가 감정이 날카로워진 탓이야. ……머리가 아픈 건 마시지 않던 술을 마셨기 때문일 테고. 방에 가서 쉬는 게 좋겠다."

이방근은 그 이상은 말하지 않았지만, 새어머니 운운……하는 것에 비위가 상해 있었다. 벌써부터 인척 관계 운운……하다니. 안뜰의 땅거미 속에서 들려온 중년 여자들의 화사한 목소리가 귓전에 되살아나자, 순간 그는 기분이 나빠졌다. 오빠를 바라보는 여동생의 표정에 작은 물결이 생길 정도로 어조가 바뀌고, 갑자기 불쾌함이 서린 험악한 표정이 되었다.

"오빠, 혼자 괜찮아요……?"

"뭐야, 그 말투는?"

이방근은 순간적으로 여동생이 말하는 의미를 파악하지 못하고 조금 웃으며 말했다.

"술 상대가 없어지잖아요. 지금 오빠 목소리가 갑자기 변했단 말이에요……."

"으흠, 역시 목소리가 변했구나. 나 자신도 그런 느낌이 들었단다. 다른 사람 목소리처럼. 그건 네 탓이 아니야. 지금 새어머니가 온다, 안 온다 하는 것만으로도 오빠는 비위가 상한다……."

유원이 오지 주전자를 손에 들고 양손으로 오빠의 잔에 술을 따랐다.

"……유원이는 그냥 여기 있을래요. 그게 좋겠어요. 오빠, 새어머니는 오지 않겠지요. 앗, 또 말해 버렸네, 죄송해요."

"이럴 때는 와도 상관없다고 각오를 하는 거야. 아까 오빠가 말한 것처럼. 혹시 올 경우에는, 결과적으로는 마찬가지겠지만, 오빠가 널 못 가게 했다고 말할 테니까."

"그것은 파괴적이에요."

"파괴적? 너의 그 표현 쪽이 더 과격하구나."

이방근은 웃었다.

"……소수를 누세 잔 쑥 들이마신 뒤에, 새어머니를 따라가서 새빨간 얼굴을 하고, 아니, 언젠가 오남주 동무처럼 새파래진 얼굴로 횡설수설하면, 당장에 혼담은 깨져 버릴지도 몰라요. 그렇겠죠. 안 그래요, 오빠……."

"그러면 부모는 자식 때문에 횟술을 마시게 되겠지. 오늘은 더 이상 술은 마시지 않는 게 좋겠다."

"자식은 자신 때문에 횟술을 마신다는 건가요. 오빠의 예상은 대체로 맞으니까, 새어머니는 오시지 않는 편이 좋겠어요. 충돌이 일어나지 않을 테니까. 아버지께는 죄송하지만, 그래도 오빠는 효자예요……. 어째서 부모 자식 사이가 이렇게 원만하지 못한 걸까요."

"너도 그렇고, 또 나도, 아니, 주로 내가 그런데, 부모 말을 안 듣기 때문이겠지."

"그것만은 아닌 것 같아요……."

유원은 그렇게 한마디 하고 잠시 침묵을 지켰다. 그리고 머리가 아프다면서도 잔을 들어 가볍게 입술에 대고 맛보듯이 가볍게 한 모금 홀짝거리고는, 오빠, 오남주 동무는 이제부터 어떻게 될까요……하고 물었다.

"여기로 온다고 했었잖아요. 당일치기가 어렵다면 아침 버스로 왔다 여기서 묵고 다음 날 돌아가면 될 텐데."

"오늘 내일 사이에 오지 않을까. 그는 휴학 중이니까, 서둘러 서울에 갈 일도 없을 테지만, 여기에 있다 한들 별도리가 없을 거야. 그러나 언제까지고 있을 수는 없어. 너도 그렇지만 도항증명서는 1개월만 유효하기 때문에, 서울을 출발한 게 지난달 25, 6일경, 앞으로 열흘 정도 밖에 안 남았어. 너도 그때까지는 일단 서울로, 아니, 어쨌든 서울로 돌아가야 되지만(이방근은 취한 탓에 혀가 잘 돌아가지 않는 것인지, 방금 한 말을 되풀이했다. 일단 서울로, 그리고 일본으로……라는 문맥이 그의 마음속에서 연결되고 있었다), 만일 그것이 불가능할 땐 증명서의 갱신도 가능할 거야. 그러나 남주 군의 경우는 그렇게는 안 된다. 경찰이 관여하게 될 우려가 있어. 무리해서 증명서를 받아 준 문난설에게도 책임이 있고, 그렇게 되면 오빠도 곤란해지지만, 그렇지 않아도 그는 '공비가족'이라는 이유로 경찰의 감시를 당하고 있을 거야. 그의 여동생은 '공비가족'이라는 오명에서 벗어나기 위해 희생한 것이지. 네 앞에서 이런 말을 하고 싶지는 않다만, 남의 일이 아니다. 이 섬 전체의 아픔이야. 만약, 정말 만약의 얘기지만, 네가 그렇게 된다면 오빠는 어떻게 하면 좋을까."

"오빠, 그만둬요, 어떻게 그런 말을……." 유원은 양손으로 얼굴을 감싸듯이 고개를 숙였다. "그만하세요."

"그만할게, 그만하고말고. 도대체 뭘 하는 건지……!"

이방근은 술이 깨는 느낌이었다. 있을 수 없는 일이지만, 유원이 '서북'의 아내가 된다……! 그는 한순간의 상상만으로도 머리털이 거꾸로 서는 것을 두피 전체가 따끔거리듯 느꼈다. 아니, 강간당한다, '서북'에게……. 있을 수 없는 일이었다. 그는 두피가 갑자기 오그라드는 느낌을 도저히 견딜 수 없어, 소파에서 벌떡 일어나 초조한 모습으로 소파 옆을 왔다 갔다 했다.

"오빠." 얼굴에서 양손을 뗀 유원이 말했다. "오빠에게 남주 동무를 제주도로 데려가 달라고 부탁한 것은 나니까, 그 일은 그에게 꼭 얘기할게요……."

"그걸 얘기하고 있는 게 아니야. 그는 서울에 간다고 해도 별수 없겠지만, 그의 어머니를 만나 보고, 여기에 남는다고 해도 별다른 수가 없다. 언제까지인지는 알 수 없지만, 어머니와도 따로 사는 편이 좋을 거야. 선에 그늘이 살고 있던 중산간지대의 마을은 암살당한 박경진 토벌대장 때 모조리 불타 버렸기 때문에, 어머니는 해변에 가까운 마을의 친척 집에서 별채를 빌려 생활하고 있어. 남주는 어머니와 함께 잠시 거기에 머무는 것 같은데, 밤낮 술만 퍼마시고 주정을 해대는 바람에, 어머니가 몹시 난감해하는 데다가, 아들을 두려워하고 있다. '서북' 출신의 토벌대 남편과 함께 살고 있는 여동생으로서도 오빠가 가까이에 있는 걸 원하지 않는다. 술을 마시고 어머니와 모처럼 찾아온 여동생 앞에서 꽤 심한 짓을 한 모양이야. ······서울의 건수 숙부 집에서 술에 취해 날뛰는 걸 보았잖아. 유리창을 깨고 창문에서 뛰어내리려 하고, 토하기도 하고, 술기운이 갑자기 돌면 본인도 자제를 할 수 없게 되는 거지. 그 뒤로 얼마간 술을 참아왔지만, 오랜만에 어머니가 계신 곳에 돌아온 순간, 다시 도진거야. 글쎄, 무리도 아니지만······. 오욕의 땅······. 흐음."

이방근은 시름에 잠긴 숨을 크게 토해 내면서 소파로 되돌아가, 담배를 한 대 입에 물었다.

"오욕······? 오빠는, 오욕의 땅이라고 했나요?"

"남주가 했던 말이야. 이 섬을 말하는 거지. 그 나름의 생각이 담겨 있어······."

······제게는 오욕의 땅입니다. '서북'에게 여동생을 능욕당한 땅, 오욕의 땅에 절대 돌아가지 않겠다던 그가, 마지막 순간에 고향 섬으로 함께 돌아온 것이다. ······아이고, 선생님, 부디 이런 저를 도와주십시오. 저는 이미 늙은 몸, 죽어도 상관없지만 딸이 불쌍해서, 그 아이

가 가고 싶어서 간 시집이 아니우다. 그 아이 팔자가 가련해서…….

이방근은 수일 전에, 남해 자동차가 제9연대로 물자를 운반하는 오전 트럭 편에 편승해 모슬포까지 가서, 오남주의 어머니가 세 들어 살고 있는 집을 방문했었다. 오남주가 행방불명이라는 이유로 경찰이 이방근의 집으로 조회하러 온 뒤 2, 3일 후의 일이었다. 행방불명이라고 한 것은 이방근이 예상했던 대로, 어머니와 싸우고 친구 집에 며칠인가 틀어박혀 있었던 것인데, 아무튼 무사히 돌아와서 무엇보다 다행이었다.

오남주 가족이 살던 마을이 불탔을 때, 국민학교 교사인 형 동주가 피난민들과 함께 산속으로 들어간 것을 당국이 알고, 어머니와 여동생뿐만 아니라, 친척들도 공비 가족으로 몰려 어찌 될지 알 수 없었다. 오남주의 이야기로는(그것도 제주도의 포로수용소에서 석방된 뒤, 섬을 몰래 탈출해 일본에 건너가기 직전에 서울로 찾아온 친척한테 듣고, 그는 처음으로 모든 것을 알게 되었지만), 그때 토벌대원인 '서북' 출신 하사관이 여동생 정애에게 첫눈에 반해서 '결혼'을 요구했다는 것이었다. 여동생은 '공비가족'에서 벗어나기 위해 그것을 받아들인 것인데, 어머니와 친척들을 궁지에서 구하기 위한, 오빠 동주가 남긴 재앙의 뒷수습을 위한 '정략결혼', 오남주 자신이 말한 것처럼 일종의 몸을 판 것이었다.

이방근이 방문했을 때, 오남주는 어디론가 외출하고 없었는데, 어머니는 성내에서 온 이방근이라는 것을 알고, 아들에게 얘기를 많이 들었다며 눈물로 기뻐하고 울며 하소연했다. 아이고-, 이 선생님…… 하고, 제발 젊은 사람에게 선생님이라든가 그런 경어를 사용하지 말라고 이방근이 말려도, 선생님, 제가 성내까지 찾아가서 선생님께 상의하려고 많은 궁리를 했었수다……라며 듣지 않았다.

어떻게 선생님이 이런 시골까지 일부러 찾아와 주셨는지, 정말 하나님의 뜻이우다……. 아이고, 남주가, 그 아이가 얼마나 신세를 졌을는지. 아이고-, 어릴 때부터 심성이 착하고, 학교 성적은 늘 일등으로, 서울에서도 최고의 대학에 들어간 그 아이가, 어떻게 이런 일이 있난 말이우꽈. 살이 끼고 마가 는 서우나. 이번에 놀아왔을 때는, 쉽게 섬을 드나들 수 없을 텐데 잘도 돌아와 주었다고 생각했더니, 완전히 다른 사람으로 변해 버려서, 그 아이는 이제 제 자식이 아니우다. 아이고, 이 기구한 팔자가 원망스럽수다. 제가 이런 부끄러운 얘기를 선생님께 할 수 있는 것도, 이제는 뭐든 세상에 창피한 것도 두려운 것도 없수다. 떨어질 데까지 떨어져 버렸기 때문이우다. 그러니까 이렇게 선생님께도, 남한테도 얘기할 수 있는 거우다. 오장육부가 문드러지는 것 같수다. 어찌하면 좋을지. 제주도 백성은 언제까지 이런 고통을……. 어미와 제 여동생 앞에서, 어머니도 너도 두 사람 다 죽어 버리라는 자식이 어디 있수꽈……. 아이고-, 내 팔자야……. 서울에서 자기 혼자 어머니와 여동생의 제사를 지냈다. 살아 있는 인간의 경야를 했다……고 술에 취해 주정을 부리며 큰소리로 울부짖고 난동을 피워서……. 이런 저도, 가족과 친척을 위해 제 팔자를 망쳐 버린 딸도 살 마음이 없수다……. 정애는 딸 이름이우다. 어릴 적부터 아주 착한 아이였고, 형제도 끔찍이 생각하는 마음씨 고운 효녀 딸인데……. 그 아이 뱃속에 생긴 아이를, '서북'의 씨앗을 죽여 버려……라며, '서북' 남편의 귀에 들어가면 남주를 죽여 버릴 수도 있다는 말을, 여동생 앞에서 아무렇지도 않게 말해 버리니……. '서북'이지만 꽤 자상한 사람이고, '서북'만 아니라면 좋은 사위라고 생각하우다……. 그 '서북'의 아이가……. 아이고-, 태어날 아이가 무슨 죄가 있단 말이우꽈……. 그렇지만 '서북'의 아이가 태어나는 것이 두렵수다……. 부디 선생님, 저를 도와주십서. 그 아이를 달랠 수 있는 사람은 선생님뿐이우다…….

서울의 하숙집에서 혼자 심야에 술을 따라 놓고, 어머니와 여동생을 제단에 올리고 경야의 예를 갖췄다는 이야기는 본인에게 들었지만, 설마 그것을, 마음속에서 어머니와 여동생의 생존을 말살하고 장례를 치렀다는 것을 본인들에게 이야기하다니, 놀랄 일이었다. 그리고 비록 '정략결혼'을 했다고 해도, 자신의 남편인 그 '서북'과 사이에 생긴 아이를 죽여 버려라……고 했다면, 그것만으로도 여동생은 유산할지도 모른다. 남주 자신이 그런 것을 바라고 있을지도 모를 일이었다. 결국은 '결혼'하기 전에 차라리 죽음을 택하라는 것이었다. 그렇지 않으면 '서북'에게 강간당해 그 씨앗을 잉태한 젊은 여자가 유산을 위해 높은 곳에서 뛰어내리거나 여러 수단을 취했는데도 결국 남자아이를 출산해서, 그 아이를, '서북'의 후예를 죽여서 복수하려고 한 일이 있었는데, 오남주도 그런 것을 요구하고 있는지도 몰랐다. 그의 여동생 자신이 뱃속의 아이에게 비록 사랑하는 마음이 있다고 해도, 낳는 것을 진심으로 원하지는 않는다는 것이었다.

오남주는 그러나 누군가의 인명을 손상하거나 하지는 않았다. 어머니와 여동생 앞에서 술주정을 부리며, 두 사람의 초상을 치렀다는 잔혹하고 슬픈 이야기를 한 것도, 뒤집어 생각해 보면, 마음속에서 육친을 묻어 버리고, 결코 돌아가지 않겠다고 결심했던 '오욕의 땅'으로 돌아온 그 자신의 귀향이 증명하고 있으며, 일종의 고백이었던 것이다.

오남주의 어머니는 아들을 두려워하고 있었다. 그는 여동생이 자신의 의사가 아니라(자진해서 '서북'과 결혼한다는 것은 있을 수 없는 일이었고, 만약 그랬다면 용서하지 않았을 것이다), 가족을 위해 희생하여 그들의 현지처가 된 것, 그리고 그것을 자신에게 비밀로 한 것에 본인들 앞에서 새삼 분노를 폭발시켰던 것이다. 그것은 여동생에 대한 애정 때문에,

이미 돌이킬 수 없는 일에 대한 몸부림이기도 했다. 그리고 어머니는 그러한 아들의 마음을 알고 있었기에 더욱 마음이 아프고, 아들이 빨리 섬에서 떠나기를 바라고 있었다.

모슬포까지 세 시간 남짓, 거기서부터 걸어서 반 시간 정도의 거리였지만, 얼마 지나지 않아 검게 그을린 얼굴로 돌아온 오남주와 한두 시간 정도 만나고 나서, 겨우 저녁 버스를 타고 돌아올 수 있었다. 오남주는 술을 마시지 않은 맨얼굴이었지만, 충혈이 가시지 않은 눈에 전날 밤 마신 듯한 술의 흔적이 남아 있었고, 게다가 대낮부터 마셨다고 느껴질 정도로 술 냄새를 풍기고 있었다. 그는 숙취 탓인지 두통으로 미간을 찌푸리면서, 이야기하는 중간에 갑자기 눈물을 흘리기도 했는데, 분명 전날 밤 마신 알코올이 남아 있기 때문일 것이었다. 그리고 취중인 것처럼 이를 갈기까지 했다. 서울에는 도항증명서가 유효한 기간 내에 돌아갈 생각이라고 했으나, 확실히 그렇다고는 단정하지 않았다. 어쨌든 가까운 시일 안에 성내에 찾아오기로 하고 헤어졌다.

잠시 시간이 흘렀지만, 이방근의 말대로 다시 유원을 부르러 오지는 않았다. 최용학의 모친은 무얼 하러 온 것인가. 선옥과 어딘가에서 우연히 만난 김에 들렀다는 것이겠지만, 뭔가 의도가 있을 터이고, 그것은 세상 돌아가는 이야기를 하면서 미래의 인척끼리 친목을 쌓아, 혼담을 진행하기 위한 환경 조성도 겸하고 있을 것이다. 그리고 유원과도 직접 만나 두세 마디 이야기를 나눈다……는 것도 있었겠지만, 유원이 돌연 자리를 떠나 버리는 바람에 그 기세가 꺾여 버리고 말았다. 그러나 그녀를 부르러 왔을 때의, 몸 상태가 좋지 않아 잠시 누워 있다는 부엌이의 보고는, 유원의 손님에 대한 '실례되는 태도'를 해명하는데, 오히려 좋은 구실이 되었을 것이다.

건너편 안채의 툇마루에서 여러 사람의 기척과 웅성거리는 소리가 들리는 것이, 아무래도 손님이 돌아가는 모양이었다. 남자 목소리가 났는데, 아버지도 툇마루까지 나온 것인가. 손님에 대한 예의로서, 더구나 장래의 시어머니가 될 분이 돌아가시는 것이니만큼 원래는 유원 자신이 하다못해 집 문밖까지라도 배웅을 해야 할 것이었다. 이방근은 여동생을 뒤쪽 툇마루를 통해 옆에 붙어 있는 자신의 방으로 돌려보냈지만, 그녀는 자리에 누워 있는 것으로 되어 있으니, 굳이 무리해서까지 배웅하라고 불러낼 필요는 없었다. 이방근은 그것보다도 어쩌면 손님을 배웅하러 나온 김에, 여동생의 혼담에 대해 뭔가 구체적으로 결정할 문제를 상의하기 위해, 이쪽으로 얼굴을 내밀지도 모를 계모 선옥에 대비했다. 그러나 예상과는 달리, 부엌이와 함께 집 문 밖까지 배웅한 듯한 선옥은 안뜰을 지나 건너편 자신의 방으로 돌아간 것 같았다.

이방근은 전신에 은근한 마비를 불러오는 취기의 흐름 속에서, 팔걸이를 베게 삼아 잠시 소파에 몸을 뉘였다. 눈을 감으니, 팔걸이에 눌린 왼쪽 머리 쪽 귓전에서, 마치 벌레 울음소리 같은 밤의 정적의 중얼거림이 온 하늘 별의 중얼거림으로 퍼져 나가, 시끄러울 정도로 울리고 있었다. 두 귀 그 자체가 어둠에 녹아든 것처럼, 어두운 공간에 펼쳐지는 울림이, 그 속에 몸에서 분리된 무한대의 머리 부분을 껴안고 있는 것처럼 울리고 있었다. 울린다. 취기가 머릿속 공간의 울림을 한층 더 자극하고 있다…….

어느새 귓속 공간의 가을이 한창인 벌레 울음소리가 사라진 것인지, 툭 하는 뭔가의 소리와 인기척으로 눈을 떴을 때, 미닫이가 열려 있는 툇마루에 하얗게 빛나는 여자가, 깜짝 놀라, 소파에 빨려 들어갈 듯한 무거운 몸을 일으켜, 상반신을 세우고 자세를 고쳐 앉은 그의

문에 들어왔다. 잠시 누워 있을 생각이었는데, 그만 잠이 들어 버린 모양이었다.

하얀 잠이 깰 것 같은 비단의, 큰 송이의 국화 무늬를 수놓은 치마저고리 차림을 한 선옥이 모습이, 이방근의 잠을 깨우는데 큰 역할을 했다.

방으로 들어온 그녀는 맞은편 소파 옆에 잠시 멈추어 서서, 테이블 위의 유원이 마시다 만 술이 그대로 들어 있는 잔과 젓가락을 물끄러미 바라보면서 이야기를 하였다. 이방근은 자고 있어서 깨닫지 못했지만, 이미 그녀는 옆방의 여동생에게 들렀다 오는 길이었다.

유원에게 내일 밤이라도 놀러 오지 않겠느냐는, 말하자면 만찬에의 초대 이야기가 최용학의 어머니로부터 있었다고 선옥은 말했다. 혼자 오는 것이 내키지 않으면 오빠와 함께 와도 좋다, 아니 그게 훨씬 기쁘다, 환영한다는 것이었다. 아들의 '불구대천의 원수'나 다름없는 남자를, 여동생과 동행한다고는 해도 초대하다니, 최용학 자신의 간절한 바람이라 하더라도, 상대방이 유원에게 집착하는 정도를 짐작할 수 있었다. 선옥은 상대방이 특히 오빠인 이방근에 대해 신경을 쓰고 있다고 강조했다.

그래서, 유원은 뭐라고 합니까……라고 물었더니, 지금으로서는 사양하고 싶다는 의향을 비치더라는 대답에, 이방근은, 으-음…… 하고 왠지 모르게 감탄하여 신음소리를 내었다. 게다가 선옥이 유원의 거절에 찬성을 표하고, 그건 그렇고말고, 예, 그렇습니까, 하면서 먹이에 달려들듯이 벌써부터 경망스럽게 움직여서는 안 되지……라고 다소 꾸민 듯한 자세를 보였던 것이다. 이에 대해서도 이방근은, 으-음 하고 마음속으로 신음했다.

그래서……라며 선옥이 말을 계속하며, 이미 다음 절차까지 의논한 듯한 이야기를 하였다. 2, 3일 후인 모레는 최용학이 광주로 출발하기 때문에, 그때까지는 그가 꼭 이쪽으로 방문하고 싶다는 것이었다. 즉 유원과 공공연히 만나고 싶다는 것이고(두 사람만이라면 유원이 만날 리가 없다), 배후에 있는 이방근에게 인사를 하고 싶다는 것이었다. 선옥의 말에 의하면 은행원인 만큼 제법 약삭빨라, 아버지 이태수에게는 벌써 훨씬 전에 식산은행 이사장실로 찾아가서 인사를 했다는 것이다. 아버지는 이러한 '예절 바름'을 좋아하고 평가한다. 일전에 관덕정 광장에서 우연히 마주쳤을 때, 최용학은 정중히 인사를 하면서, 꼭 놀러 가고 싶습니다만……이라며 상당히 원한을 초월한 듯한 말을 하여, 산뜻하게 변신한 모습을 보였지만, 그의 방문은 예상하고 있던 일이었기 때문에, 지금의 사정을 생각하면 무턱대고 거절할 수도 없었다. 또 거절해서는 안 된다. 어떻게든 약혼의 가교가 될 맞선이 아니라, 그저 만나는 정도로 시간을 끌면서 현 상황을 타개해 나가는 것이 필요했다. 상대의 방문에 응함으로써, 뭔가 그 대역을 해낼 수 있다면, 아니, 그것은 적당하게 현 상황을 극복할 수 있는 가장 좋은 방법이 될지도 몰랐다. 좌우지간 여동생을 서울로 보내는 것이 선결문제였다.

어쨌든 최용학이 제주도를 떠나는 내일 모레까지는 중매인을 세워 직접 만나는 맞선을 보는 것은 불가능했고, 하물며 정식으로 약혼을 한다든가 하는 어이없는 이야기는 성립될 수 없었다. 결과적으로는 아버지나 상대방을 속이는 일이 될지도 모르지만, 일단은 굳은 약속을 한 뒤에, 그 약속에 대한 기대에 등을 돌리는 것은 아니다. 무슨 일이든 약속이라는 추상적이고 형태가 없는 것이 실현될 때까지는 불안이 이어지고, 그것은 또 형태가 없는 채로 현실화되지 못하는 경우도 있는 법이다.

선옥은 우두커니 선 자세로는 이야기를 다 못할 것 같다는 생각이 들었는지 혹은 태아가 들어선 배가 무거웠는지, 비단옷으로 감싼 복부를 조금 내밀듯이 하면서 처천히 맞은편 소파에 앉았다. 마흔을 넘긴 연령 탓도 있겠지만, 임신하고부터는 한층 더 안정이 되어, 전반적인 몸가짐에 관록조차 엿보였다.

"……유원이 아버지의 뜻에 따르겠다고 약속했다지. 침으로 기쁜 일이야. 이로써 이 집에도 겨우 봄다운 봄이 찾아온 것 같은 느낌이 들어. 다음은 방근이 네가 어떻게든 결혼하여 가정을 이뤄준다면, 더 이상 걱정거리도 없을 거야. 모든 건 방근이에게 달려 있으니, 부탁할게. 아버지는 한마디도 그런 말씀을 안 하시지만, 사실은 그렇지 않아. 방근이에 대한 기대는 태산같이 크니까."

"어머닌 그렇게 말씀하시지만, 글쎄요, 아버지의 마음을 잘 모르겠습니다."

이방근은 천천히 고개를 가로저었다. 그리고 아직 서로 결혼도 하지 않았는데 어째서 사돈지간 운운……하는 겁니까? 하고 잠자코 참고 있던 이야기를, 지금은 분노를 가라앉힌 침착한 어조로 말했다. 설령 부모라고 해도 그 사리 분별에 대해서 이야기를 해 둘 필요가 있는 것이고, 그렇다고 일부러 이 자리에서 꼭 언급해야 되는 것은 아니었지만, 아까부터 계속 마음속에서 꿈틀거리고 있던 분노의 여열이 말을, 마침 본인을 앞에 두고 밖으로 토해 내게 만든 모양이었다.

"……?" 선옥은 응? 하고 순간적으로 의표를 찔린 듯한 표정을, 어리둥절한, 완전히 시침을 떼는 것으로는 보이지 않는 진지한 얼굴로 가장하고, 입언저리에 미소를 띠우고 말했다. "누가 사돈이란 말야. 방근이 말처럼 아직 약혼조차 하지 않았는데……. 그렇잖아. 그런 말은 하지 않았어. 그런 말은, 아직 정식으로 일이 진행되지도 않았는데, 그렇게 경박하게 입에 담아서는 안 되지."

"……?"

이방근은, 아니 이런……? 하고 말하기라도 할 것처럼, 눈가의 검은 기미가 화장에 비쳐 희미하게 드러나 있는, 아직 미모가 시들지 않은 선옥의 굳은 표정을 보았다. 그리고 탁자 위의 잔을 들고 단숨에 술을 목구멍으로 삼키고 나서, 말린 명태 무침 한 조각을 입에 넣었다. 도대체 무슨 말을……. 이방근은 분명히 아버지의 거실에서, 안뜰을 건너와 툇마루로 막 올라온 두 여자의 대화에서, 사돈 관계 운운……하는 말을 들었는데, 순간 자신의 기억이 틀렸고, 뭔가 착각을 했다는 느낌에 빠졌다. 여동생도 들었을 터였다. 그렇지 않다면 완전한 환청, 선입관이 가져온 환청이라는 말이 된다. 거 참……. 거 참……. 어이가 없다. 역시 잘못 들은 것인가. 아니, 그렇지 않다. 그래, 아버지 자신이 분명히 사돈이 될 사람이 오셨는데……라고 말했던 것이다. 그러나 이방근은 소주가 위장으로 흘러들 때의 떫떠름한 얼굴에, 다소 불쾌한 표정을 겹쳐 지으면서도, 선옥의 말을 그냥 잠자코 듣고 넘겼다. 그리고 음식물을 한 조각 입에 넣은 채, 후-하고 한숨을 내쉬었다.

　"쉬고 있는데 깨우고 말았네, 난 이만 가 볼게. 다음에 상대 쪽 자제가 방문하거든, 이전과 같은 일이 없도록 상냥하게 대해 주고……. 방근이가 폭력을 휘둘러서 손님을 내쫓았다고, 있지도 않은 소문이 성내에 퍼졌으니까……. 소중한 거래처이기도 해서, 지난번엔 아버지가 다른 사람에게 부탁해서 사과했던 일은 알고 있을 거야."

　"아아, 알고말고요. 끝난 일을 되풀이하지 말아 주세요. 이번엔 상냥하게 대하도록 할게요. 날짜는, 내일은 너무 바빠요. 모레 밤에는 출항이니까, 오후가 좋을 것 같습니다. 다만, 유원에게 줄 선물 같은 건 지참하지 않도록, 지금부터 분명히 말해 두는 게 좋겠지요. 그렇게 하는 게 무난할 테니까요."

"그것은 상대방 마음인지라, 이쪽에서 이러쿵저러쿵 할 순 없기만, 일전의 일도 있으니 가져오지 않을 거야."

이윽고 선옥은 자리에서 일어나, 치맛자락이 마루를 끄는 여운을 남기고 아버지가 있는 방으로 돌아갔다. 제기랄, 어떻게 된 여자야……. 아니, 어디서든 저러겠지. 이방근은 희미하게 화장의 잔향이 떠도는 가운데, 분노가 위 속에서 끓어올라 장이 뒤틀리는 것을 느꼈다. 어쨌든 선옥 앞에서 잘 참았다고 생각했다. ……유원이 아버지의 뜻에 따르겠다고 약속했다지. 과연 그럴까. 분명히, 뜻에 따르도록 하겠습니다……라고 말했을 터였다. 음, 최용학이 이 자식, 잘만 이용하면 딱 좋은 비장의 수단이 될 것 같다. 그가 방패 역할을 해 줄 것이다. 서울에서 또 만납시다……라며 장소를 보다 미래로 가지고 가는 방법도 있다……. 그는 자리에서 일어나 소파 주위를 큰 걸음으로 빙글빙글 돌았다. 취기가 머릿속의 회전 날개를 어둠 속으로 펼쳤다.

방의 뒷문 툇마루에, 어둠이 깔린 정원수를 배경으로 갑자기 사람 그림자가 나타났다. 그것은 유원이었지만, 이방근을 놀라게 했다.

그녀는 꾀병으로 잠자리에 누워 있다가 발소리를 죽이고 조심스럽게 빠져나왔던 것인데(그때의 짓궂게 웃는 얼굴로 보아, 다분히 장난기가 발동해 있었다), 오빠의 낭패에 가까운 표정으로 바뀌며 놀라는 모습에, 그녀 쪽이 겁을 먹을 정도로 놀라고 말았다.

"오빠, 왜 그래요. 내가 누군지 알고 있잖아요."

"바보 같은 소리 하지 마. 넌 유원이잖아."

"그 말투가 이상해요……."

"바보 같은 소리 하지 마. 뭐 하러 온 거야."

놀란 순간의 격렬한 심장의 고동이 아직 진정되지 않는다.

"오면 안 되나 봐요……. 오빠는 생각보다 겁쟁이네요. 미안해요,

제가 놀라게 해서. 오빠는 눈을 감고 유령처럼 거기에 우두커니 서서, 뭔가 깊은 생각에 잠겨 있었어요."

파자마로 갈아입은 유원은 소파로 가서 앉았다. 이방근도 여동생을 따라 앉았다.

어이없게도 얼굴이 빨개질 정도로 놀랐다. 방 안을 거의 눈을 감은 상태로 걸으며, 취기 속에서 마음은 안과 밖을 구분하는 두개골을 걸어낸 어둠의 공간에 빨려들고 있었다. 틀림없이 최용학의 일을, 그리고 여동생의 결혼을 생각하고 있었을 터였다. 만일 여동생이 이번 결혼을 결심할 때는 이미 여동생이 아니다. 그 두려운 얼음처럼 동결되어 가는 타인의 감각……. 여동생의 몸을 안고 있는 최용학을 대신하는 다른 남자의 모습을, 아니 이방근은 자신의 모습을 한순간 감은 그 눈 뒤쪽의 공간 속에서 보고 있었다. 거기에 유원의 클로즈업된 얼굴이 나타나려는 그 순간에 인기척이, 아니 뒷문 입구에 우뚝 서 있는 유원의 모습이 눈 안으로 들어왔던 것이다.

선옥이 전해 주는 이쪽의 대답을 듣고, 아마도 모레 찾아오게 될 최용학에 대해 어떻게 할 것인지, 두 사람은 테이블을 마주하고 이야기를 나누었다.

최용학이 방문했을 때의 대책이었지만, 특별히 이렇다 할 거창한 것은 아니었다. 남매가 동석하는 것이므로(상대는 그것을 원하지 않겠지만), 일반적인 손님을 응대하는 것과 크게 다르지 않을 테고, 물론 설사 내놓는다 하더라도 선물은 받지 않겠지만, 그것으로 현재 양쪽 집안의 체면을 손상시키지 않고 최소한으로 유지한다는 것이었다.

그런데 이방근은 취기에 흔들리는 파도에 휩쓸려, 무심코 쓸데없는 말을 해서 여동생을 몹시 화나게 만들고, 슬프게 만들어 버렸다. …… 유원아, 너 솔직히 말해 봐. 넌 오빠의 체면을 생각해서 그 남자를 거절하는 거 아니겠지. ㄱ 남자는 네게 홀딱 빠져 있어. 네 앞에 넙죽 엎드려 영원한 노예라도 될 거야. 어떤 의미에선 행복한 남자다. 정말로 최용학과 결혼할 마음이 없는 거냐……?

유원의 눈이 빛났다.

"오빠는 아버지나 새어머니와 마찬가지로 내가 최용학 씨와 결혼이라도 하길 바라는 거예요? 아이구, 오빠, 지금 와서 무슨 그런 말을! 설사 농담이라 해도, 아니지요, 농담이 아니에요. 진지한 얼굴로 이방근이 여동생에게 그런 걸 묻다니! 정말 싫어요. 방근 오빠는 역시 어떻게 됐나 봐……. 전 오 동무의 여동생에 비하면 정말이지 운이 좋고, 비교한다는 건 더 나쁜 일이지만, 전 제멋대로이고 불효자라는 것도 알고 있어요. 하지만……."

"남주 여동생 얘긴 그만둬."

"네에, 저도 지금은 도무지 거기까지 얘기하고 싶지 않아요. 하지만……. 그러니까, 저도 모르겠어요……."

궁지에 몰렸었다고는 해도, 아버지 앞에 꿇어앉아 아버지 뜻에 따르겠다……고까지 말한 주제에, 유원은 오빠의 말에 그렇게 분한 생각이 들었는지, 돌연 본인도 의식하지 못한 닭똥 같은 눈물을 흘릴 정도였다.

이방근은 그 뜻밖의 눈물에, 여동생보다도 자신의 마음이 씻기는 듯한 기분이 들었다.

그는 여동생을 돌려보낸 뒤에도 한동안 혼자서 마셨다. 소등한 방의 침상에 들어가서도, 몽환이라고밖에 할 수 없는 것들을 상상하며, 그 상상에 설명을 부여하려 하고, 잠의 연못에 빠져들려다가 그곳에서 기어오르며 계속해서 몸을 뒤척였다. 머릿속의 심이 울려 퍼졌다. 가만히 잠을 청하자, 취기의 흐름이 여울이 되고, 파도가 되어 흥얼거렸다. 요란스런 매미 소리가 되고, 봄날 밤 개구리 떼의 울음소리가 되고, 새들의 지저귐이 되어, 아니 귀전에서 모든 것들의 합창이 되어 울려 퍼지고, 이방근 자신이 흥얼거리는 파동의 하나가 되어 어둠에 녹았다……

뒷문 너머 어둠 속에서 갑자기 나타난 여동생의 모습에 간담이 서늘해졌을 때, 그는 분명 유원을 안고 있는 자신을 상상하고 있었던 것은 사실이었다. 그것은 어디까지나 상상이었고, 혹은 상상이 저절로 형태를 취해 본인의 의식보다 먼저 나타나 자신을 놀라게 했지만, 현실에서는 있을 수 없는, 상상 이상의 것은 아니었다. 여동생이 하나의 여체로서 상상 속에 포옹이란 형태로 떠오르는 것이 간음의 표현일까, 그것은 상상의 정도와 실현을 향한 마음의 움직임이 결정할 것이었다.

꿈속에서 어미와 자식이 정을 통하는 경우가 있다. 현실에는 일어나서는 안 될 이 무서운 모습은, 인간의 의지로는 어떻게 할 수도 없는, 태고의 꿈의 수많은 깊은 숲을 빠져나온 숙명적인 존재의 어렴풋한 반영이다. 오이디푸스는 아버지인 줄 모르고 부왕을 죽이고, 게다가 그 왕비도 어머니인 줄 모르고 왕비로 삼아 자식을 두기에 이르는데, 거기에 비극이 성립하는 것은, 자신도 모르는 인간 차원의 인과관계를 넘는 운명에 의해 짜여진 현실에 스스로 책임을 져야 한다는 것이었다. 결과로서 알게 되는 모자상간(母子相姦), 그리고 아버지 살해가 중복되는 점에 가혹한 운명의 장치가 있지만, 한결같이 모자상간은, 아버지가 현존하고 있을 때는 부자상극으로 얽혀 아버지의 살해로 연결된다.

이방근은 꿈속에서 어머니와 정을 통한 적이 있었다. 설령 일곱 번의 생을 얻는다 해도, 인생에서는 있을 수 없는 일이 어째서 꿈속에서는 무서운 모습을 보이는가. 그것이 어머니의 모습을 빌린 뭔가 다른 어떤 것의 대리나 상징이라 해도, 꿈속에서 이 일은 오이디푸스처럼 자기 눈을 찌르지 않아도 되는 것인가. 남매의 경우는, 아직 그것과는 거리가 있을 터이다.

진쟁 진 이방근의 도쿄 유학 시설에, 이타바시(板橋)의 하숙집 근처에 있는 잡화 겸 담뱃가게에 혼기가 찬 여식과 오빠 남매가 있었다. 노부부와 딸은 가게를 보고, 오빠는 월급쟁이였다. 어느 날 딸의 얼굴이 가게에서 사라지고, 머지않아 가게 안에 갓난아기를 안은 그녀가 어미가 된 듯한 모습으로 나타났다. 언제 결혼을 한 것일까. 그리고 이따금 오빠가 아기를 안고 어르고 있는 것을 보았지만, 이방근은 그녀의 남편으로 생각되는 남자가 보이지 않는 것을 이상하게 여기면서도, 외삼촌이 조카나 조카딸을 돌보는 정도로밖에 생각하지 않았다. 그런데 아무래도 그 아이가 남매 사이에서 태어난 것 같다는 것을 알았을 때 충격은, 전율 그 자체였다.

근친상간은 있을 수 있다고 해도, 남매가 양친 슬하에서 부부 생활을 하며 아이를 키운다는 것은, 그것이 눈앞에 있는 사실이었기 때문에 인정할 수밖에 없으면서도, 믿을 수 있는 일은 아니었다. 이게 어떻게 된 일인가. 복잡하게 엉킨 생각의 실타래를 풀어 가면서도, 그 은밀하고 조심스런 남매 부부의 모습에, 선악의 가치 판단을 초월하는 일종의 감동을 느꼈던 것이다. '무법', 혹은 '법'으로부터 자유롭고 대범하다고 해야 할까, 납득할 수 없으면서도, 또 그것만으로 끝나지 않는 무언가가 오랫동안 마음속에 남아 있었다. 문득 그 담뱃가게의 형상이 떠오를 때가 있었다. 지금 생각해도 그것은 역시 불가사의한 신화 세계의 정취마저 느끼게 했다.

이방근은 어둠에 잠긴 침상에서 뒤척거리며, 유원이 최용학과 결혼 따위를 하고 싶지 않다고 격분해서 한 말에, 기쁨을 느끼고 있는 자신을 인정했다. 그는 가만히 숨을 죽이고, 여동생을 위해서도 그러하지만, 자기 자신을 위해 그녀의 결혼을 방해하고 있는 것은 아닌가, 그 마음의 움직임을 타인이 알아채지 못하도록 가만히 엿보았다. 여동생을 안고 싶은 것은 아니다. 그것은 있을 수 없는 일이면서도, 그렇다지만 왜 이리도 유원을 놓아주기 어려운 것인가…….

밤이 깊어가면서 바람 소리가 강해지기 시작했다.

다음날 선옥이 최 씨 집으로 직접 찾아갔는데, 이미 이방근 남매의 만찬에의 초대를 포기하고 있던 상대방은, 출발 당일에 해당하는 내일 오후의 내방에 대해서, 하루 이른 오늘로 했으면 좋겠다는 대답을 보내왔다.

이방근은 언제나 그러하듯 숙취가 심해서, 머릿속이 사막처럼 버석거리는 상황 속에 찾아온다고 해도, 얼마나 '친절하게' 손님을 대할 수 있는지, 그 간들거리는 남자의 서울말을 듣는 것만으로도 구토를 일으키고, 뭔가를 계기로 불쾌감을 폭발시켜 상대에게 실례를 범할지도 모른다며 망설였지만, 부엌이를 보내 수락의 뜻을 전했다.

하룻밤 지나고 보니, 지금의 궁지에서 남매가 빠져나가기 위한 비장의 수단으로 최용학을 이용하고자 했던 어젯밤의 생각이 바보스럽게 느껴졌다. 그래도 어찌 되었건 여동생이 상대와 만나는 것으로 아버지로부터의 풍파는 잠시 막을 수 있기 때문에, 비장의 수단까지는 아니더라도, 그러한 상태의 관계를 유지할 필요가 있었다. 그가 내일 제주도를 떠나는 것은, 구체적인 절차를 결정하는데 유예할 여유를 주게 되어 다행이었다. 서울에서도 당분간 교제를 계속하는 것으로, 잠시 동안 시간을 벌어야 한다.

약속한 오후 한 시 정각에 최용학이 혼자 찾아왔다.

부엌이인 안내로 이방근이 있는 시새 잎사시 온 손님은, 디딤놀에 가죽 구두를 벗어 놓고 툇마루로 올라왔다. 말쑥한 회색 신사복에 넥타이를 똑바로 매고, 두발은 머릿기름으로 깔끔하게 정리하였으며, 상의 수머니에는 여느 때와 마찬가지로 손수건 끝이 살짝 보였다. 이방근은 우선 이것이 마음에 들지 않았다. 손에 아무것도 없는 것으로 보아 선물은 가져오지 않은 것 같았다. 아니, 작은 것이라면 주머니에 들어갈 것이었다. 툇마루에서 실내로 들어온 그는 미심쩍다는 표정으로 방 안을, 장지문을 열어 둔 옆 온돌방까지 시선을 옮겼다. 이방근 혼자뿐이고, 만나려고 하는 유원의 모습이 보이지 않는 것에 자존심이 상했거나 실망한 듯했다.

소파에서 일어난 이방근은 상대가 내민 손에 악수로 응하고, 안뜰을 등진 쪽의 소파 자리를 권하며, 유원은 곧 올 테니까…… 하고 상대를 안심시키는 한마디를 덧붙였다. 그 얼굴은 반듯했지만, 아니 반듯해서 더 눈에 띄는 얼굴 자체의 간들거리는 느낌의 개성 없음이, 이방근은 마음에 들지 않았다.

그는 이방근과 마주 앉자, 돌연 형님이라 부르며, 담배를 피워도 되겠습니까, 라고 해서 이방근을 당황하게 했다. 여러 차례 만난 것은 아니었지만, 지금까지 들어 본 적이 없는 '형님'이란 호칭이었다. 연상의 선배에 대해 일상적인 친근감을 담아 부르는 경우나, 그리고 손위 처남을 말하는 경우도 모두 '형님'이지만, 어느 쪽을 말하는 건지 판단이 서지 않았다. 어찌 되었건 어울리지 않는 느낌의 '형님'이었다.

"댁은 지금 형님이라고 했는데 말이오." 이방근은 최용학이 입에 문 담배에 라이터 불을 붙이고 나서, 당황스런 기색으로 그를 향해 말했다. "만약 일반적인 형이 아니라, 처남으로서의 형님이라면, 그것은 지금(아직, 이라고는 말하지 않았다. 이방근은 말을 고르고 있었다) 사용해서는 안 된다고 생각하는데 말이오. 그렇지요?"

여동생을 어지간히 비싸게 팔아먹는군.

"……예, 예……." 최용학은 움찔하며 표정을 바꾸고, 곧게 편 상반신 위의 머리를 분주하게 두세 번 아래위로 끄덕였다. "저는, 그, 존경하는 선배로서 형님이라고 부른 것입니다. 그렇습니다. 선생님은 너무 딱딱한 느낌이 들었습니다. 앞으로도 형님이라고 부르고 싶습니다……."

서울말 억양이 탁자 건너편에서 흘러왔다. 괴로운 변명이었다. 최용학은 계속해서 담배를 피우고 있었지만, 그 두 개의 무릎이 희미하게 떨고 있음을 이방근은 알아차렸다.

툇마루에 여느 때와 다름없는 평상복을 입은 유원의 모습이 나타나, 손님의 뒤쪽에서 방으로 들어왔다.

"용학 씨, 잘 오셨어요."

그녀는 밝은 미소를 지으며 말했다. 최용학에 대한 인사로는 상당한 수준이었다.

최용학은 급히 담배를 재떨이에 비벼 끄며 자리에서 일어나, 순간하얀 얼굴을 약간 붉히며 답례를 하고는 다시 소파에 앉았다. 유원은 오빠 옆으로 가서 손님과 마주 보고 앉았다.

그때, 예기치 못한, 아니, 지금 현재로서는 예기치 못했던 손님이 찾아왔다. 오남주가 온 것이었다.

이방근은 곤란하게 되었다고 생각하면서, 손님의 방문을 알리러 온 부엌이에게 손님을 모시라고 일렀다. 앞으로 하루 이틀 사이에 올 거라고는 생각했지만, 설마 오늘 바로 이 시간에……. 마치 정한 날짜가 있는데, 그것을 하루 앞당겨 일부러 최용학의 방문에 맞춘 듯한 기묘한 느낌마저 들었다.

유원도 오남주리는 부엌이의 말에 갑자기 표정을 바꾸며 반사적으로 자리에서 일어났다.

이방근은 일어나면서, 어떻게 할까? 하고 여동생을 향해 말했다.

"……응접실에서 기다리도록 할까?"

"하지만……. 용학 씨는 이제 막 오셨고……. 이리로 오게 하면 어떨까요. 용학 씨 소개도 하고……."

"음……."

설마 미래의 남편이라는 말은 하지 않겠지……. 이방근은 내심 웃으면서 툇마루로 나갔다.

3

"손님이 계셨습니까?"

새로 산 밀짚모자를 든 같은 쪽 손에 묵직해 보이는 보자기 꾸러미를 들고 안마당을 지나 툇마루 앞까지 온 오남주는, 서재의 소파에 등을 보이며 앉아 있는 남자를 보고는 망설였다.

"괜찮으니, 올라오게."

툇마루에 나온 이방근이 방 쪽으로 턱을 움직이며 말했다. 술은 마시지 않았군, 웬일로 맨 정신인 것 같아, 음, 그건 다행이야…… 하고 생각했다.

"자, 올라오세요. 갑자기 오셨네요."

오빠를 따라 나온 유원이 말했다.

오남주는 툇마루로 올라오더니, 일전에는 일부러 멀리까지 오시게 해서 죄송합니다……라며 이방근에게 감사의 말을 전하고, 손에 들고 있던 보자기 꾸러미를, 이거 어머니가 보내신 건데, 막 딴 참외……라고 유원을 향해 말하고는 건넸다. 그녀는 보자기 꾸러미의 무게에 순간 손목의 힘이 쑥 빠지는 것처럼 보였는데 반사적으로 들어 올리더니, 일단 툇마루의 미닫이 옆에 두고 방으로 들어왔다. 그리고 오남주가 방 안쪽의 미닫이 뒤에 놓은 밀짚모자를 집어 들고 벽에 걸면서 말했다.

"오 동무는 밀짚모자를 새로 샀나 봐요. 문난설 씨한테 들었어요. 목포항에서 일단 배를 탔지만 부두로 뛰어내렸다면서요. 그때 밀짚모자가 훌쩍 바람에 날려 바다에 떨어져 버렸다고요. 유달산에 오르는 도중에 난설 씨가 사 주었다고 하던데……."

최용학이 그녀의 동작을 눈으로 쫓았다.

오남주는 안뜰을 등진 쪽의 소파로 안내되어, 최용학과 나란히 앉았다.

이방근이 둘을 소개하여, 이쪽은 아직 학생 신분이고……라며 오남주를 가리켜 최용학에게 말했다.

"그렇습니까. 학생입니까. 꽤 나이가 들어 보이네. 나보다도 나이가 들어 보일 정도로……." 오남주와는 서로 몸을 비스듬히 마주 보고 앉은 최용학은 갑작스런 침입자에 이빨을 드러내지는 않았지만, 명백하게 불쾌감을 그 표정에서 감추지 못하고 있었는데, 구깃구깃한 와이셔츠 소매를 걷어 올리고 무릎이 뭉툭하게 튀어나온 검은 학생복 바지 차림의 상대를 이리저리 훑어보더니 덧붙였다. "자네, 대학은 어디인가?"

그리고 자리를 양보한 것인지, 아니면 상대로부터 조금이라도 거리를 두고 떨어지려는 것인지, 오른쪽 팔걸이 쪽으로 몸을 바짝 붙였다.

"S대지요. 미래이 건축가랍니다. 찻, 핫히."

이방근이 말했다. 오남주는 최용학의 마치 먼 해외에서라도 온 것 같은 말쑥한 복장의, 그 가슴 주머니 위로 살짝 올라온 손수건을 힐끗 쳐나보았는데, 눈빛이 혐오로 일그러졌다.

"아아, S대……. 그렇습니까. 건축가입니까. 그렇다면 대단한 수재로군요." 최용학은 얼른 표정을 바꾸어 눈을 깜박거리고, 오남주와 맞은편 자리의 비스듬한 위치에 있는 유원 쪽을 보고 감탄한 것처럼 고개를 끄덕여 보였지만, 바로 상대를 얕보는 듯한 태도로 말했다. "……이런 시국에, 하필이면 지금 제주도에?"

"……"

오남주는 유원을 쳐다보았다.

"여름방학이라서……."

유원이 말했다.

"벌써 대학은 시작된 거 아닙니까?"

"여름방학과는 관계가 없습니다. 저는 휴학 중이라서."

"휴학 중……?" 최용학은 갑자기 휴학이 무슨 죄라도 되는 것처럼 의심과 경멸감이 섞인 말투로 말했다. "자네는 지금 같은 시기에 잘도 도항을 했군. 나도 잠시 여기에 체재하다가 내일 출발하게 되었지만, 그래서 오늘은 이방근 형님과 유원 씨에게 인사차 들렀는데, 지금 같은 시기에 본토에서 이곳으로의 출입은, 보통의 경우는 불가능할 터인데, 용케 올 수 있었군……." 그는 상대가 학생인 청년이란 걸 알자 금세 연장자의, 그래 봤자 서너 살 정도겠지만, 선배라는 것을 과시하듯 말했다. 학생이 일반도항 금지인 이 섬에 들어오는 것은 어려운 일이다. 특별한 연줄이라도 있나? 그렇다고는 생각되지 않는데. 즉, 그런 면에서 본인은 이 땅의 출입이 자유로운, 이른바 특권계급에

속하는데 말이야……라고 말하는 듯했다. "오 동무는 어떻게 이곳에? 혹시, 그……." 혹시, 밀항선이라도 타고 온 것이냐는 말인 셈이었다.

오남주는 바로 그 말을 받아서 문난설과 이방근의 도움을 받았다고는 하지 않았지만, 뭔가 입을 열려고 했다.

"저와 함께 온 거예요."

오남주보다 먼저 유원이 말했다.

"아아, 그렇습니까……. 유원 씨와 함께 왔습니까."

유원의 말에 대답하는 최용학의 얼굴에, 순간 난처해하는 기색이 역력했다.

"최용학 씨는 광주로 출발하세요. 광주의 은행에 근무하고 계시거든요. 과장대리인 계장님이세요."

이어진 그녀의 말이 순간 나락으로 떨어질 것 같던 표정의 최용학을 구했다. 약간의 부끄러움과 천박한 오만을 쓰다듬는 만족의 표정이 고개를 끄덕이는 얼굴을 감쌌지만, 아아…… 하고 갑자기 생각났다는 듯이 목소리를 높인 오남주의 이야기에 순간적으로 그 표정이 변했다.

"서울에서 언젠가 유원 동무가 이야기했던 사람이구나, 아아, 그렇군……. 그렇구나."

지금까지 고개를 조금 숙인 채 말이 없던 오남주가, 자못 납득이 간다는 듯이 얼굴을 들고 말했다.

"그랬었나요……?" 유원은 조금 당황한 것 같았지만, 곧바로 정색을 하고 말했다.

"제가 그런 말을 했었나요?"

"……왠지, 그런 느낌이 들었는데."

"착각한 게 아닐까?"

"……아아, 유원 씨는 서울에서 뭔가 저에 대한 말씀을 하신 겁니끼?(그 ㅁㅗㄱㅗ리가 다ㅗ 기쁨에 들떠 있었ㅣ 때문에, 유원은 안심한 듯했나) 그렇습니다. 아니, 그래요. 저는 서울 일은 잘 알고 있어요. 그러니까 유원 씨와도 서울에서 만나 뵌 적이 있지요. 아니, 이 자리에서 더 이상 말씀 드릴 수는 없지만, 조만간 저는 서울의 은행 쪽으로 가게 될 겁니다…….”

최용학은 유원과 오남주의 얼굴을 번갈아 쳐다보면서, 무슨 이야기인지, 아무튼 자신에 관한, 그것도 좋은 이야기가 서울에서 오갔다고 생각하는 것 같았다. 그는 상반신을 그쪽에 기울이는 것으로 관심을 표시했다.

이방근은 최용학을 힐끔 쳐다보았다. ……뭔가, 이 남자는, 그야말로 무슨 착각을 하고 있단 말인가. 서울에서 유원 동무가 이야기한 사람이구나, 아아, 그렇군……. 유원은 오남주에게 무엇을 이야기한 걸까. 필시 최용학에 대한 이야기를 했겠지만, 학교까지 찾아와 교내에서 숨어 기다리거나, 집으로 장미 다발을 안고 찾아오기도 하고, 일부러 집으로 찾아왔을 때는, 마침 집에 있던 오빠에게 쫓겨났다거나……, 그런 말을 한 것일까. 이방근은 최용학의 오남주에 대한 말투나 태도, 그리고 본적을 제주도에서 본토로 옮긴 남자의 입에서 ‘이 땅‘이 반복되는 것에 이미 기분이 상해 있었지만, 어쨌거나 오남주가 찾아온 시간이 너무 빨랐다. 하다못해 반 시간 정도라도 늦게 왔으면 좋았을 것을, 하는 생각을 하고 있었다. 그저 우연이었지만, 모처럼 방문한 손님에게는 침입자였고 실례가 되는 것이었다. 어떻게 해야 할까. 아무래도 곧바로 동석시킨 것은 바람직하지 못했던 것 같다.

부엌이가 큰 쟁반을 양손에 들고 방으로 들어왔다. 오가피차와 먹기 좋은 크기로 자른 참외를 담은 접시를 쟁반 위에 얹어서. 필시 최용학을 의식한 선옥의 지시에 의한 것이겠지만, 백자 찻잔에 마치 루

비처럼 투명하게 빛나는 오가피차는 눈이 번쩍 뜨일 만큼 아름다웠다. 약초 냄새가 섞인 향내가 따뜻한 수증기 속에 피어올랐다.

"어머……." 유원이 자신의 옆에 서 있는 부엌이에게 말을 걸려다가 우물거렸다. "나 좀 봐, 까맣게 잊고 있었네. 툇마루의 미닫이 옆에 보자기 꾸러미가 있잖아. 그건 오 동무 어머님이 보내신 건데……."

탁지 위에 나온 것이 오남주가 들고 온 선물과 똑같은 참외였기 때문에, 그녀는 무심결에 말이 나온 모양이었다.

부엌이가 유원에게, 옆에 있는 이방근도 들릴 정도의 작은 목소리로, 마님이 부르십니다……라고 알린 후 방을 나간 뒤, 툇마루의 미닫이 옆에 놓인 보자기 꾸러미를 들고 사라졌다.

잠시 후에 유원이 자리에서 일어났다.

최용학은 오가피차를 두세 모금 마시고 담배에 불을 붙여 피우면서, 옆에 있는 학생이 참외 조각을 입으로 가져가는 모습을 지켜보았다.

"형님, 오가피차도 맛있지만 오가피주도 맛있지요."

최용학이 형님이라고 말 한 순간, 오남주는 아마도 아까부터 되풀이하는 그 말에 납득이 가지 않는지, 불쑥 얼굴을 들고 이상하다는 듯이 최용학을 힐끔 쳐다보고 나서, 계속 과일을 먹었다.

"그것은 일종의 약주인데, 괜찮다면 가져오라고 할까요?"

이방근은 상대가 형님을 연발하는 것에 되도록 거리를 두고 정중한 말투를 썼다.

"아닙니다, 그런 뜻은 아니었습니다. 지금, 대낮부터 술 같은 걸 마시고 싶지 않습니다. 집에는 담근 지 몇 년이나 된 것이 그대로 있습니다. 살구주나 여러 과실주, 약주가 있습니다."

"으―음. 참 그렇지, 댁은 낮술을 마시지 않지요. 저로 말하자면, 후후, 밤낮을 가리지 않아서요. 앗, 핫하."

"형님은 말술도 마다하지 않는 천하의 주호로 통하시니까, 웬만한 술은 술이라고 여기지도 않잖습니까. 예를 들면, 그러니까, 맥주는 물 같은 것에 불과하다는 식으로 말이죠⋯⋯. 우리로서는 생각지도 못할 일이시만요."

최용학은 아마도 이 술고래의 철면피라고 생각하면서(그처럼 이방근 자신이 그의 마음을 들여다보고 있었다), 쑥스러운 웃음으로 얼굴 표정을 얼버무렸다.

"지금 용학 씨는 서울로 가게 될 거라고 이야기했는데, 그렇게 되는 겁니까?"

이방근은 벌꿀이 녹은 떫은맛이 나는 오가피차를 한 모금 머금고, 맛을 확인이라도 하듯 삼키고 나서 말했다.

"예ㅡ. 올해는 무리라고 생각합니다만, 내년 초에는 서울 본점으로 가게 될 것 같습니다. 그때는⋯⋯."

"영전이군요."

"예ㅡ. 그것이 영전인지 어떤지 아직 모르겠습니다만⋯⋯."

최용학은 일부러 수줍은 미소를 입가에 띠우고, 한 손으로 머리를 가볍게 쓰다듬듯이 눌렀다.

"그럼 서울에서 가끔 만나게 될지도 모르겠군."

이방근은 마음에도 없는 말을, 그 무렵에는 여동생은 서울에 없을 걸⋯⋯이라고 마음속으로 중얼거리며 말했다.

"아닙니다, 형님, 그게 아니지요⋯⋯. 형님, 무슨 일 있으십니까?"

"아니, 아무것도 아니오⋯⋯."

이방근은 연발하는 형님⋯⋯이라는 소리가 위장 바닥을 콕콕 찌르는 것 같아서, 순간 얼굴을 심하게 찡그렸던 것이다. 아아, 나는 어느새 이 남자의 '형님'이 되어 버린 것일까. 내 머리는 아직도 숙취의

사막으로 까칠까칠한 상태일까. 화를 내지말자, 화를 내지 말아야 한
다. 친절하게 대하자. 침입자를 동석시킨 것을 생각해서라도.

"형님은, 그, 서울에 계속 계시는 겁니까. 그렇다면 가끔이 아니라
언제라도 뵐 수 있으리라 생각합니다. 부디……, 일전에는 소생이,
형님께 실례를 범했습니다만, 아무쪼록 잘 좀, 이 동생을 위해 앞으로
지도 편달을 부탁드립니다."

최용학은 고개를 숙였다.

오남주는 참외 한 조각을 다 먹더니 꾸깃꾸깃한 손수건으로 손과
입 주위를 닦으며, 새삼 이상하다는 듯이 같은 소파에 앉아 있는 먼저
온 손님을 힐끗 쳐다보았다. 그리고 이해가 잘 안 되는데 무슨 말입니
까? 라는 말이라도 하려는 것처럼 비스듬히 맞은편의 이방근을 쳐다
보고 나서, 시선을 되돌렸다.

"저어, 최용학 씨는 고향이 어디십니까?"

"고향……?"

최용학은 순간 움츠러들듯 멈칫하며 이방근 쪽을 쳐다보았지만, 곧
시선을 돌리고 표정을 바꾸어 제주라고 대답했다. 본적과 고향이 다
른 것이라고 한다면, 그것은 맞는 말이다. 그는 제주를 피해(즉 출세에
방해가 되는 제주도 출신임을 말살하고) 본토로 적을 옮긴 것이므로, 이미
제주도 사람은 아닐 터였지만, 나누어 쓰고 있는 모양이었다. 서울
일대에서 고향은? 하고 질문을 받으면, 극히 자연스럽게 새로운 본적
지인 광주를 고향이라고(이곳도 조선에서는 차별받고 있는 전라도 땅이지만)
대답할 것이다.

"아니, 제주……?" 오남주는 감탄하듯이 말했다. 거기에 놀라움은
없었는데, 처음부터 제주도라고 예상하고 있었는지도 몰랐다. "아니,
같은 제주도인데, 제게는 그렇게 안 보여서 서울 분인 줄로만…….

그래서 물어본 것뿐입니다. 같은 제주도 분이로군요. 도저히 그렇게는 생각되지 않았습니다."

"이방근 선생님과 마찬가지로, 이곳 성내야." 최용학은 상대를, 넌 노대제 뭐하는 놈이냐고 묻늣이 슬쩍 흘겨보고는, 형님…… 하고 이방근을 향해 말했다. "저, 유달현 씨를 알고 계십니까?"

"……?" 최용학의 자리에 어울리지 않는 물음에, 그가 유달현 같은 사람하고는…… 거의 어울리지 않는다고 생각되어, 그의 입에서 막힘없이 흘러나오는 형님이라는 음성이, 내장의 내벽까지 닿아 소름끼치게 만드는 불쾌함조차 이방근은 잊었다. 그는 아무렇지도 않은 듯 말했다. "아아, 유달현 말이죠, 알고 있지요……." 그리고 그럴 필요도 없는데, 최용학이 말을 이어 가길 기다리지 못하고 덧붙였다. "유달현에게 무슨 일이 있나요?"

방 입구를 통해 안뜰을 향하고 있던 이방근의 시야에, 툇마루를 밟는 부드러운 발소리와 함께 유원의 모습이 들어왔다. 그녀는 출입문 문지방 건너편에 우뚝 선 채로 소파 쪽을 향해, 오 동무……라고 친근한 어조로 부르고, 깜짝 놀라 뒤돌아본 그에게, 잠깐 이쪽으로……라고 말했다. 오남주가 자리에서 일어남과 동시에 최용학도 보이지 않는 실에 이끌리듯 뒤돌아보는 것이, 이방근에게는 자신의 눈 속에서 움직이고 있는 것처럼 어떤 마찰감을 느끼면서도 묘하게 확실히, 그리고 아주 작게 보였다.

유원은 그런 최용학에게, 곧 돌아올 테니……라며 미소를 짓고 고개를 끄덕여 대답하고, 출입구로 다가온 오남주를 납치하듯 그 자리에서 사라졌다. 필시 선옥이 오남주의 일로 뭔가 지시했음이 틀림없었다. 응접실로 안내해서 거기서 잠시 기다리도록 할 생각이겠지만, 처음부터 그렇게 했으면 좋았을지도 모른다.

최용학이 혼자 남겨진 것처럼, 소파가 갑자기 넓어졌다. 엎어지면 코 닿을 거리에 있는 응접실로 안내만 하는 것이라면 1, 2분으로 충분할 텐데, 유원은 바로 돌아오지 않았다.

탁자를 사이에 두고 잠시 이야기가 끊겼는데, 최용학이 지금 그 학생은 유원 씨와 친구 관계입니까……? 라고 물었다.

"친구 관계, 그래요. 서울에 있는 제주 출신 학우회 멤버로, 동료 학생입니다. 그러니까 친구겠지요."

"학우회란 말씀이죠. ……유원 씨는 꽤 자유롭군요. 가정이 그런 분위기겠죠."

"그 말은, 남학생과의 교제가 그렇다는 건가요?"

"도무지 규중처녀로는 생각되지 않습니다. 활달해서……."

"흐음, 규중처녀라……." 이방근은 하마터면 웃음이 터질 뻔했는데 겨우 참았다. "규중처녀라니, 댁은 젊은데도 상당히 '고전적'이로군요. 저 아이는 규중처녀가 아닙니다. 어릴 적부터 부모 슬하를 떠나 있어서……(이런, 나는 무얼 또 자세하게 설명하고 있는가). 저 아이가 규중처녀라니 당치도 않아요. 몰랐나 보군요. 댁의 취향은 규중처녀 타입인가요. 신경 쓰입니까?"

"아닙니다, 신경 같은 거 쓰이시 않습니다……."

최용학은 아직 미정이지만, 유원이 이미 어느 정도 그의 사정권 안에 들어왔다고 생각한 나머지 몹시 불쾌해하는 것 같았다. 이 남자는 결혼하면(이 남자만이 아니겠지만), 순식간에 남자에게 있어 한없이 편리한 유교적 원리로 아내 되는 여자를 대할 것이다. 바보든 뭐든, 사타구니에 그저 물건 하나 더 달려 있다는 것만으로, 지상 최고의 존재로서 여자 머리 위에 우뚝 설 수 있는 조선의 사내들…….

"오 군은 학생운동이라도 하고 있는 건가요."

최용학은 유인으로부터, 지금 그녀와 함께 있는 오남구도 와세를 옮겨 갔다.

"학생운동……? 그 학생운동이라는 것은 무얼 말하는 거요. 학우회가 무슨 학생운동 조직이 아니오. 친목 단체지요." 이방근은 과잉 반응이었는지, 울컥 화가 치밀어 맞받아치듯 말했다. 설마 유원의 일까지 파고들려는 것은 아니겠지. 만약 유원이 유치장에 들어간 사실을 안다면, 틀림없이 눈앞에서 바로 졸도해 버릴 주제에 말이다. "난 서울에서 알게 된 지 얼마 되지 않지만, 관계없겠지요. 무엇보다 그렇다면 경찰에서 도항증명서가 나올 리 없겠지요. 그는 분명 도항증명서를 가지고 있으니까. 안 그렇습니까."

강한 어조의, 안 그렇습니까, 라는 한마디가 상대방의 말문을 막아버렸다. 안면 근육과 함께 움직이는 그의 표정은 확실히 기가 죽어 보였다.

"예."

최용학은 중얼거리듯이 말하고 고개를 끄덕였다. 그는 다리를 꼬지도 않고 똑바른 자세로 앉아 있었지만, 넥타이 매듭에 손을 대어 느슨하게 풀었다. 유원이 아니라, 이방근과 단둘이 마주 앉게 될 거라고는 생각지도 않았기 때문에, 소파는 물론 탁자까지 감싸고 있는 주변 공기의 압박감이, 그의 목 언저리를 답답하게 막기 시작했다고 해도 무리는 아니었다. 그는 곧바로 네모나게 접은 손수건으로 가볍게 목덜미를 닦았다.

이방근은 이상하게도, 최용학이 객관적으로 존재하고 있는 것이 아니라, 자신의 눈 속에서, 하나의 액자 같은 틀 속에서 움직이고 있는 것처럼 느끼고 있었다. 따라서 그가 마음만 먹으면, 눈을 감고 막을 내리기라도 한다면, 상대의 존재는 즉각 사라져 버릴 것 같았다. 상의를 벗으세요……. 그렇게 말하려다 그만두었다.

최용학은 덥지 않은 탓도 있지만, 와이셔츠의 가슴 부분을 두 손가락으로 집어 올려 바람을 넣으려고 끌어당기는 행동을 반복하지 않아 다행이었다. 이전에 왔을 때, 지금과 똑같은 자리에서의 그 눈에 거슬리는 행동이 이방근의 신경을 곤두서게 했고, 울화통을 터지게 만든 이유 중의 하나이기도 했는데, 그만해……라고 한 이방근의 그때의 말을 최용학은 지금 의식하고 있는 모양이었다.

최용학이 갑자기 뒤를 돌아보았는데, 그 움직임의 파동이 이방근의 피부에까지 직접 전달되어 울렸다. 응접실보다도 먼 부엌 쪽에서 무슨 소리가 난 것만으로, 유원이 돌아왔다고 여기고 반응을 한 것 같았다. 아니, 방금 전에는 이방근이 꼬고 있던 다리를 풀어서 반대로 바꿀 때, 발목이 테이블 다리에 닿아 탁 하는 소리가 났는데, 그 순간에도 최용학은 흠칫 놀라듯이 반사적으로 정면에서 난 소리와는 반대로 뒤편을 돌아봤던 것이다.

"으-음……."

유원이 늦다. 이방근은 가벼운 헛기침을 했다.

"아니?" 최용학이 몸을 약간 움직이며 다시 말했다. "……유원 씨는 어떻게 된 거죠? 곧 돌아온다고 했는데."

"이제 올 거요. 갑자기 손님이 겹쳐서 그런데, 얘기에 좀 열중한 모양이군요. 먼저 돌려보내기 위해서 말이죠."

"예-. 형님, 유원 씨나 오 군이 이쪽으로 돌아오기 전에, 어떻겠습니까?" 최용학은 갑자기 잠긴 목소리로 조금 주저하듯 말하고 나서, 상의 오른쪽 주머니 근처에 손을 갖다 댔다. "저어, 유원 씨에게 선물을 하고 싶습니다만……. 유원 씨와 둘이 만났을 때 선물을 하는 것이 당연하겠지만, 아쉽게도 지금 상황에서는 그럴 기회가 없습니다.

저는 내일 이 땅을 떠나기 때문에 당분간 만날 수도 없고, 아니지요, 필요하다면 언제든지 이곳으로, 서울에라도 달려갈 생각입니다만……. 그래서 오늘 지참했습니다만, 받아 주실 수 있겠습니까?"

최용학은 선물의 여하를 오빠인 이방근에게 묻고, 받아 주기를 원했다.

"음……." 이방근은 엉겁결에 고개를 끄덕이고 나서, 상대에게 기대를 품게 해서는 안 된다고 생각을 바꾸었다. 이 선물의 강요야말로, 최용학을 이 방에서 쫓아낸 직접적인 원인이 되었는데, 지금 그 상황이 눈앞에서 또 반복되고 있는 것을 이방근은 보았다. 어제 계모인 선옥에게 선물을 가져오지 말도록 분명히 전하라고 일렀건만……. 저번 일도 있으니까 가져오지 않을 거야. 그건 상대방의 기분 문제라서, 이쪽에서 이러쿵저러쿵 할 수는 없지만……. 필시 선옥은 상대에게 아무 말도 전하지 않은 모양이었다. 그러나 지금 상대의 선물 운운……에 대해 어제 생각했던 만큼 화가 치밀지 않았다. "그건 내가 아니라 여동생이 결정할 일이지만, 언제였나, 올해 초봄이었을 겁니다. 댁이 여동생에게 선물을 가져왔을 때 일이 떠오르는군요. 이쯤 말하면 댁도 기억이 날 것이오. 그때의 경위도 물론이거니와, 난 댁에게 실례되는 일도 했습니다. 결국 서로에게 불쾌한 기분이 들 겁니다. 알겠지요. 아마 유원도 그럴 거요. 서로가 불쾌해질 걸 알면서 그럴 필요는 없지 않소. 잠시 시간을 두는 게 좋을 겁니다. 그 사이 유원과 둘이 만나는 일도 있겠지요. 난 그걸 반대하는 사람은 아닙니다(아아, 도대체 무슨 말을 하고 있는 것인가. 그래, 결혼할 게 아니라면, 서울의 다방 같은 곳에서 둘이 만난다고 해서 나쁠 것은 없다. 그때까지 유원이 서울에 있을지 어떨지……)."

"아, 형님, 감사합니다. 부디 응원해 주십시오." 최용학은 감격한 목소리로 말했다. "저는 형님이 말씀하신 대로 하겠습니다. 지금, 그때 제게 실례되는 일을 하셨다고 말씀하셨는데, 송구스럽습니다, 당치도 않습니다. 그 말씀은 형님에 대한 저의 존경심을 더욱 굳건하게 만듭니다. ……모처럼 지참한 것을 다시 가지고 돌아간다는 것은 견디기 어렵지만, 오늘은 제 마음만 헤아려 주시고, 다음에 다시 유원 씨에게 직접 선물하겠습니다……."

전철을 밟지 않으려는 것인지, 최용학은 의외로 간단하게 포기했는데, 이때의 어두운 열기를 띠고 빛난 그 진지한 눈이 인상적이어서, 으흠, 이 남자는 여동생을 꽤나 좋아하는 것 같군, 반했어…… 하는 생각이 가슴을 스치며 문득 동정심이 생기는 걸 느꼈다. 서울의 집에서, 최용학이 겨우 집을 알아내 찾아온 날, 제주도에 있다고만 생각했던 이방근의 얼굴을 내미는 바람에 기겁을 한데다. 여동생을 위해 들고 온 빨간 장미 꽃다발과 함께 쫓겨나고 말았다. 이방근의 서슬에 그도 궁지에 몰린 쥐가 고양이를 무는 격으로 소리를 높여, 예의도 모르는 호로자식, 어디 두고 보자……라는 막말을 내뱉고 꽃다발을 안은 채 현관 밖으로 뛰쳐나갔던 것이다. 그렇게까지 하지 않아도 돌아갔을 텐데……라고, 그때 여동생이 말했었는데, 나중에 다시 최용학이 장미꽃 다발을 들고 온 일을, 솔직히 어떻게 생각하느냐고 그녀에게 물은 적이 있었다. 여자 꽁무니를 집요하게 따라다니다가, 그리고는 결국 꽃다발을 바치는 것은 꼴사납고 남자답지 못하다는 식의 대답을 기대했는데, 그렇지 않았던 것에 이방근은 자신의 여동생이면서도 적잖이 쇼크를 받았던 것이다.

유원은 꽃다발을 직접 가져온 그 행위와 당사자는 분리해서 평가했다. 최용학에 대해서는 호감을 갖고 있지 않고, 또한 평가도 하지 않았다. 그러나 가령 책략이나 허위가 아니고, 남자의 자존심을 꺾고 여자 앞에 머리를 조아리는 성열우(거방지게도 정열이라고 했다) 결코 꼴 사납지도 연약하지도 않으며, 오히려 조선 남자들이 가지고 있는 남성 절대 우위의 사고방식을 부정하는 것이 된다. 용기 있는 행위다……라고 말해. 넘내지만 남자와 여사의 생각이 이리도 나른가 하는 생각을 했던 것이다. 게다가 유원의 생각에는 어쩐지 남자에게 복종을 강요하는 듯한 경향이 있었다. 그러한 남자야말로 용기가 있다고 하는 것처럼.

바보 같은 소리 하지 마라. 오빠가 그 남자처럼 여자 꽁무니를 쫓아다니면서, 백주에 새빨간 꽃다발을 안고 걷는 모습을 상상해 봐라. 그래도 좋다는 말이냐……. 이방근은 적잖이 겸연쩍음을 감추기 위해 말하면서, 자신이 거짓말을 하고 있음을 의식했다. ……그것이 진실이라면. 하지만 오빠의 경우는 모르겠어……. 여동생은 진지한 얼굴을 하고 말끝을 흐렸다. 오빠라는 남자에게 거듭 모욕을 당하면서, 그래, 그것은 정열이 가져오는 힘, 거기에서 나오는 에너지가 시키는 행위이다…….

"……유원 씨 아버님인 사장님께도 뵙자고 청해서 인사를 올렸습니다." 최용학이 계속했다. "다행히 아버님은 소생이 마음에 드신 듯하여, 저는 더할 나위 없이 기쁘게 생각하고 있습니다. 어젯밤에 어머니가 이리로 오셨습니다만, 저는 유원 씨를 반드시 행복하게 해 줄 자신과 여러 조건, 그리고 정열을 가지고 있습니다. 형님이 유원 씨에게 아버지를 대신하고 있고, 절대적인 영향력을 가지고 계신 것은 천하가 다 아는 사실입니다. 이 남자에게는, 이방근 선생님……, 이방근 형님의 도움이 필요합니다. 아무쪼록 저에게 은혜를 베풀어 주십시오. 저의 뜨거운 마음을 믿어 주십시오……."

최용학의 아첨을 떠는 미소로 약간 일그러진 표정조차도 묘하게 진지해 보였다.

"……아무래도, 그 형님, 형님…… 하는 소리가 자꾸 걸립니다."

이방근은 형님……의 연발에 진절머리를 내면서도, 이상하게 차츰 저항감이 사라져 가는 것을 느끼고 있었다.

"왜 그러시는지 모르겠습니다. 이것만은……. 조금 전 형님이 말씀하셨습니다. 그렇습니다. 연장자인 선배님에 대한 친애와 존경에서 형님이라고 부르겠습니다. 이것은 우리의 좋은 생활풍습이자, 미풍이 아니겠습니까. 물론 아까 지적하신 것처럼, 손위 처남의 의미로 부를 생각은, 떳떳한 그날이 하루 빨리 다가오기를 마음속으로 기대하면서도, 지금 굳이 그럴 심산은 털끝만큼도 없습니다. 기다리겠습니다, 그날을 기다리겠습니다……. 저는 이제 슬슬, 잠시 후에 실례를 하도록 하겠습니다만, 오늘은 형님께 인사를 마치고, 전에 없이 솔직한 이야기를 할 수 있게 되어 정말 기쁘게 생각하고 있습니다……."

최용학은 다소 볼멘 얼굴을 하고 말했는데, 그 목소리는 초조한 듯 노여움을 띠고 있었다. 유원이 늦어져 조바심이 난 것이었다. 그는 손목시계를, 순금인지 금장인지는 모르겠지만, 금색 시계를 들여다보았다.

"잠시만 기다려 봐요." 이방근은 울컥 화가 치밀었지만 참고 말했다. "유원은 곧 올 겁니다."

오남주를 응접실로 안내한 것은 좋지만, 이미 10분 가까이 지났는데도 정작 손님을 내팽개치고 둘이서 무슨 이야기에 열중하고 있단 말인가. 그러나 이방근은 굳이 자리에서 일어나 부르러 갈 마음은 없었다.

"예—, 물론, 유원 씨가 올 때까지 기다리겠습니다."

"……그런데, 댁은 아까 유달현 이야기를 꺼냈잖소."

자신이 말을 꺼낸 유달현 운운……은, 이미 최용학의 머리에서 사라져 버린 것 같았다.

"예─ 그렇습니다. 그랬었죠. 유달현에게 무슨 일 있느냐고, 분명히 형님이 말씀하셨습니다……."

계속 반복하고 있어서 체념을 넘어 이미 익숙해진 '형님……'이, 밥에 섞인 돌을 씹듯이 우두둑 소리를 내며 두개골의 빈 공간을 울렸다. 이방근은 얼굴을 찌푸렸다. 예전 같으면 이제 그만해, 마음에 안 들면 돌아가! 하고 소리를 질렀을 것이다. 최용학은 바지 주머니에서 손수건을 꺼내 목덜미를 가볍게 닦고, 이마에 살짝 대었다가 다시 주머니에 넣었다. 뒤쪽 정원수를 스친 오후의 바람이 방을 통과해 안뜰 쪽으로 빠져나갔다.

유원이 돌아온 모양이었다. 최용학의 표정이 움찔했다.

"죄송합니다."

최용학이 자리에서 일어나 유원을 맞았다.

"혼자십니까? 오남주는 돌아갔습니까?"

"저쪽 응접실에 있어요."

"늦었잖아. 손님을 두고."

이방근은 자신의 옆으로 와서 앉는 여동생을 보고 말했지만, 어조는 부드러웠다.

"급한 얘기가 있어서요. 오 동무도 손님인 걸요. 먼저 온 손님이 있다는 걸 전혀 모르고 왔으니까요. 가능하면 버스 시간에 맞춰서 돌아갈 작정이라는군요."

"그럼, 묵지 않는다는 건가?"

"예……? 오 군은 여기에 묵으러, 아니, 묵는 것입니까?"

최용학이 놀란 듯이 말참견을 했다.

그의 마을은 산 반대편에 있는 모슬포 끝이라서, 당일치기는 어렵다……고 이방근이 말했다.

"그렇습니까. 그거 고생이 많군요." 최용학은 부럽다는 듯이 말했다. "그런데, 저도 슬슬 실례해야겠다고 생각하고 있었습니다만, 유원 씨가 돌아오셔서 마침 잘 됐습니다⋯⋯."

"벌써 돌아가시다니요. 무슨 일이세요. 용학 씨, 화나신 거예요?"

"아닙니다." 최용학은 고개를 강하게 흔들며 부정했다. "전혀 그렇지 않습니다."

"괜찮으시면 천천히 계시다 가세요."

어째서, 괜찮으시면⋯⋯이라는 전제가 붙는 걸까. 이방근은 조금 신경이 쓰였다. 그런 말씀 마시고⋯⋯는 그다지 어울리지 않는다 해도, 하다못해, 아무쪼록⋯⋯이라는 한마디로 뉘앙스가 확 달라지는 것이 아닌가.

"형님, 유달현 씨 이야기라는 것은, 그리 대단한 것은 아닙니다만." 최용학은 그렇게 말하면서 조금 머뭇거렸다. 유원이 돌아와 동석하고 있는 것도 영향을 미친 것 같았지만, 호흡을 한 번 가다듬더니 계속해서 말했다. "실은 2, 3일 전에 집에서 단출하게 저녁식사 모임이 있었고, 이번에 도경찰국으로 영전하신 정세용 경무계장님이 오셨는데, 유달현 씨도 함께였습니다⋯⋯."

"으-흠, 유달현이 함께였단 말이죠."

"아니, 함께는 아니고, 조금 늦게⋯⋯."

"흠, 조금 늦게⋯⋯."

"예, 그렇습니다. 이런 것을 이야기해도 좋을지 어떨지, 솔직히 말씀드려서 술이 한 잔 들어간 탓도 있겠지만, 유달현 씨가 형님을 좋게 이야기하지 않았습니다. 이방근 군과는 친하다고 말하면서, 형님은 게릴라 쪽에 동정적이고 공산주의적인 생각을 지니고 있다는 겁니다⋯⋯."

"으-흠, 그렇군. 공산주의적 생각이라⋯⋯. 공산주의자라고는 말하지 않던가요? 공산주의자라고 확실히 말하면 좋을 것을, 안 그렇습니까."

"엣? ……그렇게는 말하지 않았다고 생각합니다."

"자신에 대해서는 뭐라고 하던가요?"

"유달현 씨는 자유주의자입니다. 그래서 여동생인 유원 씨도 형님의 영향이 있을 거라고 했습니다."

"뭐라고!" 이방근은 엉겁결에 소리를 질렀다. "그게 어쨌다는 거야."

이방근은 마음 한구석에서 덜컥했지만, 상대의 눈을 뚫어질듯이 쳐다보았다. 일단 맞대응하듯이 받아들인 최용학의 시선이 순간 맥없이 꺾이며 눈을 내리깔았다. 설마 어디선가 정보가, 이미 유원의 유치장 출입의 사실이 새어 나가서, 이 최용학도 그걸 알고 있는 게 아닐까. 아니, 그렇지 않다. 만일 그의 아버지인 최상규의 귀에라도 들어갔다면, 이미 상대 쪽에서 '파담(破談)'을 제의해 왔을 것이다. 어젯밤, 최용학의 어머니가 방문할 계제가 아니었을 것이다. 게다가 '파담'만으로 끝날 일이 아니었다. 아버지 이태수 자신이 사회적으로 매장된다. 공산당은 되지 마라, 네가 공산당이 되어 봐라, 이 집은 망한다. 이것이 아버지의 유일한 입버릇이고, 아들에 대한 협박과 애원이었다. 더구나 결혼 적령기의 딸이 그렇다면…….

"아닙니다. 그, 그런 게 아닙니다." 얼굴을 든 상대는 자신이 야단맞은 것처럼 풀이 죽었다. "저는 의분에 사로잡혀, 저의 손위 처남이 될지도 모르는 분의 일을, 저어, 유원 씨도 형님도 부디 오해하지 말아 주십시오, 저는 그때 했던 말을 사실 그대로 이야기하고 있으니까요. 그분을 터무니없이 공산주의자라고 단정하면 안 된다고 말해 주었습니다."

"……핫하, 핫, 하아, 도대체가, 자유주의자란 말이지. 자유주의자라는 것이 뭘까." 이방근은 상대가 놀라 뒤로 자빠질 정도로 크게 소리 내어 웃었다. 유달현이, 정세용이나 아버지 이태수 이상으로 반공산주의인 최상규 앞에서 자신이 좌익이라고 말할 리는 없겠지만, 그러나 최용학의 이야기가 사실이라면, 놈은 무엇 때문에, 설령 화제에 올랐다고 해도 굳이 내 일까지 말을 꺼낸 것일까. "뭐, 공산주의자건 뭐건 좋아요. 공산주의자가 그렇게 무서울까……." 최용학은 눈을 동그랗게 뜨고 몸을 떨었다. 마음이 통하는 동료끼리라면 모를까, 백주에 당당히 다른 사람 앞에서 공산주의…… 따위를 말할 수 있는 세상은 아니다. "그밖에, 나에 대해 이런저런 소문은 듣지 못했습니까. 꽤 많이 들었을 텐데. 호로자식으로 통하고 있으니까. 왓핫, 핫하, 특별히 그런 걸 여기서 얘기하라는 건 아닙니다."

"아닙니다, 전혀 모릅니다."

이방근은 담배를 입에 물고 바로 성냥을 손에 들었지만, 최용학이 곧바로 찰칵 하고 내민 라이터 불에 얼굴을 가까이 대었다. ……유달현이란 놈은, 4·3봉기 이전부터 기회가 있을 때마다 선동해 왔다. 자네는 소파를 떠난다, 소파에서 일어설 것이다. 이방근 동무, 자네가 소파를 떠나기 시작한 것은 언제부터인가, 자네는 스스로 알고 있나? 나는 알고 있네, 나에게는 보이거든. 자네의 변화가. 움막의 주인으로, 사회적인 것에 일체 흥미나 관심을 가지지 않던 인간인 자네의, 그야말로 혁명적으로 변화한 것이 말야. 으-음, 소파에서 일어나게 만든 건 나라네……. 음, 유달현 이 박쥐 같은 놈이. 아무리 최상규나 정세용 등의 면전이라 해도, '혁명가'가 어느 틈에 자유주의인 반공주의란 말인가. 이것만으로는 그놈의 속마음을 알 수 없지만, 아무래도 박산봉이 말했던 것처럼, 그놈이 배신을 했다는 것이 맞는지도 모른다…….

"아아, 유달현 군 말이로군. 소파야……. 소파……. 핫하, 아니, 소파라도 좋아(최용학은 어안이 벙벙해서 이방근을 바라보았다). 난 지금까지 좋지 않은 소문으로 진흙투성이가 돼온 남자라서 말이죠. 나쁜, 명예스럽지 못한 소문에는 빠지지 않는 인간이라오. 뭐 말하자면 나의 인덕이 부족해서 그렇다고 해야겠지요."

"아닙니다, 당치도 않습니다. 본인 스스로 무슨 말씀을 하시는 겁니까. 송구스런 일입니다. 눈앞에 있는 저 같은 사람에게 오히려 창피를 주는 말씀입니다. 저는 형님을 신뢰하고 있습니다……."

그런데 오군이 기다리고 있을 테니 슬슬 실례하겠습니다, 라고 마음에도 없는 기특한 말을 하면서, 최용학이 문득 흘린 유달현의 일본행 이야기에, 이방근은 벼락이라도 맞은 것처럼 놀랐다. 그는 순간 숨이 막혀 거의 말이 나오지 않았다. 그것은 번개처럼 어떤 직감이 떠올랐기 때문인데, 그는 그 충격으로 인해 놀라움을 감추고, 호오ー이라든가 흐ー음 따위의 소리를 내면서, 평상시에 약간 놀란 정도의 반응을 할 수 있었다.

그 이야기는 저녁식사 자리에서 유달현이 최상규에게 한마디 흘린 모양인데, 지금은 비밀이라고 했다.

"무얼 하러 가는 걸까?"

"일본에 밀항하는 다른 사람들과 마찬가지 아니겠습니까. 대한민국 정부가 수립되어도, 역시 이 사회는 살기 힘들다는 것이겠지요. 저는 새로운 조국 건설을 위해 한 사람이라도 힘을 합쳐야 된다고 생각합니다만. 그리되면 끝이 없겠지요."

"으ー음."

이방근은 고개를 끄덕였다.

최용학에게 있어서 유달현의 일본행 이야기는 심각한 일도 중대한 일도 아니었다. 그런 까닭에 이방근은 가슴속에 심한 고동을 느끼면서도, 한층 더 냉정을 가장하지 않으면 안 되었다.

"그럼, 밀무역에 가담한다든가 하는 일시적인 밀항이 아니라, 뭔가, 일본에 가 버린다는 거군요."

이방근은 의식적으로 말했다.

"그런 것 같습니다."

"언제쯤 가는 걸까요?"

"거기까지는 모르겠습니다만, 좀 더 있어야 하지 않겠습니까. 지금 당장은 아닌 것 같았습니다만."

"그렇겠지요. 9월은 태풍의 계절이고, 통통배로는 위험할 테니."

이방근은 마음에도 없는 말을 하며, 이 이야기가 초래하는 충격적인 울림을 덮어 버렸다.

최용학이 자리에서 일어나 변소에 갔다.

이방근은 심호흡을 하고 마른침을 삼키며 막힌 음식물이라도 쓸어내리듯 가슴 부근을 탁탁…… 두드렸다. 유원이, 오빠, 속이라도 거북한 거예요…… 하고 의아하다는 듯이 물었다.

"유달현 씨는 왜 일본 같은 곳에 가는 걸까요. O중학교 선생님도 그만둬야 할 텐데."

"모르지."

이방근은 입을 다물었다. 유달현이란 놈이 일본에 간다. 일본으로 도망친다? 도망쳐……. 다문 입 속에서, 도망친다, 도망쳐……, 침에 뒤섞인 말이 부글부글 거품을 일으켰다. 섬을 탈출해서, 아니, 본토로부터도, 이 나라를 버리고 일본으로 위험을 무릅쓰고 떠나는 것은 결코 드문 일이 아니었고, 매일같이 몇 척인가의 작은 밀항선이 넓은 바다에 나뭇잎처럼 떠 있을 터였다. 그러나 유달현이……라면, 그것은 전혀 의미가 달랐다. 확실한 사정을 파악하지 못했지만, 그가 실제로 밀항을 꾀하고 있는 것이라면, 그것은 심상치 않은 일이다. 출발은 언제인가? 그는 관헌에게 쫓기고 있는 것이 아니다. 섬을 탈출한다는 것은, 이미 명부를, 성내 지구 조직원의 명부를 적에게 팔아넘겼다는 것인가. 이방근은 공산주의직이라고 말한 맥락을 조금은 알 것 같았다……. 그렇다 하더라도 어떨까, 잠자코 섬을 떠나는 것인가. 나에게 아무 말도 하지 않고……. 아니 아직 미래의 일이다. 으-음, 견디기 힘들다. 유다가 된 것인가. 이방근은 갑자기 소파에서 일어났다.

"그래, 그, 뭐였더라……." 이방근은 무슨 일인가 하고 오빠를 쳐다보고 있는 여동생을 향해 말했다. "누구냐, 그래그래, 오남주 군은 도대체 뭐라고 하더냐. 벌써 돌아간다고……. 아니, 나중에 얘기하기로 하자."

이방근은 뒤편 툇마루로 나와, 정원수 앞에서 양팔을 벌리고 심호흡을 두세 번 반복했다. 설마. 믿어서 그런 게 아니다. 역시 잘도 그런 식으로 나오는군. 그는 소파로 돌아오자, 마침 방으로 들어온 최용학과 마주 보며 동시에 앉았다.

접시의 참외에 파리가 한 마리 앉으려는 것을 유원이 손으로 쫓았다. 달콤한 꿀을 얻으려는 파리. 파리로서는 당연히 있어야 할 장소겠지. 아마도 최용학 이상으로……. 아니 최용학도 파리에 뒤지지 않을 것이다. 최용학은 한 조각도 입에 대지 않았다. 그는 소파에 일단 앉았지만, 1분도 지나지 않아 자리에서 일어났다. 이방근은 그가 아까부터 슬슬 돌아가겠다고 말했기 때문에 굳이 만류하지는 않았다. 계모인 선옥에게 인사를 한다는 그를, 유원이 안채 쪽으로 안내했다. 왜 이렇게 빨리…… 하고 놀랄 선옥을 상상했지만, 곧 방에서 유원 등과 함께 나온 그녀는 꽤 침착하게 대응하고 있었고, 머지않아 '사위'가 될 최용학을 툇마루에서 배웅했다.

유원이 손님을 대문 옆 작은 쪽문까지 배웅하고 돌아왔다.

"새어머니가 웬일이냐. 최용학이 돌아간다는데 아무 말도 안하시 든?"

이방근이 아무도 없이 오빠와 마주하여 소파에 앉은 여동생에게 말했다. 새어머니가 책망이라도 할 것으로 생각했지만, 아무 일도 없었 기 때문에 김이 빠진 것이었다.

"네, 하지만 나중에 뭔가 말할지도 모르죠. 최용학 씨는 역시 화났 나 봐요. 그래서 빨리 돌아간 거죠? 다른 용무가 있다고 말은 했지 만⋯⋯." 그녀는 일단 말을 끊었다. "그래서 오빠, 내일 한 번 더 만나 고 싶다고 하던데요."

"뭐야, 최용학이?"

"예―." 그녀는 손에 들고 있던 조그맣게 접힌 종잇조각을 양손에 펼쳐 보았다. "이걸 읽었으면 한대요."

"뭐야, 그건?"

"최용학 씨가 준 건데, 오빠, 편지인 것 같아요⋯⋯."

"편지? 그 작은 종잇조각이? 읽어 봐라."

유원은 수첩 한 장을 찢은 것인지 딱딱하게 접힌 자국이 있는 그 종잇조각을 탁자 위에 꺼내 놓고, 손가락 끝으로 주름을 펴서 손에 들었다.

"⋯⋯어머나, 나의 사랑하는 이유원 양에게⋯⋯라니. 오빠, 읽어 줘요."

"어린애 같은 소리 하지 말고 네가 읽어. 핫하아, 정말 편지를 좋아 하는 남자군. 그런 종잇조각에다가. 그 문제의 편지와 첫머리가 똑같 구나⋯⋯."

소생은 이제 잠시 실례하겠습니다. 유원 양과 함께할 수 있는 오늘 을 얼마나 기다렸는지 모릅니다. 결코 유원 양과 둘만이 아니라는 것우 알고 있었고, 소생 충심으로 기쁘게 생각하고 있습니다. 소생 무슨 일이 있어도 내일 밤은 업무상 출발해야 합니다. 그런고로 내일 출발시각까지 다시 한 번, 둘이서 만날 수 있는 기회를 주십시오. 꼭 딩신과 둘이서 이야기하고 싶은 것이 있습니다. 간질히 칭하고 마릴 뿐입니다. 그럼.

"뭐야, 그것뿐이야. 핫, 핫하, 이제 잠시 실례하겠습니다……는 또 뭐야. 영혼은 아직 여기에 있다는 말이로군."

이방근은 만년필로 앞뒤에 쓴 그 짧은 편지를 손에 들고 읽어 보았다. 아마도 변소에 간다고 자리를 비웠을 때, 세면장 주변에서 쓴 모양이었다. 이방근은 맥이 풀렸다. 거기에는 갑자기 오남주가 찾아온 것에 대한 불만이나 실망의 표현이 없었다. 오로지 한 번 더 만나고 싶다는 평범한 말이 나열되어 있었고, 이방근에게 나쁜 인상을 주지 않았다.

"으―음, 이러다 할 내용은 쓰여 있지 않은데, 모처럼 왔음에도 느긋하게 있다가 가지 못한 것에 대한 보상 같은 것이로군. ……어떻게 할 생각이냐?"

"어떻게 하다니요……?" 유원은 오빠를 쳐다보았다. "둘만이라니, 저는 만나고 싶지 않아요. 도대체 어디서 만난단 말이에요. 제가 그쪽 집에 갈 리도 없고, 어딘가 식당이나 다방이겠지요. 서울 시내라면 모를까, 그것만으로도 소문이 날 텐데, 저는 싫어요. 게다가 할 얘기도 없는 걸요."

"……" 이방근은 대답하지 않았다. "오남주는 뭐 하고 있나? 응접실에 있잖아."

"소파에서 낮잠을 자고 있는 것 같아요."

"의외로 태평스러운 친구군. 그는 취하면 바로 앉은 채 자 버리니까.

설마 여기 왔을 땐 취하지 않았겠지. 서둘러서 오늘 안에 돌아간다고 하지 않았나?"

"예, 조금 있다가 부르러 갈게요. 오빠, 아까 무슨 일이에요. 뭔가 이상했어요. 소파다, 소파……라든가, 혼잣말을 하더니 갑자기 일어나 사람을 놀라게 하고, 어젯밤에도 뭔가 그랬잖아요. 최용학 씨도 오빠가 조금 이상하지 않느냐고 했다니까요……."

"그 바보 녀석이, 핫하아, 오빠가 이상하다면 최용학 선생은 어떻게 되는 거냐. 음." 이방근은 어험 하고 헛기침을 한 차례 했다. "그 편지 말이다. 네가 서울에서 일부러 가지고 온 것을 오빠가 보관하고 있잖아. 학교 주소로 보내온 속달 말이야. 소중하게 보관하고 있었다. 뒤에 있는 책상의 맨 아래 서랍을 찾아 봐라. 네 앞으로 그 머리가 뛰어난 선생이 쓴 반 협박, 그리고 '구혼'의 편지가 있을 거야."

"오빠는 참 별난 사람이에요."

유원은 흥미가 없다는 듯이 자리에서 일어나, 뒤쪽 창가의 책상 앞으로 갔다. 그리고 서랍을 열고 찾는 듯하더니, 뭐야, 바로 보이잖아……라고 중얼거리며 자리로 돌아와 편지를 오빠에게 건넸다.

이방근은 조금 전에 유달현이 일본으로 간다는 이야기의 충격에서 벗어나지 못하고 있었다. 하지만 다소 흥분이 가라앉자, 그가 일본으로 간다는 것에 대해 미심쩍은 생각이 들었다. 설마. '설마가 사람 잡는다'고 하지만, 그러나 믿을 수 없었다. 원래 그를 믿고 있었던 것은 아니지만, 그리고 몇 가지 의혹으로 봐서 일어날 수 없다고 단정할 수는 없지만, 그러나 일본행이 사실이라면 그것이 충격적인 까닭에, 도리어 믿을 수 없는 것이었다.

……나의 사랑하는 이유원 양에게. ……지금은, 심야 한 시가 지났습니다. 서울 장안은 깊은 잠에 빠져 있고, 이 귀에 들리는 것은 그저,

낮부터 세속된 타격으로 상처 입은 소생의 심장의 고동 소리뿐입니다……. 이방근은 봉투에서 꺼낸 내용물을 묵독하고 있었다. 타격이라는 것은, 학교 정문에서 유원을 기다리다 만나기는 했지만, 결국은 퇴짜 맞은 것을 가리키고 있었다. 왜 수사적인 문장이 계속된다. …… 소생은, 지금 머리도 마음도 혼란스러워 아직 잘 정리되지 않습니다만, 그래도 유원 양을 나쁘게 생각하는 것은 아닙니다. 그것은 당신 자신도 모르는 사이에 좋지 않은 외적 영향에 의해 전염되었을 뿐(후후, 이것은 나를 말한다)이라는 것을, 소생은 굳게 믿고 있기 때문입니다……. 그것은 폭력입니다. 폭력단의 깡패가 하는 행위입니다. 유원 양은 그날 견디기 힘든 모욕적인 행위를 눈앞에서 목격해서 누구보다 잘 알고 있을 것입니다. 소생은 유원 양 때문에 참았습니다만, 당신은 그 현장에 있었던 유일한 증인입니다. 소생은 제삿날 밤에 당신 새어머님의 요청으로, 그 다음날 댁을 방문했던 것입니다. 그리고 유원 양의 오빠라고 해서 소생은 예를 갖추고 인사를 드렸는데도, 답례라는 것이 비도덕적이고 무례한 행위였습니다. 소생은 유원 양, 당신 때문에 참았던 것입니다……. 유원 양은 소생이 부디 만나 뵙고 싶다는 제의를 거절하였습니다. 그리고 둘이서 직접 이야기를 나누고 마음을 전할 수 있는 기회를 당신 자신이 깨뜨려 버리고 만 것입니다…….

이방근은 계속 이어지는 편지의 내용에 쓴웃음을 지으며 탁자 위에 던져 버렸다. 심한 악취가 났다. 이 속물 같은 놈이.

"올 3월의 편지야. 딱 반년 전이구나……."

그건 그렇고, 오늘의 최용학과 이 편지 문구 사이의 차이는 어떠한가. 그것은 바로 유원의 힘, 그 견인력이 그렇게 만들었을 것이다.

유원이 서너 장의 편지지에 정성스러운 필체로 또박또박 바르고 빽빽하게 채운 편지를 속달 고무인이 찍힌 봉투에 사무적으로 집어넣었다.

아니, 아니야. 이방근의 마음이 흔들리고 있었다. 나의 지나친 생각이야. 만일 명부를 팔았다고 하더라도, 섬 밖으로 도망칠 필요는 없지 않은가. 4·3봉기 직후라면 모를까, 지금 게릴라는 봉쇄당해서, 재토벌 소문이 나도는 가운데, 그가 일부러 결코 행복하지 않은 위험한 밀항의 길을 무릅쓸 리는 없을 것이다. 지금도 경찰에게 쫓기거나, 돈을 써서 석방된 사람들이 고향을 버리고 밀항을 꾀하지만, 유달현은 경찰에게 쫓기고 있는 것이 아니다. 그래도 여기에서 탈출한다……. 그가 최씨 집안에 출입하는 것은, 최용학의 아버지가 O중학교 이사였던 사정도 있고, 최상규의 막내아들 담임이기도 해서, 특별히 수상쩍은 일은 아니었다. 정세용과 함께……. 음, 모르겠다, 모르겠어. 재빠르게 도망치는군. 모르겠다…….

　"그래, 일어났나."

　오남주가 졸음의 막이 머리에서 완전히 걷히지 않은 얼굴로 방에 들어왔다.

　"죄송합니다."

　"얼굴이라도 씻고 오는 게 어떤가."

　"씻었습니다."

　"씻었어?"

　이방근이 웃고, 유원이 웃었다.

　유원이 오빠 옆으로 자리를 옮기자, 오남주는 그녀가 있던 쪽의 소파에 앉으며 몸을 묻었다.

　"아까 그 손님은 돌아갔습니까?"

　"그래, 먼저 온 손님이니까 먼저 돌아갔어."

　"엘리트 은행원 같긴 한데, 그는 자신이 성내 출신이라고 지방 출신을 멸시하는 듯한 어투로 말하는데, 전혀 제주도 사람이라고는 생각할 수 없있습니다. 방근 선생님께 형님, 형님…… 하고 말했지만, 선생님 쪽에서는, 댁……이라고 말씀하셨잖아요. 그것은 이상했습니다. 자네라든가, 동무라고 연하 취급을 하면 좋을 텐데. 저런 서울 티를 내는 자들이 있이시 제주도가 시골이 뇌는 겁니다. '서북' 능의 육지 출신 패거리들에게 섬을 점령당하고 말입니다!"

오남주는 몸을 일으켜 앞으로 숙이더니, 접시의 참외를 손에 들고 먹었다.

"오 동무는 빨리 돌아간다면서?"

"네에, 모슬포 방면의 서쪽 행은 네 시경에 한 대 있는 것 같으니, 그걸로 돌아갈 생각입니다."

"어젯밤에, '서북'의 그 사람을 만났잖아요. 그 이야기를 오빠한테 하는 게 어때요."

유원이 말했다.

"뭐라고, '서북'? 그렇다면 여동생의 남편이라는 사람 말인가?"

깜짝 놀란 이방근의 말에, 오남주의 표정이 갑자기 딱딱하게 일그러졌다.

4

오남주는 대답하지 않았다.

그래서……? 라고 이방근은 마음속으로 재촉하면서도 상대의 갑자기 굳어져 일그러진 표정에 담긴 반응에 가로막혀 말이 밖으로 나오지 않았다. 어젯밤에 만났다는 그 '서북'이 여동생의 남편인지 물어본 이방근을 무시하는 듯한 침묵은, 대답을 가로막는 뭔가의 사정에 대한 배려를 넘어, 어딘가 반항적인 오남주의 태도와 맞물려 한순간 그 자리에 험악한 분위기로 만들었다.

"저어, 아까 그 남자는 뭡니까?"

침묵의 진행을 갑작스레 깨듯이, 그것도 의식적으로 무시하며 되풀이하는 듯한 말을 오남주는 했다.

"……?"

이방근은 이쪽의 질문을 얼버무리는 듯한 대답, 아니 대답이 아니라 전혀 엉뚱하게 반문하는 것에 어이가 없었지만, 오남주는 자신의 말을 계속했다.

"그 최씨는, 이방근 선생님과 같은 성내 출신이라고 말했지만, 그건 거짓말입니다. 제주 사람이 아닙니다. 그런 놈들이 본토 출신의 침입자들과 손잡고 그 앞잡이가 되는 겁니다. 아까 유원 동무는 나한테 착각이 아니냐고 했지만, 그렇지 않습니다. 그 남자가 틀림없어요. 서울에서 유원 동무의 꽁무니를 귀찮게 따라다니던……, 그렇잖아요. 청혼한 남자일 겁니다. 대체 그 파렴치한 남자가 여기에 뭘 하러 온 겁니까?"

얼굴에 술기운이 없는데도, 오남주의 어투는 술 취한 사람 같았다.

"오 동무, 그 일은 됐어요. 말을 막는 거 같지만, 동무는 지금 방근 오빠가 동무한테 무슨 말을 했는지 못 들었어요?"

"예? 아, '서북' 말이군요, 그래요……." 오남주는 중얼거리듯 말했지만, 결코 시치미를 떼고 있는 것이 아니라, 갑자기 제정신이 돌아온 것처럼 이방근의 얼굴을 똑바로 쳐다보는 순간, 얼굴에 경련을 일으키며 울 것처럼 목소리가 떨렸다. "하지만, 그런 일은 제게 묻지 말아 주십시오."

"억지로 묻는 건 아니야. 어젯밤에 그쪽과 만났다고 유원에게 말하지 않았나?"

"오 동무는 단지 만났다고만 했어요." 유원이 말했다. "상대가 어머님이 계신 곳으로 오 동무를 찾아왔었다고……. 그것뿐이었어요."

"……음, 그런가. 그거 다행이군."

이방근은 조금 전 오남주는 멋대로 화제를 바꾼 것이 마음에 들지 않았지만, '서북' 패거리도 일단은 예의를 알고 있군, 하고 고개를 끄덕이며 말했다.

"어째서입니까?" 오남주가 마치 반항아가 교사에게 대항하듯이 말했다. "어째서 다행스러운 일입니까?"

"어쨌든, 인사를 할 생각으로 온 것 아닌가." 이방근은 다소 울컥하며 말했다. "'서북'인 그의 입장에서는 동무가 결국 처남이 되는 게 아닌가."

"그만하세요!"

돌연 오남주는 안색을 바꾸고 소파에서 일어나 두 사람을 놀라게 했다. 이곳이 자신의 집이라면 소파에서 일어나서 방을 빙글빙글 돌아다니기라도 했을 테지만, 어쨌든 손님이기 때문에 우뚝 서서 핏발이 선 두 눈으로 좌우를 둘러보았을 뿐, 치켜든 주먹을 내릴 구실도 찾지 못한 채 다시 소파에 엉덩이를 털썩 내려놓았다. 그리고 상반신을 굽혀 양손으로 머리를 감싸더니 무릎 위로 부둥켜안듯이 하고는 분명치 않은 목소리로 말했다.

"아이구, 그 처남이라는 건 뭡니까. 이 선생님까지 어째서 제가 처남이라고 하시는 겁니까. 유원 동무, 그렇잖아. 게다가, 아까는 이 선생님이 남편, 여동생의 남편이라는 사람이라고 말했단 말야. 으, 으─음, 으, 으─음……. 나는 놈을 죽여 버릴 거야!"

오남주는 무릎 사이에 머리를 묻은 채 어깨를 부들부들 떨며 괴로운 듯 신음하더니, 이를 갈았다.

"이봐." 깜짝 놀라 정신이 든 이방근은 한쪽 팔을 크게 벌려 상대의 어깨를 잡고 흔들었다. "큰소리 내지 마. 아니, 자네 설마 술을 마신 건 아니겠지?"

오남주는 덥수룩한 머리에 손가락을 찔러 넣고 머리를 감싼 궁색한 모습으로, 잠시 몸을 움직이지 않았다. 이방근은 상대에 대한 괘씸한 마음이 완전히 사라져 있었다. 동정은 아니었다. 놀라움과 어색함이었다. 그는 옆에 있는 여동생을, 설마 응접실에 있는 동안 술을 주지는 않았겠지……? 라고 말하듯이 매섭게 쏘아보았다. 유원은 고개를 살짝 가로저었다.

"아, 술을, 한 잔만 주세요……."

이방근이 어깨를 흔드는 바람에 충혈되고 촉촉해진 눈으로 얼굴을 든 오남주가, 마치 병자가 물을 청하듯, 마른 침을 삼키고 입을 움직이며 말했다. 갑자기 꿈속에서 술을 마시고 있는데 깨워서 잠꼬대를 하는 알코올 중독자의 헛소리 같았다.

"도대체 무슨 일인가. 느닷없이." 이방근은 어처구니가 없다는 듯이 말했다. "추위에 얼었다든가, 실신이라도 한 인간이라면 모를까……. 이미 술을 마신 것도 아닐 테고."

"술 따위 마시지 않았습니다. 하지만 왠지 심장이 두근거리고, 가슴이 답답해서……."

거짓말은 아닌지, 핏기가 가신 얼굴에 땀이 번지고 있었다.

"큰일이군. 그렇다고 술을 한잔 마셔서 진정된다면, 그야말로 완전히 알코올 중독이 아닌가. 음, 대단하구먼. 도대체가."

"오 동무, 속이 안 좋아요? 분명히 기분 탓일 거예요. 잠시 누워 있는 게……."

유원은 오남주를 보고 말했지만, 아무래도 두 사람 사이에 오가는 대화의 내용이 이해되지 않는 모양이었다.

이방근은 당황했다. 술기운은 없는 것 같았지만, 갑자기 취기가 돌아 큰소리를 내며 날뛰기라도 한다면, 계모 선옥도 있고 해서 성가신 일이 된다. 그는 설마 헛소리를 하는 건 아니겠지라는 생각을 하면서, 술을 한 잔 가져오도록 여동생에게 일렀다. 혹시 어젯밤에 여동생의 '남편'인 '서북'과 술김에 충돌한 것은 아닐까. ……놈을 죽여 버릴 거야! 어찌 되었든 지금은 가만히 두는 편이 좋다. '처남'이니 여동생의 '남편'이니 하는 말에 아주 민감하고, 게다가 상처를 받아서 신경이 날카로워지고 예민해진 모양이었다. 술을 마시는 게 좋을 것이다.

유원이 자리에서 일어나자, 오남주가 잔이 아닌 컵이 좋겠다고 조금 애원하듯 말했다. 이방근은 등을 보인 여동생을 손짓으로 불러 세우듯이 말을 걸고, 같은 컵으로 술을 한 잔 더 가져오라고 일렀다.

방을 나선 그녀는 잠시 후 작은 쟁반에 우윳빛을 띤 반투명한 소주가 흔들리는 두 개의 유리컵과 굴젓에다 말린 대추를 곁들여 들고 왔다.

"자, 들게. 나도 같이 마셔야겠어." 이방근은 자신도 컵을 들고 말했다. "단숨에 마시지 말고 천천히 마시는 게 좋아. 한 잔 이상은 주지 않을 거니까." 그리고 한 모금 천천히 입안과 목구멍을 자극시키며 흘려 넣었다. "동무는 어젯밤에도 술을 마셨나?"

"아닙니다. 마시지 않았습니다."

입술에서 컵을 뗀 오남주가 딱 잘라 말했다.

"으-응?" 그렇다면 어찌 된 일인가? 의외의 대답을 이방근은 적잖이 의심하면서도 고개를 끄덕였다. "네 시 버스로 돌아가야 하는가? 몸 상태가 좋지 않으면, 그걸 마시고 저쪽 온돌방에서 잠시 누워 있는 게 좋을 거야."

"괜찮습니다."

오남주는 잠자코 컵을 입으로 옮기고, 안주를 먹었다. 한 홉이 채 안되는 컵의 술이 두 번째로 입에 닿았을 때는 3분의 1이 줄어 있었다.

이방근은 묘한 기분으로, 대낮부터 술을 청해 마시는 휴학 중인 청년의 모습을 바라보았다. 내가 술에 빠져드는 방식과도 다르다. 나는 마시고자 하면 언제든지 바다처럼 술이 있지만, 이 청년에게는 한정된 작은 수로(水路) 정도 밖에는 술이 없었던 것이다. 술에 대한 경도 그 자체가 청년의 과시욕과 얽혀 있을 것이다. 그렇다 하더라도 좀 미덥지 못한 것은, 취하면 잠들어 버린다는 점이다. 아니, 신경이 예민하여 쑤시고 아픈 것 같던 눈이 술의 힘으로 충분히 안정을 되찾으며, 산소결핍 상태에서 해방된 것처럼 빛나고 있었다. 이 녀석은 알코올 중독이로군. 아니, 그렇지는 않다. 연배의 알코올에 중독된 남자가, 술이 들어간 순간, 인생의 잔광과 같은 생기를 띨 뿐인 초라한 인상은 없었다. 청년답게 뭔가 거칠고, 술을 계기로 삼은 도발적인 무언가가 느껴졌다. 순간적으로 손아귀의 힘을 잃고 컵을 떨어뜨리는 것이 아니라, 손으로 힘껏 잡은 컵. 일종의 기 같은 것이, 눈에 보이지 않는 격렬한 것이 몸에서 피어올라, 이쪽에까지 힘차게 튀어 올 것 같은 느낌이 들었다.

오남주는 이방근 앞에서 컵을 찔끔찔끔 반복해서 입으로 가져갔다. 이방근도 두개골 안쪽에서 머리의 표피로 술기운이 번지듯 스치고 지나가는 것을 느꼈지만, 오남주는 술기운이 갑자기 오르는지 안주를 천천히 씹으면서도, 그리고 얼마 남지 않은 컵의 술을 입술에 대면서도, 마치 가슴속 깊은 동굴 바닥에 말이 빠져 버려 건져낼 수 없다는 것처럼 침묵을 지키며 한마디 말도 하지 않았다. 테이블 위로 시선을 떨어뜨려 몸을 경직시킨 느낌으로, 묵묵히 입만을 움직이고 있었다.

그는 쏙 하는 소리를 내며 컵의 마지막 한 방울을 마시고 나서도, 침묵을 지켰다.

유원도 입을 꾹 다물고 있었다. 이봐, 뭔가 한마디 하는 게 어떤가…… 하고 말하고 싶을 성노도 애가 타는 기묘한 공기가 자리에 퍼졌지만, 오후의 매미가 요란하게 우는 소리를 들으며 누구도 말을 못 하고 있었다. 오남주는, 이방근도 경험하는 일이지만, 급격한 술기운이 끌어들이는 깊은 침묵의 물결 속으로 잠시 휩쓸리는 일종의 실어증적인 상태에 빠지고, 혀가 돌처럼 굳어 움직이지 않는 것이다.

이방근은 가벼운 헛기침을 한 번 하고, 컵에 남은 술을 다 마셨다. 컵을 손에 든 잠깐 동안의 동작, 알코올이 목구멍을 태우는 자극이 자신을, 그리고 꿀꺽하고 넘어가는 소리가 좌중의 침묵을 살짝 흔들었다. 그는 두 잔째를 내올 생각은 털끝만큼도 없었지만, 오남주는 컵을 앞에 놓고도, 한 잔만 더……라고는 소망하지 않았다. 그는 돌하르방처럼 꼼짝하지 않고 고개를 숙인 채 앉아 있었다. 자고 있는 것은 아니었다. 오른쪽 턱 주변이 뭔가를 씹고 있는 것처럼 작게 움직이고 있었다. 취하면 꼭 앉은 자리에서 소변을 보는 동문길의 오줌싸개 송서방처럼 소변을 보고 있는 게 아닐까. 음, 그렇지도 않다. 그대로 잠깐 자는 편이 낫겠다고 이방근은 생각했다. 설마, 갑자기 잠을 깬 것처럼 몸을 일으켜 난동을 부리지는 않겠지만, 술기운의 정도에 따라서는 어떻게 될지 모를 일이다.

이방근은 담배에 불을 붙여 한 대 피우고는, 담배를 입에 문 채 소파에서 일어났다. 돌연 오남주의 몸이 움직였다.

"저어, 이 선생님은 어디 가십니까?"

상반신을 일으킨 오남주가 취기로 촉촉한 눈을 빛내며 이방근을 올려다보고, 마치 다른 사람처럼 쉰 목소리로 말했다.

"뭐야, 깜짝 놀랐잖아. 동무는 돌하르방처럼 말을 못한다고 생각했는데 어쩐 일인가. 난 아무데도 가지 않아."

"네에…… 그렇습니까. 그렇다면 됐습니다. 갑자기 외출이라도 하시나 해서요. 아, 앗, 으, 으, 윽……."

입을 연 순간, 오남주는 고통으로 얼굴을 무섭게 일그러뜨리더니, 상반신을 굽힌 채 한쪽 다리를 막대기처럼 쭉 뻗은 자세로, 가위에 눌린 것처럼 몸을 움직일 수 없게 되었다.

"오 동무, 무슨 일이에요?"

유원이 자리에서 일어났다.

오남주는 숨이 끊어질 것처럼 앗, 앗, 아아…… 장딴지에 쥐가 났나봐…… 하더니 다리에 양손을 가져가며 신음했다. 이방근은 그의 옆으로 가더니, 재빠르게 경련으로 경직된 쪽의, 땀 냄새 나는 더러운 발뒤꿈치를 왼손으로 받친 다음, 다른 쪽 손으로 엄지발가락과 함께 발가락 전체를 힘껏 정강이 쪽으로 젖혔다. 오남주가 악 하고 비명을 지를 새도 없이, 순식간에 고통과 공포로 긴장된 표정이 가시고, 대신 해방감과 안도의 빛이 흘러넘쳤다.

"어떤가, 괜찮아졌지."

"예? 이게 어떻게 된 겁니까. 기적입니다."

오남주는 어안이 벙벙해서, 마치 구세주라도 우러러보는 듯한 표정으로 이방근을 올려다보았다.

"앞으로는 스스로 하게. 누구나 다 할 수 있어. 다만 경련이 일어나면 바로 해야 돼. 자네도 꽤 요란스러운 사람이야."

"죄송합니다……."

"말을 할 수 있게 돼서 다행이야. 안 졸리나. 술기운이 돌아 자는 게 아닌가 생각했네."

"괜찮습니다."

오남주의 손이 테이블 위의 빈 컵으로 뻗었다.

"술은 더 이상 없어."

"예ー. 알고 있습니다."

이방근은 방을 나와 세면장으로 가서 오남주의 발을 만진 손을 씻고 세수를 했다. 시각은 두 시 반. 집 옆 고목나무에서 매미들의 울음소리가 한창이었다. 마치 집 전체를 덮고 있는 것처럼 쏟아져 내렸다. ……죽여 버릴 거야! 이방근은 수건으로 얼굴을 닦으며 고개를 움찔했다. 무릎에 파묻은 얼굴의 구멍 안쪽 깊은 곳에서 들려오는, 둔탁하게 이를 가는 그 울림은 무엇인가.

그는 세면장을 나왔다. 낮술은 취한다. 햇빛을 흡수하기에 취한다. 소주 한 홉으로 전신이 열기를 띠고, 볼이 달아오르는 것을 느꼈다. 왜 등껍질에 목을 감춘 거북이처럼 말을 잃고 꼼짝 못하던 남자가, 갑자기 고개를 쳐들고 사람을 불러 세운 것인가. 이 선생님, 어디 가십니까……? 그게 이상했다. 그는 반쯤 자고 있었거나, 자신 속에서 곧바로 움직일 수 없는 곳으로 빠져 있었던 것이다. 돌아간다고 해도 네 시까지는 아직 시간이 있었다. 굳이 간다면 트럭으로 데려다 줄 수도 있을 것이다. 일부러 물어볼 필요는 없지만, 오남주는 어젯밤에 만난 '서북'과의 사이에 있었던 뭔가의 사건 속에서 옴짝달싹도 못하고 있는지도 모른다.

이방근은 부엌에 있는 부엌이에게 탁자 위를 정리하고, 보리차라도 내오도록, 그리고 오남주가 점심을 먹지 않은 것 같으니, 뭔가 간단하게 요기할 만한 것을 가져오라고 일렀다.

이방근은 서재로 돌아왔다. 조금 전과는 달리 오남주가 유원과 이야기를 나누고 있었다. 아마 소주 한 잔으로는 큰일은 없을 듯했다.

주벽이 있는 남자는 반 컵 정도의 술로도 꼬투리를 잡아 날뛰기도 하지만, 그런 위험은 없는 것 같았다.

"어떤가, 많이 취했겠지. 갑자기 취하면 혀가 움직이지 않는 경우가 있어."

"예? 정말입니까?"

오남주가 완전히 다른 사람의 일처럼 말하는 바람에 놀랐다.

"혀뿌리가 마비돼서 말이야. 말이 나오지 않게 돼." 이방근은 미소 짓던 표정을 자제하며 대충 둘러댔지만, 터무니없는 말은 아닌지도 모른다. 오남주는 멍하니, 마치 핵심을 찔린 것처럼 이방근을 쳐다보았던 것이다. "자넨 아까 어째서 목마른 인간이 물을 찾듯 왜 그렇게 술을 찾았나?"

"잘 모르겠습니다. 갑자기 그렇게 됐는데, 그냥 심장이 두근거리고 괴로워서……."

"지금은 진정이 됐나?"

"심장의 부정맥 같은 건 진정된 것 같습니다."

"후후. 약효가 있었다는 말이군. 약효……. 소가 물을 찾는 것처럼, 우리는 술을 찾지. 아니 이런, 도대체 내가 무슨 말을 하고 있는 걸까. 핫하아……."

이방근은 웃었다.

툇마루에서 묵직한 발소리가 나고 부엌이가 왔다. 그녀는 탁자 위를 정리하고 보리차를 각각의 앞에, 그리고 오남주 앞에는 팥을 묻힌 시루떡을 썰어 몇 조각 올려놓은 접시와 물김치를 놓고 방을 나갔다.

오남주는 시루떡을 한 조각 먹었다. 그리고 유리그릇에 무와 색이 고운 당근, 거기다 실고추를 띄운 물김치를 숟가락으로 떠서, 탁자에 얼굴을 가까이 대고 입으로 가져갔다. 물김치는 떡과 잘 어울렸다.

물김치를 그릇째 손에 들어 입술에 대고 맛있게 먹었다. 그는 먹는 중에도 뭔가 골똘하게 생각하고 있다는 것이, 그 입 주변의 움직임으로 알 수 있었다. 그 음식을 바라보고 있는 시선이 음식 위에서 초점을 맺지 못하고 허공에 뜨는, 아니 자신의 내면을 향하고 있는 것 같았는데, 그는 일단 마지막 남은 시루떡을 다 삼키더니, 바로 말을 했어야 한다는 것처럼 입을 열고, 이 선생님은 '서북'을 어떻게 생각하고 계십니까? 하고 물었다. 이것도 당돌한, 꽤 일방적인 말투였다.

너무나 명백한 일이기도 해서 바로 대답할 수가 없었다. 조금 전에 왔던 손님인 최용학에 대한 질문이라면 모를까…… . 그러나 이방근은 한 걸음 양보하여, 강요하는 듯한 질문에 대답했다.

"자넨 왜 그렇게 심문하는 듯한 말투로 묻는지 모르겠네만, 바로 대답하기가 어렵군. 그렇지 않은가. 명백한 일을 갑자기 들이대면 바로 대답이 나오지 않는 거라구. 강렬한 빛을 갑자기 쬐게 되면, 그 빛이 보이지 않는 법이지. 그러나 대답은 오 동무와 같다고 해도 될 걸세."

"제가 '서북' 놈을 죽여 버리고 싶다고 생각하는 마음을 이해하십니까?"

"으흠, 무슨 엉뚱한 소리를 하는 건가." 어떻게 저런 난폭한 말투를 사용할 수 있을까. 이방근은 움찔하면서도 태연스럽게 가장했다. "……그건 자네만이 아니야. 현실은 어찌 됐건, 이 섬의 인간 대부분이 그렇게 생각하고 있을 거야. 자넨 가족의 일이고, 여동생의 일이라는 사정도 있겠지만, 그러나 자넨 쭉 서울에서 생활하고 있었고, 이쪽 실정에는 어두워. 그래서 관념적이 되는 것이고. 섬사람들은 매일의 생활 속에서 '서북'들과 얼굴을 맞대고 있기 때문에, 가슴 밑바닥에는 당연히 그런 생각을 품고 있을 거야."

"제가 섬 실정을 모른다, 관념적이라고 말씀하시지만, 이 선생님도 마찬가지 아닙니까. 제주도에 계시지만, 일반적인 섬 주민의 생활과는 전혀 다릅니다. 일하지 않아도 먹을 수 있으니까요."

이방근은 말문이 막혔지만, 자신도 모르게 웃음을 터트릴 뻔했다. 유원이 옆에서 당황한 표정을 지으면서도, 희미하게 고개를 끄덕이고 있었다.

"……그건 됐고. 자네 입장과 어쨌거나 현장에 있는 내 입장은 다르네. 좌우지간 무엇보다 '서북'이 4·3사건을 일으킨 것이나 다름없어. 이런 나도 '서북' 패를 때려눕혀 경찰에 연행됐을 정도니까 말야(이방근은 무표정하게 말을 조심하면서, 아아, 한심하다, 뭘 이렇게 변명하듯이……. 자신이 싫어졌다). 그러나 '서북'이 전부는 아니라는 점이 있어."

"그렇겠지요. 그러나 지금 저에게는 '서북'이 전부입니다."

"……"

이방근은 침묵했다.

"어머니의 말로는, 그 남자가 '서북'만 아니라면 좋은 인간이라고 합니다만, 저는 어젯밤에 그 남자를 처음 만났습니다." 오남주가 어젯밤의 일에 대해 이야기하기 시작했다. "이름은 양대선입니다. 저는 무심결에 웃어 버리고 말았는데, 양이라고 하는 성은 진짜라고 해도, 이름쪽은 모르겠습니다. 대선이라는 이름이 너무 짜 맞춘 것 같아서, 본인들은 진지하겠지만, 정말이지 이름까지 뭔가 이쪽에 싸움을 걸고 드는 것 같아 웃기지 않습니까. 나중에 멋대로 붙였겠지요. 애당초 놈들에게 이름이 있는 것만으로도 이상한 일입니다. 그들은 자신의 이름도 쓸 줄 모르니까……." 오남주는 갑자기 실어증의 주박에서 풀려, 바야흐로 몸속을 천천히 넘실거리며 돌고 있는 술기운의 흐름을 타고 막힘없이 이야기를 쏟아 냈다. "양(楊)은 어젯밤, 아직 초저녁인 저녁 일곱 시경에 지프를 타고 집 앞으로 왔습니다. 동료 한 사람을 지프차에 남겨 둔 채였는데, 나중에 그 남자도 들어왔습니다. 여동생은 오지 않았습니다. 여동생은 일전에 저에게 꽤 심한 말을, 죽어……라는 말까지 들었지만, 양에게는 일절 언급하지 않고 있었습니다. 그러나 두 번 다시 저를 만나고 싶지 않았겠죠. 저도 내가 여기에 있는 동안 두 번 다시 얼굴을 보이지 말라고 했으니까요. 집이라고는 해도 아시다시피 좁은 방입니다. 거기에 어머니와 저, 그리고 독상을 앞에 놓은 양이 앉았습니다……." 오남주는 어젯밤의 기억을 되살려, 시각적으로 확인하듯이 구체적으로 이야기했다. "어머니는 '서북'만 아니라면…… 하고 말했지만, 그렇지가 않습니다. 제 어머니는 뭔가에 눈이 멀어 있었습니다. 그렇지 않으면 자신을 안심시키기 위해 그렇게 말하며, 자신을 속이고 있을 뿐입니다. 으-음, 양이라는 남자는 왼쪽 눈이 없습니다. 실로 꿰맨 듯한 눈은 마치 안구가 없는 것처럼 깊이 패여 있어서, 처음에는 섬뜩한 느낌이었습니다. 그러나 저는 지금 그 눈 이야기를 하는 것이 아닙니다. 그렇습니다, 유원 동무……. 그런 문제가 아니니까요. 어머니는 저에게 양이 오기 전부터 절대로 술을 마시지 말라고 필사적으로 부탁했습니다. 그리고 말을 주의해라, 아무 말도 하지 마라. 오늘 밤, 무슨 일이 생기면 죽겠다고 했습니다. 무슨 일이 생긴다면, 제가 살해당할 거라고 생각했는지도 모릅니다. 지금까지도, 그리고 네가 제주도에 돌아온 이후의 보름 동안에도, 몇 번이나 뒤에 있는 감나무에 목을 매어 죽으려고 생각했다……고 위협하지 않겠습니까(이방근은 위협이 아니야……라고 말하려 했지만, 상대의 말이 끊어지지 않았다). 그러잖아도 저는 놈들과 같은 자리에서 술 따위는 마시지 않습니다. 저는 '서북'만 아니라면…… 하는 마음이 전혀 생기지 않았습니다. 그는 어머니가 준비한 돼지고기 등을 안주로 소주를 마셨습니다. 어머니는 벌벌 떨었고, 그는 권총을 허리에 찬 채

상 앞에 앉아 있었습니다. 신발을 신은 채 방에 들어온 거나 마찬가지입니다. 저는 몸 상태가 좋지 않다며 마시지 않았지만, 그는 저보다예닐곱 살은 더 먹어 서른이 넘었기 때문에, 저를 '형님'이라 부르지않고 이름으로 불렀는데, 그것은 참 다행이었습니다. 아까 이 선생님을 형님, 형님 하고 부르던 최 씨는 아니더라도, 만일 양이 '형님'이라고 불렀다면, 그야말로 거기서 무슨 일이 일어났을지도 모릅니다. 마치 철도의 정면충돌을 피한 간이 선로처럼, 저에게 좋은 방향으로 움직였던 겁니다. 양대선이 찾아온 것은 인사가 아니라, 서울에서 재학중이라는 저를 살필 목적이 있었던 겁니다. 그가 제주도에 뭘 하러왔냐며, 시기와 의심으로 가득 찬 애꾸눈으로 물어 오기에, 여름방학이라서 고향에 온 것이라 대답하자, 형인 동주가 공비수모자(共匪首謀者)로 입산한 것을 알고 있냐고 했습니다. 형은 어느새 '수모자'가 되어 있었습니다. 서울에 있는 제가 그런 것을 알 턱이 없지요. 토벌대원이니까 게릴라 이야기가 나오는 것은 당연할지도 모르지만, 폭도라느니 공비라느니 다른 사람 앞에서 증오스럽게 되풀이하는 것을 잠자코 듣고 있었습니다. 저는 동주 형의 일은 전혀 모르지만, 그런 이야기는 여기 와서 어머니에게 들었다고 했습니다. 그러나 과연 입산했는지 어떤지는 모른다. 일본에라도 갔을지 모른다고 했더니, 양은 큰소리로 호통을 쳤습니다. 입산 사실을 숨기고 공비가족이라는 사실을부정하려 한다는 겁니다. 옆에 있던 어머니가, 아이고, 저는 산에 들어간 아들이 밉다, 그 불효자식이……. 정말이지 가족과 친척들이 오늘까지 이렇게 살 수 있는 것은 대선 씨 덕분……이라며 눈물을 흘릴듯이 말하는 게 아니겠습니까(흐-음, 오남주는 깊은 한숨을 쉬었지만, 희미하게 이를 가는 듯한 울림이 느껴졌다). 저는 거의 들리지 않는 척을 하고,어머니 앞이었지만 담배를 피웠습니다. 내심, 기가 막혔던 것입니다.

어머니의 태도가 너무 비굴해서, 정말 내 어머니가 낯나 싶을 정도였습니다. 양은 저를 포함한 가족에게 공비가족이라는 굴레를 다시 씌우러, 딱지를 붙이러 온 겁니다. 분명한 공비가족이면서, 지금은 공비에 반대하는 '양민'으로서 생활하고 있다. 그렇지 않으면 안 된다. 가족의 한 사람으로서 나 자신도 예외가 아니다. 원래는 체포돼야 마땅하지만, 제주도에 와서도 자유롭게 돌아다니는 것은 양대선 덕분이라는 겁니다. 결국 우리 가족은 그에게 절대적인 은혜를 입고 있다는 겁니다. ……뭐가 '서북'만 아니라면……입니까. 어머니는 눈이 먼 겁니다. 아니, 어쩔 수가 없어서 자신과 주위 사람들에게 거짓말을 하는 겁니다. 저는 여동생까지 눈이 멀었다고는 생각하고 싶지 않습니다. 그것은 어쩔 수 없었습니다. 어쩔 수 없었겠지요. 흠, 불쌍한 희생양이다……. 이게 '결혼'인 겁니다. 어머니나 친척들이 말하는 '결혼'입니다."

오남주는 말을 끊었다. 그리고 탁자 위의 찻잔을 꽉 움켜쥐듯 손에 들고, 보리차를 단숨에 비웠다.

유원은 불쑥 자리에서 일어났다.

오남주는 갑자기 울음을 터트릴 것 같은 그녀의 얼굴을 쳐다보고 표정을 일그러뜨렸다.

"무슨 일이야? 유원 동무. 뭐야, 이상한 얼굴 하지 마……."

유원은 그대로 얼굴을 돌리더니 자리에서 일어나 뒤뜰 쪽 툇마루로 나갔다.

이방근의 취기가 밴 가슴에, 오남주의 말이 스며들었다. 그가 담배를 손에 들고 불을 붙이는 것을 보고 나서, 오남주도, 한 대 피우게 해 주십시오……라고 말하더니, 고개를 옆으로 돌려 담배를 입에 물고 성냥을 그었다.

지금까지 몇 번인가 술자리를 함께한 오남주는 대체로 잘 울었는데, 지금 눈앞에 있는 오남주는 한 홉이라고는 해도 4, 50도의 알코올이라서 어느 정도 취기가 돌고 있을 터인데도, 전혀 침울해 보이지 않는 것이 이방근에게는 이상하게 느껴졌다.

이방근은 술을 한 잔 더 마시고 싶었지만, 오남주가 있어서 참았다.

오남주의 이야기는 그 흐름으로 보아 아직 끝나지 않은 상태였다.

"유원 동무가 보이질 않습니다……."

이방근은 뒤뜰 쪽을 돌아보았다. 사람 그림자가 사라진 뒷문은, 푸른 정원수를 감싸 안고 있어서 바람을 통하게 하는 텅 빈 공간이 돼 있었다.

"내버려 둬도 괜찮을 거야."

오남주의 여동생에 얽힌 이야기가 같은 연령대의 섬 여자인 유원에게 뭔가의 충격을 주었다고 해도 이상한 일은 아니었다.

오남주는 유원이 입에도 대지 않은 찻잔의 보리차를 자신의 찻잔에 옮겨서 마셨다. 이방근은 아직 깨지 않고 흔들리는 어중간한 술기운을 재촉하듯 갑자기 갈증이 나서 술을 한 잔 더 마시고 싶어졌다.

"그렇다면 어젯밤에는 전혀 마시지 않았나?"

"아닙니다, 그들이 돌아가고 나서 혼자 마셨습니다."

"어머니와는 충돌하지 않았나?"

이방근은 그의 어머니가, 이제는 더 이상 아무것도, 세상에 창피할 것도 두려울 것도 없다, 떨어질 만큼 떨어졌기 때문이라고 깊은 한숨을 반복하면서 하소연하던 일을 떠올리고 있었다. 선생님 제발 저를 도와주십시오. 그 아이를 달랠 수 있는 사람은 선생님뿐이우다……. 그럴까. 이 청년을 어떻게 달래면 좋을까. 그리고 어찌하면 좋단 말인가.

"아닙니다, 제가 술을 마시기 시작하자, 어머니는 잠자코 방을 나가, 안뜰 건너편이 안채에 있는 친척 집으로 가서 늦게까지 돌아오지 않았습니다. 그러나 어젯밤에 저는 역시 긴장하고 있었습니다. 남아 있던 두세 홉의 소주를 마셔 버렸지만, 아무렇지도 않았습니다. 방금 전에 마신 것과 같은 맛있는 술은 아니지만……. 설령 어머니가 옆에 있었다고 해도, 제가 어머니와 옥신각신하거나 난동을 부리지는 않았을 거라고 생각합니다. 솔직하게 말하면 저는 그들에게 공포를 느끼고 있었습니다. 혼자 술을 마시면서 그것을 깨달았습니다. 자신의 공포심을 의식하자, 양은 거무스름한 피부에 체격이 좋은 남자였는데, 어둑한 남포등 불빛에 그늘진 스포츠형 머리와 깊게 패인 애꾸눈의 인상이 더욱 그런 느낌을 불러일으키게 했습니다. 그 흙내 나는 좁은 방에서 어머니와 함께 잠을 잤지만, 불 꺼진 캄캄한 방 안에서 서로 할 이야기가 없다는 것이 고통스러웠습니다. 말을 하고 싶지가 않은 겁니다. 서로 말을 한 것은 여기에서 돌아간 첫째 날뿐입니다. 저는 어젯밤에도 별로 자지 않았는데, 어머니는 한숨도 쉬지를 않아요. 이제 버릇이 돼서 눕기만 하면 이불 속에서, 아이고, 어쩌나, 아이고, 어째…… 하고 큰 한숨만 쉬는 겁니다. 그게 너무 귀에 거슬려 어머니와 충돌했습니다. 그래서 어머니는 한숨이 더 늘었지만, 제 앞에서는 숨을 죽이고 마음속으로 깊은 한숨을 쉬는 겁니다. 어머니는 제가 하루라도 빨리 서울로 가기를, 이 섬에서 나가 주길 바라고 있습니다. 마치 제가 가족의 평온을 해치는 골칫덩어리처럼……. 여동생도 그렇겠지요. 그 애는 양에 대해 아무것도, 이름 정도 밖에 모르고 있으니까요. ……음, 조만간 저는 집을 나오고말고요……. 나올 겁니다."

"집을 나와……. 그건 무슨 소린가?"

서울에 간다는 것과는 뉘앙스가 달랐다.

"어쨌든 이대로 어머니와 함께 있을 순 없습니다. 서울에도 가야 하고……."

　뒤에 말한 서울에도 가야 하고……라는 것은, 그저 덧붙인 말에 불
과했다.

　"나중에 이 선생님께 상담하고 싶습니다. 그 때문에 왔습니다." 상
담……? 이방근이 반문하기도 전에 오남주는 계속했다. "……놈들은
반공의 깃발을 내건 성전의 투사, 공비 평정의 십자군, 게다가 일자무
식의 그저 폭력밖에 없는, 무서운 사냥개, 그 뭔가 하는 사냥개, 지금
완전히 잊어버렸네. 전에 미군 장교가 키우다가, 섬사람을 물어 죽였
다는……."

　"음, 그레이트데인이라는 개 말인가?"

　"예, 그렇습니다. 바로 그 영맹한 그레이트데인 같은 놈들입니다.
인간의 탈을 쓰고 있지만, 마음은 그레이트데인입니다. 놈들은 맨손
인 우리를 꼬리를 치켜세우고 물어 죽입니다. ……저는 말이죠, 아까
선생님께 '서북'을 죽이고 싶은 마음을 이해하시겠냐고 물었습니다만,
선생님은 제주도인의 한 사람으로서, 거기에 동의하시는 듯한 말씀을
하셨습니다. 4·3사건도 섬사람들의 그러한 마음이 쌓이고 쌓인 한이
있어 발생한 것입니다. 그럴 겁니다. 저는 결코 서재에 틀어박힌 채
이유도 모르는 관념적인 이야기하고 있는 게 아닙니다. 저는 어젯밤
에도 잠 못 이루는 어둠 속에서, 상상이 거대한 건축물처럼 팽창하는
대로 맡긴 채 계속 생각했습니다만, 문제의 중심은 내가 왜 '서북'을
죽여서는 안 되는 것인가……."

　"잠깐, 목소리가 커." 이방근이 오남주를 제지했다. "죽여……? 함
부로 말하지 마."

　왜 죽여서는 안 되는 것인가? 2, 3초가 지나고 이것은 진심일 거라
고 생각했을 때, 이방근은 번뜩이는 칼날의 빛이 심장 표면을 스치는

느낌이었다.

"이 선생님, 들어주십시오." 취기로 달아오른 얼굴의 열기가 좀 가라앉은 듯한 오남주는 일단 안뜰 쪽을 돌아보고 나서 소리를 죽여 말했나. "선생님이 꼭 들어주셨으년 합니다."

"그 '서북'이란 누구를 말하는가. 일반적인 '서북'인가, 누군가 개인을 특정하고 있는 건가, 음."

"······" 거기에 오남주는 대답은 하지 않았지만, 암묵적으로 양대선을 가리키고 있었다. "제가 왜 '서북'을 살려 두어야 하는가. 다시 말해서 죽이면 안 되는 것인가. 그 이유는 무엇인가 하는 것입니다. 같은 인간이니까······? 그렇습니까. 미군정 시대의 중앙군정청 경무부장이었던 조병옥 등은, 우리 제주도민은 빨갱이이고, 빨갱이는 인간이 아니니 죽여도 된다는 무책임한 말을 하지 않았습니까. 정부의 고관이나 현지의 토벌부대 사령관 중에는, 가솔린을 섬 전체 여기저기에 뿌리고 불을 질러 30만 도민이 전멸해도, 대한민국의 존립에는 영향이 없다고 한 놈도 있습니다······. 안 그렇습니까. 인간의 탈을 쓴 그레이트데인. 놈들이야말로 인간이 아닙니다. 그렇다면 죽여서는 안 될 이유 따위는 없습니다. 어째서 우리 자신을 죽이고, 가족을 죽이고, 섬 주민을 살해하는 놈들 앞에서, 동란 상태 속에서 이쪽이 살해당하는 채로 가만히 있어야만 하는 겁니까. 눈에는 눈을······이라고 말씀하실지 모르겠습니다. 그렇습니다. 이에는 이를······. 반문하자면, 어째서 살해당해야만 하느냐 하는 것입니다. 그런 이유는 없습니다. 그러니까 놈들을 죽이면 안 되는 이유도 없습니다. 결론을 말하자면, 안 되는 것이 아니라, 죽일 수 있느냐 없느냐, 즉 윤리에 관한 문제가 아니라, 단지 물리적으로 그 능력이, 힘이 있는지, 실행할 수 있는지 하는 것뿐입니다······." 오남주의 볼이 움푹 파인 얼굴 표정이 경련을 일으키듯 일그러졌다. "제 마음 속에 살의가 있습니다. 결정체처럼 마음속 공간의 중심부에 존재하고 있어서, 제가 움직이면 그것도 같이 따라옵니다. ……그러나 살의가 현실화되기 위한 장치가, 수단이 어린아이 장난감처럼 하찮고 힘이 없습니다. 단지 살의만 있을 뿐입니다. 한심합니다. 살의만은 핵이 되어 확실하게 굳어져 가는데……."

오남주는 입가에 엷은 미소를 띠면서 찻잔을 손에 들고 크게 기울여, 거의 남아 있지 않은 보리차를 소리 내어 마셨다.

초가을 오후의 태양이 중천에 떠 있는 것처럼 목이 말랐다. 물이 아니라 술을 마시고 싶었다. 머릿속이 뜨겁게 메말라 있었다. 오남주는 아마도 양대선을 염두에 둔 것이겠지만, 추상적인 말투를 썼다. 현실인 것 같기도 하고, 그렇지 않은 것 같기도 한 오남주의 이야기를 이방근은 잠자코 듣고 있었는데, 살의뿐입니다, 한심합니다……라고 말한 것에 내심 후유하고 안도하면서도, 동시에 말로 표현하기 어려운 불만을 느꼈다. 살의만으로 충분한 것이다. 본인이 말했듯이 살의의 핵이 확실하게 굳어진다면, 그것이 세포분열을 일으켜, 살의가 현실로 움직이는 계기가 되는 것이다. 돌발적인 것이 아닌 한, 살인은 관념 속에서 먼저 이루어진다. 반복되어 이루어지면서 그것이 형태를 갖추고 저절로 움직이게 된다. 관념에서, 꿈속으로부터 현실로 이행, 그 이행의 경계를, 문턱을 넘는 일…….

이방근은 그렇지만 살의만으로 충분하다……고는 말하지 않았다. 그는 오남주를 부추길 말은 하지 않았지만, 자신 안에 있는 것이 윤곽을 만들고 상을 맺으면서 움직이고 있는 것을, 관념 속에서 떼 지어 모이는 구름처럼 어떤 살인 행위가 형태를 만들려고 꿈틀거리고 있는 것을, 그 검은 그림자의 움직임을 스스로 느끼고 있었다. 오남주는 마치 이방근이 관념 속의 살인 행위를 하나의 눈에 보이는 형태로, 현실에 끄집어내리려고 작용하고 있는 것 같았다.

머릿속 공간이 적란운이 피어오르는 것처럼 뜨거워져, 이방근은 무의식중에 눈을 감았다. 그리고 숨을 지그시 잠았다. 탁자의 맞은편에서 성냥을 긋는 소리가 울렸다.

"……그런데 권총 하나 없으니……."

혼자서 중얼거리는 듯한 목소리였다.

이방근은 적란운을 아득히 멀리 바라보며 천천히 눈을 떴다. 눈앞에 오남주가 있었다.

"지금 뭐라고 했나?"

이방근은 눈을 감은 내부 세계의 공간 속에서, 분명히 권총 하나 없으니……라는 소리가 울리는 것을 들었던 것이다.

"예, 권총 하나 없다고 했습니다."

"권총……?"

쨍하고 귀 안쪽에서 금속성 소리가 울렸다. 장작 패는 건조한 소리가 울려 퍼졌다. 부엌이가 주방 뒤뜰에서 도끼를 내리찍은 것이었다. 이방근은 놀란 듯이 눈을 크게 뜨고 상반신을 일으켜 상대의 얼굴을 노려보듯이 쳐다보았다. 그는 자신이 현실로 돌아온 것을 깨달았다. 도대체 나는 무얼 하고 있는가. 도끼가 기세 좋게 낙하하며 장작 패는 소리가 이어졌다.

"도대체 자넨 무슨 얘기를 하고 있는 건가? 어린애 같은 말을 하다니……. 살의라느니, 죽인다느니…… 하는데, 그건 누구를 말하는가. 여동생은 어떻게 되겠나, 여동생과 어머니의 일을 생각이라도 하는 건가?"

오남주는 콧대가 꺾인 모습으로, 갑자기 잠에서 깨어난 사람처럼 당돌한 어투로 말하는 이방근을 멍하니 바라보았다.

"여동생……. 저한테는 이미 여동생이 아니라는 걸 알고 계시잖습니까. 어머니도 그렇고……. 제가 이미 서울에서 혼자 경야의 제사를 지냈으니까요. 이곳에 와서 그것을 확실히 깨달았습니다."

"그건 자네의 관념이야. 무리하게 만들어 낸, 그런 거라구."

이방근은 자신이 왜 이런 말투로 말하고 있는 것일까 생각하면서, 오남주의 이야기를 전부 부정하듯 말했다.

"앗, 유원 동무……."

오남주는 얼른 고개를 들고 이방근의 어깨 넘어 뒷문 쪽으로 시선을 던졌다.

"아직도 얘기를 하고 계시네요."

"신경 쓸 거 없어."

유원은 뒤에서 여동생이 다가오는 기척을 느끼고 있는 이방근의 옆으로 와서 앉았다. 그녀의 부드러운 냄새를 실은 공기가 가볍게 움직여 이방근의 코에 닿았다.

"맥주가 있을까?" 이방근은 여동생을 보고 말했다. "목이 너무 말라 못 참겠어. 오 동무는 맥주 마시겠나?"

"예에……."

오남주는 의외였는지 볼의 표정을 누그러뜨리며 주저하듯 대답했다.

"맥주가 있으면 두 병만 가지고 와 줄래. 없으면 소주로."

"술을 마시면 목이 더 말라요……."

유원이 웃으며 자리에서 일어났다.

"알았어. 아는 소리 하지 말고 빨리 갔다 와."

이방근이 웃으며 응했다. 유원이 방을 나갔다.

"지금 어머니와 여동생 이야기가 나왔는데, 그렇습니다. 틀림없이 관념입니다. 실제로 어머니나 여동생은 살아 있는 인간으로 제 눈앞에 나타났으니까요. 그러나 제가 말하고 싶은 것은 좀 다른 겁니다. 우리들은 결국 무력이나 게릴라 투쟁이 필요하다는 겁니다. 이해하시겠지요. 제 안에 살의가 분명하게 있다고 말했습니다만, 그렇습니다. 그것은 사라지지 않습니다. 그러나 그것을 현실화하기 위한 장치라는 게 개인에게는 없습니다. 상대는, 양은 어젯밤 어머니와 제 앞에서 술을 마시는 동안에도 분명히 허리에 권총을 차고 있었으니까요. 전 게릴라 투쟁이 필요하다고 생각하고 있습니다. 여기 와서 그것을 실감했습니다."

"흐음……."

이방근은 의미 없는 소리를 한숨과 함께 토해 냈다. 그리고 고개를 가볍게 옆으로 저으면서 담배를 물고 성냥을 손에 들었다. 어쩌면 오남주는 산에 들어가려고 생각하고 있는지도 모른다. 그는 머리를 독한 알코올의 자극처럼 뜨겁게 스쳐 지나가는 생각을 괴로운 마음으로 의식하였다. 뭔가의 방법으로 양대선을 죽이고, 어쩌면 여동생도 휩쓸려서……. 어리석기는, 거꾸로 당하고 말겠지……. 그은 성냥불을 입에 문 담배에 가져다 대었다.

유원의 발소리가 방 밖 툇마루에서 울렸다.

"오 동무, 술 마시고 울거나 하면 안 돼."

"당치도 않습니다. 맥주 한 병 정도로……. 많이 마셔도 그럴 일은 없습니다. 눈물은 이곳에 와서 말라 버렸습니다."

"음, 그것은 어머니 쪽이 아닌가."

유원이 맥주 두 병, 그리고 유리컵 두 개를 테이블 위에 내려놓고 뚜껑을 땄다.

"유원 동무도 한 잔만 하지. 보리차는 내가 마셔 버렸어."

"그랬나요. 몰랐네. 난 괜찮아요."

이방근은 컵에 따른 맥주를, 머릿속에 떼 지어 모이는 구름의 열기를 식히듯 단숨에 비웠다.

"저는 이 선생님이 어떻게 생각하고 계시는지 알고 싶습니다."

오남주는 컵의 맥주를 한 모금 쭉 마시고 말했다.

"무얼 말인가……?"

이방근은 대답하고 싶지 않았기 때문에 미리 방어선을 쳤다.

"방금 전에 이야기한 게릴라 투쟁 말입니다."

"……" 마치 개인의 사상조사라도 하듯이 상대의 말이 압박해 왔다. 게릴라 투쟁이 필요한가, 그렇지 않은가. 명확하게 말해서는 안 된다. 이방근은 여동생 쪽을 힐끗 쳐다보고 나서, 컵에 거품이 올라 있는 맥주를 다시 한 번 그야말로 목이 마르다는 듯이 목구멍의 벽에 닿는 기분 좋은 감촉을 느끼며 흘려 넣었다. "후후, 어렵군. 오 동무가 무슨 말을 하는지는 알겠어. 그렇지만 투쟁은 정의감이나 주관적인 바람만으로 가능한 것이 아니야. 궁극적으로는 이기느냐 지느냐는 거겠지. 지는 싸움이라면 처음부터 하지 않는 게 좋아……."

"이 선생님." 오남주가 이의를 제기하듯 이방근의 말을 받아쳤다. "선생님은 게릴라 쪽이 질 거라고 생각하십니까?"

"그런 말을 하는 게 아니야." 이방근은 가슴이 철렁하면서 발언을 취소하듯이 말했다. "예를 들자면 그렇다는 거야. 승산을 말하는 거라고. 그렇지 않은가. 자네가 아까 말했던, 그 무언가를 현실화하기 위한 장치라는 것 말야……."

"이 선생님은 게릴라 투쟁을 필요하다고 생각하시는 겁니까. 아니면 반대하시는 겁니까?"

앞으로 몸을 구부린 유원이 무릎에 한쪽 팔꿈치를 괸 손으로 턱을 지탱하면서 이야기를 귀담아 듣고 있었다.

"……" 이방근은 궁색해진 대답을 쓴웃음으로 얼버무렸다. "흐-음, 자넨 어찌 그리 사람을 추궁하듯이 캐묻는 건가. 자네의 상담이라는 게 그 일인가? 필요고 뭐고 일은 이미 시작되었고, 지금 진행 중이 아닌가. 현재의 '평화'적인 상태는 정부군의 토벌 재개로 조만간 깨지게 될 거야. 이것이 현실의 상황이라고 생각해. 뒷일은 스스로 생각해야겠지."

오남주는 분명히 게릴라 투쟁에 가담하기 위해 입산을 결심한 듯했다. 전 집을 나오고말고요……. 행선지는 서울이 아닌 것이 거의 확실해진 느낌이었다.

"……" 오남주는 잠시 생각하더니 말했다. "선생님, 저는 서울로 돌아갈 수 없다고 생각합니다."

"뭐라고?"

이방근은 의식적으로 의문을 강조했다.

"도항증명서를 만들어 주신 문난설 씨나 이 선생님께 혹시라도 폐가 된다면, 그걸 어떡하나 싶어서……."

"잠깐, 무슨 말을 하는 건가. 혹시라도……라는 건 뭔가. 이쪽은 그냥 넘어갈 수 있는 일이 아니야. 공범이 된다구. 일본에라도 갈 생각인가?"

"일본? 아닙니다……."

오남주는 당치도 않다는 듯이 부정했지만, 산으로 간다는 말은 꺼내지 않았다. 그는 시선을 맥주 컵에 떨어뜨리고 고개를 숙였다.

이방근은 컵의 맥주를 비웠다. 순식간에 한 병의 바닥이 보였다. 다시 볼이 달아오르고 머리가 술기운에 붕 떠오른다. 머릿속의 적란운은 사라졌다. 결국 와 버렸다. 아까부터 아무래도 이상하다고 생각하고 있었는데, 그것이 현실이 되었다. 여동생인 유원을 통해 알게 된 이 학생이 왜 그토록 집요하게 제주행을 원했는지. 한때는 여동생을 '서북'에게 농락당한 그 오욕의 땅에는 절대로 돌아가지 않겠다던 그가, 마음을 바꿔 서울역 앞에 섰을 때, 이미 결심이 서 있었던 것이다. 그랬을 것이다. 서울에서 어쩌면 게릴라에 가담할 생각인지도……라는 예감이 들었던 것이다. 목포항의 승선 직후에 배에서, 승선 거부를 당해 부두에서 항의하고 있던 4·3사건 진상조사단에 가담할 생각으로 뛰어내린 것도, 고향의 동란에 대한 그의 태도를 반영한 것이었다. 그리고 실제로 제주도에 돌아와 나름대로 현실을 보았다…….

"상담이라는 게 그건가?"

"예―. 그렇습니다."

잠자코 있던 이방근은 같은 말을 반복해서 결정적으로 대답을 강요받는 꼴이 되었다.

"유원아, 넌 그걸 알고 있었냐?" 유원이 화들짝 놀라 숙였던 몸을 일으켜 옆에 있는 오빠를 돌아보았다. 이방근은 어지간히 연기라도 하는 느낌으로 이야기를 진행하지 않을 수 없었다. "너희 두 사람은 그런 걸 상의하고 있었던 건가, 음. 아까 응접실에서 두 사람은 무슨 얘기를 한 거야."

"아닙니다." 오남주가 고개를 세게 흔들어 부정했다. "유원 동무와는 관계가 없습니다. 어디까지나 저 개인의 일입니다. 선생님께 상담하고 싶었던 것은 도항증명서 건으로 폐를 끼치게 된다, 그것만은 아닙니다. 그저 모든 것을 이 선생님께 얘기하고 싶었던 겁니다. 서울로 가건 어디로 가건, 저는 조만간 이 선생님과 작별하지 않으면 안 됩니다."

"너도 오 동무가 서울로 가지 않고 입산할 작정이라는 걸 알고 있었던 거냐." 이방근은 여전히 의문이었지만, 입산을 단정적으로 말했다.

"증명서 건으로 오빠나 문난설 씨에게 폐를 끼치기 않겠다고 한 것이 누구야? 마치 사기나 마찬가지로구나."

이것은 넋두리의 변형일 뿐, 이미 대화는 아니었다.

"네, 나가 응접실에서 저음으로 오 농부에게 입산할 작정이라는 얘길 들었어요. 하지만 저는 모르겠어요, 어찌해야 좋을지. 저는 오 동무가 서울로 돌아갈 거라고만 생각했는데……."

"으흠……."

역시 그렇다. 입산한다…….

"오빠, 사기라니, 말이 너무 심해요."

이방근은 잠자코 자리에서 일어났다. 두 사람이 그를 올려다보았다.

방을 나온 그는 툇마루에 우뚝 서서 잠시 안뜰을 내려다보고, 그 주위의 건물, 오른쪽의 응접실과 그 맞은편의 아버지가 있는 방의 건물, 왼쪽 대문 옆의 하녀방, 대문 위의 낡은 지붕……을 빙 둘러보았다. 머리 위가 그늘져 올려다보니, 파란 하늘을 구름이 지나가고 있었다. 섬의 그림자가 마치 이방근의 마음속에 그림자를 떨어뜨리고 지나가듯이 상공을 달렸다. 가을 기운에 마음이 욱신거렸다.

이방근은 갑자기 사방에서 소리를 잃어버린 침묵이 자신을 포위하고 있다고 느꼈다. 그는 자신의 몸의 움직임을, 아니, 그 장소를 확인이라도 하듯 뒤를 돌아보았다. 소파에 앉아 있는 오남주의 등과 여동생 유원의 시선에 부딪친 그는, 그대로 응접실 쪽으로 발길을 옮겼다.

응접실에 들어간 이방근은 소파로 다가갔지만, 거기에는 앉지 않고 방 안을 걸어, 소파 주위를 천천히 돌기 시작했다. 방의 구석으로는 덮개가 꼭 닫힌 검게 윤이 나는 피아노가 침묵 속에 앉아 있었다. 흑단 장식장에는 호골주 따위의 술병이 늘어서 있는 모양이, 서먹서먹한 구경거리로 진열되어 있을 뿐이었다. 장작을 패는 그 격렬한 소리는 들려오지 않았다. 맥주 한 병으로 되살아난 소주의 취기를 타고, 술을 계속 마시고 싶다는 생각이 솟아올랐다. 욕구가 솟구친다. 그는 느끼고 있었다. 돌연 커다란 욕망의 너울을 체내의 열기 속에서 느꼈다. 여자를 안고 싶다는 생각이 들었다.

이방근은 일단 멈춰 서서 크게 들이마신 숨을 토해 냈다. ……오남주의 말에 특별히 놀랄 것은 없었다. 조금 놀란 시늉을 해 보였을 뿐이었다. 그러나 조금 전에 시작된 오남주의 이야기가 이렇게 현실이 되고 보니, 당혹스럽다기보다는 곤란하게 됐다는 생각이 들었다. 오남주가 혼자일 리가 없다. 이미 입산한 친구와 만나 이야기를 진행시키고 있었을 것이다. 그리고 어젯밤에 양대선과 만난 것은 입산만이 아니라, 살의를 결정적인 것으로 만들었음에 틀림없었다. 실어증과 같은 침묵 상태에서 웅변으로……. 공비가족이라. 생각해 보면 그는 분명 공비가족이었다. 그가 체포되지 않고 이렇게 성내까지 찾아올 수 있었던 것도 분명 양대선의 은혜라고 할 수 있었다.

청년들이 산으로 들어가는 것을 막는 것은 불가능했다. 그러나 이방근은 여동생인 유원을 입산시킬 수는 없었다. 이유 없이, 그것은 안 될 일이었다. 오남주의 이야기는 여동생에게 상당한 자극을 주었을 것이다. 그것이 두려웠다. 게다가 얼마 전에는 남승지가 이곳을 다녀간 참이었고, 그녀는, 아버지는 모르고 있지만, 같은 트럭을 타고 Y리까지 갔다 왔던 것이다.

증명서의 유효기간 안에 경찰의 검인을 받아 섬을 나가지 않을 경우는 행방의 추적이 시작된다. 설령 일본으로 밀항했다고 해도 산에 들어간 것으로 간주해서 그의 어머니나 친척, 그리고 '서북'의 '처'인 그의 여동생에게까지 추궁이 미칠 것이다. 어머니와 여동생을 어찌할 생각인가. 그리고 당연히 이쪽에도 찾아올 것이다……. 음, 유원은 두항증명서의 기한이 지나기 전에 반드시 서울로 돌려보낼 필요가 있었다. 어쨌든 이 섬에서, 아버지의 감금에서 해방시켜, 하루라도 빨리 서울로 보내야 한다. 내일 최용학이 유원과 한 번 더 만나 이야기를 나누고 싶다는 것은 무엇일까. 단순한 유혹의 말인가……

시각은 세 시를 지나고 있었다. 그래, 오남주의 말대로 네 시 버스로 돌아가게 내버려 두는 편이 좋겠다. 억지로 말리는 것은 좋지 않다. 더 이상 이 일에 깊이 관여하고 싶지 않았다. 이방근은 오남주가 설령 산에 들어간다고 해도, 그에 대해 자신이 언급하는 것을 두려워했다. 게릴라 투쟁에 가담해야 할 것인지 말 것인지, 그것은 대답할 수 있는 문제가 아니었다. 하물며 여동생의 입산을 절대로 허락하지 않는 이방근이 지시할 수 있는 일이 아니었다. 자신의 생각과 판단으로 행동해야 한다. 모르겠다…… 뭐? 모르겠어? 어딘가에서 들었던 울림이었다. 모르겠다…… 아, 유달현을 모르겠다. 그가 일본으로 간다? 자네는 유다가 된 것인가. 도망치는 게 빠르군. 모르겠다…… 이방근은 소파 옆에 잠시 멈춰 있다가 입구를 향해 걸었다.

서재로 돌아온 이방근은 잠시 망설이다가 소파에 앉았다. 어찌 된 일인지, 밀회라도 하고 온 것처럼 뒤가 켕기는 느낌이 드는 게 이상했다.

"오빠, 무슨 일 있어요?"

"아무 일도 아니야. ……벌써 세 시가 넘었는데, 오 동무는 네 시 버스로 돌아간다고 했었지."

"예—."

"그 시간에 맞추는 게 좋겠지. 그런데 버스비는 있나?"

이방근은 바지 주머니에서, 응접실에서 미리 넣어 둔 백 원짜리 지폐 열 장을 꺼내, 상대의 와이셔츠 주머니에 밀어 넣었다.

5

　오남주는 네 시 버스로 출발했다.

　무엇보다 정시 발차라는 게 거의 없었지만, 신문에도 기사가 날 정도로 교통사정이 악화되어 있었고, 오후에 한 대 밖에 없는 서쪽 방향 일주 버스가 장사진을 이루기 때문에 반드시 탈 수 있다는 보장도 없었다. 이미 만원이 되어 발차를 한 경우에는 되돌아오기로 되어 있었기 때문에, 반 시간 이상 지난 지금, 아마도 타고 간 모양이었다.

　오남주는 구체적인 말은 일절 하지 않았지만, 결국 산에 들어간다는 것을 알리기 위해, 그리고 또 서울로는 돌아가지 않겠다는 것을 알리기 위해 찾아온 것이었다. 월말인 25, 26일경에 한 달이라는 기한이 만료되므로, 앞으로 열흘 정도 남아 있는 그때까지 서울로 향하지 않을 때는, 오남주의 입산이 결행될 것이다. 그는 유원이 서울로 출발하기 전에 한 번 더 오고 싶지만, 모르겠다, 이제 더 이상 이곳에 출입하는 것은 쓸데없이 폐를 끼치게 될 뿐이라면서, 이번이 마지막, 아니 언젠가 다시 하산하는, 머지않은 그날의 재회를 기약하는 이별이 되었다. 그러나 그날이 어떻게 있을 수 있겠는가.

　유원은 집의 문밖까지 오남주를 배웅하고, 멀리는 나가지 않았다.

　이방근은 오남주 건을 본인 앞에서 결론을 낼 수가 없었다. 그리고 그가 분명하게 말하지 않는 상태에서 입산하는 방향으로 시간이 좁혀 감과 동시에 움직여 가는 것으로, 일단 이방근의 손을 떠났다.

　아니 일단은 아닐 것이다. 쓸데없이 폐를 끼쳐서는……. 말은 그렇지만 이미 앞으로 닥쳐올 폐가 낭떠러지의 바위처럼 준비되어 있는 것이 아닌가. 나중일은 될 대로 되라……는 식은 아닐 테지만, 갈 길이 급한 그에게 그 처리를 미룰 수도 없었다. 이방근은 그를 향해 노항증명서 건이 있으니 서울로 돌아가라고는 말할 수가 없었다. 남은 것은 조만간 증명서의 기한이 만료됨과 동시에 오남주의 행방을 추적하러 찾아올 경찰에게 대처하는 일뿐이었다. 그러나 그것도 오남주의 뒤에 남겨진 그 가족들에게 닥쳐올 재난에는 비할 바가 아닐 것이었다.

이방근은 처음에 오남주가 자고 갈 것으로 생각하고 있었고, 어떻게든 당일로 돌아간다면 트럭으로라도 데려다 줄 생각이었지만, 본인이 말하는 대로 버스로 돌아가는 것을 말리지 않았다. 자신의 마음이 바뀐 것인데, 뒷맛이 개운치 않았다. ……놈을 죽여 버릴 거야! 이를 갈면서 내는 낮은 신음소리. 제가 '서북' 놈들을 죽이고 싶다는 기분은 이해하십니까? 양대선, 왜 그놈을 죽여서는 안 되는가. 그 이유는 무엇인가 하는 것입니다……. 안 되는 것이 아니라, 죽일 수 있는가 없는가. 실행할 수 있는가 없는가. 살의의 핵이 커져서, 세포분열을 일으키고, 살의의 현실화에 대한 계기가 굳어지고 있는 그는, 전투 상황 속에서 '합법적'으로 살인을 하고 싶은 것이었다.

문제의 근본적인 해결이 아닌, 제대로 된 논의 없이 오남주가 떠나간 뒤, 이방근의 마음은 혼란스러웠다. 착잡하고 복잡했다. 눈앞에서 오남주의 그림자가 사라지자 곧 유달현이 나타났다. 최용학의 입에서 나온 유달현의 일본행 이야기는 머리를 높이 치켜들고 나와 주위를 뒤집어 놓고, 오남주까지도 밀어내며 마음에 풍파를 일으켰다. 안정을 잃을 정도의 격렬한 마음의 움직임과 초조감이 이방근을 몰아붙여, 여동생을 최용학과 만나게 하도록 유도했다.

이방근은 내일 최용학을 만나도록, 그렇게 하는 편이 좋겠다고 유원에게 이야기했다. 그가 꼭 하고 싶다는 말은 무엇일까. 그것을 들으면 된다. 때로는 들을 필요가 있다. 만약, 단지 만나는 것이 목적이었다면, 유원도 만나기만 하는 것으로 끝내면 된다. 둘이 만나는 것이 싫어도 참아라. 어쨌든 최용학의 간절한 소원을 받아들여 내일 그와 만나는 것은, 유원이 서울로 가는 길을 빨리 열어 주는 힘이 될 것이다.

유원은 유달현의 일본행 이야기에 쇼크를 받은 오빠와 달리, 오남주의 무섭고도 무모한 복수, '서북'에 대한 노골적인 살의 표명에 커다란 쇼크를 받고 있었다. 그에 비하면 내일 최용학과 만나는 것은 일도 아니었다. 그것은 마음먹기에 달린 일이다. 그녀는 최용학을 만나라는 오빠의 말을 듣고 잠시 생각에 잠기더니, 그럼, 그렇게 할까······ 하고 미소까지 띠며 대답했지만, 그러나 오남주의 일은 그녀가 마음먹는다고 어떻게 되는 것이 아니었다. 그녀는 오남주가 정말로 그런 일을 실행할 수 있을는지, 그 성격으로 보아 굳게 결심하면 할지도 모르겠지만, 과연 그것이 가능할지 오빠에게 물었는데, 이방근은 언짢은 얼굴로 고개를 저었다. 내가 알 수 있는 일이 아니다. 그건 머릿속에서 그렇게 생각하고 있는 것에 지나지 않아, 관념이지······. 하긴, 무슨 일이든 머릿속에서 생각하는 것부터 시작되기는 하지, 라고 가볍게 받아넘기는 정도로 대답했지만, 그는 혼돈스런 느낌의 초조함에 시달렸다. 당장이라도 집을 나가 어딘가 여자가 있는 곳에라도 가고 싶었지만, 취기가 밴 머리로, 아직 밝은 태양 아래 얼굴을 드러내고 싶지 않았다. 어둠이 필요했다. 돌연 문난설의 하얀 몸이 다가왔다. 이방근은 지금 눈앞의 여동생이 거슬렸다.

그는 마음의 소용돌이를 가라앉히기 위해 다시 소주 한 잔을 비우고, 이윽고 몸 전체가 발효하는 듯한 취기의 거품이 이는 일렁임에 몸을 맡기고 소파에 누웠다.

"오빠는 한잠 자아겠다……."

"……덮을 것은?"

"됐어. 나갈 때 문이나 닫아 줘."

유원은 잠시 후 자리를 떴는데, 밖으로 나간 그녀는 옆쪽에 있는 자신의 방이 아니라, 응접실 쪽으로 향한 것 같았다.

피아노 소리가 들려왔다. 이방근은 똑바로 누워 동공에서 취기가 흔들리는 듯한 시선을 칙칙한 천장으로 던지고, 와이셔츠를 입은 가슴 위에 무심코 한 손을 올렸다. 알코올 탓에 고동치는 심장의 울림이 마치 손바닥 자체가 심하게 맥박 치는 것처럼 느꼈다. 그는 옹색하게 몸을 뒤척이며 가슴에서 손을 떼었다. 여자 가슴이 있었으면 좋겠다. 연무가 낀 머릿속에 하얀 여자의 그 누구도 아닌 나체가 배처럼 떠올라 흔들렸다……. 그는 가슴이 답답해지자 상체를 벌떡 일으키더니 다시 소파에 앉았다. 취기로 침몰선처럼 천천히 가라앉는 것 같은 몸의 느낌 그대로, 다시 소파위에 누웠다. 몸 전체가 중심부로부터 팽창하는 것 같은 커다란 욕망의 너울에 빨려들어, 녹아드는 의식의 행방을 감은 눈꺼풀 뒤쪽 공간에서 좇고 있었다. 수평선을 달리던 기선이 섬광을 발하며 산산이 부서져 흩어졌다. 어둠 속을 의식의 파편이 빛의 미립자가 되어 튀는 것을 계속해 응시하는 사이에, 어둠 그 자체도 모두 사라졌다.

이방근은 어딘가 꿈 속 저 멀리, 무언가 점막질의 섬모로 빼곡히 표피가 덮인 어두컴컴한 숲과 같은 공간에서 빠져나온 감각에 휩싸여, 무거운 잠을 깼다. 누군가가 불렀지만 그 꿈속의 목소리가 들리지 않았다. 주위에는 아무도 없었다. 분명히 듣고 있었을 터인 피아노 소리도 들리지 않았다. 여기는 어딘가……. 잠의 연속과 같은 섬모로 미끈미끈한 어딘가 윤곽이 확실치 않은 곳. 그는 자신이 이불 속이 아니라, 방바닥보다 높은 옹색한 소파 위에 누워 있다는 것은 알았지만 그래도 바로 서재라고는 깨닫지는 못했다.

손목시계를 보니 여섯 시 반을 지나고 있었다. 며칠 전에 서머타임이 끝났기 때문에 아직 주위는 밝았지만, 그래도 여섯 시 반이면 초저녁에 가까웠다. 한 시간 남짓이지만, 푹 잔 모양이다.

방 밖에서 소리가 났다.

부엌이었다. 이방근은 이유도 없이 놀라 튀어 오를 것처럼 몸을 일으켜 소파에 앉았다. 깊고 깊은 바다 속의 해조류가 뒤얽혀 흔들리는 냄새 속에 싸여 있었던 것은, 그리고, 그래 그렇지, 바다 밑의 거름구덩이에 빠진 것처럼 전신이 미끈미끈했던 것은, 그것은 부엌이의 커다란 치마 속, 꿈의 치마 속이었나……. 이방근은 얼굴을 찌푸리며 고개를 흔들었다.

부엌이가 미닫이를 열었다. 서방님…… 하고 부르더니, 눈을 바닥에 떨어뜨린 채 식사라고 알렸다. 이방근은 저녁식사는 필요 없다고 대답했다. 왜 그러시는 거우꽈. 외출하시는 거우꽈……? 이방근은 잘 모르겠지만, 그럴지도 몰라, 어쨌든 지금은 먹고 싶지 않다고, 자신에게서 눈을 돌린 그녀를 힐끗 쳐다보며 묘한 웃음을 띠고 말했다.

부엌이가 물러갔다.

이방근은 머리의 무거운 중력을 견디기 힘들어, 다시 소파에 몸을 던졌다. 유원은 무얼 하고 있는 걸까……? 그는 잠시 소파에 몸을 누인 채, 고목의 가지에서 떼를 지어 지저귀는 작은 새소리를 멍하니 듣고 있었다. 체내의 열기 속에서 갑자기 솟아오른 욕망의 너울이 이상하게 가라앉은 듯했지만, 아직 심지가 사라지지 않고 남아 있는 것을 느꼈다. 해가 완전히 저물어 밤이 되기까지는 아직 한두 시간이 있었다. 어떻게 할까. 외출할까. 이대로 누워 있을까. 욱신거렸다. 육체가 우신거렸다……. 막상 이사를 하게 되면, 이 소파를 둘 장소가 없다. 소파를 놓으면 잠잘 곳이 없어진다. 가끔 사용하는 침대 대신 한쪽 소파만을 가지고 갈까. 아니지, 소파는 옮기지 말고 이 방에 이렇게 남겨 두는 편이 좋을 것이나. 가ㅜ섬에서 신 의자를 수분하면 된다.

머릿속 연무의 막이 점차 걷히고, 잠깐의 수면이 취기를 없앤 모양이었다. 잠은 술기운을 깨우는 약……. 그는 마치 묵직한 이불이라도 걷어 내듯이, 천장 아래 공기의 압박감을 양손으로 뿌리치는 듯한 몸짓으로 소파에서 일어나면서, 외출해야겠다고 생각했다.

방을 나와 툇마루에 선 그의 눈에, 맞은편 툇마루 밑 디딤돌 위에, 아버지 이태수가 돌아와 있는지 구두가 보였다. 틀림없이 아버지의 구두였다. 그가 세면장에서 얼굴을 씻고 나오자, 응접실 툇마루를 유원이 이쪽으로 걸어왔다. 부엌으로 가는 건가, 아니, 오빠 쪽을 향한 시선과 얼굴 표정으로 보아 아버지 방에서 나온 것이 틀림없었다.

"오빠, 잘 잤어요?"

아무 생각 없이 발을 멈춘 이방근의 옆에까지 온 유원이 말했다.

"……"

이방근은 고개를 끄덕였다.

"마침 잘됐네요. 아버지가 돌아와 계세요. 오빠를 보자시는데."

"정말이지 귀찮구나. 도대체 무슨 일이야, 음."

이방근은 불쾌하게 대답하고는 그대로 서재로 돌아갔다. 유원이 오빠 뒤를 따라왔다.

"아버지한테 갔었나?"

이방근은 여전히 무거운 느낌이 가시지 않는 뻣뻣한 몸을 소파에 털썩 내려놓으며 말했다.

"예—."

유원도 마주 보고 소파에 앉았다.

"오빤 지금 외출할 참이야. 넌 무얼 하고 있었지? 아버지가 부르신 건가. 어젯밤의 연속인 게냐."

"오빠는 어디 가는 건데요? 저녁도 안 드시고."

여동생이 불안한 듯 말하는 것을, 이제 어엿한 어른인 주제에, 하여 간 항상 이런 식이라고 마음속으로 중얼거리며 이방근은, 일이 있어, 갑자기 생각난 일이 있다……고 대꾸했다.

"어쨌든 아버지한테 가자. 중요한 때야. 외출은 뒤로 미루기로 하 구. 지금 식사 중 아니신가?"

"오빠는 빈틈없이 계산하고 있었네. 전에는 이러지 않았는데. 그렇 잖아요. 외출을 뒤로 미루다니……."

유원은 고개를 조금 움츠리며 쿡쿡 웃었지만, 대수롭지 않다는 듯 이 응하는 오빠에게 다소 김이 빠진 모양이었다.

담배를 한 대 피우고 여동생과 함께 아버지 방으로 가자, 탁자에서 신문을 펼쳐 놓고 읽던 아버지가, 코끝으로 내려온 돋보기 너머로 눈 을 올려 뜨고 두 사람을 힐끗 쳐다보더니, 돋보기를 벗어 탁자 위에 놓았다. 가볍게 한잔 마셨는지 불그레한 얼굴에 윤기가 났다.

"부르셨습니까?"

"음." 이태수는 고개를 끄덕이고, 담배 연기를 코에서 내뿜으며 턱으 로 가리켰다. "거기 앉아라."

남매가 아버지와 마주 보고 나란히 앉았다.

"오빠는 지금 외출하실 거래요."

유원이 말했다.

"……" 이태수는 뭐라고? 라는 표정으로 잠시 틈을 두고 말했다. "어차피 밤바람이라도 쐬러 가는 것이겠지. 얘기하는데 시간은 걸리지 않아."

"아버지는 왜 그런 식으로 말씀하십니까. 오빠는 용무가 있다는 데……."

"유원아, 넌 잠자코 있어."

이방근이 제지했다.

"후후, 난 알고 있다." 이태수가 계속했다. "……그런데 말이다, 밤바람을 쐬는 것도 좋지만, 네가 요릿집 같은 데서 남해자동차 얘기가 화제가 되었을 때 어떻게 대답을 하느냐? 요즘은 자동차회사에 대한 비난이 거세다. 한가로이 산책하며 밤바람을 맞는 것과는 달라. 여기 제주도의 교통사정은 다른 세 개의 회사가 있다고는 하지만, 우리 회사가 대부분을 차지하고 있는데, 너는 앗핫하, 난 그런 거 모른다고 할 셈이냐? 으흠, 이번에 중앙정부에서 간신히 제주도의 모든 자동차 관계회사 전체에 대해 50개의 타이어 배급이 있었다. 도청의 여러 사람이 힘을 써 준 결과야……."

이태수는 아들의 답변을 바라고 있는 것은 아니었다. 그리고 이방근이 기대하고 있던 이야기와는 도무지 관계가 없을 것 같은 이야기였다.

이전에도 회사 운영의 푸념 비슷한 이야기를 하는 걸 들었지만, 오늘은 느낌이 조금 달랐다. 제주도의 돌투성이로 된 좋지 않은 도로에서는 타이어의 파손이나 차량의 고장 횟수가 다른 지방보다 심하고, 섬에서 최고인 남해자동차지만 타이어 부족으로 운전이 불가능한 차량이 많았다.

"방근아, 넌 지금 남해자동차에 종류별로 몇 대의 차가 있고, 그중에 몇 대가 운전을 못하고 있는지 알 리가 없겠지……. 음, 그래, 며칠

전의 한라신문에 섬의 교통지옥 어떻고 하는 기사가 실렸었는데, 거기에 숫자가 나와 있었다. 그러고 보니, 최용학은 교통 관계의 정확한 숫자를 알고 있더구나, 신문을 읽은 거겠지. 꽤 열심인 청년이야. 우리 회사를 포함한 네 개 회사의 소유 대수는 버스, 트럭, 택시 합해서 오십 대고, 그중 과반수를 남해자동차가 차지하고 있는 건 알고 있겠지. 그러나 50대 중 운전 가능한 차는 고작 17대에 불과하다. 그 17대 중 남해자동차 차가 열 대 달리고 있다. 알겠느냐, 그건 남해자동차가 소유한 차의 3분의 1에 해당한다. 이게 제주도 교통수단의 지금 상황이다. 버스정류장에 장사진을 친 행렬이라든가, 차량은 덜컹덜컹 교통지옥이라든가, 홍진만장(紅塵萬丈)이라든가 말들을 하고 있는데, 모래 먼지가 이는 건 자동차 탓이 아니라, 도로가 나쁘기 때문이다. 당연한 얘기야, 음. 육지의 도회지 수준으로 포장을 하면 먼지를 일으키고 싶어도 일어나지 않는다. 무엇보다 이래서는 이곳의 운영이 유지되지 않는다. 음, 그게 제1차로는 20개로 소량 배급이지만, 이걸 각 회사에 할당해서 몇 대의 차가 움직이게 되었다. 그런데 이번에 섬 교통의 계통적 발전을 한층 더 꾀하기 위해 조양자동차를 흡수합병하게 되었다. 그쪽 소유 차량은 트럭 4대, 버스 4대인데, 지금 운전 중인 건 버스 2대뿐인 상태다. ……하긴, 너완 상관없는 일일지도 모르겠지만, 음, 남들이 너한테 묻는데 몰라서는 이 이태수의 입장이 난처해진다는 거야."

"……예－." 이방근은 뭐라 대답을 해야 좋을지 몰랐다. 단어 선택의 문제가 아니라, 할 말이 없었다. 너완 상관없는 일일지도 모르겠지만……. 최근의 입버릇이긴 하지만, 서글픈 비아냥거림이기도 할 것이었다. 이방근은 겨우 한마디를 덧붙였다. "그럼, 그 조양과의 흡수합병은 언제입니까?"

"앞으로 하루 이틀 사이에 계약조인, 서류등기 등은 이달 말에는 끝난다……." 이태수는 어험…… 하고 헛기침을 한 번 하고, 그런데…… 하며 화제를 바꿨다. "오늘 최용학이 방문했지만, 금방 돌아갔다면서. 다른 손님과 겹쳐서 선혀 느긋하게 있을 수 없었던 모양이야. 일전에 여기 들렀던 서울에서 온 그 학생은 S대학이라고 했는데, 제법 미래가 기대되는 청년이구나. 그 학생은 무얼 하러 여기에, 그것도 똑같은 시간에 찾아온 게냐?"

이태수는 아들을 보고 말했다.

"여기에 무얼 하러 여기에……라니요. 오늘 오 군이 온 건 우연히 시간이 겹쳤을 뿐입니다. 제주도에 도착한 날 여기에 묵게 해 주었다고 인사를 하러 온 것입니다."

이방근은 이것을 잘한 답변이라고 생각하면서, 끝에, 단지 그뿐입니다…… 하고 강조하는 한마디를 덧붙여, 작지만 위험한 그 함정을 물리쳤다.

"네에, 아까 아버지께서 드신 그 참외는 오 동무 어머님이 보낸 선물로 가져온 거예요."

유원이 말을 덧붙였다.

"……용학이 분개하고 있다는 것 같구나. 어젯밤에는 유원이 아버님 뜻에 따르겠다고 하지 않았느냐."

순간 기묘한, 먹어서는 안 되는 것을 먹어 버린 듯한 표정이 된 이태수는, 딸을 향한 것도 아들을 향한 것도 아닌, 동시에 두 사람을 향해 말했다.

"잠깐만 기다려 주세요. 그가 분개한 것 같다는 게 무슨 말씀입니까? 마치 아버지는 용학의 부친 같은 어투가 아니십니까." 이방근은 울컥해서 자기도 모르게 아버지 앞에서 말투가 거칠어져 당황했지만, 어처구니없다는 웃음으로 얼버무렸다. "헷헤, 도대체 누가 그런 말을 하는 겁니까. 최용학 본인으로부터 그런 얘기가 아버지께 있었습니까. 그렇지 않다면 그런 어이없는 말을……. 내일은 그가 출발인지 뭔지 하는 날인 거 같습니다만, 유원과 꼭 만나고 싶다고 할 정도입니다."

"뭐라고……?" 이태수의 표정이 의구심으로 긴장되었지만, 이내 밝은 빛을 띠었다. "으−음, 그래서……? 그래서 어떻게 하기로 했느냐. 만날 거야?" 아버지는 유원을 보며 계속했다. "만나는 건 좋지만 너무 쉽게 들어주는 건 좋지 않아. 우리 집안의 체면과 관계되는 일이야."

"유원이 어떤 딸이라고 아버지는 생각하시는 겁니까."

이방근은 무심코 열을 올리다보니 그만 말참견을 하고 말았다. 어제 계모 선옥이, 먹이를 보고 당장 덤벼들듯이 경망스럽게 움직여서는 안 된다……고, 다소 꾸민 듯한 목소리로 말했었는데, 아니, 그녀는 아버지를 모방한 것이리라.

"음, 그래서 내일은 어떻게 하려고?"

이방근이 유원을 쳐다보았다.

"용학 씨와 만나겠습니다."

"으흠…….."

이태수는 으흠…… 하고 고개를 끄덕이며, 대답한 그 목소리의 여운을 음미하듯, 잠시 고개를 가볍게 위아래로 움직였다.

그때 방 바로 밖에 발소리가 다가오더니, 장지문이 열리고 불러온 배가 눈에 띄는 선옥이 들어왔다.

"아이고, 유원아, 용학 씨한테 전화가 왔다."

선옥은 아버지 앞이라서 그런 것인지, 한층 희희낙락하고 있었다.

"네……?"

유원은 밍한 얼굴로 신옥을 쳐다보았다. 어찌 된 영문인지, 그 하얀 뺨에 희미하게 엷은 홍조가 비쳤다.

"전화야, 전화라니까." 선옥은 유원의 뺨에 어린 홍조가 부끄러워서 그런 것이라고 생각했는지, 입가에 웃음을 지으며 만족스레 말했다. "내일 둘이서 만나기로 했다면서……? 그런데 아직 장소와 시간을 정하지 않았다고 하던데. 이쪽으로 한 번 더 와도 되는데, 그렇지, 유원이 그쪽 댁으로……. 아니, 그럴 필요는 없어. 그래, 그렇지, 게다가 무엇보다 둘이서 만나는 거니까. 장소는 어디가 좋을까……. 자, 자, 가자고……."

선옥은, 이방근조차 순간 의심했던 아마도 본인의 의사와 상관없이 나타났던 볼의 홍조는 다행히 곧바로 사라지고, 거의 멍해져 있는 유원을 재촉했다.

"괜찮아요. 혼자서 갈 테니."

자리에서 일어난 유원이 불필요한 대답을 했다.

"그래, 내버려 둬. 어린애도 아니고."

아버지의 목소리가 왠지 온화하게 울렸다.

"예ー. 그렇고말고요. 제가 어찌 전화 옆까지 따라가겠어요. 다 큰 처녀인데. 유원에게 빨리 가 보라고 말한 것뿐이에요. 당연하지요……. 상대는 기다림에 지쳤을 테니까."

유원이 방을 나간 뒤, 선옥도 안방이 아닌, 아마도 부엌이겠지만 발길을 돌려 떠났다. 뭐라고? 내일 둘이서 만나기로 했다고……. 언제, 누가 정한거야. 제기랄.

"핫핫, 도대체가……."

이 녀석도 한 입으로 두말하는 박쥐같은 놈이다……. 음, 어쩌면 유달현의 일본행 이야기도 모를 일이다, 음, 유달현…….

"뭐가 말이냐? 무슨 일이야."

아버지가 말했다.

"옛, 아니요……, 그만 웃음이 나서……."

"앗핫핫하……. 웃음이라, 웃음……, 웃후후……."

이태수는 만족스레 웃었다. 이방근도 입안에 씁쓸한 침이 고이면서 소리를 내지 않고 웃었다.

유원이 곧 돌아왔다. 최용학이 오빠 이방근과 꼭 통화를 하고 싶다는 부탁을 했다고 전했다.

"오빠한테 감사 인사를 올리고 싶대."

"무슨 인사?"

"……어쨌든 전화를 받아 봐요."

"내일 약속은 한 거야?"

이방근은 자리에서 일어나 여동생과 방을 나가며 말했다.

"시간은 점심때쯤, 꼭 식사를 같이 하고 싶대요. 다방이랑 어디가 좋을까. 우체국 앞의 '현해'는 차와 식사가 가능하지만, 같이 식사를 하면서 시간을 보내는 건 싫거든요……."

유원이 목소리를 낮춰 말했다.

"음, 꼭 식사를 같이 하고 싶다면, 상대의 소망을 잠시 들어줘. 그런데 그 감사 인사라는 건 뭐야."

두 사람은 부엌 문 앞을 지나 응접실로 들어갔다. 조금 전 부엌으로 갔다고 생각했던 선옥의 모습이 보이지 않았다. 뒤뜰에라도 간 걸까.

"내일 만날 수 있게 해 주셔서 감사하다고……."

"도대체가, 어찌 해 볼 도리가 없는 놈이구나."

이방근은 내뱉듯이 말했다.

"오빠, 목소리가 커요."

이빙근은 벽에 실치한 선화암 앞에 서서 수화기를 손에 들면서 송화구에 얼굴을 가까이 댔다.

"여보세요."

"아이고, 이방근 형님이십니까……." 최용학의 송구스러워하는 탄력 있는 목소리가 귓속에 불쾌하게 와 닿았다. "전화기까지 일부러 오시게 해서 죄송합니다. 아무쪼록, 저, 이방근 선생님, 형님이라 부르는 걸 꾸짖지 말아 주십시오. 다른 뜻이 있어서가 아니라, 선배에 대한 경의를 표하는 의미의 형님입니다. 이번에는 정말로 둘이 만날 수 있게 해 주셔서, 형님의 조력에 진심으로 감사드립니다. 그런데 이방근 형님, 유원 양과 만나는데 아직 장소가 정해지지 않았습니다만, 어디로 하면 좋겠습니까. 형님은 아는 곳이 많으실 테니……."

아아, 이 기생오라비 같은 놈이……. 이방근은 둘이 의논해서 정하는 게 어떠냐……고 말했다.

"아아, 그렇습니까. 정말 감사합니다. 그렇게 하겠습니다……."

이방근은 옆에, 약간 아래쪽이 도톰한 예쁜 입술을 꽉 다물고 우뚝 서 있는 유원에게 수화기를 넘기고, 아버지가 있는 방으로 되돌아왔다. 감사하다고……? 마치 자신의 안에 두 사람만의 세계가 형성되어 있는 듯한 말투였다. 장소를 어디로 하면 좋겠습니까. 그저 그렇게 말해 보는 것이다. '미래의 아내'인 유원의 오빠에게 보증과 승인을 얻기 위한 것이었다.

아버지는 새로 내온 차를 마시고 있었다. 선옥이 돌아왔는지, 안쪽 방에서 그녀의 기침 소리가 났다.

"세상일은 변하는 법이다. 네게는 다가가기 힘들다고 무서워했는데, 용학이 꼭 너에게 전화를 바꿔 달라고 할 수 있게 된 건, 어느 정도 친근감을 느끼고 있다는 것이겠지……."

이태수는 최용학이 말한 그 감사 인사란 게 무엇이냐고 묻지 않았다. 다만 두 사람이 내일 만나게 됐고, 일부러 이방근을 바꿔 달라고 할 만큼 어느새 '관계'가 형성된 것에 대해 뜻밖의 안도감을 맛보고 있는 듯했다. 이태수는 꼭 그런 것만은 아니지만, 그래도 호락호락하지 않는 어려운 인간인 아들에게, 최용학이 오래된 사이처럼 전화를 바꿔 달라고 한 것은 의외라고 왠지 모르게 마음속으로 느끼는 것이 있는 모양이었다. 어쨌든 그런 일에 엉덩이가 무거운 아들이, 여동생에게 떠밀려 전화를 받으러 가는 것을 눈으로 확인한 셈이었다.

의외라고 한다면 이방근 자신도 마찬가지였는데, 평소 같으면 전화를 받지 않았을 것이다. 감사 인사라고 하면 무슨 감사 인사냐고 물을 것이고, 둘이서 만나게 해 주셔서…… 운운하면, 그래 알았다, 여동생한테 다 들었다……고 전하게 하고, 쉽게 응하지 않았을 것이다. 그러나 여동생에게 등을 떠밀리긴 했지만, 그가 자리를 뜬 것은 아버지 앞이기도 했고 생각하고 있는 것을 제대로 진척시키기 위한 계산이 작용하고 있었다. 그렇다고는 해도, 일부러 전화를 받으러 간 것이 스스로가 생각해도 분한 기분이 들어, 약간 후회를 하고 있었다.

"내일 만난다는 건 잘된 일이야. 둘이서 '맞선'을 봐 두면 좋겠지. 헌데 유원는 뭔가 내키지 않는 얼굴을 하고 있는 거 같더구나. 그게 얼굴에 나타나 있어. 어젯밤에는 분명히 아버님의 뜻에 따르겠다고 약속을 했는데, 방근아, 저 애가 결혼을 꺼리는 건 달리 좋아하는 사람이라도 있다는 게냐?"

일정한 방향을 정해 놓고 하는 말인지, 아버지로서는 당돌한 말을 해서 이방근을 당황하게 만들었다.

"……그런 사람은 없을 겁니다. 전 그렇게 생각합니다."

"서울에서 고향으로 돌아온, 그 오 뭐라는 그 학생은 뭐냐?"

"서울의 세구도 출신 악우회 멤버로 통교학생입니다."

"뭘 하러 온 거지. 이쪽으로 경찰에서 그 청년의 일로 조사하러 오지 않았더냐?"

"그것은 조사가 아닙니다. 이전에도 말씀드린 것처럼, 그저 단순한 조회입니다. 가정 사정이 조금 복잡하다 보니, 그 녀석은 젊은 놈이 술꾼이라서, 이곳에 묵고 간 날 어머니와 충돌하고, 그대로 2, 3일 친구 집에 틀어박혀 집으로 돌아가지 않았던 것뿐입니다. 이쪽으로 경찰이 온 건 오군이 서울에서 동행한 걸 확인하는 조회였고, 간단히 끝난 일입니다."

"그 학생은 미래의 우리나라를 짊어질 수재가 아니냐. S대학에 다니고 있으니까 말이다(아버지는 세속적인 말을 했다. 미래의 이 나라. 친일파였던 아버지의 입에서 나온 이 나라의 미래라니. 우리·나라……라는 한마디가 이방근의 머릿속 공간에 어떤 울림의 꼬리를 세우고 스쳐 지나갔다. 우리나라. 일제강점기에는 와카쿠니, 와카쿠니 하면서 잘하지도 못하는 일본어로, 일본을 가리켜 말하곤 했었다). 그런 청년이 술꾼이고 어머니와 다투고 가출을 한다……? 있어서는 안 될 일이다. 그렇게 보이지 않았는데." 이태수는 얼굴 표정을 일그러뜨리며 말하고 한숨을 쉬더니 계속 말을 이었다. "여기에 가끔 얼굴을 내미는 남…… 그래, 승지라는 중학교 교사를 하는 청년 있지 않느냐. 지금도 교원을 하는지 어떤지는 모르겠지만, 요 며칠 전에도 왔었지 않나?"

이방근은 갑자기 나온 남승지라는 이름에 움찔하여, 자신도 모르게 한순간 아버지의 얼굴을 확인하듯 쳐다보았다. 아버지는 김명우가 아닌, 예전의 남승지라는 본명 그대로 알고 있는 듯했다.

"아버지는 남 군을 알고 계시잖아요. 전부터 오가곤 했으니까. 그는 서울에 있을 때부터 유원의 친구입니다. 학교를 중퇴하고 고향에 와서, N중학교에서 영어를 가르치고 있습니다. 해방 후 일본에서 돌아와 노력하고 있는 청년입니다……."

이방근은 이마에서 서늘하게 식은땀이 솟아나는 느낌으로, 굳이 일부러 N중학교라고 '사실'을 특정하여, 불필요한 말까지 덧붙임으로써 의혹이 밀고 들어올 틈을 막으려고 했다. 최용학이 갑작스럽게 찾아온 오남주로 인해 본의 아니게 돌아간 것에 대한 아버지의 공격을 일단 피했다고 생각하는 순간, 남승지의 이름이 튀어나왔다.

최용학, 그래, 그놈은 허풍, 허풍스런 놈이다……. 반사적으로 예방선을 쳐서 일부러 N중학교까지 말했지만, 갑자기 남승지가 손에 든 스웨터의 보자기 꾸러미, 폭풍우가 몰아친 날 선옥에게 빌린 보자기를 떠올렸던 것이다. 며칠 전 양준오의 하숙에서 하룻밤 묵은 그가 이곳에 들렀을 때, 마침 서재에 얼굴을 내민 선옥이 소파에 앉은 남승지 옆의 그 보자기를, 강한 의심의 눈초리로 힐끔거렸다고 여동생이 말했었다. 한 장 사오라고 해서 돌려줄 생각이었는데, 그것도 깡그리 잊고 있었다. 설마 그 보자기에 대해 말이 나오는 건 아니겠지……. 지금은 어쨌든 그런 이야기는 피하고 싶다.

이방근은 유원이 박산봉의 트럭에 동승해서 Y리까지 다녀온 것을 알고 있었다. 일을 끝내고 막 돌아온 트럭을 Y리까지 가 달라고 부탁한 이방근은, 전화로 남승지의 이름을 밝히고 다섯 시를 지나 사라봉 산기슭의 오르막길에서 남승지를 태우도록 지시하는 것이 내키지 않았다. 그리고 박산봉을 집까지 부르는 것도 선옥의 눈에 띌 것 같아, 남승지가 출발하고 난 뒤 곧 여동생을 관덕정 옆의 차고까지 가게 했다.

그런데 20분이면 갔다 올 수 있는데도, 반 시간이 지나도, 아니 한 시간이 지나도 돌아오지 않자, 이방근은 걱정이 되기 시작했다. 한잔하다가 마지막 버스를 놓쳐 한림까지 택시로 돌아가는 한대용과 함께 집을 나선 이방근은, 화물부 차고에 가서 박산봉의 트럭이 돌아오지 않은 것을 확인했다. 특별히 짐작 가는 일은 없었지만, 누군가와 우연히 만나 커피라도 마시고 있는 것은 아닌가하고, 다방이나 음식점의 차를 마실 수 있는 곳과 서점 등을 살펴보았다. 옆을 지나던 반 공영(公營) 대중식당 앞의 길게 늘어선 사람들 속에서 조금 안면이 있는 남자가 허물없이 말을 걸어왔을 뿐, 유원은 찾을 수 없었다. 트럭이 보이지 않는 것은 분명히 유원으로부터 연락을 받고 출발한 후였기 때문이다. 박산봉이 돌아오는 것을 기다려 볼 수밖에 없었다. 머지않아 그곳으로 트럭이 돌아왔던 것이다.

이방근의 모습을 발견하고 놀란 박산봉은 새파랗게 질려 어쩔 줄 몰라 했다. 유원은 동문교를 건너서 내려 주었는데, 그녀는 다리 옆에서 C길로 통하는 골목으로 들어갔다고 했다. 이방근은 누군가 안면 있는 사람의 눈에 띄었을지도 모를 트럭 운전석에 앉아 있던 유원이, 뭔가를 계기로 아버지나 선옥의 귀에 들어갈까 두려웠다. 그는 신작로에서 C길로 들어가 여동생을 발견했다.

그는 여동생과 집으로 돌아오면서, 오빠의 심부름으로 양준오의 하숙집에 다녀오는 길에, 신작로에서 만난 박산봉이 트럭에 태워 준 것으로 하라고 말을 맞추었다. 가는 도중에 트럭에 탄 나를 본 사람이 있으면 어떡하지? 그럼 관덕정 광장에서 마침 박 동무의 트럭을 만나 동문교 밖의 산지 입구에서 내린 것으로 하면 돼. 그러네요, 거기서는 승지 씨가 타고 있지 않았고, 도중에 탄 것은 아무도 모를 거예요. 전 상관없어요. 회사 트럭을 얻어 탄 게 뭐가 이상하겠어요. Y리까지 가지 않은 걸로만 하면 되니까……. 그 사이에 뭘 하고 있었다고 할 건데? 그러니까 양준오 씨 하숙집에 오빠 심부름을 하러 갔다 온 거잖아요. 돌아올 때 운 좋게 산봉 씨 트럭을 탈 수 있었던 저는, 지금 동문교에서 걸어서 돌아오는 게 되지요. 으—음……. 박산봉 쪽은 업무일지에 Y리까지가 아닌 조천까지 이방근의 용무로 왕복한 것처럼 기입하기로 했다.

전화를 끝낸 유원이 방으로 돌아와 다시 오빠 옆자리에 앉았다.

"꽤 통화가 길었구나."

이방근이 말했다.

"용학 씨 얘기가 길어졌는데, 좀처럼 전화를 끊지 않았어요."

"후후……. 무얼 그렇게 길게 얘기했단 말이냐."

이방근은 필요도 없는 것, 별로 묻고 싶지도 않은 것을, 자리의 분위기를 생각해서 그저 묻기 위해 물었다.

"몰라요."

유원의 대답도 그것으로 충분했다.

"그래서 내일 만나기로 한 건가. 구체적인 장소 같은 것도 정한 거야?"

이것은 거의 아버지를 대신하는 말이었다. 유원은 우체국 앞의 '현해'에서 식사를 하기로 했다고 대답했다. 아버지는 아무 말도 하지 않았지만, 아무래도 만족한 모양이었다.

이방근은 아버지 입에서 나온 남승지 이야기가 계속되는 것을 피하기 위해서라도, 지금을 기회로 자리에서 일어나야겠다고 생각했다. 그는 일단 손목시계를 들여다보고 나서, 용무가 있어서 외출을 해야겠습니다……라고 일방적으로 말하고는 일어섰다. 이태수는 아무 말도 하지 않고 일어서는 아들에게 힐끗 시선을 던질 뿐이었다.

"아버지, 저도 방에 돌아가도 될까요."

유원이 아버지를 향해 말했다.

이태수는 어험 하고 가볍게 헛기침을 하고 나서, 잠자코 고개를 끄더였다.

남매가 아버지의 방을 나섰다.

이방근은 여동생과 함께 서재로 돌아와서는 곧바로 외출하지 않고
소파에 앉아 담배 한 대를 피웠다. 그리고 뭔가를 생각하고 있는 자신
을, 담배를 피우며 깨달았다. 뭔가라고는 해도, 구체적으로 하나의 형
태로 정리된 것이 아니라. 이것저것 생각하고 있었다고 밖에 할 수
없었다. 갑자기 그러한 상념들 속에서 유달현의 얼굴을 새삼 보고 싶
다는 생각이 스쳤다.

유원은 오빠가 식사를 안 해도 괜찮은지 걱정하였다. 내일은 유원
이 최용학과 점심 식사를 함께한다……. 그리고 나서, 그 후의 일은
어떻게 될까. 조금 전에는, 모른다……고 이방근의 질문을 받아넘긴
그녀가, 최용학의 긴 통화에 대해, 마치 자신이 혼자 공상하면서 즐기
듯이 우물쭈물 우유부단하고, 같은 말을 되풀이했다고, 혐오감을 드
러내며 말했다. 이방근은 그 말에 왠지 안심과 함께 약간의 쾌감을
느끼는 자신을 인정하면서, 문득 나는 무얼 하려는 것인가 하는 생각
이 마음속에 스치는 것을 보았다. ……지금 당장이라도 그쪽으로 찾
아봬도 좋다면 달려가 만나 뵙고 싶다. 그리고 성심껏 선물을 준비했
지만, 이방근 선생님과의 약속이 있기 때문에, 적절한 시기에 다시
드리고 싶다는 것. 오늘은 솔직히 말해서, 오남주 군이 동석한 탓으로
자신이 일찍 자리에서 일어났지만, 그것이 계기가 되어 내일 함께 식
사를 할 수 있어서, 그야말로 전화위복, 화가 도리어 복을 부른
것……이 아닌가. 그리고 자신의 내년 초에 예정된 서울로의 영전,
가정, 친족 일동, 지인 관계가 한결같이 좋다는 사례, 저명인사와의
교제……. 오빠, 내일 최용학과 만나서 어떻게 하면 좋을까…….

어떻게 하면 좋을까……가 아니다. 상대는 푹 빠져 있으니까, 내일

식사를 끝으로 더 이상 깊은 관계를 갖지 말아야 한다. 함흥차사가 되지 말라는 법도 없으니 말이야. 어쩌면 내일 만났을 때, 내일 밤 여덟 시가 될지 아홉 시가 될지 모르지만, 승선 직전에 배웅을 와 주었으면 좋겠다고 말할지도 몰라. 응석받이의 억지 요구에 로맨틱한 치장을 해서 말이다……. 아이고, 오빠, 딱 맞혔어요, 오빠는 어찌 그리 잘 알아맞힐까. 그래요, 아까 전화로 용학 씨가 그런 말을 했거든요……. 후후ー, 그래서 넌 뭐라고 대답했는데……? 내일 밤은 일이 있어서……라고 했더니, 이번에는 무슨 일이냐고 꼬치꼬치 캐묻는 거예요. 이쪽이 싫어하는 낌새를 눈치 채지 못하는 것 같아요. 정말로 싫어졌어요. 빨리 내일 식사 시간이 지나갔으면 좋겠어요……. 넌 상당히 냉정하지만, 상대는 제멋대로 기고만장해 있을 거야. 이미 자신의 수중에 있다고 믿고 있는 게 아닐까. 식사 중에 젓가락을 떨어뜨려도 줍지 않는다는 사람이다. 도련님이라고 해야겠지만, 아직 젖먹이야. 핫. 하아. 식사 중에 용학이 스푼을 떨어뜨려도 절대로 주워 주지는 마. 그래, 내일도 또 마찬가지로 축항까지 배웅을 나와 주기 바란다며, 그것이 나에게 얼마나 아름다운 추억이 되겠느냐는 둥, 어쩌구……. 핫핫하, 자신의 출발 여행을 갑자기 꾸미고 싶어서 말이다……. 그만하세요! 오빠는 그런 농담이나 하고……. 제가 어떤 기분으로 내일 식사를 함께하는지 오빠는 알기나 해요? 오빠는 마치……. 아니, 아니야, 이방근은 움찔해서 말했다. 일부러 놀리려는 게 아니야, 그래, 그렇지. 내일의 그 가능성을 말하는 것뿐이야. 그때는 오늘과 마찬가지로 거절하면 돼. 그렇게 해서, 앞으로 며칠 사이에 네가 서울로 돌아갈 수 있도록 얘기를 정리하는 거야. 그렇게 마음을 먹어. 일의 수습은 오빠가 할 테니까. 말이 좀 그렇다만, 넌 조연이야. 그 후에 이 오빠도 집을 나간다, 아니 이사를 한다는 얘기야…….

유원은 말없이 조용히 고개를 끄덕였다.

이방근은 술이 완전히 깬 것 같았다. ……내가 어떤 기분으로 내일 식사를 함께하는지 오빠는 알기나 해요? 오빠는 마치……는 또 뭐야? 그는 지금부터 외출할 참이었지만, 행선지가 확실히 정해져 있지 않았다. 아버지의 말처럼 밤바람이라도 쐬려는 것이지만, 이런 읍내 안을 어슬렁거리기에는 적당하지 않았다. 그는 뭔가 조급한 마음을 억제라도 하듯이 소주 한 잔을 기울이고, 전신에 취기의 너울이 엄습해 오는 것을 느끼며 자리에서 일어났다.

노타이셔츠 위에 걸쳐 입은 감색 상의 주머니에, 탁자 위의 담배를 집어넣으며, 자세를 다듬듯이 양손을 주머니에 찔러 넣자, 한쪽 손에 손수건 같은 것이 닿았다. 무심코 꺼내 든 것을 눈으로 보고, 아하…… 하며 고개를 끄덕였다. 그는 무심코 그것을 코끝으로 가져가려다, 유원의 시선을 의식하고 그만두었다. 하얗고 거의 더럽혀지지 않은, 잘 접혀 있는 손수건은 며칠 전 명선관에서 한대용과 식사를 하다가 잊어버리고 온 것을, 나중에 집으로 찾아온 그가 주인 마담에게 부탁을 받았다며 가져온 것이었다. 그때 한대용이 반 농담으로 건넨 말처럼 손수건을 코끝에 갖다 대니 향수 냄새가 났다. 타인의 손수건에 향수라니 정말 취미가 고약한 여자라고 책망하는 이방근에게, 그저 한 방울, 어때서 그러십니까, 주인 마담의 메시지라고 한대용이 대꾸했다. 이방근은 그것을 아무 생각 없이 주머니에 넣어 둔 채로 있었던 것이다.

"오빠는 지금부터 외출하는 거예요?"

"그래, 외출할거야. 음, '통금'시간에 걸리면 내일 아침에 돌아올 테니까. ……내일 일은 그냥 일반적인 만남이라고 생각하면 돼. 필요 이상으로 너무 깊게 생각하지 말고. 네가 결혼하지 않기 위한 일이야.

'맞선'을 보기 위해 만나는 것도 아니고, 약혼을 한 것도 아니다. 단지 꼭 만나고 싶다고 하니, 그쪽의 간절한 부탁을 받아들였다는 걸 잊지 말고……."

시각은 여덟 시였다. 밤의 장막은 지면을 완전히 덮은 것인지, 안뜰에 방의 전등불이 반사되어 비추고 있었다.

이방근은 밤길로 나왔다. 어디로 갈 것인가. 그의 발걸음은 북국민학교 쪽으로 향한다. 시원한 밤바람이 골목을 지나며, 만조로 불어난 바다 냄새를 실어 날랐다. 오빠는 마치……. 마치, 뭐라는 거야, 악마라는 건가? 어떻게 될까요. 결혼할 거라고 생각할지도 모르는 최용학 씨와 그 가족, 게다가 아버지나 새어머니도, 나중에 일이 틀어지면 어떻게 될까요……. 머릿속에서 울리는 여동생의 목소리였다. 그러나 여동생이 그렇게 말한 것은 아니었다. 그래도 머릿속에서 여동생의 목소리가 들렸다. 그래, 그러나 그렇게 하지 않으면, 넌 실제로 결혼을 해야 한다. 오빠는 절대로 그렇게 만들지는 않겠다. 그러니까 깊게 들어가지는 말라는 거야……. 국민학교 뒤편으로 나왔다.

이방근은 주머니에서 손수건을 꺼내 살짝 코끝에 대어 보았다. 향수 냄새는 나지 않았다. 잔향이라도 맡으려 했지만, 냄새는 거의 증발되어 사라진 모양이었다. 그저 한 방울, 어때서 그러십니까……. 그는 걸으면서 손수건을 주머니에 넣고는, 손바닥을 가만히 코에 대고 감싸듯이 냄새를 맡아보았다. 땀이 밴 것 같은 흔한 냄새가 날 뿐이었다……. 부드럽고 향기로운 꽃술 같은 냄새. 강렬하지는 않지만 황홀하게 사람을 빨아들이는 깊은 향기. 그날 아침, 자신의 잠자리에서 문득 맡은 손바닥의 냄새는, 전날 밤 문난설의 몸에서 옮긴 잔향이었던가. 그 천상의 냄새는 하루, 이틀, 손을 씻어도 이상하게 자신의 냄새처럼 사라지지 않았던 것이다.

단숨에 마신 술의 취기가 몸속에서 흔들리며 넘실거리고 있었다……. '서북' 놈들을 죽이고 싶은 마음을 이해하십니까. 오메기술, 좁쌀떡으로 만든 조청 빛의 향기로운 술, 그 움막처럼 작은 술집, 고 망술집. 그곳 온돌방 안에 있던 유달현의 얼굴이 떠올랐다. 남문길의 도립병원에서 좀 더 올라간 언덕의 뒷골목에 작은 술집이 있었고, 유달현이 하숙하고 있는 사촌 형 집에서 멀지 않은 그곳에 이따금 얼굴을 내민다는 것을 이방근은 알고 있었다. 이방근도 해물, 해산물의 요리가 맛있는 그곳에 가끔 들른다. 그는 어딘가에서 우연이라도 유달현과 만날 수 있기를 바라는 자신을 의식하고 있었다. 프로보카토르, 도발자, 통적, 아니, 그런 게 아니다. 마치 친한 옛 친구라도 오랜만에 만나듯……. 이방근은 그 고망술집에 가기로 마음먹은 것은 아니지만, 그 발걸음은 국민학교 정문 앞으로 나와 다시 관덕정 광장으로 향하고, 광장을 지나 남문로로 들어서고 있었다. 유달현의 하숙집 쪽으로 가는 길이기도 했다.

남문길의 완만한 경사를 올라가, 도중의 오른쪽에 있는 유달현의 하숙집으로 들어가는 골목을 지나쳐 길을 다 올라갔을 때, 이방근의 발걸음은 저절로 그 움막 술집이 있는, 오른쪽 언덕 쪽으로 향했다. 꽤 경사진 양쪽으로 초가지붕의 민가가 있는 좁은 비탈길을 올라갔다. 언덕 위까지 오자, 주변 밤하늘의 색깔이 한층 짙게 덮여왔고, 커다란 가지를 뻗은 아름드리 은행나무에서 하나 둘 낙엽이 춤추듯 떨어지면서 사람의 얼굴에 닿아 부드러운 소리를 냈다. 이미 낙엽이 골목에 쌓여 있어 구두 바닥의 감촉이 부드러웠다.

아름드리 은행나무 옆에 있는 그 술집은 간판이 있을 리도 없는 초가지붕의 민가로, 주부가 집안일을 하면서 별채의 작은 온돌방을 객실로 사용하고 있는, 이른바 고망술집, 구멍같이 작은 술집의 하나였다. 아홉 시 정도면 문을 닫고 늦게까지는 영업하지 않았다.

빈약한 가로등 불빛을 의지하여 바로 눈앞에 보이는 술집으로 경사진 지면을 걷는다. 유달현이 있을 거라고 생각한 것은 아니었지만, 어떤 기억이, 왠지 그를 여기로 연결시키는 듯한 기억이 꿈틀거렸고, 아무래도 그것이 작용하여 발걸음을 끌어당긴 것 같았다. 이방근은 술집에 들어가 오메기술을 마시며, 그걸 생각해 내었다. 다른 게 아니었다. 서울에서 돌아온 다음날 저녁, 집 근처에서 만난 유달현과 여기에 올 생각으로 걸어오다가, 도중에 어찌 된 일인지 다른 곳으로 발길을 옮겨 버린 것이었다. 그리고 북신작로의 옥류정으로 갔었는데, 거기에서 '서북'의 도발로 싸움이 시작되어 한바탕 소동을 일으키고 말았던 것이다.

작은 상이 서너 개 놓인 방에서, 먼저 온 두 사람의 손님이 상을 마주하고 앉아 있었다. 여주인은 뜰 맞은편의 안채 주방에서 대기하고 있다가 손님 목소리를 듣고 쫓아 나왔다. 이방근은 냄비요리는 시간이 걸릴 것 같아서, 조선식으로 초장에 무쳐 놓은 것이 아닌 생선회를, 그리고 오징어회를 초장에 찍어 먹었다. 오메기술을 한 모금 마시고 회를 오도독오도독 잘게 씹어 목구멍으로 삼켰다. 이제야 공복감이 머리를 들었다.

이곳 여주인은 부엌이처럼 듬직한 체구의 부지런한 사람이지만, 부엌이처럼 추녀가 아니라, 상당한 미인이었다. 유달현이 호의를 품고 있는 듯했지만, 그녀는 유부녀였다. 그녀는 제주도 여자들이 대체로 그러하듯이, 혼자 힘으로 빈둥거리고 있는 남편을 부양하면서 두 아이를 국민학교와 중학교에 보내고 있었다. ……어째서 이렇게 별볼일 없는 남자에게 멋진 여자가 생기는 걸까, 세상은 요지경이다. 주위를 보면 대개 그렇지만, 멋진 남자의 부인은 왠지 시시한 여자

쪽이 많았다. 언제였던기, 고밍술집에시 나오니 누군가사 그렇게 숭얼거렸다.

이방근은 오메기술을 세 사발 마시고 자리에서 일어났다. 미리 온 손님노 놀아가고 벌써 가게 문을 닫을 시간이었다. 움막 같은 술집의 작은 뜰에 내려앉은 은행나무 잎사귀를 밟으며 밖으로 나왔다. 가을이 깊어지면 밤사이에 낙엽이 뜰을 메워 날이 밝을 무렵에는 황금색으로 빛나는 요를 깔아 놓았다. 그리고 열매가 떨어졌다.

밤하늘에 우뚝 솟은 언덕에는 아름드리 은행나무가 바람에 울고 있었다. 하늘을 올려다보니, 무수한 작은 별들이 흩어져 있었다. 조금 취했군…… 하는 생각을 했다. 몸은 공중에 두둥실 뜬 것처럼 좌우로 한두 번 흔들렸지만, 걸음걸이는 똑바로 걷고 있었다. 그는 남문길 쪽으로 나가지 않고, 반대쪽 길로 내려갔다. 인가 사이의 곡선으로 난 길을 내려가면, 그래, 읍사무소와 마주한 서문길 신작로로 이른다. 영화관이 있는 길, 그렇지, 명선관이 있는 길이다. 이명이 울린다. ……도땅, 도땅, 도땅땅땅……. 귀 안쪽 공간에서 장구 소리가 울렸다. 도땅, 도땅, 땅…….

아우우……. 도땅, 땅땅땅땅, 따땅따, 땅땅땅땅……. 밤이 깊어졌다. 밤새〔夜禽〕가 어둠에 홰를 치고 바람이 울었다. 선생님도 참, 손수건을 잊어버렸지요. 한 선생님께 부탁했는데 전했는지 어떤지. 아무 소식이 없어서요. 한 선생님은 지금쯤 배를 타고 일본에 도착했을까요. 선물을 사 온다고 약속했는데. 왜 좀 더 빨리 오시지 않았어요. 선생님은 여전히 냉정한 사람이라니까. 그런데 어찌 된 일이세요. 마치 넋이 빠진 사람처럼, 가게가 쉬는 것을 몰랐다니요……. 시치미 떼시는 거겠지요. 마침 잘 됐어요, 그 아이가, 단선(丹仙)이가 알면 어떡하죠. 그 아이는 죽어 버릴 거야. 그건 아닐 거예요, 그 아이는 그런 여자가 아니에요. 왜냐하면 선생님은 그 아이와 아무 관계도 아니니까. 그렇잖아요. 불쌍하게도, 그렇게 사모하고 있는데……. 좁은 골목 안쪽에서 빛이 새 나오는 뒷문을 노크했을 때, 아이구, 선생님, 어떻게 된 거예요? 하고 처음에 깜짝 놀란 여주인이, 한잔 마시러 왔다는 이방근의 손을 잡고 안으로 끌어들였다. 돌연 눈앞에 우뚝 서 있는 명선(明仙)의 하얗고 둥근 느낌의 몸에 이방근은 당황했다. 마흔이 안 된 나이보다도 훨씬 젊어 보이는 그녀의 가슴께에서 향기가 나는 듯했다. 전에는 남의 첩이었지만 지금은 혼자 살고 있었다. 어머, 약주를 꽤 하셨나 봐요……. 그녀가 몸을 이방근에게 바싹 붙여 그 팔 안으로 들어가더니, 그의 왼손 집게손가락을 자신의 도톰한 입술 사이에 밀어 넣고 빨았다. 그녀는 황홀한 듯 눈을 감고 손가락에 혀를 휘감으며 가볍게, 으음…… 하는 신음소리를 냈다. ……2층에 있는 어느 방의 어둠 속에 두 몸이 얽혀 있었다. 향수 한 방울이 떨어진 이방근의 몸 한 점 주위에, 그녀는 입술을 갖다 댔다. 도땅, 땅땅, 도땅땅……. 두 개의 몸은 포옹을 반복하며 크게 뒤엉켰는데, 허무한 신음소리를 내고 있던 여자가 갑자기 침상 위에 일어나더니, 노성인지 절규인지 모를 소리를 질렀다. 아이구, 무슨 일이람! 참말로, 하늘과 땅이네……. 여자는 베개를 손에 들고 힘껏 이불위로 내동댕이쳤다. 기세 좋게 튕겨난 베개가 침상 밖으로 굴러떨어졌다. 하늘과 땅……. 천상의 회열을 기대한 여자에게, 땅의 탄식을 안겨 주었다. 불능……. 일본에서 천양지차라는 의미로 쓰이는 달과 자라. 이방근은 잠시 멍해져서, 꼴사나운 자신을 가다듬을 방도를 몰랐다. 참으로 한심하고, 분하다, 여자는 여전히 소리를 지르고, 양손으로 이불을 두드리며 거의 울다시피 했다. 이럴 거라고는 생각지도 못했어……. 한

심힌 것은 이쪽이라는 것이겠지. 무기력한 놈이! 라는 소리 없는 소리가 귀를 찔렀다. 그는 일어나 옷을 입기 시작했다. 어둠 속에서 그 낌새를 알아차린 여자는 웃으면서 이미 '통금' 시간이라고 알렸다. 그리고 이방근이 손에 든 속옷을 내팽개치듯 하고는, 그에게 안겨 그 풍만한 나체의 젖가슴으로 눌렀다. 선생님은 피곤하신 거예요, 그런 거예요. 아침까지 쉬세요. 그리고 한 번 더…….

　이방근이 눈을 떴을 때 새벽을 알리는 새가 울고 있었다. 여자는 나체인 채로 여전히 팔베개 안에 있었고, 그가 몸을 움직이자 그 하복부에 대고 있던, 눈을 감고 있던 여자의 한쪽 손에 힘이 들어갔다. 이윽고 새들의 지저귐 속에서 땀이 배어나는 포옹이 이어지고, 여자는 어젯밤과는 다른 희열의 소리를 질렀다. 아이구ー, 아, 아……. 도땅, 땅, 땅, 도땅땅, 도땅, 따따앙……. 그만, 그만……. 여자의 오체의 모든 힘이 이방근을 죄어왔다. 아우……. 집이 무너진다, 집이 무너져 내린다, 무너져 내린다……. 아아, 마침내 집이 무너졌다. 나의 모든 것도 무너졌다. 두개골이 산산이 부서져 우주로 튀어 날아가고, 모든 것이 사라져 버렸다. 집이 무너진다. 훗훗, 이 여자는 괴테 같은 말을 한다. 그는 유원이 지금 무엇을 하고 있을까, 아니 자고 있을 거라고 생각하면서, 베토벤을 싫어하는 괴테가 말했다고 널리 알려진 말, 멘델스존이 베토벤의 제5교향곡 첫 악장을 피아노로 쳐서 들려주었을 때 경탄했던 말, 마치 집이 무너져 내리는 느낌이었다는 말을 떠올리며 혼자 웃었다. 집이 무너진다……. 세계가 무너진다…….

6

관덕정 뒤 키 큰 소나무 숲의 그늘이 드리워진 신작로를 지나온 탓도, 흐린 날씨 탓도 아니었지만, 명선관 뒷문에서 슬며시 빠져나온 이방근은 사람들과 차가 오가는 관덕정 광장을 바라보며, 어딘가 숲 속에서 빠져나온 느낌이었다. 어젯밤, 명선관이 쉬는 날이라는 걸 알았다면 가지 않았을 것이다. 아니, 갈 리가 없었다. 순전히 우연의 결과였다. 여자는 몰랐다는 것은 거짓말이며 시치미를 떼고 있다, 쉬는 것을 알면서도 찾아와 준 것이다. 굳이 그렇게 생각하면서 몸과 마음을 불태웠다.

오른쪽에 남해자동차 화물부의 차고, 그리고 사람들이 줄지어 선 버스정류장 앞을 지나, 아버지가 있는 식산은행 앞을 가면서 그 옆에 식사·차라는 간판을 내건 '현해' 앞에 이르렀을 때, 이방근은 문득 생각이 나서, 쉬는 것은 아닌지 문이 닫혀 있는 가게를 확인했다. 아직 개점 전이었고, 금일 휴업이라는 팻말은 붙어 있지 않았다. 음, 저 문을 밀고 신사복에 넥타이 차림의 최용학이란 놈이(이 시골 마을에서는 말쑥한 신사다), 가게 안으로 들어가 거만하게 좌우로 눈길을 돌리고 나서 천천히 2층 계단을 오르며 넥타이에 손을 대고, 상의 양쪽 옷자락을 팽팽하게 끌어내리며⋯⋯. 그래, 어딘가 숲에서 나온 기분이었다. 숲이 아니라, 깊은 바다의 일렁이는 해초의 숲 속에서인가⋯⋯. 엷은 구름 저편으로 매우 높게 떠 있는 오전의 태양빛이 이마를 눈부시게 내리쬐지 않는 것이 다행이다. 머릿속이 저리고, 전신이 엷은 숙취의 막에 감싸인 듯이 마비된 느낌이 남아 있었다.

그는 광장을 가로질러서, 건너편 우체국의 평탄한 계단을 서너 단밟고 올라가 선불의 현관분을 밀었다. 정면 안쪽 벽에 걸린 전자시계가 눈에 들어왔다. 열 시 반. 계산대 왼편 끝의 벽에 붙어 있는 공중전화로 도청의 양준오를 불러냈다. 창 너머로 광장 건너편에 최용학에게 '밀회' 장소인 '현해'가 남문길 모퉁이의 라디오 수리점 옆으로 보였다. 작은 수리점 문이 열려 있었고, 책상에 고개를 숙인 채 일을 하고 있는 것으로 보이는 등을 구부린 남자의 모습이 눈에 들어왔다.

며칠 전 밤, 라디오에서 반민족행위처벌법의 국회통과, 그리고 특별조사위원회의 구성에 착수한다는 보도가 흘러나왔을 때의, 보도 내용이 지극히 사무적이고 평범한 데 반해, 그것을 보충하는 듯한 아나운서의 다소 격앙된 어조가 떠올랐다. 그러고 보니 9월 9일, 북조선의 인민공화국 정부 수립에 관한 뉴스를 북쪽의 방송에서 들은 다음 날 밤, 양준오가 집으로 찾아와 둘이서 가볍게 축배를 들었던 것이다. 민족분단의 고착화를 한탄하면서도, 그나마 '북'의 '민주기지'에 민족의 희망을 걸고서. 산에서는 아마도 게릴라들이 무전기를 둘러싸고 공화국 정부 수립의 상황을 감격하며 듣고 있었겠지요⋯⋯. 민족의 희망을 걸고서, 양준오의 말에 맞추어 그렇게 이야기하면서도, 이방근은 마음 한구석이 괴로웠다. 전적으로 '북'을 지지할 수 없는, 희망을 걸 수 없다는 기분이 들었다. 사고무용(思考無用)의 독재. 실제로 '북'에 갔다 온 것은 아니지만, '남'에서, 제주도에서 전개되는 조직의 움직임, 그 생리를 보면 알 수 있었다. '북'에서는 절대적인 권력기구를 자신의 것으로 삼고 있었고, '남'의 조직 또한 그것을 절대적인 정의로서 지향하고 있다⋯⋯. '북' 외에는 미국 지배하의 이승만 독재에 대치할 힘이 없는 때문이기도 하지만, '북'도 어떻게 될지 모른다구. 모두가 '북'으로 '북'으로 휩쓸리고 있지만 말야. 이 형은 또 그런 말을 하시네요. 오늘은 9·9건국 다음날입니다. 음, 그렇지, 알았어⋯⋯.

아아, 여보세요, 나 이방근이야……. 전화를 받은 양준오는 이방근이 우체국에 있다는 것을 알자, 엎어지면 코 닿을 거리니 도청으로 오지 않겠냐고 했다. 아니, 집무 중일 테니 사양하겠네만, 점심 식사는 집에 와서 함께하지 않겠나. 할 이야기도 좀 있으니 왔으면 좋겠어. 우체국에는 우편물이라도 부치러 오셨습니까, 집에 있는 사람에게 심부름을 보내지? ……라는 의미가 함축돼 있었다. 음, 글쎄, 여자가 베개를 내동댕이치는 것이 어떤 의미인지 알고 있나. 하긴, 동무는 알 리가 없지만……. 목소리에 다소 음탕한 울림이 있었을지도 모르지만, 양준오로서는 알 수 없는 일이었다. 뭐라고요? 여자가 베개를 던져요? 어디로. 어딘가에서 부부싸움이라도, 설마……. 이봐, 누가 엿듣고 있는지도 몰라. 일부러 복창할 필요는 없다구…….

이방근은 양준오를 집으로 부르기로 하고 우체국을 나왔다. 어젯밤 외출은, 낮에 최용학에게 들은 유달현의 일본행 이야기에 대한 쇼크에다 오남주의 일까지 얽혀 혼란스러웠고, 수습하기 힘든 초조함을 견딜 수가 없었다. 게다가 체내의 종잡을 수 없는 욕망의 물결에 부추김을 당했기 때문이었다. 어젯밤, 양준오의 하숙집에 가 볼까 하는 생각이 없었던 것도 아니었다. 하지만 아무도 만나고 싶지 않았다. 걷잡을 수 없는 충동이 몸을 지배하고 있었고, 결과는 어찌 됐건 오로지 여자를 안고 싶었던 것이다.

어젯밤, 집을 나서고 나서 마치 유달현의 그림자라도 쫓듯이 그의 하숙집이 있는 쪽의 남문길을 올라갔고, 어두운 하늘에 우뚝 솟은 아름드리 은행나무 근처의 고망술집, 움막같이 작은 술집에 간 것은, 거기에 있을지도 모르는 유달현을 만나기 위한 것은 아니었다. 유달현과 만나고 싶다고 해도, 그것은 그 인간이 아니라 얼굴을, 즉 그 형태를 보고 싶었던 것에 지나지 않았다. 고망술집은 거의 무의식적으로 향했던 그 다음 목적인 명신관에 가기 위해 들른 것이었다. 그런데, 가게는 쉬는 날이었다. 이방근의 발걸음은 술기운으로 잠시 멈춰섰고, 그리고 뒤쪽으로 나 있는 좁은 골목으로 들어가 뒷문을 노크했다. 그때, 적어도 그 순간은 여체의 그림자는 사라져 있었고, 오메기술 세 잔의 취기가 체내를 크게 돌고 있어서, 그 취기의 흐름에 다시 술 한잔을 더하기 위함이었다. 뒷문이 열리고, 그는 안으로 발을 들였다. 가게의 휴일이 역작용을 했다…….

우체국을 나온 이방근은 북국민학교 쪽으로 길을 들어가 집으로 향했다.

열려 있는 넓은 교문 안쪽으로 펼쳐진 오전의 교정은 인기척이 없었다. 아이들의 환성이……. 운동장 네 모퉁이에서 다가오는 것인가, 교정을 덮은 흐린 하늘에서 내려오는 것인가, 뛰어오는 아이들의 외침이, 운동장 바닥 너머 과거에서 찾아오는 것인가, 환성이 들렸다. 도땅, 땅땅……. 도땅, 땅, 땅, 땅……. 미루나무의 바람에 흔들려 희미하게 빛나는 가지의 잎사귀에 눈에 닿았을 때는 정문 가까이에 와 있었는데, 그때 교문 기둥 뒤에서 남자 한 사람이 학교 밖 도로로 나왔다. 이방근의 눈은 하늘 아래의 국민학교 전경에 펼쳐져 있었기 때문에, 그 사람 그림자는 풍경의 극히 일부인 단편에 지나지 않았다.

지근거리까지 다가간 이방근 앞에서, 최용학만큼은 말쑥하지 않은 신사복 차림에 사무용 가방을 겨드랑이에 낀 중년 남자는, 갑자기 빠른 걸음으로 길 왼편의 지사(知事) 관사가 있는 곳으로 발을 옮겼다. 발뿐만이 아니었다. 얼굴도 이쪽의 시선을 뿌리치듯 빠른 반응으로, 건너편을 향하고 있었다. 그것이 이방근에게는 멈추어 있던 것이 급하게 움직이기 시작한 것처럼 확실히 눈에 들어왔고, 그는 갑자기 상대의 그 남자로부터 불러 달라고 부탁이라도 받은 것처럼, 몇 걸음

서둘러 다가가, 아아, 여보쇼…… 하고 말을 걸었다. 무엇 때문에 불렀는지 알 수 없었다. 분명히 안면이 있는 사람이긴 했지만, 상대가 도망치듯 급한 움직임을 보이지 않았다면, 그것은 눈앞에 펼쳐진 풍경의 단편으로서, 정문 앞을 지나가는 이방근의 눈에서 그대로 사라졌을 것이다. 이방근에게는 정지된 풍경의 조각 하나가 돌연 벗겨져 떨어져 나와, 눈 안에서 크게 움직였던 것이다.

"아, 누군가 했네……."

"안녕하십니까. 북국민학교에는 무슨 볼일이라도 있어서……?"

뭐야, 나의 이 말은……? 이방근은 입 안이 까칠까칠했다.

"그렇습니다."

상대는 발걸음 방향을 옆으로 한 채 둥근 얼굴 코끝에 손수건을 대고 코라도 푸는 것처럼 자세를 취하면서 말했다.

도대체 나는 무슨 말을 걸고 있는 것인가, 이방근은 자신이 당혹스러워 더 이상 말이 나오지 않았다. 그는 말을 걸고 나서 후회했다. 전혀 목적이 없었던 것이다. 이 남자는 변, 변상구라는 남자였다. 그는 말을 먼저 걸어 놓고서, 비로소 눈앞에서 확인하듯이 상대의 얼굴을 쳐다봤다. 무슨 일인가. 보고 싶지도 않은 녀석에게 말을 걸다니. 일전에 싸운 상대가 아닌가. 아아, 이건 들뜬 마음에 저지른 경망스런 행동에 지나지 않았다.

"그렇습니까. 참 그렇지, 일전에는 괜찮았습니까. 으흠, 대낮부터 꽤 취하신 것 같더군요. 그런데 반민족행위처벌법이 겨우 국회를 통과했더군요. 많이 수정되긴 했지만……."

이방근은 겨우 정신을 차리고 말했다. 방금 전에, 우체국 창 너머로 보였던 라디오 수리점. 그래, 라디오 탓인지도 모른다.

"취하거나 하지는 않았소. 저는 바빠서, 이만."

남자는 이방근을 상대하지 않고, 가방을 소중히 겨드랑이에 낀 재 허둥지둥 그 자리를 떠났다. 저건 해방 전에 읍사무소의 서기를 하고 있을 무렵의, 보자기 꾸러미를 겨드랑이에 끼던 일본식 버릇이 남아 있는 게 아닌가.

이방근은 남자의 뒷모습을 힐끔 쳐다보고는, 뒤돌아서며 혼자서 이 유도 없이 히죽 웃었다. 그 웃음은 상대의 가방을 껴안은 뒷모습에서 촉발된 것이었지만, 확실하게 상대에 대한 것이 아닌 막연한 면이 있 었고, 어쩌면 자기 자신을 향한 것인지도 몰랐다. 나는 어떻게 된 게 아닐까. 그는 떠난 남자 쪽을 등지고 집으로 향했다. 아니, 라디오가 아니라, 여자를 안은 탓일지도……. 뇌가 수건으로 꽉 짜는 것처럼 수축 작용을 일으키고 있었고, 머릿속에서 끼익 끼익하고 삐걱거리는 소리를 내고 있는 듯했다. 아니, 간신히 국회를 통과했다는 반민족행 위처벌법 안의 내용이, 우익, 친일파 잔당의 반대, 책략하에서, 예상 은 하고 있었지만 엉성한 법이 된 것에 대한 분노가 가슴 속에 응어리 져 있었던 것이다. 회개하라, 그러면 그대들은 용서받고, 천국에 갈 것이다. 회개하라, 그러면 그대들 친일파는 용서받고, 이 땅의 영예를 얻을 것이다…….

어선 구입과 그 밖의 용건으로, 이방근의 신봉자임을 자칭하는 한 대용과 옥류정 1층 테이블에서 식사를 했던 것이 열흘쯤 전으로, 마 침 남승지가 집에 와 있던 날 오후였는데, 그때 우연히 변상구와 만났 다. 최용학의 아버지 최상규가 경영하는 통조림 공장의 사무장인 그 는, 해방 전에 제주읍사무소의 서기로 행정기관의 하급 관리였는데, 당시로서는 도민들 중에서 어깨에 힘 좀 주는 출세한 축에 속했다. 아무튼 조선인이 전통적으로 매우 선호하는 관청의 직원이었던 것이 다. 그는 또 경방단(警防団)의 임원으로서 '성전(聖戰) 완수', 친일파의 심부름꾼으로 선두에 선 경력이 있었다. 특별히 이번 반민족행위처벌법에 걸릴 만한 거물 '친일분자'나 '민족반역자'는 아니었지만, 당시에는 적극적인 일본 제국신민으로 행세를 했고, 상당히 기세가 등등했던 것을 사람들은 잘 기억하고 있었다. 그 때문에 일본의 패전 직후에는, 읍내의 청년들에게 산지 언덕에 있는 아마테라스 오미카미(天照大神) 등의 이신(異神)을 모셨던 제주 신사를 불태운 자리로 끌려가 흠씬 두들겨 맞고, 한동안 본토로 달아났던 일도 있었다. 그는 북국민학교에서 이방근과 한대용의 선배에 해당하기 때문에, 교제는 없었지만 어느 정도 면식은 있었다.

그와의 사소한 충돌의 계기는, 술이 한잔 들어간 듯한 변상구가 한대용에게 남방에서 돌아온 운운……하며 비난조 어투로 말한 것이 발단이었다. 포로 감시요원이었던 자신은 싱가포르의 창기 영국군 형무소에서 2년 남짓한 형기를 마치고, 올 초에 비로소 고향으로 기적적인 생환을 달성했는데, 지금까지도 별 생각이 없는 인간들로부터 그러한 지적을 받아왔다. 그러나 자신은 조선 민족의 일원으로서 지난날의 중대한 과오를 철저히 반성하고 있다. 변 선배의 해방 전 행위는 어떤가…… 하고 한대용이 역습을 했다. 이방근은 변상구 앞에서 그런 것을 화제로 삼고 싶지 않았고, 게다가 게릴라 대책과 토벌이 지상명제인 제주도에서는 친일파에 대한 비판과 공격은 곧 정부에 대한 공격이므로 금기시하고 있었다. 이방근이 두 사람의 언쟁을 말린 것은, 금기를 두려워해서가 아니라, 이야기가 어이없었고, 그런 이야기를 할 만한 장소도 아니었기 때문이다.

제주도에서는 국회 심의로 전 국민의 관심을 모으고 있는 반민족행위처벌법조차 큰소리로 논하는 일이 없었고, 도청이나 경찰, 그 외 관공서기관, 또한 아버지 이태수 등과 같이 과거의 친일파이자 섬의 유력자들도 법안의 심의와 성립에 신경을 곤두세우고 있었던 것은 사실이지만, 이 섬에까지 그 법의 실효가 미친다고는 생각하지 않고 있었던 것이다. 술자리에서 반민족행위처벌법 즉 친일파 문제를 두고 논의하다가, '서북'이 아닌 제주도 출신의 우익단체 청년에게, 민족분열주의자라고 젊은 교원이 구타당한 폭력 사태가 일어난 것도 최근의 일이었다.

반격을 당한 변상구는 옆 테이블에서 순간 기가 죽은 듯했지만, 가만히 있지는 않았다. 그는 국회에서 제대로 심의를 해서 결정하는 법률에 이의를 제기하는 것이 아니다, 이승만 대통령께서도 국민을 향해 선동해서는 안 된다고 호소, 경고하고 계시듯이, 이 문제를 고의로 강조하는 것은 국민의 화합을 어지럽히고 분열을 초래하는 것으로, 국시에 반한다…… 운운하며 판에 박힌 말을 늘어놓았던 것이다.

말만 번드르르하게 하지 마라, 자신의 과거를 반성하지도 않고…… 라고 한대용이 되받아쳤다.

그는 BC급 전범으로서 영국군 형무소에서 복역한 것으로써 자신의 과거를 일단 청산했다고 생각했다. 고향으로 생환한 한대용이 무엇보다 놀란 것은, 과거의 친일파가 일소되어 독립운동의 투사나 일제 지배의 희생자들이 새로운 조국 건설을 담당하고 있지 않다는 점이었다. 그 정반대였던 것이다. 그 작열의 땅인 형무소에서 굶주림과 학대가 이어진 가혹한 나날의 생활은 무엇이었단 말인가. 변상구가 읍사무소에서 서기를 한 것은(이 읍사무소 서기라는 것은 그에게 있어서 지금까지도 자랑거리인 모양이다), 당시로서는 도민을 위해서였고, 남방포로 감시요원으로 형을 산 것과는 다르다……고 말했을 때, 한대용은 느닷없이 빈 맥주병을 거꾸로 치켜들고 의자에서 일어섰다. 이방근은 놀라서 한대용을 꾸짖으며 말렸다. 이 자식, 죽여 버리겠어! 상대가 두세 걸음 뒤로 물러나며, 예의를 모르는 놈, 선배에 대한 그 태도는 뭐냐! 고 소리쳤다. 한대용은 이방근의 제지로 의자에 엉덩이를 내려놓았다. 뭐가 선배야, 그쪽 같은 엿장수는 본 적도 없어. 여보, 서울 한복판에서 그런 말을 해 보라고, 정말 살해될 테니까…….

이방근은 나중에 잘 참았다고 생각했는데, 상대가 나이가 위인 선배란 점도 약간 있었지만, 무엇보다 이야기가, 그리고 그것을 이야기하는 인간의 심정 자체가, 그에게는 구역질이 날 정도로 참기 어려웠고, 기분 나빴기 때문에 상대하지 않고 자리를 떴던 것이다.

……반민족행위처벌법 제5조 "일본 치하에서 고등관 3등급 이상, 훈 5등 이상을 받은 관공리(官公吏) 또는 헌병, 헌병보, 고등경찰직에 있던 자도, 본법의 공소시효 경과 전에는 공무원에 임명될 수 없다."

제6조 "본법에 규정된 죄를 범한 자 중 개전의 정황이 현저한 자는, 그 형을 경감 또는 면제할 수 있다."

이방근은 이들 법안의 엉성한 내용을 보고, 아―아…… 하고 한숨을 크게 쉬면서 담배 한 대를 천천히 피웠던 것이다. 분노를 넘어서고 있었다. 무관심하게 넘기려 해도 무관심하게 있을 수 없는, 무관심하게 있을 수 없기 때문에, 그래서……. 만조가 된 뒤 조개를 캐는 식으로. 이미 너무 늦어 버렸다. 해방 직후 지체 없이 착수해야 할 일을, 일본 패배로부터 3년. 미군정하에서 온존해 온 친일 세력은 정부를 비롯해 이 사회의 거의 모든 기구에 벌써 침투해 버린 것이다. 그러나 반민족행위처벌법 전체는 없는 것보다는 낫다고 해야 하는 건가. 어쨌든 엉성하기는 해도 일단은 법적으로 친일파 숙청의 실마리가 되는 것이다……. 가능한 일일까.

"구멍 뚫린 반민법 안, 운영 여하가 주목, 친일 관리의 책동방지 요망" 등의 비판적인 표제어로 중앙지가 기사를 쓰고 있는 것이 다행이

지만, 언제까지 이어질 것인가

 "……고등관 3등 이상이 아닌, 고등관 4등 이하의 관리로, 왜적의 주구(走狗)로서 민족을 도탄의 구렁텅이로 떨어뜨린 자들이 얼마나 많았는가. 해방 후, 일찍이 왜직에서 이부했던 교활한 수완으로, 거짓 참회나 뉘우침을 가장한 그들의 교묘한 처세술을 알고 있는 일반 국민은, 그들 친일관리들에게 이 법률 조문이 적절한 구실을 주고 있는 것이 아닌가, 깊이 우려하고 있는 바이다……."

 이방근은 두 사람의 싸움을 말리면서, 땅 짚고 헤엄치기라면 위험하지 않다……라고 한마디 비꼬는 듯한 말을 했는데, 그것은 중앙지의 칼럼에서 인용한 것이었다. 신문 칼럼의 논조는 비분강개하고 있었다. "……회개하면 천국에도 오를 수 있는 판에, 하물며 현세에 있어서야……, 모든 사람들아, 회개하라, 뉘우치라, 참회하라! 그리고 신정부에 협력하라. 그러면 형의 감면만이 아니라, 애국의 공로로 눈부시게 빛날 것이다. ……대한민국 정부의 관용에 의한 것이므로, 이것은 의심할 여지가 없는 땅 짚고 헤엄치기다. 안전하기가, 땅 짚고 헤엄치는 것 만한 게 없다. 왜정하에서는 왜정을 땅 대신에, 군정하에서는 군정을 땅 대신으로 삼아 헤엄쳐서……. 이번에는 뉘우침과 감면을 땅 대신으로 삼아 헤엄친다는 계획. 이렇게 해서 그들 친일반역자들이 목숨을 부지할 구멍이 생겨났다. 왜정의 하늘이 무너져 내리고, 군정의 하늘이 무너져 내린다고 해도 살아날 구멍이 생긴다. 그렇다면, 민족대의는 어떠한 하늘 아래에, 어떠한 땅바닥에 엎드려야 한단 말인가?"

 이승만이 9월초에 발표한 대통령 담화는 항간의 비난을 받았는데, 그것은 반민족행위처벌법의 국회 심의는 많은 사람들을 선동하고, 민심을 분산시켜, 국민 간의 융합과 화해, 정권의 회복과 그 위신을 내

외에 확립하는 데 유해하다며, 심의에 신중을 기하고 친일파 숙청중지를 요망하는 것이었다. 이 대통령 담화와, 반민족행위처벌법의 특히 제6조 "개전(改悛)하는 자의 감형, 면제……" 운운이 구친일파들에게 다시금 합법적인 활로를 열어 주게 되었다. 말하자면 온갖 잡귀가 백주대낮에 도시의 큰길을 멋대로 돌아다니게 되었다는 것이다. 아니, 이미 활개를 치고 있었지만. 따라서 국회에 설치된 반민족행위특별조사위원회와 나란히 각 도에 설치될 조사부, 각 군의 조사지부는, 적어도 제주도에서는 게릴라 토벌이라는 명분을 전면에 내세워 거의 실현이 불가능했고, 그 구체적인 움직임도 없었다. 한대용의 말이 아니더라도, 이렇게 제주도처럼 썩은 곳에 살고 싶지 않다……고 해야 할까.

그렇다 하더라도, 왜 변상구 녀석에게 말을 걸고 말았는지, 스스로 생각해도 얼굴이 빨개지는 것을 느꼈다. 국민학교의 콘크리트 담을 빙 돌아서 뒤편 길을 왼쪽으로 들어서고 있었다. 담장 옆에 늘어선 미루나무 가지에서 나뭇잎들이 머리위에 춤을 추며 떨어졌다. 술은 명선관을 나올 때 컵으로 한 잔 마셨을 뿐이었다. 마음이 들떠 있었던 것일까. 경박한 짓이었다. 도대체가. 그는 흐린 하늘을, 어젯밤까지 맑았던 하늘을 올려 보았다. 담장 너머 교사의 창문 안에서 아이들의 목소리가 들리고 있다. 선생님……. ……선생님, 얼굴을 보여 주세요……. 아이처럼 맑고 깨끗한 선생님 몸에서, 모든 것이 다 빠져나간 것 같아요. 너무 기뻐요. 아이고, 어쩌면 좋아……. 네, 선생님…… 들뜬 아이들의 목소리.

최용학은 가슴을 두근거리며 유원과 약속한 점심시간을 무사히 보내고, 큰 결실을 얻으려 준비하고 있을 것이다. 유원이 출발 직전인 그와 만나는 것은, 뜻밖에 방문한 그녀가 섬을 나가기 위한 그럴듯한 구실을 만들어 줄 것이다. 이 기회를 놓쳐서는 안 된다. 최용하, 용서해라. 나는 악마가 아니다. 결국 빨리 포기하는 편이, 결말을 맞이하는 편이 자네에게는 행복인 것이다. 이방근은 오늘 둘만의 식사 시간에 예측하지 못한 일이 발생하지 않기를 바랐다. 그것은 유원 자신의 마음가짐, 게다가 애정과는 관계없는 상대에 대한 배려에 의한 것이겠지만, 어쨌든 잠시 자신의 감정을 억누르고 상대를 만족시켜야 한다는 것이다. 아니, 이 표현은 좋지 않다. 상대에게 만족감을 주어, 기대와 환상을 품게 만드는 것은 아닌가, 라는 것이 유원의 반문이었다. 그래, 그렇게 거리를 두고 구실을 주지 않도록 해야 한다. 남자의 자존심을 버리고 여자 앞에 머리를 낮게 숙일 정도의 '정열'을 갖는 것은 연약한 것이 아니다. 용기다……. 이런 식으로 멋대로 해석을 하고 눈시울이 뜨거워진다면, 함흥차사가 될 수도 있다. 여자에게 헌신할 수 있는 용기 있는 남자. 바보같이, 뭔가 엄청난 착각을 하고 있는 게 아닐까. 최용학에 대한 묘한 이해, 경사……. 아니다, 유원이 말하는 것은, 그러한 남성을 말하는 것이지, 구체적으로 최용학을 가리키고 있는 것은 아니다. 최용학과 둘이서 만나라는 오빠의 말에 망설이면서도 결국, 그럼, 그렇게 할까……라고 웃음 지으며 말한 유원의 한마디가 그녀의 자세를 결정하고 있었다.

집에 돌아온 이방근은, 여동생보다도 부엌이의 시선을 피하고 있었다. 이방근이 피하기 전에 부엌이 자신이 그의 눈을 똑바로 쳐다보지 않았지만, 그녀는 이방근과 눈을 마주치지 않아도 그가 자신을 피하는 시선의 움직임은 느낄 것이다.

"어젯밤은 별일 없었어요?"

서재에 온 유원이 말했다.

"아아, 무엇이 말이냐……? 별일이고 뭐고, 다른 사람이랑 함께였으니까."

"오빠……." 유원이 고개를 조금 갸웃하고 콧방울을 벌름거리며 말했다. "오빠, 왠지 향수 냄새 같은 게 나."

"뭐라고? 말도 안 돼……."

이방근은 거의 경악하다시피, 엉겁결에 어디에서라는 식으로 상의 소매를 킁킁 냄새 맡는 시늉을 하면서 마음속의 놀라움을 억눌렀다. 마치 여동생이 자신의 알몸을 보고 있는 것 같아, 볼의 피부 바로 안쪽까지 홍조가 밀려와 당장이라도 밖으로 번져 나오려는 걸 의식하면서, 필사적으로 숨을 죽이고 저지했다. 어젯밤에 명선이 알몸에 향수 한두 방울을 떨어뜨린 것이 아마도 사라지지 않는 모양이었다. 얽혔다 풀어졌다 하는 알몸의 남녀 자태가 머리 가득 부풀어 당장이라도 두개골을 깨뜨리고, 여동생 앞으로 튀어나올 것 같은 공포에 휩싸여, 이방근은 머리를 흔들고 소파에서 일어나려 했다.

"오빠, 어젯밤에 기생들이 있는 요릿집에 간 거죠?"

유원의 말에 이방근은 간신히 그녀에게 들키지 않고 말을 멈춰, 그 자리에 머물 수 있었다. 여동생의 말은 갑작스런 구원의 손길처럼 여겨졌다.

"……아아, 그렇고말고, 그래, 후후, 제법이구나, 다른 사람이 가자고 해서 갔었다. 그때, 한두 방울 뿌린 거겠지."

"이상해요, 그런 걸 한단 말이에요? 그것이, 그런 곳에 있는 여자들의, 소위 애정의 표현인가요?"

"뭐라고? 그런 것과는 관계없어. 애교로 그러는 거겠지."

"누구한테나……?"

"이제 그만해, 후후, 너는 기생에 관한 논문이라도 쓸 생각이냐. 그건 그렇고, 최용학과 만날 마음의 준비는 돼 있겠지. 오빠는 더 할

발은 없단다."

"네. 마음의 준비라고 해도, 특별히 없는 걸요……."

"상대를 얕보지 마라. 아무튼 그렇다면 좋아, 그런데……."

이방근은 낮에 양준오가 오기로 되어 있는데, 부엌이에게 섬심식사를 함께할 거라 일러두라고 말하면서, 어젯밤 외박한 것은(양준오와 함께였다고는 말하지 않았지만), 자신의 말투에서 그와 관계가 있다는 듯한 뉘앙스가 풍기고 있다는 것을 느꼈다. 여동생은 설마 오빠가 여자를 안았다고는 생각하지 않은 터였다. 그렇다고는 해도 어젯밤의 향수 냄새가 자신은 모르지만, 의복을 통해 배어 나오는 것인가. 여자의 후각에는 그것이 전해지는 것인가. 이방근은 등골이 오싹했다. 이방근은 자신의 손바닥에 옮겨와 있던 문난설의 몸 냄새가 며칠이나 남아 있던 것을 떠올리며, 무심코 손바닥을 코끝으로 가져갈 뻔했다.

이방근은 두통이 난다며 여동생에게 방문을 닫게 하고 혼자가 되었다. 그는 잠시 소파에 앉아 있었다. 맹장지문이 열린 옆의 온돌방에는, 여동생이 개려는 것을 그대로 두게 한 잠자리가 깔끔하게 깔려 있었다. 두통은 거짓말이 아니어서, 눈을 감으니 눈꺼풀에 마비가 오고 머릿속의 욱신거림이 퍼져 나갔다.

어디를 다녀온 것인가. 머리 위에 숲이 있다. 그는 어젯밤 자신이 어두운 숲을 나와, 밤의 어둠과 낮인지 밤인지도 모를 새들의 울음이 박명 속에서 끝없이 계속되는 길을 걸어, 어느새 숲으로 되돌아온 듯한 느낌이 들었다. 숲은 한라산만이 아니라, 그리고 게릴라가 있는 곳만이 아니라(게릴라들은 타인이 아니다. 섬사람 중 누군가의 아버지이자, 아들이며, 남매이기도 하고, 또한 친척이나 친구가 아닌 자는 없다), 성내 마을까지 덮고 있어서, 머리 위가 울창하고 어두웠다. 언덕 위에 우뚝 솟은 아름드리 은행나무의 가지에서 우는 바람 소리. 정처 없이 숲을 헤맨 듯한, 어딘가 숲 속의 어두운 구멍 속에서 빠져나온 듯한 기분이 피부 감각처럼 남아 있었다. 그 숲 아래서 오랜만에 여자를 안고 돌아왔다. ……마침 잘 됐어요, 단선이가 알면 어떡하죠. 그 아이는 죽어 버릴 거야. 아닐 거예요, 그 아이는 그런 여자가 아니에요. 왜냐하면 선생님은 그 아이와 아무 관계도 아니니까요. 그렇잖아요. 가엾게도, 그렇게 연모하고 있는데. 아우……, 도땅땅, 도땅땅땅……. 집이 무너진다……. 동네가 망가진다, 내 안의 마을이 망가진다. 부엌이의 낙하산 같은 검은 치마, 아득히 저편 바다 밑에 흔들리는 해조의 무리. 야조가 홰를 치고 숲의 바람이 운다. 아이고, 어떻게 된 일이람……. 어디에 갔다 왔는가? 섬의 하늘 전체가 숲이다. 오빠는 사치스러워……. 여동생의 말은, 산에 있는 게릴라를 염두에 두고 있다. 분명히 용건이 있었던 거다, 아버지는 밤바람을 쐬러 간다는 둥 뭐라는 둥 했지만, 당치도 않다. 오빠에게는 여러 가지로 볼 일이 있다…….

이방근은 소파에서 일어나, 옆방의 이부자리에 몸을 눕혔다. 심하게 몸을 움직인 것도 아닌데, 심장의 고동이 마치 장구를 치는 북채의 떨림에 장단을 맞추는 것처럼 세차게 울리고 있었다. 그는 향수 한 방울이 떨어진 곳으로 가져간 손을 코에 대고 손가락 끝의 냄새를 맡아 보았다. 뚜렷한 냄새는 나지 않았다. 그것을 옷 위에서 더구나 약간 떨어진 곳에서도 여동생의 코는 냄새를 맡을 수 있었다. 설마 명선의 몸 냄새까지 함께 맡은 것은 아니겠지……. 이방근은 머리 위까지 이불을 덮어쓰고 어둠 속으로 들어갔다.

얼마나 시간이 지났을까. 옅은 잠의 파도에 떴다 가라앉다 하던 참에, 서재 쪽에서 미닫이를 조용히 여는 소리가 났다. 아니, 그 전에 분명히, 오빠…… 하고 필터로 거른 듯한 목소리가 들렸었다.

"……누구야, 유원이냐?"

막 잠에서 깨이니 신 듯한 목소리였다. 그럭저럭 흰숨 진 모양이었다. 이방근은 이불 속에서 머리만 내밀고 있었는데, 상반신을 일으켜 이불 위에 고쳐 앉았다.

"자고 계셨네요. 이제 나갔다 올게요."

희고 낙낙한 터틀넥 스웨터에 검은 스커트, 그리고 검은 스타킹의 평상복에 가까운 복장을 한 유원은 작은 핸드백을 손에 들고 열린 문 사이로 몸을 반쯤 밀어 넣고 말했다.

"응, 조심해서 다녀와. 지금 몇 시냐?"

"열두 시 조금 전, 10분 전……."

"그럼, 잠깐만 기다려. 넌 최 군의 여성에 대한 태도에 어느 정도 '이해'를 표시하는 것 같은데, 여성이라고 해도 넌 자신에 대한 그의 태도 밖에 모르고 있어. 그런 태도는 그의 성격의 하나이기도 하고, 제주도를 떠나 광주에라도 돌아가면, 다른 여자에 대해서도 그런 식으로 대할지도 몰라. 여자의 관심을 끌기 위한 하나의 방식이야. 그게 무슨 남자의 자존심을 버릴 수 있는 '용기'라는 거냐(유원의 표정은 의심스럽다는 듯이 변했다). 아무튼 그런 건 없다. 그것은 최용학 자신의 문제야. 이쪽은 무슨 결혼을 하려는 것도 아니니까. 그런 것을 염두에 두라는 말이다. 물론, 너의 생각이 최용학 개인에 대한 평가나 호감이 아니라, 남성 일반에 대한 견해라는 것은 알고 있다."

유원은 가볍게 고개를 끄덕였다.

"……오빠는 계속 집에 있을 거예요?"

"아아, 있고말고. 네가 돌아올 때까지 기다리고 있을 거니까."

유원이 서재 문을 닫고 나갔다.

이방근은 이부자리에서 나와, 온돌방의 장지문을 열고, 서재의 미닫이도 열어젖혔다. 부엌이가 온돌방의 이불을 개고 정리하는 것을 기다렸다가, 그녀에게 식사를 소파의 탁자로 가져오라고 일렀다.

유원이 나가고 나서 곧 양준오가 찾아왔다. 넥타이 차림 위에 점퍼를 걸치고 있었다.

"도중에 북국민학교 앞길에서 유원 동무를 만났습니다."

"아, 그래, 아침에 돌아왔으니, 뭐니 하지 않던가?"

"아침에 돌아왔다……는 건, 우리 이 선생님이? 이 형은 외박하셨습니까." 양준오는 웃으며 말했다. "유원 동무는 아무 말도 하지 않았습니다. 오빠는 계시냐고 물었더니, 기다리고 계신다는 기특한 말을 했습니다. 대단한데요."

"뭐가 대단해. 흥, 그 정도는 당연한 거잖아. 어젯밤엔 술을 한잔하다가 '통금' 시간에 발이 묶였어."

"혼자서요?"

"그래."

"그럼 우체국에서 전화할 때는 외박하고 돌아가는 길이셨군요. 저는 일부러 직접 편지라도 부치러 오신 건가…… 하는 생각을 했습니다."

"우체국에서 나와 돌아오는 도중에 북국민학교 교문 앞에서, 아침부터 재수 없는 놈을 만났지. 양 동무는 변상구란 남자를 알고 있나. 준오 동무는 계속 일본에 있었으니, 모르겠군. 해방 전에는 읍사무소 서기를 하면서 활발하게 친일을 하고, 지금은 제일은행의 최상규가 경영하는 한림의 통조림 공장에서 사무장을 하고 있는 남자야."

"으―음, 만난 적이 있습니다. 최상규 뒤를 따라서 자주 도청에 출입하고 있었으니까요. 누군가 그러던데, 구두쇠로 유명한 사람이라고. 지갑을 일체 부인에게 넘겨주지 않는다면서요. 채소 한 단, 생선 한 마리 사는 것도 그때마다 계산해서 돈을 준다던가……. 유원 동무와 결혼인가 뭔가로 소문이 나 있는 최상규의 아들이 광주에 있잖아요,

지금 여기 와 있어요. 아까 노정을 나와 우체국 앞을 지나면서, 무심코 우체국 공중전화가 있는 창문 쪽으로 눈길이 갔는데, 그 녀석이 우두커니 서서 계속 이상한 표정의 눈초리로 창밖을, 광장의 건너편을 보고 있더군요. 저는 금방 지나왔지만, 그 표정이 왠지 심상치 않아서 좀 인상에 남아 있습니다."

"왜 그 녀석이 우체국에 있었을까?"

"유원 동무와 최상규 아들의 결혼은 어떻게 되는 겁니까?"

"이봐, 당치도 않은 소리는 하지 마. 적당히 좀 하라고. 어찌 되고 자시고 할 것도 없어. 쉿……."

이방근은 목소리를 낮추고 한쪽 손의 집게손가락을 입술에 대었다.

툇마루의 발소리는 식사를 가져오는 부엌이었다. 음식을 얹은 커다란 쟁반을 양손에 든 그녀는 다시 방으로 들어왔다.

탁자에 내려놓은 뜨거운 옥돔국 사발에서 피어오르는 김에 섞여 부드러운 맛의 향기가 피어올랐다. 항상 빠지지 않는 껍질째 썰어 놓은 삶은 돼지고기는 연한 핑크빛도 선명하게 한 줄기 배어 있는 핏빛이 고기의 신선함을 증명하고 있었다. 녹두 당면에 고기와 채소를 섞어 볶은 잡채, 마늘종과 마늘잎 장아찌. 게와 굴젓. 거기에 독특한 냄새가 코를 찌르는 정어리젓갈……. 참기름을 발라서 구운 김의 향기가 좋았다.

"꽤나 소문이 돌고 있다는 말이로군. 난처하게 됐어. 여동생을 빨리 서울에 보내 버려야지……. 유원은 조금 전에 녀석과 만나기 위해 나갔네. 최용학이 꼭 만나서 얘기하고 싶다고 하기에 보냈는데 말야. 녀석은 오늘 밤 배로 출발하거든. 우체국 앞 '현해'야, 만나는 장소가. 양가 부모의 공인이 끝났다는 거지. 으ㅡ음, 정오의 약속이니까 얼른 '현해'로 가면 될 것을, 왜 우두커니 서서 광장을 바라보고 있는 거야.

어쨌든, 상관없어, 밥이라도 먹자구. 그리고 나중에 얘길 하겠지만, 그 때문에 일부러 와 달라고 한 것인데, 어제 최용학이 여기에 왔었어. 여동생을 만나려고."

"흐-음⋯⋯."

두 사람은 함께 숟가락을 들고 미역을 넣은 옥돔국 국물을 입으로 옮겼다. 근무 중이라서 술을 삼가는 양준오가 두껍고 하얀 사발의 뚜껑을 열자, 갓 지은 밥에서 올라오는 뜨거운 김이 엉겁결에 멈칫하는 양준오의 얼굴을 감쌌다. 좋은 냄새가 났다. 그는 그 위에 구운 김을 얹었다. 이방근은 자신에게만 따라 준 컵 한 잔의 소주를 꿀꺽하고 한 모금 마셔 입안을 자극시킨 후, 천천히 안쪽으로 떨어뜨렸다.

양준오가 점퍼를 벗었고, 두 사람은 잠시 말없이 숟가락과 젓가락을 움직였다. 이방근은 소주가 목구멍을 태우는 자극을 달래듯이 생선국물을 천천히 입으로 옮긴 뒤, 부드럽게 풀어지는 하얀 생선살과 함께 위장으로 내려 보냈다.

자극은 취하기 시작한 쾌감을 동반하고 머리로 왔다. 머리에 막이 쳐지고, 두개골 전체를 가볍게 쥐어짜면서, 점차 강하게 꽉 압박해 오는가 싶더니, 마치 하복부를 감싸 안듯이 조였다가 흩어졌다. 그 감각은 후두부에서 부채꼴 모양으로 올라온다. 이방근은 멍하니 눈을 감고 가만히 있었다. 조여 오는 압박이 지속되는 동안 두통에 가까운 쾌감이, 머릿속 공간에 철썩철썩 만조처럼 차올라, 온몸의 저편으로 멀어졌다.

이방근은 양준오가 손에 든 숟가락이 사발 주변에 닿는 소리를 들으며 눈을 떴다.

"아-, 한 잔으로 갑자기 취하는군. 기분이 좋아, 지금뿐이겠지만. 누군가의 대사는 아니지만, 술병의 밑바닥에 즐거움이 아니라, 슬픔

올 찾기 위해 마시는 건가……."

"예? 갑자기 또 왜 그러십니까. 문학적이 되어서……. 누군가라는 것은, 소설 속의 인물이 아닙니까."

양준오는 숟가락을 놓고 말했다.

"문학적이라니, 놀리지 말게. 쌀쌀해진 가을 날씨 탓이야. 갑자기 취하는군. 해질녘이 아니라 밝은 공기와의 마찰을 견디기 힘들어. 난 별로 슬퍼하는 건 아니지만, 실제로는 그런 게 아닐까. 과음하면 마음에서 빛이 사라지지……."

"공중전화에서, 이 형은 여자가 베개를 내던지는 게 무슨 의미인지 알고 있냐고 했는데, 무슨 뜻입니까. 그것도 소설과 관계있는 것인가요. 무슨 은유나 암호입니까?"

"아무것도 아니야, 무심코 입에서 나오는 대로 말했을 뿐일세." 이방근의 농담은 한 걸음 더 나아갔다. "암호라면, 하늘과 땅! 이라는 게 있지."

이방근의 눈은 내면을 향해 자신의 표정의 움직임을 응시한다.

"무심코 입에서 나오는 대로라는 건 또 거짓말인 거 같군요. 하늘과 땅입니까. 땅을 강조하고 있었는데, 달과 별이라든가 여러 가지가 있겠지요. 게릴라들이 사용하는 대구적인 암호입니다."

"헷헤헷……. 도대체가, 그만두자구. 동무는 성인군자야, 아니 이런, 미안하네." 이방근은 껄껄 웃었다. "흐─음. 그런데 말이지, 유달현 일로 뭔가 들은 거라도 있나?"

"유달현? 없는데요……."

양준오는 고개를 저었다.

"그가 일본으로 가는 모양이야. 어제 여기 왔던 최용학이 그렇게 말하더군."

"유달현이 일본에? 흐-음, 그건 임시로, 어떤 필요에 의해 보따리 장수를 도와 용돈벌이라도 할 셈인가요?"

"아니, 보따리장수 같은 게 아니야."

"정말입니까?"

"아직 확실한 건 모르지만, 아무래도 그런 거 같아."

"으-음, 그렇다면 도망간다는 건가?"

양준오는 세모난 눈을 반짝 빛내며 말했다.

"도망이라, 양 동무도 그렇게 생각하나?"

"드문 일이 아니잖습니까. 일본으로 밀항하는 많은 사람 중에는 투쟁을 포기하고 섬을 탈출하는 전열이탈자도 있거든요."

양준오가 말한 '도망'은 이방근이 생각하는 것과는 의미가 전혀 다른 것 같았다.

"응......?"

뭐라, 단순한 전열이탈······. 어쩌면 단순히 그뿐만인, 단순한 밀항에 지나지 않을지도······. 이방근은 최용학의 집에서 가진 저녁식사 모임에 정세용과 함께 참가한 유달현이 최상규에게 일본에 간다고 한마디 흘린 것 같다. 지금으로서는 비밀이라며 살짝 귀띔했다는 이야기를 하면서, 머리가 심히 혼란스러워졌다. 이방근은 최용학으로 부터 그 말을 들었을 때, 벼락이 떨어진 것처럼 놀라고, 그 충격으로 숨이 막힐 정도였는데, 그것도 지레짐작으로 속단한 것일까. 일본에 무얼 하러 가는 것일까? 라는 질문에, 일본으로 밀항하는 다른 사람 들과 마찬가지 아니겠습니까, 최용학은 지금 양준오가 말한 것과 완전히 똑같은 대답을 했었다. 대한민국 정부가 수립되어도 여전히 이 사회가 살기 힘들다는 것이겠지요······. 그런 말도 했다. 단순한 밀항······. 이방근은 눈앞에 번뜩이는 유달현의 형상 앞에서, 맥이 탁

풀리는 느낌에 쑥 빠서틀녀 외년하려고 머리를 흔들었다.

"그럴까. 단순한 전열이탈에 지나지 않는 걸까?"

"전열이탈이 단순한 건 아니지요. 적 앞에서 도망가는 것과 마찬가지니까요. 이 형은 실제로 그가 일본에 간다면, 그의 도망을 어떻게 생각하십니까?"

"나의 지나친 생각인지, 어제부터 그의 일본행 애기의 충격에 마음이 혼란스러울 정도로 휘둘리고 있다는 느낌이 드는데, 도경의 정세용 경무계장, 내 모친 쪽 친척인 정세용과의 관계를 생각하고 있었어. 이것 또한 확실한 확증은 없지만 말야. 그러나 들어 보게. 이건 극단적인 애기지만, 지구 책임자였던 유달현은 성내 어디의 누가 조직원인지를 거의 다 알고 있잖아. 양 동무가 그렇다는 건 알 리가 없지만 말야. 그가 명부를 정세용에게 건넨다……. 그건 지금까지도 생각은 하고 있었지만, 일본에 가게 된다면, 그 일과 그의 밀항이 결부되어 사태가 긴박해지게 된다는 거지……. 그게 문제라는 거야. 으-음, 두렵지 않은가. 이건 나의 필요 이상의 망상일까."

이방근은 한숨을 내쉬었다. 그는 담배를 물고 불을 붙이더니, 자리에서 일어나 뒤쪽 창가의 책상 위에서 재떨이를 가져와, 좁아진 탁자의 끝에 놓았다.

"그렇군요……."

양준오의 뾰족한 턱의 예각적인 표정이, 마치 얼굴 피부 그 자체가 어긋나 움직이는 것처럼 변했다.

"다만, 자네의 말대로 단순한 밀항이라는 것도 납득이 가지 않는 건 아니지만 말야. 자네 이야기를 듣고 안심되는 부분도 있어. 거기까진 생각해 보지도 않았지. 너무 심한 비약이었나……. 그랬으면 좋겠어. 그러나 사람을 의심하는 것은 좋지 않지만, 이미 일본행 애기가 나오고 있으니까, 최상규에게 그런 얘기를 흘린 걸 보면, 뭔가 근거가 있다고 봐야겠지."

"이 형 생각이 맞을지도 모르겠습니다. 망상은 아니에요. 저도 이형이 유달현에 대해 말한 걸 생각해 보고 있지만, 그야말로 어찌 된 일인지 이 형 쪽에 '혁명적 경계심'이 있는 거 같습니다. 이 형이 싫어하는 말이겠지만, 이해되십니까? 어쨌든……." 양준오는 담배를 물고 불을 붙여 한 모금 천천히 뭔가 생각하는 듯 피웠다. "무엇보다도 유달현의 그 얘기의 진위를 확인하는 게 우선입니다. 어떻게 확인할 것인가가 문제입니다. 일시적인 거라면 몰라도, 그의 신변에 갑작스러운 무언가가 일어난 게 아니라면, 교사이기도 하니까 일본으로 도피하는 일은 있을 수 없겠지요……."

"그렇지, 내가 생각하고 있는 것도 바로 그거야. 경찰에 쫓기고 있는 것도 아닌데, 갑작스럽게 일본으로 떠날 필요가 있을까. 그렇잖아. 음, 확인할 방법이 없어. 본인에게 물어볼 수도 없고……."

"유다의 탄생입니까?"

양준오가 담배를 재떨이에 끄고 말했다.

"유다……." 이방근은 혼자서 중얼거리더니 말했다. "만일 유다라면 어떻게 하겠나?"

"일본으로 도망가게 할 순 없겠지요."

"……"

이방근은 천천히 침을 삼켰다.

"어쨌든 이 형이 말하는 대로 돼 가는 느낌입니다."

"무엇이 말인가?"

"원래 유달현을 믿지 않는다는 거 말입니다. 그는 조만간 다시 시류의 변화를 탈 것이다, 일제 때에 그랬던 것처럼……이라고 이 형은 말씀하셨죠. 일본행 애기가 사실이 아니라고 해도, 그 가능성은 이미 있다는 것입니다. 남승지 동무가 강몽구 씨와 함께 일본에 갔을 때, 도쿄에서 이 형의 형님과 만났지 않습니까. 그때 유달현의 과거 애기가 나왔다고 합니다. 유달현은 일제 때의 일을 숨기고 있지만……."

강몽구와 남승지가 이방근의 형이자 내과의사인 이용근, 즉 일본에 귀화한 하타나카 요시오(畑中義雄)에게 활동자금을 모금하러 찾아간 자리에서, 우연히 전시 중에 같은 아사가야(阿佐ヶ谷) 부근에 살았다는 유달현의 애기가 나왔던 것이다. 협화회(協和會, 재일조선인의 황국신민화 단체. 특별고등경찰의 외부단체) 회원이었던 야나기자와 다쓰겐(柳澤達鉉)은 내선일체, 일억총력운동의 열성분자로 경시청에서 표창을 받은 적도 있었다는 애기가 나와, 두 사람을 놀라게 했다. 그때까지 유달현의 주위에서는 그가 협화회에 관계돼 있었다는 정도 밖에 몰랐었지만, 당시 재일조선인은 의무적으로 가입할 수밖에 없었기 때문에, 협화회에 소속되었던 정도는 얼마든지 면죄부를 받을 수 있었다. 그런 그가 해방 후에는 서울에서 당 조직의 조직책으로서 학생조직의 지도까지 맡았지만, 그 정도는 충분히 있을 수 있는 일이었다. 일정한 정도의 대일 협력자에 대해서는, 철저한 자기비판과 반성을 하면 재출발이 인정되었던 것이다.

"……이 형은 해방 이후 지금까지, 특히 해방 직후의 좌익만능이라는 상황 속에서, '혁명'을 입으로만 떠벌리고, 아무것도 생각하지 않아도 되는 머리, 의식구조라는 걸 자주 말씀하셨지요. '혁명' 앞에 '반(反)'을 붙이는 것만으로 상대를 단죄하고, 자신의 입장을 절대화하는 그런 의식을 경멸하며 비판했습니다. 이것은 조직원이 아니라도, 용기가 있는 일입니다. 저는 이 형의 생각을 지지합니다. 이 형은 그 구체적인 예의 하나로 가까이에 있는 유달현을 들었습니다. 가령 유달현이 섬을 떠나 도망친다고 하면, 그러한 시대는 가 버렸다는 것이고, 유달현 자신이 지금까지 그가 단죄하던 '반혁명' 쪽으로 돌아섰다는 말이 되는 겁니까?"

"시대가 가 버렸다……?"

"아니, 유달현에게 있어서 말입니다."

"남쪽에서는 혁명 쪽이 헤게모니를 잡지 못한 건 사실이니까. 지금 얘기가 나온 좌익만능의 절대주의, 교조주의에 반대하던 양 동무가 어떻게 그 비밀 멤버가 되었을까."

이방근은 열린 문밖을 보면서 목소리를 낮추고 웃다시피 하면서 말했다.

"……후후, 그것은 한마디로 말이죠, 지금은 그만두겠습니다."

"아니, 농담이야, 그냥 해 본 말일세. 물으려고 한 게 아니야. 음, 문제는 어떻게 확인할 것인가." 이방근은 컵에 남은 소주를 비우고, 얼마 남지 않은 국에 숟가락을 넣어 입으로 옮겼다. "……국은 식기 전에 먹어. 식사하면서 얘기하면 되니까. 그래, 그 녀석의 입에서 '혁명', 그리고 '원칙'이란 말이 안 나온 적이 없었지. 계급적 증오와 투쟁심, 애국적 정열과 혁명적 경계심, 자나 깨나 '혁명', 당에 충실한 혁명 전사. 그에게 있어서 난 부패한 부르주아 사상에 오염된 반동 타락분자였지. 그러면서도 교활한 건지, 붙임성이 좋은 건지, 그는 늘 나를 따라다녔어……."

"아니……. 아마 그는 이 형에게 말하지 않고 그냥 일본으로 가지는 않을 겁니다."

"왜 그렇지?"

"그런 느낌이 듭니다. 유달현은 이 형을 증오하긴 하지만, 내심 존경하는 것도 같고, 아마도 좋아하는 건 분명합니다."

"뭐라고……?" 이방근은 양준오의 말에 덜커했지만, 그것이 왜 그런지 스스로는 알 수가 없었다. 아마 이 형에게 말하지 않고 그냥 일본으로 가지는 않을 겁니다……. 그것은 이방근 자신이, 설마 내게 말도 안하고……라고 생각하고 있었기 때문이다. "그러나, 어떻게 나를 만난단 말인가. 음……."

두 사람은 잠시 말없이 식사를 했다.

"이광수가 어느 날 종로 거리를 걷고 있었지……." 이방근이 당돌한 말을 했다. "요즘 얘긴 아냐. 일제 때의, 그가 친일파의 거두로 앞잡이 역할을 충실히 하고 있던 시절의 얘기야……." 양준오가 이방근을 쳐다보았다. 숭늉을 들고 온 부엌이가 탁자 위를 치우는 것을 눈으로 확인하면서 이방근은 말을 이었다. "양 동무는 종로사거리에서 우연히 만난 이광수와 만해 한용운의 얘기를 알고 있나?"

"아아, 만해……, 스님이자 시인인 한용운 말이지요. 자세한 건 잊어버렸지만, 한용운이 이광수에게 눈길도 주지 않았다는 얘기 말이군요. 그게 몇 년경의 일이죠?"

부엌이가 방을 나갔다.

"창씨개명이 쇼와(昭和) 14년, 19……39년이니까, 그 후인 41, 2년, 이광수가 가야마 미쓰로(香山光郎)가 된 뒤의 일이야. 조선어신문, 잡지의 강제 폐간, 조선어 금지라는 시대적 배경 속에서, 이광수가 조선반도에서 '황도문화(皇道文化)' 선양을 주도하고 있던 때였어. 한용운 선생은 이광수와 종로사거리에서 딱 마주쳤을 때, 상대를 무시한 채 지나치려고 했지. 오랜만이라 이광수가 반가운 듯 말을 걸어 한용운을 불러 세웠어. 나이는 한용운 선생이 열 살 남짓 위였지만, 두 사람은 일찍이 친밀한 사이였고, 한용운 선생은 1919년, 다이쇼(大正) 8년 3·1독립운동 당시, 최남선이 기초한 독립선언문에 서명한

33인 중 한 사람이었지. 이광수는 그 한 달 전, 3·1운동의 도화선이 된 도쿄에서 재일조선독립단 2·8독립선언문을 기초한 사람으로, 말하자면 두 사람 모두 독립운동을 한 동지였던 거야. 이광수가 불러도 한용운은 대답하지 않고 그냥 지나치려 했다네. 만해 한용운이 아닌가, 날 모르겠는가? 그쪽은 누구신가, 나는 모르겠군, 하고 고개를 저었다는 거야. 자신은 춘원 이광수라고 하자 한용운은, 자신이 알고 있는 이광수는 오래전에 죽어서 지금은 이 세상에 없다는 말을 남기고 사라져 버렸대. 이광수는 망연하게 우뚝 서 있었다더군······."

"음, 으−음······."

양준오가 낮게 신음하고는 깊숙이 고개를 끄덕였다.

"한용운은 그로부터 2, 3년 뒤 조국의 광복을 보지 못하고, 해방을 1년 앞두고 별세했는데, 종로사거리의 이광수는 조선 근대문학의 창시자이자 조선 문단의 '대가'였던 인간의, 밤낮으로 일본의 황궁을 향해 '목욕재계' 하던 인간의, 어느 날 모습이었던 거지. 이러한 부류와 비교하면, 유달현의 과거 정도는 문제도 안 될 거야. 이광수의 창씨개명인 가야마(香山)라는 것은, 일본의 진무천황(神武天皇)이 즉위했다는 야마토(大和)·가시하라(橿原)에 있는 산이 가구야마(香久山)라서, 그곳과 관련지어 천황을 보다 가깝게 연모하고, 일본 정신을 함양하기 위해 이름을 지었다고 하지. 흥, 정말 개나 다름없는 자야! 이광수라는 이름으로는 천황의 신민이 될 수 없고, 가야마 미쓰로야말로 천황의 신민으로서 어울린다고 쓴 글이 있어. 뭐, 그만두자구. 술기운이 머리로 확 치켜 올라오는군. 얼마나 많은 조선인이, 젊은 청년들이 그의 영향을 받았던가. 오욕과 노예 정신의, 암흑시대······. 그 사람만이 아니야, 문학자든 뭐든 거의 모든 인간이 그랬던 시대였으니까. 종주국인 일본의 지식인도 똑같았던 시대였지만 말야. 일본에서는 어두유 골짜기라고 표현하는 것 같은데, 그러한 표현이 가능한 것민 해도 다행이지. 아니, 우리의 이 나라에서는, 그 과거 청산이 돼 있지 않아. 이광수는 지금 강원도인가 시골 어느 산골짜기에 있는 모양인데, 프랑스나 중국이었나면 이미 교수형을 당했겠지. 엉성한 법이지만, 이번의 반민족행위처벌법으로 조사가 끝나면, 아마도 체포는 면하기 어려울 거야. '개전(改悛)' 후의 일은 별개로 해도 그래. 하긴, 이런 말을 하고 있는 내 아버지도 알다시피 친일이잖아. 저기 맞은편의 아버지 방에는 일본 천황과 황후 사진인 소위 어영(御影)이라는 게 걸려 있었으니 말야. 일본인 도사(島司, 제주도 행정장관. 제주경찰서장 겸임) 같은 관리가 출입하는 일도 있어서 그랬겠지만……. 음, 이건 나의 변명일세. 조금 취했나. 이런 말을 하는 건, 내가 소주 한 잔에 취한 탓일까……. 지금 몇 시인가?"

열두 시 반이 지나 있었다. 이방근은 손목시계를 풀어 둔 채였다.

"아니, 이 형은 취하지 않았습니다." 양준오는 숨을 돌리고 계속했다. "이광수의 얘기를 하자면, 제가 일본에 있을 때, 그러니까 일본이 패전하기 바로 전 해였어요. 조선에 지원병제도를 실시한 후에 징병령이 내린 해입니다. 이광수 등의 식민지 문학자가 일본에 와서, 도쿄나 오사카 그 외의 지역에서 재일조선인 학생들의 학도 출진 격려, 지원병 응모 같은 캠페인 유세를 하고 다녔습니다. 도쿄에서는 어느 대학의 강당에서 연설을 했는데, 화가 난 조선인 학생들에게 습격을 당해 다리뼈가 부러졌다는 소문이 나돌았던 것도 그 당시였습니다. 오사카에서는 신문사의 홀에서 행해졌지만 전 가지 않았습니다. 일본에 와서도 이광수는, 조선인으로서 일본 군인이 되지 못하면 반쪽짜리 '일본 국민'이니, 징병제에 따라 지원병이 되는 것으로 완전한 '국민', 황국신민이 되는 것……이라며 최고의 노예의 변을 토하고 돌아다녔습니다…….”

담배를 입으로 가져가면서 양준오의 목소리가 조금 높아졌다.

“아하, 그랬나, 자넨 그렇지, 오사카에 있었지. 예전의 친일분자는 지금은 반공, 그리고 애국분자로 변했어. 친일 애국에서 반공 애국, ‘국(國)’은 다르지만, 조금 바꿔치기 한 것이 아니라, 역사를 바꿔치기 한 것이지. 4·3진압도 친일파들의 반공 애국의 표본이 되는 거라구.” 이방근은 밥그릇의 숭늉을 마셨다. “음, 양준오 군, 이런 얘기를 하고 있자니 이상하게 기운이 나는데, 어찌 된 일일까. 동무가 와 준 덕분인가. ……서울처럼 복잡한 도시에서는 특히 그렇지만, 인간은 무엇 때문에 사는 걸까, 하고 문득 그것도 매일, 생각하는 일이 양준오 군에게는 있나?”

“예? 그건 또 무슨 말씀이신지. 갑자기, 새삼스럽게, 에헷헤, 화제가 다른 거 아닙니까.”

양준오는 다소 어리둥절한, 그러나 매우 진지한 표정으로 말했다.

“새삼스럽다고? 새삼스러운 건 아니야. 말하지 않고 있었던 것뿐이고, 남들과 만나지 않고 혼자 있을 때 그렇지 않지만, 사람들의 움직임을 접하면 그런 생각을 하게 돼. 핫, 하아, 인간은 무얼 위해 살고 있는가 하고 말야. 뒤집어 말하면, 살 필요가 없다는 건가. 모르겠어. 아침에도 예전 읍사무소 서기님을 만난 덕분에 그런 생각에 빠져 버렸다니까.”

“거참, 곤란한 일이군요. 지금 저와 만나고 나서, 갑자기 그런 생각이 났습니까?”

양준오는 웃었다.

“아니.” 이방근은 고개를 저었다. “아무래도 자네 쪽이 나보다 정신이 단련돼 있는 거 같군. 자넨 인생의 무상함을 알고 있는 거야.”

"어째서 그렇습니까, 아무래도 얘기가 이상합니다."

양준오는 어찌 된 일인지 얼굴을 붉혔다.

"이상하지 않아. 그래서 자넨 조직에 들어갔구나 하고 난 생각하고 있어."

"전 이 형의 말씀을 이해하지 못하겠습니다."

"시치미 떼지 말라구. 난 자네를 알고 있으니까……. 으-음, 유달현의 일을 확인해야 한다……."

양준오는 오늘 저녁, 도청 일이 끝나면 다시 들르기로 하고 자리를 떴다. 이방근은 그를 문 밖까지 배웅하러 나왔다.

"전화로 말씀하신, 여자가 베개를 내팽개친다는 건 뭡니까? 뭔가 의미가 있는 것 같은데."

쪽문 밖에서 양준오가 짓궂게 웃으면서 말했다.

"아무것도 아니야. 그 정도로 신경 쓰인다면 숙제로 하지."

곧 오후 한 시가 되는데, 유원이 외출한 지 한 시간이 지났다. 최용학 이 자식, 내가 아침에 우체국에서 전화하던 바로 그 장소에서, 전화를 하는 것도 아니면서 우뚝 서서 무얼 하고 있었던 걸까. 얼른 약속 장소로 가지 않고 이상한 눈초리를 하고 있었다고? 으-흠, 혹시……. 혹시 자신을 어딘가에 감추고 있다가, 유원이 '현해'로 들어가는 것을 은밀히 관찰하려는 속셈이었던 것일까.

이방근은 유원이 돌아오기를 기다렸다.

일본으로 도망치게 할 순 없겠지요. 이방근은 움찔하고 고개를 움직였다. 소파에 앉은 그의 귓가에, 묘하게 날이 선 양준오의 말이 되살아났다.

7

유다라면 어떻게 하겠나? 일본으로 도망치게 할 순 없겠지요. 그저 단순한 밀항에 지나지 않을지도 모릅니다……. 이방근은 벌써 10년 이나 이전에, 양준오와 만났던 일본의 오사카 부 경찰 지하 유치장을 떠올리고, 취조실에서의 고문, 그때까지 이쿠노(生野) 경찰서, 그 밖의 경찰서 유치장을 이리 저리 끌려다니며 같은 일로 반복해서 취조를 받으며 고문당하던 모습이, 마치 다른 사람의 일처럼, 영화 필름의 슬로모션처럼 천천히 뇌리에 비쳐지는 것을 느꼈다.

책상 위에(그것은 고문대라고 해야 할 것이다) 똑바로 천장을 향해 묶은 뒤 두 콧구멍에 낡은 주전자 주둥이를 처박고 새빨간 고춧가루 물을 계속 흘려 넣는다. 천장에 거꾸로 매달려 고춧가루 물이 콧구멍에 들어가, 몸이 새우처럼 튕기면서 두개골이, 목 전체가 화염에 날아간 뒤의 의식불명의 세계. 그리고 끼얹은 물에 의한 소생과 또 다시 지옥…… 등, 몇 장면의 영상이 머릿속 스크린에 선명하게 비쳤지만, 그것이 육체에 생리적인 반응을 불러일으켜 몸을 떨거나 움찔거리지는 않았다. 그것은 그림풀이처럼 이미지로 다가오면서 인식으로서 작용하고 있었다.

육체적 고통은 지금에 와서는 영향을 미치지 않지만, 정신적인 고통, 굴욕은 지금까지도 곧바로 되살아나는 힘을 갖는다. 종로경찰서에서의 일본인과 조선인 '특고'들에 의한 고문……. 일본인 이상으로 횡포한 조선인 고등경찰(특고)의 고문은, 같은 조선인에 대한 민족적 공포에서 기인되는데, 그들이 그 공포로부터 벗어나는 길은 정신의 황폐를 초월하는 오로지 폭력밖에 없었다. ……그들이 해방 후에도 이 '나라'의 경찰로 그대로 남아 있다. '서북' 중앙총본부 사무국장 고영상은 과거의 조선인 특고인 다카키(高木) 경부보이고, 그의 무서운 이름은 조선 전국에 알려져, 도쿄에 유학 중인 조선인 학생들 사이에서조차 공포의 대상으로 알려져 있었다…….

내가 종로서로 보내진 것은, 다카키가 북조선의 원산경찰서로 배치되고 몇 개월인가 지난 뒤의 일이었다. 지금 같으면 고문에 견딜 수 있을지 어떨지. 잘도 견뎌 냈다고 생각한다. 고문에 견딘다는 것은, 그 폭력과 지속의 정도에 따라 좌우되기도 하지만, 직접 겪어 보지 않고는 알 수 없는 일이다. 경성(서울), 서대문형무소의 독방, 11사(舍) 1층 15방……. 병을 얻고, 각혈이 심해, 전향출소……. 정신적으로는 가짜 전향이었지만, 그것은 역시 변명이다. ……미결 구금 동안 불행하게도 병마에 시달리게 되었고, 아내의 친정에서는 이혼 제기가 있었으며, 또 어머니는 비탄으로 병상에 드러눕기에 이르는 등, 가정의 비참한 일이 속출함에 따라, 앞으로 공산주의 운동 내지 민족해방운동을 계속할 수 없음을 깨닫고, 1930년(쇼와15) 1월 이후 위의 각 사상을 모두 청산하겠다는 판단과 전향을 결의함으로써…….

독방. 다다미 세 장 크기의 우주, 그 큰 공간이 있기에 견딜 수 있다. 고독. 세계로부터의 단절은 인간을 광기로 몰아넣고 발광하게 만든다. 인간은 본질적으로 고독에 견딜 수 있는 존재가 아니다. 그것은 인간의 파탄, 존재의 파멸을 의미한다. 집, 친척, 마을, 민족, 국가, 종교, 사상…… 온갖 공동체의 일원으로 존재하고, 그 '귀속'에서 제외될 때 고독의 조건이 만들어진다. '친일'도, 일본인 전체의 광신적인 무서운 전쟁으로의 진군도, '시대'에서 낙오되는 고독의 공포로부터의 도망이었는지도 모른다. 자유롭다는 것에 대한 전율과 고독, 그것으로부터의 도망…….

일제강점기의 연장. 과거 특고들의 고문 기술 위에 그것을 더욱 발전시킨 고문이 본토 각지에서 그리고 바로 여기의 제주경찰서 취조실, '서북' 출신이 주임인 심사계실 등에서 밤낮으로 이어지고 있다. 이방근은 과거 자신의 육체와 정신 위에 가해졌던 고문보다도 도리어 지금의 상황에서, 타인에게 가해지고 있는 그것이 더 생생한 느낌으로 상상되었다. 그리고 그 상상이 현실에서 자신의 육체에 커다란 검은 날개처럼 덮쳐 왔을 때, 그는 상반신을 실룩거리며 자리에서 일어나, 뒤뜰 툇마루로 나와 정원수 쪽의 지면을 향해 칵 하고 침을 뱉었다.

흐린 하늘을 메운 구름 전체가, 그림자를 품은 하늘 그 자체가 되어 천천히 움직이고 있었다. 바스락바스락하고 발밑에 가까운 정원수 밑동 주변에 마른 잎을 흔드는 소리가 나고, 1미터쯤 되는 담갈색 뱀 한마리가 옆구리에 촉촉이 젖은 흰색 비늘을 빛내며 움직이고 있는 것이 보였다. 이방근은 한쪽 발을 힘차게 굴러 좁은 툇마루 바닥을 울렸다. 뱀은 유유히 정원수 나무들 너머 담장 그늘로 긴 동체를 구불거리며 모습을 감추었다. 바람 소리가 나지만 조용했다. 돌아보니 맞은편의 열린 미닫이 너머 안뜰에 가라앉은 빛을 흡수한 방 안이, 순간 동굴 같은 공간으로 펼쳐지며 회색으로 채워졌다.

오른쪽 책장 위에 놓인 두 개의 백자 항아리 표면에 촉촉이 젖은 듯한 부드러운 빛의 반사에, 조금 전 잠깐 모습을 보이고 사라진 뱀의 하얀 옆구리 색의 물결이 이방근의 눈 속에 되살아났다. 그는 유리문 안의 커튼이 걷힌 책장으로 다가가, 머리 위의 항아리 하나를 손에 들고 그 촉촉한 표면을 맨손으로 쓰다듬었다. 매끈한 살결처럼 손바닥이 거기에 빨려들었다. 이방근은 깊게 가라앉은 색의 백자에 뺨을 대고 나서, 원래의 위치인 책장 위에 그것을 되돌려 놓았다.

방은 물속처럼 반투명한 웅덩이에 잠겼다.

창가 책상 위의 탁상시계는 한 시 반이었다. 한 시간은 만나고 있을 터인데, 여동생은 아직 돌아오지 않았다. 무엇을 먹었는지는 모르겠지만, 만나서 한 시간이나 얼굴을 마주하고 있었으면 충분하지 않은 가. 이방근은 무사하고 평범한 시간이 경과하여, 난기류 같은 어떤 돌발 사태가 일어나지 않은 채 두 사람의 '밀회'가 끝나기를 기다렸다. 유원이 집을 나간 지 한 시간 반이 지나고 있었다. 도대체 뭘 하고 있단 말인가. 이방근은 뒷짐을 지고 갈 곳을 잃은 발걸음으로 방 안을 오락가락 했다. 한순간 눈을 감은 암회색의 세계 안에서, 와앗……! 하고 아이들의 환성이 들려왔다. 국민학교 운동장 구석에서, 아니 땅 밑 저편의 과거로부터 솟아올랐다. 이방근은 발을 멈췄다. 왜 정문 앞에서, 예전의 읍사무소 서기님에게 말을 거는 바보 같은 짓을 한 것이었을까. 아무도 없는 운동장 사방에서 달려오는 듯한 아이들의 외침을 들은 탓일까. 교정 구석 성역에 자리 잡은 봉안전(奉安殿), 그리고 칙어……. 아침 태양에 빛나는 일본인 교장의 하얀 장갑. 봉안전의 두꺼운 철문이 열리고, 정중하게 꺼낸 교육칙어 두루마리를 머리 위로 높이 받들어 올린 하얀 장갑. 도대체, 왜 그런 짓을 한 것일까. 봉안전 뒤의 초석을 향해, 자갈을 빈틈없이 깔아 놓은 울타리 너머로 소변을 갈기다니……. 그리고 제주경찰서 유치장. 징역 대신 국민학교 추방……. 용케도 맞아 죽지는 않았다.

나는 분명히 출소 후 일체의 운동과 손을 끊었지만(아니, 당시는 이미 선을 이을 만한 조직이란 것이 존재하지 않았다), 당국의 보호관찰 아래 친일 단체에의 참가를 강요당하면서도, 요양 등을 구실로 친일 활동만은 하지 않고 그럭저럭 넘어갔다. ……넌 그냥 너일 뿐이다. 네 생각대로 살면 되는 거다……. 한 번 여동생을 데리고 서대문형무소에 면회 왔던 어머니의 말이었는데, 병상에 누워 있던 어머니가 형무소에서 돌아온 아들을 마중 나왔을 때에도, 우연인지 아니면 의식적이었는지, 똑같은 말씀을 하셨다. 그때는 이미 다른 여자와 헤어진 아버지와 지금의 계모와 관계를 맺고 있었고, 어머니는 아내라는 자리만 허울 좋게 남아 있을 때였다. ……리모토 호콘(李元芳根). 형무소에 있을 때인 1939년(쇼와14), 창씨개명령으로 리모토라는, 분명히 본래는 '이(李)'라는 것이 틀림은 없었지만, 호주인 아버지의 신고로 친척 일동과 함께 새로운 일본식 성이 되어 있었다. 집에 출입하는 일본인 관리 등이 부르는 리모토 상……. 핫하, 나루호도, 사요테고자이마스토모(그렇지요, 그렇고말고요-역자)……라고 아버지는 탁음이 어색하지만 정중한 일본어를 사용하고 있었다. 와카쿠니와, 와카 니혼노 구니와(우리나라는, 우리 일본국은-역자)……. 조선인끼리, 리모토라든가, 가네시로(金城)라든가, 기요카와(清川), 데라다(寺田), 요시무라(芳村)…… 등등으로 서로를 불렀던 것이다. 후지야마 다카모리(富士山隆盛)……. 경찰 관계 최 아무개의 자기명명(命名). 일본의 상징인 후지산과 사쓰마(薩摩)의 번사(藩士)인 사이고 다카모리(西鄉隆盛)로부터 이름을 따왔다. 그중에는 창씨개명에 따른 성씨의 상실에 절망해서 음독자살한 조선인이 있는가 하면, 어느 만담가의 경우처럼, 에하라 노하라(江原野原)라고 하는 기묘한 이름도 생겨났다. 신(申) 씨는 에하라(江原)라는 성이 되었는데, 거기에 스스로 노하라(野原)라고 일본식으로 이름을 붙였다. 에헤라 노와라……. 이영차……라는 식의 메기는 소리를 빗대어 사용한 것이다. 에헤라 노와라……, 에하라 노하라……. 달은 산 꼭대기에 걸리고……. 도땅, 땅땅…….

1936년(쇼와11), 조선사상범보호관찰령. 조선사상범예방구금령, 쇼와 16년. 국내 민족 독립운동의 전향, 좌절에 병행하여, 쇼와14년에 재건된 조선공산주의지 그룹(짱싱공ㅗ롭)도 쇼와15넌부터 16년의 3차에 걸친 검거로 거의 괴멸되었다.

사상 전향자가 경성에 본부를 둔 조선임전보국단(朝鮮臨戰報國團)이라는가 야마토 사숙(大和塾) 등 황도정신을 선양하는 일본 사상단체에 관계하고, 조선총독부 기관지인 경성일보 등의 기자를 하거나, 그 외에도 다양한 활동을 하고 있었지만, 이방근은 일절 그러한 곳과는 거리를 두었다. 실성한 젊은 은자처럼 '두문불출', 집에 틀어박혀 일체 사람과의 교제를 끊고, 가끔 외출해서 지인을 만나도 그저 모르는 얼굴로 지나치며, 뭔가 중얼중얼 혼잣말을 중얼거리고 있었기 때문에, 이방근은 정신이상자라는 소문이 나돌았다. 그는 한라산 기슭에 있는 관음사에 은거하며, 2, 3개월에 한 번 밀짚모자에 한복과 짚신 차림으로 성내에 내려올 때는, 머리도 수염도 흡사 산에 사는 사람 같아서 보통사람의 모습이 아니었다. 분명히 신경이 끊어져 해체된 것처럼 착란 상태에 빠진 적도 있었지만, 정신에 이상을 일으킨 것은 아니었다. 폐색의 시대였다. 이윽고 조직적이지는 않았지만, 몇 명인가의 유지들과 비밀 독서회 등의 회합을 가진 정도로 일본의 패전을 맞이했다.

이방근이 출옥 후 친일 활동을 하지 않고 그럭저럭 지낼 수 있었던 것은 제주도가 본토로부터 떨어진 벽지라는 점, 그리고 아버지 이태수가 친일파의 유력자였다는 점이, 오히려 이방근의 방패막이 되었다고 하지 않을 수 없었다. 그는 친일을 아버지에게 맡기고, 말하자면 그 뒤에 숨어 있었던 것이다. 게다가 일하지 않고도 먹고 살 수 있었다는 점도 있었다. 실제로 조선 국내에서 생활하는 사람이 조금이라도 친일을 하지 않고 살 수 있었던가……. 이것은 '북'에서는 통하지 않는다, '남'에서 듣게 되는 반문이다. 그건 그럴 것이다. 그러나 친일에도 정도가, 경중이 있는 것이 아닌가. 이것 또한 조심스러운 반문. 어쨌든 남북으로 분단된 이 나라는 조선인 스스로의 힘으로 일제를 무너뜨리고 자력으로 독립을 쟁취하기도 전에, 미국과 소련의 힘으로 해방되었다는 사실의 무게를 알지 못했다. 8·15 당시에는 그저 해방과 독립의 빛에 눈이 멀어 있었지만, 자력으로 달성한 조국의 광복은 아니었다. 그 결과가 해방 후 3년이 지난 오늘날까지 '남'에서는 친일파 지배의 토대, 참으로 불가사의하고 추악한, 악취를 풍기는 기성사실을(이것이 36년간의 식민 지배를 벗어나 성립된 신생 독립국이다) 쌓아 올리고 말았다. 이것을 적어도 해방 직후로 돌릴 수는 없는 걸까.

    ……자네는 인생의 무상함을 알고 있어. 어째서 그렇습니까, 아무래도 얘기가 이상합니다. 이상한 게 아니야, 그래서 자네가 조직에 들어간 것이라는 생각을 하고 있었어……. 음, 이건 어떻게 된 일인가. 이방근은 소파에 앉으며 중얼거렸다. 무상함과 조직과는 무슨 관계가 있지? 양준오는 무상함을 알고 있는가. 도대체 지금 무상함이란 무엇인가? 남승지는 어찌 되었든, 양준오가 왜 이제 와서 비밀당원으로 조직에 들어간 것일까. 이방근은 그것을 알 것 같으면서도 알 수 없었다. 그 자신 가까운 친척도 육친도 없는 제주도에 의리는 없었다. 해방이 되었다고 해서, 독립을 꿈꾸던 조국으로 다른 사람들처럼 일본에서 귀환했지만, 도대체 이 조국, 고향이라는 것은 무엇일까. 이것이 독립한 조국의 현실이라면, 일본에서 돌아올 이유도 없었다. 어차피 추상적으로 살고 있는 것이니까, 반드시 이 나라에서 살 의리도 없으니, 외국에서 사는 편이 낫다. 무엇 때문에 여기서 살아야 하는 것인가? 제주도에서 밖으로 나가고 싶다, 미국까지 갈 마음은 없지만(마음이 내키면 미국으로 유학을 떠나는 게 어떤가. 1, 2년 생활비는 어떻게든 마련하겠다고 이방근이 말하자, 양준오는 거절했다), 일본에라도 되돌아갈까

했던 양준오였다. 그러니 당 조직의 체질에 생리적인 혐오를 느끼고 있던 그가, 어째서 그 조직의 일원이 된 것일까. 알다가도 모를 일이었다.

가령 세포조직에 속하지 않는다 하더라도, 조직 자체는 바뀌지 않는다. 왜 나는 입당하지 않는 것인가. 왜 동조자가 되어 조직에 자금 협력을 하고 있는 것인가. 좌익만능의 시대가 지나간 지금도, 지하조직이 된 당은 여전히 민족과 가난한 자의 해방이라는 정의의 구현자, 신(神)의 나라의 사도(使徒) 집단, 당원이야말로 진정한 애국자로서 권위와 환영을 가지고 있는 것인가. '당'. 이방근조차 '당'이라는 한 음절, '당 조직'이라는 세 음절을 들으면, 내심 일종의 전율을 느낀다. '남'에 공산 정권이 존재하지 않고, 당은 비합법화된 지하조직이므로, 나는 이념으로서 조직을 지지하고 동조자가 되었다. 그러나 당이 정권을 쥐었을 때, '혁명국가'의 절대성 아래서 개인은 존재할 수 없게 된다. 명실상부하게 국가=조직은 만능, 신이 되고, 이념에도 불구하고, 지배하지도 지배받지도 않는 관계, 자유는 존재할 수 없게 된다. 모든 것은 전체가 된다.

그러나 이방근이 지금까지도 연하인 남승지에 대해서 내심 품고 있는 콤플렉스는, '당 조직'적인 것에 대한 두려움, 또한 사상적인 것도 아니었다. 그것은 굳이 말하자면 윤리적인 것으로, 일본에 어머니와 여동생을 남겨 두고도 이 땅에 버티고 있는 모습에 이방근은 압박감을 느꼈다. 양심의 가책을 느끼게 하는 힘이라고 말해야 할지도 몰랐다. 그것을 이번에는 양준오에게서 느끼는 것인가. 게다가 '서북'에 살의를 품은 오남주가 입산을 결행하려 하고 있다. 그것을 젊은 혈기 탓으로 치부하고 말 일은 아니다. 유원까지도 입산할지도 모른다. 그것을 음으로 양으로 막고, 일본행을 강행하려 하고 있다. 이방근은 점점 절박해지는 이 섬의 긴박한 정세 속에서, 이들 각자의 움직임을 보면서 부담감을 느끼고 있었다. 그가 집요하고 강경한 입당 권고를 거절하면서도 동조자의 역할을 하고자 하는 것은, 숭고한 혁명 이념 때문이 아니라, 이러한 부담에 대한 속죄, 혹은 자신의 떳떳하지 못한 마음에 대한 합리화인지도 몰랐다…….

유원이 돌아왔다.

오후 두 시가 가까웠다. 이방근으로서는 기다리는 것이 슬슬 한계에 도달했을 무렵이었다. 최용학을 위해 한 시간 이상이나 할애할 필요는 없는 것이다. 그는 내심 편하지 않았지만, 표정에도 드러내지 않았고, 도대체 뭘 하고 있었던 거야……라는 말도 꺼내지 않았다.

"오빠, 계속 기다리고 있었어요?"

유원은 희고 넉넉한 터틀넥 스웨터로 감싼 상반신을 소파 등받이에 천천히 기대면서, 약간 거친 호흡을 하고 있지만, 별로 주눅 든 모습은 없었다.

이방근은 고개를 끄덕이며 슬쩍 훔쳐보듯 유원을 다시 한 번 쳐다보았는데, 흰 스웨터에 비쳐서 한층 하얗게 두드러진 그녀의 얼굴이 여동생이지만 아름답다고 느껴졌다. 최용학이 열을 올리는 것도 무리는 아니라고 생각했다. 잘 하면 이 사람을 내 것으로 만들 수 있고, 가슴에 안으면 얼마나 행복할까 생각하겠지. '잘 하면'이 아니라, 꽤 성산이 커졌다고 보고 있을 것이다. 어디의 누가 여동생을 안게 될 것인가. 마음이 괴로웠다. 그녀가 게릴라에라도 가담한다면 어떻게 되는가. 영양실조가 되어……. 아니다. 이방근은 알아채지 못하게 고개를 부들부들 흔들었다. 음, 그래, 역시 유원은 일본으로 보내야 한다. 그리고 내가 이 땅에 머문다…….

"그러저러 무사히 끝난 거냐?"

"예-. 하지만 용학 씨 어머니까지 오셔서."

"뭐라고? 국민학생도 아니고, 적당히 해야지, 도대체가……." 이방근은 혀를 찼다.

"그렇다면, 우체국에서 자기 어머니가 나타나길 기다리고 있었단 말인가. 그것도 이상해……."

"우체국, 이라니요?"

"아니, 아니야. 상관없는 일이야."

"……식사를 마치고 돌아오려고 할 때, 용학 씨 어머니가 오셨어요. 전 우연이라고 생각하고 조금 놀랐지만, 그래도 매우 친절하게 대해 드렸어요. 그랬더니 저를 만나러 오셨다고 해서 바로 후회했어요. 그리고 갑자기 짜증이 났어요. 조금 더 퉁명스럽게 대할 걸 하고……. 상대에게 좋은 인상을 주어 버렸을지도."

"그럼, 어머니 쪽이 나중에 왔다는 말이네. 너와 그 사람 중에 어느 쪽이 빨리 나온 거지? 네가 기다린 거 아닌가."

"예?" 순간 그녀의 표정이 허를 찔린 것처럼 움직였다. "오빠가 그걸 어떻게 알고 있어요?"

"헷헤, 오빠는 여기 앉아서도 알 수 있구나. 얼마나 기다린 거야?"

"5, 6분. 많이 사과했어요. 갑자기 손님이 왔대요. 어제 집에 왔을 때의 일을 의식하고 있는 듯했어요. 오빠와 얘기하는 사이에 내가 조금 늦었는데, 그래도 아직 와 있지 않았어요. 2, 3분 더 기다려서 오지 않으면 돌아가려고 생각했을 때, 황급히 들어왔어요."

"으흠……." 이방근은 늦어진 시간 동안 최용학이 우체국에 있었던 것 같다는 말은 하지 않았다. 혹시 말을 할 기회가 올지도 모르지만. "모친 쪽은 뭣 때문에 나온 게냐?"

"용학 씨가 출발하기 전에 오빠랑 같이 꼭 한 번 더 초대하고 싶다고 했잖아요. 그게 안 돼서, 두 사람의 시간에 방해되지 않도록 나중에 얼굴을 내민 거라고 했어요. 한 시가 지나 손님은 없었는데, 용학 씨 어머니는 내 손을 살며시 잡고 작은 보자기에 싸인 상자를 선물로 주려고 하잖아요. 이것은 약혼의 증표라든가 그런 의식적인 것이 아니고, 용학 씨가 주는 것도 아니다. 자기 마음의 표현이라고 하는 바람에, 더 무서워져서, 그걸 거절하느라 힘들었어요. 오빠 얼굴도 떠올랐고요. 고집 세게 거절하는 것도 실례가 되잖아요. 너무 난처해서 일단 우리 부모님을 통해서 받고 싶다……고 말하고 되돌려 줬어요."

유원은 난처했다고 말하면서도, 그러나 다행히 거절할 수 있었다는 것인지, 그 표정은 밝았다.

"으흠, 그것도 곤란한 일이야. 이번엔 새어머니를 통해 올 테니까, 상대방 쪽에선 상황이 더 좋아지게 된 거지. 어쨌든, 그걸로 됐어, 달리 방법이 없었을 테니. 눈앞에서 받아 오는 것보다는 훨씬 낫구나. 시간을 벌었으니까."

"아아, 다행이다."

유원은 후—하고 숨을 내쉬며 양손을 가볍게 잡았다.

"달리 특별한 일은 없었나?"

"네, 전 정말로, 용학 씨와 그 어머니 앞에서, 실은 저, 올 8월에 서울 종로경찰서 유치장에 12일간 있었습니다……라고 말할까 생각할 정도였다니까요. 모친은 서울의 내 생활을 이것저것 묻는가 싶더니, 이번에는 자신의 아들을 마구 칭찬하면서, 아들 자랑, 집안 자랑을 했어요……."

"후후, 바보 같은 소리 하지 마. 그러면 넌 서울에 돌아갈 수 없게 될 테니까 말야. 그야말로 집에 감금, 고방 기둥에 묶인 채 시집을 가야 될 거다. 만일 이용할 필요가 있다면, 그건 최후의 수단이다. 네가 서울로 돌아간 후의 일이야……. 꼭 만나고 싶다, 만나서 할 얘기가 있다고 한 것은 뭐였지? 아니면, 단순히 너를 만나기 위한 구실이었나?"

"오 동무를 아주 나쁘게 생각하고 있는 거예요. 무엇 때문에 어제 댁을 찾아온 건지 모르겠다고요. 모처럼 찾아뵈었는데 얘기도 거의 못하고 자신이 먼저 돌아가야 하는 게, 마치 쫓겨난 것이나 다름없다고 했어요. 하지만 그 덕분에 결과적으론 둘이 만날 수 있게 되었으니 전화위복이 된 것이고, 만일 그렇지 않았다면 도저히 용납할 수 없는 일이었을 거라고. 그걸 전부 오 동무 탓으로 하다니, 가엾게도……."

유원은 최용학이 오남주에 대해 그의 사상 경향과 그녀와의 관계를 집요하게 캐물었다고 말했다.

"마치 자기 아내의 남자관계를 의심하듯이, 꼬치꼬치 캐묻는 거예요. 번지수를 잘못 찾아도 유분수지. 오늘은 오 동무 일로 이것저것 알고 싶어 했어요. ……유원 씨, 부디, 오해는 말아 주십시오. 당신은 매우 총명한 분이니까……라고 하잖아요. 당신은 매우 총명한 분이니 충분히 이해하시겠지만, 제가 오 동무 일을 이렇게 묻는다고 해서, 그것을 질투라는 감정의 발로라고는 생각하지 말아 주십시오. 저는 그런 저속한 감정을 지닌 사람이 아닙니다. 또 아직 학생인 오 동무가 제게 질투심을 불러일으킬 상대도 아니고요. 질투는 사람의 눈을 흐리게 만들고 마음을 어지럽히는 것이지만, 제 마음은 당신을 지금 이렇게 만나 뵈어 평온합니다. 제 눈은 조금도 흐리지 않고 당신의 훌륭함이 보입니다……. 계속 이런저런 말을 했어요. 용학 씨의 이글이글 흔들리는 푸른 불꽃같은 질투 섞인 감정을 눈빛으로 알 수 있었고, 피부에 직접 전달되는 것 같아서 기분 나쁠 정도였어요. 하여간 자리에서 일어나 돌아갈까 하는 생각까지 했어요."

"음, 그런데, 밤에 부두까지 배웅해 달라곤 하지 않더냐?"

"아니요, 아무 말도 하지 않았어요. 오빠 예상이 처음으로 빗나간 것 같네요."

"핫, 핫하, 보기 좋게 빗나갔군. 이게 어떻게 된 일이지. 이상하군." 이방근은 소리를 내어 웃었다. "어쨌든 그건 다행이야. 그가 모처럼 네게 그런 말을 하고나서 거절당하면, 기분이 나쁠 테지. 그의 마음이 상처받는다. 그건 좋지 않아. 예상이 빗나가서 다행이야."

이방근은 담배를 물고 잠시 생각했다. 회색으로 가라앉은 방의, 탁자 주위를 밝게 만들고 있는 여동생의 하얀 스웨터의 반사 속에서, 이방근은 가슴이 두근거렸다. 음, 이걸로 됐다. 여동생을 섬에서 내보낼 수 있을 것이다. 여동생의 전체적인 이야기를 듣고 그런 판단을 했다. 여자에게 헌신할 수 있는 용기 있는 남자…… 운운하는 바보 같은 논리, 최용학에 대한 평가가 여동생의 입에서 나오지 않은 것에 대해 이방근은 안심했다. 그녀는 지금까지 한 시간이라는 시간 동안, 더구나 최용학과 단둘이서 만난 적은 없었다. 유원은 상대에게 절망감을 주지는 않았지만, 새삼스럽게 최용학을 완벽하게 싫어하게 된 것을, 이방근은 다소 짓궂은 쾌감과 함께 확인할 수 있었다고 생각했다.

약간의 승리감……. 아아, 이 얼마나 비열한 감정인가. 학생 신분인 오남주가 질투의 감정을 일으키는 상대가 될 수 있겠는가……라고 한 최용학 선생은 아니지만, 마치 연적이라도 대하듯이 최용학 같은 인간에 대한 승리의 감각. 참으로 한심하다. 최용학의 라이벌은 오남주가 아니라, 오빠인 나일지도……. 아아, 내가 생각해도 천박하다. 눈앞의 여동생에게 부끄럽기 짝이 없었고, 그 모습이 눈부셨다.

그는 유원에게, 아직 드러내서는 안 되지만 가까운 시일 내에 서울로 출발할 마음을 먹고 있으라고 했다. 혹시 계모를 통해서 상대측이 뭔가 선물이라도 보내올 경우에는, 그 주고받는 게 문제이긴 하지만, 그때까지는 아직 시간이 있다. 더구나 본인에게 직접 전하는 것이 아니라 집안을 통할 경우에는, 단순히 사적인 것이 아닌 집안과 집안 간의 어떤 격식을 띠게 될 것이다. 그렇다면, 아직 약혼 이야기가 결정된 것도 아니고, 그런 선물은 어려울지도 모른다.

여동생의 서울행에 대한 전망이 밝아졌기 때문에(아마 괜찮을 것이다), 이방근은 자신의 이사를 구체적으로 진행해야겠다고 생각했다. 아버지는 마음대로 하라고 내버려 두고는 있지만, 실제 행동으로 옮기게 되면 이 또한 말썽이 안 된다는 보장도 없었다. 집을 나가는 편이 좋겠다.

유원은 계모 방에 얼굴을 들이밀고는 피아노로 향했다.

도청에서 퇴근하면 여기에 들르겠다던 양준오가 조금 늦을 것 같다고 전화로 알려 왔다. 가능하면, 함께 술을 마시고 싶다.

집으로 돌아온 아버지 이태수는 선옥으로부터 유원에 대한 이야기를 들은 뒤, 본인을 직접 불렀다. 아버지는 오늘 당사자끼리의 '맞선'을 통해, 아버지의 뜻에 따르도록 하겠습니다…… 하고 빼도 박도 못할 상황에서 말한 딸의 '약속'이 형태로서 나타난 것을 보았을 것이다. 경계하면서도 내심 만족하고 있음에 틀림없다. 그 만족의 객관적인 뒷받침, 일종의 보증을 제공한 것은, 저녁 식사 후 얼마 안 있어 갑자기 최용학이 모습을 드러냈다. 그는 지금 부두로 향하는 중인데, 아버지와 선옥에게 인사를 드리기 위해 들렀다고 말했다.

최용학은 물론 이방근에게도 인사하는 것을 잊지 않았으며, 유원의 얼굴을 한 번 더 볼 수 있었다.

최용학은 근처에서 가족들이 기다리고 있다며 안뜰에서 마루로 나온 가족들에게 인사를 드리고 떠났는데, 이 일이, 역시 저 사람은 훌륭하군, 예의를 차릴 줄 알고……라며 아버지를 만족시켰다.

오늘의 '밀회'가, 양가가 바라는 두 사람만의 '맞선'이 되었는지는 차치하고, 설령 일거에 일이 진행되어 약혼을 한다고 해도, 최용학 본인이 오늘을 끝으로 이곳을 떠나기 때문에, 이를 위해서는 다시 시일을 정해야 될 것이다. 일단 레일이 깔린 이상 서두를 일은 없다. 무엇보다도 중매인, 변호사인 한성주가 내락한 것 같은데, 그가 정식으로 최씨 집안을 대신해서 신청해야 한다. 따라서 갑작스런 약혼은 순서도 있어 애초에 시간적으로 불가능했지만, 내년 졸업까지로 한다면 가능한 일이다(그러므로 유원의 일본행이 실현되면, 양가가 생각하는 결혼은 불가능하게 될 것이다). 그때까지는 서울에서 '밀회'를 거듭해 교제를 깊이 하게 된다……. 더구나 최용학이 아버지를 향해, 곧 서울에서 유원 씨와 가끔 만나게 되겠지요……라고 말했기 때문에, 아버지는 천천히 고개를 끄덕이며 얼굴에 웃음을 짓고 있었다. 그렇다고 해도, 정식 약혼 성립 이전이라면 취소 역시 가능할 것이다. 일단 약혼을 해 놓고도, 사정에 따라서는 파혼도 가능하다. 음, 죄가 많은 일이 진행되고 있다……. 안뜰에서 툇마루 위의 아버지와 이야기하고 있는 최용학의 옆에 여동생과 함께 서 있던 이방근은 그렇게 생각했다. 최용학의 갑작스런 방문은, 유원의 서울행에 매우 유리하게 작용할 것이다.

아버지가 유원을 향해, 부두까지 배웅하거라……라고 말하지 않은 것만 해도, 마치 기적이라고 생각할 만큼 신통한 일이었다. 까맣게 잊어먹기라도 한 것일까. 아니다, 상대와 만나는 것은 좋지만, 너무 쉽게 들어주는 것은 안 된다, 우리 집안의 체면이 걸린 문제다……라고 했던 말을 제대로 실천하고 있는 것일까.

선옥과 유원, 그리고 부엌이도 그 뒤를 따라서, 갑작스러운 방문객을 쪽문 밖까지 배웅했다. 어쩌면 최용학은 인사를 마치고 헤어지는 (마음속에서는 유원과 헤어지는) 순간까지도, 전 지금부터 부두까지 배웅을 하겠습니다……라고 유원의 입에서 기적적으로 신이 내린 듯한 말이 나오기를 애타게 기다리고 있었을지 몰랐다.

날이 완전히 저물어 여덟 시가 가까워 오는데도 양준오는 오지 않았다. 유달현의 일본행에 대한 어떤 단서가 될 만한 정보, 그를 위한 좋은 지혜라도 가지고 오는 걸까. 그러나 저녁 무렵의 전화에서는 무슨 용무가 생긴 것인지, 조금 늦을 거라고만 했을 뿐 구체적으로는 말하지 않았다.

유원이 최용학과 단둘이 만났고, 게다가 생각지도 않던 최용학의 방문으로 딸의 결혼에 대한 전제가 일단은 잡혔을 터인데, 아버지는 유원의 '감금' 해제, 그녀의 서울행에 대해서 아들을 부른다든가, 본인을 불러서 이야기할 기색은 없었다. 이 정도로는 딸에 대한, 그 뒤에 버티고 있는 아들에 대한 경계심이 사라지지 않았는지도 모른다. 이방근은 자신의 견해가 주관적이고 어설픈 것인지 생각해 보았지만, 일은 상당히 자연스럽게 진행된 것이 아닐까. 그는 가능하다면 빨리 결판을 내고 여동생을 이 섬에서 내보내고 싶었으나, 내일까지 기다려 보기로 했다. 내일 밤에도 여전히 아버지로부터 이야기가 없을 경우는, 그대로 가만히 있을 수는 없다. 네가 여동생의 일에 일절 간섭하지 못하게 하겠다……. 유원을 두고 쟁탈전을 벌이는 것은 아니지만, 간섭일 리가 없다.

오늘 밤 안에라도 아버지로부터 이야기가 있을지도 모르니, 이방근은 잠시 상황을 지켜보기로 하고, 양준오를 기다리면서 문득 머릿속에 동문교 근처의 새끼회(돼지의 태를 으깨, 잘게 썰어서 여러 가지 양념을 한 회 요리)를 요리하는 고깃간의 애꾸눈 주인을 떠올리고 있는 자신을 깨달았다. 웬일로 머릿속에서 여러 가지 상념이 뒤섞인 것인지, 오남주의 입산 결행에 따라 이루어지게 될 살해 대상(성공할지 어떨지는 모르지만, 잘못하면 오남주 자신이 살해당하는 입장이 된다), 여동생의 '남편'인 애꾸눈의 '서북' 출신 하사관을, 권총을 허리에 찬 채 남포 불빛이 가득한 온돌방의 어머니 앞에서 소주를 마셨다는 남자를 의식의 밑바닥에서 그리고 있었던 모양이다. 고깃간 송 씨의 사촌으로 밀무역을 하고 있는 남자가 있어서, 지금 일본에 밀항선으로 가고 있는 한대용을 그에게 소개한 것은 이방근이었지만, 그로부터 유달현의 일본행에 대한 정보를 얻을 수 있을지도 모른다고 생각했던 것이다. 적어도 성내 주변의 밀항희망자는, 그의 배를 타고 가든 다른 배에 소개를 해 주든, 송 선주를 통하지 않으면 루트가 연결되지 않았다.

시계는 정확히 여덟 시. 시간은 별로 없지만 지금이라도 양준오가 모습을 나타내면, 함께 새끼회를 먹으러 나가 근황을 물어보고 싶었다. 사촌인 송 선주가 지금 제주도에 있는지, 아니면 일본에 가 있는지⋯⋯. 이거 좋은 생각이군. 새끼회 탓인가. 이방근은 화끈하게 온기가 피어오르는 것처럼 어젯밤 어둠 속의 여자와의 포옹을 떠올리며 볼이 뜨거워지는 걸 느꼈다. 그러나 먼저 유달현의 일본행에 관한 이야기의 진위를 확인할 필요가 있었다. 사소한 것이 계기가 되어 말이 확대되었을 수도 있다.

양준오는 머지않아, 이방근의 머릿속에서 여전히 고깃간 주인이 어슬렁거리고 있을 때 찾아왔다.

두 사람은 서재 미닫이를 닫고 소파에 마주 앉았다. 흘러들어온 밤 공기를 타고 희미하게 술 냄새가 났다. 양준오가 낮에 입고 있던 사무복 점퍼는 신사복 상의로 바뀌어 있었다.

"식사는 했나?"

"예, 했습니다만, 이 형은 아직 안하셨습니까?"

"가볍게 했어. 그런데 새끼회 먹고 싶지 않나?"

이방근은 웃으며 말했다.

"새끼회요? 웬일이십니까, 갑자기. 새끼회는 보양제(정력제)이기도 하잖아요?"

양준오는 입가에 미소를 머금고, 장난스럽게 지레짐작을 하듯이 사람을 쳐다보았다. 마치 낮에 농담으로 말한 '숙제'의 '여자가 베개를 내팽개친다……'와 새끼회가 관계라도 있는 것처럼. 아니, 이것은 이방근의 비약된 억측이었다.

"바보 같은 소리 말게. 그걸 속물이라고 하는 거야. 폐병에도 듣고, 한방과 마찬가지로 몸 전체를 보(補)하는 거야. 숙취에도……."

이방근은 그럴듯한 말을 하면서, 여자와 격렬한 하룻밤을 보내고 아침에 돌아오다가, 왜 새끼회를 먹으러 들르지 않았는지 이상한 기분이 들었다. 만약 광장을 지나 C길에서 그쪽으로 돌아갔다면, 북국 민학교 앞에서 옛 서기님을 만나 기분 잡치는 일은 없었을 텐데. 그 남자를 만난 탓으로, 순식간에 인생이 싫어지는 듯한 기분에 빠진 것은 과장일지라도 거짓말은 아니었다. 문득 지나치면서, 뭔가 좋지 않은 냄새 같은 것을 이쪽의 전신에 뿜어서, 그런 생각을 들게 만든 것이다. 그래, 그렇지, 그놈도 기분 나쁜 놈이지만, 최용학과 정오에 만나기로 한 유원이 귀가를 기다리고 있었기 때문에 나는 곧장 돌아왔던 것이다.

"그 말은 보강제도 된다는 거잖아요."

양준오의 웃음은 사라지고 진지한 말투가 되어 있었다.

"헷헤, 이봐, 어떻게 된 거야. 정도가 지나치군. 어때, 먹고 싶지 않다는 건가. 지금이라면 아직 늦지 않았어. 아홉 시쯤 문을 닫으니까. 별로 내키지 않나. 가게 주인에게 할 얘기도 좀 있어."

이방근은 주인과 만날 용건도 물론이거니와, 그 이상으로 갑자기 새끼회가 먹고 싶어졌다.

"내키지 않는다기보다도, 거기선 사소한 얘기도 할 수 없잖습니까. 게다가 먼저 이 선생님께 인사를 올려야지요."

"으―음……."

이방근은 고개를 끄덕였다.

양준오가 아버지 이태수에게 인사를 한다는 것은, 최용학의 그것과는 전혀 다르다. 아버지는 집안 배경도 아무것도 없는 양준오를 인정하면서 꽤 마음에 들어 했고, 아들이 남의 말을 귀담아듣는 사람은 양 군 정도라며, 부디 자신을 대신해서 아들에게 충언을 해 달라고 부탁하거나, 양준오 자신의 마음이 변해 흐지부지된 듯하지만, 아버지가 중매를 서서 혼담을 진행시키려고 했을 정도였다. 그런 아버지가 어째서 최용학 같은 남자를 마음에 들어 하는지. 양준오와는 달리 경제적, 그 밖의 강력한 배경이 있다고는 해도 알 수 없는 일이다. 다만, 아버지의 양준오에 대한 평가도, 그가 미군정청의 통역을 거쳐 현직의 도청 경리과장이 되고, 게다가 최근에 경질된 한성주 전 지사 시절에는 지사실 비서격의 역할을 수행했다고 하는, 그 체제 측 인사로서의 경력이 전제가 되어 있다는 것은 부정할 수 없다. 양준오가 조직원이라는 것을 안다면, 아버지는 크게 놀라 그 즉시 출입을 금지할 것이다.

"먼저 이 형 아버님께 다녀오는 것이 좋겠지요. 갔다 와서는 늦으니까."

"그리 하게. 오래 있지는 말고. 아버지는 자네를 내보내지 않으려

할 테니까. 한마디 해 주게. 딸을 빨리 서울로 돌려보내라고. 도대체, 여기서 뭘 하고 있는 거냐고 말이야. 자네 말은 효과가 있으니까. 부끄럽다기보다, 세상에서도 희한한 아버지야. ……음, 아니지, 아무 말도 하시 마, 말할 게 없어. 인사만 하고 바로 돌아오라구."

양준오가 방을 나간 뒤, 이방근은 부엌이에게 술을 가져오게 해서, 혼자 가볍게 마셨다. 송 선주를 만나기 전에 유달현에 관한 소문의 진위를 확인한다고 해도, 그것이 간단하게 이루어질지 어떨지. 만일 유달현이 서두르고 있다면(설마 도망중인 범인도 아니고, 요 며칠 사이에 섬 밖으로 탈출하는 일은 없겠지만), 이미 배를 수배해 놓았을 것이다. 설령 본인의 이름을 감추고 선주와 직접 교섭을 피한다고 해도, 그러한 움직임은 틀림없이 알고 있을 것이다. 소문의 진위를 확인하는 것보다도, 오히려 이 편이 손쉬울 것이다. 그러나 비밀에 속하는 이런 정보를 의리가 있는 뱃사람이 과연 누설할지 어떨지…….

양준오는 곧 돌아왔다. 그가 소파에서 벗어난 것은 부엌이가 술을 가지고 온 지 10분이 채 안 된 시간이니, 인사만 하고 나온 모양이었다.

"어떻든가, 아버지 기분은? 자네에게 묻는 것도 이상하지만."

"나쁜 편은 아니었습니다."

"으-음……."

이방근은 그렇군…… 하고 말하듯이 혼자 고개를 끄덕이고 나서 손목시계를 보았다.

"유달현의 일은 아직 좋은 생각이 떠오르지 않습니다만, 최상규 씨와 직접 만나 보려고 생각하고 있습니다."

양준오는 컵에 든 소주를 한 모금 삼켰다.

"최용학의 아버지 말인가. 그런 이야기를 할까?"

"그렇게 어려운 일은 아닙니다. 도청에 오면 경리과에 얼굴을 내밀기도 하고, 저도 가끔 경리 상담을 위해 제일은행을 가기도 하니까요. 광장 너머 맞은편이니까 내일 점심시간에라도 슬쩍 한번 들러 보지요. 잡담이라도 하면서 아무렇지도 않게 물어보겠습니다. O중학교의 유달현 선생이 일본으로 간다는 이야기를 들었는데, 선생님은 알고 계십니까……라고 말이죠. 설령 유달현의 탈출 계획이 사실이라고 해도, 그것이 명부의 밀고가 전제라고 가정해도, 최상규가 거기까지 알고 있을 리도 없거니와, 관계도 없을 테니까요. 그에겐 유달현의 일본 밀항이 사실이라고 해도, 그것은 일반적인 경우와 마찬가지로 중요한 비밀거리는 아닐 겁니다."

"……과연, 듣고 보니 그렇군. 내가 조금 과장되게 생각한 부분이 있어."

이방근은 다시 한 번 손목시계를 보았다. 여덟 시 반. 갈 것이라면 지금 자리에서 일어나야 한다. 이제 와서 새끼회가 문제는 아니다. 가게 주인을 잠깐이라도 만나면 된다.

"왜 그러세요. 지금부터 어딜 가시게요?"

"글쎄. 최상규 씨를 만나 넌지시 물어보는 것도 좋지만, 아니, 할 수만 있다면 그것도 좋겠지. 그 전에 또 하나 방법이 있어. 양 동무가 오기 직전에 떠오른 생각인데, 그건, 훗훗, 조금 전에 얘기가 나온 새끼회를 먹을 수 있는 가게에 가려는 거야."

"예……?"

이방근은 묘한 표정의 양준오를 보면서 간단하게 자기의 생각을 말했다. 그리고 그 사촌 형에 해당하는 송 선주가 지금 성내에 있는지 어떤지의 사정을 빨리 알아보는 편이 좋을 것 같으니, 지금이라도 가게에 얼굴을 내밀어 물어볼 필요가 있다고 말했다.

"음. 그거 좋은 생각입니다. 그럼 지금이라도 갈까요? 시간은 별로 없지만."

"가자구."

"그럼, 나가시죠." 양준오는 컵의 술을 입으로 옮겼다. "……그런데 실은 밀리죠, 얘기는 금방 끝납니다만, 오는 게 늦어진 건 포로수용소 장인 오균 소령과 만나고 왔기 때문입니다. 다른 예정이 없다면 지금부터라도 이방근 선배와 셋이서 한잔하고 싶다고 자꾸 말하더군요……. 그의 얘기에는 도경찰국 직원을 통해 들어온 정보도 포함돼 있는데, 지금부터 일주일에서 열흘 후에는 한라산 일대를 포위하고 토끼사냥작전을 할 거라고 합니다. 게릴라 수색입니다. 병력은 북쪽만 해도 2개 중대 약 400명. '일주간한라산작전'이라는 이름으로, 작전은 일주일간 행해집니다. 이른바 단기 작전이지만, 비행기에서 귀순 삐라를 살포하면서 대대적인 공격의 전초전 같은 것이겠지요. 슬슬 움직이기 시작한 모양인데, 병력도 본토에서 2개 대대가 투입된다고 합니다. 약 천 6백 명입니다. ……그러니까, 대략 그런 내용입니다. 가시지요."

먼저 자리에서 일어설 생각이었던 이방근은 잠시 앉은 채, 양준오가 일어나는 걸 보고 나서 몸을 일으켰다. 음, 슬슬 움직이기 시작했단 말이지……. 그렇구나, 양준오의 감정을 억제한 어조의 이야기가 둔하게 삐걱거리는 소리를 내며 가슴을 쳐 올렸다. 기분은 한층 더 조급해져서 가슴 답답한 고동이 울렸다. 그는 노타이 와이셔츠 위에 양복 상의를 걸쳤다.

양준오가 방 미닫이를 열기 전에 멈춰 서서, 저어…… 하고 작은 목소리로 말했다.

"내일 아침 일찍 40명이 제주도지검에서 본토로, 광주형무소로 이송된다고 합니다."

"……" 이방근은 갑자기 멈춰 선 찰나였기 때문에 목이 멘 듯 말이 바로 나오지 않았다. "일전에도, 지난 달 하순이었는데, 이송했지 않은가. 우리가 마침 제주도에 왔을 때, 목포 부두에서 경비정으로부터 하선하고 있는 걸 봤는데, 수십 명은 되는 것 같더군."

"그때는 30명 정도였습니다. 이미 소문이 사건 관계자의 가족들 사이에 퍼져, 농촌에서 일부러 성내 친척 집으로 와서 묵고 있는 사람들도 있는 것 같습니다. 내일 아침, 경찰서 구내에서 나오는 걸 보기 위해 가족들이 대기하고 있는데, 통금 해제인 다섯 시 전에 이송된다면, 배웅 같은 건 불가능하겠죠."

양준오가 술 냄새 나는 숨을 토했다.

"음…… 갈까."

"가시죠."

양준오가 미닫이를 열었다.

두 사람은 싸늘한 밤공기로 가득한 밖으로 나왔다. 두툼한 구름에 덮인 투명감이 없는 새까맣고 무거운 밤하늘이 머리 위에서 내리누르고 있었다.

"가게에는 나 혼자 가는 편이 좋겠지. 둘이 가는 건 조금 거창해. 자네까지 함께 얼굴을 내미는 건 좋지 않아. 만일 새끼회를 만들어 준다면, 나 혼자 먹고 올 테니까 섭섭하게 생각하지 말라구."

"제 몫까지 드세요. 그 주인은 이 형 부탁을 들어주겠지요."

"진지하게 부탁한다면 거절하진 않겠지."

두 사람은 북국민학교 뒤쪽을 빙 돌아서 학교 앞길인 북신작로로 나왔는데, 그 길을 산지천 쪽으로 걸으면서, 이방근은 도중에 양준오와 헤어져 오른쪽으로 돌아, C길로 들어갔다. C길의 한라신문 앞을 지나, 다시 동쪽 하천 쪽을 향해 가는 골목에 가게가 있다.

낡은 문패 말고는 간판도 없고, 기름으로 얼룩진 유리문이 오래된 느낌을 주는 가게지만, 애꾸눈 주인의 돼지 잡는 솜씨와 그 처리법은 정평이 나 있었다. 모임이나 결혼식 등으로 부탁받으면, 직접 가서 ㄱ 십 돼지를 잡아 처리해 주었다. 돌담을 둘러싼 돼지우리 안에서 비명을 지르며 도망 다니던 돼지도, 그가 순간적으로 팔다리를 벌리고 취한 자세에 가로막히고, 그 불같이 무서운 외눈으로 노려보기만 해도, 돼지는 미리 체념하는 모양이었다. 그 외눈의 내력이 그다웠다. 돼지를 잡을 때 날뛰는 돼지가 발로 찬, 모가 난 커다란 자갈이 눈으로 날아든 것을 그대로 둔 채 돼지와 맞붙은 것이 원인이라는, 말하자면 무용담의 주인공이었다.

이 가게의 고기는 신선해서 부엌이는 거의 매일같이 고기를 사러 찾아왔다. 제사 등으로 많은 양의 고기가 필요할 때는, 주인이 이 섬에서는 그다지 식탁에 오르지 않는 소고기까지 혼자 도맡아 집까지 운반해 왔다. 이씨 집안은 소중한 단골인 셈이었다.

아홉 시가 가까웠지만, 앞 유리문에 약한 전등불이 반사되고 있었다. 갈수기의 전력 부족, 전기 절약으로, 전국적으로 9월부터 일반 가정은 30와트 이하의 전구를 사용하라는 공고가 나 있었다. 그래도 농촌의 남포등에 비하면 사치스러운 이야기지만, 실행하고 있는 가정이 적었기 때문에, 도청에서는 철저를 기하기 위해 '감시'를 시작했다. 이방근도 60와트 그대로 쓰고 있지만, 지금까지 '감시'를 하러 온 적은 없었다.

"아아, 이게 누구십니까, 서방님. 어쩐 일이십니까? 이 시간에."

쉰 목소리였다.

"이 시간에라니, 귀에 거슬리는군. 뭔가 폐가 된다는 듯한 말투로 들려."

이방근은 왼쪽 카운터에 앉으며 말했다.

"당치도 않습니다. 막 손님이 끊겨서 문을 닫으려던 참이었거든요. 뭐, 천천히 계시다 가셔도 됩니다. 서방님이 마지막 손님입니다. 정말이지, 서방님은, 서방님 위에 선생님이라는 호칭을 붙여야 하는 분이지요. 사실이에요."

"그건 무슨 얘긴가. 그런 얘기라면 그만둬. 미안하지만 새끼회를 만들어 줄 수 있겠나."

"만들어 드리고말고요. 신기하게도 오늘은 술을 드시지 않았나 보네요."

주인은 카운터 안쪽으로 모습을 감췄다. 무뚝뚝한 남자지만 가게가 끝나서인지, 쉰 목소리가 어둡지 않았다. 불고기 종류를 취급하지 않는 가게는 비린내가 났다. 천장도 벽도 기둥도 검게 바라 있었지만, 청소는 철저하게 하는지 불결하지는 않았다. 새끼회는 돼지의 태아를 양막과 함께 잘게 썰고 섬세하게 두드려 식초와 고추장, 후춧가루, 고춧가루, 참기름, 참깨, 설탕, 마늘, 파 등등의 양념을 버무려 맛을 내는데, 마지막에 소중하게 받아둔 양수를 알맞게 넣어 섞는다……. 소의 새끼회도 있는데, 둘 다 이 섬만의 독특한 음식이었다. 숙취 해독제로도 먹었다.

새끼회가 나왔다. 컵에 담긴 좁쌀 소주가 카운터에 나왔다. 이방근은 소주를 한입 꿀꺽 마시고는, 숟가락으로 새끼회의 죽처럼 걸쭉하고 신선한 선홍빛 액체를 두세 번 입에 넣었다. 공기에 닿은 채 잠시 시간이 지나면, 핏빛이 거무스름해지기 때문에 가능한 한 빨리 먹는 게 좋았다.

"외출했다가 돌아가시는 길입니까?"

"아니. 일부러 집에서 나온 거야. ……그런데 선주를 하고 있는 사촌 형님 내운 씨는 지금 제주도에 있나?"

"무슨 볼일이라도 있습니까? 제주도에 있습니다. 그 형님도 바빠서 말이죠, 사람도 제각각이라고나 할까, 무슨 재미로 먼 바다를 왔다 갔다 하는지, 사랑스런 처자식이 있는데도, 직업도 팔자 같아요. 분명 서귀포에 가 있을 텐데, 헤에ー, 그런데 사촌 형에게 볼일이 있습니까?"

"그래, 형님께 볼일이 있기도 하고, 그 전에, 거기 주인장하고 상의할 것도 있어서 말야."

이방근은 송 선주가 섬에 있는 것 같아 안심하며 말했다.

"거기 주인장……?" 주인은 바로 옆에 눈에 보이지 않는 다른 사람이라도 서 있는 것처럼 돌아보았다. "예? 저 말인가요. 새삼스럽게 무슨 일입니까, 저 같은 사람에게."

거의 농담으로 받아들인 듯한 주인은, 곧 진지한 얼굴이 되면서 부자연스런 눈을 한 얼굴을 손님 쪽으로 불쑥 들이밀었다.

"내운 씨는 언제쯤 돌아오지?"

"뱃일로 가 있는 거 같은데, 형수한테 물어보면 알겠지요."

"어떤가, 가까운 시일 안에 배가 나갈 예정이 있을까?"

이방근은 숟가락을 손에서 내려놓고 말했다.

"날짜는 아직 확실하지 않지만, 머잖아 한 척이 나간다는 거 같습니다. 누구 아는 사람이 일본이라도 갑니까. 아니면 육지 쪽으로?"

"음, 머잖아 한 척이 나간단 말이지. 밀항을 부탁하는 건 아니야. 잠깐 귀 좀 빌려주지 않겠나."

주인은 네모난 얼굴을 다시 카운터 너머로 들이댔다.

이방근은 사촌 형이 성내로 돌아오면 만나고 싶은데, 자신이 직접 만나지 않더라도, 혹시 주인장이 사촌 형과 상의할 수 있다면, 주인장에게 맡기고 싶다……고 말했다. 용건은 사촌 형의 배에 승선 예정 중인 사람 가운데 어떤 인물이 있는가를 확인해 주었으면 좋겠다. 단, 이것은 사촌 형과도 서로 비밀로 해 주었으면 한다. 밀항 희망자는 일단 송 선주 쪽으로 의뢰를 해올 터이니, 사촌 형의 배가 아닌 경우에도 조사해 주길 바란다.

"……그렇다네, 승선자 중에 그 인물이 있는지 없는지, 그것뿐이야."

주인은 외눈을 감고 잠시 생각하는 듯했지만, 서방님, 알겠습니다, 라고 눈을 뜨며 말했다.

"그런데, 그 찾고자 하는 인간은?"

"O중학교 유달현 선생은 알고 있겠지."

"예−, 서방님과 함께 여기에 온 적이 있고말고요. 그 유 선생 말입니까?"

주인은 필요 이상으로 크게 고개를 끄덕이며 말했다.

"그렇다네. 그의 이름이 없는 경우라도 실제로 그가 가는 건지 아닌지를 조사해 주었으면 좋겠어."

"유 선생이 일본에 가는 이유는?"

"그건 몰라. 가는지 안 가는지, 그걸 알아봐 달라는 거야. 본인에게 물어보는 게 가장 빠르겠지만, 그럴 수 없는 사정이 있어서 부탁하는 걸 모르겠는가."

"예−."

"그런 일이야. 어떤가, 들어줄 수 있겠나?"

"서방님도 참, 같은 말을 거듭하시고. 자, 얼른 새끼회나 드세요."

주인은 카운터 건너편에서 컵에 소주를 반쯤 따라 손에 들고는, 한쪽 눈으로 손님에게 신호를 보내는 시늉을 하며 단숨에 꿀꺽 마셨다.

"공짜로 부탁하지는 않을 테니까."

"아이고, 서방님은, 또 무슨 그런 말씀을 하시는 겁니까. 부탁하고 말고 할 것도 없는 일을, 섭섭합니다."

이방근은 또 한 잔의 소주를 두세 모금 만에 비우고, 문을 닫는 가게를 나섰다. 한꺼번에 빌려오듯 술기운이 올랐다.

길은 군데군데 어두운 가로등이 밝기를 유지하고 있지만, 연도의 가게도 대부분 닫아 어둡고 사람의 왕래는 적다. 세미 카바레 '신세기' 앞이 눈에 띄게 밝았다. 어라? 이방근은 골목에서 나온 자신이, 오른쪽으로 돌아가는 집 방향과는 반대인 산지천 쪽으로 향하고 있음을 한참을 지나서야 깨달았다. 어디로 가는 건가? 하하아……. 그는 양준오의 하숙집으로, 고깃간 주인과의 이야기 결과를 알려 줄 생각으로 향하고 있었던 것이다. 아니, 별로 좋은 생각이 아니다. 밤이 늦었는데 하숙집 입구의 널문을 쾅쾅 두드려서 집안사람들을 번거롭게 하는 건 좋지 않다. 술기운 탓이었다. 어차피 내일 만나기로 되어 있지 않은가.

이방근은 발길을 돌려 집으로 향했다.

그는 취기에 기분 좋게 저리는 듯한 감각으로 가득한 머릿속에서, 하나의 개운치 않은 막이 벗겨져 떨어지는 것을 느끼며, 조금 전에 왔던 길을 걸어갔다. 으흠. 이것으로 유달현은 완전히 그물에 걸렸다. 유달현이 일본이 아니라, 가령 본토로 건너간다고 해도, 이 섬을 나가기 위해서는 거의 틀림없이 송 선주의 관문을 통해야만 한다. 그가 머잖아 출항 예정이라는 그 배를 타는 것인지 어쩐지. 만일 일본행 소문이 사실이라면, 보름이나 한 달 후에 배를 탄다고 해도, 그는 송 선주의 관문에 얼굴을 내밀 것이다. 쥐덫에 쥐가 걸리듯이, 그 그물에서 도망갈 수는 없다. 생각지 못한 곳에서 유달현의 꼬리를 잡을 수 있는 장치가 생긴 셈이었다. 어쨌든 유달현이 섬 밖으로 탈출하는 길은 막힐 것이다.

8

　고깃간 주인과 만난 이방근은 온 몸이 술기운에 젖어든 탓도 있어서 매우 기분이 좋았다. 전혀 예상치 못한 길이 열린 것 같아, 유달현의 내부에서 이미 일어났을지도 모를 배신이라는 사실보다도, 그 유달현의 탈출구를 막을 수 있다는 것에 만족하여, 망상처럼 마음을 흐트러뜨리던 초조감도 어딘가로 사라져 버렸다.

　그는 집에 돌아온 뒤, 양준오에게 일부러 가지 않기를 잘했다고 다시 한 번 생각했다. 앞으로는 비밀 당원인 양준오와 친한 듯 함께 길을 걷거나 하지 않는 편이 좋지 않을까. 두 사람이 친하게 지내는 것은 다른 사람이 알고 있으므로, 이제 와서라는 느낌도 있지만, 그래도 조금씩 남이 보는 자리에서는 거리를 두는 편이 좋을지도 모른다. 왜, 아니, 이것은 나를 지키기 위한 생각인가. 그렇지 않다. 그런 것 같지만, 그렇지 않다. 왜냐하면 내가 양준오에게 어떤 화를 미치는 존재가 될지도 모를 일이기 때문이다. 그걸 내가 어딘가에서 새삼스레 의식하고 있는 건가. 그렇지 않다면, 그 반대를 의식하고 있는 건가. 양준오의 재앙이 나에게 미칠지도 모른다고 내가 두려워하고, 경계하는 게다. 혹시라도 그가 어떤 일로 체포라도 당해서……. 아니다. 이방근은 머리를 흔들었다. 정말이지 이건, 쓸데없이 지나친 생각이다.

　쪽문은 대문 옆 식모 방에 있었는지 부엌이가 곧바로 열었다. 어서 돌아옵서……. 별일 없었수꽈. 거의 얼굴이 보이지 않는 어둠 속의 목소리다. 아아, 별일 없어, 부엌이. 부엌이의 낙하산 같은 까만 치마 속의 냄새⋯⋯. 예전에는 그 압도적인 냄새의 바다 속에 머리의 모든 세포가 분해, 확산되어 전신이 녹아들곤 했었다. 그 냄새는 이제 이방근의 안에서 사라졌다. 그리고 비린내를 동반한 견디기 힘든 악취. 이방근은 안뜰을 건너 자신의 방으로 갔다.

오빠가 돌아온 것을 알아차린 유원이 자신의 방에서 서재로 얼굴을 내밀었다.

이방근은 자신이 외출한 사이에 아버지로부터 서울로 가는 일에 대해 뭔가 이야기가 있었는지 물었다. 여동생은 없었다고 했다. 흐-음, 어떻게 할 생각인가. 뭔가 비슷한 이야기도 없었어? 예-. 아버지의 방은 이미 불이 꺼져 어두웠다. 아버지가 부르기는 했지만, 단지 최용학과 식사를 한 딸의 이야기를 들은 후, 결혼에 대해 다시 다짐을 받았다고 했다. 조만간 상대측에서 정식으로 중매인을 통해 제의가 있을 것이고, 약혼 절차가 진행될 것이다. 말하자면 그런 각오로 결혼을 준비하라는 것이었다. 당연한 일이지만, 결혼의 재확인을 요구받은 여동생은, 어떻게 하면 좋겠냐⋯⋯며 두려워하고 있었다.

"하하, 아버지의 뜻에 따르기로 할 생각⋯⋯의 결과야. 오빠는 술만 마시고 있어서⋯⋯라고 생각하고 있겠지. 나약해지지 마라. 그걸로 굴복한다면 그야말로 최용학 자신에게 굴복하는 일이⋯⋯, 네가 그 녀석의 팔에 안기게 되는 거라고. 으-음!"

이방근은 깜짝 놀라, 머리에 과거 기억의 단편이 번쩍이는 것을 느끼며, 입에서 나오는 대로 천박한 말을 입 밖으로 내뱉었다. 언제였던가, 어머니가 아직 살아 계실 무렵, 여동생이 어머니 앞에서 무슨 말을 하다가, 어째서 내 엉덩이는 작은 걸까라고 말했을 때, 우연히 곁에 있던 이방근이, 아니야, 네 엉덩이는 크고 예쁘게 생겼어⋯⋯라고 웃으며 말했는데, 내심 움찔하며 뭔가 말하면 안 될 것을 말해 버린 듯한 느낌에 사로잡혔던 것이다. 몇 년이나 지났지만 선명하게 기억나는 그 사소한 일이, 지금 그때의 감정을 동반한 채 머리를 꿰뚫고 지나갔다.

"오빠, 싫어요, 그런 식으로 말을 하다니!"

아니나 다를까, 소파에서 상반신을 똑바로 일으킨 유원이 발끈하며 소리쳤지만, 이내 고개를 숙였다. 설마, 그때의 일이 여동생의 머릿속에도 지금 동시에 떠오른 것은 아닐 것이었다.

"넌 어린애가 아니야. 그게 사실이잖아. 음, 안 그러냐고. 오빠 술이 들어가서 농담하고 있는 게 아니야. 넌 이미 결혼하기에 이른 나이도 아니고, 그게 현실이 된다는 거야. 어쨌든 조금만 참아. 머지않아 그 약혼이라는 게 진행되겠지만. 그것은 머지않아 있을 일이고, 지금 약혼을 하는 게 아니야. 이미 시간을 벌어 놓았으니, 가까운 시일 내에 섬을 나가는 게 우선이다(정세도 심각해지고 있어⋯⋯. 이방근은 여동생을 자극하는 것이 두려워 입 밖에 내지는 않았다). 내일 중에는 결론이, 서울로 출발하도록 얘기가 결정될 게다. 오빠가 아버지에게 얘기를 하마. 도대체가, 어떻게 된 사람인지."

"오빠는 내가 서울로 가게 된다면, 역시 이사할 거예요?"

유원이 얼굴을 들고 말했다.

"그래, 할 거야. 하숙집도 정해졌고, 그쪽에는 기다려 달라고 했어. 네 일이 분명해지기만 하면, 내일이라도 여기를 나갈 거다."

"여기를 나간다니⋯⋯, 아버지는 오빠가 언제 이사를 하느냐고 물으셨는데, 전 잘 모르겠다고 했어요."

"음, 잘했어. 그러면 돼. 언제 이사를 하냐고 묻는 건 제법 이해심이 깊은 느낌이 든다만, 본심이라면 고맙겠구나. 그러나 방심은 할 수 없어."

"새어머니는 울고 있었어요. 세간의 체면도 있고, 아버지가 불쌍하다고……. 그것은 이제 자명한 얘기지만. 큰 집을 비우고 근처에서 하숙을 하다니, 분명히 이상하긴 해요. 내 방도 비게 될 테고. 방이 없는 사람들에게 빌려주든가 해야지……. 유원은 그렇게 생각해요. 하지만 전 오빠의 이사에 반대는 아니에요. 반대는 아니지만……." 유원은 구겨진 표정을 하나로 모으더니 갑자기 밝은 어조로 말했다. "오빠, 내일이라도 하숙집을 보러 가도 돼요?"

"하숙집? 왜 그러는데. 미리 살펴보려고?"

"이사할 때, 도울 거니까."

"후후, 뭐야, 갑자기. 도와주려는 게 아니라, 핫하, 감독할 생각이겠지. 오빠는 안다. 하지만 도움이건 뭐건 그만두는 편이 좋을 걸. 너까지 오빠와 함께 그럴 필요는 없어. 오빠의 이사에 관여하지 않는 편이 좋아. 새어머니가 또 울 거야."

"내일, 서문교의 그 하숙집에 가 보고 싶어요. 좁겠지요. 왠지 바보 같지만, 좁은 곳으로, 불편한 곳으로 이사하는 건 괜찮다고 생각해요. 앞으로 힘은 들겠지만."

"후후, 뭐라고? 건방진 소리 하지 마라."

"소파는 어떻게 할 거예요?"

"……소파, 그게 문제다. 넌 왜 그런 걸 묻는 거냐?"

이방근은 웃으며 말했다.

"왜냐니요……. 필요하잖아요? 침대 대신에."

"넌 오빠를 잘도 아는구나. 그래, 필요하고말고. 이건 필요하지……." 이방근은 보트의 뱃전이라도 치듯이 소파의 옆구리, 팔을 걸쳐 두고 있던 팔걸이 옆을 손바닥으로 탁탁 쳤다. "남들은 필요할 거라는 말을 하지 않아. 왜 필요한지 의아해하지. 하루 종일 소파와 살고 있다면서 말이다. 요람의 아기나, 꼼짝 않고 앉아 있는 노인 같다는 거겠지."

"최용학 씨가 말했어요. 사람들 말로는 오빠가 언제나 소파에 꼼짝 않고 앉아 있다는데, 용케도 그렇게 있을 수 있다고요. 이상하고 도저히 상상하기 어렵다고요. 하루나 이틀은 그렇다고 해도, 달마도 아니고, 금세 무료해지고 말 거라고 했어요. 오늘 만났을 때."

"많이도 지껄였구나. 최용학 군, 달마라고 했나, 건방지게. 달마가 뭔지 아무것도 모르는 놈이 말야. 싫증난다고……? 그 바보 같은 놈이 무얼 알까. 아니, 그뿐만이 아니다, 그런 인간들은. 하루 종일 용케도 소파 위에서 무료하지 않게 지내고 있단 말이지. 무료함. 무료하다는 건 무서운 정신의, 마음의 벌레야. 이쪽은 무료해서 그러고 있는데, 사는 게 무료하지 않은 인간들은 그것이 무료하겠지. 헷헤, 세상은 거꾸로야, 어느 쪽에서든 거꾸로인가. 애초에 네가 그런 남자의 아내가 될지도 모른다는 게 이미 거꾸로 된 거지. 마치 하늘과 땅, 아아, 그렇고말고 하늘과 땅, 일본에서 말하는 달과 자라. 도대체가, 도땅, 땅땅, 도땅땅땅, 흠……."

"오빠, 갑자기 무슨 일이에요? 이상해, 마치 혼잣말을 하듯이……. 많이 취했나 봐요."

"뭐가 이상해. 넌 웃고 있어. 도땅, 땅땅…… 하고 장구 소리를 입으로 내는 게 이상한 거냐. 핫, 핫하, 이제 됐다. 자, 늦었으니까 방에 가서 자라. 오빠도 자야겠어. 너도 가서 자……. 내일이야, 내일……. 모든 게, 이미 오늘은 없어. 어디로 향할 것인지, 시간이 있을 뿐야. 오빠는 잔다."

옆 온돌방에 깔린 이부자리 베갯맡 쟁반에 유리 물병과 컵이 준비돼 있었시만, 이방근은 유원에게 술을 한 잔 가져오게 한 뒤 잠자리에 들었다.

바람이 불었다. 밤하늘을 지나는 바람 소리가 황량한 기운을 띠기 시작했다. 바다의 울림이 바람을 타고 베갯맡 쪽 안뜰로 떨어졌다. 온돌방 장지문의 바깥쪽 널문이 바람에 덜컹덜컹 흔들렸다. 무수한 미립자로 가득한 어둠의 중얼거림 속에서, 이른 새벽 박명에 싸여 유령으로 변한 인간들의 행진, 아니, 줄줄이 걸어가는 죄수들의 행렬이 나타나, 유치장의 상자에서 오랜만에 새벽의 공기 속으로 나온 게릴라들의 윤곽이 보이지 않는 그림자의 부푼 행렬이 눈앞에서 천천히 지나가고, 바다로 미끄러지듯 사라졌다……. 취기 속에서 눈꺼풀이 뒤집혀 말려 올라간 어둠의 스크린에, 낮에 바삭거리며 정원수 사이를 기어가던 뱀이 하얗고 촉촉하게 젖은 빛깔의 옆구리를 번쩍거리며 꿈에 나타났지만, 이것은 꿈이 아니다, 현실의 뱀……. 이방근은 몸을 일으키려 했지만, 움직이지 않았다. 자신의 숨결이 확실하게 들렸다. 널문을 끊임없이 흔드는 바람 소리를 의식하고 있는 꿈결의 경계선을 하얀 배의 뱀이 천천히 돌담을 넘듯이, 맞은편 너머로 미끄러져 내려가 모습을 감췄을 때, 이방근은 동시에 자신의 움직이는 의식의 모습도 사라지면서 잠 속으로 빠져들었다.

이방근은 깜짝 놀라 눈을 떴다. 눈을 뜬 순간에 깜짝 놀란 것인지, 거의 동시였지만, 그는 뭔가 해야 할 일을, 그처럼 어딘가에서 분명히 생각하고 있었던 것을 떠올렸다. 서재와의 사이에 있는 맹장지문과 장지문 바깥의 덧문을 닫은 방 안은, 눈이 익숙해질 때까지는 어둠 속이나 마찬가지였지만, 장지를 통해 덧문 틈새의 희미한 빛이 새어들고 있었다. 아차, 벌써 날이 밝았군……. 이미 날이 샌 것이었다.

약한 빛 속에 손목시계를 가까이 대고 보니, 다섯 시는 아니었지만, 여덟 시를 지난 시간에 멈춰 있었다. 그렇다고는 해도, 다행히 눈을 뜬 것이다. 머리를 두세 번, 술병이라도 흔들듯이 흔들었는데, 숙취는 없었다.

그는 잠시 멍하니, 머리에 떠오른 어젯밤의 몽환 속의 유령이 된 인간의 무리가, 눈앞을 지나 차례차례 바다로 들어가는 광경을 쫓았다. 그들은 통행금지 해제 전인 이른 새벽, 경찰서에서 트럭으로 산지 부두에, 그리고 경비정으로 옮겨져, 지금쯤 바다 위 아득한 제주해협의 거친 파도에 농락당하고 있는 중인가. 용케도 늦잠을 자지 않고 눈을 뜬 것은, 어젯밤 여동생에게 깨워 달라고 부탁도 하지 않고 잠자리에 든 뒤 이런저런 생각을 하고 있는 사이에, 혼자서 내일 아침 일찍 일어나야겠다고 마음속으로 다짐한 탓인 듯했다. 내일 아침에라도 아버지와 이야기를 매듭짓자, 아니 대화를 하자. 밤까지 기다릴 것도 없겠지. 자기 딸의 일이다. 일부러 아버지가 말을 꺼내기 전에, 이쪽에서 당사자인 유원이 이야기를 꺼내는 것이 순서일지도 모른다. 아버지에게 불려 갔을 때, 여동생 스스로 서울행 이야기를 꺼냈어야 했을지도 모른다……. 어쨌든 내일은 일찍 일어나자…… 하고, 졸음에 쫓기면서도 여동생에게 부탁하러 가기에는 몸이 움직일 것 같지 않아, 그렇게 생각한 모양이었다.

이방근은 오랜만에 일찍 일어나 장지문과 덧문을 열어, 약간 흐린 날씨의 아침 햇살과 바람을 방으로 들였다. 건너편 툇마루 밑의 디딤돌 위에는 아버지의 구두가 가지런히 놓여 있는 것으로 보아, 아버지는 아직 계신 모양이었다.

부엌 쪽에서 부엌이가 이쪽으로 다가와, 이부자리를 어떻게 할지 물었다. 이방근은 정리해도 된다고 고개를 끄덕이며 말했다.

"아침 일찍, 무슨 특별한 일은 없었나?"

"……"

조금 아래쪽으로 시선을 돌린 부엌이는 고개를 가볍게 젓고, 무슨 일 밀씀이우꽈? 라고 뇌물었다.

"그래, 뭔가 집 밖에서 소란이라도 없었나 해서."

그래, 이 집이 관덕정 광장과 붙어 있는 것도 아니고, 게릴라 관계자들을 태운 트럭이 이 집 앞의 골목을 지나갔을 리도 없는데, 새벽부터 일어나 집안일을 하는 부엌이라도 그것을 알 리는 없었다.

"아침 일찍, 경찰서에서 산부대 사람들을 배로 육지에 이송했수다."

"뭐라고? 그걸 부엌이는 알고 있었단 말인가, 음."

양준오가 어젯밤 말한 것은 틀리지 않았다.

"읍내 사람은 누구나 알고 있수다."

으-음, 마치 모르는 건 나 혼자라는 거로군.

부엌이는 잠자코 이부자리를 정리하기 시작했는데, 문득 손을 놓더니, 저어, 서방님…… 하며 목소리를 낮추고는, 저는 새벽 그 시간에 대문 밖에서 산지축항을 향해 합장을 했수다, 라고 무표정하게 한마디 하고는 이불을 개기 시작했다.

"흐-음……"

아버지나 계모 앞에서는 절대 입에 담을 수 없는 말이었다. 이방근은 잠자코 온돌방을 나왔다.

그가 세면장에 가면서 방을 엿보는 것을 본 여동생이 툇마루로 나와, 무슨 일로 이렇게 일찍…… 어디 외출이라도 하느냐며 의아해했다.

"아버지는 계시겠지. ……그럼, 너도 같이 가자. 얘기는 오빠가 할게. 밤까지 기다릴 필요는 없다. 밤이 되어도 아버지로부터 얘기가 없으면 똑같은 거야. 이쪽에서 먼저 얘기를, 서울에 가야 합니다, 어떻게 할까요……라고 얘기를 꺼내는 게 좋을 것 같다."

유원은 오빠의 갑작스런 예정의 변경과 그 부드러운 말투에 어리둥
절해 했지만, 오빠가 세면장에서 돌아오자 함께 아버지 방에 아침인
사를 겸해서 얼굴을 내밀었다. ……넌 여동생 일에, 애비의 권리에
간섭하지 마라. 난 저 아이의 애비다, 친권을 침범하지 말라……고
아버지는 마치 지금까지 잃었던 자신의 권리 회복을 선언하듯 말했던
것이다.

아침 식사를 마친 아버지 이태수는 넥타이를 맨 와이셔츠 차림으로
담배를 피우면서 어제 읽다 만 신문을 탁자 위에 펼쳐 놓고 있었다.

남매가 이른 아침부터 함께 방으로 찾아온 목적을 충분히 짐작하고
있는 듯한 이태수는 아무 말 없이 두 사람을 방으로 들이고, 탁자 앞
에 앉으라고 턱으로 명했다. 그리고 손목시계를 보고나서 돋보기를
벗었다.

"잠시 말씀을 드려도 괜찮겠습니까."

"얘기해 봐."

"유원의 일입니다만, 지금까지의 일은 아버지께서도 아시는 대로입
니다. 최용학 군도 어젯밤에 제주도를 떠났습니다. 그래서 유원을 서
울로 빨리 돌려보내야 한다고 생각합니다만. 도항증명서도 곧 기한이
만료되지 않습니까."

딸이 어쩌면 무단으로 섬을 나갈지도 모른다고 의심하여, 아버지가
경찰서에 검인 금지를 부탁했던 것이다. 아버지는 그것을 부정했다.

"음." 아버지는 그래, 참으로 지당한 말을 하고 있다는 듯이 고개를
끄덕였다. "그래, 나는 알고 있다. 일전에 여동생 일에 일절 간섭하지
말라고 너에게 말했을 터이다. 그래도 남매라는 게 진한 피로 이어져
그러는지, 너 여동생의 모든 일이 걱정스러운 모양이구나. 이 애비와

대립하려더라도 말이다. 네가 그만큼 여동생 일이 걱정된다면, 애비인 내가 딸을 걱정하는 건 당연한 일이다. 너희들에게는 그렇게 안 보일지도 모르지만, 애비는 밤낮으로 걱정하고 있다. 네가 여동생 일을 걱정하는 것도 좋지만, 책임을, 사회에서 봉봉되는, 그런 제대로 된 책임을 져야 한다. 그래서 말이다. 유원은 대학도 시작했을 테니 서울로 가야 할 것이다. 아직 학생 신분이고, 그 본분을 다하지 않으면 안 된다(아버지는 참으로 이해심 깊은 말을 했다). 어험, 난 지금 느긋하게 앉아 있을 수 없지만, 서울로 가기 전에 이번 일로, 나에 대한 약속을 말이다. 즉 서약서를 한 장 써두는 게 좋을 것 같다."

"……" 이방근은 그 의미를 이해하지 못했다. "서약서? 뭡니까, 그건……." 그는 엉겁결에 소리를 높였다. 그리고 잠이 깨는 듯한 느낌으로 거의 무의식중에 눈을 크게 뜨고 아버지를 쳐다보았다. 아버지의 이야기는 뜻밖이었다. 순간, 머리가 붕 떠오르며 한 바퀴 회전하는 듯한 착각, 아버지와 금전 거래를 하고 그 변제를 재촉당하는 듯한 착각에 빠졌다.

"나에게, 약속한 것을 지키겠습니다……라는 걸 한 줄 써 주면 된다." 아버지의 깜빡거리는 눈빛이 잔물결처럼 흩어졌지만, 냉정한 목소리로 말했다. 유원은 오빠 옆에서 눈을 내리깔고 꼼짝도 하지 않고 앉아 있었다. "그럼 난 외출하겠다."

아버지는 일어섰다. 안방에서 나온 계모 선옥이 벽에 걸린 상의를 손에 들고, 눈에 띄게 불룩해진 커다란 배를 내밀고 천천히 아버지 뒤로 돌아갔다.

이방근도, 그리고 오빠를 따라 자리에서 일어난 유원도, 툇마루에서 아버지가 외출하는 것을 지켜본 후 그곳을 떠났다.

두 사람은 서재의 소파로 와서 앉았는데, 이방근은 겨우 아침 담배를 한 대 피우면서도 말이 없었다. 서약서? 도대체 무슨 서약서를 말하는가. 부모 자식의 관계에서도 빚 변제를 위한 서약서라면 그래도 이해할 수는 있다.

"오빠, 미안해요."

"뭐야, 너까지 미안하다는 건 뭐냐." 유원의 온순하고 얌전한 말투가 거슬렸다. "언제부터 넌 내게 남 대하듯 한 거냐? 음."

"죄송해요. ……서약서라는 건 그 결혼에 대한 것이겠지요?"

"아마도 그렇겠지. 아버지 말투로는."

"누가 서약서를 쓰는 거죠?"

"그렇구나, 헌데 모르겠다. 너에 관한 서약서겠지만, 핫하아, 그렇게 듣고 보니, 모르겠다. 아버지는 그 부분에 대해서는 아무 말씀도 안 하셨구나."

이방근은 담배 연기를 내뿜으며 웃었지만, 웃을 일이 아니었다. 갑자기 획 하고 한 줄기 슬픔이 지나갔다. 이방근은 여동생 앞에서 이것저것 함께 이야기할 기분이 아니었지만, 분노가 뱃속에서 부글부글 끓어오르고 있었다. 도대체 어떻게 된 일인가. 도대체 어떻게 된 남자인가. 심보가 나쁜 것인가, 품성이 그런 것인가. 아버지의 일면을 처음으로 보는 느낌이 들었다. 마치 부패한 정부에 둥지를 튼 매국노 패거리들과 같은 정도의 지성을 가졌단 말인가. 그들 역시 자신의 딸에 대해 이렇게까지 할까. 저 사람이 내 아버지이고, 여동생 유원의 아버지라는 것은, 무엇을 말하는가. 아버지 이태수를 이해할 수 없었다.

"그 서약서는 써야 하는 거예요?"

이방근은 담배를 입에 문 채 대답하지 않았다.

"학교에 서약서를 제출했잖아요." 유원은 오빠의 대답이 없는 틈새를 이으려는 듯이 말했다. "그것두 정말 고통스럽게 썼는데, 두 번 다시 유치장에 들어가지 않겠다. 정치적인 활동을 하지 않겠다는 것이었어요. 이번에는 그 반대네요. 하겠다가 되니까."

"뭘 그렇게 다른 사람의 일처럼 말하는 거냐. 어쨌든 며칠 내에 출발할 수 있을 거라고 생각해 둬."

"서약서를 쓰지 않으면 보내 주시지 않겠지요?"

"음, 잠시 생각해 보자."

세상에는 여러 가지 일이 있기 마련이지만, 이것이 너와 나의 아버지라는 사람이다, 이방근은 입 밖에는 내지 않았다.

"나도 생각해 볼게요."

"……뭐라고? 뭘 생각해 본다는 거야." 이방근은 움찔해서 순간적으로 여동생의 말을 부정하듯 반응하며 이상한 말을 했지만, 곧 아무것도 아니다……고 부인했다. 나도 생각한다고? 여동생이 생각하면 어떻게 될까. 서약서를 쓰는 것은, 자주적으로 쓰게 될 것이다. 그리고 자신이 쓴 서약서의 책임에 묶여 그것을 실행하게 되는 것이다. "어쨌든 생각해 보기로 하자. 가서 차라도 한 잔 가져다주렴."

"식사는요?"

"밥은 필요 없어. 부엌이가 이불을 개 버렸지만, 아직 잠이 부족하구나. 한숨 자고 싶다."

"하지만, 아침부터 또 술을 마실 거잖아요. 아침부터 술이라니……, 정말이지 오빠는 술을 너무 마셔요."

"알았어. 차라도 좀 가져와. 술 같은 건 생각지도 않는데, 쓸데없는 말을 해서 얌전히 자고 있는 아이를 깨우는 격이구나."

"얌전히……라니요. 오빠는, 그런 술에 관한 거짓말은 능숙하다니까."

유원은 자리에서 일어나 방을 나갔다.

"이거 정말, 정말이지 너한테 졌다. 아침부터 분수에 맞지 않게 일찍 일어난 것이 화근이었어⋯⋯."

이방근은 여동생 앞에서 해방된 기분으로 이제까지 쌓여 있던 한숨을 토해 내며 혼잣말을 하고는, 손가락에 끼운 담배를 입술에 대었다. 으―음, 여동생의 도항증명서에 검인을 찍지 못하도록 경찰에 연락을 해서 사실상 출도 금지를 시킨 인간인 만큼, 서약서 역시 이상할 건 없었다. 당연한 일인지도 모른다. 어쩌다 이렇게 돼 버렸을까. 그 원인은. 어째서인가. 아버지는 그 정도로 딸을 믿지 못하는 건가? 어험, 안 된다, 너는 속이 뻔히 들여다보이는 말을 하고 있는데, 너 자신은 가능하다고 생각하느냐. 그러니까, 너와 둘이서 약속을 분명히 한다면 신용할 수 있겠지. 약속의 보증을 해라. 그것까지 믿지 못하겠다는 것은 아니다. 아버지는 그렇게까지 해서 딸에게 결혼을 강요하고 싶은 겁니까. ⋯⋯누가 서약서를 쓰는 건가요? 그리고 보니 아버지는 누가 써야 한다는 말은 하지 않았지만, 물론 당사자인 유원이다. 그리고 나와 두 사람. 내게 책임을 지게 하려는 것이겠지.

"도대체가, 그런데 말이지." 이방근은 의견을 냈다. 연명, 혹은 내가 '보증인'이 되는 것으로, 보다 진기한 테두리를 씌우는 그런 서약서가 있을까. "으―음, 좋아, 낮이 되면 하숙집에라도 갔다 올까. 여기를 나가자. 나가⋯⋯."

유원이 산뜻한 향과 함께 귤차를 내왔다.

"오빠 지금 무슨 말을 했어요?"

유원이 김이 피어오르는 찻잔을 탁자의 각자 자리에 내려놓으며 말했다.

"오빠가 무슨 말을 하고 있더냐? 흠, 너도 귀신같이 알아듣는구나.

한두 마디, 아무 생각 없이 혼잣말이 흘러나왔어. 네가 아무 말도 하지 않았다면 잊어버렸을 거야."

이방근은 찻잔을 양손으로 잡고 주위에 향기를 발산하는 뜨거운 차를 마셨다. 목구멍을 서서히 열고 넓어져 내려가는 차가 빈속에 족족이 스며들어 움직이는 것이 느껴졌다. 이것이 알코올이라면 위벽이 꽉 조이면서 기분 좋은 경련이 일어났을 것이다. 잠시 앉아 있자니, 실제로 졸음이 쏟아졌다. 예닐곱 시간은 잤을 터인데, 잠이 깬 뒤에도 아홉 시나 열 시 이전에는 이부자리를 떠나지 않던 일상의 버릇이 잠을 불렀다. 아니, 잠시 자고 싶다. 아침의 빛이 성가시다. 잠시 잠을 자자.

"오빠, 어떻게 하면 좋을까요?" 유원은 차를 한 모금 마시고 말했다. "아버지가 말씀하시니까, 그대로 할까요."

"너도 믿을 수 없는 녀석이구나." 이방근은 어이가 없다는 어투로 말했다. "그것은 결혼을, 그 남자와 결혼을 하겠다는 것이란 말이야."

"어젯밤, 아버지에게 불려 갔을 때도 그 얘기가 나왔는걸요. 저는 아버지가 말씀하시는 대로 하겠다고 했으니, 같은 거잖아요."

유원은 흔들리고 있었다.

"말도 안 돼, 그러니까 넌 미덥지 못한 거야, 정말이지, 어린애구나……." 이방근은 혀를 찼다. "그걸로 이제 충분한 거 아니냐. 어째서, 그런 것까지 쓰게 하는지가 문제다. 고방 기둥에 묶어 두고 억지로 결혼시키는 것보다는 나을지도 모르지만, 부모라는 사람이 어떻게 그렇게까지 해서 딸을 강제로 결혼시키려 하느냐는 말이다."

"아버지는 그것을 전혀 강제적이라고는 생각지 않으셔요. 자신의 딸인 걸요. 다른 집에 비하면 말도 안 될 정도로 딸은 자유롭고, 터무니없는 일이라고는 결코 생각하지 않는다구요. 딸의 행복을 위한 부모의 의무와 권리, 권위도 있어요. 이게 커요. 상대는 훌륭한 가문에다 인물도 나쁘지 않은데, 어째서 부모가 말하는 것처럼 기쁨과 감사의 마음으로 화답할 수 없는 건지, 그게 아버지에게는 이상하고, 불효인 거죠. 이런 집은 없다. 부모끼리 얘기가 결정이 되면, 아들도 딸도 순순히 따르는데, 이 집은 모든 게 문란해서……. 왜 이렇게 돼 버린 건지, 부모의 뜻에 순순히 따르지 않는 나한테 여러 가지 원인이 있으니……."

"그만해. 원인은 네가 아니야. 집이다. 집, 망가져가는 집. 지금은 그런 게 문제가 아니다. 서약서가 뭐야. 몇 월 며칠까지 지불하겠다는 차용증서도 아니고, 아버지는, 그 사람은 부끄러움이라든가 그런 마음을 잃어버렸는지도 모른다. 당사자인 네가 서약하게 되겠지만, 여기까지 온 이상 오빠에게 맡겨라. 넌 혼자서 이리저리 너무 깊이 생각하는구나. 아버지는 말이다, 형식은 너의 서약서이지만, 오빠에게 서약을 시켜 그걸로 너를 이중으로 묶어 두려는 속셈이다. 크리스천이라면 신 앞에 데리고 가서 맹세를 시키겠지만, 아버지는 지금 신의 위치에, 힘 빠진 신의 자리에 있다. 원인은 오빠에게 있다. 아버지는 그렇게 생각하고 있어. 자식의 도리를 다하지 않는 내게 있다. 그것은 절반만 맞는 말이야. ……이 정도로 하자. 그건 그렇고, 넌 오늘 아침 일찍 게릴라 관계자들이 산지 항에서 육지로 이송되었다는 것을 알고 있어?"

"예, 아침에 부엌이한테 들었어요."

"부엌이에게 들었단 말이지. 그랬구나(음, 부엌이의 정보원은 어디일까. 서방님, 집 문밖에서 산지축항을 향해 합장을 했습니다……). 읍내의 사람들은 거의 알고 있는 모양이야. 그렇겠지, 부엌이는 매일 밖에 나가 장을 보거나 심부름을 하고 있으니 말이다. 그래서 여러 가지 얘기를 듣는 건가……. 아아, 졸려." 이방근은 하품을 하고, 크게 한 번 또 했다. "오빠는 자고 싶구나. 한숨 자고 싶어……. 가서, 술 한 잔만 가져와."

"오빠는, 대화의 마무리를 잘도 한다니까……."

유원은, 어머, 하고 어이없다는 얼굴에 꼭 다문 입술을 매력적으로 삐쭉거리며 말했다.

"바보야, 농담할 때가 아니야. 핫, 핫하아. 자아, 아가씨, 저에게 부디 생명의 물을 한 잔 베풀어 주시죠……. 빨리 가지 않으면, 엉덩이를 찬다(아아, 저 예쁜 엉덩이를 말이지)."

"……안주는?"

"필요 없어. 바로 잘 거니까. 오빠는 잠시 잠 속으로 들어갔다 올게."

"말이 재밌네요. 잠 속에 뭔가 또 다른 집이나 장소가 있는 것처럼……."

유원은 소파에서 일어나면서 힐끗 바지 입은 엉덩이 쪽으로 시선을 던지는 듯한 동작을 했다. 그녀가 등을 보이고 문으로 갈 때, 이방근은 눈에 들어오는 대로 여동생의 잘 발달된 허리의 움직임을 보았다. 이건 마음이 음란해서일까.

술병에 한 홉 정도의 소주를 담아 온 유원은, 오빠의 잔에 술을 따르고 나서, 맹장지문을 열어 둔 옆의 온돌방으로 가더니, 벽장에서 다시 이불을 꺼내 이부자리를 폈다.

이방근은 술 한 홉을 금방 비우고서, 알코올이 발산하는 열의 막이 전신의 피부를 땀이 배이듯 뒤덮는 것을 느끼면서 자리에서 일어났다.

서재의 미닫이도, 장지문 바깥의 널문도 마치 빈집처럼 닫아 빛을 차단하고, 이른 새벽이나 해질녘의 어슴푸레한 빛 속에 몸을 가라앉혔다. 잠시 취기가 맴도는 가운데, 상념이, 잡념이 여기저기 구멍에서 부글거리며 솟아나 머릿속 공간을 돌아다니도록 두었는데, 잠은 바로 오지 않았다. 잠 속으로 갔다 올 작정이었는데, 어느 사이엔가 간단하게 들어갈 수 없는 그 좁은 문 앞에서 몸부림치고 있었다.

분한 생각과, 불쾌한 기분을 잠시 잠으로 감싸 안을 작정이었지만, 오히려 갑작스런 취기의 선동으로 거슬러 오르는 파도의 물결을 일으켰다. 견디기 힘들 정도로 기분이 나빴다. 그것이 호흡과 함께 먹물처럼 한층 짙어졌다. 한심한 생각이 든다. 어디서부터인가. 그것이 이곳저곳의 구멍에서 솟아 나온다. 무엇이 말인가……. 아버지의 일이 말인가. 애초에 살아 있는 것이 말이다. 살아 있는 것……. 눈을 감아도 떠도, 귓가의 요란스런 매미 소리가 심하게 울려 퍼지고, 그것이 해변의 솔바람을 몰고 와서, 이미 귓전이 아닌, 머릿속의 어두운 공간에서 울려 퍼지는 것이 견디기 힘들어진 이방근은 무심코 양손으로 두 귀를 막았다. ……양손으로 막는 것은 소용이 없었다. 소리는 그림자나 다름없는 두 손바닥을 빠져나가, 전신을 뭉개버릴 듯한 기세로 단단하게 부풀어 올라, 이방근은 돌연 이불에서 벌떡 일어났다. 그리고 뒤쪽의 장지문과 널문을 열어 흘러들어온 빛에 몸을 밀어 넣더니, 툇마루를 따라 옆방 쪽을 향해, 유원아, 거기에 있냐! 고 소리를 질렀다.

그는 조금 놀라서 툇마루로 얼굴을 내민 여동생을 향해, 술을 한잔 더 가져오도록, 여동생이 망설이자, 잠자코 한 잔만 가져와! 하고 마치 협박하듯 일렀다. 공복인 상태에서, 한 홉이지만 4, 50도의 강한 술기운에 머리가 뜨거워져 있었던 것이다.

술을 가져온 유원이 눈물을 글썽거리는 바람에, 이방근은 정신이 번쩍 들었다. 그는 좀처럼 잠 속으로 들어갈 수가 없어서, 술을 한잔 더 마시고 잠깐 다녀올 테니까……라고, 취기로 혀가 반쯤 꼬여가면서 신통치 않은 농담으로 여동생을 달랜 뒤, 자신의 방으로 돌려

보였다.

　다시 술이, 띵! 하고 머리를 때리며 전신의 공동에 심벌즈의 울림을
일으켰다. 술기운의 기세는 마치 군대의 진군하는 걸음처럼 높게, 심
포니의 울림이 되어 나아갔다.

　그는 다시 잠자리에 몸을 밀어 넣었다. 지평선 저편 어둠 속에서
울려오는 소리는 귓가에 착 달라붙어 떨어지지 않았는데, 이윽고 취
기의 너울이 내는 격렬한 파도 소리가 귀를 적시고, 전신을 적시며,
소리를 흡수해 갔다. 알코올이 세상의 소리를 삼켰다……

　눈을 떴을 때, 어디선가 피아노가 울리고 있는 것이, 메마른 밀림처
럼 얽혀서, 모래폭풍처럼 건조하고 격렬한 두통 속을 헤엄치듯이 들
려왔다. 지금 자고 있는 곳이 자신의 방인 것 같았으나 그것은 어딘가
먼 곳이 아닌 응접실이었다.

　베갯맡의 장지문과 덧문을 열고 툇마루의 걸레질을 하고 있는 부엌
이에게, 알코올에 목구멍이 상해서 나는 쉰 목소리로 물을 부탁했다.
부엌이가 조금 애처로운 표정을 보이며, 꿀을 탈까요, 라고 말한다.
음, 그래, 그게 좋겠어.

　어딘가의 바다 속에 잠겨, 거대한 다시마 같은 해조류 숲을 헤치고
꽤 먼 거리를 숨 가쁘게 헤엄치다가 수면에 떠올라 하늘에서 쏟아지
는 산소통 같은 공기를 마음껏 호흡하던 참에 잠이 깬 모양이었다.

　이방근은 벌꿀을 녹인 사발의 물을 단숨에 비운 뒤 엎드린 자세로
담배를 한 대 피웠다. 피아노가 선명하고 생기 있는 음색의 가락을
연주했다. 열한 시를 지나고 있었다.

　아침 무렵의 불쾌한 기분은 사라졌지만, 서약서 건이 사라진 것은
아니었다. 아버지의 이야기를 생각하니, 입안에 쓴 침이 솟아나 화가
치밀 뿐이었지만, 객관적으로 아버지 입장에서 보면 당연한 것이라고

도 생각되었다. 아니, 이전부터 그렇게 생각하고 있던 일이었다. 그렇다고 해서, 아버지의 그 입장, 그 생각에 동조할 수는 없지 않은가.

이방근은 곧 점심시간이니, 오후가 되면 자신의 하숙집에 가 보기로 했다. 내일, 모레는 어려울 테니, 3, 4일 안에는 이사할 결심을 굳히고 있었다. 잘못이 어느 쪽에 있건, 서약서를 쓰라는 아버지 이태수의 한마디에 정말이지 염증이 느껴지는 통에 그것이 지금 당장 이사하고 싶다는 기분을 재촉했다. 당장은 큰 짐을 가져가지 않더라도, 이사 준비와 잡동사니 정리 등으로 하루 이틀의 시간은 필요할 것이다.

오늘 밤 아버지에게 그 일을 이야기하자. 그리고 일찌감치 서약서를 쓰겠다고 대답하는 게 좋을 것이다. 여동생에게 이야기해서 어쨌든 쓰기로 해야겠다.

이방근은 오후가 되어서야 이부자리에서 기어 나왔다. 그리고 옥돔 국물로 가볍게 해장을 하여 두통으로 여전히 흔들리는 여파를 흐트러뜨리고, 잠시 소파에서 여동생과 이야기를 나눈 뒤 밖으로 나왔다.

집의 안뜰 위로는 똑같은 하늘이 펼쳐져 있는데도 도로로 나오니, 가벼운 술기운 탓인지 흐린 날의 햇살이 이마에 눈부셨다. ……오빠, 난 싫어. 역시 못 견디겠어요. 앞으로 계속, 그날까지 계속 아버지께 거짓말을 한다는 건……. 무슨 말이야, 중요한 시점에 와서. 정신 차리라고……. 이방근은 이런 말을 남기고 집을 나왔다.

유원은 처음에 오빠 하숙집에 가 보고 싶다고 졸라 대듯 했지만, 이방근은 다른 용건이 있다고 뿌리치고, 지금 그곳에 간다고는 말하지 않았지만, 그는 여동생을 앞에 앉혀 놓고, 오늘 밤 아버지에게 서약서를 쓰겠다는 대답을 하자고 말했다. 다만 모든 것을 오빠에게 맡기고 너 혼자 이것저것 생각하며 괴로워하지 마라. 원인은 모두 이 오빠에게 있다. 네가 정말로 최용학의 아내가 되고 싶지 않다면, 자신의 솔직한 마음에 따르거라. 아버지를 따르는 건, 너 자신의 마음을 죽이는 일이다. 오빠로서도 네가 최용학의 아내가 된다는 것은 견딜 수 없다, 그 남자가 설령 여동생의 남편이 된다고 해도 평생 상대는 하지 않을 거야. 앞으로는 서약을 파기하는 것에 대해 괴로워할 필요가 없어. 십자가 앞에서 맹세를 해도 깨는 일이 있는 법이다. 신에 대한 맹세를 깬 신자는 괴로워하며 번민도 하겠지. 아버지와의 서약을 파기한 넌 괴로워하고 고민하면 된다. 앞으로 파기할 것을 예측하고 전율하는 것도 좋다. 그러나 이번 일은 신에 대한 맹세처럼 절대적인 게 아냐. 아버지는 신이 아니다. 악마에게도 맹세하는 일이 있을 것이다. 맹세의 실행은 너를 노예의 길로 내모는 것이고, 그것을 파기하는 게 언젠가 보상의 길로 이어질 거야. 네 고통은, 서약에 걸맞게 용서된다. 넌 이제 와서, 결혼할지 안 할지를 명백히 하는 게 좋다고 말 하지만, 지금 거부의 태도를 확실히 해 봐라. 이 집은, 아버지는 어떻게 될까. 그것보다도 충격을 완화하기 위해 시간을 버는 거다. 여차하면 서약서 역시, 한 장의 종잇조각에 불과해. ……괴로워요. 이제부터 배신할 일에 대한 거짓말을 계속해야 하다니, 오빠, 도저히 할 수 없어요…….

유원은 자신이 서약서를 쓴다는 것만으로도 이미 분열되어, 아버지 쪽으로 기울어 가려고 흔들리고 있었는데(서약서의 효과는 쓰기도 전부터 나온 것이다), 이방근은 어떻게든 서약서의 서식을 자기 책임으로 돌려서, 결과적으로 여동생에게는 면죄의 여지를 남겨 두려고 생각했다.

이방근은 북국민학교 뒷길을 오른쪽으로 돌아 서문교가 걸려 있는 병문천 쪽을 향했다. 국민학교 담장을 왼쪽으로 빙 돌아 남쪽으로 가면, 서문교에 가까운 신작로의 읍사무소 바로 옆이 나오지만, 일단 신작로까지는 나가지 않고, 고외과의원과 가구점 간판이 보이는 이 길의 도중에, 하천 쪽으로 빠지기 위해서는 꽤 구불구불한 길을 가야 만 했다. 민가가 늘어선 그 일대는 골목이 복잡하고 비슷해서 처음 발을 들이는 사람은 어디가 어딘지 구분을 못해 헤매기 쉽다. 차라리 신작로로 나가 서문교 옆에서 개천을 따라 길을 하구로 내려오다가, 도중의 골목 하나로 들어가는 편이 알기 쉬웠다.

하숙집으로 정한 현기림 씨 댁에서 천변 길로 나오는 데는 3, 4분도 채 걸리지 않았다. 그 집과 접한 골목 모퉁이의 잡초가 돋아난 작은 공터에는 커다란 팽나무가 가지 하나를 단층집 인가의 지붕 위로 닿을락 말락 늘어뜨리듯 뻗고 서 있었다. 이방근이 찾아온 것은 특별히 용무가 있어서가 아니었다. 그저 한마디, 지금까지 연기를 해 왔으니, 이삿날을 알려 주기 위한 것뿐이었다.

팽나무에 그늘진 골목을 돌자, 전방의 그 집 앞 근처에서 선 채로 이야기를 나눈 것으로 보이는 두세 명의 여자 모습이 눈에 들어왔다. 한 사람은 현기림의 아내인 것 같았다. 좁은 골목을 걸어오는 남자의 기척에, 그것이 이방근이라는 걸 눈치를 챈 여주인은 다소 당황한 기색으로 여자들과 이야기를 주고받더니, 이방근 쪽으로 몇 걸음 다가와, 아이고, 이 선생님, 잘 오셨습니다……라고 정중하게 인사를 하며 맞이했다. 초로의 몸집이 작은, 코가 조금 낮지만 눈이 크고 서글서글한 성격의 여자였다. 가까운 이웃 주민인 듯한 두 여자는 골목 저편으로 사라졌다.

이방근은 돌담 틈새를 콘크리트로 매운 담장 앞에 멈춰 서서, 연락이 늦어진 것을 사과하고, 사흘 후인 19일에 이사하고 싶습니다만…… 하고 희망을 이야기했다. 여주인은, 자아, 어서 안으로 들어가셔서 말씀을……이라고 권하며, 남편은 가까운 곳에 가 있는데 곧 돌아올 거라고 밀했나.

"아니, 특별히 드릴 말씀은 없어서."

이방근의 알코올로 충혈되었던 눈은 거의 가라앉아 있었지만, 숙취가 남긴 불투명한 머릿속의 막이 말끔하게 걷힌 것은 아니어서, 오래 있다가는 자칫 대낮에 술 냄새가 나지 않을까 두려웠다. 게다가 두통이 미간 사이에서부터 코의 밑둥 주변까지 내려왔는지, 쿡쿡 쑤시기도 했다. 그는 재차, 사흘 뒤에는 틀림없이 이사를 할 생각이고, 혹시 늦어지게 되면 전날에 연락을 할 테니 잘 부탁한다……고, 황송해하는 여주인에게 인사를 하고 그곳을 떠났다.

그 집 앞을 지나 골목을 잠시 걸으면 냇가길이 나오지만, 그는 일단 원래 왔던 골목 모퉁이의 팽나무가 있는 곳까지 돌아온 뒤, 다른 길을 우회하여 냇가로 빠져나왔다. 버드나무 가로수가 바닷바람을 품어 흔들리고 있었다. 바위투성이인 하천 바닥의 한가운데를 흐르고 있는 맑고 차가운 물이, 작게 바위를 넘으며 빛을 발하고 귀를 기울이도록 소리를 내고 있었다. 물빛과 소리가, 하늘과 마찬가지로 흐린 느낌의 머리에 기분이 좋았다. 하천 아래쪽에서 바다 냄새가 올라왔다. 그는 오른쪽의 불교 포교당 경내의 돌담 너머로 큰 가지를 펼친 소나무 고목을 보면서, 발길을 바다로 향했다. 결혼예식장이기도 한 포교당에 오늘은 결혼식의 화려함은 없다. 하류의 하천 바다 물가에서 여러 명의 여자가 빨래를 하고 있었다.

바위지대에 부서지는 파도 소리가 나고, 온통 물로 가득한 하구 저편에 바다가 열렸다. 바람은 그다지 세지 않았지만, 해안을 때리는 너울은 높았고, 커다란 소리를 내며 부서지고 있었다.

하늘도 바다도 회색으로 펼쳐지고 있을 뿐, 저 멀리 수평선의 그림자도 뚜렷하지 않았다. 갈매기가 넓은 하구 주변으로 몇 마리나 날아왔다. 먹잇감을 노리는 것도 아니고, 울음소리도 거의 내지 않으면서, 커다란 활모양을 그리며 계속해서 날고 있었다. 바닷바람이 상의를 펄럭이며 품으로 파고들어 왔다. ……부엌이와의 관계에 대한 세간의 눈도, 집으로 돌아온 부엌이 자신의 생활도 익숙해져서, 그녀와한 지붕 아래 사는 걸 피한다는 이유로, 이제 와서 집을 나올 필요는 없을 것 같기도 했다. 다시 부엌이와 관계하는 일은 없을 것이다. 사흘 뒤인 19일은 일요일로 아버지는 필시 집에 있을 것이다. 처음에는일요일은 피해서, 아버지가 안 계시는 날 이사하려고 생각했지만, 어차피 아버지에게 미리 이야기를 할 것이므로, 고식적인 일은 그만두자고 마음을 고쳐먹었다. 아버지는 비꼬려는 것으로 받아들일지도 모르지만, 이사 자체는 바뀌는 것이 아니라서, 어느 쪽이든 마찬가지였다. 일요일이라면 양준오가 도우러 올 수도 있을 것이다. 그러면 그는공범자가 되어 틀림없이 아버지에게 원망을 듣게 될 것이다.

현기림 부부는 양준오가 오사카에 살던 시절부터 알고 지낸 사람이었다. 양준오는 현기림을 구로카와(玄川) 씨라며 이전의 습관대로 부르기도 했다.

현기림은 오사카에서 고무 공장의 경영에 성공했지만, 해방 1년 후십수 년의 재일 생활을 청산하고 부부가 고향으로 돌아와, 지금 가옥을 손에 넣었다. 결혼한 딸과 아들이 오사카에 남아 있는데, 조련(재일조선인연맹) 조직에도 관계하고 있는 아들은, 머지않아 공장의 뒷정리를 하고 독립 조국의 고향에서 부모와 합류할 계획이었지만, 아버지가 오지 마라, 일본에 남으라고 지시한 것이다. 수만이 넘는 재일제주출신자가 신생 조국에 희망을 품고 고향에 돌아왔지만, 미군정하 남조선의, 패전국 일본과도 비교가 안 될 만큼 무서운 현실에 배신당해, 많은 사람들이 다시 일본으로 돌아가는, 쉽지 않은 길을 택했다. 현기럼 역시 지식들이 있는 일본 땅으로의 제도항을 생각하면서도, 결국 조국에 붙어사는 형편이었다.

작은 문으로 들어가면 안뜰 안쪽으로 주방과 안채가 있고, 문 양옆의 한쪽이 헛간, 그리고 오른쪽에 방 두 칸이 이어진 별채가 있었다. 주인이 집을 매입할 때, 머지않아 귀국할 아들 부부를 위해 고려한 것이었는데 그곳이 이방근이 하숙할 방이었다. 그는 이 집에 초로의 부부만 사는 것이 번거롭지 않아 좋았다.

이방근은 방을 빌리는데 예상치 못한 고생을 했다. 일반적으로 제주도의 가옥은 구조가 좁고, 온돌방은 어느 것이나 두세 평이 한 칸이라서, 양준오의 하숙집처럼 벽으로 구분돼 있더라도 두 칸이 이어진 방은 드물었다. 그리고 무엇보다 문제는 하숙하려는 사람이 별로 좋지 않은 소문의 주인공인 이방근이라는 이유로 다른 사람을 세워 부탁한 몇 집에서는 거절을 했던 것이다.

제일 큰 이유는, 술고래의 '무뢰한'이라는 이미지도 있겠지만, 부잣집 아들인 이방근이 일부러 좁은 남의 집을 빌려 생활한다는 것에 대한 당혹, 게다가 보통의 하숙인과는 달리, 식사 같은 것도 신경이 쓰여 도저히 시중을 들 수 없다, 말하자면 다루기 힘들다는 이유로 꺼렸던 것이다. 어디 과부가 있는 곳을 물색한다면, 부자인데다 호색남인 이방근은 크게 환영받을 것이다. 양준오가 부탁한 현기림의 경우는, 이방근이 무뢰한이라고는 생각하지 않았기 때문에, 당혹해하면서도 환영했지만, 처음에는 방만이라면 몰라도, 시중은 힘들다며 식사 제공은 거절했다. 이에 대해 식사에는 불평하지 않겠다는 조건으로, 양준오와 이방근이 직접 신신당부를 했던 것이다.

이제 사흘 뒤에는 이사를 할 수 있게 되었다. 여주인을 만나 다시 확인을 했으니, 이제 뒤로는 물러날 수 없다. 이방근은 오늘 그쪽에 가길 잘했다고 생각했다.

그는 잠시 해안에 멈춰 서서 드넓은 바다를 바라보는 일도 없이, 터벅터벅 해안 길을 걸어 반대 방향에서 집으로 돌아왔다. 외출한 지 한 시간도 지나지 않았다.

부엌이가, 아가씨는 몸 상태가 좋지 않아 자고 있다고 말해, 이방근을 놀라게 했다. 바보같이, 외출하기 직전까지는 전혀 그런 기색이 없었지 않은가. 여동생의 방을 들여다보자, 이부자리에 창백하고 기운 없는 얼굴로 누워 있었다. 이마에 손을 대어 보니 열은 없는 것 같았다.

도대체 무슨 일이냐. 한심한 얼굴을 하고……라며, 이방근은 웃었다. 큰일은 아닌 듯했다. 유원이가, 한심한 얼굴을 하고 있어요? 아아, 그래. 이방근이 외출하고 얼마 지나지 않아 토했다고 한다. 심한 구토를 몇 번이나 반복했다고 한다. 음식이 원인은 아니었다. 서약서 건이 충격으로 작용했을 것이었다. 그렇게 보이지는 않았는데, 어쨌든 예민해진 모양이었다. 그게 언제였던가. 지난달 이방근이 서울에 간 지 얼마 안 된 날 밤, 건수 숙부의 집에 유원의 주임교수를 초대하여 식사를 하고 있을 때, 제주도의 아버지가 숙부 앞으로 장거리전화를 해서 계모의 임신을 알려 왔을 때 여동생의 반응, 심한 구토도 그랬다. 숙모는 유원의 그 갑작스런 구토의 반복에, 설마 '입덧'은 아니겠지? 하고 의심할 정도였다.

이방근은 오늘 밤 아버지에게 서약서 건을 포함해 얘기를 할 텐데 괜찮겠어……, 핫하아, 이미 몇 번이나 토했으니, 분명 면역이 돼서 괜찮을 거라고 여동생을 달랜 뒤, 서재로 돌아왔다.

시간이 지날수록 두통도, 그리고 뇌를 감싼 막의 두께도 엷어졌다. 숙취는 시간에 맡겨야 하는 것이지 병은 아니다.

그는 소파에서 멍하니 앉아 이사 준비를 생각했다. 내일, 모레 이틀이면 괜찮을 것이다. 특별히 이렇다 할 짐은 없지만, 일단 이사를 하려면 정리가 필요하니 시간이 걸릴지도 모른다.

그는 뒷짐을 지고 서재와 옆 온돌방 사이를 뭔가 물색하듯이 왔다 갔다 하면서 돌아다녔다. 서재라고는 해도 네 평 남짓에 불과하지만, 그래도 하숙집의 두 칸을 합친 만큼의 넓이에 가깝다. 온돌방에 앉은뱅이책상이 하나, 서재에 서양식 책상, 유리문 책장, 나전세공의 조선 장롱, 그리고 소파 정도지만, 책장 하나와 장롱은 필요할 것이다. 거기에다 앉은뱅이책상 하나면 충분하다. 그리고 긴 의자를 하나 놓으면, 그것만으로 두 개의 방은 거의 차 버릴 것이다.

왜 이사를 하는 건가. 형무소에서 출소 후만 따져도 10년에 가까운데, 그 사이에 잠시 집을 비운 적이 있다고 해도 계속 살아온 곳이다. 지금까지 증개축 등으로 손은 보았지만, 학생 신분으로 결혼했을 당시, 도쿄에서 귀성하여 잠시 동안 소위 신혼 생활을 한 곳이기도 했다……. 왜 여기를 비우고 나가는가. 이방근은 확실한 이유를 지니고 있지 않았다. 부엌이의 일도 하나의 구실에 지나지 않았다. 그러나 나가지 않으면 안 된다. 사치도 어렵고, 일상생활도 지금까지와는 달리 많이 불편하겠지만, 학생 시절에도 도쿄에서 하숙생활을 한 적이 있지 않았던가…….

밤, 아버지는 평소보다 늦게, 밤 아홉 시가 다 돼서 돌아왔다. 이방근은 여동생과 함께 아버지 방으로 갔다.

아버지가 내쉰 숨에 술 냄새가 나고, 가벼운 술기운이 그 벌건 얼굴에 나타나 있었다. 많이 마신 경우에는 이야기를 그만둬야 하겠지만, 그럴 필요는 없을 것 같았다. 이방근은, 아버지의 뜻에 따라 서약서를 쓰기는 하겠지만, 서약서를 쓴다는 건 맹세를 한다는 것이므로, 달리 맹세하는 방법도 있다. 이런 서약서는 무서운 느낌이 든다……고 말했다.

"달리 어떻게 맹세하는 방법이 있다는 것이냐?"

"이미 유원이 아버지의 뜻에 따르겠다고 약속하지 않았습니까. 그 외의 문제는, 아버지가 지시를 하셔야지요."

"말은 적은 게 좋다. 간단하게 쓰는 게 좋겠지. 다른 지시는 없다. 설사 세상에 없는 것이라도, 필요하면 생겨나는 법이야. 서약서는 필요해서 생겨났다. 결혼을 하는 것이니까, 그 취지를 간단하게 적는 정도는 어려운 일이 아닐 게다."

이방근은 이야기를 멈췄다. 이미 말은 필요 없다. 지금 부모 자식 사이에 있는 것은 깊은 불신이고, 그것을 메우는 것이 강제된 '믿음'의 이행이었다. 그리고 이것조차 이미 배신이 계획된 허구 위에 놓인 것이었다. 이방근은 커다란 호흡을 천천히 죽이며 토해 냈다.

유원은 잠자코 아버지의 이야기에 고개를 끄덕이고 있었다. 구토의 발작은 더 이상 일어나지 않았지만, 이방근은 여동생의 수긍이 아버지에게 드릴 서약서에 대한 그녀의 심중의 결심은 아닌지 두려웠다.

서식은 "아버님의 뜻을 거역하지 않을 것을 서약합니다"라는, 극히 간단한 것으로 쌍방의 의견이 정리되었는데, 역시 결혼이라고 특정하기에는 망설임이 있은 듯했다. 서명은 여동생과 오빠 순으로, 용지는 한지, 붓으로 쓰고 지장을 찍을 것. 이 서약은 결혼 외에도 적용되지만, 어디까지나 부모 자식 간의 도의적 강제력을 가지게 하려는 각서 같은 것이 될 것이었다.

이방근은 내일이라도 서약서를 써서 드리기로 한 뒤, 이사 이야기를 꺼냈다.

"아버지도 알고 계시겠지만 전 이사를 합니다. 지금까지 늦춰왔습니다만, 이번 일요일에 이사할 생각입니다."

"뭣이."

이태수는 상반신을 뒤로 쑥 젖히고 턱을 당겨 아들을 잠시 노려보고는, 천천히 시선을 탁자 위에 떨어뜨렸다. 그 얼굴에 마치 문양이라도 비치듯이 확실하게 분노와 고민의 표정이 완만한 느낌으로 움직였다.

"술을 가져 오너라."

이태수는 탁자를 응시한 채 말했다. 유원은 자리에서 일어나지 않았다.

"술을 가져 오라고⋯⋯."

이태수는 딸을 보고 말했다.

"예－."

입술을 다문 유원이 자리에서 일어나 방을 나갔다.

제 21 장

1

상반신을 셔츠 한 장 차림으로 이방근은 흙냄새가 풍기는 좁은 방 안에서, 그곳의 3분의 1을 차지한 소파 위에 몸을 누이고 있었다. 그는 누운 채로, 손을 뻗으면 손끝이 닿을 듯한 벽지를 바른 낮은 천장을 보았다. 조금 더러워진 천장이 털썩 하고 얼굴 위로 떨어질 것 같은 압박감을 느꼈다. 천을 댄 소파의 먼지 냄새, 아니, 소파는 '새것'이기 때문에 그 안에 채운 볏짚 따위의 냄새일 것이었다. 어제까지 서재의 소파에 몸을 누이고 있었을 때의, 지금까지 알아차리지 못한 냄새가 이제야 겨우, 익숙하지 않은 먼지 같은 냄새 저편에서 되살아나는 느낌이 들었다. 지금 콧속을 찌르는 것은 마치 무미건조한 새 천의 서먹서먹한 위화감을 불러일으키는 메마른 냄새였다.

어험, 볏짚 냄새 때문인지 목구멍이 아릿한 느낌에 헛기침을 한 번, 그리고 후후, 나는 무엇 때문에 혁명 쪽에 서 있는 것일까…… 하고 이방근은 중얼거렸다. 정신을 차리고 보니 그렇게 돼 있었다는 건가. 한대용이 일본으로 출발한 지 열흘 정도 되었을까 빠르면 9월말쯤이면 돌아올 것이다. 그의 일은 순조롭게 진행되고 있는 듯한데, 조직으로부터 요청받은 배의 건도 그의 협력을 얻을 수 있을 것 같다.

남방에서 돌아온 사격의 명수지만, BC급 전범의 '친일' 경력 때문에 4·3봉기 후 곧바로 입산의 희망을 이룰 수 없었다. 그가 일본과 밀수에 나섰을 때 송래운에게 그를 소개한 것은 이방근이었다. 한대용은 지금 송 선주와 손을 잡고 밀수한 물건도 일괄해서 송래운에게 맡겨 놓았기 때문에, 위험도 적었고 일하기도 쉬웠다.

송래운은 제주도 밀항자의 알선이나 밀수 관계에서는 이른바 보스였다. 한라산 남쪽 서귀포 부근에서 떠니는 배도 있지만, 밀항 희망자는 그의 배든, 다른 배를 소개받든, 일단 그를 거쳐야만 했다. 유달현의 섬 밖으로의 탈출 여부를, 고깃간 주인을 통하여 송래운에게 타진한 것도 그의 그물망 때문이었다.

한대용의 권유도 있어서 이방근은 처음에 일본의 시모노세키(下關)나 오사카의 축항 부근까지 그와 동행하여, 소형 기범선을(그것은 대부분 어선이었다) 구입할 계획을 세우고 있었지만, 간단하게 거기까지 손이 닿지 않아 한대용의 배, 한일호(韓一號)를 양도받을 생각이었다. 사정을 알고 있는 본인 자신이 그런 뜻을 비치고 있었고, 필요에 따라 그는 일본에 드나들면서 새로 배를 구입하면 되는 것이었다.

이방근이 한대용으로부터 배를 사들임으로써, 그 배는 조직을 위한 자금을 만드는 밀무역을 하게 되고, 개인의 이익은 우선시되지 않았다. 즉 '혁명'에 봉사하는 것이었다. 적어도 그 자리에 자신을 두지 않으면 안 되었다. 한대용은 지금 결혼한 지 얼마 되지는 않았지만 게릴라에 참가하여 '큰 활약'을 하고 싶은 마음에는 변함이 없었기 때문에, 산에 들어가지 않는다 해도 그가 계속 선주 역할을 하면서 조직의 동조자, 협력자로서 활동하는 길은 열어 있었다.

배에 관한 일은 입당 문제와 함께 강몽구에게(간접적으로는 남승지에게) 강하게 요청받았던 무거운 과제였지만, 이방근은 단지 밀무역만을 위해 배를 생각하고 있는 것은 아니었다. 그 이상의 일을, 지금 단계에서 입 밖에 내는 게 꺼려지지만, 분명히 다가올 새로운 사태에 대처하지 않을 수 없을 것이라는 생각이었다. 그때는 한대용이 힘이 될 것이었다. 그는 허풍을 떠는 버릇이 조금 있기는 하지만 겉과 속이 다르지 않은 인간으로, 내심 철저한 반'친일파'로 처신하고 있었다. 즉, 지금의 '애국자' 행세를 하는 구친일파에게 반대하는 '온전한' 애국자인 셈이었다. 이방근은 그것을 알고 있었다.

무서운 일이지만, 아니 아직 그 무서움을 충분히 알지 못하고 있는 상태라고 스스로를 타이르며(마음속에 떠오르는 멀지않은 미래의 사태를, 이방근은 직시하고 싶지 않았다), 기적이 일어나지 않는 한, 게릴라 투쟁의 결말은 예상할 수 있는 것이었다. 어떤 기적이 일어날 수 있을까, 이방근은 그것을 생각하고 싶지 않았다.

유달현이 할 수 있는 배신, 전향, 이 압도적인 정부 측의 무력 장치 앞에 달리 길이 없는 게릴라의 패배라는 전망에서 비롯된 것이었다. 그게 건전한 반응이라고 할 수 있을지도 모른다. 이방근은 온갖 형체를 짙게 비추는 듯한 자신의 깊은 마음속을 들여다보기를 피하면서도 이렇게 단정했다. 게릴라에게 승산은 없다. 4·28정전평화협상과 같은 타협이 성립되지 않는 한, 게릴라 측의 패배는 피할 수 없을 것이다. 그리고 정부 측의 강경책에 의해, 지난 4·28협상과 같은 타협의 길은 있을 수 없었다.

배는 세미 디젤엔진의 소형 기범선으로 16톤, 최대속력 7노트. 건조는 10년 이상. 과거의 관부(關釜)연락선이 3, 4천 톤급에서 7천 톤급으로 시속 20노트에서 23노트, 부산과 시모노세키 간의 직선거리 200킬로 미만을 여덟 시간 항해했으므로, 한일호는 시속 5에서 6노트라는 단순계산으로 부산에서 시모노세키까지 약 4배, 30시간 이상 걸릴 것이다.

배를 보러 가야 했지만, 배에 대한 지식이 없는 이방근이 품평할 수는 없어 누군가 일단의 지식을 가진 사람, 배와 관계된 사람과의 동행이 필요했다. 보스 격인 송 선주에게 부탁할 수도 있지만, 가능하면 피하는 게 좋을 것이다. 강몽구는 이용자로서 자주 어선을 탔고, 구입하려는 한일호도 타 본 적이 있어, 그 방면의 지식은 꽤 갖고 있을 터였다.

문제는 돈이었다. 지금까지 4, 50만 원의 자금을 지원해 왔는데, 다시 배 건으로 1백만 이상, 1백50만 원을 생각하지 않으면 안 된다. 웬만한 집 한 채의 금액이었다. 조만간 어머니가 남긴 귤 밭이나 남에게 빌려준 농지도 정리해야겠지만, 지금 당장 여동생의 유학 비용을 모아둬야 했다. 벌써 아버지의 원조는 기대를 접었다. 나 역시 '무위도식'의 몸이니 생활도 해야 한다. 무소유의 자유, 소유로부터의 자유를 달성하는 것도 좋지만, 양준오가 말했듯이 전부 써 버리고 무일푼이 될 수는 없다. 그래, 그가 말한 것처럼, 이 난세에는 소유가 힘이기도 하다. 어쨌든 깊이 생각하고 한 일이지만, 조직원도 아닌 내가 무엇 때문에 이런 일을 하는 걸까. 애초에 나는 혁명을 위해서라는 생각 따위는 하지도 않았다. 그렇다면 무얼 위해서. 아니, 조직원이 아니기 때문에 더욱 나는 '혁명적 협력'을 하고 있는 것이리라. 나를 현실세계로 이어 주는 길. 동굴을 나와서, 내가 행위와 연결되는 길, 그게 자유다……. 그는 소파 위에 일어나 앉았다.

바로 조금 전에 안면이 있는, 자꾸만 아깝다……고 되뇌던 가구점 주인이 돌아간 직후였다. 소파를 어디에 놓을까요……라는 말도 없었다. 두 평 남짓한, 이미 앉은뱅이책상 하나를 놓은 것만으로 발 디딜 틈도 없어 보이는 좁은 방에, 소파를 어디에 놓으라고 새삼스럽게 지시할 여지도 없었다. 방 안으로 옮겨 주기만 하면 돼요, 나머지는 알아서 할 테니……. 도대체 무슨 일인지는 모르지만, 아깝네요. 그 넓은 집은 어떻게 됩니까? 가구를 사 주는 것은 고맙지만, 도무지 어울리지 않아서요……. 점원 소년과 둘이서 소파를 옮기는 동안에도 그렇고 돌아가는 길에도, 사십 대 남자는 자신이 가구점 주인이라는 것을 잊고, 마치 어엿한 평론가라도 되는 양 이방근의 이사에 대해 이러쿵저러쿵 참견했다. 핫하아, 알았어요, 알았다구요, 이제 짐을 옮겼으니 얼른 돌아가세요……. 일단 내쫓았던 식모 부엌이와 새삼 한 지붕 아래 사는 것은 거북하기도 할 것이라는 둥, 부자간에 사이가 틀어져서 의절을 했다……는 둥, 이래저래 소문이 돌고 있었는데, 가구점 주인도 거기에 한 역할을 떠맡으려는 것을, 이방근은 상대가 담배 한 대 피울 틈도 주지 않고 쫓아내듯 돌려보냈다.

"도대체가, 저 사람들은 지금 당장 가구점을 그만둬도, 어엿한 사회 평론가가 되고도 남을 거야."

이방근은 중얼거리며 역시 방은 좁다고 생각했다. 그렇지만 소파는 필요했다. 이사를 하는 김에 가능하면 소파가 없는 생활을(생활? 이것이 생활인가)……라고도 생각했지만, 역시 이렇게 나에게는 소파가 필요해하고 생각했다.

방은 두 칸이 이어져 있었지만, 출입은 불편하기 짝이 없었다. 벽으로 막혀 있어 일단 방 밖의 작은 툇마루로 나가지 않으면 출입이 불가능했다. 양준오의 하숙집과 방 배치가 거의 비슷했는데, 원래 작지만 독립된 방이었다. 양준오는 다른 한 칸을 책장이나 짐을 놓아두는 방으로 사용하고 있지만, 이방근도 이미 옆방에 책장 하나와 찬장을 들여놓았다.

물론 미리 살펴보았고, 좁은 것은 충분히 각오하고 있었지만(그래도 방이 두 칸이라서 그나마 나은 편이다), 실제로 몸을 자유롭게 움직일 수 없는 상자 같은 흙벽으로 둘러싸인 공간에 커다란 몸을 눕혀 보니, 이럴 리가 없는데 하고 예상이 빗나갔다는 생각에 다소 실망하였다. 게다가 채광도 별로 좋지 않아서 방은 좀 어두운 편이었다. 그야말로 오두막 같은 방의 소파 위에 가만히 누워 있으니, 무슨 동물처럼 겨울 잠이라도 자면 어울릴 것 같은 느낌이었다. 그렇다고 해도, 흙냄새

나는 좁은 방에 장방형의 짤막한 소파가 버젓이 가로놓인 광경은 다소 어색한 듯 생소했다.

예정대로 어제 오후에 이사를 강행했다. 누군가 난동이라도 부리며 이사를 방해한 것은 아니지만, 주위의 반대를 무릅쓰고 한 것이라 강행이나 다름없었다.

박산봉이 운전해 온 트럭에 짐을 다 싣고 거의 열리는 일이 없는 대문을 닫은 뒤 아버지 방에 인사하러 얼굴을 내밀자, 지금 안방에서 잠을 자고 있다고 했다. 아버지는 아침부터 방 밖으로 나오지 않았고 조금 전까지 계속 술을 마시던 모양이었다. 그는 혼자서 술을 마시면서 장지문 너머로 들려오는 아들의 방과 안뜰의 이사하는 소음을 듣고 있었을 것이다. 어쨌거나 취했으면서도 용케 아무 말 없이 얌전히 잠자리에 들었다. 이방근은 아버지가 측은하게 느껴졌다.

계모 선옥은 거의 멍한 얼굴 표정을 하고 일부러 찾아와 준 옆집의 고네할망 옆에서 소리 죽여 울고 있었다. ……아이고, 고네할망, 세상에 어디 이런 일이 있겠어요. 이게 다 제 탓이고말고요. 아이고ー. 내 팔자야, 생나무도 둘로 쪼개지면 울부짖는다는데, 살아 있는 인간이 이렇게 둘로 갈라지다니. 아이고, 방근이가 제 친자식이었다면 어떻게 그냥 내버려 두겠어요……. 아니 이런, 선옥이가 이상한 말을 다 하네. 자네에게 그렇게 큰 아들이 있을 리가 없잖나. 방근이는 자네와 열 살도 차이가 안 난다구. 자네가 어렸을 때 낳지 않은 이상은 말이지. 친자식도 나갈 때가 되면 나가는 법이니, 막을 수 있는 게 아니야……. 고네할망은 자못 심각한 척하면서도, 입가에 미소를 머금고 말했다. 아이고ー, 고네할망도 참, 남의 얘기를 농담으로 받아들이고……. 선옥은 책상다리를 한 채 장판에 엉덩이를 깔고 앉은 작은 체구의 고네할망의 손을 꼭 쥐고, 한 손으로 치마 차림의 할망의 허벅

지를 때리며 탄식을 이어 갔다. ……게다가 어디 멀리로 가는 것도 아니고, 바로 엎어지면 코 닿을 데가 아니냐구? 뱃속에 소중한 아이가 있는 여자가 여자애들처럼 홀짝거리는 건 또 뭐야…….

박산봉이 짐을 실은 트럭을 운전하면 느릿느릿 먼저 출발했다. 하숙집까지는 천천히 달려 5, 6분 거리였다. 트럭이 집 앞 골목을 빠져나가는 것을 이웃 사람들이 지켜보았다. 이방근은 양준오와 함께, 한사코 돕겠다고 따라온 여동생과 셋이 걸어서 하숙집으로 향했다.

하숙집이 있는 근처의 골목으로 들어선 트럭은 도중의 팽나무가 서 있는 작은 공터 근처에 멈추었다. 골목이 좁아서 트럭이 들어가지 못했던 것이다. 이제는 하숙집 앞까지 좁은 골목으로 짐을 직접, 책장과 옷장 등은 두세 명이 함께 옮겨야 했다.

트럭이 출발한 뒤, 이방근 일행이 집을 나설 때, 고네할망은 거의 울먹이는 목소리로 이방근의 손을 잡고, 엎어지면 코 닿을 정도로 가까운 곳이니, 이따금 아버지 계신 곳에 들러야 한다……며, 국민학생을 타이르듯이 코를 훌쩍이며 말했다. 그 볼에 진 옆주름에 눈물이 조금 고여 빛났지만, 그렇다고 특별히 슬퍼하고 있는 것 같지도 않았다. 그럴 것이다. 특별히 먼 곳으로, 두 번 다시 돌아오기 힘든 일본으로 가 버리는 것도 아니고, 친밀한 이웃 노인이 눈물을 조금 보인 것은, 이사를 하는 상대에 대한 친절한 인사치레인 것이다. 하지만 생각해 보면, 걸어서 10분 남짓한 곳이면서도, 일단 집을 나오면 다시 들르는 일은 거의 없을 것 같은 기분이 들었다.

결국, 어제 이사를 할 때 아버지와는 얼굴도 보지 못한 채 집을 나온 꼴이 되었다. 혈압도 높은데 술 때문에 갑자기 쓰러지지나 않을까 조금 신경이 쓰였지만, 별일은 없는 것 같았다. 아버지가 방에 들일지 어떨지는 모르지만, 오늘 내일 중에 다시 인사하러 가야 한다. 곧 여동생도 서울로 돌아간다. 어쩌면 그녀도 최소한 몇 년간은 다시 집으로, 아니 제주도로 돌아올 일은 없을 것이다.

남매의 연명으로 한지에 붓으로 쓴 서약서를 아버지는 받았다. 그는 같은 한지로 이방근이 만든 큼직한 봉투에 들어 있던 서약서를 꺼내 들고는 천천히 확인하듯이 살펴봤다. 정말로 한 글자 한 구절을 확인하는 것일까? 이방근은 하얀 지면을 천천히 훑어가는 아버지의 시선에, 얼마간의 공허한 빛의 깜빡임을 보았다. 이로써 유원은 서울로 출발하게 되었지만, 그녀의 서울행을 결정짓게 만든 것은, 아버지에 대한 이방근의 이사 예고였다. 아버지는 자식들을 제재할 기력, 기분을 상실한 것이었다.

사나흘 전날 밤, 여동생과 함께 아버지의 방으로 가, 서약서에 관한 일과 함께 이방근이 자신의 이사가 실행될 것임을 고했을 때, 아버지는 사전에 들어 알고 있었으면서도, 그러나 설마…… 하는 마음이었던 모양이다. 속담의 '설마가 사람 잡는다'는 식으로 전개된 일에, 아버지의 내부에서 무언가가 힘없이 무너져 버린 느낌이었다. 아버지는 망설이는 유원을 재촉하여 술을 가져오게 하더니, 첫 잔을 꿀꺽 하고 단숨에 비운 뒤, 계속 술잔을 기울이면서, 마치 취기를 느끼지 않는다는 듯 조용했다. 뭔가 꺼림칙했던 것은, 언성을 높이지도 않았으며, 푸념 섞인 말도 하지 않았다는 것이다. 이방근으로서는 생각하고 있는 대로 야단을 맞는 편이 마음의 부담이 적었을 것이다. 아버지는 다시 묻지만 네가 이사한다는 그 이유가 뭐냐……고 말했다.

이방근은 여동생 앞이었지만, 그녀도 부엌이가 일단 집을 나갔던 것이 실은 추방당한 것이라는 경위를 어렴풋이 알고 있기 때문에, 역시 같은 집에서 부엌이와 같이 있는 건 좋지 않습니다……라고 대답했다. 그건 이제 이유가 될 수 없고. ……아니면 너희 새어머니가 이

유인 게냐? 몇 년이 지났지만, 아버지가 처음으로 입에 담은 말이었다. 그건 무슨 뜻입니까? 이방근은 깜짝 놀라 반문하듯 말했다. 저도 유원이도 어린애가 아닙니다. 다만, 전 이 나이가 되도록 부모님과 함께 너무 오래 생활한 것도 사실인데, 이것도 큰 이유입니다. 실제로 이방근은 집에서 쫓겨난 부엌이가 다시 되돌아왔을 당시에, 당장이라도 자신이 집에서 나가야 한다고 생각했지만, 그 일시적인 충동이 아니었을 터인 생각도 한 달 가까운 시간이 지나자 서서히 옅어져, 지금 이것이 이유라고 확실히 내보일 만한 것은 없었다. 다만, 집을 나가고 싶다, 집을 나가지 않으면 안 된다, 그럴 필요가 있다……고 하는 강한 내적 요구를 자신의 안에서 듣고 있었던 것이다. 이상한 말이지만, 적당히 발을 빼는 게 좋을지 모른다.

아버지는 말수가 적었다. 예전에 아들을 설득할 때 입버릇처럼 거듭 말하던 이 집은 너의 집이다, 라든가 집의 상속인으로서의 이방근의 지위 등에 대해 아버지는 더 이상 말하지 않았다. 그리고는 한마디, 난 너희들 얼굴을(아버지는 복수형으로 말했다) 보고 싶지 않으니까, 아예 성내에서 나가라! 는 말을 남기고 자리에서 일어나더니, 휘청하며 기울어진 상반신을 한쪽 다리로 힘껏 지탱하고 안방으로 모습을 감춰 버렸다.

그 뒤로 어제까지, 원래 하루의 생활 패턴이 서로 다르긴 했지만 아버지와 얼굴을 마주하지도 이야기를 나누지도 못한 채 이사를 하게 되었다. 이제 곧 유원이 경찰서에 갔다 돌아오는 길에 얼굴을 내밀겠지만, 어젯밤에도 이사를 도운 뒤에 다시 찾아왔었는데, 아버지가 몸 져누운 것은 아니지만 별로 기운이 없는지, 몸을 보하는 한약을 달여 드시고 있다고 말했다. 거의 말을 하지 않지만, 기분이 나빠서 화를 내는 것도 아니고, 요 며칠 새 갑자기 늙어 버린 느낌이 든다고 여동생은 말했다. 이사한 일로 뭔가 새어머니와 말다툼을 한 것 같지는 않았다. 아니, 그러지는 않을 것이다. 다만 아내가, 그리고 그 뱃속의 아이만이 오직 아버지의 마음을 위로해 줄 것이었다.

이방근은 여동생을 훼방꾼 취급하며(그보다는, 이사하는 오빠의 '공범자'로 만들지 않기 위해서), 게다가 별로 도움이 되지 않는다고 생각했는데, 실은 이사한 뒤의 짐정리와 청소 등, 마치 어머니나 누나처럼 행동하여 크게 도움이 되었다. 부엌이를 부를 수도 없었기 때문에, 여동생이 없었다면 어느 것 하나도 정리하지는 못했을 것이다.

다음 배편은 모레 22일이 출항 예정이었다. 유원은 그 배로 제주도를 떠난다. 그녀는 경찰서에 들러 서울에서 받아온 증명서에 출도허가 검인을 받아 올 것이다. 오남주는 그 후 소식이 없었는데, 그건 유원이와 마찬가지로 도항증명서에 출도허가를 받기 위해 아직 성내 경찰서에 얼굴을 내밀지 않았음을 뜻했다. 그의 도항증명서의 유효기간은 앞으로 일주일도 채 남지 않았을 것이다.

우선 이 소파의 위치를 정해야 한다. 정한다고 해도, 방 가운데에서 어느 쪽 벽인가로 붙이는 수밖에 없었다.

앉은뱅이책상은 채광을 위해 안뜰을 마주 보는 장지문 쪽을 향하게 하고, 벽 쪽 구석에 붙여두었다. 방 안쪽은 벽이지만, 그 반절 윗부분이 움푹 들어가 문 없는 옷장 역할을 하고 있었는데, 거기에다 이불 따위의 침구, 그 밖의 물건을 임시로 올려 두었다. 이 섬에서는 이렇게 하는 것이 일반적이지만, 이방근에게는 남에게 보이는 장소에 이불을 올려 두는 것이 마음에 들지 않았다. 눈에 거슬리지만 머지않아 익숙해질 것이었다.

처음에는 그 반절 아랫부분이 튀어나온 벽(그 바깥쪽은 옥외이자, 온돌의 아궁이였다)에 소파를 붙여 정면 장지문 쪽으로 놓으려고 생각했다.

하지만 이불을 올리고 내릴 때 불편해서 책상과 반대쪽 벽에 등을 붙여 놓을 수밖에 없었다. 소파가 없던 어젯밤은 그렇다 해도, 오늘 밤부터는 그야말로 이불을 깔아 놓을 공간도 없어질 것 같았다. 오히려 조금 비좁아도 소파 위에서 자는 것이 귀찮지 않고 좋을지도 몰랐다. 그는 소파의 한쪽을 조금 들어 올려가며 위치를 바꿔 벽으로 붙였다. 정말로 간단하게, 가까스로 다다미 두 장 정도의 공간이 생겼다. 앉은 뱅이책상 위에는 전기스탠드가 있고, 책과 잡다한 물건이 아직껏 정리되지 않고 쌓여 있었다. 책상 끝에서 서재의 책상 위에 놓여 있던 대리석 탁상시계가 시간을 새기고 있었는데, 두 시가 가까웠다. 책상 밑에 5홉들이 빈 병이 뒹굴고 있었다.

　정말이지, 숨도 크게 못 쉬겠군. 하긴, 조만간 소파가 필요 없게 될지도 모른다……. 옹색하고 어수선한 방 안을 둘러보면서, 이방근은 조금 깊은 향수와도 같은 후회의 상념이 솟아나는 것을 맛보았다. 무엇 때문에 이사라는 번거로운 일을 벌인 것일까. 물론 이사를 취소할 마음은 털끝만큼도 없지만, 그대로 집에 있었다면 이부자리를 펴거나 정리하는 것부터 모든 일을 집안사람들이 대신 해 줘서 편할 텐데……. 아니야, 이방근은 고개를 흔들어 쓸데없는 잡념과 감상을 털어 냈다. ……너희들 얼굴을 보고 싶지 않으니 아예 성내에서 나가라. 요 며칠간 아버지를 만나지 못하고 있지만, 결국 그때가 최근 아버지와 만난 마지막이었던 것이다. 왠지 꽤 긴 시간이 흐른 듯한 느낌이었다. 흐음, 성내에서 나가! 란 말이지. 그래, 아버지는 아마도 홧김에 한 말이겠지만, 그런 말을 듣지 않았더라도 내 자신이 성내에, 이렇게 가까이에 있고 싶지도 않다. 아니, 제주도에 있고 싶지도 않다. 아버지가 말씀하신 대로 아예 성내를 나가고말고요. 내친 김에 제주도에서도 나겠습니다. 아아, 서울에라도 가는 편이 좋을 것이었다.

일전에도 황동성으로부터 진화가 있었는데, 드니어 10월 창산이 임박한 국제신문 부편집장 취임 건을 재고해서, 어떻게든 상경하지 않겠느냐고 물어 왔다. ……당중앙, 당중앙……. '당중앙'은 질색이지만, 그야말로 아예 신문사로 들어가 버릴까. 편집책임인 황동성뿐만이 아니었다. 일주일쯤 되었을까. 사정을 들은 듯한 문난설로부터 전화가 와, 선생님, 조만간 서울에 오시지 않겠습니까, 한번 뵙고 싶어요……. 그리고 국제신문 부편집장에 관한 이야기를 들었습니다만, 그러실 생각은 전혀 없으신 건가요……라는 말도 했었다. 그녀는 임시로 돕고 있기 때문에 언제 그만둘지 알 수 없지만, 당분간은 나영호도 있는 같은 편집국에서 함께 일할 수 있다……. 이방근은 그때, 조만간 이사를 할지도 모른다고 했다. 아이고, 왜요……? 어디로요? 그녀는 이사해서 집을 나오는 거라면, 그게 가능하다면, 서울로 오시면…… 하고 전화기에서 향기가 나는 듯한 목소리로 이야기를 했다. 그녀의 숨결이 들려오는 듯한, 향기로운 체취가 전해지는 목소리에, 이방근의 마음이 움직였던 것이다.

그러나 나는 일부러 이렇게 비좁은 방을 빌려 집을 나왔다. 그렇다고 이 섬에서 떠나려고 하지도 않았다. 나는 아무래도 이 섬에, 그리고 이 성내에 머물려는 것 같다. 유원이는 모레, 제주도를 떠난다.

이방근은 소파에서 일어나 앉은뱅이책상 서랍 바로 앞쪽에서 머리핀 하나를 손가락으로 집어 꺼냈다. 거기에는 한 가닥의 머리카락이 얽힌 채로 있었다.

아침에 이불을 개어 넣는 장롱 역할을 하는 벽 구석에서, 검은 못 같은 무언가가 있는 걸 발견했는데, 그것은 머리핀이었다. 손가락으로 집자, 핀의 용수철 부분에 낀 채 엉켜 있던 머리카락이 순간 저항하듯 똑바로 뻗어, 가볍게 튕기듯이 벽에서 떨어졌다. 머리카락 끝부분이 뻣뻣한 벽지가 찢어져 젖혀진 틈새에 걸려 있었는데, 아무래도 그것이 머리핀을 붙잡고 있었던 모양이었다.

문난설의 머리카락을 떠올렸다. 성내 집의 여동생 방에서 그녀를 안은 다음날 아침, 침상의 하얀 시트 위에서 발견한 두 가닥의 긴 머리카락. 서울을 출발하기 전에 머리 모양을 바꿨다고 하는, 가볍게 웨이브를 넣은 윤기 있는 검은 머리카락이 몸에 달라붙어 침상에 따라온 것이었다. 문난설, 난설이……. 이방근은 작게 중얼거리며 그 이름을 불렀다.

셔츠 소매로 가볍게 문지르니 검은색 광택이 그대로 되살아난 머리핀은 거의 새것이었고, 머리카락도 윤기 있게 쑥 한 가닥, 20센티 정도 뻗어 있었다. 곱슬머리가 아닌, 틀림없이 여자의, 분명히 젊은 여자의 머리카락이었다. 반년 가까이 방을 비워 두었다고 하니, 꽤 오래 전에 여인이 이 방에 세 들어 있던 모양이었다. 이방근은 쓰레기통에 버리려다가, 왠지 마음이 끌리는 구석이 있어 그대로 서랍에 넣어 두었다.

하나의 머리핀과 한 가닥의 윤기 나는 머리카락. 살짝 도톰한 모근이 남은 그것이, 왠지 요염한 느낌을 주었다. 이방근은 눈에는 거의 보이지 않는 머리카락 끝부분의 도톰함을 손가락에 느끼며 집어 들고는, 거기에 매달린 모양새의 머리핀을 흔들흔들 공중그네처럼 움직이다가 다시 서랍 안에 집어넣었다. 어떤 여자일까. 벽의 움푹 들어간 곳에 작은 경대라도 놔두었던 것일까. 아침에는 그렇지 않았는데, 하나의 머리핀과 머리카락이 조금 신경 쓰였다. 그렇다고 하더라도 머리카락이 용케 벽 구석의 찢어진 틈에 기묘한 상태로 걸려 있었다. 마치 살아 있는 것처럼.

유원이 왔다.

서랍을 닫은 지 얼마 지나지 않았지만, 머리핀에 매달린, 누군지도 모르는 여인의 머리카락을 손가락 끝으로 집어 흔들어 대는 광경을 여동생이 보았다면, 뭐라고 했을까.

하얀 터틀넥 스웨터에 감색 정장 상의를 입고, 거기에 베이지색 바지를 입은 여동생은 손가방을 들고 있었다. 조금 전 안뜰 건너편 안채 쪽에 손님이 온 기척이 났는데, 그게 유원이었던 것이다. 그녀는 신발을 벗고 작은 툇마루에서 방으로 들어오자마자, 앗, 소파가 있네, 소파를 들여놓으니 역시 좁구나…… 하고, 지금 단계에서는 삼가야 될 말을 해 오빠를 언짢게 만들었다. 오빠와 나란히 새 소파에 앉은 유원은 손가방에서 감이 대여섯 개 들어 있는 종이봉투를 꺼냈다. 한 봉지를 더 가지고 왔는데, 방금 이 집 여주인에게 주고 왔다고 했다.

"아버지는 어떻게 지내시나?"

조금 기운을 차리셨는지, 오후부터 일하러 나갔다고 여동생이 말했다.

"그럼 됐고. 넌 경찰서에 다녀왔겠지. 도항증명서에 출항 허가는 받았어?"

"예―. 보안계에 갔더니 간단하게 내줬어요."

"흠, 이태수의 딸이라는 것도 작용했나 보구나. 보통은 간단한 것도 금방 해 주지 않는데."

"하지만, 오 동무에 대해 이것저것 질문을 받았어요. 서울에서 같이 온 거 아니냐고. 그러니 서울에 같이 가는 것 아니냐고 말이죠. 무슨 말씀하시는 거예요, 저는 같이 온 사람도 아니고, 또 같이 왔다고 해도 같은 배로 돌아가야 하는 건 아니잖아요. 함께 온 사람은 오빠랑 서울에 계신 문난설 씨였는데, 오남주 씨가 언제 돌아갈지, 그건 몰라요. 아직 증명서 기한이 남아 있을 테니, 그 안에 출발하겠지요, 라고 말해 주었어요."

"음, 그래서."

"그뿐이에요. 관계없는 일을 필요 이상으로 질문받을 이유는 없잖아요. 오 동무의 증명서는 아직 유효하고, 그렇잖아요."

"너도 꽤나 기가 세진 느낌이 드는구나. 종로경찰서 유치장 밥을 먹은 보람이 있는 것 같아."

이방근은 웃었다.

"오빠……."

유원은 아주 잠시 뜸을 둔 뒤, 문난설에게 전화가 왔다고 말해 오빠를 놀라게 했다. 놀랄 일은 아니었지만, 이방근은 이유도 없이 쿵 하고 심장이라도 떨어지는 듯한 소리를 가슴속에서 들었던 것이다. 문난설의 전화. 바로 조금 전까지 머리핀을 손에 들고 그녀를, 서울로 가는 것까지 생각하고 있었기 때문인지도 모른다. 특별한 용건은 없지만, 전화가 왔었다는 것을 전해 달라고 했다.

"오빠가 전화해야 되는 거 아니에요?"

"음, 멀리서 모처럼 걸어온 전화야. 그러나 생각해 보니, 난처하게도 전화할 방법이 없구나. 그렇잖아. 서울로 전화하려면 일부러 집까지 가야 하거든. 이사해서 집을 나온 오빠가, 집에서 몇 시간이나 전화를 기다리고 있을 수 있을까?"

우체국에서 장거리전화를 거는 건 거의 불가능했다. 전화를 신청하고 나서, 언제 상대방과 연결될까. 한 시간일까. 서울 같은 곳은 몇 시간, 반나절 걸리는 일도 있다. 설령 집에 가서 신청한다고 해도, 전화가 서울로 연결될 때까지는 몇 시간이나 기다려야 되기 때문에, 서울로 전화하는 것은 사실상 불가능해 보였다.

"오빠는, 필요할 때 집으로 전화하러 가면 되잖아요. 전 그렇게 생각해요. 오빠 방도, 소파와 테이블도 그대로 있고, 전화가 있는 응접실에서 책이라도 읽고 있으면 되잖아요? 있잖아요, 오빠, 부탁이에요. 옆집 고네할망도 말했지만, 가끔은 집에 얼굴 좀 내밀어 주세요. 아버지를 위해서……. 오늘 난설 씨의 일은, 제가 서울 가면 난설 씨를 만날 테니까, 오빠가 편지라도 써 주면 돼요, 제가 전해 드릴게요……."

"……"

이방근은 소파에서 일어나 한두 걸음 내딛어, 앉은 채로도 상반신을 쭉 내밀고 손을 뻗으면 닿을 거리에 있는 앉은뱅이책상 위에서, 담배꽁초로 가득한 재떨이를 가지고 와서는 여동생이 앉은 자리 사이에 놓았다. 그는 아무 말 없이 담배에 불을 붙였다. 천천히 연기를 코로 내보냈다. 후후. 설령 집에 간다 한들, 아버지나 새어머니와 얼굴을 마주치더라도 할 얘기가 없구나……. 아무것도 없어.

"오빠, 힘들지요. 전 역시 오빠가 걱정돼요. 처음에는 오빠가 하는 일이 바보 같다고 생각했지만, 좁은 곳에서 궁색하게 생활하는 것도 괜찮겠다고 생각했어요. 하지만 이제부터 여러 가지 일을 혼자서는 힘들 거라고 생각해요. 이불 깔 공간도 없을 정도잖아요. 빨래는 어쩔 셈이에요?"

"세탁소에 맡기면 되지."

"부엌이한테 가지러 오라고 하세요."

"아니, 안 돼. ……넌 그런 얘기를 하러 온 게냐. 힘든 걸로 치자면 이것저것 모든 게 다 그렇지. 우리 집 일도, 그리고 우리 집 바깥의 세상일도 말이다. 너도 그렇잖아, 음……."

"오빠는 집에 있지 않고 왜 이사 같은 걸 한 거예요? 그럴 바에는, 어차피 이사해서 집을 나갈 거라면, 서울에라도 가면 좋을 텐데……."

"뭐라고?" 이방근은 움찔하면서도 거의 웃는 얼굴로 여동생을 바라보았다. 이 녀석은 꼭 문난설이랑 똑같은 말을 하고 있다. "핫하아, 그래, 너와는 관계가 없지."

"……뭐가요?"

"관계없다. 너와는 상관없어." 이방근은 이야기를 아예 다른 방향으로 돌렸다. 모를 일이다. 어쩌면 조금 전 문난설과 통화를 하면서 서로 그런 말을 했을지도……. "집안의 분란은 모든 게 오빠가 원인이니까. 넌 어깨를 펴고 내일 모레 배로 서울로 가는 거야. 어험……." 이방근은 가벼운, 목에 걸린 기침을 했다. "조만간 서울에 한 번 갈 건데, 전화로 연락이 되지 않으면 불편하기 짝이 없지만, 내일이라도 천천히 얘기하기로 하고, 어쨌든 모든 일은 계획대로 진행하는 거야. 오빠의 이사는 네가 일본으로 간 뒤를 위해 필요한 거야. 그땐 집에 없는 편이 좋을 테니까. 흠, 이 땅을 떠나 서울로 가 버릴 수도 없고."

유원이 담배 연기 때문에 기침을 했다.

"장지문을 조금 열면 돼."

장지문 쪽 소파에 앉아 있던 유원이 일어나 문을 반쯤 열었다. 그녀는 자리에 앉으며 상의를 벗어 소파 팔걸이에 걸쳤다. 상반신을 감싼 하얀 스웨터의 반사가 이방근의 눈에 스며들듯 퍼졌다.

밖의 안뜰 너머로 안채 모퉁이에 있는 부엌이 보였다. 초가지붕의 처마 끝에 마늘 다발이 매달려 있었다. 이방근은 담뱃불을 재떨이 모서리에 비벼 껐다. 그는 소파가 가볍게 튕길 때마다 불안정하게 흔들려 담배꽁초가 넘쳐 버릴 것 같은 재떨이를 책상 위로 옮겨 놓았다.

"오빠가 이사를 해서 성내에 남는다는 것은, 집안일이나 아버지 때문이 아니라 역시 오빠 자신이 제주도를 떠나지 않겠다는 거죠?"

"뭐라고……. 후후후." 으—음, 제주도를 떠나지 않겠다는 거죠. 이방근은 갑자기 눈시울이 뜨거워지면서 울컥 복받치는 감정을 억눌렀다. "과연 듣고 보니 그럴지도 모르겠구나. 그럴지도 몰라."

그는 여동생의 말을 듣고 나서야 깨달은 것처럼 고개를 끄덕여 보였다. 무슨 말을 하고 있는가. 이방근은 여동생이 안쓰러웠다. 제주도를 떠나지 않나……. 오빠의 마음을 늘여다본 말이었다. 이 녀석은 그야말로 어엿한 어른이 되었구나. 그는 반쯤 열린 장지문 사이로 엿보이는 안뜰의 마른 지면을 보며, 생각지도 않았던 광경 하나가 순간적으로 빛의 파열처럼 머릿속 공간 가득히 퍼지는 것을 보았다. 어찌된 일일까, 그것은 운동회 광경이다. 가을 햇살 아래 왁자지걸하게 떠드는 광경은, 일전에 북국민학교 정문 앞에서 들었던, 아무도 없는 운동장에서 아이들의, 교정 네 귀퉁이에서 달려오는 아이들의, 지면 바닥의 과거로부터 들려오는 환성의 확장과 함께 나타났다.

"오빠는 지금 왠지 모르게 네 어린 시절의 운동회가 떠오르는구나." 이방근은 그 광경 속으로 들어가면서 말했다. "키가 이렇게 작았으니까, 아마 1학년이나 2학년 무렵이었을 거야. 십수 년 전 옛날 일이다. 돌아가신 어머니와, 핫, 하하, 난 얼굴을 붉혔는데, 그래도 웃었지. 너도 기억하고 있을 거야. 같은 반 아이들에게 놀림 당했으니까. 핫, 핫하, 지금 생각해도 우스워서 말야……."

"오빠는 그런 걸 아직도 기억하고 있어요?"

"어머니 옆에 있던 동급생의 모친은 너를 두둔하고, 선생님이 잘못 가르쳐 준 거라고 하면서 웃던 일도 분명하게 기억하고 있어."

"그만해요, 싫어, 그런 거……."

유원은 오른손을 뻗어 오빠의 무릎을 쳤다.

"아프다. 오빠는 네 운동회는 그때 밖에 못 봤는데, 무슨 일이 있어서 여름방학도 아닌데 도쿄에서 집에 돌아와 있었지."

"기억하고 있어요. 아버지가 없었어요. 딸 운동회라는데, 어딜 갔는지 돌아오지 않아서……. 그래서 그땐 돌아가신 어머니와 함께 아버지 대신 오빠가 와 준 거예요."

그래, 이방근은 입에 담지는 않았지만, 당시 아버지는 집을 비우고 있었다. 아마도 성내에는 없었을 것이다. 아니면 남몰래 성내 어딘가의 여자 집에 틀어박혀 있었는지도 모른다.

운동회에서 구슬 옮기기 릴레이 경기가 있었다. 저학년 학생들이 커다란 목제 숟가락에 구슬을 얹고 달리다가, 출발선에서 2, 30미터 정도 전방에서 대기하고 있는 같은 팀 아이에게 숟가락 째 넘긴다. 구슬을 담은 숟가락을 받은 아이가 이번에는 거꾸로 처음 출발선을 향해 달리고, 거기에서 다시 다음 아이가 숟가락을 받아 릴레이를 이어 가는데, 이것을 홍백의 두 팀이 같이 달려서 선두를 다투는 것이다.

분명 백팀이었던 유원은 몇 번째 선수로 달리고 있었다. 물론 달린다고는 해도 누구나 그렇지만, 구슬을 떨어뜨리지 않으려고 중심을 잡으며 우왕좌왕하듯 달렸다. 그런데 전방의 결승점 근처까지 갔을 때, 무슨 이유에선지 손을 뻗어 유원을 기다리고 있는 같은 팀 아이에게 숟가락을 넘기지 않고, 웬걸 2미터 정도 떨어진 옆줄의 홍팀 아이 앞으로 가서 숟가락을 내밀었다. 상대방 아이는 어리둥절해서 구슬이 얹힌 그 숟가락을 받지 않았다. 유원은 구슬이 굴러떨어질지도 모르는 숟가락을 쥔 작은 손을 내밀며, 빨리 받으라고 재촉하고 있는 듯했다. 도대체 무슨 일이 일어난 건가 했는데, 유원을 기다리고 있었던 같은 팀이 큰 소리로 유원을 불렀다. 그제야 눈치 챈 유원은(실제로는 저 여자아이라고 해야 할 것이다. 관중석에서 상당히 떨어져 있었기 때문에, 이방근도 그때는 그것이 자신의 여동생인지 몰랐던 것이다) 자기편 쪽으로 돌아와 숟가락을 넘겼지만, 그 때문에 백팀은 많이 뒤처지고 말았다.

어머니는 처음에 저건 누구네 아이지? 라며 의아해했지만, 마침내 그게 딸아이라는 것을 알고 큰 소리로 웃었다. 볼을 붉히며. 옆에 있던 같은 반 친구의 어머니는 함께 웃으며, 선생님이 잘못 가르쳐 준 서라고 진설하게 배려해 주었지만, 첫 주자로 시작한 것이 유원이었다면 모를까 몇 번째인가로 달렸기 때문에, 전방의 결승점에서 기다리는 백팀과 홍팀 중 어느 쪽에 터치해야 하는지 알고 있어야 했다. 정신없이 달리고 있는 사이에 긴장으로 착각을 했던 것인지, 어쨌든 실수를 저지른 것은 사실이고, 이를테면 감이 둔했던 것이다.

"그래, 오빠가 갔었지. 그때 아버지가 어머니와 함께 있었다고 해도 오빠는 모처럼의 여동생 운동회에 갔고말고. 한라산이 아주 선명하게 보인 맑고 화창한 가을날이었어. 그랬는데, 그런 모습을 보여 주더라고. 어쨌든 넋이 나가 있었던 게지. 모두들 똑바로 달리고 있는데 너만 옆쪽으로 달렸으니까. 운동회 때 다른 경기에서도 곧잘 실수를 했다고 어머니가 말씀하신 적이 있어. 달리기는 언제나 꼴찌였으니까, 핫, 핫하아."

"이제 그만, 그런 건 거짓말, 거짓말이라고요."

"그건 아니지. 그때도 네가 30미터인지 50미터인지 경주에서 꼴찌였던 걸 오빤 분명히 보고 있었다. 끝까지 봤으니까 말야. 그래도 음악은 용케 잘 한다니까."

"그런 일과 음악은 다르다구요!" 유원은 자못 발끈하며 일어났지만, 워낙 방이 좁다보니 여세를 몰아 몇 걸음 내딛을 만큼의 공간이 없었다. 바깥으로라도 나가는 수밖에 없을 것이다. "오빠 같은 사람, 정말 싫다니까."

그녀는 뾰로통해져서 오빠에게 경멸스러운 표정을 보이며, 다시 엉덩이를 떨어뜨리듯 소파에 털썩 앉더니, 휙 돌아서 흰 스웨터 등을 보이며 장지문 쪽을 바라보았다.

"너 화난 거야? 설마, 정말로 화내고 있는 건 아니겠지. 만약 그렇다면, 흐-음, 오빠 쪽이 화를 낼 거니까." 이방근은 여동생의 등에 대고 한마디 '협박'을 했다. "왜 오빤 갑자기 옛날 일을 떠올렸을까. 아무래도 이상하구나. 이미 잊어버리고 있던 일을 갑자기 섬광이 번쩍이듯 떠올렸단다. 오빠도 나이를 먹은 건가……. 그나저나 넌 지금은 달리는 게 좀 빨라졌겠지."

이방근은 여동생의 비위를 맞추려는 것은 아니었지만, 마지막 한마디는 사족이었다.

유원이는 등을 돌린 채였지만, 반쯤 열린 장지문 너머 안뜰의 공간을 보고 있는 모양이었다. 아니, 보는 게 아니었다. 단지 그쪽을 향해 앉아 있을 뿐이다. 조금 들썩거리며 움직인 둥글게 부풀어 오른 등 반대편에서, 지금 웃음이 터지려고 하는 것은 아닐까.

"이봐, 이쪽을 좀 봐. 장지문 밖의 뭘 그리 보고 있나?"

이방근은 여동생의 머리카락이 흐트러진 하얀 목덜미를, 손끝으로 좀 간질여 주고 싶은 유혹을 느끼며 말했다. 장난을 칠 것까지도 없었다. 유원이 상반신을 휙 돌려 이쪽을 보았다.

"오빠가 나이를 먹었다니, 웃겨서."

그 얼굴이 씽긋 웃으며 고개를 숙였다.

"나이를 먹으면 인간이 약삭빨라지지. 오빠가 이사를 한 것도 나이를 먹은 탓일지도 몰라."

"오빠, 감을 깎을까요?"

"아니, 너 먹고 싶으면 깎아 먹어."

"전 먹고 싶지 않아요. 곶감영감이라고 하잖아요. 이렇게 매끈매끈하고 둥근 감을 먹으면 노인이 안 돼요."

"아직, 먹고 싶지 않아. 그런 주름이 없는 것을 원하지 않은 걸 보면, 역시 늙은인가 보다."

"타고난 심술꾸러기라니까요."

"그럴지도 몰라. 기분은 풀렸나 보구나. 이번에 오빠 실제로 이사를 하면서 네 생각을 했단다. 등에 업은 아이가 길을 알려 준다……는 속담이 있는데, 오빠는 많은 걸 생각했어. 넌 자신의 혜택받은 삶이 불행하다고 느끼는 사람이다. 하긴, 사치스러운 얘기지만……." 이방근은 자신을 향한 여동생의 검게 빛나는 눈을 들여다보듯이 바라보며 말했다. "젊은 아가씨의 감상이 아니라, 정말로 그렇게 느끼고 있단다. 핫하, 느낄 수가 있다고 바꿔 말하마. 너의 일본행으로, 대학의 하동명 선생님이 건수 숙부 집으로 찾아와 상담하던 날 밤, 넌 자신이 지나치게 유복하다는 걸 괴로운 듯이 혼잣말처럼 했었지. 이렇게 유복한 인간이 얼마나 있을까. 이래서는 정말로 자신이 망가져……라는 듯한 말을 했다. 오빠 정확하게 기억하고 있어. 그때 하 선생님이 없었다면, 무슨 건방진 소리를 하는 거냐고 호통을 쳤을 텐데 가까스로 참았다. 그런데 오빠 자신의 넓은 집에서 여기로 이사 오면서 너의 그 말을 새삼 떠올렸다. 넌 '지나치게 유복한' 자신을 버리려 하였고, 거기서 나오려고 하고 있다. 1, 2년 전까지 '양갓집 규수'였던 시절과는 완전히 변했어. 음악을 하면서 사회적인 것으로 눈을 돌리고, 그 모순에 마음 깊이 상처를 받았지. 물론, 그런 심성은 어릴 적부터 있었어. 넌 너만이 앞서 가겠다든지, 남을 밀어낸다든지 하는 성격이 아니었어. 후후, 아까는 운동회 때 얘기를 하자 화를 냈지만, 오빠 그걸 그리워하면서, 그런 곳에서 너의 장점으로 보고 있는 거야. 지금도 그런 구석이 있는데, 그게 너의 좋은 점이야. 그때, 오빠가 운동회에 참가해서 그런 어린 너의 실수를 볼 수 있었던 것이, 지금 생각해 보면 얼마나 다행스러운 일인지 몰라. 아버지는 딸의 그런 모습을 보지 못했으니 불행스러운 일이야." 이방근은 일어나서 책상 위에 있는 재떨이의 담배꽁초를 쓰레기통에 버리고 소파로 돌아와 다시 담배에 불을 붙였다. "……넌 곧 이 섬을 떠난다. 아마도 섬에 남을 오남주 등이나 네가 입산을 계획했을지도 모를 한라산과도 이별하게 된다. 모두와 함께 게릴라가 되어 싸우려는 마음을 버리고 서울에 가는 걸 오빠는 알고 있다. ……제주도를 떠나게 되지만, 그걸로 됐다(으─흠, 이방근은 크게 숨을 내쉬었다). 모든 걸 뿌리치고 자신의 길을 가도록 해라. 넌 태평한 듯하면서도 신경이 유난히 예민한 것도 오빠 알고 있다. 남이 느끼지 못하는 걸 느끼고, 남이 슬퍼하지 않는 것에 슬퍼하며, 사회의 불공평, 비참, 빈부의 격차, 부의 편재……. 정의롭지 못한 일을 음악도인 네가 정면으로 응시하려 하고, 그것을 자신 안에 떠안는다. 그런 마음은 필요하고 또 소중한 거야. 그러나 오빠 분명하게 지금 여기서 말하마. 예를 들어 네가 게릴라에 참가한다든가 하는 일은 찬성할 수 없어. 그렇게 놔두지는 않을 거야. 절대로 안 돼(이방근은 안뜰에 사람의 기척이 없는 것을 확인하고 있었지만, 자신도 모르게 말투가 강해졌다), 그렇게 만들 거라면 아버지와도 대립하지 않았을 게다. 이런 나를 남들은 반혁명이라고 부르지만, 오빠 그렇게 생각하지도 않을 뿐더러 두려워하지도 않는다. 난, 내 나름의 일을 할 거야. ……세상에는 극도로 느끼기 쉽고, 상처받아서 아프기 쉬운 마음, 예민한 신경도 있지. 극단적인 경우에는 실제로 병에 걸리거나, 결국에는 발광하는 일도 있어. 세상의 이해타산이나 상식의 때가 묻어 버린 보통 사람들은 느끼지 못하는 일을, 이런 사람들은 필요 이상으로 느끼거나 고통스러워하지, 아이들이 그런 것처럼……. 그래서 남이 볼 수 없는, 또는 보려고 하지 않는 것, 남이 느낄 수 없는, 또는 느끼려고 하지 않는 걸 느끼고 보는 게 가능하단다. 그것은 괴로운 정신의 작용이겠지만, 그 대신 지금 얘기한 것과 같은 능력을 가질 수 있는 거겠지. 뛰어난 예술가는 대부분 그런 사람들이란다. 단순히 그림을 잘 그린다, 피아노를 잘 친다, 소설을 잘 쓴다……는 건 아니야. 세상은 그런 인간을 배척한다. 이를테면 마이너스 인생, 속된 말로 표현하면 손해 보는 삶이지. 너를 일본에 보내려고 적극적으로 생각하고 최선을 다한 사람은 담당 교수인 하동명이야, 오빠가 아니고. 오빠 전문가인 하 선생에게 동조하여, 그 후원을 하는 것에 불과하단다."

유원은 가지런히 모은 바지 차림의 양 무릎에 손을 올린 자세로 눈앞에 잡다한 물건이 그득히 쌓인 책상을 보며 고개를 끄덕였지만, 아무 말도 하지 않았다. 이방근은 여동생을 향해, 이제 제주도에는 당분간(이건 유학을 끝낼 때까지의 몇 년 동안을 말하는 것이다) 돌아오지 못한다……고 명확하게 말하지는 않았지만, 유원은 그것을 알아차렸고 또 각오하는 듯했다.

"오빠." 유원은 말끝을 좀 올리며 오빠를 불렀는데, 그 목소리가 원래 아랫입술이 조금 튀어나온 탓도 있어서, 어딘지 어리광을 부리는 듯했고 불안한 듯한 느낌을 주었다. 그녀는 오빠 쪽으로 돌리고 말했다. 눈빛이, 그리고 목소리가 희미하게 떨리고 있었다. "오빠, 그렇다면 아버지와도 이것이 마지막이 되는 건가요?"

"……"

이방근은 마음에 냉혹한 것이 달리고 있음을 의식하면서도, 양 눈에 눈물이 그렁그렁 흔들리며 반짝이는 여동생의 아름다운 얼굴을 아무 말 없이 가만히 바라보았다.

"아이고, 어떻게, 싫어요……."

유원은 양손으로 얼굴을 덮고 잠시 숨을 죽였다. 이윽고 격한 고동으로 가슴이 크게 물결치고 있음을 알 수 있었다.

이것으로 마지막이라는 것은, 아버지나 집안사람들뿐만이 아니다. 남승지와도 마지막이 될 것이다.

유원은 이삿짐 정리를 도와주고 저녁 무렵에 돌아갔는데, 오빠가 남승지에 대해 한마디 언급했을 때, 그녀는 남승지가 보름 안에 성내로 온다고 했는데……라고 말했다. 보름이라면 어떻게 되는 건가? 그가 일전에 집에 온 게 언제였지? 유원은 잘 기억하고 있었으므로, 월초인 6일이라고 말했다. 6일로부터 보름, 그 상한이 20일 전후, 즉 오늘이나 내일쯤이 된다. 음, 만약 온다면, 오빠가 없을 때 오게 되는 건가. 물론 그는 양준오와 만날 것이다. 그렇다면, 알 수 있겠지만…….

양준오가 찾아온 것은 저녁 여덟 시쯤이었다.

이방근은 식사를 끝내고 소파에 누워 있었다. 방은 비좁지만 소파에 몸을 맡기기에는 부족함이 없었다. 이제 와서 불평을 해도 소용없는 일이지만, 이것은 집의 대문 옆 부엌이가 있는 하녀방, 그리고 지금은 아무도 없지만 예전에 부스럼영감이 살았던 머슴방이나 마찬가지였다. 그는 독방처럼 좁은 상자 느낌의(아니, 독방은 더 좁고, 창문도 작은 것 하나뿐이다) 잡다한 짐에 둘러싸여 멍하니 있었다. 아니, 멍하니 이것저것 무언가를 송곳으로 비비듯이 격렬하게 생각하고 있었다. 소파에서 하루 종일 가만히 있으면서 용케도 무료해하지 않는군…….. 나는 무료하기 때문에 반대로 소파에 몸을 맡기고 있는데 말야……. 방이 좁다고는 하지만 소파가 들어가지 않는 것은 아니다. 소파는 제대로 한쪽 벽으로 자리를 잡고 있었고, 나는 거기에 누워 이렇게 담배를 피우고 있으니까, 역시 소파는 필요하다. 방이 좁다, 좁아……라는 말은 이쯤에서 그만두기로 하자.

양준오와는 약속을 한 것도 아니었기 때문에, 그의 갑작스러운 방문에 이방근은 놀라 일어났다. 그는 상당히 취해 있었다. 장판에 앉으려는 것을, 이방근이 소파에 앉으라고 권했다. 방에 들어와 소파에 등을 기대앉은 그의 다소 거친 숨결은, 강한 술 냄새를 동반하여 고약했다. 그로서는 보기 드문 일이었다.

"꽤 마신 것 같구만."

"아―, 이 형, 이거 좁군요. 내 방도 그렇긴 하지만, 이건 이방근에게는 좁네요. 게다가 출입구도 하나밖에 없으니. 이방근도 몰락하고 말았군요. 웃홋홋후…… . 그런데 좁아 보이는 건 이 소파 탓도 있어요."

"이봐, 이 방을 소개해 준 사람은 양 동무 자네라고."

"아아, 그렇지, 그렇고말고요. 그러네요. 그것도 부탁하고 또 부탁해서 겨우 빌렸죠. 본래 이 선배의 지금까지 생활이 평범하질 않아서 말이죠, 이게 우리 서민들이 사는 곳입니다. 이 형도 이제부터 고생 좀 하시는 게 좋을 겁니다."

"잘난 척 하지 말라구. ……난 말이지, 방금, 좁다고 생각하지 않기로 했어."

"방금이란 말씀이죠. 방금이라는 건, 아니, 어제 이사하고 겨우 하루 만에. 그것 참 대단하십니다. 그건 그렇고, 이 형은 술을 드시지 않은 것 같은데요."

"동무처럼 취하진 않았어도 술은 마셨지. 어디에서 오는 길인가?"

"일 때문에 동료와 한잔 마셨는데, 헤어져서 여기 오는 도중에 경찰놈들이랑 언쟁을 벌였지요."

"경찰이라고……? 호―음."

"아니, 상대는 셋이었지만, 별로 대단한 일은 아닙니다. 지금 읍내 여기저기에 경관들이 깔려 있어요. 심문을 하려 들기에 오히려 이쪽에서 호통을 쳐 줬지요. 오늘 오후, 현상일 등이 총살당한 것 같습니다……."

"이런……." 이방근은 작은 신음소리를 내며 소파에 기대고 있던 상반신을 바로 일으켜 고쳐 앉았다. "음, 결국 집행을 한 건가……."

"결국 집행했습니다. 서울 교외의 산기슭 골짜기에서 처형한 것 같습니다. 저녁에 정식으로 들어온 정보입니다. 현 중위 외, 고 일등상사(하사관) 등 세 명. 사형선고가 지난달 중순이었으니까, 마침 이 형이 서울에 가 있던 그 무렵입니다. 그것이 한 달여 만에, 아니 강한 여론의 반대로 지금까지 연기된 것이라 해야 할까요. 현상일은 23세, 모두 19세에서 25세까지로, 저보다도 어립니다……."

이방근은 목구멍에 걸린 딱딱한 침을 삼켰다. 예상하고 있었던 일이긴 했지만, 머리의 심이 욱신거리는 현기증 같은 느낌에 사로잡혀, 일순 눈을 감고 몸의 평형을 유지했다. 양준오는 후우 하고 냄새 나는 숨을 토해 내며 고개를 숙였는데, 취기에 가라앉듯이 잠시 눈을 감고 나서, 담배를 들고 입으로 가져가 불을 붙였다.

양준오의 이야기로는 이 정보가 비밀이 아니기도 했지만, 금세 여기저기로 퍼졌기 때문에 일부에 불온한 공기가 흐르고, 돌발적인 데모 발생의 낌새가 있다고 해서, 갑자기 경찰이 경계망을 편 모양이었다.

지난달 중순이라는 것은 정확히, 열이틀 간 종로경찰서 유치장 생활에서 석방된 유원을 위해 학우들이 모여 '출소축하' 파티(유원이 완강히 거절하는 것을 주위의 학생들이 강행한 것이었지만)를 하고 있던 당일 24일이었다. 그날은 이방근이 여동생 일도 있고 하여 제주도에서 서울에 도착한 바로 다음날이었다. 한창 파티 중에 미리 시간을 계산하고 있던 건수 숙부가 자리에서 일어나, 그가 업무부장으로 있는 건국일보에 전화를 해, 고등군법회의의 사형을 포함한 여섯 명에 대한 판결 내용이, 그야말로 판결 직후의 '핫뉴스'로 좌중에도 전해졌던 것이다. 좌중의 이야기 소리가 뚝 끊어지고, 여름 더위가 흩어진 얼음처럼 날카로운 침묵의 덩어리가 생긴 것을 지금도 떠올릴 수 있었다. 이방근이 서울에 도착한 바로 그 다음날, 그리고 유원이 석방되어 파티를 하고 있던 현장이라는 사정도 있었지만, 사형선고에는 큰 충격을 받았다.

게릴라와의 사이에서 4·28평화협상으로 정전을 실현시킨 김익구 제9연대장이 중앙경찰의 음모에 의해 본토로 추방당하고, 그 후에 무력철저소탕 강경책을 토대로 보내진 박경진 중령이 무차별 사살과 초토작전을 강행했다. 그는 성내의 농업학교 교정에 강제적으로 모인 주민들 앞에서, 한라산 일대에 휘발유를 뿌리고 비행기에서 소이탄을 투하해서라도 빨갱이를 몰살할 수 있다고 연설했던 남자였다. 그런 그가 강경작전으로 어느 정도 성공을 거둔 공적으로 대령에 승진한 날 밤, 현상일 중위 등에게 암살당했던 것이다.

현상일 등은 미군정 하에서 체포되어, 군정 하의 군법회의에서 판결을 받고, 독립했다는 신정부 아래에서 총살당했다.

"밤에 데모를 할 수 있을까?"

"무슨 말씀을 하시는 겁니까?" 양준오는 취기 탓으로 코에 걸린 듯한 목소리를 냈다. "데모는 밤에 하는 게 쉽죠. 효과는 둘째 치고 어두우니까 도망치기 쉽습니다. 어차피, 몇 명 단위로 하는 번개데모니까요. 그런데, 이 형, 유달현은 찾아오지 않았겠지요."

"유달현? 무슨 일인가. 유달현과 만나기라도 했나."

"그런 건 아니지만, 아마도 이 형이 이사한 건 유달현의 귀에도 들어

가지 않았을까요."

"으―음, 글쎄. 뭐, 소문은 이미 돌고 있으니까. 그러나 어제 이사한 걸 알고 있는지 어떤지는 알 수가 없지. 무슨 일 있나?"

"그는 이 형이 이사했다고 하면 당장이라도 찾아올 인간이니까요. 그리고는 얘기에 열중하겠죠. 그렇잖아요. 어제 이사한 걸 알고 있다면, 어지간히 바쁘거나 일이라도 있지 않는 한, 간밤에라도 모습을 보였을 텐데, 아직 오지 않았군요."

"그러고 보니, 호기심 많은 남자라서 이사한 걸 알면 곧장 찾아와 이사에 관해 이러쿵저러쿵 얘길 했을 텐데. 그러나 이제 막 이사했고, 온다고 해도 빨라야 오늘 밤. 오늘 밤은 지금 얘기로 봐서는 거의 무리인 것 같으니, 만약 행차하신다고 해도 아마 내일이나 모레쯤이 되겠지."

그렇다……. 유달현이 오는지 오지 않는지에 따라 그 낌새를 알아챌 수 있다. 양준오는 평소의 유달현이라면 당장 찾아올 텐데, 어째서 오지 않는 것일까, 오지 않을 경우 그 이유는 무엇인가를 묻고 있는 것이었다. 떳떳하지 못하면 찾아오기 힘들 것이다. 그러나 모습을 드러내지 않을 리가 없다. 그것이 유달현이다. 그럴수록 아무렇지도 않은 듯이 가장하고 찾아올 것이다.

"한잔하고 싶구만." 이방근은 소파에서 일어나며 말했다. "안주가 없잖아. 이사를 했더니 술 마시는 것도 불편하군. 여동생이 감을 가져왔는데, 먹겠나?"

"감은 술을 깨게 만들어요."

"음, 그렇긴 하지……."

2

남승지가 보름 안에 온다. 그가 유원에게 그렇게 말했거나 혹은 약속한 것이라면, 그 나름의 계산이 있었을 것이다. 지금 그 약속한 기일이 다가오고 있는데, 이방근은 그가 성내로 찾아온다는 사실에 어떤 불안 같은 것을 느끼고 있었다. 보름 안에 온다는 것은 조직상의 예정된 목적이 있어서일까, 혹은 개인적으로 단지 유원과 만나기 위해서……. 말도 안 된다, 마치 사랑의 모험담이다. 그런 반조직적인 개인행동은 있을 수 없는 일이었다.

어젯밤, 전에 없이 잔뜩 취해 찾아온 양준오는 남승지가 하루 이틀 사이에 성내로 올 것이라고 말했다. 그건 유원이 이야기하던 보름 안이라는 기한과 부합하지만 우연에 지나지 않았다. 양준오가 이방근에게 한마디 흘린 '일주간한라산작전'이라는 정보는, 그가 포로수용소장인 오균 소령을 통해 입수한 것으로, 경찰국의 전화 교환수에게 도청당한, 군에서 경찰국으로 작전 계획을 통보한 내용이 오균에게 들어와 있었다.

남승지는 그 일 때문에 온다. 그에게는 연락책을 통해 연락이 닿았을 것이므로, 하루 이틀 사이에 성내로 온다는 것이었다. 그러나 경계가 엄중한 가운데, 여느 때처럼 성내로 들어오려는 것은 아닐까. 현상일 중위의 처형 정보는 그의 귀에도 들어갔을 테니, 성내의 경계가 엄중한 것은 읍내에 접근하여 동정을 살피면 짐작할 수는 있을 것이다.

이방근의 불안은 단지 그것과는 다른 무언가의 예감과 같은, 그리고 어둠 속에 정체를 알 수 없는 숨결과 같은 무언가 불길한 두근거림을 느끼게 만들었다.

어젯밤에도 오늘도 예상과 달리 데모는 없었다. 방과 후 북국민학교 교정에서 중학생들이 몇 명 단위로 파상적인 번개데모를 일으키자, 정문으로 돌입한 경관이 발포하며 추격했지만, 미리 짜둔 후문으로 도망쳤다……라든가, 서귀포에서도 데모가 있었다……는 소문이 돌았지만, 그것은 그저 소문에 불과했던 것 같다. 그러나 어째서 유언비어 같은 소문들이 퍼졌는지는 차치하더라도, 읍내에는 근래에 없이 순찰하는 경관들의 모습이 눈에 띄는 모양이었다. 필경 서울 부근에서는 여기저기서 처형에 항의하는 번개데모나 게릴라적인 파출소 습격이 일어났을 것이다.

현상일 중위의 처형 정보가 성내에 퍼지기 2, 3일 전, 성내에서 멀지않은 제주읍의 동쪽 끝 마을인 삼양 경찰지서에서 소년 고문치사 사건이 있었다. 12살 소년이 '소요민(騷擾民)'으로 지서에 연행되어, 지서장인 경사와 순경 두 명에게 구타당해 그 다음날 사망한 사건이 있었다. 예상대로 이 사태를 우려한 검찰청은 감찰관을 파견하여 검시하는 한편, 고문에 협력한 순경 두 명을 체포하고, 일찌감치 도주한 지서장의 행방을 쫓고 있다……는 기사가 한라신문과 중앙 일간지에 실렸던 것이다. 소년의 가족이나 마을 사람들이 지서에 아이를 돌려달라고 몰려들었다는 기사는 없었지만, 마을 사람들의 항의데모는 사실이었고, 단순한 소문만은 아니었다. 경찰 측이 말하는 불온한 분위기…… 운운은, 현상일의 처형과 소년의 고문사에 대한 항의 데모의 파급을 두려워한 경찰 측의 경계가 초래한 것이고, 성내 데모에 관한 소문이 퍼진 배경에는 소년 학살사건이 겹친 탓도 있었을 것이다.

경찰 측이 소년 고문치사를 공표하고, '범인'인 경관들을 체포한 것은(일시적인 눈가림이고, 곧 그들은 석방되어 다른 곳에 배치되겠지만), 전투가 없는 '평화'시에 일어난 사태의 심각성을 감출 수만은 없다고 판단했기 때문이었다. 더욱이 그것은 4·3사건에 대한 수습해결을 완화책으로 지향하고 강경책을 취하지 않겠다는 최근 군의 방침과도 관계가 있었다.

9월 초순, 제주도 주둔 제9연대가 최근에 소속하게 된 광주 제5여단 참모장 백(白) 중령이 여단장 대리로 제주도를 방문했을 때, 기자들에게 다음과 같이 말했다고 중앙지는 전했다.

"……제9연대가 제5여단 관하에 소속된 후에, 본도를 순시함과 동시에 본도의 사태에 대한 조기 해결에 임하는 것이 본관의 첫 번째 목적이다. 제주도 사태는 어느 정도 수습이 되었기 때문에, 군은 사태 수습의 방법으로서 강경책이 아닌 완화책을 지향하고 있으며, 그를 위한 선무 공작 등을 적극적으로 전개해서 동요 속에 있는 도민들의 민심을 수습하기 위해 이미 군의 의무반이 농촌에서 활동을 실시한 결과, 지방의 민심 수습에 현저한 성과를 얻었다……." 그리고 백 중령은 본도를 답사한 인상을 다음과 같이 이야기했다. "……도민들의 왕성한 근로정신을 모범으로 삼아야만 되고, 본관은 광주로 귀임한 뒤 제주도에 대해 철저한 인식을 도모할 것이다……."

이러한 참모장의 설명과, 곧 실시된다고 하는 '일주간한라산작전'과는 어떤 관계가 있는 것일까. 게릴라 수색에 옛 일본군의 전법이었던 토끼몰이 작전을 쓴다는 것은……. 주위로부터 몰고 들어가 포위망을 좁혀가다가 일정한 장소에 몰아넣는다는 것일 게다. 한라산의 북측만이라고는 하지만, 산기슭의 몇십 킬로에 걸쳐 2개 중대 약 400명의 병력으로 포위망을 구축할 수는 없을 테니, 어딘가 몇 개의 산촌이나 거점을 설정해서 작전을 벌일 것이다. 비행기로 귀순 권고 삐라를 살포하는 동시에, 이 작전은 선무 공작의 일환일지도 모르지만, 양준오의 의견으로는 대공세의 전초전일 것이라고 했다. 머지않아 육지에서 병력 약 천 5백 명이 투입될 것이라고 하니, 어느 쪽이 사실인지 이방근은 알 수 없었다. 본토의 병력을 투입하는 것이 사실이라면, 지금까지 전해진 '토벌 재개'의 변경이라고 생각되는 백 참모장이 언명한 '완화책'과 모순, 상반되는 것이 아닌가.

정오 무렵에, 고깃간 주인 송 씨가 술을 한 병 들고 찾아와 이방근을 놀라게 했다. 어떻게 이사한 것을, 게다가 여기로 이사한 것을 알았느냐고 묻자, 그런 것은 진작부터 소문이 돌아 가만있어도 귀에 들어온다……며 웃었다. 이방근은 여기로 오기 전 집에라도 들렀나 보다 하는 생각을 했지만, 소문이라고 해도 동네 사람들이 이곳에 방을 빌려 살고 있는 것까지 알고 있는 것일까.

"……아니, 과분하구만요. 전 여기로 충분합니다. 곧 돌아갈 거구요." 이방근이 방으로 들어오라고 권하자 송은 작은 툇마루에 엉덩이를 붙이며 말하더니, 곧 말을 바꾸듯이 계속했다. "맞다, 그렇지, 할 얘기가 있는 걸 깜박했네. 그럼 잠깐만 실례하겠습니다."

그는 안뜰 맞은편 안채에 사람이 있다는 걸 눈치 챈 것이었다. 불편한 쪽의 다리를 끌어 올리듯이 어색하게 방에 들어온 송은 장판에 그냥 앉으려다가, 소파에 앉으라는 권유에 머뭇거리며 이방근과 나란히 앉았다.

"이거 참 좁군요. 우리 같은 사람에겐 당연하지만, 서방님께는 좀 무리가 아닐까요."

그는 정말 신기하다는 듯이 잠시 좁은 방 안을 둘러보았다. 툇마루에 앉아 있었더라면 깜빡 잊고 그대로 돌아갈 뻔했네요. 그런데…… 라며, 그는 이야기를 시작했다. 사촌 형인 송 선주와 만나 알아본 결과, 지금으로서는 밀항 예정자 중에 유달현으로 보이는 인물은 포함

돼 있지 않다고 했다. 그저께 밤, 이웃 마을 S리에서 배 한 척이 일본으로 출발했는데, 물론 거기에도 타지 않았다. 왜냐하면 어젯밤에 유달현이 새끼회를 먹으러 왔기 때문에, 이건 틀림없지요…….

"음, 일부러 새끼회를 먹으러 갔다는 말인가. 그런데, 일행은?"

"혼자였습죠."

"혼자……?" 이방근은 고개를 갸우뚱했지만, 이내 말을 이었다. "그럼 그쪽과는 무슨 얘기라도 나눴나?"

"아니요, 특별히 뭐 대단한 얘기는 없었습죠." 송의 눈이 교활한 빛을 발했다. "소주 한 잔에 새끼회 한 사발을 다 먹곤 바로 돌아갔습니다만, 서방님이 이사한 얘기를 하더군요."

"흐―음, 어지간히 할 말이 없었나 보군. 그렇다면 유달현은 내가 이사한 걸 알고 있다는 말인데."

"제 쪽에서 말을 꺼냈지만, 알고 있지 않았을까요. 이사를 한 건 썩 잘한 일이다. 그건 본인에게 도움이 된다고, 마치 자신이 이사를 알선이라도 한 것처럼 말하더군요. 세상 사람들을 서방님이 이사한 걸 이상하게 생각하는데, 유 선생은 그렇지도 않은가 봅니다. 어째서 그러냐고 제가 되물었더니, 난 알 수 있다고, 이쪽은 이해 못 할 말을 거드름을 피우듯 말하더군요."

"핫하, 얼마나 파렴치한 남자인가. 이사한 건 썩 잘한 일이라고……? 제법 아는 체를 하면서. 도대체가."

소파에서 일어난다. 이방근이 소파를 떠난다……. 이방근은 순간 움찔했지만, 웃으며 말했다.

"넌지시 말을 유도해 보았지만, 밀항이라도 한다는 그런 얘기는 없더군요."

"그쪽도 가끔 아닌 밤중에 홍두깨 같은 얘기를 하는군. 설령 밀항한다고 해도 누가 그런 일을 가볍게 입 밖에 내겠나. 하물며 그의 경우에는 더욱 그렇지."

"그야, 그렇지요……."

"바로 돌아갔다는 건 서두르고 있었다는 말인가. 그는 말 많고 끈덕진 남자인데."

"아니지요, 당치도 않습니다. 경계심 많은 사람입죠. 한마디 한마디, 지갑 속의 돈처럼 확실히 계산하며 말을 하고, 쓸데없는 말은 절대 하지 않지요……."

고깃간 송 씨는 현재 유달현이 틀림없이 성내에 있다는 점과, 만약 일본으로 가는 그런 일이 있을 경우에는 반드시 망 안에 들어오게 돼 있다는 점을 확언하고, 일절 자신이 책임질 테니 안심하라고 강조했다. 이것도 하나의 일이라고 생각하면, 이방근이 송 선주와 직접 만나 일을 추진하기보다는, 자신에게 맡기는 편이 실수익이 있을 거라고 생각했을 것이다. 이방근에게도 그편이 확실하고, 번거로움이 줄어서 좋았다.

고깃간 주인은 용건을 마치자 곧 자리에서 일어나, 자신이 앉았던 소파 자리의 먼지라도 털듯이 손바닥으로 가볍게 두드리고는 방을 나섰다.

그의 갑작스런 방문은, 또다시 이방근의 내부에 아직까지 만난 적이 없는 오남주 여동생의 '서북' 출신 '남편', 애꾸눈 양대선이라는 사내의 인상을 어둠 속에 떠오르듯 되새기게 만들었다.

고깃간의 송과 거의 교대하듯, 바로 옆 대문 밖에서 낡은 자전거의 삐걱대는 브레이크 소리가 나더니, 안면이 있는 한라신문의 배달 겸 영업직원인 강(姜)이 신문을 방 앞까지 가져다주었다. 어제 이 집으로 배달을 왔을 때 신문을 부탁해 두었던 것이다.

2백 자 원고용지 크기의 신문을 손에 들고 툇마루에 선 이방근은, 앞뒤로 쭉 훑어보며 그럴듯한 기사 제목을 찾았지만 눈에 띄지 않았다.

"현상일 능의 기사는 나오지 않은 것 같군요."

"요즘 신문사에는 여러 가지 사정이 있어 말입니다. 형 집행이 어제였으니까, 조만간 2, 3일 지나 기사가 나올지도 모릅니다. 아무튼 이쪽은 시골 신문이라 느긋한 편입니다."

사냥모자를 깊숙이 눌러쓴 중년 사내인 강은 남의 일처럼 말했다. 아마 중앙지에는 실려 있겠지만, 제주도에 도착하려면 며칠은 걸릴 것이다.

"읍내는 여기저기에 경관이 깔려 있다던데."

"경찰이 어슬렁거리고 있는 한편으로, 조금 전 관덕정 광장에서는 파란 셔츠를 입은 족청(조선민족청년단) 훈련생 일행이 '민족지상'이라는 슬로건을 외치며, 히틀러의 유겐트식 행진을 하고 있었습니다. 아무튼 중앙단장인 이범석 장군이 국무총리이기 때문에 같은 우익이라도 '서북'과는 격이 다릅니다. '서북'들은 그 파란 셔츠의 제복과 군대식 행진이 부러워서 어쩔 줄 모릅니다."

"데모가 있었다는 얘기가 있던데 결국 아무 일도 없었나 보군요."

"어디서 나왔는지 모르겠지만, 그저 소문일 뿐입니다. 두세 명이나 서너 명이 모여서 간간이 데모 같은 걸 할 때가 아니지요. 그런 건 경찰 끄나풀이나 하는 짓입니다. 여기는 서울이나 부산이 아니니까요."

"음……."

이방근은 고개를 끄덕이며 동의를 표했다.

아주 잠시 서서 이야기를 나눈 강은, 요즘 매일 '서북'이 신문사에 드나들고 있어 말이죠······라는 말을 남기고 떠났다.

"소련, 북한에서 철군 결정, 미국에 동시 철수 희망······."

소파에 앉은 이방근은 1면 톱기사에 잠시 시선을 멈췄다가, 신문을 주변에 아무렇게나 내팽개쳤다. 중앙지와 크게 다름없는 내용이었다. 2면에도 국제 관계(라고 해도 중앙지의 재탕이지만), 그리고 일반적인 기사가 눈에 띌 뿐, 고장인 제주도의 구체적인 문제는 지극히 한정되어 있었다. 이른바 일반 신문과 다를 바가 없었으며, 점차 지역신문의 특색이 희박해지고 있었던 것이다. 삼양지서에서 일어난 소년 고문치사에 관한 중앙지보다 짧은 기사도, 당국이 공표했기 때문에 지면에 실렸다고 할 수 있을 정도였다.

담배가 떨어졌다.

이방근은 자리에서 일어나 책상 위의 재떨이에서 담배꽁초를 뒤적거렸다. 방 한가운데에 우두커니 서서 발밑을 내려다보았다. 뭐라고? 핫핫하, 아는 척하기는. 이사는 이방근 자신을 위한 일이라······. 앉은뱅이책상과 소파가 대부분을 차지하고 있는 다다미 두세 장 정도의 공간은, 새삼스럽게 움직여 보지 않아도, 발걸음을 옮길 곳이 없다는 걸 알 수 있었다. 여기에 이불을 깔고 이틀 밤을 보낸 셈이었다. 마치 담장 안의 친밀한 공기에 둘러싸인 듯하여, 좁은 것과는 또 다른 느낌의, 흙냄새 나는 벽에 둘러싸인 공간은 이틀을 지내보니 불쾌하지는 않았다. 차츰 익숙해지고 있는 듯했다. 이대로라면 혼자 사는 것도 가능할 것이다. 아니, 아직 모른다. 아직은 이제 막 바뀐 새로운 환경의 자극이 있으니, 마침내 익숙해지면서 더욱 견디기 힘들어지는 건 아닐까.

내일 밤, 겨우 여동생이 섬을 떠난다······. 이방근은 소파에 몸을 뉘었다. 겨우가 아니라, 마침내라고 해야 할 것이다. 마침내라고 하는 편이 결별이라는 결의 위에 설 수 있었다. 그는 만일 남승지가 오늘이나 내일 성내로 찾아온다면 유원과 만나게 해 주고 싶었다.

이방근은 이사한 당일도, 아침부터 횟술을 마시고 잠자리에 들어 얼굴도 보지 못한 아버지에게 어떻게 인사를 할까 생각했었다. 내일은 어차피 유원의 서울 출발에 맞춰 집으로 가야 하는데, 그때라도 아버지와 만나 보기로 할까. 아니, 먼 거리도 아니다. 인사는 이사한 다음 날이라도 갔어야만 했다. 어제는 이사한 직후라 그럴 경황이 없었다고 하자. 어제는 그렇고 하더라도, 내일까지는 미루지 않는 편이 좋을 것이다. 무시도 보통 무시가 아니다.

내일 밤 제주도를 뒤로 하는 유원이 오빠와 공모하여 아버지에 대한 배신을 가슴에 품고 있다는 것을 이태수는 생각지도 못하고 있었다. 서약서를 받은 결혼 문제가 아니었다. 일본으로 도항이었다.

이방근은 저녁을 먹은 뒤 밖으로 나갔다. 일곱 시 반이 지나고 있었고, 이미 주변은 어두웠다. 시계의 어둠이 투명하지 않는 것은 눈이 침침해서가 아니라, 옅은 안개가 끼어 있기 때문인 것 같았다. 그는 멀리 돌아가게 되었지만, 읍내의 상황도 살필 겸 일단 서문교 쪽 신작로(일주도로)로 나와 관덕정 광장 쪽으로 갔다. 거기에서 밝은 C길로 발걸음을 옮길까도 생각했지만, 그대로 북국민학교 옆을 끼고 돌아 곧장 집으로 향했다. 신문배달을 하는 강이 말한 것처럼 경찰들이 여기저기 어슬렁거리진 않았지만, '서북'의 순찰대가 두세 조, 밤의 읍내를 제 세상인 양 누비고 있었다.

도중에 담배를 산 이방근은 잠시 걷다가 생각났다는 듯이 주머니에서 담배를 꺼내 멈춰 선 뒤, 한 대를 물고 불을 붙이고 있는 참에, 소리도 없이 안개 속에서 두 개의 그림자가 쑥 다가왔다. 장소는 국민학교 정문 앞을 돈 옆길의 학교 콘크리트 담장 가였고, 두 사람은 경찰이었다. 이방근은 불을 붙이고 거의 재로 변한 성냥개비를 노상방뇨로 암모니아 냄새가 코를 찌르는 지면에 버리고, 담배를 손가락 사이에 낀 채 얼굴을 들었다. 엷은 어둠 속에서 두 사람은 사람의 얼굴을 들여다보듯 했는데, 한 사람이 다른 한 사람을 재촉하며 조용히 곁을 떠났다. 아마도 한 사람이 이방근의 얼굴을 알고 있었을 것이다. 그는 제주도 출신의 경관이었겠지만, 그렇지 않았다면 이유도 없이 불심검문을 당했을 게 틀림없었다.

그는 국민학교 뒷길을 하숙집과는 반대 방향으로 걸어, 집 앞으로 통하는 골목으로 들어갔다. 집은 구둣발 소리가 자그맣게 울려오는 저쪽의, 엷은 안개로 희미해진 어둠 속에 조용히 잠겨 있었는데, 지금은 돌아가는 게 아니라, 손님으로 가고 있었다.

대문 옆 쪽문은 안쪽에서 자물쇠가 채워져 있었다. 초인종 소리를 듣고 나온 건 부엌이었는데, 뜻밖이었는지 그녀는 매우 당황한 것처럼 놀랐다. 아이고ㅡ, 서방님이……. 어쩐 일이우꽈? 어쩐 일이냐는 건 또 뭔가, 찾아온 게 잘못됐다는 말 같구만, 음……. 서방님, 용서해 줍서……. 너무 놀래서 그랬수다, 설마해서 말이우다……. 서방님, 찾아와서…… 같은 말씀을 하시면 아니되우다. 여기는 주인마님과 서방님의 집이니 말이우다……. 몸매도 그렇지만, 절구통처럼 좀처럼 동요하지 않는 부엌이가 어지간히 놀랐는지, 조금 떨리는 목소리에 두려움이 묻어났다.

왼쪽 방의 장지문 너머로 희미한 빛이 안뜰에 반사되고 있었지만, 오른쪽 이방근의 서재와 이어져 있는 방은 당연하지만 아무도 없는 빈방답게 문이 닫힌 채 아주 캄캄했다. 서재 옆 유원의 방에서 빛이 새어 나오고 있었다.

이방근은 예전 자신의 방은 돌아보지도 않고 바로 아버지의 거실로 향했다. 아버지 이태수는 말없이 아들을 맞았다. 이방근은 인사드리러 오는 것이 늦어졌습니다……라고 긴 여행에서 돌아온 자식처럼 아버지 앞에 머리 숙여 절을 했다.

그런데 이태수는 느닷없이 남승지 이야기를, 그것 때문에 아들이 오길 기다렸다는 듯이 꺼냈다. 넌 남승지라는 청년이 학교 교원이라 했는데, 그렇지 않더구나, 그건 누구냐?

"누구라니요? 갑자기 그렇게 말씀하시면……."

"네가 교원이라 했지만, 그렇지 않으니 하는 말이다."

아버지는 이방근의 말을 낚아채듯이 말하였다.

"아니요, 전 그에게 그렇게 들었습니다."

"뭐라, 이건 예삿일이 아니다. 네가 그렇게 들었다고 해서, 곧이곧대로 들을 사람이냐? 그놈은 가짜 교원이야."

"그는 제게 그렇게 말했으니까요. 그는 절 속일 사람이 아닙니다. 으-음, 혹은 그럴 수밖에 없는 무언가가……."

"닥쳐라!"

속이 빤히 들여다보인 모양이었다. 이방근은 말을 막아서 오히려 다행이라는 생각이 들었다.

"그만 됐다, 큰소리로 말할 순 없지만 그자는 공산당이다. 분명히 N중학교 교원은 했었지만, 작년을 끝으로 그만두었다는 얘기야. 어험, 어딘지 수상하다고 생각했더니, 안 된다, 앞으로는 절대로 드나들게 해선 안 돼……."

인사하러 찾아온 자리에서, 이건 마치 아들의 이사에 대한 보복이 아닌가.

장지문 밖에서 인기척이 나더니, 유원이 방 분위기를 헤아렸는지 들어가도 되는지 묻고는, 어험…… 하는 아버지의 목소리를 듣고 방으로 들어왔다.

그녀는 오빠와 나란히 탁자 앞에 앉았다. 이방근은 남승지가 가짜 교원이라는 아버지의 무수한 의미를 함축한 매도에 반박하지 못하고 있었는데, 유원의 동석이 그 틈을 메워 주었다.

"유원아, 지금 몇 시냐?"

자세를 고쳐 앉은 아버지가 말했다.

"곧 여덟 시입니다."

"음, 여덟 시. 내일의 출발 준비는 다 된 것이냐?"

"예ㅡ."

이방근은 자신도 모르게 아버지의 얼굴을 쳐다봤지만, 아버지는 고개를 끄덕이며 아무 말도 하지 않았다. 정좌한 유원은 양손을 바닥에 대고 절을 했다. 반사적으로 아버지와의 마지막 이별을 의식한 건 아닐까.

이방근은 인사만 하고 바로 자리를 뜰 생각으로 있다가 남승지 일 때문에 발이 묶인 느낌이 들었지만, 맞은편 별채의 서재도 아니고, 일부러 이사한 곳에서 찾아왔기에, 비록 잠시 동안이라도 자리를 지켜야 할 것이다.

부모 자식 간에 서약서를 쓴 관계이면서, 겨우 '감금' 상태를 풀고 서울행을 인정한 것이고, 또 이제 막 방으로 들어온 유원을 동요하게 해서는 안 된다.

그녀가 어떻게 내일 밤의 출항 직전까지 자신의 안에 있는 아버지에 대한 배신을 견뎌 낼 수 있을지, 아니면 끝내 참지 못하고 이것이 제주도와의, 그리고 아버지와의 결별이라는 걸 고백할지 알 수 없기 때문에, 이방근은 유원의 마음을 지탱해 주어야만 했다.

향긋한 냄새와 함께 부엌이가 귤차를 내왔다.

아버지는 담배를 피우며 차를 마실 뿐 말을 하지 않았다.

"유원이와 하실 말씀도 있으실 테니, 전 잠시 있다가 돌아가……, 실례하도록 하겠습니다."

이방근은 차를 다 마시면 자리를 일어날 생각으로 말했다. 유원은 내일 출발을 앞두고, 제주도에서 그리고 아버지 슬하에서 마지막 밤을 보내게 된다.

"오빠, 벌써 돌아가는 거예요?"

"돌아가? 핫하아, 당장 돌아가는 건 아니고……."

이방근은 쓴웃음을 지으며 말했다.

아버지가 천천히 일어나 방을 나갔다. 툇마루를 밟는 아버지의 발걸음은 변소로 향하는 듯했다.

"오빠는 돌아가겠지만, 잘 들어, 넌 서울로 돌아가는 것뿐이다. 그 외에는 일체 말하지 마라."

이방근은 안방의 선옥이 알아채지 못하도록 목소리를 낮추어 말했다. 유원은 크게 고개를 끄덕였다.

"유원아, 승지가 오늘이나 내일, 양일 중에 성내로 오는 거냐?"

"예?"

유원은 놀란 듯이 얼굴을 오빠 쪽으로 돌렸다.

"보름 안에 올 거라고 네가 말했잖아."

"네……. 그래요, 일전에 그렇게 말하고 갔어요. 어디로 올까요, 양준오 씨 집에?"

"음, 그럴지도……."

"괜찮을지 모르겠어요……."

"아까 네가 방에 들어올 때까지 남승지 얘기가 나왔었어. 그가 교원이라고 오빠가 거짓말을 했다는 것인데, 그에 대해 알아본 것 같아.

만약 그의 얘기가 나오면, 그렇게 들었는데 그 외엔 아무것도 모르겠다고 하면 돼……."

툇마루가 삐걱거리는 게 아버지가 돌아온 모양이었다. 어험……. 방 밖에 선 아버지가 장지문을 열고 들어왔다.

남승지가 성내로 들어왔다.

어두운 수면에 옅은 안개가 흐르는 서문교 주위를, 두 명의 경찰이 순찰하면서 망을 보고 있었다. 통행금지는 아니었지만, 수상한 자를 보면 통행자를 임의로 불러 세워 심문한다. 다리 위를 오가는 경찰들은 점차 짙어가는 밤을 배경으로 녹아들 것 같은 수상쩍은 그림자의 움직임처럼 보였다.

암반의 냇바닥을 흐르는 맑은 물소리가 벼랑 위로 들리고, 냇가의 지면까지 늘어진 버드나무 가로수의 휘어진 가지들이, 부드러운 바람을 안고 옷을 스치듯 사각대는 소리가 들릴 정도로 조용했다.

헛기침과 두툼한 고무바닥에서 나는 복수의 신발 소리가 들리고, 왼쪽 물가의 하천 아래쪽에서 두 개의 검은 그림자가 나타났다. 그림자는 다리 쪽을 향해 다가왔는데, 갑자기 으악, 으악……! 하고 영문을 알 수 없는 비명에 가까운 외침이 나더니, 다시 계속해서 와악 이라든가 우엑 하고 놀라 자빠질 듯한 소리가 들리자, 순식간에 한 사람이 권총을 겨누었다. 발밑을 한 마리의 생물이 검은 바람 뭉치처럼 달려 빠져나갔는데, 저 건너 멀리 어둠 속에서 무서운 두 개의 눈빛이, 신비스럽고 투명한 보석 같은 빛을 발하고 사라졌다.

"이봐, 놀라게 하지 마, 고양이잖아."

"빌어먹을! 고양이 새끼가 경찰님을 놀라게 하다니."

맨 처음 당돌하게 으악, 으악! 하는 비명 소리에, 숨어 있던 검은 고양이가 놀라서 튀어 나온 것이었다. 그 비명은 괴물도 게릴라도 아닌, 때마침 불어온 바람에 버드나무 가지들이 한차례 나부끼면서 하천 아래쪽에서 올라온 경찰의 등에서부터 경찰모를 넘어 정수리를, 그리고 한쪽 뿔을 마치 누언가 정체 모를 족수처럼 스윽 하고 쓰다듬었던 것이다.

다리 위의 두 개 그림자가 소리를 지른 2인조에게 말을 걸며, 하천 아래쪽으로 다가갔다.

그때, 오른편 물가 쪽 다리 아래 암반지대에서 움직인 그림자 하나가, 하천 상류 쪽 다릿목에 가까운 물가를 마치 뱀처럼 능숙하게 기어오르더니, 그대로 2, 3미터 넓이의 길을 건너, 민가의 어두운 벽에 몸을 바짝 붙였다.

그림자의 주인은 가볍게 옷을 턴 뒤, 곧바로 아무 일도 없었다는 듯이 모퉁이의 민가 뒤에서 통행인을 가장하고 신작로로 빠져나와, 앞쪽에서 다가온 경찰이 아닌 통행인과 스쳐 지나갔다. 그림자의 주인은 뒤돌아보지는 않았지만, 다리 건너편 주변에는 아직 경찰들의 그림자는 보이지 않았다. 겨우 30초나 1분에도 못 미치는 간격이었다. 그러나 그때까지 다리 밑 그림자는 한 시간 가까이 움직이지 않고 있었다. 그림자는 재빨리 샛길로 빠지기 위해 신작로에서 바로 왼쪽으로 구부러지는 길로 들어갔다. 조금만 더 가면 북국민학교의 뒷길 주변이 나온다. 이방근의 집이 가깝다. 다행히 사람들의 왕래가 있었고, 그림자의 주인도 통행인의 한 사람이었다. 그는 이마에 식은땀을 흘렸고, 스스로는 보통의 걸음걸이로 가려 했겠지만, 빠른 걸음으로 전방좌우를 살피며 계속 걸었다.

남승지는 양준오의 하숙집을 향하고 있었지만, 조금 거리가 있는데다가 신작로 등을 지나갈 수도 없어서, 평상시와는 달리 상당히 위험했다.

　남승지는 보름 전과 마찬가지로 서문교가 걸려 있는 병문천의 서쪽을 흐르는 한천(漢川) 하류 근처에서, 동쪽으로 비스듬히 난 안전하고 가까운 길을 택했지만, 일단 가까운 신작로로 나와 보니 예상대로 안개의 베일 속에서 서문교 근처에서 경찰들의 그림자를 확인했다. 상황을 봐 가며 곧장 성내를 향해 신작로로 서문교를 건널 작정이었던 그는, 그대로 원래의 골목으로 들어가, 이윽고 서문교의 약간 상류쪽 하천 기슭으로 나왔다.

　그는 물가의 관목 수풀로 숨어들었다가, 거기서 바위투성이인 하천 바닥으로 내려갔다. 물가는 상류지대처럼 그렇게 높지도 않고 험하지도 않았다. 게다가 호안공사가 돼 있었다. 그는 하천 바닥 한가운데를 흐르는 물을 징검돌 밟듯이 바위를 따라 건너 맞은편 오른쪽 물가에 이르러서는 바위 뒤에 몸을 숨기며 조금씩 이동하여 서문교 아래에 당도했다. 그리고 머리 위의 다리를 왔다 갔다 하고 있는 경찰의 동정을 살피고 있었던 것이다. 어쨌든 그는 유원과 약속한 대로 찾아온 것이었다.

　몇 분간 무사히 걷고 있던 남승지는 오른쪽으로 돌면 국민학교 뒷길이 나오는 사거리까지 왔다. 그대로 곧장 걸어 해안 쪽을 도는 것은 우회로가 될 뿐만 아니라, 읍내 안의 길을 가는 것보다 안전하지도 않았다. 어느 쪽이든 노상에서 경찰과 맞닥뜨리지 않도록 가능하면 골목을 따라 지름길을 더듬어 가야 했다. 가령 경찰과 맞닥뜨려도 통행인처럼 지나치면 되겠지만, 그것도 때가 때인 만큼 갑자기 불심검문에 응할 수 있을 만큼 대비가 돼 있어야 했다.

　그는 국민학교 뒷골목이 나오는 길을 택했다. 주위는 돌담 안쪽으로 등불이 소박하게 비치는 민가이다. 뒷길을 한동안 걸어가자, 전방에서 인기척이 나고, 남자 두 사람이 나타나 이쪽을 향해 다가왔는데, 남승지의 몇 미터 앞에서 도로와 접한 민가로 모습을 감췄다. 순간적으로 남승지는 그 자리에 얼어붙을 것 같았지만 잽싸게 민가 돌담 뒤에 몸을 숨기고, 겨우 2, 3미터 앞에서 왼쪽으로 구부러지는 골목 쪽으로 조금씩 기어가, 그곳으로 쑥 들어가자마자 그대로 내달리기 시작했다. 산에서 생활한데다 양준오에게 물려받은 즈크화를 신고 있었기 때문에, 평지를 달리는 것은 바람과 같았다. 발소리도 거의 들리지 않았다.

도로 쪽의 집으로 모습을 감춘 일행 두 사람의, 2, 3미터 뒤에 또 다른 두 개의 그림자는 경찰이 다가오는 것이 그 앞 두 사람에게 가려서 보이지 않았다. 남승지는 가벼운 난근시의 눈을 가늘게 뜨고 그것을 확인했지만, 경찰에게 들켰는지 안 들켰는지 모른 채, 양쪽의 민가 돌담이 늘어서 있는 좁은 길을 잠시 달리다가 골목 모퉁이에서 멈춰섰다. 계속 달려서는 안 된다. 그는 옆에 서 있는 나무 그늘에서 뒤를 살폈지만, 추적해 오는 기척은 없는 듯했다.

그는 복잡한 골목을 대강 어림잡으며 걸었는데, 전방의 반투명한 안개 속에 낯익은 집이 조용하게 있는 골목에 와 있었다. 집의 정면이 아니라, 옆의 토담이 서 있는 골목이었다.

남승지는 어느새 와 있는 골목에 우두커니 서서, 이방근의 집 토담의 한 곳을 가만히 응시하고 있었다.

갑자기 그는 뒤를 돌아보았다. 지금 온 쪽에서 인기척이 나고 있었다. 꽤 구불구불한 길을 온 것 같은데, 전혀 예상치 못한 곳에서 이곳으로 다가오는 여러 명의 발소리가 났다. 동물적인 감각을 몸에 익힌 남승지가 먼저 눈치를 채고, 상대 쪽은 아직 못 알아챘을지도 모르지만, 그는 발소리를 죽인 큰 폭의 걸음으로 어두운 골목의 오른쪽 토담에 바짝 몸을 붙이고 가다가, 눈앞에 다가온 뒷문에 손을 대고 숨을 죽인 채 천천히 밀어 보았다. 낡은 뒷문이 작게 삐걱거리며 안쪽으로 조금 조금 열렸다. 남승지는 몸을 옆으로 돌려 미끄러지듯 들어가, 뒷문을 원래대로 닫고 안쪽에서 작은 빗장 손잡이가 달린 고두쇠를 옆으로 당겨 걸었다.

뒷문이 있는 뒤뜰은 응접실과 부엌이 있는 별채 뒤쪽이었는데, 한쪽 널문이 열려 있는 부엌의 불빛이 어두운 밖을 비추고 있었다. 그러나 인기척은 없었다. 바로 왼쪽에 있는 건물 모퉁이는 꼬마전구 같은 약한 빛이 흘러나오는 변소였는데, 남승지는 숨을 죽이고 잠시 인기척이 있는지 살펴보았다. 변소에 사람이 있다면 조금 전의 희미한 뒷문의 삐걱거림도 들을 수 있는 거리였다. 아무런 소리도 나지 않는다. 변소가 있는 별채 유원의 방 뒤편 장지문이 밝았다. 유원이 방에 있는지 어떤지 알 수 없었다. 옆에 있는 이방근의 서재, 그리고 온돌방은 캄캄했다.

남승지는 방망이질 치는 심장을 억누르고, 지옥에서라도 나온 듯한 커다란 숨을 가라앉히며 얼굴을 판자문 가까이에 대고 귀를 기울였다. 예상대로 밖의 골목을 복수의 발소리가, 두툼한 고무 밑창을 지면에 끄는 신발 소리가 나고, 아마도 경찰로 보이는 두 명의 남자가 서로 이야기를 나누며 지나가고 있는 듯했다. 빠른 걸음이 아닌 것으로 보아 사람을 쫓는 것은 아니었다. 남승지는 뒤에서 따라오던 경관들에게 들키지 않았던 것이다.

경찰의 발소리가 완전히 사라졌다.

유원의 방은 전등이 켜진 채로 여전히 인기척이 없었다. 남승지는 바로 왼쪽 담장을 따라 늘어선 정원수 그늘에 몸을 숨기고 부엌이가 나오기를 기다렸다. 그녀가 기회를 봐서 뒷문의 상태를 확인하러 나와야 한다. 뒷문 자물쇠는 연락원인 부엌이에 의해 벗겨져 있었다. 오늘 남승지가 성내로 오는 것이 연락망을 통해 부엌이에게 전달되었고, 그에 대비해 몰래 뒷문 자물쇠가 벗겨졌다. 만일의 경우에 추격을 따돌리는 피신저로 사용하기 위해서였다. 만약 오늘 밤 아무 일도 없으면 밤늦게까지 기다렸다가 자물쇠를 채우고, 또 내일, 이틀 연속으로 자물쇠가 벗겨진다. 보름 전 남승지가 성내에 왔을 때도, 마찬가지로 이 집 뒷문이 아무도 모르게 비밀리에 자물쇠가 벗겨져 있었지만, 그때는 뒷문으로 숨어들 필요 없이 일이 끝났던 것이다.

몇 번씩 반복해서 이용하는 것은 어렵지만, 뒷문은 남승지한테만 열린 것이 아니었다. 조직의 간부인 강몽구도 만일 성내로 들어올 경우에는, 긴급 상황에 대비해 이 집의 뒷문 자물쇠가 집안사람들 모르게 벗겨진다. 이 무서운 조직의 안내 역할을 부엌이가 맡고 있었다.

부엌에서 어두운 뒤뜰을 계속 비추고 있던 불빛이 갑자기 그림자를 움직이더니, 인기척이 났다. 사람의 그림자가, 덩치 큰 여자의 그림자가 빛 속에 나타나고, 부엌이가 발소리를 죽이며 뒷문 쪽으로 다가왔다. 빛의 울타리에서 나오자 부엌이의 모습은 거의 안개가 낀 어둠 속으로 녹아 버린 듯 보이지 않았다.

남승지가 살그머니 1, 2미터 옆의 뒷문으로 다가가, 낮은 목소리로 부엌이를 불렀다. 아이고, 오셨수꽈. 용케 무사해서 다행이우다. 부엌이는 어둠 속에서 갑자기 목소리가 들렸는데도 놀라는 기색도 없이, 자못 긴장은 하면서도 침착한 목소리로 말했다.

"방금 전에 서방님이 돌아가셨수다. 예―, 다른 곳으로 이사를 하셨수다."

"방금 전이라면, 도중에 만날 수도 있었겠군요."

"아가씨는 지금 아버님 방에서 얘기를 나누고 있는 중입니다. 내일 밤, 드디어 서울로 가섭수다."

"내일 밤?"

"예ㅡ. 내일 밤 배를 타십니다. 어젯밤부터 갑자기 경찰이 데모를 단속한다며 읍내에 많이 나와 있수다. 소문만 무성하고 시위는 없어서, 내일은 경찰도 느슨해지겠지만, 단속이 심할 땐 내일도 여기를 나가면 안 됩니다."

부엌이는 뒷문 자물쇠가 채워져 있는지 확인했다. 그리고 자, 이쪽으로, 어서……라고, 어둠 속에서 주의를 재촉하며 남승지를 뒤뜰의 작은 별채 뒤 쪽으로 데리고 갔다. 담쟁이덩굴이 기어오른 토담이 검은 그림자가 되어 다가왔다.

"여기는 아무도 사용하지 않고, 아무도 드나들지 않수다. 전 나중에 올 테니 안으로 들어가 계시우다. 신발을 가지고. 불은 켜지 말고."

남승지는 거의 손으로 더듬다시피 장지문을 좌우로 조용히 당겨서, 바깥보다 짙은 어둠 속으로 기듯이 들어갔다. 양쪽으로 여는 널문은 이미 열려 있는데, 그것은 부엌이가 미리 삐걱거리는 소리를 경계하여 열어 둔 것이었다. 뒤쪽 장지문으로 들어간 것은, 계속 닫혀 있는 앞쪽의 널문을 열어 두는 것은 눈에 띄기 쉽고, 또 갑자기 열면 삐걱거리는 소리가 꽤 크게 나 곧바로 부엌까지 들리기 때문이었다. 밤에는 응접실이나 안채의 거실에서도 들릴 것이다.

"부엌이는 밖에 있어?"

부엌에서 유원의 목소리가 났다.

"예ㅡ, 여기 있수다."

"뭐하고 있어?"

"내일 아침에 땔 장작을 묶고 있수다."

부엌이는 별채 옆 장작더미에서 장작을 한아름 안고 부엌으로 들어갔다.

"아버지가 술 드시고 싶다고 하셔. 안주는 뭐가 좋을까."

"예ㅡ, 잘 알았수다. 제가 가지고 가겠수다. 기왕이면 아까 서방님과 함께 드시면 좋았을 것을."

"같이 마시면 서로 거북하니까, 괜찮아. 아까 뒤뜰 쪽에서 무슨 소리 안 났어?"

"예ㅡ, 제가 드나들어서 그렇수다."

"그전에도 무슨 소리가 난 것 같았는데. 고양이인가."

"그럴지도 모르쿠다. 아가씨는 귀가 너무 밝으시우다. 고양이가 지붕에서 장작 위로 뛰어내려 장작을 떨어뜨리기도 하고, 그리고 너구리가 오기도 합디다."

"어째서 너구리가 여기까지 오는 거지?"

"너구리는 마을까지 내려온다고 합디다."

"정말로 너구리가 왔어?"

"아니우다, 너구리 같은 건 이 집엔 나오지 않수다……."

부엌이는 유원이 부엌에서 나간 뒤, 삶은 양(胖, 소의 위)에 초장을 곁들여 술과 함께 주인이 있는 곳으로 가져갔다.

시각은 여덟 시 30분을 지나고 있었다. 유원이 말한 대로 부자가 함께 마주 보고 술을 마실 분위기는 아니었다.

유원은 곧 아버지의 거실에서 자기 방으로 돌아와, 내일 출발을 앞두고 제주도에서의, 그리고 아버지 슬하에서 마지막 밤을 보내게 되었다.

주인 부부가 침실로 들어가 불을 끈 뒤 뒷정리를 마친 부엌이가, 아직 한참 동안은 잠자리에 들지 않겠지만, 변소에라도 가지 않는 한 방 바깥으로 나올 일이 없을 유원의 방을 조심하면서, 뒤뜰 별채로 간 것은 열 시가 넘어서였다.

그녀는 찐 고구마를 몇 개 싸서 쓰다 남은 양초와 함께 가지고 가서는, 앞쪽 장지문 너머 널문 틈새로 희미하게나마 빛이 새지 않도록 방에 쌓인 물건들 뒤에서, 작은 불꽃이 흔들리는 가는 심지의 초를 밝혔다. 그것만으로도 암흑이 밀려나면서 부드럽고 따뜻한 빛이 두 사람을 비추었다.

아무도 들여다볼 사람이 없다고는 해도, 불을 켜둔 채(언제나 늦기 때문에 그걸로 의심 받을 일은 없었지만) 부엌을 오래 비워 둘 수는 없었다. 분명히 주인 부부는 잠자리에 들었지만, 무슨 일이 일어나 바깥으로 나오지 않는다는 보장도 없었다.

남승지는 내일 아침, 오늘 밤 그가 오기를 기다렸을 양준오의 하숙집으로, 도청에 출근하기 전에 가야만 했다.

부엌이는 내일 아침에 읍내의 상황을 보고 오겠지만, 오늘과 별로 다르지 않다면 밤까지 기다리는 편이 좋을 것이라고 했다. 내일 아침 여기를 나갈 수 없을 때는 자신이 양준오 선생님에게 연락하겠다. 그리고 아침에는 부엌에 가족이 드나들고 변소에도 가니까, 가족들의 눈을 피해 뒷문으로 나가는 것은 매우 어렵다. 그때는 어떻게 하면 좋을지 고민했다. 남승지는 이 집 뒤쪽 담장과 옆집이 어떻게 돼 있는지 날이 밝지 않으면 알 수 없지만(옆집의 돌담과 이 집 울타리 사이는 사람 한 명이 설 수 있을 정도의 공간이 있다고 부엌이가 말했다), 그렇다면 아마 괜찮을 것이다. 내일 아침에 울타리를 넘어 인기척을 살피면서 뒷문 쪽으로 난 골목으로 나가겠다고 말했다. 여기에는 침구가 없으니, 밤이 깊어 모두가 깊이 잠들었을 때 자신의 방에서 이불 하나만 가져오겠다고 부엌이가 말했지만, 당치도 않았다. 대문 옆 식모 방에서 여기까지 거리만 봐도 어떻게 될지, 그야말로 집안사람들이 잠을 깰 위험이 있다며, 남승지는 강하게 만류했다. 산에서 생활하는 사람들에게 있어서, 오늘 밤을 지붕 밑에서 무사히 보내는 것만으로도, 지금은 그 이상 바랄 것이 없었다.

부엌이가 일어서려고 할 때, 남승지가 촛불처럼 다소 떨리는 목소리로, 내일 밤 유원이 출발하기 전까지 그녀와 만날 수 없겠느냐, 고 말해 부엌이의 발길을 멈추게 만들었다. 여느 때와는 달리, 뒷문을 연 부엌이에게는 심각한 부탁이었다. 내일 아침, 혹은 밤이라도 남승지가 살짝 나가면 흔적을 남기지 않고 일은 해결되는 것이었다.

"어떻게 이 집에 들어왔다고 한단 말이우꽈?"

"경찰이 쫓아오는 것 같아 위험했기 때문에, 집 담장을 기어올라 뒤뜰로 뛰어내렸다고 하면 어떨까요. 그것을 부엌 씨가 도와준 겁니다. 유원 동무에게는 일전에 보름 안에 다시 성내로 온다고 약속을 해 두었어요."

"아이고, 어쩐단 말이우꽈." 부엌이는 깊은 숨을 토해 냈다. "난 빨리 가 봐야지. 또 나중에 오겠수다."

부엌이는 서둘러서 부엌으로 돌아가, 유원의 방에 불이 아직 켜져 있는 것을 확인했다.

부엌이는 부엌의 마루를 반복해서 걸레질하고, 검게 윤이 나는 쇠뚜껑 가마솥이 몇 개나 놓여 있는 부뚜막을 닦고, 봉당을 청소한 뒤에 손을 씻더니, 부뚜막 앞 거무스름한 흙벽에 붙어 있는 붉은 글씨의 기괴한 형태를 한 부적 앞에 물을 올리고 합장했다. 조왕님(부엌의 신)이었다.

부엌이는 이래저래 부엌에서 필요 이상으로 걸레질을 하며 시간을 보내면서도, 한편으로는 유원이 있는 방의 불빛을 지켜보고 있었는데, 조왕님께 합장을 끝내자 부엌을 나와, 어험 하고 가벼운 기침을 하며 유원의 방으로 발길을 옮겼다.

아직 잠들지 않은 유원은, 몸집이 큰 부엌이가 묵직하게 툇마루를 딛는 특징 있는 발소리를 충분히 듣고 있을 터였다.

이런 시각에 일부러 부엌이가 찾아올 리 없다는 걸 알고 있는 유원은, 장지문 밖의, 아가씨, 부엌이이우다……라고 기묘하게 짜내는 듯이 가느다란, 여느 때와는 다른 부엌이의 목소리에 무엇보다 놀라 장지문을 열었다. 여느 때라면 방으로 발을 들여놓기를 주저할 터인데, 지금은 그렇지 않은 부엌이를 아직 정리가 끝나지 않아 어질러진 방으로 들인 뒤, 아가씨, 마음을 가라앉히고 들어 줍서……, 계속해서, 남승지가 이 집에 와 있수다…… 운운하는 말을 듣고 유원은 크게 놀랐다. 아이고!

"어디에 와 있어?" 유원은 마치 방 안을 둘러보듯이 하며 느닷없이 일어섰다. 그리고 뒤쪽의 장지문을 열고 널문을 배경으로 우뚝 서서 굳은 미소로 말했다. "부엌이, 날 놀라게 만들지 마. 그게 정말이야? 어디 있어? 아아, 무슨 일이람……. 그게 언제야? 확실히 말해 줘!"

부엌이는 다소 혼란스러워하는 모습의 유원에게 남승지가 말한 대로, 경찰들에게 쫓기다가 집 담장을 넘어 뛰어내렸는데, 지금 별채 쪽에 있다……고 이야기했다.

"아이고, 아가씨, 부디 용서를……. 전부 이 부엌이 탓이우다. 용서를……."

"우리 집 별채에? 그런데 뛰어내려서 다치지는 않았어?"

높은 담장을 뛰어넘어 추적하는 경찰들을 따돌렸다는 이야기는 꽤나 듣는 사람의 마음을 감동시켰다.

"예ㅡ."

한순간 빛나는 표정을 지은 유원은 손을 뒤로 돌려 장지문을 천천히 달더니, 자리로 돌아와 부엌이의 손을 잡았다.

"부엌이, 고마워."

"아가씨, 죄송하우다."

부엌이는 숙인 머리를 가로저으며 말했다.

"부엌이는 도대체 무슨 말을 하는 거야. 정말로, 용케도 이 집에 경관들이 찾으러 오지 않았네."

부엌이는 다음의, 중요한 말을 전해야만 했다. 잠시 시간을 두고 부엌이가 말한, 그러니까 내일 밤 출발 전까지 유원을 꼭 만나고 싶다는 남승지의 메시지는, 그녀를 바로 혼란스럽게 만든 것 같았다.

유원은 마치 부엌이가 옳지 않은 중개 역이라도 자청하고 나선 것처럼 거친 목소리를 냈다.

"부엌이는 무슨 말을 하는 거야. 그럴 수는 없어. 이 집에 승지 씨가 있는 것만으로도 큰일인데, 아버지나 새어머니에게 들키면 어떻게 되는지 몰라? 그렇지 않아도 승지 씨는 이제 이 집에는 출입할 수 없게 되었어. 중학교 선생이 아니라는 것도 들켜 버렸다니까. 빨갱이라는 거야. 무서워. 나는 '결혼'을 해야 하는 몸이니까. 오늘 밤은 그대로 별채에 머물고, 날이 밝으면 이 집에서 나가도록 해 줘. 아무 일도 없었던 것처럼 돌아가게 해야 돼. 안 될 일이야."

순식간에 마음이 변한 것처럼 방금 전까지와는 다르게 유원의 태도가 돌변해 있었다. 부엌이에게 남승지가 이 집에 있다는 것을 듣고 놀라서 방을 둘러보며 갑자기 일어섰을 때는, 당장이라도 장지문을 열고 남승지를 만나기 위해 뛰쳐나갈 것 같았는데, 정말로 태도가 급변했다. 그러나 어렴풋이 주홍빛을 띤 얼굴에는 어떤 두려움과 함께 분명한 기쁨의 빛이 하나의 표정 속에 소용돌이를 이루며 세차게 부딪치고 있었다.

부엌이에게 대꾸할 말이 있을 리가 없었다. 유원이 부엌이를 남승지의 대변자라도 되는 것처럼 말한 것은 착각을 해도 이만저만이 아니었다. 아니 착각을 한 것이 아니었다. 의식적이고 순간적인 애절함을 느끼게 하지만, 그녀가 한 말은 타당했다. 부엌이가 남승지에게 그 뜻을 전하기 위해 자리에서 일어나 방을 나서려고 장지문에 손을 대었을 때, 부엌이, 잠깐 잠깐만…… 하고 유원이 불러 세웠다.

"부엌이, 어쩌지……. 어쩌면 좋을까?"

"아가씨, 진정하십서." 부엌이가 목소리를 낮추어 말했다. "아가씨는 내일 밤부터 더 이상 제주도에 계시지 않을 몸, 승지 씨 쪽은 내일이면 산으로 들어가 버릴 몸이우다. 제가 승지 씨를 뒷문을 통해 이쪽으로 불러오겠수다."

"아니야, 안 돼. 내가 별채 쪽으로 갈게. 승지 씨는 별채에서 밖으로 나오지 않는 편이 좋아."

"밖은 안개가 깔려 있고, 어둡기 때문에 발밑이 위험하우다. 제가 별채 밖까지 함께하겠수다."

"부엌이는 됐어. 난 지금 가지는 않을 거니까. 부엌이는 일을 마쳤으면 이제 불을 끄고 부엌이 방에 가서 쉬는 게 좋겠어. 나는 내일 아침 일찍, 아버지랑 새어머니가 일어나기 전에라도 혼자서 갈 테니까."

부엌이는 고개를 끄덕였다. 그녀는 아침에는 일찍, 해가 뜨기 전에 일어나 하루의 집안일을 시작한다. 내일 아침에는 유원이 늦잠을 자지 않도록 일찌감치 깨우러 온다며, 장지문을 살며시 열었다.

"조심해. 아버지랑 새어머니가 깨지 않도록……."

안뜰 건너편으로 아버지의 방은 모두가 깜깜하고 조용히 잠들어 있었다.

밤이 깊었다.

유원의 방도 배전시간이 지나서 전등이 꺼졌다. 유원은 잠자리에 들었지만, 아직 잠들지 않았다. 앞쪽 널문도 닫힌 방 안은 전등 대신 양초의 불꽃이 밝게 흔들리고 있었다.

필요하다면 모든 것을 버리고 게릴라에 참가할 마음까지도 먹었던 유원이, 제주도와 이별하고 곧 일본으로 향하게 되는 그 출발 일을 앞두고, 지금 남승지와 같은 집에 있다는 사실을 생각하는 것은 아버지와 헤어지는 일에 못지않은, 아니, 그보다 더 견디기 힘든 심정일 터였다.

부엌이에게 내일 아침에라도 일찍 유원 쪽에서 별채로 찾아온다고 전해들은 남승지는, 양초를 끈 먼지 냄새 나는 암흑 속에서 작업복을 입은 채로 누웠지만, 잠이 들지는 않았다. 불을 넣지 않은 가을밤 장판 위는 조금 차가웠지만, 그는 유원이 손수 짜서 보내 준 스웨터를 속에 껴입고 있었다. 또 하나, 여동생 말순이 일본에서 짜준 물빛 스웨터가 있었지만, 유원이 준 벽돌색 스웨터를 택했다.

자리에서 일어나 뒤쪽 장지문을 살그머니 열고 밖을 보자, 초저녁보다 꽤 짙어진 듯한 안개가 어둠 속에서 얼굴을 어루만지며 방 안으로 흘러들었다. 그는 몇 번이나 심장이 밖으로 튀어나올 듯한 가슴을 손으로 누르고, 불빛이 없는 방의 암흑보다는 그래도 조금 밝은 바깥의 어둠을 응시하며, 두 눈을 어둠에 길들였다. 성냥을 그어 손목시계를 보니, 한 시가 넘었다. 아직 유원도 잠들지 않았을지 모를 시각이었다.

그는 거의 손으로 더듬다시피 신발을 신고, 큰 벌레가 된 것처럼 촉각 대신 더듬거리며, 앞으로 숙인 자세로 조금씩 달팽이처럼 천천히 발걸음을 내딛었다. 격한 고동이 멈추지 않던 심장이 덜컥하고 튀어 오르는 순간, 다리가 방향을 잃고 된장이나 간장 등을 저장해 놓은, 밤눈에도 희미하게 들어오는 몇 개의 땅딸막한 장독에 부딪히지 않는다는 보장도 없었다. 만일 장작을 쌓아 놓은 곳에 몸을 부딪쳐 무너져 내리거나, 장독이 깨지기라도 한다면, 심야에 큰 음향과 함께 모든 것이 끝장날 것이었다. 실로 '혁명적 경계심'이 결여된 반혁명적 행동이 될 수도 있었다.

남승지는 1미터를 몇십 배의 거리로 늘여 놓은 것처럼 발길을 옮겨, 간신히 부엌 뒤 출입구 앞쪽까지 올 수 있었다. 거기에서 겨우 허리를 폈다. 이제 뒷문 쪽을 향해 가는 것은 그다지 어렵지 않았다.

뒷문에 가까운 건물 모퉁이의, 안개 속에 분뇨 냄새가 흐르는 변소 근처까지, 마치 후각 동물처럼 코를 킁킁거리며 다가온 남승지는, 목을 길게 늘이고 건물 모퉁이에 손을 댄 채 오른편 어둠 속을 들여다보았다. 분명히 변소 옆은 욕실이고, 그와 마주 보는 맞은편에 나란히 유원의 방, 그리고 이방근의 서재와 그 밖의 방으로 되어 있을 터인 별채였다.

그는 밤바람이 빠져나가는 정원수와 건물 사이에 좁은, 정원수 가지들이 몸에 닿는 통로로 들어가, 발소리를 죽이고 유원의 방 뒤쪽 툇마루로 다가갔다. 그때까지 보이지 않던 작은 촛불 같은 빛의 조각이, 닫힌 널문의 작은 틈새로 뭔가 보석처럼 어른거리며 반짝이고 있었다. 유원은 아직 자지 않고 있었다.

그때 분명히 유원의 낮은 기침 소리의 울림이 들리면서 이윽고 그녀가 닫힌 뒤쪽 장지문으로 다가오는 기척이 났다. 남승지는 한발 물러나 툇마루 바로 앞의 벽에 몸을 기대고, 틀림없이 그녀 혼자인 듯한 방 안의 상황을 탐색했다. 장지문을 조심스레 여는 소리가 났다.

"아앗."

남승지가 목구멍 안에서 소리를 냈다.

그러자 유원의 근심 어린 깊은 한숨이 방에서 흘러나오고, 곧 덧문 걸쇠를 푸는 듯한, 손가락이 닿은 금속끼리 끼익하고 마찰하는 소리가 났다. 그녀는 널문을 열려고 하는 같았다. 남승지는 당황해서 몇 걸음 뒤로 물러나, 숨을 들이마셨다. 그러나 널문은 열리지 않았고, 그녀도 나오지 않았다. 일단 장지문이 열렸기 때문에, 널문의 걸쇠는 풀기 위해 유원의 손가락이 닿았을 것이다. 유원은 왜 널문을 열려고 했던 것일까. 유원의 이 동작은 어떤 부호처럼 남승지를 자극했다. 그는 유원이 잠들지 않은 것을 분명히 확인한 것이다. 심야에 밖에서 널문을 두드려 잠을 깨우는 것과는 다를 터였다.

남승지는 차가운 안개 속에 잠시 머물렀다.

그는 몸을 움직일 수 없는 상태에서 마음을 다잡고, 유원의 방을 뒤로 하고 일단 변소 근처까지 되돌아가 호흡을 가다듬었다. 두근거리는 가슴을 억누르고, 심호흡을 두 번 반복한 뒤 도둑처럼 뒤쪽 툇마루로 다가갔을 때는, 똑똑하고 널문을 작게 두드리고 있었다. 유원 동무……. 유원 동무. 삼라만상 일체의 소리가 사라지고, 방 안은 얼음 같은 조용함에 휩싸였다.

"유원 동무, 접니다, 문 좀 열어 주세요."

두꺼운 어둠의 껍질을 밀어내고 목소리가 들린다.

"……"

"부탁이니, 문 좀 열어 줘요."

"무슨, 일이 있어요?"

겨우 유원의 두려움이 섞인 분노를 품은 목소리가 들렸다.

"보고 싶어……."

"돌아가세요. 지금이 몇 시에요. 여긴 여자 혼자 있는 방이라구요.

말도 안 돼요."

"혼자라는 건 알고 있어요. 할 얘기가 있어서."

"부탁이니 돌아가요. 내일 아침에 내가 그쪽으로 갈 테니까."

남승지는 즈크화를 신은 채 좁은 툇마루에 무릎으로 올라오더니, 널문에 무릎걸음으로 다가와, 문 한가운데 틈에 얼굴을 대고 작은 목소리로 말했다.

"들립니까. 동무가 내일 밤배를 탄다는 말을 들었어요. 내일 아침에 건너 방으로 와 준다는 말도 들었습니다. 하지만, 그래서는 시간이 없어요. 동무도 서울에 가 버리고, 그렇지 않아도 앞으로는 더 이상 만날 수 없을지도 모릅니다. 일전에, 보름 안에 온다고 약속하고 얼마나 그날을 기다렸는지. 그런데 갑자기 경계가 심해져서 이렇게 돼 버렸지만, 정말 미안해요…… 앗, 잠깐만……."

남승지는 말을 멈추고 어둠 속에 귀를 기울였다. 담장 밖 골목 쪽에서 무슨 소리가 난 듯했다. 그는 잠시 꼼짝 않고 있었다. 개나 고양이일지도 모른다.

"여보세요……." 널문 안에서 톡톡 하고 두드리는 소리가 울리고, 유원의 목소리가 들렸다. "무슨 일 있어요? 괜찮아요?"

"예, 무슨 소리가 난 것 같았는데, 아무것도 아닙니다. 동무, 부탁이니 문 좀 열어 줘요. 정말로 할 얘기가 있어요. 내일 아침까지 얘기하고 싶어서 그래요. 밖에서 이러고 있다가는 그야말로 저기 골목에서 놈들이 들이닥칠지도 모릅니다."

유원이가 서둘러 방 안을 치우는 것 같았다.

"……지금 열 테니, 약속해 줘요. 아무 일도 없을 거라고."

그녀가 걸쇠를 젖히고 널문을 여는 순간, 신발을 벗을 새도 없이 툇마루에 우뚝 서 있던 남승지는, 촛불만으로도 거의 눈앞이 캄캄해졌다. 어둠에 깊이 잠겨 있던 그 눈에는, 방이 다른 세계의 빛으로 충만하여 눈이 부시고, 유원의 얼굴도 금방은 똑바로 쳐다볼 수가 없었다. 그는 당황하듯 신발을 벗고 방 안으로 들어서자, 널문을 닫고 장지문도 닫았다.

방 한가운데에 파자마 차림이 아닌 흰 스웨터와 바지를 입은 유원이 서 있었다. 거의 멍하니 서 있었다.

남승지는 겨우 두 눈 안에 제대로 형체를 맺으며 나타난 아름다운 유원을, 아니 그 모습을 찾아 두세 걸음 다가가더니, 그녀를 와락 안았다. 유원은 저항하지 않았다.

남승지는 그녀를 끌어안으며 흐트러진 머리카락이 걸려 있는 흰 목덜미에 얼굴을 묻은 뒤, 달아오른 그녀의 귓가에 뜨거운 숨결의 입을 대고, 아무 짓도 하지 않는다고 약속할 테니까……라고 진지하게, 거칠게 속삭였다.

3

이방근은 남승지가 온다고 하는 어제부터 뭔가 불길한 예감 같은 불안을 느꼈다. 하지만 그것은 그의 안전에 대한 걱정이 아니라, 어떤 정체를 알 수 없는 그림자가 다가오고 있는 듯한 일종의 압박감, 피부 감각이 동반된 것이었다. 그것은 혼돈스런 꿈속에까지 걸쭉한 실체 불명의 덩어리가 되어 나타나, 아침이 되어도 그 흔적 같은 것이 가슴에 응어리져, 손으로 끄집어낼 수 있을 것 같은 느낌이었다.

어젯밤, 아버지에게 이사했다는 인사를 하고 하숙집으로 돌아온 뒤에도, 남승지가 성내에 와 있는지 어떤지 신경이 쓰였다. 엄중한 경계 태세는 아니었지만, 경계망에 걸리지 않았다고도 할 수 없었다. 아니 양준오의 하숙집에 도착해서 하룻밤을 묵었을지도 모른다.

저녁에는 유원의 출발을 앞두고 집에서 식사를 하기로 했다. 아버지 이태수도 이사장을 맡고 있는 은행 쪽인지, 남해자동차 쪽인지는 모르지만, 저녁에는 곧장 귀가할 것이다. 그리고 아마도 마지막 식사를, 그런 사정을 알 리 없는 아버지가 딸과 함께하게 된다. 이방근이 집으로 가는 것은, 아버지 앞에서 갑자기 발작이라도 일으킨 것처럼 고백하려는 충동에 사로잡혀 버릴지도 모를 그녀의 동요를 억제하고, 그녀를 지탱시키기 위해서였다. 어젯밤 반 시간이 채 안 되게 있다가 집을 나온 이방근은 대문 밖까지 따라 나온 여동생에게, 아버지가 계신 거실로 돌아가서도 이것이 결별이라는 듯한 기색을 절대로 보이지 마라, 더구나 죄지은 듯한 의식에 사로잡혀 고백해서는 안 된다. 그때는 오빠의 얼굴과 말을 떠올리며 동요하지 말라고 단단히 당부해 두었다.

설마 하룻밤이 지난 오늘 아침이 되어, 출근 직전의 아버지에게 고백하는 일은 없겠지. 만약 고백을 했다면, 이미 무슨 이변이 일어나 그 여파가 여기까지 미쳤을 것이다. 이변이 일어난다면, 아버지가 귀가하고 나서 여덟 시가 지날 때까지는 약 두 시간, 식사를 마친 유원이 짐을 들고 아버지와 가족들에게 작별을 고하며 집을 나서기까지의 한순간으로 좁혀진다. 그리고 오늘 밤의 출발은 불가능해진다. 아버지 이태수는 일부러 부부 동반으로 아들을 산지 항 부두까지 배웅한 최용학의 아버지와 같은 짓은 하지 않는다. 여동생을 배웅하겠다고 이방근과 함께 부두까지 발걸음을 옮기거나 하지는 않을 것이다.

퇴청을 한 양준오가 방문했을 때, 이방근은 외출 준비를 하고 있었다.

"지금부터 나가려던 참인데, 마침 잘 왔어."

"만일 이 형이 안 계시면 집 쪽으로 갈 생각이었는데 말이죠. 잠시 여기에 앉겠습니다." 양준오는 사무용 가방을 좁은 방 벽 쪽에 놓고, 이방근과 나란히 소파에 앉으며 볼일이 있다는 듯이 말했다. "오늘 밤, 유원 동무가 출발하는 거지요."

"그래, 오늘 밤이야. 아홉 시."

"그 다음에, 일본으로……?"

"그렇게 되겠지. 후후, 양 동무는 집에 얼굴을 내미는 일이 있거든, 아버지 앞에서 실수라도 입을 잘못 놀려서는 안 돼."

"무슨 그런 걱정을. 저는 먼저 하숙집으로 돌아갔다가 승선 시간에 맞춰 부두로 가겠습니다."

"뭐 하러 부두까지 오는가? 인간 운반용 화물선이라도 구경하려고 그러나."

"유원 동무와도 긴 이별이 될지 모릅니다. 훌륭한 여동생이지요. 게다가 제가 신세를 지고 있고 또 존경하는 이방근 형님의 여동생이기도 하고요."

"이봐, 그만두라고. 입이 닳겠어."

"그만두죠. 이 형의 아버님은 아마 부두에 나오시지 않을 테고, 따라서 거기에서는 제가 말을 실수할 일도 없지요. 그렇잖아요. 음, 어쨌든 이건 좀 심각한데……." 양준오는 일단 말을 끊었다가, 그런데…… 하고 계속했다. "이 형, 어젯밤에 남승지가 왔습니다."

"오—……." 예상하고 있었던 일이고, 특별히 놀랄 일은 아니었지만, 이방근은 무심코 목소리를 높였다. 물으려던 참이었다. "드디어 왔구만. 그렇다면 어젯밤은 양 동무 집에서 묵었다는 말이로군."

"……예, 그렇게 되었습니다."

양준오는 순간, 말이 막힌 것처럼 대답했다.

"그렇게 되었다니?"

"예, 그렇다는 것입니다."

"뭔가 말을 돌리는 것 같구만." 이방근은 무언가를 감지한 것처럼 힐끗 얼굴을 옆으로 돌려 양준오를 쳐다보았다. "그래서, 승지 군은 어떻게 됐나? 아직 양 동무의 하숙집에 있나."

"아니요, 낮에 출발했습니다. 경계가 심하면 오늘 밤이나 내일로 미루려 했지만 서두르더군요. 산지 뒤편의 해안 가까운 곳에서 사라봉 언덕 쪽으로 성내를 빠져나갔습니다. 이 형을 만나고 싶어 했습니다. 시간이 없어서 그대로 가 버렸습니다만."

"으ー음⋯⋯." 이방근은 가볍게 한숨을 쉬었다. "무사하다니 다행이 군. 여기서 어슬렁거릴 필요는 없겠지."

모처럼 성내까지 왔는데, 이제 이것으로 유원과는 만날 수 없게 되고 만 것이었다. 아니, 잠깐, 그는 유원에게 보름 안에 온다고 약속하지 않았던가. 이방근은 갑자기 남승지가 지난밤에 양준오의 하숙집으로 직접 갔는지 의심스러웠다. 설마 여기로 이사한 걸 모르고 바로 집으로라도⋯⋯.

"양 동무, 어젯밤에 승지는 동무 집으로 직접 왔다고 했나? 유원의 얘기론 보름 안에 온다고 약속을 했다던데, 그 빠듯한 일정이 우연히 어제와 겹치는군. 그가 우리 집에 갔었다는 말은 하지 않던가? 그러나 집으로 가는 것도 이상해. 우선은 양준오 자네 집으로 가야겠지. 자네 집에 도착한 게 몇 시쯤이었나?

"⋯⋯" 시선을 떨군 양준오는 아무 말 없이 천천히 혼자서 고개를 끄덕였다. "아니, 여기서 마침 만날 수 있어 다행이지만, 사실은 그 때문에 들렀습니다. 그는 어젯밤 이 형 집 쪽으로 직접 갔다고 합니다. 사정이 그렇게 돼 버린 모양입니다. 그걸 남승지 대신 말씀드립니다."

"뭐라고……?"

이방근은 양준오를 힐문하듯이 쳐다봤다.

"어젯밤 저의 집에서 묵은 것이냐고 물으셔서, 엉겁결에 그렇다고 대답을 하고 말할 기회를 놓쳤는데, 그렇지 않습니다. 그 일에 대해 얘기할 작정이었습니다."

"……" 이방근은 기가 막힌 듯이 말했다. "그래도 용케 무사히 동무 집까지 갔나 본데, 도착한 건 어젯밤 몇 시쯤이었나?"

"저의 집에는 아침이 되어서야 왔습니다. 어젯밤에 성내로 들어온 건 확실하지만, 그리고 이 형의 집에서, 뒤쪽 별채에서 묵은 것 같습니다. 그가 그렇게 말했습니다."

"우리 집에서 묵었다……? 별채에? 믿을 수 없군. 아버지나 가족들은 몰랐다는 건가?"

설마 했던 의구심이 구름처럼 부풀어 올라 과녁을 적중. 이방근은 갑자기 소파에서 일어섰다. 이것이다. 이것이 그 정체모를 불길한 예감 같은 불안의 정체이다. 양준오의 말에 놀랐다기보다, 그 분명한 어떤 압박감을 동반하고 다가온 불안의 적중에 놀랐다. 날카로운 의혹이 온몸을 내달렸다. 소파 앞의 작은 공간에 우뚝 선 이방근은 이전의 서재에서처럼 방을 이리저리 돌아다닐 수도 없었다.

양준오는 담배를 입에 문 이방근이, 앉은뱅이책상 위에 놓여 있던 재떨이를 두 사람 사이에 놓고 소파에 앉는 것을 기다렸다가, 지난밤 남승지로부터 들었다는 이야기를 했다.

지난밤 한천 상류 쪽에서 내려와 성내로 들어온 남승지는 서문교 밑에서 한 시간 정도 숨어 있다가, 양준오의 하숙집에 갈 생각으로 신작로를 피해 북국민학교 뒤쪽 길 근처까지 왔을 때, 안개 속에서 두 명의 경찰 그림자를 발견하고 골목으로 도망쳐 들어갔다. 정신을 차리고 보니 어느새 이방근의 집 옆 골목인 듯한 곳에 와 있었는데, 그때 뒤쪽에서 예기치 못한 여러 명의 경찰로 보이는 발소리가 다가오는 것을 듣고, 엉겁결에 옆에 있는 이방근의 집 담장으로 기어올라 뒤뜰로 뛰어내렸다. 그리고 곧 부엌이에게 들켰으나, 그녀가 별채에 숨겨 주었다…….

"음, 잠깐 기다려……."

이방근은 양준오를 제지했지만, 동시에 자신의 사고 안의 어떤 형상의 움직임을 불러 세우고 있었다. 그는 지난밤 집에 들렀을 때 부엌이의 당황한 듯이 놀란 모습을 떠올린 것이다. 갑자기 찾아가서 놀랐다고는 해도, 무언가 의심스러운 점이 풀리지 않은 채 잊고 있었다. 어쩌면 그때 이미 남승지가 별채에 숨어 있었던 것일까. 지난밤 유원의 태도에는 같은 집 안에 남승지가 숨어 있는 듯한, 그런 기색은 털끝만큼도 없었다. 그녀가 그것을 알고 있었다면, 설사 그 자리에서 오빠에게 말은 하지 않았더라도, 뭔가의 낌새가 그녀의 밖으로 드러나 있었을 것이다. 완전하게 숨길 수 있는 일이 아니다. 그렇다면, 유원도 몰랐다는 것인가? 그럴 리가 없다. 아니, 그때까지는 몰랐다는 것인가.

"그런데, 승지 동무가 집으로 간 건 몇 시쯤일까?"

"몇 시쯤일까요. 그건 모르겠지만, 서방님이 왔다가 지금 막 돌아갔다고 부엌 씨가 승지에게 말한 듯합니다. 그리 늦은 시간은 아닌 거지요."

"그럼, 내가 집을 나선 후 승지 동무가 왔다는 것이군……. 으흠."

이방근은 담뱃불을 재떨이에 비벼 껐다. 그러나 그렇다고 해도 부엌이가 수상하다. 점점 수상해진다. 남승지가 아직 집에 들어오기 전부터, 부엌이는 그때 나를 보고 도대체 왜 겁을 먹고 있었던 것일까. 그것은 나의 갑작스런 방문에 놀란 것만은 아니다, 아니 놀랄 일이 아니다. 분명히 무언가에, 나와 관련된 무언가에 겁을 먹고 있었던 것이다. 무언가에……. "경찰에게 쫓겨 담을 넘었단 말이지……. 꽤 높은 담인데, 게릴라라면 간단하겠지. 후후, 긴급피난이군. 잘못해서 다른 집이 아니라, 용케도 그 집으로 뛰어들었군. 만약 부엌이가 아니라 아버지나 새어머니에게라도 들켰다면 어떻게 될까. 경찰에게 넘겨지는 정도가 아니야. 승지뿐만이 아니지. 나도 어떻게 될지 몰라. 여동생도 마찬가지고. 게다가 자네도 말야. 아버지는 지금까지 남승지를 중학교 교사로 생각하고 있었는데, 새어머니도 마찬가지로 의심을 품고 있다가, 이번에 조사해 본 모양이야. 지금은 틀림없는 지하당원이라고 생각하고 있어. 게다가 거의 다른 말을 하지 않아. 그 청년은 교원이 아니다……는 한마디뿐이었지. 무서운 공산당이 지금까지 이 집에 드나들고, 묵기도 했으니 밖에서는 절대 누설할 수가 없겠지만, 집안에선 공황을 일으키고 있는 상태야. 양준오도, 바로 나도 한패가 되는 거라구."

"그건 위험하군요." 양준오는 소파 팔걸이에 댄 오른손으로 떠받치고 있던 뾰족한 턱을 떼며 말했다. "일부러 조사를 했다는 건, 이미 의심을 품고 있었다는 것이군요. 으―음, 동조자도 아닌데 지금까지 남승지를 수상하게 생각지 않았다는 것도, 이상하다면 이상하지만……. 남의 일이 아니군요. 왜 또 갑자기 조사를 한 것일까요?"

"아니." 이방근은 머릿속을 어지럽게 날아다니는 망상의 파편을 뿌리치듯이 고개를 흔들고 말했다. "갑자기가 아니야. ……동무도 기억하고 있겠지. 벌써 한 달 가까이 되지만, 내가 손님을 데리고 서울에서 이쪽으로 와서 바로, 아마 그 다음날이었을 거야, 폭풍우가 몰아친 날이었는데, 비바람 속에서 동무의 하숙집을 찾아간 걸. 그때, 서울에 있던 여동생이 승지에게 보내는 선물이라고, 스웨터를 싼 보자기 꾸러미를 동무에게 맡겼었잖아? 그걸 어떻게 할까, 그대로 내버려 둘까 이리저리 생각하다가 양 동무에게 맡긴 거야."

"그것은 일전에 남 동무가 왔을 때 직접 건네주었습니다. 오늘 아침, 찾아왔을 때 그것을 입고 있던데요. 그것이……."

"그것이 말이지. 으—음, 마치 기묘한 운명 같아. 승지는 자네 집에서 그 보자기 꾸러미를 가지고, 그것은 엷은 보라색을 띤 무늬 없는 주름진 비단 천으로 흔한 것이었는데, 그 꾸러미를 가지고 집에 들렀다네. 그때, 난 마침 금방 돌아오긴 했지만 외출 중이었지. 여동생과 남 군이 서재에 함께 있는 걸 안 새어머니가, 뭔가를 정탐하기 위해서였다고 생각되는데, 음, 그래, '결혼 상대'가 돼야 하는 최용학이 광주에서 이쪽에 와 있을 때이기도 했는데, 내가 있었다면 그런 짓은 하지 않았을 테지만, 그때 새어머니가 일부러 서재에 들어온 거야. 유원의 말로는 소파에 앉아 있는 남승지를 향해 중학교 선생님을 하고 있는지 물으면서, 그의 옆에 놓인 보자기 꾸러미에 문득 시선을 멈췄다고 하더군. 그때의 눈빛이 이상했던 모양이야. 그도 그럴 것이, 그 보자기는 새어머니한테 빌린 것이라 나중에 사서 돌려주려고 했는데, 그만 깜빡 잊고 있었거든. 새어머니는 그 보자기가 많이 비슷하다기보다는, 그때 내게 건넨 것과 같다고 직감한 것임에 틀림없어. 승지도 그것을 눈치 채고 새어머니가 방을 나간 뒤 꽤 걱정한 모양인데, 역시 그게 적중한 거야. 나중에 여동생에게 그 얘기를 듣고 좀 신경이 쓰이면서도 설마하고 있었는데, 그것이 현실이 된 것이지. 생각해 보면, 폭풍우가 몰아치던 날 내가 스웨터를 싸 가지고 간 그 보자기 꾸러미를 새어머니가 목격했다고 할 수 있어. 그런데 남승지가 가지고 있던 보자기 꾸러미의 부피나 형태도 똑같았던 거지. 아마도 무심코 봤던 꾸러미의 기억이 되살아나, 눈앞의 물건과 일치한 게 아니었을까. 그런 게 틀림없어. 언제였더라, 최근의 일인데, 아버지가 무슨 얘기 도중에 갑자기, 여기에 가끔씩 얼굴을 보이던 중학교 교사인 남승지인가 하는 청년 말야, 지금도 교사를 하고 있는지 모르겠다만, 그 청년은…… 운운하며 화제를 바꾸는 바람에 가슴이 덜컥한 일이 있었지. 아니요, 지금도 중학교 교사를 하고 있습니다……라고 나는 말했지만."

"흐-음, 이건 분명 기묘한 운명이로군요. 이 이야기는 밖으로 새나가지 않을까요?"

양준오는 담배에 불을 붙였다.

"당분간 그럴 일은 없을 거야. 경찰에 조사를 시킨 것도 아니고. 조사하려고 마음만 먹으면 별로 어려운 일은 아니니까. 문제는 조사하려고 마음을 먹었다는 것이지. 이 얘기가 이상하게 흘러나가면 집안 전체에, 아버지 자신의 발밑에 불똥이 떨어지게 되거든. 나는 이쪽으로 이사를 왔고, 유원도 이제 집에 없을 테니, 남승지는 앞으로 그쪽에 들를 필요가 없겠지. 가지 않으면 되는 일이야. 다만 앞으로는 찾아가더라도 경찰에 넘기는 대신에, 발도 들이지 못하게 되겠지만, 핫하아……."

이방근은 이사를 해 집을 나오길 잘했다고 생각했다. 나올 만해서 나온 것이다.

낮은 천장의 전등이 갑자기 확 켜지면서 방에 빛이 퍼졌다. 송전시간이었다. 바깥은 황혼에 가깝지만, 방 안은 그 황혼의 빛도 거의 닫힌 장지문에 가려, 성냥불 밝기 정도로 어두워져 있었다. 30와트지만 좁은 방은 밝았다. 갓 아래 전구는 두 갈래 소켓이 한쪽으로 약간 기울어진 채 빛나고 있었다. 혹처럼 튀어나온 또 하나의 소켓에 끼워진 전선이 보기 흉하게 벽을 따라 늘어져 책상 위의 스탠드에 연결되어 있는 것이 거추장스럽게 여겨졌다. 9월에 들어서 전력 부족을 이유로 절전과 엄중감시의 공고가 도청에서 나온 뒤에도, 집에서는 이전과 같이 60와트 전구를 사용하고 있었지만, 하숙집에서는 공고대로 30와트 이하로 제한되어도 어쩔 수 없었다……. 그래, 얘기를 계속하게나. 이방근은 양준오를 재촉했다. 이제 슬슬 나가 봐야 되지만, 얘기를 계속해 보라구.

"대충 지금 얘기한 대로입니다. 그래서 아침 일곱 시 넘어 저의 집으로 왔습니다."

"으—음, 그렇군……." 분명히 그렇다. 양준오는 남승지 본인이 아니다. "그건 그런데, 양 동무는 지금 말한 그 얘기를 어떻게 생각하고 있나?"

"……" 양준오는 이방근의 말의 의미를 이해하지 못한 것인지 그를 보고 말했다. "어떻게 생각하다니요?"

"그러니까, 승지의 얘기를 액면 그대로 받아들이고 있느냐는 말이야. 아니 됐어. 자네는 얘기를 전해 준 것이니까."

"그의 말을 믿을 수 없다는 것입니까?"

"그렇지는 않아. 그를 신용하지 않는 건 아니야. 그러나 뭔가, 자넨 얘기를 빼먹고 있진 않은가?"

"……"

"여동생 이야기가 안 나왔는데, 여동생은 승지와 만나지 않은 건가? 음."

"아니요, 아침이 되어서 만났다고 했습니다. 부엌이에게 부탁한 모양입니다."

"그거야. 아침이 돼서……. 만나지 않을 리가 없지." 이방근은 입에 문 담배에 불을 붙이며 일어섰다. "자, 나가자구. 부엌이에게 사정을 물어봐야겠어."

이방근은 이유도 없이 놀라 겁을 먹은 지난밤의 부엌이를 의식에 떠올리며 말했다. 그거다, 역시 만나고 있다, 당연한 일이지만 역시 만났어, 아침이 돼서……?

"승지 동무를 몰래 숨겨 준 일로 부엌 씨를 너무 나무라지 말아 주세요. 숨기려면 숨길 수도 있는 일을 정직하게 이야기했으니까요. 말하지 않았으면 몰랐을 겁니다."

"……"

이방근은 울컥한 속내를 감추려고 등을 굽혀 손끝의 담뱃재를 털었다.

"제가 기분 상하게 하는 말을 했나 봅니다. 물론, 이것은 제가 말할 성질의 일은 아닙니다만."

"괜찮아. 평소와 다르게 신경을 쓰는군. 난 그런 동무의 말에 기분을 상하지는 않아. 아마도 내가 그렇게 할 것이라고 자네가 예고한 것뿐이지. 그러나 자네에게 얘기를 들은 이상 모른 척하고 있을 순 없어. 유원도 승지를 만났다면서. 그 애가 나에게 그 사실을 숨긴다는 건가. 그리고 승지 녀석도 함께 나에게 그 사실을 숨길 작정이었단 말인가."

"아니요, 그렇지 않습니다. 제가 승지 대신 그 얘기를 전하는 모양새가 되었지만, 어젯밤의 일이 이 형에게 알려지는 것을 매우 괴로워하며 제게 이야기했습니다."

"아마도 승지가 양 동무에게, 나에게 얘기하는 걸 전제로 털어놓았을 땐, 부엌이와도 그리고 여동생과도 그 나름의 무언가 묵계가 있었을 거야. 그렇지 않은가?"

"그럴 시간이, 여유가 있었을까요?"

"후후, 무슨 말을 하는가. 그런 일은 다급할 땐 시간이 걸리지 않아. 1분 정도면 충분하지."

이방근이 앞서서 장지문을 열었다.

"전등은요?"

"아, 그렇지. 끄는 게 좋겠지."

양준오가 소켓의 스위치를 돌리고, 두 사람은 어두워진 방에서 아직 해가 완전히 저물지 않은 해질녘의 눈에 스며드는 잔광 속으로 나왔다. 이 집과 접한 골목을 냇가와 반대 방향으로 빠지는 모퉁이의 커다란 팽나무 꼭대기 주변에서, 새들이 지저귀는 소리와 뒤섞여 수가 많지 않은 매미의 울음소리가 쏟아져 내렸다. 오른쪽으로 돌면 골목은 갈지자 형태를 이루며 마침내 신작로 쪽으로 통한다. 산지 언덕으로 가려면 그쪽이 지름길이었지만, 두 사람은 왼쪽으로 꺾어 골목으로 걸어갔다.

연기와 저녁밥 냄새가, 생활 냄새가 흘러나왔다. 공공식당에서도 버스정류장에 뒤지지 않을 만큼 매일처럼 길게 줄이 늘어섰다가 도중에 끊어져 버릴 만큼, 식량 사정이 심각한 요즘이었다. 깨를 볶고 있는지 유달리 고소한 냄새가 코에서 위장으로 스며들었다. 검은 돌담 위에서 어떤 그림자가, 마치 지난밤 꿈속의 걸쭉하고 실체가 불분명한 덩어리의 일부가 움직인 것 같아, 움찔하며 자신도 모르게 발걸음이 한 발자국 움츠러들었다. 고양이였다. 금빛 두 눈이 요사스럽게 빛나고, 이 주변에 살고 있는 듯한 한 마리의 검은 고양이가 돌담 위를 몇 걸음인가 유유히 걷더니, 건너편 쪽으로 소리도 없이 훌쩍 뛰어

내려 사라졌다.

"배는 아홉 시입니다. 나중에 부두 쪽으로 갈 테니까 거기서 만나기로 하시죠. 그가 교사가 아니라는 걸 이 형의 아버지와 새어머니가 알고 있다면, 더욱이 저는 지금 그쪽에 얼굴을 내밀 수가 없습니다."

"그게 좋겠지."

두 사람은 북국민학교 뒷길에서 헤어졌다.

집은 바로 앞이었다. 골목으로 들어서면, 3, 4분 거리었다. 이방근은 양준오와 헤어져 골목으로 접어들자, 거의 무의식적으로 보폭이 커지는 터라 어두운 탓도 있었지만, 도중에 모퉁이의 잡화점을 겸한 담뱃가게의 노파가 인사를 한 것도 알아차리지 못했다. 아침이 되어서 만났다……. 승지 녀석이 유원과 만난 것은 아침이라고? 거짓말이다. 어젯밤에 만난 것이 틀림없다……. 아아, 불기둥이 등줄기를 꿰뚫고 똑바로 피어오르는 것을 본 듯한 느낌에 등을 얻어맞고, 그는 거의 뛰다시피 하고 있었다. 한순간에 몸 뒤쪽을 태워 버리는, 남승지와 여동생에 대한 불쾌한 질투의 감정. 설마, 아니 설마가 아니다. 그것을 설마로 부정하는 무서운 격정. 그것은 최용학에게 안긴 여동생을 상상했을 때의 두개골이 타들어 가는 절망적인 분노와 증오의 감정에 못지않았다.

바다 속을 알몸의 젊은 남녀가 공중제비를 넘고 헤엄을 치며, 바다 동물처럼 몸이 뒤엉켜 있던 언젠가 꿈속의, 분명히 유원과 남승지 두 사람. 제기랄, 이방근은 침을 칵 하고 어두운 지면에 내뱉었다. 담을 넘었다……? 이방근은 그것마저 의심하기 시작하고 있었다. 경관들에게 쫓겼다는 것도 의심스럽다. 밤에 담을 넘어 집으로 몰래 들어왔다니 무슨 말인가. 사람을 뭘로 보는 건가. 남승지는 나와 직접 대면하는 것이 두려워 성내에서 도망친 게 분명하다. 시간이 없다? 그렇기도 하겠지. 그러나 양준오 역시 공범이다. 이방근은 남승지에 대한 분노의 감정을 질투가 아닌, 집에 무단 침입한 탓으로 삼아보려 했지만, 등에 스며든 식은땀의 밑바닥에서 상상에 머문 최용학의 경우와는 다른, 현실이 되어 버린 사태에 대한 참기 어려운, 절망에 가까운 감정이 분출하고 있었다. 으-흠, 여동생 녀석이 하나가 돼서……. 함께하지 않으면 남녀가 결합할 수 없는데, 한심한 생각을 하고 있다. 그는 지금 망상의 불꽃을 주체하지 못하고 있었다.

"어머, 오빠, 오빠, 어디 가는 거예요?"

때마침 대문 옆 쪽문을 나온 유원이, 오빠로 보이는 사람이 자신의 집 앞을 서둘러 지나가는 이상한 현상에 맞닥뜨려 소리를 질렀다. 오빠, 분명 들었다. 오빠……? 이방근은 깜짝 놀라 뒤돌아봤다. 이런, 여동생이 거기에 우두커니 서 있었다.

"뭐야, 넌?"

이건 정말, 머릿속에서 꾸짖고 있던 여동생이 그 어둑한 곳으로 튀어나와, 계속해서 오빠에게 호통을 당하는 꼴이었다. 아니 이런, 본 기억이 있는 집 앞과 대문, 이건 자신의 집, 아니 이태수의 집이 아닌가. 핫하아, 무심코 지나쳐 버린 건가. 그는 수 미터 지나친 곳에서 집 앞으로 되돌아왔다.

"아이고, 오빠 맞지요. 무슨 일이에요? 오빠가 늦어서 나와 봤어요……."

유원이 오빠의 팔을 잡으려고 하자, 이방근은 불결한 것이라도 되는 양 가볍게 뿌리치고 쪽문으로 들어갔다.

"부엌이는 있나?"

"예-……. 부엌이에게 무슨 일 있어요?"

저물어가는 어스레한 빛을 작은 연못처럼 듬뿍 담은 안뜰을 사이에 두고, 좌우에 부모님의 방과 유원의 방 불빛이 툇마루에 반사되고 있었다.

"잠깐 기다려." 이방근은 발을 멈추고 말했다. "음, 아버지는 돌아오셨나?"

"아버지요?" 유원도 멈춰 서서 대답했다. "돌아오셨어요."

"넌 오늘 밤에 출발하는 거지?"

심술궂은 못된 울림을 자신의 혀에도 동반하고 있음을 자각할 수 있는 말이었다.

유원은 의미를 곧바로 파악하지 못한 듯했다.

"아버지껜 아무 말도 안했겠지."

"예ー."

"앞으로 한두 시간이야. 오빠가 한 말 잊지 마."

이방근은 우선 아버지 방으로 갔다. 우선이라고 한 것은, 이미 가족들과의 식사에 동석하고 싶지 않다는 기분이 갑자기 움직이기 시작했기 때문이다. 거실과 안쪽 침실 사이의 아버지가 서재로 쓰고 있는 방에, 탁자를 식탁 대신으로 거의 식사 준비가 돼 있는 듯했다. 이방근은 아버지에게 인사를 하고는, 좀 피곤해서 전…… 하고 양해를 구한 뒤 바로 방을 나왔다. 계모는 식사도 안 하고……라며 잡았지만, 아버지는 아무 말도 하지 않았다.

그는 지난날 자신의 서재에 며칠 만엔가, 그렇지만 꽤 오랜만이라는 느낌으로 발을 옮겼다. 그때 부엌의 부뚜막 앞에서 부엌일을 하고 있던, 부엌이의 당당한 허리 주위의 뒷모습이 눈에 들어왔다. 그는 부엌 입구의 문턱 앞에서 걸음을 멈췄다. 인기척을 느끼고 뒤돌아본 부엌이가 입구를 가로막듯이 서 있는 이방근을 보고 꽤나 놀랐는지, 한순간 돌하르방처럼 멈춰 서면서 손에 들고 있던 빈 하얀 사발을 봉당에 떨어뜨렸다. 사발이 깨졌다.

"아이고……. 서방님……."

가까스로 입을 열고 머리를 숙인 부엌이가 상반신을 구부려 깨진 사발의 파편을 주워 모았다. 마루의 가장자리에 가려 그 두 손은 보이지 않았지만, 어쩌면 떨고 있었는지도 몰랐다.

이방근은 부엌이가 등을 구부리고 있는 사이에, 아무 말 없이 그곳을 떠났다. 그는 서재로 가서 전등을 켜고, 일단 문을 활짝 열어 방안을 환기시킨 다음 다시 문을 닫고, 찬장과 책장 하나가 치워진 텅 빈 방의 소파에 앉았다. 창가의 책상에 낡은 신문 한 부가 놓여 있을 뿐 그대로였다.

잠시 후 툇마루에서 발소리가 들리고, 문 밖에 유원의 목소리가 나더니, 그녀가 들어왔다.

"오빠, 무슨 일이에요? 식사는? 새어머니도 걱정되는지 나보고 가보라고 해서……."

그녀는 오빠 옆에 우뚝 선 채 말했다.

"필요 없어. 넌 새어머니가 시켜서 온 게 아니잖아. 신경 쓸 것 없다. 아까, 먹고 싶지 않다고 했어."

"하지만, 식사는 집에서 한다고 오빠가 약속했잖아요. 벌써 식사를 마친 거예요? 유원이 오늘 출발하는데……."

유원은 울 것처럼 가느다란 목소리가 되었다.

"음, 좀 피곤하구나. 알았어. 알았으니까, 저녁은 아직 안 먹었지만, 술과 뭔가 간단한 안주를 좀 가져다주면 돼. 지금은 아무 말도 하지 않았으면 좋겠구나."

"오빠, 아픈 거예요. 안색이 좋지 않아요. 어떻게 하면 좋지. 그런 곳에서 혼자……."

유원은 오빠를 뜨거운 눈으로 그러나 반짝반짝 흔들리는 것 같은, 별의 반짝임처럼 흔들리는 눈빛으로 바라보았다.

"아무 말도 하지 말라고 했잖아. 오빠는 아프지 않아. 어디가 아프다는 거냐."

이방근은 여동생의 시선에 압도당하는 기분으로, 그녀와 시선을 마주하는 것이 두려운 듯 피했다. 이런 일은 지금까지 없었을 터였다. 이상하다. 이치로 따지자면 여동생이 오빠의 시선을 피하는 게 당연한 거 아닌가.

"잘 들어, 오빠가 건넛방에서 너와 함께 있지 않더라도, 오늘 이것으로 결별이라는 기색을 절대로 보이면 안 돼. 준비는 다 됐겠지. ……음, 그럼, 이제 출발만 남았군."

유원이 오빠 곁을 떠나 방문 쪽으로 갔다. 2, 3미터 거리의 고작 몇 초간이었지만, 이방근은 바지를 입은 여동생의 조금 탄력적으로 움직이는 불룩한 둔부에 시선을 주면서, 바지 안의 저 알몸인 허리를 남승지에게 안겼단 말인가 하는 생각을 하는 순간, 머리로 전신의 피가 역류, 끓어오르고, 당장이라도 절규할 것 같은 충동을 겨우 억눌렀다. 여동생이 미닫이를 닫으려고 이쪽으로 몸을 돌리려는 찰나, 이방근은 깜짝 놀라 시선을 피했는데, 다행히도 유원은 오빠를 보고 있지 않았다.

유원의 발소리가 저쪽으로 사라졌다.

이방근은 한숨을 토해 냈다. 아아, 이게 무슨 일인가. 그는 양손으로 세수를 하듯이 눈을 감고 얼굴을 문지르다가, 자신도 모르게 소파에서 일어나, 아니다, 아니야 하고 외쳤다. 그는 소파 주위를 마치 유영하는 상어처럼 빙글빙글 돌았다. 저 녀석은 부끄러운 기색도 없이 이 오빠의 두 눈을 똑바로 쳐다볼 수가 있었다. 위기가 닥쳤을 때,

여자들에게 나타나는 뻔뻔스러움인가. 도대체 무슨 일인가. 내가 저녀석의 시선을 두려워하다니. 도대체 어찌 된 일인가. 정말로 두 사람은 몸을 섞은 것인가. 그는 명선관의 여주인인 명선의 하얀 몸을 머릿속의 어두운 공간으로 끌어내고, 거기에 백광을 발하며 하룻밤 정사의 광태(狂態)가 명멸하는 것을 보았다. ……결혼도 하지 않은 것들이 무슨 짓을! 이방근은 평소에는 별로 문제 삼지 않는, 괴로운 나머지 궁색한 명분을 내세운다. 산 생활로 짐승처럼 굶주린 놈이 여동생의 몸에 손톱을 세우고 탐한 것은 아닐까. 오남주의 여동생 일이 머리를 스치며, 여동생을 빼앗은 '서북' 출신 하사관을 향한 그의 살의에 대한 이해가 바람처럼 내달렸다. 아아, 실제라면 더 이상 되돌릴 수 없는 일, 여동생의 저 빛나는 육체를 앗아가 버렸다. 아니 여동생은 역시 떠나 버린 것이다. 아주 먼 곳으로.

그는 담배에 불을 붙이고 타다 남은 성냥개비를 뒤쪽 창문을 열고 밖으로 버렸다. 밖은 거의 어두워져 있었다. 서늘한 밤기운이 흘러들었다. 아니, 아니다. 이성에 늦게 눈을 뜬 두 사람이(그 상황이 되지 않으면 모를 일이지만) 육체관계를 맺었다고 생각하는 것은, 지금까지 자신이 여자를 접해 온 방식으로 생각하고, 판단하는 건 아닌가. 오늘 아침이 아니라 어젯밤에 두 사람이 만난 것이 사실이라고 해도, 그러나 육체적으로는 아직 관계를 맺지 않았다……. 이방근은 신에게 빌고 싶은 심정으로 그것을 바라고 있는 자신을 인정했다. 그는 창가 책상에 놓인 오래된 신문 위에 담뱃재를 털었다. 아니, 아직이라는 유예가 있는 것이 아니라, 이제는 그런 시간은 없다. 두 사람이 다시 만날 일은 거의 없다, 그렇다면……. 그야말로 마지막 결별이라면. 흐 — 음……. 숨이 막혔다.

술이 왔다. 부엌이가 아니라 유원이었다. 좀처럼 동요하지 않는 부얼이의 방금 전 놀라는 그 태도는 무엇인가. 어젯밤 내가 찾아왔을 때의 당황하던 모습과 어딘가 관련이 있는 게 틀림없다. 그러나 남승지의 일은 아니었을 것이다. 어제 내가 여기에 온 것은 남승지가 아직 십에 들어오기 선의 시산이었다……. 삶은 돼지고기, 홍어회, 옥돔국…… 등 여러 가지. 이방근은 재떨이를 가져오라고 일렀다.

유원은 곧 다시 돌아가 가져온 재떨이를 테이블 위에 놓더니, 마치 망설이듯 소파 끝에 엉덩이를 걸치는 정도로 마주 앉아, 오빠…… 하고 말했다. 눈은 오빠를 똑바로 보고 있었지만, 시선은 잔물결처럼 반짝이는 고통스러운 빛을 띠고 있었다.

"나중에 할 이야기가 있어요."

그녀는 그렇게 말하고 눈을 내리깔았다.

"무슨 얘긴데?"

덜컥하고 가슴에서 커다란 소리가 났다. 이방근은 의식적으로 되물었다.

유원은 눈을, 가지런히 모은 양 무릎 위의 자신의 손에 떨어뜨린 채 입을 꼭 다물고, 후우 하며 오빠에게 들릴 정도로 한숨 같은 숨을 내쉰 뒤 말했다.

"남승지 동무가 어젯밤, 여기에 왔었어요."

한 마디, 한 마디를 끊은 확실한 어조였다.

"으-음." 이방근은 고개를 끄덕였다. "오빠는 알고 있다."

유원은 얼굴을 들었다. 안으로 가라앉은 얼굴 표정에 놀라기보다는 안심 같은 것이 번지듯 퍼지더니, 그녀는 어떻게? 라고 묻고는, 양준오 선생이 이야기한 거냐고 말했다. 이방근은 그렇다고 대답했다.

"빨리 가서 식사를 마치는 게 어떠냐."

유원은 방을 나갔다. 이방근은 여동생의 뒷모습을 보지 않았다.

술이 전신에 퍼지자, 몸이 무겁게 공중에 뜬 느낌이 들었다. 녹는 듯한 옥돔의 두툼한 흰 살을 먹고 나서, 커다란 사발에 녹색이 비칠 듯한 미역을 넣고 매운 맛을 살린 국물을 거의 남기지 않고 먹어 치웠다. 양쪽 콧방울에 작은 알갱이 같은 땀이 이슬을 맺었고, 이마에도 땀이 번졌다. 아버지와는 지금 이렇게 떨어져서 술을 마시고 식사를 하는 편이 좋은 것이지, 곧 출발할 여동생 앞에서 아버지와 마주 앉아 말없이 언짢게 식사를 하는 것은 여동생만이 아니라 서로에게 달갑지 않았다.

급격한 취기는 없었지만, 실제로 몸이 꽤 피곤한 것이 납덩이처럼 나른했다. 이방근은 숟가락과 젓가락을 놓고, 소파 등받이에 상반신을 맡겼다. 하숙집과는 달리 천장이 높다. 취기가 늦게 오는 것인지, 오지 않는 것인지, 두 홉은 마셨을 터인데 취하지 않았다. 취기가 조금 전까지의 격한 기분을 어느 정도 진정시킨 듯하지만, 눈을 감고 있으면 메탄가스라도 솟아오르는 것처럼 부글부글 머리를 치켜들고 나오는, 꿈속의 체액에 뒤범벅이 된 망상 덩어리 같은 그림자의 움직임이 보였다. 이방근은 그러한 망상이 솟아오르는 대로 확인하면서 반추하였다. ……남녀가 교합하는 모습이 다가오자, 아니 그것은 확인하기도 전에 이쪽으로 날아왔지만, 순간적으로 몸에 전류가 흐르고, 두 눈을 크게 뜬 채 빛을 발하는 그 기세를 자각하면서, 하얀 육체가 얽힌 너울에 큰 타격을 입는 듯한 고통을 느꼈다.

이방근은 무겁게 공중에 떠 있는 몸을 소파에 뉘어 눈을 감고, 천천히 양손을 머리로 가져가 머릿속에 손을 찔러 넣어 뇌수를 살며시 꺼내 머릿속을 비워 보았다. 취기로 양쪽 관자놀이의 혈관이 핏대를 세우고 실룩실룩 춤추고 있었다. 머릿속에는 뇌가 없었다. 있는 것은 알코올 냄새뿐인가. 아무것도 없는 텅 빈 상태로, 표본실에 드러나 있는 두개골의 속이나 마찬가지였다. 다만, 가로 누운 머릿속의 어둠은 한없이 넓은 공동이다. 공동에 취한 바다가 보였다.

두 사람이 어젯밤에 관계를 가졌다 하더라도, 가령 그렇다 하더라노 날이다. 어자피 파혼이 되겠지만, 최용학이 아니라서 다행이다. 남승지라서 다행이다……. 그는 어떤 음악처럼 통절한 음향을 내면서, 어느 기화한 액체 같은 것이 체내에서 흘러나가는 걸 느꼈다.

혼돈스럽게 이것저것 마구 섞여 추악한 냄새를 풍기는 마음을, 썩어 문드러진 살점이 달라붙은 것 같은 그것을 절개하여 여동생이나 남승지에게 보여 줄 수 있는 것은 아니었다. 그는 벌떡 상반신을 일으켜 소파에 고쳐 앉았다. 그리고 빈 잔에 조금 탄내를 머금고 짙은 향을 발하는 소주를 오지 주전자에서 따라 손에 들고, 마음의 추악한 냄새를 지워 위 속에 흘려 넣듯이, 단숨에 쭉 들이켰다.

"흐-음……."

그는 담배를 물었다.

문제는 다른 곳에 있다. 전혀 별개의 문제이다. 경찰에게 쫓긴 남승지가 담을 넘어 이 집으로 도망쳐 들어왔다. 담을 넘어서……. 이방근이 여기에 신경을 쓰는 것은, 그 자신 안에 담을 넘는 것과 비슷한 하나의 암시가 있어, 그것이 기억의 힘으로 머리를 쳐들고 있었기 때문이다. 눈앞의 나무숲으로 가려진 어둠 속에 세로로 긴 직사각형의 구멍이 뚫려 있었다. 그것은 눈에는 보이지 않지만, 분명히 구멍이 있고 거기로만 공기가 빠져나가는 걸 알 수 있다. ……아버지가 꿈을 꾸었대요. 이 집에 큰 홍수가 덮쳐, 밀려오는 해일같이 높은 파도에 제방을 대신하는 튼튼한 철근콘크리트 담장이 무너져 집이 어디론가 사라져 버리는, 그런 꿈이었대요. 아버지가 신경 쓰셔서……. 지난번 집에 왔을 때, 남승지 앞에서 유원이 한 이야기인데, 이방근은 계모가 무사히 출산하는 꿈인 모양이라고 적당히 얼버무렸던 것이다. 그 제방을 대신하는 담장에 직사각형의 구멍이 뚫려서, 이 집 뒤뜰 담의 판자문, 뒷문이 열렸다. 이 집의 안쪽으로부터……

　이방근은 굳은 침을 삼키고 자리에서 일어나더니, 뒤쪽 출입구로 가서 미닫이를 열고, 좁은 툇마루로 나와 왼쪽의 어둠에 잠긴 뒷문 쪽으로 눈길을 보냈다. 여기서는 낮에도 정원수에 가려져 보이지 않았지만, 이방근은 담장 안쪽 뒷문의 형태와 모습을 어둠 저편으로 투시하면서, 인간의 신장보다 높은 담장이라도 남승지는 간단히 넘을 수 있겠지만, 아마도 부엌이에 의해, 즉 뭔가의 신호에 의한 그녀의 안내로 열려 남승지가 들어왔다고 생각했다. 무서운 추측이지만, '설마가 사람을 잡는다'는 건 이런 일을 두고 하는 말이다. 눈앞에 신발이라도 있다면 그것을 대충 걸치고 뒷문으로 가 봤겠지만, 이방근은 그대로 소파로 돌아왔다.

　그것은 4·3사건 전의 어느 날, 남승지가 집에 들렀을 때의 일이었는데, 부엌이에게 그의 신발을 뒤쪽 툇마루에 옮겨 두도록 일부러 지시한 적이 있었다. 무슨 일이 있을 때 뒷문을 열도록 지시하지는 않았지만, 그 비슷한 암시는 해 두었고, 부엌이는 서방님의 마음을 충분히 이해하고 있었던 것이다. 어젯밤에 부엌이가 뒷문을 열었다고 한다면, 그 원인은 자신에게 있다고 이방근은 생각했다. 그러나 그때와 지금은 다르다. 그 일이 부엌이에게 어떤 힌트를 주었다고 해도, 내 자신이 뒷문을 열라고 명령한 것은 아니다. 절대로 해선 안 될, 용서할 수 없는 일, 그야말로 이 파괴에 직면한 집에 밖으로부터 거대한 붕괴가……, 아니 아니지, 우연이라고 해도 이상한 일이다. 큰 홍수가 나는 아버지의 꿈의, 마치 예감이라도 한 듯한 일종의 감지력이 두렵다.

이방근은 입가에 미소를 흘리며 무릎을 쳤다. 어쩌면 남승지가 지금 교직에 있는지 어쩐지를 조사한 것은, 자신의 것으로 보이는 보자기를 가지고 있던 남승지에 대한 계모 선옥의 의심에서 출발한 것이라고 해도, 어쩌면 아버지의 꿈속에 남승지가 뭔가의 형태로 나타나, 거기에 아버지가 암시를 받은 건 아닐까……. 머릿속 공간의 한구석에서 여동생과 남승지가 날개를 단 듯이 어지럽게 날아오르는 것을 의식하면서 이방근은, 뒷문의 배후에 있는 무언가에 새로운 분노의 덩어리가 위장 바닥을 차고 올라오는 것을 느꼈다. 어떤 계략이 있으며, 무슨 목적으로 이런 일이 이루어진 것인가. 설령 내가 당원이라고 해도, 무단으로……. 마치 몰래 폭탄을 설치한 것이나 마찬가지다. 목적과 수단이 뒤죽박죽인 불한당이 하는 짓이다. 혹시 부엌이 개인의 생각으로……. 어쨌든, 우선은 부엌이에게 따져 물을 수밖에 없다. 그게 먼저다. 그 여자가. 내게 거짓말을 할 수는 없을 것이다. 음, 혹은 담을 넘어서…….

　텅 빈 방 안에 혼자 앉아 있으면, 마치 자신의 머릿속 공간에 자신이 앉아 있는 것처럼 되고, 거기에 상념이 무수한 부유물이 돼 날개가 달린 것처럼 난무한다. ……머릿속 벽의 문 너머에서 유원이 나타났다. 창백하고, 골똘하게 무언가를 생각하는 듯한 얼굴을 하고. 아니, 미닫이가 열리고 현실에서 유원이 방으로 들어와, 몇 걸음 걸어 이방근과 마주 보고 소파에 앉았다.

　"오빠, 어디 아픈 것 같은데. 괜찮은 거예요?"

　"괜찮아. 걱정할 필요 없어."

　"술은 이제 됐어요?"

　"필요 없어."

　"탁자 위를 치울까요?"

"그냥 내버려 둬. 부엌이는 뭘 하고 있지?"

"설거지를 하고 있어요."

"유원아……." 깜짝 놀라 오빠를 바라보는 유원의 두 눈이 눈물을 머금은 듯 반짝반짝 빛나고 있었다. 이방근이 말했다. "말투가 꽤 서먹서먹하구나. 이 땅을 떠나기 때문이냐? 건넛방에선 별일 없었냐?"

유원은 말없이 고개를 끄덕였다.

"음, 그럼 됐다. 이제 얼마 안 남았구나."

"오빠……." 유원은 오빠를 바라보고 나서 시선을 탁자로 떨어뜨렸다. "어젯밤, 승지 동무와 만났어요."

"알고 있어."

"승지 동무가 경찰에 쫓겨서, 우리 집 담을 기어올라 안으로 도망쳐 왔는데, 무사했어요. 나중에 부엌이에게 들었지만."

유원은 시선을 오빠 쪽으로 되돌리고, 남승지의 '모험적' 행위에 찬사를 표하는 듯한 어조로 말했다.

"별채에서 묵은 것이냐?"

이방근은 출발을 앞둔 유원에게 이것저것 물을 생각은 없었다. 그는 탁자 위로 다시 시선을 옮긴 여동생이, 오빠의 시선을 의식하고 있는 것을 느끼며 그녀를 가만히 쳐다보고, 이제 그 얘기는 됐다. 슬슬 나갈 준비를 해야지……라고 말했지만, 다시 한마디, 유원의 말을 유도했다.

"예―. 하지만 제 방에 늦게까지 있었어요……."

"둘이 함께?"

순간, 머리의 모근이 전부 얼어붙어, 머리털이 일제히 곤두설 듯이 수런거리며, 의식하지 않은 말이 튀어나왔다.

"예, 늦게까지 여러 가지 얘기를 했어요."

"일본으로 가는 일을 얘기한 거야?"

그 밖에 아무 일도 없었어? 라고는 말할 수 없었지만, 굳이 물어볼 일도 아니었다.

"아니요."

유원은 고개를 살짝 저었다.

"으-음……." 이방근은 의외였다. 거짓말일 리는 없다. "알았어. 이제 그 얘기는 됐어. 넌 이제 슬슬 출발해야 돼. 어젯밤, 남승지가 여기에 온 일은 나중에 부엌이에게 물어볼 생각이야."

"승지 동무와는 그뿐이었어요. 이제 못 만나는 것이 아닐까 생각했지만, 그 일은 말하지 않았어요. 제가 떠 준 스웨터를 상의 속에 입고 있어서, 괴로웠어요……." 유원의 눈에서 눈물이 그렁그렁했다. 그녀는 가볍게 코를 훌쩍거렸다. "부엌이가 오빠한테 말씀드리고 싶다는데, 어쩌면 좋을지……. 오빠는 부두에서 다시 여기로 돌아오지 않을 거잖아요. 내일, 오빠 있는 곳으로 가는 게 좋을까요."

이방근은 망설였다. 지난날 자신과의 육체관계가 원인이 되어 이 집에서 일단 쫓겨나(그가 서울에 체재했을 때였다), 그것이 거리에 소문이 난 연상의 하녀가, 혼자서 좁은 하숙집으로 얼굴을 내미는 것은, 청소라도 하든가 뭔가 물건을 전하고 돌아가는 정도라면 모를까, 잠시 이야기를 나눈다고 한다면, 이건 좀 곤란하다. 그러나 이 집에서는 위험했다. 계모가 눈을 번뜩이며 도청하거나, 나중에 부엌이에게 무슨 이야기를 했냐고 캐물을 게 틀림없었다. 그는 잠시 생각해 보겠다고 여동생에게 대답했다.

시각은 여덟 시를 넘기고 있었다. 시간이 임박했지만, 여덟 시 반에 집을 나서면 될 것이다. 유원은 부엌을 두 차례 오가며 탁자 위를 깨끗이 정리했다. 그리고는 다시 소파에 앉았다.

"뭐하고 있어? 이제 나가야 할 시간이야. 음."

"예―, 조금만 더 있다가 떠날게요. ……오빠, 화내지 마세요. 유원이는 너무 슬퍼요, 어쩌면 좋을지 모를 만큼요." 유원은 말을 잇지 못했다. "오늘은 계속 피아노를 치고 있었는데, 전 아버지에게, 아침의 출근하기 전에도 저녁때 돌아오신 후에도, 마음만이라도 마지막 효도를 하려고 생각했어요. 새어머니에게도. 그리고 부엌이에게도……. 부엌이에게는 서울로 갔다가, 일본으로 출발이 정해지면 선물을 보낼거예요. 서울의 숙부께 맡기거나 해서. 오빠, 부디 부엌이에게 잘해주세요. 전 정말이지, 아버지 어깨를 두드려 드려야겠다고 생각했어요. 피아노 건반만 두드리지 말고. 하지만 나중에, 자신이 할 일을 생각하니 도저히 그럴 수 없었어요. 게다가 슬퍼서, 아버지 어깨를 보면서는, 도저히 두드릴 수가 없는 걸요……."

유원은 웃어 보였지만, 순식간에 표정이 일그러져 커다란 눈물방울을 볼에 떨어져 흘러내렸다.

드디어, 출발하게 되었다.

유원의 방에는 어머니의 유품인 찬장 등의 세간, 그리고 액자에 넣은 어머니의 사진이 그대로 걸려 있었다. 사진은 모두 오빠가 벽에서 떼어 내기로 했지만, 지금 유원의 출발과 동시에 그 일을 시작하면 집안사람들의 의혹을 사게 될 것이다.

유원은 방의 불을 끄고, 불룩해진 보스턴백을 들고 나왔다.

이방근은 여동생과 함께 아버지의 방에 얼굴을 내밀고, 부두까지 동행한다는 취지로 인사를 드리고 나서 안뜰로 내려섰다. 아버지와 새어머니도 여동생과 함께 대문을 향해 어두운 안뜰을 걸어갔다. 부엌이가 유원의 가방을 들고 그 뒤를 따랐지만, 공손히 머리를 숙인 채 이방근 쪽으로는 일절 시선을 돌리지 않았다.

이방근은 긴장하고 있었다. 이대로 대문 밖으로 나가 버리면, 그걸로 위기를 벗어나게 될 것이다. 문 밖까지 배웅을 받은 유원은 마지막이별의 인사를 곧바로 할 수가 없었다. 아버지가 조심해서 가라고 한마디 하자, 갑자기 아버지……! 라고 외치며 유원이 아버지에게 안겼다. 이방근은 가슴이 덜컥 내려앉아 거의 그 자리에 얼어붙었다. 설마……. 마지막 순간에 고백이라도 하는 게 아닐까 하는 생각을 했던 것이다. 아버지는 무슨 일인가 하고 당혹스러운 기색으로 딸을 그 가슴에 잠시 안아 주었다. 유원이 소리죽여 울었다.

"허어, 이건 또 무슨 일이냐. 마치 국민학생 같구나. 지금까지 이런 일은 없었는데. 아버지도 다음 달엔 서울에 갈 테니……. 자아, 빨리 가거라. 배는 기다려 주지 않는다."

아버지는 자상하게 유원의 등을 두드리고, 그녀의 두 손을 살며시 놓아주었다.

"유원아."

이방근이 나무라듯이 말을 걸었다.

그녀는 아버지와 계모에게 한 마디, 건강하세요……라고 이별을 고하고 잰걸음으로 그곳을 떠났다. 남매가 나란히 걷고, 부엌이가 몇 걸음 떨어져서 걸었다.

"아까, 아버지가 다음 달에 서울로 간다고 했는데, 무슨 일이냐?"

"다음 달 말쯤인 것 같은데, 사업상 일이 있으신가 봐요."

"그럼, 오빠 쪽이 빠르겠군."

밝은 라이트가 비추고 있는 부두에는 검은 선체의 2백 톤급 화물선이 옆으로 정박해 있었다. 밤의 바닷바람에 섞여 중유의 묵직한, 속이 거북해지는 냄새가 흘러나왔다. 그 냄새가 싫은 걸 보니, 이방근은 자신이 술을 마신 것에 비해 전혀 취하지 않았음을 깨달았다. 방파제 안쪽의 부두 한구석에는 작은 어선이 빼곡히 계류되어 있었다. 부두의 외해에 접한 저쪽 어둠 속에, LST(미국해군의 전차 양륙함-역자)의 커다란 선채가 어렴풋이 보였다.

짐을 다 실은 듯한 화물선의 트랩 입구 좌우로 여러 명의 경찰이 도열해 있었다. 경찰 한 사람은 표를 점검하는 선원 옆에서 도항증명서의 제시를 요구하고 있었다. 두세 명의 승선자가 연이어 트랩을 통해 배 안으로 들어갔다. 마치 일제강점기의 특고나 수상경찰, 헌병들이 깔려 있던 승선 광경과 아주 비슷했다.

양준오가 부두의 라이트 안에 나타났다. 그는 우선 가방을 들고 서 있는 유원에게 다가가, 손을 내밀어 그녀와 악수를 하면서 말을 걸었다. 그리고 상의 주머니에서 두툼해 보이는 봉투를 꺼내 유원의 손에 쥐어 주었다. 전별금이라는 것을 알고 거절하는 것을 한사코 쥐어 주자, 유원은 곁에 있는 오빠를 쳐다보았다. 이방근은 턱을 약간 치켜들고 고개를 끄덕여 보였다. 그녀는 답례를 하고 받았다. 그러자 양준오가 두 팔을 벌려 유원을 친숙하게 안는 시늉을 했다. 서로의 볼이 닿을까 말까 할 정도로. 드문 일이다. 부엌이가 거리를 두고 그걸 보고 있었다.

선원이 큰 소리로 승선자는 빨리 타라고 재촉했다. 유원이 부엌이와도 가볍게 포옹하며 이별을 고하고 트랩으로 다가갔다. 부엌이는 지금까지와 다른 유원의 태도에 뭔가를 감지했는지는 모르지만, 유원이 트랩을 올라가는 걸 전송하면서, 눈가를 저고리 옷고름으로 살짝 눌렀다. 갑자기 날카로운 기적 소리가 울리며 밤의 해면을 달렸다.

유원이 갑판 위에서 손을 흔들었다. 하얀 손의 움직임에는 지금 눈에 보이지 않는 한라산이나 고향에 대한 이별의 정이 담겨 있을 것이었다. 어느새 뱃전이 부두를 떠나 있었고, 이윽고 유원의 모습은 제주

바다의 어둠 속으로 사라졌다.

"부엌이."

이방근이 불렀다.

"예―."

부엌이는 2, 3미터 떨어져 우두커니 선 채 머리를 깊게 숙였을 뿐, 그대로 아무 말 없이 잠자코 있었다. 이방근은 몇 걸음 다가가, 유원에게 이야기를 들었고, 자신도 물어보고 싶은 게 있다……고 말했다. 그리고는 내일 오후에 집으로 가겠다고 덧붙였다. 역시 하숙집으로 부를 수는 없었다.

이방근은 양준오와 함께 부두를 떠났다.

"한잔하자구. 집에서 두세 홉을 마셨는데도 이상하게 전혀 취하질 않아."

"음, 그러시죠."

4

언뜻 봐도 그들임을 알 수 있는 '서북'들이 무단으로 집에 들어온 것은, 늦은 아침식사를 마친 뒤 여주인이 독상을 내가고 얼마 지나지 않아서였다. 장지문을 반쯤 열어 둔 채 담배를 한 대 피우고 있는데, 낯선 두 젊은 남자의 모습이 안뜰로 스윽 들어오는 것이 보였다.

"사람이 있는 거이? 아니면 이 집은 비어 있는 거이?"

쉰 목소리의 평안도 사투리였다. 두 사람 모두 사냥모를 쓰고 구깃구깃한 바지에, 한 사람은 점퍼 차림이었고 다른 한 사람은 낡은 상의를 걸치고 있었는데, 그들은 각각 빛바랜 느낌의 보자기 꾸러미를 손에 들고 있었다.

이방근은 엉겁결에 움찔 놀라 소파에서 상반신을 앞으로 내밀고 그들의 모습을 보았는데, 두 사람은 그대로 뜰 건너편의 안채 쪽으로 어깨를 흔들며 걸어갔다. 그 모양새로 보아 '서북'이었다. 보따리를 들고서는…….

"이 집에는 사람이 없음마?"

여주인이 부엌문의 한쪽 널문만 열려 있는 사이로 작은 몸을 슬쩍 내비치더니, 덜컥 겁을 먹은 듯했지만, 널문을 닫고 숨거나 하지는 않았다. 젊은 아가씨였다면 비명을 지를 여유도 없었을 터였다. 그리고는 다른 사람이 없다는 것을 아는 순간, 그들은 순식간에 덤벼들 것이었다. 바로 '서북'이라는 것을 알아챈 여주인은 무슨 일이냐고 되물었다.

"남편 있음마. 우리는 서청('서북')원임메."

여주인이 널문을 닫고 부엌 안으로 모습을 감추자, 곧 어험, 어험…… 하고 헛기침을 반복하는 소리가 들리고, 안채 중앙의 마루 쪽에서 한복을 입은 장신의 현기림이 나왔다.

"내가 이 집 주인인데, 무슨 일이오?"

"음, 주인장임마? 그거야 일이 있어서 왔소웨." 대충 걸쳐 입은 듯이 헐렁헐렁하고 낡은 상의를 입은 남자가 말했다. "이승만 대통령님의 사진 있음마?"

주인은 끄덕이며 있다고 대답했다.

"그렇습네까, 국부님 사진은 있든 없든, 있다면 낡은 것을 새 것으로 바꿔야 하고, 없다면 우리의 새로운 정부가 태어났으니, 사진이 없다는 건 바람직하지 않소웨. 그런 건 빨갱이 놈들이나 하는 짓이고,

우리 대한민국 사람이 아니니까, 이 나라에서는 안 되오. 음……. 주인장, 담배 없음마?"

현기림은 뒤에서 대기하고 있던 아내에게 일러 담배를 가지고 오게 한 뒤, 낡은 상의를 입은 남자에게 건넸다. 남자는 기특하게도 한 대씩 뽑은 후, 자신의 주머니에 넣으려 하지 않고 주인에게 돌려주었다.

소파에서 일어나 반쯤 열린 장지문 옆에 선 이방근의 눈이, 안뜰을 끼고 비스듬히 맞은편 위치에서 그 움직임을 포착한 주인의 시선과 마주쳤다. 주인의 눈 움직임을 알아챈 점퍼 쪽이 이쪽을 돌아봤다. 색이 검은 광대뼈가 두드러지게 튀어나온 남자였다.

"이봐, 저쪽에도 사람이 있다."

두 사람은 툇마루에 보따리를 늘어놓고 앉더니, 각각의 짐을 풀어 한쪽은 종이에 싼 이승만의 확대사진을 꺼내고, 다른 한쪽은 태극기를 꺼내 가로 6, 70센티 정도의 소형을 일단 펼쳐 보인 뒤, 원래대로 접어 사진과 함께 포개 보따리 옆에 두었다.

"이것을 소중하게 간수하고, 사진은 벽에 모셔 두는 것이 애국민이라는 증거가 됨메."

"우리 집에는 사진도 국기도 있소만."

"아까 말했잖소웨. 새로운 국가가 생겼으니, 새로운 사진과 새로운 국기로 새롭게 국부님을 모시는 게 국민의 도리라고. 홋호, 얘기를 못 알아듣는 거 아님마. 어디 내가 방을 좀 들여다봐야겠음메……."

'서북'이 운동화를 벗고 툇마루로 올라가려했다.

"남의 집에 무단으로 들어가는 건 안 되오."

주인이 '서북'의 앞을 가로막았다.

"뭐라, 정말로 사진을 모시고 있는 거간!"

"이봐!" 이방근이 반쯤 열린 장지문을 크게 삐걱거리며 열고 툇마루로 나왔다. 목소리가 크게 안뜰을 건넜다. "어떻게 맘대로 남의 집에 들어가겠다는 건가?"

"뭐라, 넌 누구니? 국부님 사진이 있는지 없는지 보는 게 문제라도 있니? 모두가 애국민이 되기 위해서다. 그건 그렇고 넌 말투가 왜 그 모양이니. 나중에 그쪽에도 들른다."

"자네들은 사진 팔러 왔겠지. 사진을 팔려면 잠자코 팔고 가면 되잖아."

"훗호, 뭐라, 잘도 지껄인다. 잠자코 있으면 말이 통하나. 우리들은 애국운동을 하고 있고, 그래서 애국성금을 모으고 있다. 주변의 행상인 취급을 하다니. 빨갱이를 때려죽이기 위한 애국사업을 방해하지 마라. 트집 잡는 거간? 너 빨갱이는 아니겠지. 빨갱이가 서청 앞에서 목숨을 부지할 거라고 생각하니? 잠시 이쪽으로 나와 얼굴 좀 보이라우. 이쪽으로 오라우, 그쪽 나리……."

벗으려던 운동화를 다시 신은 점퍼는 사냥모 차양을 깊숙이 내리더니, 안뜰 건너편에서 어깨를 추켜올렸다.

이방근은 상대가 덤벼들 경우, 내던져 버리기 위한 마음의 준비를 하면서도, 그러나 안뜰로 내려가려고는 하지 않았다. 곤봉은 손에 들고 있지 않았지만, 잭나이프 같은 칼은 가지고 있을 것이다. 둘 다 서른 미만의 중간키에 마른 몸으로, 덩치가 큰 이방근에 비해 빈약한 체격으로 보이지만, 폭력으로 맞붙는 것만은 피해야 한다. 개인 대 개인이라면 몰라도, 결국은 폭력 장치 속에서 승산은 없는 것이다.

"자네들은 최근에 성내에 들어온 모양이군. 오늘 처음 보는 얼굴들이야. 이전에 성내에 있었던 적이 있나? 너무 난폭하게 굴지 않는 게 좋을 거야. 서청 제주도지부의 함병호 회장과는 어젯밤에도 만났는데, 친한 사이지. 자네들은 서청 중앙사무국장의 이름을 알고 있나?"

"......"

"바로 이름을 대지 못하다니 어떻게 된 일인가. 고영상이야. 아니, 알면서도 일부러 말하지 않은 거겠지. 난 서울에서도 가끔 만나고 있는데, 그쪽에 갈 때는 말이지, 친한 사이라구. 난 애국성금도 필요에 따라서는 상당한 금액을 내고 있어."

이방근은 현기림 부부 앞에서 이런 말을 하고 싶지 않았지만, 그래도 '서북' 말단들에게 단호하게 말했다.

"당신은, 누구임마?"

두 사람은 서로 눈을 마주쳤지만, 이방근의 기세에 압도된 듯, 당장이라도 덤벼들 듯했던 기색이 사라졌다.

"난 이방근이야. 이방근, 자네들 입속에서 이방근이라고 중얼거려 봐. 그래, 이방근······. 사무소에 가서 지부 간부에게 물어보라고. 이방근이 누구냐고 말이지. 사진도 국기도 있다고 하는데, 억지를 부릴 건 없잖아. 이쪽으로 가져오라구. 내 방에 사진과 태극기를 하나씩 두고 가면 돼."

두 사람은 다시 한 번 눈을 맞추더니, 잠자코 각각의 짐을 꾸리고 나서, 짝을 맞춰 둔 사진과 태극기를 가지고 안뜰 너머 이쪽으로 왔다. 그리고는 이방근이 얼마인지 묻지도 않고 건넨 거금 3천 원을 받아들고 묘한 표정으로 돌아갔다.

사진과 태극기를 짝으로 한 '상술'은 작년 이래 끊겼었는데, 최근에 부활한 모양이다. 작년 3·1경찰발포사건 뒤에 제주도로 파견되었다가, 4·3사건 후에 급증한 '반공' 테러 단체인 '서북'은 정식 경찰 외에, 대부분은 법률에도 근거가 없는 '경관보조' 역이었는데, 봉급이 없어 생활비는 현지에서 독자적으로 조달하라고 돼 있었기 때문에, 그들은 처음부터 테러 행위를 동반한 '행상'을 하고 있었다. 예를 들어 상한 달걀이나 고기를 식당 등에 터무니없는 가격으로 팔고, 거기에 저항하기라도 하면 반대로 트집을 잡아 폭행을 하여 살상사건을 일으키거나, 가게 내부를 뒤엎어 부수기도 했다. 무전취식은 보통이었고, 젊은 여자를 보면 닥치는 대로 덮쳤다. '밀무역' 적발을 명목으로, 민가에 집단습격을 가해서 찬장이나 벽장, 집 안을 마구 휘저으며, 일본에서 귀환한 사람들이 가지고 와서 소중히 보관해 둔 비단이나 금품을 강탈하거나, '애국성금'을 칭하며 헌금을 강요했다.

'적성 지구(敵性地區)', '빨갱이 소굴'인 제주도에서 '공산당을 때려죽이는 것이 일'이라는 슬로건을 내걸고, 그것을 실행하고 있는 그들은, 조금이라도 수상하거나, 아니면 태도가 애매한 청년이나 열두세 살 소년들까지도 닥치는 대로 잡아다 고문하고, 날조된 '빨갱이'라는 죄인을 만들었다. 사상혐의를 씌워 '빨갱이'라는 딱지를 붙이기만 하면 '때려죽이는 일'도 거리낄 것이 없었다. 체포된 사람들의 가족이 돈을 써서 자식이나 형제, 친척을 구해 내게 되는데, 그러한 돈이 '서북'들의 부수입이 되었다. 죄인을 날조한 뒤에 '석방 사례'를 요구하거나 하는 것은 경찰도 다르지 않았다. 가족을 구하기 위해 '서북'의 요구를 거절하지 못하고 그들에게 딸을 시집보내거나, 빈발하는 '서북'의 부녀자 폭행사건으로부터 딸을 지키기 위해 '서북'과의 정략결혼이 이루어졌는데, 오남주의 여동생이 그런 경우였다.

이승만의 사진과 태극기를 세트로 한 강매는, 대한민국 정부 수립을 계기로 다시 '애국성금'과의 교환 물건으로 등장한 듯했다.

미친 개나 맹수를 상대로 하는 것과 같아서, 그저 하는 대로 바라볼 뿐 손을 쓸 방도가 없었는데, 이방근은 그들이 떠난 뒤, 역시 아슬아슬하게 모면했다는 생각에 안도했다. '빨갱이'라는 구실만은 결단코 주어서는 안 된다. 정말이지 식은땀이 난다. 서늘한 게 목덜미에서 땀이 배어 나와 있었다. 그리고는 이제야 분노가, 이런 일로 일일이 화를 내거나 마음이 상해서는 끝도 없는 일이지만, 분노가 울컥 치밀어 오른다.

안뜰로 내려온 주인 부부가 얼굴에 미소를 띠우며 이쪽으로 다가왔다. 이방근도 툇마루에서 안뜰로 내려온 뒤 두 사람에게 다가가 주인이 청한 악수에 응했다.

"아이고 정말로, 난 어떻게 되나 싶어서……. 오늘은 운이 좋았어요." 여주인이 옆에서 말했다. "불량배나 다름없어요. 정말 무서워요. 여기서 살 수가 없어요."

"어흠, 쓸데없는 소리를 하는 게 아니야, 쓸데없는 소리를."

주인이 얼굴을 찡그렸다.

"쓸데없는 소리고 뭐고, 저, 이 선생님, 정말 갈 곳만 있다면 지금 당장이라도 가 버리고 싶어요. 아이구, 아이구, 어제도 민보단(民保團)이 와서 애국성금을 막 가져간 참인데. 성내는 농촌과 달라서 하산 공비를 감시하기 위한 동원이 없는 것만으로도 다행이고, 그 일을 대신하는 자신들이 고생하고 있다면서요. 경찰이나 여러 단체의 후원비, 애국부인회도 그중 하나에요……."

민보단이란 5·10단독선거 '성공'을 위해 전국적으로 만들어진 향보단(鄕保團)이 모체였다. 선거 종료 후, 육지에서는 임무를 마치고 해산했지만, 단선이 실패한 제주도에서만은 존속되어, 이번 8월 중순, 경찰의 주선으로 도민을 게릴라로부터 떼어 놓으려는 목적하에 '지역 주민에 의한 향토방위조직'인 민보단으로 조직, 개편되었다. 각 지서 단위로 지역의 55세 이하 청장년을 조직되었는데, 실태는 노인과 부녀자들로 채워져 있었다. 물론 이씨 집안에도 머리가 땅에 닿도록 조아리며 애국성금을 받으러 찾아왔다.

"어흠, '서북' 놈들은 돌아갔지만, 이 선생이 그런 일을 대신해서야 쓰나, 음."

"아이구, 그렇고말고요. 이 선생님, 그것은 저희들이 가져가지 않으면……."

"하하, 말도 안 되는 일입니다. 다시 찾아올 때의 액막이로 놔 둘 거니까요." 이방근은 웃었다. "그런데 '서북' 패거리 때문에 조금 전에는 제주도 지부 회장이라든가, 서청 중앙의 아무개라든가, 현 선생님 앞에서 꼴사나운 말을 입에 담아 부끄럽기 짝이 없습니다. 하긴, 꽤나 허풍을 떨었습니다만."

"무슨 말씀을 하시는지. 아니, 훌륭해요, 정말로. 덕분에 살았습니다. 면목이 없어요. 요즘 '서북' 패거리를 상대로 그런 태도를 취할 수 있는 사람이 어디 있겠소."

무슨 일이 발생해서 경찰에 통보한다 한들 그들이 찾아올 리가 없었다. 가령 온다고 해도, 그것은 수습할 수 없을 때 형식적인 겉치레에 불과했다. 집안에 신발을 신은 채 들어와도, '영장'이 없다 뿐이지, '영장지참' 때와 마찬가지로 대응할 수밖에 없는 것이었다.

부부는 답례를 하고 물러갔다.

이 답례라는 것 자체에, 이방근은 새삼스레 견디기 어려운 자기혐오의 기분에 빠져 방으로 돌아왔다.

도항증명서의 유효기간, 출도 기한이 9월 25일인 내일로 빠듯하게 다가왔는데, 오남주로부터는 아무런 소식도 없었다. 문난설, 나영호와 함께 그를 데리고 서울에서 제주도로 온 지 벌써 한 달이 지났다. 그에 대한 여동생의 조언도 있었고, 본인 자신의 부탁을 받아들여 문난설에게 부탁해 만든 도항증명서였지만, 결국은 이방근의 책임으로 데리고 온 것이나 마찬가지였다. 처음부터 계획된 것일까, 여기로 온 후에 마음이 변한 것일까, 어쨌든 결과적으로는 한 방 먹은 꼴이 되었다고 할 수 있다.

그러나 이미 그것은 예상하고 있었던 일이라 놀라지 않았고, 마음의 준비도 되어 있었다. 오히려 '서북'에 대한 살상 사태가 없었던 것 같아 안도하고 있었다. 여동생의 '남편', 양대선을 향한 살의. ……반문하면, 왜 죽이지 않으면 안 되는가 하는 겁니다. 그런 이유는 없습니다. 그대, 살인을 하지 말라, 당치도 않다, 어째서 살해를 당하는 쪽 인간에게 그런 계율이 적용되어야 하는가. 결론을 말하자면, 안 되는 것이 아니라, 죽일 수 있는가 죽일 수 없는가, 윤리에 관한 것이 아니라, 단지 물리적으로 그럴 힘이 있는가……. 그러나 그저 살의뿐입니다. 한심하게도. 살의만은 핵이 되어 견고해지고 있는데……. 이 방근은 살의만이……라는 그 한탄에 안도하면서도 한편으로는 그 살의의 세포핵이 분열을 일으키고 확대되어, 관념 속에서 현실로 튀어나올 것을 은근히 기대하고 있는 자신을 의식하고 있었던 것이다.

가령 살해의 조건이 갖추어졌다 해도 어머니나 여동생, 그리고 친척들에게 화가 미칠 것을 생각하면 실행은 불가능할 터였다. 그걸로 다행이었다. 오남주는 산으로 들어간다고는 확실히 말하지 않았지만, 서울로 돌아간다고도 말하지 않았다. 혼자서, 아니 아마도 동료들과 짜고 산으로 연락하여 입산했을 것이다. 경찰의 내방이 그것을 확실히 실감하게 했다.

경찰인 안 순경이 찾아온 것은 '서북'이 돌아가고 나서 얼마 안 된, 반 시간 정도 지나서였다. 일단 집 쪽에 들렀다가 여기로 왔다고 했다. 집에서는 누가 응대했느냐고 묻자, 부엌이와 계모가 나왔다는 것 같았다. 이것으로 집에 새로운 의혹을 초래하게 될 것이다. 안 순경은 이번 달 초에 오남주가 행방불명이라는 이유로(실은 어머니와 싸우고 며칠인가 친구 집에 틀어박혀 있었던 것이지만) 집에 찾아왔던 두 명의 보안계 경찰 중 한 명으로, 제주도 사람이었다.

안 순경은 2, 3일 전부터 오남주가 집에 없고, 내일로 도항증명서의 기한이 끝나는데 아직 출도신고가 없어 불법체재가 되는데, 이쪽에 들르지 않았는지 물었다. 불법체재는 이미 2, 3일 전부터의 부재와 겹쳐서, 뭔가 사상혐의와도 연결될 것이다.

이방근은 툇마루로 나와 안채 쪽의 주인 부부를 의식하면서 응대했는데, 안 순경은 심문을 하려고 온 것은 아니었다. 그는 사정을 설명하고, 죄송하지만 오늘 오후 두 시에 경찰서 보안계에 참고인으로 출두해 줄 수 있는지 용건을 전달하고, 이방근이 그에 응하자 가볍게 경례를 하고 떠났다.

제복을 입은 경찰이 방문한 것을 안 현기림 부부는, '서북'이 돌아간 직후인 만큼 이방근의 조금 전 '서북'에 대한 대응이 문제가 된 것은 아닌지 걱정이 되었는지, 경찰이 모습을 감추자 곧바로 얼굴을 내민 여주인이 우선 그 일을 말했다. 이방근은 그런 것은 아니고, 자신이 아는 사람의 일 때문에 참고인으로 이야기를 듣고 싶어 하는 것 같은데, 별일은 아니라고 대답했다.

"아이고, 전 경찰이라는 말만 들어도 벌써 소름이 끼치고, 입안에 신물이 나요. 이미 신물이 고여 있네……. 조심하세요. 조심해서 말이죠. 눈에 띄지 않게 살아야 해요. 소가 닭 보듯 모르는 체하고서, 그렇게 해도 경찰 쪽이 가만히 두지 않으니까요. 아이고, 이놈의 세상은……."

"여보, 거기서 뭘 닭처럼 이러쿵저러쿵 주둥이를 놀리고 있는 거야. 얼른 와서 내 버선이라도 꺼내 주지 않고."

"아이고, 닭 주둥이라니, 그런 심한 말을 저 영감탱이가……. 내가 옆에 없으면 저렇게 아무것도 못해요, 나잇살이나 먹어가지고."

여주인은 웃으면서 부리나케 안채 쪽으로 돌아갔다.

내일은 결항이기 때문에, 오남주는 오늘 중으로 경찰서에서 노항승명서에 검인을 받고 나서, 오늘 밤 배를 타야만 한다. 그러나 그것은 있을 수 없는 일로, 기한 내에 출도할 생각이었다면, 이미 어떤 형태로든 연락이 왔어야 했다.

그가 출도하지 않을 경우, 당연히 경찰에서 조사를 하리라는 것은 생각하고 있었다. 어쨌든 경찰의 참고인으로서 출두를 거절할 특별한 이유는 없었기 때문에 정각 두 시에 보안계로 얼굴을 내밀었다.

경찰서 건물의 현관을 들어서자, 왼쪽 안으로 통하는 통로를 따라 정세용이 계장으로 있던 경무계장실, 그리고 서장실이 있고, 그 통로를 커다란 카운터 모양으로 책상을 늘어놓고 칸을 막아 생긴 넓은 공간에 보안계, 경비계, 서무 관계의 부서가 있었다. 고문실과 인접한 사찰계는 뒤쪽 운동장 건너편 별동이었다. 보안계로 가려면 유치장으로 통하는 복도 앞쪽의 카운터 끝 출입구를 이용해야 한다. 오남주가 경찰에 얼굴을 내미는 경우 창구는 보안계였는데, 거기에 혹시…… 하고 생각한 오남주와 비슷한 사람은 눈에 띄지 않았다.

"이 선생……."

카운터 안으로 들어가려던 이방근이 돌아보자, 전혀 알아채지 못했는데 별동 복도에서 나온 카키색 미군복 차림의 함병호 '서북' 지부장이 말을 걸며 인사를 했다.

"아아, 이거 함 회장님……."

험악한 표정의 '서북' 간부 두 사람이 동행하고 있었는데, 어두컴컴한 복도 쪽을 슬쩍 쳐다본 이방근과 시선이 마주쳐도 그들은 인사를 하지 않았다. 사찰계에서 돌아가는 길인가.

"우리 이 선생이 경찰서에 또 무슨 용무실까요?"

7대 3의 가르마 머리를 포마드로 깔끔하게 매만진 함병호가 코는 눈에 띄게 작지만 반듯한 얼굴의 얇은 입술을 당기듯 웃으며, 손을 뻗어 잡아끌 듯이 악수를 했다.

"헤헤, 알고 계시듯이 평소 행실이 좋지 않아서……."

"호오, 필요할 땐 힘이 돼 드리죠."

함병호는 부하에게 재촉 당하듯이 떠났다.

현기림 집에 강매하러 왔던 '서북'을 향해, 어젯밤 함병호 회장을 만났다고 한 것은 의식적인 거짓말이었다. 그러나 바로 그들로부터 직접 그 거짓말이 당사자에게 전해졌을 리는 없었다. 설사 귀에 들어갔다고 해도 상관없었다. 제주도에 돌아와 2, 3일이 지나서였지만, 우연히 만난 유달현과 함께 갔던 옥류정에서 싸움이 벌어져 내동댕이친 상대가 하역회사 '부두왕국' 백 회장의 수하라고 해서 문제가 불거졌는데, 이씨 집안에 '서북'이 집단으로 몰려간다는 것을 함병호가 중재했다. 그리고 도발에 대한 정당방위였던 '사건'의 합의가 성립, 3만 원을 인부 측에 건네고, '서북' 지부에는 이전부터도 의뢰가 있어서 10만 원의 '애국성금'을 내고 끝냈다.

보안계 한쪽으로 가자, 안면이 있어 인사 정도만 하고 지내던 제복의 주임이, 일부러 나오라고 해서 죄송하다며 책상 앞 의자를 권했다. 본토 출신의 동년배, 두세 살 위인 남자였다. 이 자식! 갑작스런 경찰의 호통 소리가 나서 고개를 돌리자, 멀리 떨어진 다른 부서에서 한 남자가 양쪽 뺨을 얻어맞고 있었다.

"음……." 이방근은 의자에 앉으며 주임의 얼굴을 보고, 거의 혼자 중얼거리듯이 말했다. "'서북'의 함병호 회장은 대단히 훌륭한 남자더군요."

 '반공' 테러단의 책임자가 일부러 이방근에게 말을 걸고 악수까지 하는 것을 주임이 보고 있었는데, 이것은 꽤 효과가 있을 터였다.

 "어험." 주임은 가볍게 헛기침을 했는데, 이방근의 목소리가 들렸는지 안 들렸는지, 의자에 앉은 그에게 그 툭 튀어나온 눈의 넓적한 얼굴을 돌리면서도, 대답이 없는 그 표정은 옆을 향하고 있었다. "저―, 여동생 분은 이미 서울로 돌아갔지요. 그런데 이 선생의 지인인 오남주라는 학생은 출도신고를 하지 않았는데, 서울에 돌아갈 생각이 없는 걸까요. 집에도 없고 행방불명 상태인데, 뭔가 이 선생님 쪽에는 연락이 없었습니까?"

 "집에 온 경찰도 똑같은 말을 했습니다만, 전 그 일에 관해선 모릅니다. 어쨌든 기한 내에 섬을 떠나지 않으면 저도 곤란하다고 생각하고 있습니다. 어디선가 술을 마시고 틀어박혀 있을지도 모르겠습니다만."

 여러 경찰의 욕하는 소리와 함께, 마루 위에 넘어진 사람의 몸을 걸어차는 듯한 소리가 비스듬히 뒤쪽에서 나고, 욱, 욱, 우―, 아이고―! 하는 신음소리가 새어 나왔다.

 "설마, 그건 농담이겠지요." 이방근을 똑바로 본 주임은 그쪽에 눈길도 주지 않았다. 그는 서류철을 넘기면서 말을 이었다. "오남주의 입도는 이 선생과 목포까지 동행하면서도 나흘 늦어졌습니다. 서울에서부터 이 선생과 계속 함께였고, 오가 제주도에 도착한 날 밤에는 댁에서 머물렀습니다. 여동생 이유원 씨와 친한 사이 같은데, 학생이면서 왜 불법 체재를 하고 있는 것인지, 어디로 간 건지, 뭔가 단서가 될 만한 것이 있다면, 참고로 알려 주시기 바랍니다……."

 "핫, 핫하……." 이방근은 상대의 말을 가로막듯이 웃었다. 근처 책상에 앉은 경찰들의 얼굴이 이쪽을 향했다. 씰룩하고 엷은 눈썹을 움직인 상대가, 얼버무리려는 웃음이 아니라 정상적인 웃음으로 받아들였다는 것을 이방근은 느꼈다. "제가 알려드릴 일이 뭐가 있을까요. 분명히 저와 함께 서울에서 온 것도, 집에 머문 것도, 여동생의 서울 동료 학생 중 한 명이라는 것도 사실이지만, 그러나 섬에 있는 건지, 무얼 하고 있는 건지. 이래서는, 이런 식으로, 지금 제가 여기서 질문을 받고 있는 것처럼, 제가 곤란한 일입니다."

"오가 제주도에 있지 않고, 어디로 갈 수 있겠습니까. 여기는 섬이에요. 절대로 나갈 순 없습니다. 섬에 있다고요."

"음, 확신이 있다면 제게 물을 필요가 없겠지요. 참고인으로 경찰에 나오는 것도 귀찮은 일이니까."

주임은 책상 위의 담뱃갑을 열어 이방근에게 권했다. 이방근이 고개를 가볍게 저어 정중히 거절하자, 한 대를 무슨 물고기를 떠올리게 하는 얼굴의 입에 물고 라이터로 불을 붙여 한 모금 피우면서 말했다.

"이번 달 초순, 정확히는 9월 9일에 오의 어머니가 사는 곳에 다녀왔지요. 무얼 하러 갔었습니까?"

"흠, 제 일을 조사해 두었습니까? 미행이라도 해서……."

"아니요, 당치않습니다. 그런 것이 아닙니다. 그쪽 관할 경찰의 보고……, 오의 모친으로부터 여러 가지를 청취하고 있는 중입니다."

"경찰 쪽에서 저에게 행방불명이라며 조회하러 왔지 않습니까. 가족이 신고를 했겠지만, 저도 걱정이 돼서 가 본 것뿐입니다. 언제였는지 날짜는 기억 못하지만, 아마도 9일쯤이었겠지요. 행방불명이 아니라, 모친과 싸운 김에 친구와 술을 마시고 어딘가 틀어박혀 있었던 모양입니다. 그는 젊지만 주당에다 술버릇도 좋지 않습니다. 어쩌면, 또 같은 짓을 해 곤드라진 건 아닐까요. 바라건대 이번에도 그랬으면

합니다."

"이 선생은 상당히 이야기를 잘 하시는군요. 오가 제주도에 온 목적
은 모르십니까?"

"목적이라고 할 만한 게 없을 겁니다. 여름방학이기도 하고, 아니,
그는 원래 휴학 중이었나, 전 오와 서울에서 한두 번밖에 만나지 않아
서요, 뭐, 오랜만에 어머니라도 만나러 왔겠지요."

"알고 계시듯이 제주도는 도항 제한지역이라서, 그 정도 일로는 도
항허가서가 교부되지 않습니다. 그것을 허가한다면, 서울에 있는 모
든 제주도 출신자가 몰려들어 공황이 발생합니다. 그것은 알고 계시
겠죠, 음. 도항증명서를 비교적 간단하게 취득할 수 있었던 것은 이
선생의 도움이 있었기 때문이겠지요?"

"그렇습니다." 이방근은 수긍하였다. "분명 제가 도와준 건 사실입
니다."

"음, 그렇군. 그 정도만 말해 주면 충분합니다."

"……" 어떻게 도움을 주었는지는 묻지 않았다. 그런데도 충분하다
는 것은 무슨 일인가. "충분하다는 건 뭐가 충분하다는 겁니까?"

"참고인으로서 여러 가지 이야기를 해 주셔서 수고하셨다는 뜻입니
다. 그리고 오의 형이, 동생이 남주, 형 쪽이 동주라는 이름입니다만,
입산한 공비라는 것은 알고 계신지……."

"저런." 주임의 끈덕진 시선이 자신의 눈에 들러붙듯이 파고드는 걸
이방근은 느끼면서, 울컥하는 기색이 얼굴에 나타나는 걸 의식했다.
순간 그는 머릿속 공간에서 그네가 섬뜩하게 공중제비를 도는 것을
보면서, 분노의 표정에 이끌려 상대의 복잡한 기색을 띄는 눈동자에,
거의 기계적이고 차가운 시선의 끝을 찔렀다. 지금의 분노는 진실미
가 있었다. 상대가 다물고 있던 두터운 입술의 선이 입가에서 새어

나오는 희미한 미소로 허물어졌다. "그런 일은 전혀, 흠……. 형이 있는 것도 몰랐습니다만. 그런데 아까부터 계속 심문하고 있는 겁니까?"

"그렇지 않습니다." 주임은 엷은 웃음을 머금고 있었다. "자, 이야기는 이걸로 끝내겠습니다. 저희들은 현재 조사를 진행하고 있습니다만, 앞으로도 협력을 부탁드립니다."

"아직, 다섯 시까지는 시간이 있습니다. 만약 본인이 오거나 하면 연락을 주세요. 저도 서울에서 함께 온 체면이 있으니, 가만히 있을 순 없습니다."

이방근은 마음에도 없는 쓸데없는 말을 덧붙였다.

벽시계는 두 시 반이었다. 길게 느껴졌는데, 그다지 시간이 걸리지 않았다. 정중앙의 벽에 걸린 대통령 이승만의 안면에 경련이 일어난 듯한 사진이, 경찰서 내부를 내려다보고 있었다.

이방근은 경찰서 밖으로 나와, 오남주가 지금 현재, 여동생의 '남편'에 대한 살상사건을 일으키지 않은 것에 안심했다. 만약 사건이 일어났다면 일은 번거로워질 상황이었다. 주임은 오남주의 부재, 행방불명을 입산으로 의심하고, 입산의 근거가 없다고 해도 그 방향으로 몰아갈 것이다. 그렇게 되면 이것저것 얽히게 될 것 같았다.

양대선을 살해하려고 한다면 입산한 후에도 가능성이 있다. 아니, 그편이 확실하지 않을까. 과연 여동생을 거기에서 구출할 수 있을까. 그리고 모친까지 함께 데리고 산으로……? 으—음, 으—음, 이방근은 고개를 저었다. 답답해져 잰걸음으로 관덕정 광장을 건너 경찰서에서 멀어졌다. 조금 전에는 주임 앞에서 의식하지 않고 얼굴에 가면을 쓴 듯한 느낌으로 있을 수 있었지만, 지금은 사람들이 왕래하는 거리를 걸으며 자기 마음의 움직임이 시시각각 얼굴에 나타나, 마치 남의 눈에 보이는 것이 아닐까 하는 생각까지 했다. 만약 양대선을 습격해서 살해하는 것이 성공했다고 해도, 어쩌면 거기에 여동생을 말려들게 할 수도 있을 것이다. 여동생은 그 '남편'과 죽는다……. 이방근은 깜짝 놀라 멈추고는, 아아…… 하고 한 청년의 인사에 답했다. 마침 아버지가 있는 식산은행 앞까지 와 있었고, 청년은 그곳의 직원이었다. 이방근은 은행 건물 안으로 들어가는 청년에게 가볍게 손을 들어 올리며 헤어졌다. 나는 왜 멍하니 있는가. 어라, 저건 뭐지…….

2, 30명 1분대 정도의 국방군 병사를 가득 태운 트럭이 서문교 쪽에서 다가왔다. 트럭은 관덕정 광장의 중앙 부근에서 일단 정차해서 생각났다는 듯이 보닛 뚜껑을 덜컹거리며 다시 엔진 소리와 함께 남문길로 천천히 나아갔다. 부상병처럼. 엔진 고장을 일으켰는지도 모른다. M1소총을 손에 든 완전무장의, 얼굴도 복장도 더러워져 실전에서 막 돌아온 상태 그대로인 병사들의 표정이 우울했다. 전투훈련에서 돌아온 것일까. 아하, 이것은 어쩌면 예의 '일주간한라산작전'인지 하는 것에 다녀온 토벌대의 일부인지도. 그렇다면 조금 전의 한 대뿐이라는 것도 이상했다. 트럭은 그 뒤로 계속 도착하지 않았다.

음, 만약 오남주가 입산했다면 말이다. 이방근은 고개를 끄덕이며 그가 확실히 산에 들어갔을 것이라고 생각했다. 살의가 마음의 중심부에서 결정화되면서 그것을 실현하기 위한 장치, 수단이 없다며 한탄하고 있던 그가 양대선을 살해하려는 계획이 갑자기 현실감을 띠게되는 것이 아닌가. 개개인을 살해해도 어찌할 수 없는 일이지만. 더구나 여동생의 '남편'을……. 그러나 오남주가 말했듯이 도민은 개개인이 살해당하고 있다. 여기는 전장인 것이다.

이방근의 발걸음은 어느새 신작로를 동문길 쪽으로 향하고 있었다. 목적이 있었던 것은 아니었다. 어슬렁어슬렁 걷는 것도 아니었다. 그는 그냥 계속 걸었다.

이방근은 오른손에 땀이 밴 것을 알아차리고, 두 손을 모아 비벼대면서, 조금 전 '서북' 지부장 함병호의 미지근하게 땀이 밴 악수의 감촉이 불쾌하게 되살아나는 것을 느꼈다. 그자는 경찰서 복도를 나오기 직전에 포마드로 단장한 머리카락을 오른쪽 손바닥으로 쓰다듬은 것은 아닐까. 복도를 나오자마자 나를 발견하고 그 손을 내밀었다……. 문난설의 향기로운 꽃술과 같은 냄새, 성적이기도 한 새콤달콤한 향기……가 묻은 자신의 손. 아니, 그 자의 비듬 냄새, 시큼한 포마드가 섞인 냄새가 묻었을지도 모를 손을 코끝으로 가져가 냄새를 맡아 볼 기분은 아니었다.

그는 동문교를 건너 냇가를 왼쪽으로 돌아 하천 어귀 쪽으로 걸어가면서, 기상대 앞을 지나 바로 옆의 암반지대까지 오자, 문득 생각났는지 아니면 그 때문에 온 것인지, 솟아나는 차가운 샘물로 손을 씻고, 양손으로 샘물을 퍼 올려 두세 번 마셨다.

'사위'가 '서북' 출신 하사관이라 해도, 오남주의 소재가 곧 파악되지 않을 경우에는 그 모친에 대한 추궁이 심해질 것이다. 그리고 증거의 유무에 관계없이 '공비' 일당이 되어 입산했다고 단정하게 되면, 도항증명서, 기타 그와의 관계에 대해서, 즉 오남주를 구실 삼아 나에 대해서도 탐문해 올 것이다. 문제는 아버지 이태수가 자식이 '빨갱이'만 안 된다면…… 하고 평소 우려하고 있었던, 그 '빨갱이'의 혐의와 구실을 절대로 그들에게 주어서는 안 된다는 것이다. 이방근은 충분히 주의하지 않으면 이번에는 위험하다고 생각했다.

C길의 다리를 건넌 그는 집으로 향하고 있었다. 그저께 밤 여동생을 서울로 배웅한 뒤 부두에서 부엌이에게 내일 오후에 집으로 갈 것이라 말해 두었지만, 그대로 가지 못하고 말았다. 하룻밤이 지나자,

이제 와서 부엌이에게 남승지 일을 추궁해 봤자 어쩔 수 없는 게 아닌 가…… 하고 생각이 바뀌면서, 그 때문에 일부러 집까지 찾아갈 마음이 들지 않았던 것이다.

그러나 지금은 달라져 있었다. 경찰서 벽의 이승만 사진을 보았기 때문일 것이다. 실제로 뒷문이 열려 있었던 것일까, 확실하지는 않지만 그 가능성은 있는 것이고(남승지가 벽을 넘었다고 하는 양준오의 이야기는 쉽게 와 닿지 않았다), 만약 그렇다고 한다면 앞으로도 뒷문은 무슨 일이 있을 때마다 피난 통로가 되기 쉽다. 그것은 집을 완전히 파멸로 몰아넣는 통로가 되기 때문에, 그는 묘한 예지능력을 가진 듯한 아버지의, 집의 제방이 홍수로 무너졌다고 하는 꿈을 떠올렸다. 집이, 집안사람이 모르는 피난처, 은신처인 것이다. 참으로 말도 안 되는, 있을 수 없는 일이었고 방치해 둘 수 없었다. 이전에 뒷문에 대해 부엌이에게 어떤 암시를 준 것을 생각하면, 그녀가 뒷문을 열고 안내를 했다고 생각한다 한들, 결코 견강부회는 아닐 것이다. 역시 사실을 분명히 하지 않으면 안 된다. 두 번 다시 같은 일을 하게 해서는 안 된다. 그건 그렇고, 하룻밤이 지난 어제는 어째서 쉽게 추궁을 그만둬 버릴 마음이 들었던 것일까. 마치 공기를 뺀 공처럼. 그것은 잘못이었다.

북국민학교 옆까지 왔을 때, 어딘가에서 본 적이 있는, 아니, 오전 중에 하숙집에 강매하러 왔던 '서북'의 사냥모 둘이 이쪽을 향해 걸어와 스쳐 지나갔는데, 그들은 꾸벅하고 고개 숙여 인사를 했다. 이방근은 그보다 아주 조금 먼저 혼자서 고개를 끄덕였는데, 그것은 두 사람의 인사에 응한 것이 아니라, 그들이 '서북'이라는 것에 생각이 미친 순간 일어난 신체적인 반응이었다.

집 안뜰로 들어서자, 왼쪽 계모 방에서 이야기 소리와 뒤섞여, 와

하는 여자들의 웃음소리가 일었다. 여자 손님들이, 친구들이 놀러와 있는 것 같았다. 안뜰의 인기척을 알아챈 듯한 계모 선옥이 이미 초인종 소리를 들었는지도 모르지만, 부엌아─, 이봐, 부엌아─ 하고 소리를 내어 부엌이를 불렀다. 부엌이가 방으로 가자, 누가 왔느냐고 물었던 모양이다. 잠시 후 방의 한쪽 장지문이 열리고 선옥이 얼굴을 내밀었다. 치마에 둘러싸인 배가 꽤 나와 있어서, 배를 내민 형국이었다.

이방근은 인사를 했다. 그리고는 무엇 때문에 왔는지를 선옥이 의심하고, 게다가 부엌이와 이야기를 하게 된다면, 더욱 의심을 살 것이 뻔했기 때문에, 처음부터 한마디 포석을 깔아두기 위해, 부엌이에게 할 말이 좀 있어서 왔다고 말했다.

선옥의 얼굴과 눈에 의아해하는 기색이 순간적으로 흘렀지만, 그녀는 친근감 있게 천천히 집에서 저녁을 먹고 가라 말하고는 장지문을 닫았다. 방 안의 여자들 말소리가 잦아든 것으로 보아, 조심하는 것 같았다.

이방근은 응접실로 할까, 서재로 할까 생각하면서 툇마루로 올라가더니, 스스로 서재의 문을 전부, 정원수가 있는 뒤뜰과 접한 창문을 모두 열고 환기시켰다. 그리고 부엌이를 부른 뒤 안뜰을 바라보는 소파에 앉았다. 그곳은 예전에 이방근이 항상 앉아 있던 자리였지만, 오늘은 다른 이유가 있었다. 방문을 열어 두면, 안뜰 넘어 맞은편의 선옥과 친구들이 있는 방이 눈에 들어오고, 방에서 툇마루로 드나드는 것도 확인할 수 있었기 때문에, 설령 선옥이 무슨 일인가 하고 도청을 한다고 해도, 툇마루를 따라 서재 옆까지 숨어드는 것은 어려웠다. 응접실에서는 거기까지 보이지가 않았다. 게다가 오늘은 언제까지 있을지는 모르지만 마침 여자 손님들이 와서 잠시 동안 계모의 발을 묶어 두고 있어서 다행이었다.

이미 각오를 하고서, 어제는 내내 기다리다 허탕을 친 부엌이는 결코 이방근을 똑바로 보지 못하고 시선을 떨어뜨린 채 방으로 들어와 소파 옆까지 왔지만, 그대로 우뚝 서 있었다.

"거기에 앉아."

이방근이 턱을 사용해 명령하듯이 말했지만, 부엌이는 움직이지 않았다. 자신은 서방님과 마주 보고 소파에 앉는 그런 불손한 일을 할 수는 없기 때문에, 선채로 괜찮다고 한다.

"상관없으니 앉아. 그러고 있으면 정신이 산만해서 얘기를 할 수가 없어."

"아이고ー, 서방님." 갑자기 부엌이는 그 검은 치마저고리로 감싼 커다란 몸을 쓰러지듯이 굽히며 바닥에 엎드리더니, 오체투지(五體投地)를 한 채 잠시 움직이지 않았다. "서방님, 이 부엌이를 어떻게든 해 주십시오……."

"꼴사나운 짓은 그만해. 건넌방에서 사람이 나오면 훤히 다 보여. 거기 앉아. 그런 말 들으러 온 게 아니야. 하하, 도대체 부엌이를 어떻게 할 수가 있겠어."

등에 진 무거운 짐을 들어 올리기라도 하듯이 부엌이는 그 몸을 일으켜 세우더니, 다시 앉으라고 재촉하는 이방근의 말을 거스르지 못하고, 깨진 물건을 밑에 깔고 앉듯이 그 검은 치마 속 커다란 엉덩이를 소파 끝에 주의 깊게 올려놓았다. 이방근은 좀 더 똑바로 엉덩이를 밀어 넣고 앉으라는 말없이 불안정한 자세를 그대로 둔 채, 오늘 오전에 이쪽으로 경찰이 왔었는지 물었다.

"예ー."

부엌이는 양손을 무릎 위에 모으고 고개를 숙인 자세로 대답했다.

"무슨 말을 하던가?"

"마님과 이야기를 하고 갔수다."

"뭐? 새어머니가 나왔다니. 본인인 내가 여기에 없는데. 나와 함께 서울에서 온 오남주라는 학생이 경찰에서 행방불명이라고 하는 걸 새어머니가 알고 있단 말이야?"

부엌이는 고개를 끄덕였다.

"음, 관계도 없는 사람에게 쓸데없는 말을 하는 경찰 놈이군. 어쨌든 얘기를 빨리 끝내야 하니까, 부엌이는 나에게 하고 싶은 말이 있다고 여동생에게 말한 모양인데, 나도 부엌이에게 묻고 싶은 게 있어. 아마 얘기의 내용은 같을 거야. 부엌이, 먼저 얘기를 해 봐."

"……"

부엌이는 잠시 몸을 꼼짝도 하지 않고 침묵을 지켰지만, 상반신을 천천히 움직여 뒤를, 안뜰 쪽을 잠깐 돌아봤다. 이방근은 그것을 발언의 예고라고 생각했는데, 원래의 자세로 돌아온 뒤에도 그녀는 입을 다문 채 말을 하지 않았다.

"부엌이, 내가 묻겠어." 부엌이가 움찔하고 반응을 하며 얼굴을 조금 들어 올리더니, 이방근의 입 주위를 쳐다보았다. 소처럼 큰 눈이 조금 충혈돼 있었다. 이방근은 안뜰 건너편을 주시하면서 목소리를 낮추고 말했다. "유원이 배를 타기 전날 밤에, 승지가 여기에 왔다는 얘길 여동생한테 들었어. 그런데 그는 담을 넘어 이 집에 들어왔다는 것인데, 그게 사실인가?"

"……"

부엌이는 상반신에 살짝 경련을 일으키고 있는 것인지, 아니면 이방근이 말하는 사실을 부정하고 있는 것인지, 머리를 희미하게 옆으로 계속 흔들며 한동안 멈추지 않았다.

"부엌이, 갑자기 벙어리가 되었나. 그가 담을 넘어서 들어온 게 사실이냐고 묻고 있잖아. 아니면 사실과 다르다는 것인가? 부엌이, 나에게 거짓말은 할 수 없을 거야. 이 집 담을 넘은 게 사실이고, 그가 그렇게 말했다면 그걸로 괜찮아. 그렇다면 그렇다고, 내 얼굴을 보고 말해 봐. 담을 넘은 거라고."

부엌이는 갑자기 양 어깨를 세차게 흔들더니, 소파에서 미끄러져 떨어지듯이 몸을 아래쪽으로 내려놓고 앞으로 넘어지듯 무릎을 꿇으며, 느닷없이 이방근의 한쪽 다리에 매달리듯 상반신을 던졌다.

"아닙니다요. 아닙니다요⋯⋯."

부엌이는 고개를 세게 흔들며 얼굴을 이방근의 다리에 바싹 들이대고 신음했다.

"뭐하는 거야!"

이방근은 놀라서 발을 잡은 부엌이의 양손을 마치 오물이라도 제거하듯이 걷어차고 소파에서 일어났다. 아아, 어찌 된 일인가. 몸 안에 오물의 감각이 달리는 것을 이방근은 날카롭게 의식했다.

"용서해 주십서. 아니우다. 아니우다⋯⋯."

검고 커다란 바위 같은 덩어리가, 눈 아래에서 소리를 냈다.

"뭐가 아니라는 거지? 담을 넘은 것이 아니라면, 어디로 들어왔다는 말야. 대문인가." 이방근은 안뜰 건너편 방을 주지하면서, 낮지만 그러나 험악한 어조로 말했다. "거기에서 일어나. 일어나서 소파에 똑바로 앉아. 건너편 장지문 틈새로도 이쪽을 엿볼 수 있어. 장지문을 열고 선옥이, 새어머니가 나오면, 그 모습을 뭐라고 설명할 거야. 부엌이는 내 얼굴에 똥칠할 셈인가. 의자에 앉아. 얘기하고 있는 자세로 앉으란 말야."

이방근은 테이블 위의 담배를 들고 불을 붙인 뒤, 부엌이가 다시 소파에 돌아와서 앉자, 뒤쪽 툇마루로 나가 반쯤 흐려진 우울한 하늘을 올려다보았다. 부엌이는 일종의 흥분 상태가 되어 있었다. 흐-음, 이래서는 이야기를 계속할 수 없을 것 같았다. 어떻게 할까. 귀찮게 됐다. 이것으로 그만둘까. 그녀는 제정신이 아니다. 두 번 다시 그럴 수는 없을 것이다. 그러나 이야기를 그만둔다고 해도, 내가 돌아간 뒤 선옥이 부엌이를 추궁을 할 것에 대비해 부엌이와 말을 맞춰야만 한다. 아니, 아니다. 아니라며 담을 넘었다는 이야기를 부정하고 있다. 사실을, 저 여자의 입에서 확실히 들어 두어야 한다. 늦춰서는 안 된다.

이방근은 소파로 돌아와 앉았다.

"부엌이, 술이 있나." 이방근은 손님이 된 듯한(아니, 실제로 손님이 되어 가고 있는 것이다), 다소 조심스런 말투를 했다. "그러니까, 소주를 컵에 한 잔만 가져다주지 않겠어. 안주는 필요 없고."

부엌이는 이 자리에서 벗어나 잠시 숨을 돌릴 여유가 필요했다. 그녀는 바늘방석 같은 소파에서 일어나 방을 나갔다.

눈앞에서 부엌이가 사라지자, 오른쪽 다리에 휘감겨 있던 부엌이의 손의 감촉이 되살아나면서, 이방근은 한순간 물리적인 반응이기는 했지만, 그녀를 걷어찬 것을 후회했다. 순간적으로 몸에 퍼진 그 오물의 감각은 무엇인가. 엄지발가락이 얼얼한 게 그녀의 견갑골 부위에 부딪친 건 아닐까 생각했지만, 곰 같은 그녀이니 괜찮을 것이다. 도대체, 그 오체투지의 자세는 무엇인가. 불쾌한 느낌마저 든다. ……냄새, 냄새, 부엌이의 체취. 지금 절구통 같이 허리둘레가 듬직한 몸을 묵직하게 흔들며 나간 부엌이가 남긴 것은, 일종의 악취였다. 아니, 밤이 되어 열리는 냄새 주머니. 어둠의 무한 공간 속에서 열리는 냄새. 육체의 밑바닥에 몇 겹이나 되는 두터운 체취를 냄새 주머니처럼 안고 있는 여체……. 부엌이의 냄새는 다른 사람의 코에는 닿지 않을

지도 모르는, 나 말고는 맡을 수 없을지도 모르는 추상적인 자연의 공간. 무한하게 솟아나는 냄새의 타액. 부엌이의 냄새, 지금 그것이 겨드랑이 밑에서 나는 악취의 흔적으로서 감돌고 있다. 이방근은 코를 킁킁거리며 실제로는 없는 냄새를 맡아본다. 내가 다른 냄새에 옮아 버린 것일까. 눈앞 어디에도 없는 냄새에······.

이방근은 자신도 모르게 감고 있던 눈을 뜨고 일어섰다. 불이 손가락에 다가와 있던 담뱃재가 탁자 위에 떨어지자, 그는 얼마 남지 않은 담뱃불을 탁자에 직접 비벼 껐다. 탁자가 더러워졌다.

서재 밖의 툇마루가 삐걱거리는 소리를 내더니 부엌이가 돌아왔다. 반투명한 우윳빛에 가까운 기름이 떠 있는 것처럼 번쩍이는 컵의 소주, 이 술에는 돼지고기 편육이 잘 어울린다. 안주 대신인 물김치와 함께 재떨이를 가져온 그녀는 거기에 탁자 위의 담배꽁초를 집어넣고, 행주로 더러워진 곳을 닦아냈다.

"거기에 앉아 봐."

이방근은 온화하게, 부엌이가 당장이라도 부엌으로 그대로 가 버릴 것 같은 기분을 느끼며 말했다.

"예-." 부엌이는 아까와 마찬가지로 소파 끝에 엉덩이를 반쯤 걸친, 불안정하고 익숙하지 않은 자세로 앉았다. "서방님 말씀대로 술을 한 잔만 가지고 왔수다."

부엌이 입에서 드디어 말이 나왔다.

"부엌이가 아무래도 얘기하기 싫다면, 이제 이걸로 끝내고 다른 날을 잡아도 좋아."

이방근은 손에 든 컵을 입에 대고, 입안의 점막을 태울 듯한 소주를 천천히 한 모금 머금더니, 꿀꺽 목구멍으로 떨어뜨렸다. 카- 하고 불이 붙을 것 같은 숨을 토해 낸다.

부엌이는 시선을 떨어뜨린 채 고개를 옆으로 저으며 곧바로 반응을 보였다.

"서방님, 저는 죽어도 모자랄 여자이우다. 제가 사람을 뒤쪽에서 들였수다……. 주인마님을, 서방님을 배신한 지옥에 떨어질 여자이 우다."

부엌이는 아까와는 달리 침착하게 이야기했다.

남승지가 성내로 오는 날을 알고 있었기 때문에, 만일의 경우를 위해 안에서 뒷문 열쇠를 풀어 두었는데, 마치 우연처럼 남승지가 뒷문을 열고 들어왔다……. 잠깐만, 어떻게 그가 오는 것을 알았느냐는 질문에, 부엌이는 잠시 망설이다. 일전에 이곳에 들렀을 때 다음에 올 날을 물었다고, 거의 유원과 같은 말을 하여, 가장 문제가 되는 부분은 확실하게 이야기하지 않았다. 이방근은 어쨌든 이야기를 듣기로 마음먹고 깊이 추궁하지 않았다.

부엌이의 말에 의하면 남승지가 경찰에게 쫓기고 있었던 것은 거짓말이 아니라 사실인 듯했다. 별채에 머문 다음날 아침, 남승지가 별채 뒤쪽의 돌담을 넘어가려는 것을, 유원의 지시로 뒷문으로 나갔다고 했다. 미리 부엌이가 바깥의 도로를 청소하는 척하며 통행인이 없는 것을 확인하고, 유원은 부엌 뒷문에서 집안사람의 동향을 살피는 사이에 남승지를 재빨리 밖으로 내보낸 모양이었다. 이 일은 여동생한테도 듣지 못했지만, 애당초 이야기가 거기까지 미치지 못했었고, 출발을 앞둔 여동생에게 이것저것 물을 생각이 없었던 것이다. 혹은 여동생 자신, 부엌이의 입에서 이야기가 나올 것을 예상하고 있었는지도 모른다.

왜 뒷문을 열기로 했느냐는 질문에, 부엌이는 남승지에게 부탁받았다고 대답했다. 부탁받았다……?

"그의 개인적인 부탁인가?"

"예―."

"흐음……."

끈적거리는 침을 삼키고, 취기가 퍼지는 마음을 진정시켰다. 그는 분노가, 부엌이에 대한 것이 아닌 분노가 취기로 뜨거워지는 몸 안쪽에서 솟구치는 걸 느꼈다. 부탁……? 남승지에 대한, 아니 강몽구, 게다가 조직, 아마도 남승지의 배후에 있는, 그러나 눈에 보이지 않는 것에 대한 분노다. 그것이 부엌이를 이용해 이 집 안에, 이 집을 둘러싼 벽에 구멍을 뚫고, 몰래 폭탄이라도 장치하는 그런 짓을 저지른 것이다. 설령 내가 당원이라고 해도, 무단으로 그러한 짓을……. 용서할 수 없는 일이다.

"아, 새어머니가 나왔군. 손님들도……."

안뜰 맞은편 건물의 툇마루에 여러 명의 화려하게 차려입은 여자들이 나타났다. 부엌이가 뒤를 돌아보려다 그만두었다. 선옥이 이쪽을 보았다. 부엌아―……. 부엌이를 부르는 소리다.

"아이고, 서방님, 마님께 뭐라고 말씀드리면 좋겠수꽈?"

부엌이는 서둘러 일어나더니, 선옥 쪽을 돌아보며, 예― 하고 대답했다.

"손님들이 돌아가신다."

"만약에 묻거든, 내가 기다리고 있으니까, 나중에 얘기하겠다고 하면 돼."

부엌이가 방을 나갔다.

이방근은 역시 부엌이를 하숙집으로 부르는 편이 좋았을지도 모른다……며 후회했다. 설사 무슨 소문이 돈다 해도, 아니 그것은 지나친 상상이고, 적당한 용건을 만들면 문제가 없는 일이었다. 지금 여기에 앉아서, 자못 공공연하게 부엌이와 이야기하고 있는 꼬락서니는 뭔가. 게다가 조금 전에, 부엌이에게 할 말이 좀 있어서 왔습니다라고 일부러 말할 필요는 없었던 것이다. 너무 조심을 한 모양이었다. 그는 소파에서 일어났다. 안뜰로 내려온 여자들이 분명 이쪽을 보면서 무언가 이야기를 나누고 있었다. 그녀들 중 조금 안면이 있는 중년 여자가 이쪽으로 일행을 데리고 와서 인사라도……라며 말을 거는 것은 견딜 수 없었다.

이방근은 뒤쪽 툇마루로 나가 의식적으로 안뜰을 등졌다. 그리고 담배를 피우며 몇 발자국인가 게걸음을 걸어 옆방 툇마루 쪽으로 모습을 감췄다.

음, 양준오 녀석은 도대체 뭔가. 녀석도 공범이 아닌가. 안뜰 쪽에서 여자들의 웃음소리가 나더니 이내 사라졌다.

5

이방근은 소주를 한 모금 머금어 목구멍으로 떨어뜨리고는, 사발을 직접 입에 대고 소주의 뒤를 쫓듯이 물김치 국물을 흘려 넣었다. 컵에 한 잔의 소주지만, 대낮의 취기는 몸을 감싸는 밝은 빛에 차단되어 어둠의 공간에서처럼 퍼져 나가지 않았다. 피부의 표면에서 빛과 서로 다투며 열을 발하는 것이었다. 그것이 답답하게 볼을 불그스름하게 물들이고 있는 것을 느꼈다.

음, 남승지는 다음날 아침 유원의 지시로 뒷문을 통해 나갔단 말인가. 부엌이가 담장 밖 길을 청소하는 척하며 통행인의 유무를 확인하고, 유원은 부엌 뒷문에서 아버지와 계모의 동향을 망보는 역할을 각각 분담하면서 남승지를 밖으로 내보냈다……. 이방근은 취기에 가슴이 뜨거워지는 것을 느끼면서, 아니 가슴이 타고 있는지도 모르지만, 씁쓸하게 웃었다.

이방근은 부엌이를 기다렸다. 기다리거나 말거나, 여자 손님들을 문밖까지 배웅하면 당연히 이쪽으로 돌아와야만 한다. ……남승지의 개인적인 부탁인가? 예—……. 부엌이의 이야기는 여기에서, 이방근의 남승지 등에 대한 솟아오르는 분노 속에서 끊겼지만, 그는 계속해서 부엌이를 추궁할 마음이 갑자기 엷어지는 것을 느꼈다. 그것보다도 문득 그들과 일체 손을 끊어 버릴까 하는 충동적인 생각조차 들었을 정도였다. 무슨 짓을 하는 놈들인가.

부엌이가 왜 뒷문을 열어 두었는지, 중요한 것은 이야기하지 않았다. 그저 실제로 남승지 개인의 부탁이었던 걸까. 그녀는 예—라고 대답했지만, 개인이라는 건 있을 수 없다. 조직이 한통속이 된, 그 뒤에 뭔가 있는 게 아닐까……. 어쨌든 간에 우선 부엌이와 말을 맞춰야 한다. 도대체 뭐라고 이야기를 만들 것인가……? 아니다, 역시 일부러 여기까지 찾아온 건 잘못이었다. 주의를 너무 기울인 것이다.

여자들의 모습이 사라지고 대문 옆에 둘만 남으면 선옥이 틀림없이 무슨 이야기냐며 부엌이를 탐색할 것이다. 그것은 불을 보듯 뻔한 일이다. 안뜰 쪽으로 되돌아온 두 사람이 소파에 있는 이방근의 시야에 들어오더니, 선옥은 건너채로 가고, 부엌이는 일단 이쪽 툇마루로 올라와, 손님들이 돌아간 뒷정리를 끝내고 바로 돌아오겠다며 시선을 떨어뜨린 채 말한 뒤, 이방근이 어험 하는, 실수하지 말라는 식의 신호를 담은 헛기침에 고개를 끄덕이고는 그 자리를 떠났다.

담배 연기가 흔들리고, 흔들리는 연기를 쫓으면서도 좀처럼 좋은 생각이 떠오르지 않았다. 부엌이와 말을 맞춘다고 해도, 도대체 일부러 여기까지 요란스럽게 찾아와 그녀에게 이야기할 정도로 필요했던 일인가. 담을 넘어, 아니 뒷문으로 남승지가 집안으로 들어와 유원을 만났다는, 그대로 방치할 수 없는 일이 일어났기 때문에 찾아왔던 것이다. 부엌이와 굳이 만나야 할 정도로 중요한 용무가 있다는 말인가. 음, 너무 시간을 끌면 의심을 깊게 할 뿐이다. 부엌이가 돌아오면 그야말로 몇 분 안에 끝내는 편이 좋다.

담배 연기가 끊겨 투명해진 건너편 안뜰 너머로, 아버지의 거실에서 나온 부엌이의 모습이 일단 서재의 미닫이문 뒤에 가려졌지만, 잠시 후 툇마루가 삐걱거리며, 그녀의 묵직한 몸을 느끼게 하는 발소리가 다가왔다.

이방근은 그녀가 방에 모습을 보였을 때, 마치 뭔가가 바람에 날리듯이 두둥실 날아, 어떤 생각이 번뜩이며, 머릿속에 벌레처럼 잡히는 것을 보았다. 오남주였다……. 아침에 경찰이 이쪽으로 찾아온 것을 확인하고, 그 사정을 자세히 듣기 위해 왔다고 하면 된다. 적어도 핑계거리는 된다. 그렇게 넘어가면 되는 것이다.

부엌이는 아까와 마찬가지로 소파 끝에 그 묵직한 엉덩이를 불안정하게 올려놓았다.

"부엌이……." 이방근이 안뜰 쪽으로 시선을 던지며 말했다. "아까 승지의 개인적인 부탁으로 뒷문을 열었다고 했는데, 난 이제 더 이상, 오늘은 묻지 않을 거야. 얘기는 이걸로 끝내겠어. 그런데 새어머니는 내가 무슨 일로 왔는지 묻지 않던가?"

"예─. 마님은 서방님이 오신 것은 경찰이 찾고 있는 오남주 씨 일 때문이냐고 물어보셨수다."

"뭐라고?" 이방근은 의표를 찔려 말했다. "흐─음, 그래서 부엌이는 뭐라고 했지?"

"예―, 그렇다고 대답했수다. 여기에 경찰이 오지 않았는지, 그리고 경찰은 무슨 말을 했는지, 서방님이 이것저것 물어보셨다고 마님께 말씀드렸수다."

"그래서……."

"그뿐이었수다." 부엌이는 시선을 탁자 위로 떨어뜨리고, 일을 많이 한 두 개의 커다란 손을 양쪽 무릎 위로 움켜쥔 채로 말했다. "서방님이 기다리고 계시기 때문에, 나중에 이야기를 하겠다고 해서는 통하지 않고말고요. 서방님은 그렇게 말하라고 하셨지만, 그건 좋지 않수다."

"후후, 그렇구만……." 이방근은 한시름 놓았다. "마침 나도 같은 생각을 하고 있었는데, 오늘 내가 이곳에 온 이유는 그걸로 입을 맞추자구. 그 외에 잡담을 조금 했다고 하면 돼. 음, 이걸로 그럭저럭 빠져나갈 수 있을 것 같군. 난 슬슬 돌아갈 테니, 부엌이는 그만 물러가도 돼."

마치 이것은 계모 쪽에서 상을 차려다 준 모양새였다. 이방근은 만족스런 미소를 지었다.

"예―. 서방님이 돌아오실 곳은 여기인데, 쓸쓸한 말씀이시우다. 유원 아가씨도 이제는 여기에 안계시우다……. 마님은 서방님께, 오늘은 집에서 식사를 하시라 하셨수다. 나중에 이쪽으로 오실 거우다."

"새어머니가 이리로 온다고……. 무얼 하러?"

"마님이 그렇게 말씀하셨수다."

그것은 알고 있는 일이었다. 오남주의 건으로 내가 경찰서에 갔다 온 것에 대해 이것저것 알고 싶은 거다. 아버지에게 보고도 해야 할 것이고. 저녁을 집에서 먹으라는 것도 아버지와 얼굴을 마주하게 만들려는 의도인가. 그건 피하고 싶다.

"잘 알았고, 이제 됐어. 부엌이는 가 보는 게 좋아. 어디까지나 지금 얘기한 대로 하는 거야. 그 외에는 아무 일도 없었던 거고."

"서방님, 고맙수다. 전 죽어도 시원찮을 계집이우다……."

"그만 됐어."

이방근은 부엌이의 말을 가로막았다. 다시 오체투지라도 하려는 것인지 두려웠지만, 자리에서 일어난 부엌이는 상체를 크게 굽혀 머리를 깊이 숙이고 방을 나갔다.

어라, 전화가 울리고 있는 것 같았다. 벨 소리가 끊기고, 곧 선옥이 서재 입구까지 오더니, 큰 배를 내밀듯이 우뚝 서서 전화가 왔다고 말했다.

"유원입니까?"

동시에 이방근의 머릿속에 문난설의 이름이 달린다.

"아니, 신문사의 황씨라는 분이야. 일전에도 전화가 왔던 분이야. 유원이한테선 낮에 전화가 왔었어. 어제 저녁 늦게 서울에 무사히 도착했다고."

이방근은 고개를 끄덕였다. 그는 서재를 나와 옆의 유원이 있던 빈방 앞을 지나, 오랜만에 응접실로 들어갔다. 그리고 주인이 돌아올 일 없는 방구석에 우두커니 놓인 검은 피아노를 곁눈질하며, 진열장 사이의 벽에 있는 전화함의 수화기를 집어 들었다.

"여보세요, 이방근입니다."

"아, 황동성이오만."

"그런데 잘도 냄새를 맡으셨군요. 어떻게 제가 이 시간에 여기에 와 있다는 걸 아셨습니까."

"이거, 마침 다행이오. 집에 부탁해서 서울 쪽으로 전화를 해 달라고 할 참이었는데, 가까운 시일 안에 서울에 올 일은 없습니까. 아니, 일이라기보다 이쪽 신문사 일로 꼭 와 줬으면 좋겠는데. 전화로 긴 얘길 할 수도 없지만, 얘기라고는 해도 알고 있는 일이고, 새삼 반복할 필요는 없겠지요. 문난설도 전화한 것 같은데, 어떻소, 꼭 한번 만나고 싶은데. 이 선생, 언제쯤 상경할 수 있을 것 같소?"

여전히 강압적인 느낌은 변함이 없다. 일전에도 그랬지만, 전화로는 그의 입버릇인, 이 동지, 이방근 동지라고는 하지 않았다. 그건 다행이지만 대신에 선생이 붙는다.

"선생이란 말은 그만두시죠."

"때로는, 필요에 따라선 상관없잖소. 그것이 문제가 아니오(필요에 따라서인가). 그런데 거기는 지금 비가 내리고 있습니까? 음, 내리지 않아요. 서울은 지금 비, 거리가 젖어서 차갑게 빛나고 있어요. 다음 달 초에라도 상경할 수 없을까요?"

"서울에 가야 할 용무가 있긴 한데, 오늘이 24일이군요. 이번엔 도항증명서가 나올지 어떨지. 좀 신경 쓰이는 일이 생겨서……."

실제로, 오남주 건의 진척 여하에 따라서는 도항증명서가 나오지 않을 가능성도 있었다. 애당초 특별 취급을 받고 있던 터에, 참고인으로서의 취조를 구실로 출도허가가 나오지 않을지도 모른다. 이방근이 오남주를 서울에서 데려온 것은 사실이고, 서울에서 도항증명서 발급을 도와준 것도 확실하지만, 직접적으로는 문난설이 경찰에 손을 써서 만들어 준 것이므로, 이방근은 보증인도 아니다. 그러나 기한 내에 서울로 돌아가지 않고 행선지인 제주도에서 행방불명이 되었으니, 도항증명서 발급의 책임 문제에도 영향을 미칠 것은 확실하고, 이방근도 뭔가의 형태로 추궁당할 것이 분명했다. 오남주는 처음부터 계획적으로 게릴라 가담이라는 목적을 위해 제주도에 잠입하려고 도항증명서를 입수했지만, 거기에는 배후 관계가 있다……. 이방근은 문난설에게 책임을 전가할 작정이었는데, 그 문난설에 대해 그는 책임을 져야만 한다. 문난설에게 책임을 전가한다기보다도, 일시적 방편으로서 경찰의 압력을 되받아칠 힘, 배경이 있는 그녀 쪽으로 일단 공을 돌려보내겠다는 것이다.

황동성은 상경 예정이 언제쯤 되는지, 제주에서 증명서가 어렵다면, 하면서도 그 이유는 묻지 않고 아주 간단히, 서울에서 증명서를 만들어 2, 3일 내에 보내겠다고 말했다. 그러나 그렇더라도 취조에 걸리면 섬을 나갈 수 있을지 어떨지. 이방근은 그런 사정을, 게다가 아직 어찌 될지 모르는 일을 전화로 황동성에게 이야기할 수는 없었다.

그는 잠시 생각한 뒤, 다음 달 초에라도 가고 싶지만, 지금은 이쪽 사정이 불투명해서, 안 될 경우에는 바로 연락할 테니 도항증명서를 부탁한다고 말하고는 전화를 끊었다. 처음부터 부탁하면 그만큼 상대에게 빚을 지는 일이 될 것이다.

이방근은 마음이 움직이고 있었다. 전화의 도중에도 무의식중에 마음이 파도치듯 흔들리고 있었다. 예정에는 여동생 유원의 일이나 문난설과 달리 약속한 것은 아니었지만, 그녀와도 만나고 싶다는 그의 개인적인 욕망도 포함돼 있었다.

응접실에서 나온 이방근은 마치 텅 빈 집안에 빨려드는 느낌으로 서재에 들어가 소파에 앉았다. 먼지가 많다는 느낌이 든 것은 착각이었고, 부엌이가 청소를 하고 있는 모양이었다. ……서방님이 돌아오실 곳은 여기인데, 쓸쓸한 말씀이시우다. 담배를 한 대 피우고 있자니, 부엌이의 말대로 하얀 비단 치마저고리 차림의 계모 선옥이 얼굴을 내밀었다.

이방근은 담뱃불을 끄고, 자리에서 일어나 반대편 소파로 선옥을 맞았다. 임신한 그녀는 소파의 등에 한껏 기대며 천천히 앉았는데, 부엌이에게 뒤지지 않을 만큼 몸집이 당당했다. 일종의 관록마저 풍기고 있었다. 그것은 임신한 몸집에서 풍기는 인상이라기보다, 드디어 이씨 집안의 아이를 임신했다고 하는, 어쩌면 사내아이를 임신했다는 자신감 같은 것의 표출이었다.

"아버지 앞에서는 삼가도 내 앞에서는 괜찮아." 선옥은 비벼 끈 담배의 얼마 안 피운 꽁초를 힐끗 보고 말했다. "그리고 오늘은 집에서 식사를 하고 가는 것이 어때. 부엌이에게 그렇게 일러두었고, 이제 곧 날도 저물 테니……."

아아, 여기나 저기나 모두 강요하듯 하는 말투에 숨이 막힌다. 이방근은 볼일이 있어 잠시 있다가 돌아가겠다고 말했다.

"아버지가 말이지, 오늘은 함께 집에서 식사하고 싶다고 말씀하셨어."

"뭐라고요, 무슨 볼일이 있으신 건가요. 어떻게 제가 여기 와 있는 걸 알고 계신 거죠?"

"볼일이라기보다 오늘 방근이가 경찰서에 간 것을 아버지는 알고 계셔. 부엌이에게 들었겠지만, 아침에 경찰서에서 사람이 왔었어. 서울에서 온, 유원이 친구인 오 뭐라는 학생이 있잖아. 그 일로 방근이에게 참고인으로 경찰서에 들러 주었으면 좋겠다고 경찰이 말했는데, 그래서 아버지께 말씀드렸지. 경찰서에 다녀왔지. 어떻게 됐어. 경찰은 뭐라고 하던가?"

"특별한 일은 없습니다. 도항증명서의 기한이 내일로 끝나는데, 오늘 밤배를 타지 않으면 기한을 넘기게 되니, 오 군은 불법체재가 되는 것뿐이니까요."

"아이구, 어째서 그런 일이……. 이런 시기에 불법체재가 그렇게 간단한 일로 끝날까. 그거 큰일이네. 게다가 행방불명이라잖아. 불법체재에다, 행방불명이면 어떻게 될지. 아침에 찾아온 경찰이 그렇게 말했거든. 그 학생은 여기에 묵기도 했고. 방근이도 뭔가 관계가 있는 것이 아닌가. 그렇다면 큰일이니까 뭔가 손을 써야지."

"새어머니는 갑자기 왜 그러세요. 어떻게 되는 일은 없을 테니까요, 제가 서울에서 이리로 데려온 건 사실이지만, 그게 무슨 관계가 있다는 겁니까. 아무것도 아니에요. 새어머니는 잠자코 계세요."

이방근은 스스로도 좀 뻔뻔스럽게 느끼면서, 계모 앞에서 새로 담배에 불을 붙였다.

"잠자코 있고말고, 난 아무 말도 하지 않았어." 선옥은 이방근의 손가락에 낀 연기가 피어오르는 담배에서 일부러 눈을 돌리며 말했다. "하지만 정말로 방근이가 말하는 것처럼 아무 일도 아닐까. 아버지가 걱정하고 계시니까. 거기다 행방불명이라니, 이 바다로 둘러싸인 제주도에서 어디로 가겠어. 어딘가로 도망쳐 숨어야 할 만큼 나쁜 짓이라도 저지른 걸까."

"그런 걸 제가 어떻게 알겠습니까."

"난 요즘 꿈자리가 뒤숭숭해서, 이 집과 관계만 없다면 좋겠는데."

"아이구, 무슨 관계가 있다는 겁니까. 새어머니가 집에서 식사하라고 하신 마음은 잘 알았으니, 이제 더 이상 아무 말씀 마시고, 돌아가 주시겠습니까."

귀에 거슬리고 잔소리로 느껴졌다. 이 이상 계속되면 울화통이 터질지도 모른다. 이방근은 다시 담배를 재떨이에 비벼 껐다. 그리고 이미 비어 있는 컵을 손에 들고 입으로 가져가다가 다시 내려놓았다. 소주는 컵 바닥에 몇 방울 정도 남아 있을 뿐이었다.

"여전히 술을 놓지 못하네. 예전에 아버지가 그랬었지, 정말로……."

"예전……? 예전이라니, 그건 무슨 말입니까?"

이방근의 말투에 가시가 돋았다. 머릿속에 돌아가신 어머니의 모습이 스쳐 지나갔다. 선옥의 다소 뾰로퉁해진 하얀 얼굴에, 퍼뜩 정신이 든 듯한 작은 감정의 물결이 일었다.

"경찰서에 갔다 오더니 신경이 날카로워졌나 봐. 이제 난 저쪽으로 갈 테니, 꼭 저녁식사는 집에서 하고 가."

자리에서 일어난 선옥은 희미한 화장수 냄새를 남기고 방을 나갔다.

이방근은 재떨이의 담배꽁초를 주워 다시 불을 붙여 피웠다. 쌓인 니코틴이 혀끝을 강하게 자극해 아플 정도로 쓴 맛이었다. 곤란하게 됐다는 생각이 들었다. 아버지는 다른 곳에서 정보를 얻고 있는지도 모른다. 만일 오남주가 입산했다는 의심을 가진다면, 일이 꽤 귀찮아진다. 아니, 경찰의 내방으로 이미 사태를 심각하게 받아들이고 있기 때문에, 아닌 밤중에 홍두깨처럼 저녁을 먹자고 하는 것이다. 설사 내가 여기에 들리지 않았더라도, 하숙집으로 사람을 보내 집에 오도록 했을 것이다.

오남주만이 아니다. 새삼 남승지의 일까지 의심이, 문제가 된다. 아니, 모를 일이다. 마음에 들어 하는 양준오에게까지 불똥이 튀어, 의심하기 시작할지도……. 이방근은 어떻게 할지 생각했다. 어슬렁어슬렁 찾아올 일이 아니었다고 후회했지만, 아무튼 경찰이 먼저 여기로 찾아와 오남주의 일을 이야기해 버렸기 때문에, 결국은 아버지의 명으로 호출이 오게 돼 있었다.

시각은 이미 네 시에 가까웠다. 가령 아버지와 저녁식사를 함께한다고 해도, 그때까지의 두세 시간을 어떻게 보낼까. 여기에 가만히 앉아 있을 것인가. 하루 종일이라도 그저 뿌리내린 듯이 소파에 계속 앉아 있는다……. 그러나 지금은 그럴 기분이 아니었다. 오랜 세월 계속 앉아 있던 소파였지만, 여기 있는 것은 빈집 안의 소파 잔해이고, 이제 새 소파가 하숙집 온돌방에 그 자리를 차지하고 있었다. 게다가 아버지를 기다리기 위해 여기에 계속 앉아 있을 마음은 없었다.

이방근은 아버지와 만나는 것을 피할 수는 없다. 그때까지 일단 여기서 나가 대충 시간에 맞춰올까 하는 생각을 했지만, 아버지의 귀가를 여기서 기다리기로 한 것도 아닌데, 그것을 거의 무의식적으로 전제하고 있는 자신을, 그리고 서울에 전화를 신청할까 생각하고 있는 자신을, 깜짝 놀라며 인정하고 있었다.

문난설에게 거는 전화였다. 조금 전 황동성과의 전화에서, 이방근은 의식적으로 문난설의 일은 말하지 않았다. 그가 문난설도 전화한 모양인데, 한번 만나고 싶군요……라고 했을 때도 그냥 무관심한 듯 듣고 넘겼던 것이다. 그녀가 신문사 안에 있다면 바꿔 주길 바랐지만, 그렇다고 옆에 다른 사람이 있는데 인사 이상의 무슨 이야기를 하겠는가. ……저 서울 가면 난설 씨를 만날 건데, 오빠가 편지라도 써 주면 돼요, 내가 전해 줄게요……. 유원이 서울로 출발하기 이틀 전에 한 말이었다. 이방근은 유원이 말한 것처럼 문난설에게 보낼 편지를 맡기거나 하지는 않았다. 어차피 여동생이 서울에서 그녀와 만난다고 하기에, 그때 오빠가 곧 상경한다고 하더라는 전언을 부탁했으니, 그걸로 된 것이었다. 좀 전에 황동성에게 온 전화를 순간적으로 여동생일 것이라고 생각한 데에는, 그러한 사정이 있었다.

유원은 어젯밤 늦게 도착했을 테니, 오늘 바로 문난설을 만나지는 않았을 터였다. 어쩌면 전화 정도는 했을지도 모른다.

어떻게 할까? 어떻게 할까라는 것은 서울로 전화를 신청할까 말까 하는 일이 아니었다. 설령 전화가 연결된다 해도 무슨 말을 한단 말인가. 계모, 또는 부엌이까지 아무렇지도 않은 척 귀를 기울일지도 모른다. 서울로 전화 신청을 하는 것은 어차피 요령부득이기 때문에 할 필요가 없었다. 어떻게 할까? 아버지를 바람맞힐 수는 없다. 이방근은 잠시 저녁때까지 밖에 나가려고 생각했다. 앞으로 두세 시간이나 이렇게 계속 소파에 앉아 있는 것은 도저히 불가능했다. 고통스런 생각이 앞섰다.

이방근은 텅 빈 방 한가운데의 외딴섬 같은 소파 주위를 둘러보았다. 예전에 소파에서 하루 종일 안뜰 쪽을 바라보며 가만히 앉아 있어도, 고통스러운 생각에 사로잡힌 적이 한 번이라도 있었던가. 의외의 발견이었다. 이미 이곳은 자신의 방도 아니고, 자신의 집도 아니라는 것을 실감했다.

서울로 전화를 신청할 필요는 없었다. 이방근은 생각지도 않고 있는데, 문난설의 단편적인 모습이 몇 개나 얽히며 머릿속에 떠오르는 것을 의식했다. 생각하지 않으려고 하는데도 제멋대로 그녀의 모습이 떠다니는 것이었다. 그러나 그 형태가 분명하지 않았다. 그는 눈을 감고 떠오르는 대로 그녀의 모습을 쫓았지만, 웬일인지, 황혼 속에 흐려진 것처럼 확실히 보이지 않았다. 마치 그녀의 얼굴을 잊어버린 것 같았고, 어둠 속에서 그녀의 목소리만 듣고 있는 것처럼, 상기하려고 하면 할수록 그것은 점점 실체가 없는 그림자가 되어 사라졌다가, 또 나타났다. 이상한 느낌이었다. 한두 번 만난 것이 아니었다. 설령 포옹이 깊은 어둠 속에서, 단지 손과 손, 입술과 입술, 서로의 몸과 목소리만의 애무였다고 해도, 지금까지 칠흑 같은 세계에서 문난설과 만난 것은 아니었다.

이방근은 눈을 뜨고, 눈앞에 있는 작고 낡은 탁자와 소파, 자신이 지금 앉아 있는 쪽의 소파를 눈으로 보고, 손으로 만져 보았다.

그는 문난설에 대한 생각을 억눌러 의식 위에 노골적으로 올리지는 않았지만, 실제로는 그렇지 않았다. 어둠 속이었기에 한층 깊고 농후한 포옹, 마지막에 몸을 섞는 일만은 이루지 못했지만, 속삭임과 애무와 그녀의 거친 숨결, 손바닥과 손가락에 그녀의 솟아오른 가슴의, 허리 굴곡의, 엉덩이의, 머리카락의, 입술……의 모든 감촉이 자세하고 선명하게 반복해서 되살아나, 의식의 흐름 그 자체가 마치 그녀에 대한 생각으로 형태를 이루고 있는 것처럼 표면에 나타났는데, 정신을 차리고 보면 화가 날 만큼 문난설을 생각하고 있는 것이었다. 그것이 싫었다. 그녀에 대해 깊어져 가는 마음. 아니, 이번에 만나면 헤어지기 힘들어질지도……. 이런 마음이 싫은 것이었다. 일전에 명선관의 여주인을 안은 것도 문난설로부터 일종의 도피였는지도 몰랐다.

그녀에 대한 생각이 의식이고, 끝없이 계속해 솟아오르는 의식 자체가 그녀였다. 문난설에게 점령당한 의식이 그녀의 모습을 좇으면서, 아무리 해도 그림자처럼 아련하게 얼굴 생김새가 확실히 보이지 않는데도, 이방근은 애가 타고 고통스럽기까지 해서 소파에서 일어났다. 이런, 어리석은! 그는 텅 빈 방 안을 초조하게 왔다 갔다 했다.

설마 기억상실이 된 것은 아닐 게다. 이방근은 갑자기 눈앞에 있는 것 외에는 모두 실체가 없는, 그림자에 지나지 않는 듯한, 여동생 유원마저도 실체가 없는 환영처럼 머나먼 안개 너머로 사라져 버릴 것 같은 공포에 사로잡혔다. 상상력이란 것도 아무런 도움이 되지 않는다. 공기를 맨손으로 잡는 것과 같았다.

이방근은 문난설에게 점령당한 의식에 휘둘리듯이, 그 모습을 좇으며 점점 아득한 숲으로 빠져들어가 오도 가도 못하고 있었다. 일전에도 여동생 방에서 그녀와 포옹한 다음날 아침, 눈앞은 아니지만 같은 집 안에 있는데도 그녀의 얼굴을 잊어버린 듯했는데, 전날 밤을 어둠 속에서 보낸 탓이었는지, 아무리 그 얼굴을 떠올리려고 애써도 눈에 보이지 않았다. 단지 오른손바닥에 남은 그녀의 몸의 향기만이 그 실체를 느끼게 해 주었다. 아니, 나는 지금도 그 일을 확실히 기억하고 있는데, 그렇다면 기억상실 따위는 아니다. 그는 무의식중에 자신의 코끝으로 가져간 오른손을 뗐다.

그러나 그때는 떠올릴 수 없었다고 해도 금방이라도 얼굴을 마주하고 그 실체를 확인할 수 있었지만, 지금은 다르다. 바다를 사이에 둔 아득한 저편, 길이 막혀 쉽게는 갈 수 없는 곳, 바로 손을 뻗어 닿을 수 있는 곳이 아닌, 그곳에 문난설이 있다. 해상봉쇄가 계속되고 있는 현재, 보통의 경우는 이미 절망적인 거리였다. 그걸 의식한 순간, 이 거리야말로 그녀에 대한 마음을 더하게 하는 것일까. 경우에 따라서는 거의 재회가 불가능한 거리…….

그렇다고는 해도, 어째서 지금 갑자기 이리도 그녀가 그리워지는 것인지, 스스로도 의아했다. 황동성의 전화 때문인가. 문난설을 떠올리는 일은 숨이 막히고 고통스럽다. 지금까지 없었던 일이다. 보고 싶다……. 이방근은 멈춰 섰다. 그녀를 만나고 싶다고 생각했다. 그는 무의식중에 방의 문지방을 넘어서더니, 부엌 쪽을 향해 소리치듯이 말했다. 문난설에 대한 생각을 참을 수 없다는 듯이.

"부엌아―, 술 한 잔 가져다줘! 그리고 사발에 물도."

부엌이가 오지 주전자에 컵 한 잔 정도의 소주와 물을 가지고 왔다.

이방근은 사발의 차가운 물을 벌컥벌컥 거의 단숨에 들이켰다. 그리고 술을 빈 컵에 따랐지만, 바로 입에 대지는 않았다. 어차피 가는 길이다. 아니, 문난설과 만나기 위해서라도 가야 하는 길이다. 어떻게 될지는 알 수 없지만, 어떻게든 다음 달 초에는 서울로 가야겠다고, 이방근은 생각했다. 음, 유원이는 무슨 생각으로 그런 말을 한 것일까. 여동생이 말한 대로 문난설에게 간단한 편지라도 맡겼으면 좋았을지도. 왠지 갑자기 그녀와의 연결고리가 사라질 것 같아, 묘한 불안감을 느꼈다.

이방근은 컵을 입술에 대고 소주를 머금었다. 입천장의 점막을 태워 벗길 듯한 심한 자극이 의식으로 전해졌다. 여전히 문난설의 형상은 눈에 보이지 않았다. 그녀와 직접 만나는 것 외에는, 꿈속에서라도 재회를 기대하며 그 얼굴을 확인하는 수밖에 없다. 이방근은 문난설과 통화할 때, 왜 좀 더 적극적으로 이야기하지 않았을까 하고 후회했다. 조금 차가운 나의 태도에 설마 그녀의 마음이 바뀌어 버린 건 아니겠지. 아니, 내가 차가운 게 아니다. 이번에 문난설과 만나면 제주도로 돌아오는 것이, 제주도에서 사는 것이 싫어질까 봐 두려운 것이다. 그녀의 배후에 무언가가 있는 듯한데, 무슨 일이 잘못 될까 봐 그게 두렵다. 내가, 제주도를 떠난다……? 말도 안 돼. 그건 있을 수 없는 일이야. ……아아, 이거 오랜만일세. '서북' 출신의 여자와 결혼한다면서. 길에서 지나치면서 아는 체하던, 면식 있는 읍내 남자의 말이었다. 실없는 소문이 떠도는군. 이 동무는 뭘 그리 부끄러워하는가. 굉장한 미인이라던데…….

시각은 네 시를 지나고 있었지만, 밖은 아직 노을이 지지 않고 있었다. 이 한 잔을 더 마시면 제법 취할 것 같았다. 취한다기보다도, 볼이 열기를 띠고 술기운이 확실히 배어드는 것 같은 게, 밖을 돌아다니면 남의 눈에 띌 것 같았다. 그는 컵을 손에 들고 마시는 대신에, 탁자 한가운데에 밀어 놓았다. 외출해서 어디로 갈지 정한 것은 아니었지만, 어쨌든 일단 여기를 나가려고 생각하면서, 좋아, 이번 달 말이라도 출발해야겠다고 마음을 굳혔다. 증명서는 도청에서 받을 수 있겠지만(그야말로 특권계급이다, 나는), 과연 경찰에서 출항의 검인을 받을 수 있을지는 의문이었다. 일단 유사시에는 어쩔 수 없었다. 여동생이 말한 대로 집에 와서 장거리전화를 신청하고, 황동성과 연결되기를 기다릴 수밖에 없다. 그래도 오남주 건의 진행 여하에 따라서는 경찰이 어떻게 나올지 알 수 없었다.

이방근은 소파 등받이에 걸쳐 눈 상의를 들고 입으며 자리에서 일어났다. 어라? 대문 쪽에서 인기척이 났다. 어험, 어험. 헛기침을 두 번 반복하며 귀가를 알린 것은 아버지였다. 아버지 이태수가 돌아온 것이었다. 툇마루로 나와 있던 이방근은 안뜰을 건너오는 아버지와 얼굴을 마주쳤다. 이방근이 인사를 했다. 아버지는 안뜰 중간에서 멈춰 섰다. 선옥과 부엌이가 건너채의 툇마루로 나왔다.

"음, 와 있었구나." 이태수는 힐끗 아들을 쳐다보고 말했다. "넌 지금 어디 나가려는 게냐?"

"아닙니다."

"그럼 됐다."

아버지는 그대로 건너 채 쪽으로 걸어갔다.

이방근은 혀를 차면서 소파로 돌아가, 다시 앉았다. 계모가 또 연락해 둔 것은 아닐까. 방근이가 돌아가 버린다고 말했을지도 모른다. 마치 여기서 놓쳐서는 안 된다는 식으로. 저녁이 문제가 아닌 것이다. 그는 소주잔을 손에 들고, 꿀꺽 한 모금 털어 넣었다. 고식(姑息)적인, 이런 방식이 싫었다.

오남주에 대해 아버지는 어떤 정보를 얻은 것일까. 단지 경찰서에 갔다 온 자식의 이야기를 듣는 것뿐인가. 어쨌든 기적은 일어날 수 없겠지만, 이런 때 불쑥 가방을 든 오남주가 서울로 가는 출발인사를 한다고 들르면 어떻게 될까.

이방근은 새삼스레 손목시계를 보았다. 정확하게는 네 시 20분. 설마 오남주가 경찰서에 얼굴을 내밀고 오늘 밤 배를 탄다는 그런 기적은 생기지 않겠지. 아직 다섯 시까지는 시간이 있었지만, 이방근은 마음 한구석에서 오남주의 출현을 기대하고 있는 자신을 의식하고 있었다.

부엌이가 이방근을 부르러 온 것은 정각 다섯 시였다. 정각 다섯 시.

아버지의 거실에 이미 돼지고기 편육과 각각 큰 접시에 담은 자그마한 옥돔 조림 등 많은 음식이 차려진 탁자 양쪽으로 부자가 마주 보고 앉았다.

"호오, 낮부터 한잔했구나. 어떠냐, 하숙생활은 재미있느냐. 자, 한잔하거라." 아버지가 술병을 들고 턱으로 가리킨 뒤 이방근의 술잔에 갖다 대며 말했지만, 대답을 바라고 있는 것은 아니었다. 이방근이 조금 당황하며 양손으로 아버지가 들고 있는 술병을 빼앗아 받아들려 했지만, 아버지는 놓지 않았다. "괜찮으니 술잔을 들거라."

이방근은 뭔가 기선을 제압당한 느낌이었지만, 양손으로 술잔을 공손하게 들고 아버지의 술을 받았다. 그리고 아버지가 탁자 위에 올려놓은 술병을 들고, 꿇어앉은 자세로 무릎을 세워 정중하게 아버지의 잔에 술을 따랐다. 그는 아버지가 술잔을 입에 대는 것을 지켜본 후에 뒤따르듯이 입으로 잔을 가져갔다.

"하숙집의 식사는 부족하지 않느냐?"

오늘의 아버지는 평소와는 달리 자신이 먼저 아들에게 말을 걸고 있었다.

"예ㅡ. 잘해 줍니다."

"요즘은 돈만 있으면, 어딜 가도 불편하지 않지."

듣기 싫은 말투였다.

"새어머니께 들으셨겠지만, 오후에 경찰서에 얼굴을 내밀고 이곳에 들렀습니다."

"음, 잘 왔다. 그 오라는 청년은 서울의 S대에 다니는 수재 아니냐. 어째서 학교에 가지 않고, 법을 어기며 무슨 범인처럼 도망쳐 숨어 있는 게냐?"

"원래 학교 쪽은 휴학 중이었다고 합니다만. 전 서울의 건수 숙부님 댁에 놀러 왔을 때 한두 번 얼굴을 본 정도라서, 오군의 일은 잘 모릅니다."

"휴학 중이라고 해도 학생은 학생이야. 게다가 서울에 있던 청년이 아니냐. 무엇하러 이 어려운 시기에 여기까지 와서, 체류기한 한 달이 지나려 하는데도 얼굴을 내보이지 않는 건 무슨 일이냐. 결국은 네가 서울에서 데리고 온 게 아니냐."

"제가 데리고 온 건 아닙니다만, 어쩌면 말씀하신 대로, 결과적으로는 그렇게 됐는지도 모르겠습니다."

"됐는지도……가 아니야. 그렇게 돼 있어. 도항증명서는 서울의 경찰서에서 발행한 것이지만, 네가 오남주의 협력자라고 경찰서에선 그렇게 보고 있다."

"경찰서에서요……?" 이방근은 아버지를 정면으로 쳐다보았다. "무슨 말씀입니까. 그 협력자라는 것은? 전 법적으로 어떤 관련도 없습니다."

"법, 법으로 통하는 세상이냐(방금 오남주가 법을 어겼다고 한 같은 입에서 나온 말이다). 이미 다섯 시가 넘었는데 연락이, 전화가 없다."

"무슨 말씀이세요. 그 전화라는 것은?"

"경찰이야. 혹시 다섯 시까지 오, 이름은 남주라고 했던가, 남주가 경찰서에 출두할 경우에는 우리 집에 연락을 주기로 했다."

"예―."

이방근은 어디선가 들은 것 같은 말을 하는 아버지를 의아하게 쳐다보았다.

"그러나 그건 기적이야. 기적은 그리 쉽게 일어나지 않는다."

"기적입니까, 그렇군요……."

"뭘 그리 감탄하고 있느냐?"

"아닙니다, 기적이 일어나면 좋겠다고 생각했을 뿐입니다."

이방근은 아버지가 자신과 비슷한 생각을 하고 있다는 것에 놀랐다. 그것은 오남주 건을 자신의 문제, 이씨 집안에 불똥이 튈지도 모를 문제로 심각하게 생각하고 있다는 증거였다. 이런 때는 어딘가에서 생각이, 바람이 비슷해지는 것 같았다. 아버지이지만, 이방근은 왠지 그 일에 감동을 받았다. 그래서 내심 웃어 버린 것이다.

"문제는 간단하지 않아." 아버지는 혀를 차고 나서 한숨 섞인 큰 숨을 토해 냈다. "행방불명이라는 거 같은데, 그건 당국에 대한 도전이다. 넌 어떻게 생각하고 있느냐?"

"그런 걸 어떻게 알겠습니까."

마치 경찰에 대한 대응의 예습처럼 되었다.

"대강의, 너의 추측을 묻는 거야. 모른다고 해서 끝날 일이 아니다. 게다가 무책임하지 않느냐. 그건……."

"아니, 모릅니다. 책임보다도 모르는 것이 우선합니다. 어디선가, 요전처럼 친구 집에 틀어박혀 있다가, 늦어도 오늘쯤에는, 지금 아버지가 말씀하신대로 빠듯한 시간에라도 경찰서로 급히 달려갈 것이라고 생각했습니다만. 그것이 지금으로서는 어떻게 돼 가는지, 제가 알 수 있는 일이 아닙니다. 실제로 제 자신이 이런 일에 관계되면 곤란하고요."

"어험……."

아버지는 술병을 손에 들고 이방근의 잔에 다시 술을 채웠다. 한번이라면 몰라도, 반복해서 술을 따라 주는 것은 황송하기 그지없지만, 이방근은 잠자코 아버지의 명이라 생각하고 양손으로 잔을 받은 뒤, 입을 대지 않고 그대로 탁자 위에 내려놓았다. 뭔가 유도작전이 아닐까.

방근아……. 아버지가 이름을 불렀다.

"혹시 그 학생은 산으로 도망간 게 아닐까?"

"산? 한라산 속으로 말입니까?" 이방근은 가슴이 덜컥하면서도 그럴듯하게 말을 되받았지만, 그가 예상하고 있던 질문이었다. "설마, 무얼 하러, 건축과 학생이 무얼 하러 산 같은 데로 들어가겠습니까."

"형이 산에 있는 듯하다. 입산공비라는 얘기야."

아버지는 술을 한 잔만 마시고, 천천히 담배를 연신 피웠다. 이방근도 별로 마시지 않았다. 아버지는 직접 일터에서가 아니라, 이미 경찰과 접촉하여 정보를 얻고 나서 귀가한 것이었다.

"예ㅡ. 저도 경찰서에서 듣고 처음 알았습니다만, 그건 불확실한 일이라고 봐야 하지 않겠습니까. 경찰은 마을에 청년이 한 명 없어지면, 지금까지 모두 입산했다고 단정해 버렸습니다. 실제로는 일본으로 밀항하여, 예를 들면 오사카에 살고 있는 본인이 이곳에선 게릴라가 돼 있으니 말입니다. 그래서 남겨진 가족들은 증거가 없는데 공비가족이라고 연행됩니다."

이방근은 넌지시 아버지의 이야기를 돌렸다.

"아니다. 시골의 국민학교의 교사였던 그 형이라는 자는, 마을이 불탄 후에 입산한 공비야. 그 형들과 오남주라고 했나, 그 학생이 연락을 취해 산에 들어간 건 틀림없을 게다. 그 학생은 공비 일당이야. 이 집에서 하룻밤 묵은 것도 엄연한 사실이다. 넌 오남주에게 그런 얘길 아무것도 듣지 못했느냐?"

"그런 얘기라는 건 뭡니까?" 이방근은 아버지 앞이지만 울컥하는 기색이 얼굴에 드러났다. 어째서 이리도 반사적으로 나오는 것일까. 의외로 몸속을 돌고 있는 술기운 탓일지도 몰랐다. "아버지는 경찰서에 다녀오신 것 같습니다만, 마치 경찰처럼 말씀하십니다. 게다가, 오남주를 공비 일당이라고 어째서 단정할 수 있습니까. 경찰 대신에 아들에게 이것저것 캐묻는 겁니까?"

"뭐라고, 애비에게 무슨 말버릇이냐." 이번에는 아버지가 혈색 좋게 붉어진 얼굴을 더욱 벌겋게 하고 화가 난 듯이 말했다. "내가 자식인 너를 경찰에 넘기고 싶다는 생각이라도 한다는 게냐. 이런 바보 같은 놈. 난 말이다, 용케도 유원이가 서둘러 서울로 돌아갔다고 안심하고 있다. 다행히도 유원이는 그 학생보다 한발 앞서 서울로 가 준 거야. 이 일만으로도 어떻게 될지 모르는데, 딸까지 무슨 관련이 있다고 해 봐라. 도대체 어떻게 될지. 결혼이 문제가 아니야. 제때에 서울로 잘 돌아간 거지."

이방근은 하마터면 얼굴에 미소를 띨 뻔했으나 겨우 참았다. 도대체 무슨 말씀을 하시는 겁니까. 딸을 이 험악한 시기에 멀고 먼 서울에서 불러들여, 불시에 습격이라도 하듯이 한 달 가까이 감금 상태로 만든 건 당신 아닙니까. 그걸 이제 와서, 마치 당신 자신이 솔선해서 딸을 서울로 돌려보낸 것처럼 말씀하시다니. 그것도 남매가 연명으로 결혼서약서를 한 장 쓰게 하고서…… 이방근은 물론 입 밖에 내지는 않았지만, 심한 언쟁이라도 하고 있었다면, 보다 날카로운 어투로 아버지에게 말을 퍼부었을지도 몰랐다.

"아버지는 도대체 무엇을 걱정하시는 겁니까. 유원이가 관련이 있다는 둥. 설사 오남주가 모레부터 불법체류자가 된다고 해도, 만약에 말입니다. 설령 산에 들어갔다고 해도 그것은 어디까지나 그 자신의 일이지, 여동생이나 저와 무슨 상관이 있습니까. 쓸데없는 걱정을 하고 계십니다. 함께 제주도까지 온 건 사실이지만, 그 이상은 관계없는 일입니다. 그래도 만약에 말입니다. 아마도 당국은 그렇게 단정해 버리고 싶겠지만, 그가 입산했다고 해서 그 배후에 제가 있다고, 즉 제가 그렇게 유도했다고 말씀하시는 겁니까. 사실이 그렇다고 한다면, 물론 아버지의 걱정은 당연하겠지만 말입니다."

"뭐라고, 그렇게 빈정거리며, 마치 남의 일 얘기하듯 하다니. 그게 걱정으로 끝날 일이냐. 네가, 음, 그 배후 인물이라면, 넌 이 애비를 죽이는 인간, 부모를 죽이는 놈이야. 뭐라……. 사실? 뭐가 사실이라는 게냐, 네가 빨갱이 놈들의 배후 인물?" 어찌 된 일인지, 갑자기 아버지의 표정이 변해 딴사람처럼 보이고, 마치 실제의 배후인물인 이방근을 눈앞에 보고 있는 것처럼, 공포와 의혹의 빛이 엿보이는 퉁방울눈으로 가만히 아들을 노려보았다. "그런 무서운 말을, 온 몸에 소름이 돋는구나. 설마, 너, 정말로 배후……. 그럴 리가 없어."

아버지는 뒷걸음질 치듯이 상반신을 뒤로 젖혔다.

이방근은 순간 어이가 없어 멍하니 있었지만, 동시에 거의 무의식의 심술과 장난기가 발동하여, 갑자기 눈앞에서 두려운 의혹에 사로잡힌 아버지를, 아무런 동요도 없이 가만히 마주 보고 있었다. 마치 자신이 명백한 배후인물이라도 되는 것처럼.

"설마, 너……."

아버지의 목소리가 갈라졌다.

"아버지……."

이방근은 아버지의 어떤 공포에 사로잡힌 눈빛의 떨림에, 문득 정신을 차리고 말했다.

"아니, 말하지 마라. 가만히 있어. 가만히 움직이지 마!"

아버지가 목소리를 높이며 한 손을 흔들었다. 안쪽 방에서 계모가 나왔다.

"아이고, 무슨 일이세요?"

"뭐……?" 계모의 목소리에 한숨과 함께 아버지의 표정이 돌아왔다. 그는 무거운 허리를 굽혀 탁자 끝에 앉은 선옥을 쳐다보았다. "아니, 아무것도 아니야. 아무것도 아니라고. 흐—음, 무슨 일인가. 아무것도 아니야. 자넨 안으로 들어가는 게 좋아."

"아버지는 도대체 무슨 생각을 하시는 겁니까. 정말."

"무슨 생각을 하냐고? 아무 생각도 안 한다." 아버지는 술잔을 손에 들고 꿀꺽 한 모금 목구멍으로 흘려 넣었다. 이방근은 술병을 들고 아버지의 잔에 가져다 대었다. 아버지의 숨이 거칠었다. "……예를 들어, 그것이 가정한 얘기라고 해도 말이다. 그런 일을 애비 앞에서 아무렇지 않게 잘도 말하는구나, 음. 그만 됐다. 그런 얘기는 기분이 좋지 않아. 음식 맛이 떨어져."

아버지는 손에 든 젓가락으로 돼지고기 편육, 전복, 고사리 무침, 생선조림 등의 접시 위를 돌아다니다가, 전복 한 조각을 집더니 초장을 찍어 덥석 물듯이 입에 넣었다.

이방근도 젓가락으로 두툼한 옥돔조림의 살점을 집었다. 마늘과 함께 고춧가루를 듬뿍 넣은 부드러운 생선의 흰 살은, 순식간에 허무할 정도로 입안에서 사르르 녹듯이 무너졌다. 생각지도 않았는데 고춧가루의 알싸한, 그리고 흰 살의 부드러운 맛의 밑바닥에서, 휙 하고 마치 거울에 비친 것처럼 문난설이 떠올라 이방근을 놀라게 만들었다. 아니, 그녀의 상을 맺은 백일몽 같은 단편이 찰나적으로 뇌리를 스쳤던 것이다.

"그럼 아버지는 무엇을 걱정하시는 겁니까?" 설마 순간적으로 번뜩인 문난설의 상이 아버지의 눈에 보였을 리는 없지만, 이방근은 가슴을 두근거리게 한 그녀의 선명한 상을, 아버지의 눈에서 덮어 감추려는 것처럼 연거푸 말했다. "가정이 아니라, 제가 배후인물이 아니라는 건 알고 계시지 않습니까. 전 분명 그를, 제주도에 함께 다녀오고 싶다고 해서 데리고 오긴 했지만, 단지 그뿐이고, 그 이상의 책임은 질 수 없습니다. 저 또한 곤란한 일이지 않습니까. 글쎄, 어떻게 될지 모르지만, 데리고 온 것에 대한 책임은 지겠습니다. 그뿐입니다."

"……" 아버지는 가볍게 고개를 끄덕였다. 그러나 그냥은 수긍하지 않겠다는 듯이, 방금 전에 당황하던 기색은 어디론가 사라지고, 한바탕 강연을 하듯이 말했다. "너는 뭘 그리 큰 소리를 치고 있느냐. 이씨 집안의 인간이니까, 이 이태수가 있기 때문에, 그런 말도 할 수 있는 것이야. 보통의 경우, 그걸로 통할 거라 생각하느냐. 그 방면의 사정은 알고 있을 게다. 아무렇지도 않은 인간이 '서북'패나 경찰에게 끌려가서는 뭇매를 맞고 '빨갱이'로 낙인찍히면 그걸로 '빨갱이'가 되어 버리는 세상이다(이방근은 거의 감탄하다시피 아버지를 보았다. 아니, 아버지야말로 그쪽 사정을 잘 알고 계시지 않습니까……). 음, 유원이가 오남주보다 한발 앞서 서울로 출발한 게 무엇보다 다행이야." 아버지는 손목시계를 들여다보았다. "경찰에서 전화가 없는 걸 보니 결국 출두하지 않고, 어디론가 도망을 꾀하고 있는 모양이구나. 우수한 학생이 아까운 일이야……. 그런데 오남주는 남승지라는 그 가짜 교사와는 아는 사이냐?"

갑자기 아버지는 화제를 바꿨다. 남승지의 일은 예상하고 있었지만, 갑자기 나온 그 가짜 교사라는 말투에는 약간 단호한 울림이 있었다. 가짜 교사라는 말은 이미 요전부터 아버지의 말투가 돼 있었고, '빨갱이'의 대명사이기도 했다.

"어째서 그런 무리한 질문을 하십니까. 아는 사이일 리가 없죠."

"물어본 것뿐야. 넌 남승지를 꽤 아끼는 것 같은데, 요전에도 말했지만 이제 이 집에 한 발자국도 들여서는 안 된다. 제법 만만찮은 놈이야. 중학교 교사……. 대단한 교사다, 그자가 이 집에 당당하게 드나들고 있었단 말이다."

이방근은 뒷문으로 이 집에 들어온 남승지의 일이 머리에 떠오르는 것을 억누르듯 술잔을 가볍게 입에 대고 나서, 공복이 원하는 대로 잠자코 먹기 시작했다. 그는 아버지 앞에서 남승지를 옹호할 수 없다는 게 한심했지만, 한편으로는 그 남승지에게, 아니 부엌이를 움직인 배경에 새삼 분노를 느꼈다. 남매가, 그리고 하녀인 부엌이까지도 한통속이 되어, 바로 눈앞에 있는 아버지를, 가장을 속이고 있는 것이다.

바깥에는 황혼이 비치고 있었다. 곧 전등이 켜질 시각이었지만, 방 안은 황혼의 음영으로 채색되기 시작했다. 취기가 바깥세상과 친숙해지기 시작하면서 마음이 차분해졌다.

아버지는 이방근의 이야기에 안심한 것 같았는데, 여전히 반신반의하며 불안을 떨치지 못하면서도, 오남주의 문제가 이씨 집안에 파급될 일을 잊고 있는 것이었다. 아들이 배후인물이라는 갑작스러운 의혹은, 본인의 부정으로 완전히 사라져도, 일단 배후인물이라고 생각한 그 의혹의 기억은 남는 것이어서, 무슨 일이 있으면 바로 불이 붙을 힘을 갖는다. 아버지가 이방근을 배후인물이라고 순간적으로 의심한 것은, 돌발적이거나 즉흥적인 생각에서가 아니라, 평소에 그와 비슷한 잠재의식이 있었기 때문일 것이다. 조금 전에 네가 빨갱이들의 배후인물이라고 복수 취급한 것은 단순한 복수는 아니었다. 이방근은 거기에 구체적인 인간, 남승지까지도 포함시키고 있다는 것을 느끼고 있었다.

밥과 해초에 돼지의 대창 살점을 넣어 밀가루로 찰기를 낸 국, 소박하고 풍미가 있는 일반 가정의 어느 식탁에나 나오는 국이 나오자, 이방근은 맛없는 술을 그만두고 식사를 시작했다. 식사하는 소리만이 탁자 위를 오가는 속에서, 침묵이 답답할 정도로 부자 모두 말이 없었고, 이방근은 식사를, 아버지는 술을 조금씩 즐기듯이 계속해 마셨다. 아무래도 아직 하고 싶은 이야기가 남아 있는 듯한 기색이었다. 해초 국이 맛있었다. 아버지는 밥에는 숟가락을 대지 않았지만, 국과 술안주를 충분히 들고 있었다.

이방근이 식사를 마친 젓가락을 내려놓고 잠시 후에, 아버지가 담배 한 대를 피우며, 술기운이 약간 도는 얼굴에 진지한 표정을 하고는, 방근아, 정직하게 말해다오, 난 네가 이번 건에 대해 관계가 없기를 진심으로 바란다……라고, 이방근의 입장에서 보면 같은 말을 반복하는, 쓸데없는 말이었다. ……네가 말하자면 배후인물이 아니라고 하니 일단 안심은 되지만, 설령 네가 이번 일로 무언가 혐의를 뒤집어쓰는 일이 있어도, 그건 내가 처리하마. 배후인물이 아니라는 것이 확실하다면 말이다…….

그런데 이방근을 놀라게 한 것은, 그 뒤의 아버지의 말이었다. ……네가 집으로 다시 돌아올 생각이 없다면, 어차피 일단 집을 나갔으니, 이참에 차라리 서울로 가서 사는 것이 어떠냐. 뭐가 좋다고 제주도에서, 하숙생활을 하고 있느냐……라며, 넌지시 서울행을 권하는 듯한 말을 한 것이었다.

이방근은 아버지가 도대체 무슨 말을 하고 있는지 알지 못해, 잠시 말을 잊었다. 왜 이렇게까지 친절하게 배려를 하는 것인가. 뭔가 사정이 있어 보이는 저자세는 아무래도 이 때문이었던 것 같다는 생각이 들었다. 오남주 건도 물론이거니와, 이것이 오늘 저녁의 목적이 아니었을까. 침묵하고 있는 이방근의 가슴속에 복잡한 것이, 구름처럼 피어올라 혼란스러웠다. 구름 사이로 아버지에 대한 경멸감이 엿보였다. 음, 용케도 생각해 냈군……. 이건 섬 밖으로 추방하겠다는 것이나 마찬가지다.

이방근은 일어섰다. 아버지는 아직 할 말이 남아 있는 듯했지만, 그것에 개의치 않았다. 그는 제주도를 떠날 마음은 없었지만, 그러나 말했다.

"생각해 보겠습니다."

6

다음날 25일은 토요일이었지만, 오남주는 남은 시간인 오전 중에도 경찰서로 출두하지 않았다. 기대했던 것은 아니었지만, 이것으로 희망은 완전히 사라졌다. 체재 유효기한의 마지막 날 출두하여 곧바로 섬을 떠나는 것은 힘들다 해도, 하루 이틀 뒤의 배편으로 출항 연장을 신청한다면, 사정을 청취한 후 정상참작의 여지도 있을 것이다. 이방근이 보증인이 된다든가, 그 때문이라면 아버지 이태수까지도 기꺼이 보증을 서서, 섬에서 학생을 내보내는 일을 주저하지 않았을 것이다. 그러나 이렇게 되면 분명한 불법체재가 되고, 그것을 넘어 당국에 대한 명백한 도전이 되어 버렸다.

이방근은 오남주에게 이용당했다고는 생각하지 않았지만, 결과적으로는 그렇게 된 모양새였다. 과연 서울을 출발할 때부터 제주도에서 게릴라에 합류할 작정이었을까. 거기까지는 생각지 않았을 것이다. 어떻게든 제주도에 가고자 한 그 이유는 무엇일까, 혹시…… 하고 의심하지 않은 것도 아니지만, 그것은 그저 머리를 스치는 정도에 불과했다. 의심이 확실한 형태를 띠고 있었다면, 본인에게 따져 묻든가 해서 일부러 데려오는 일은 없었을 것이다.

토요일, 일요일로 이어졌기 때문인지, 경찰서에서 이방근을 참고인으로 호출하지는 않았다.

일요일 오후에 접어들자마자, 급히 달려온 것으로 보이는 부엌이가 이방근의 방 툇마루 앞에 우뚝 서서 커다란 가슴과 어깨를 괴로운 듯이 헐떡거리며, 서방님, 서울에서 전화가 왔수다, 난설 님으로부터……라고 알렸다. 무얼 그리 허둥대느냐……고 물어볼 틈도 주지 않고, 지금 서울과 전화가 연결된 채, 문난설이 전화를 기다리고 있다고 했다.

"뭐라고, 서울의 전화기 앞에서 난설이가 기다리고 있다고?"

난설이라고 이름을 막 부른 그는 방을 뛰쳐나와 거의 달리다시피 집에 도착했다. 전화가 일단 끊기면, 어느 쪽에서 다시 신청한다 해도 연결되기까지는 한 시간, 혹은 몇 시간이나 기다려야 했다.

"여보세요."

이방근은 뛰는 심장을 억누르며, 응접실의 전화함 위에 가로놓인 수화기를 귀에 대고, 거친 숨과 함께 뿜어져 나오는 뜨거운 목소리를 송화구에 보냈다. 이방근입니다, 하고 바로 말이 이어지지 않았다. 땀이 얼굴에 번지기 시작했다.

"아이구, 이 선생님이시죠. 선생님, 어떻게 된 거예요. 그렇게 숨을 헐떡거리시고. 달려오신 거군요, 죄송해요."

문난설은 작게 웃었다. 그 웃음소리가 괘씸하기도 하고, 사랑스럽기도 했다.

"그거야, 난설 씨가 전화를 끊지 않고 기다린다 해서 서둘러 왔을 뿐이오. 이웃집 호출이라면 몰라도, 장거리전화를 하면서 당신 같은 사람은 처음 봤소."

이방근은 어느 샌가 정이 담긴, 남에게 들키고 싶지 않은 목소리를 내고 있는 자신을 발견했다. 그리고 그 순간, 아버지는 부재중인 듯 했지만, 몰래 엿듣고 있을지도 모를 계모에 대한 경계심조차 잊고 있었다.

"선생님 하숙집이 옆집인지 어딘지 모르니까요."

"아니, 일전에 천천히 걸어서 10분 정도 거리라고 말했잖소."

"잊어버렸어요. 천천히 걸어서 10분이라면 그렇게 멀지 않잖아요. 아니에요. 그렇지만 죄송해요. 오시게 해서……."

"죄송할 건 없어요. 그건 내가 하고 싶은 말이니까. 지금 거기가 어디요?"

"신문사예요. 일요일 출근의 당직이에요. 그럭저럭 다음달 1일부터 발행하게 되었어요……."

처음에는 무슨 전화인지 몰랐다. 문난설도 이렇다 할 용건이 없는 것인지, 잠시 잊고 있었던 것인지, 단지 전화 자체가 목적인 것처럼 이야기하면서, 이방근이 자신이 오남주 이야기를 꺼내려 하자, 생각난 듯 상대가 오남주는 뭐 하고 있느냐고 물었다. 이방근은 순간적으로 말문이 막혔다. ……저기, 실은, 오남주 말인데……. 아니, 이건 지금 자신이 먼저 꺼내려 했던 말이다.

"음, 그러니까, 잘 모르겠소. 그의 일로 그쪽에 연락이 있었나요?"

문난설에 의하면 제주경찰서에서 수도경찰서 쪽으로 조회가 있었고, 어제 수도경찰청에서 문난설에게 연락이 왔었다고 한다.

"그 공안과장한테서?"

"예ㅡ."

그러니까, 언젠가 문난설과 함께 갔던 서울 명동의 아바이순대집, 순대전분 술집에서 우연히 만난 최 모라는 수도경찰청의 공안과장이었다. 신사복을 입었지만 눈이 사나운 사냥개 같은 남자. 자욱하게 피어오르는 순대를 찌는 수증기가 조리실에서 기세 좋게 흘러나오는 넓은 가게 안. ……오오, 이거 어떻게 된 일입니까? 이런 곳에서, 문난설 여사를 뵙다니. 언제 봐도 당신은 아름답군요. ……뭐라고요, 벌써 돌아가신다고요……? 정말이지 넋을 잃은 채, 주변 사람들의 시선도 잊고 그녀의 얼굴을 잠시 동안 바라보던 남자를 또렷이 기억했다. 무뚝뚝한 가게 주인이 금세 대감님, 대감님 하며, 마치 과장을 정부의 장관이라도 온 것인 양 행동하는 것을 본 문난설이 역겨운 알랑쇠라고 내뱉고, 인간은 남에게 아첨하는 것이 기분 좋은가 봐요, 라고 역설적인 것 같으면서도 그렇지 않은 말을 하던 것이 인상적이었다. 그녀의 소개로 이방근을 봤을 때 그 눈빛은 순식간에 변했고, 사람을 탐색하는 날카로운 사냥개의 눈초리인 동시에 라이벌의 그것과 거의 같았다.

"그런데, 어떻게 해야 될지. 이번 일은 애당초 내가 난설 씨에게 부탁한 것이니 내 책임이오. 오남주의 행방을 안다면 내가 그를 데리고 경찰에 넘기기라도 하겠는데."

"선생님이 설마요. 선생님이 책임을 추궁당할 일은 없어요. 제 부탁으로 수도경찰청 쪽에서 발행한 것이니까, 발행 책임은 당연히 제게 있어요. 제가 어제 일부러 경찰서에 다녀왔는데요, 선처하는 것으로 이야기가 정리됐어요. 이쪽의 경찰서에서는 철저히 본인의 행방을 조사하도록 제주도경찰 당국에 의뢰하는 형식을 취했습니다. 발행한 경

찰서의 책임을 묻는 단계가 아니니까요. 그런 일도 있잖아요. 제주도
까지 가서, 거기서 일본으로 밀항한다거나…….”

어쩌면 서울 경찰 쪽에서는 큰 문제가 아닌 것으로 일단락된 모양이
었다. 문제는 이를 받아들인 제주 현지 경찰에 달려 있다는 말이 된
다. 다소 터무니없는 이야기가 되겠지만, 도항증명서의 발행 책임보
다 현지에서 뻔히 보고도 행방불명이 되기까지 방치한 실수가 문제될
지 몰랐다. 거물 지도자도 아니고 고작 학생 한 명이고 보면, 그와
관련해서 새롭게 뭔가의 사건이라도 꾸민다면 일은 커지겠지만, 그렇
지 않다면 사무적으로 처리하는 것이 어렵지는 않을 터였다. 이방근
은 안심했다. 그는 완전히 잊고 있었던 일, 문난설이 경찰의 총경 대
우 신분증명서를 가지고 있다는 것을 떠올렸다. 나영호에 의하면, 동
란의 제주도로 간다고 해서 국제통신사 회장이자 여당계 무소속 국회
의원인 서운제가 임시로 만들어 준 것이라 했다. 어쨌든 그녀는 그것
을 가지고 다닐 수 있도록 인정받은 것이었다. 총경이라고 하면 계급
은 경찰서장보다 한 계급 위였고, 수도경찰청이라고 해도 최 공안과
장보다 위였다. 제가 어제 일부러 경찰서에 다녀왔는데요……라고
강조한 것은, 일부러 가지 않고 전화로 끝날 수도 있다는 의미였는지
도 몰랐다.

이방근은 수화기를 귀에 댄 채 응접실의, 윗부분이 투명한 유리문
너머 안뜰 쪽을 바라보고 있었다. 물론 부엌과 이어진 응접실 출입구
도 시야에 들어왔다. 선옥이 몰래 엿듣고 있는 그런 기색은 없었다.
아니, 모를 일이다. 부엌이가 돌아왔다. 툇마루로 올라온 그녀는 응접
실 출입구에 얼굴을 조금 내밀고 고개 숙여 인사를 하고는 부엌으로
사라졌다.

전화가 길어졌기 때문에 이제 슬슬 끊어야 한다. 저쪽에서 일단 끊

고 내가 다시 걸 상황도 아니었다. 일요일이지만 빨라도 한두 시간은 기다려야 한다. 그렇다고 특별히 할 이야기는 없었다. 서로 말이 뚝 끊어지고, 잡음 소리가 귀속 공간에 퍼진다.

"슬슬 전화를 끊어야 되는데……."

"왜요?"

"장거리전화잖소. 일단 끊었다가, 이쪽에서 다시 걸 수도 없고."

"괜찮아요, 선생님. 아직 30분 정도……. 눈앞의 벽에 시계가 걸려 있거든요."

"아직, 그 정도밖에 안 지났나……." 이끌리듯 대답한 이방근은 거의 농담처럼 말했지만, 도항증명서를 발행해 주기도 하고, 그 뒤처리를 해 준 수도경찰청 최 과장에 대한 문난설의 반대급부는 무엇일까 하는 생각이, 문득 목구멍에서 말을 밀어 올렸다. 가벼운 웃음을 동반하면서. "그건 그렇고, 난설 씨, 최 과장은 당신에게 상당히 관심이 많잖아요. 어쩌면 홀딱 반했는지도 모르죠(불쾌한 냄새를 풍기는 말이었다. 어딘가 사람을 시험해 보려고 하는 비열한 마음의 움직임. 순간, 전화 너머로 분위기가 긴장되는 것을 분명히 느꼈다). 난설 씨를 향한 그의 배려에 대해 반대급부라는 게 당연히 있을 법 한데, 그건 뭘까요?"

"무슨 뜻이죠, 반대급부라니……?"

"음, 반대급부랄까, 보상이랄까 뭐 그런 거."

이방근은 입을 뗀 순간 자신의 말에 걸려 비틀거리고 있었다. 전화선이 예상치 못한 긴장감을 전했다.

"그 보상이라는 건 어떤 의미죠?"

"……" 이방근은 정신이 번쩍 들었다. '친한 사이'라는 생각이 초래한 약간의 경솔한 행동 탓이지만, 아무래도 잘못 꺼낸 말은 이미 수습이 힘들 것 같다. "그러니까, 보상은 보상으로서, 말하자면 뭔가를 해 준 것에 대한 답례라고나 할까……."

참으로 한심한, 국민학생을 상대로 한 말장난이었다.

"선생님은 뭔가 이상한 억측을 하고 계신 거 아닌가요. 답례라기보다도, 제 나름대로 확실하게 손을 써 두었다고요. 내놓을 게 없는 곳에서도 뭔가를 착취하려는 세계의 사람들이, 그저 배려라든가 친절한 마음만으로 움직일 거라 생각하세요?"

"억측 따위는 전혀 하고 있지 않소만, 단지 그 답례가…… 하는 생각을 해 본 것뿐이오."

"왜 그걸 굳이 반대급부라든가, 그럴싸하게 말씀하시는 거예요. 홀딱 반했다는 둥, 아주 불쾌한 말이잖아요."

그녀의 목소리는 다소 노기를 띤 것처럼 울렸다.

"아아, 불쾌한 말이라……. 그렇군, 그러나 그런 뜻은 아니었소. 게다가 무슨, 그럴싸하다니, 그건 오햅니다." 아니지, 그 어투부터가 그럴싸하게 말했던 것은 사실이었다. 그러나 그는 상대방의 노기에 촉발된 것처럼 발끈해 있었다. 뭐야, 이 여자는, 꽤 성가시군. 가는 말이 고와야 오는 말이 곱지……. "친한 사이라서(아아, 이런 말을 염치도 없이 하다니. 그는 말을 떠난 의식이 중얼거리는 것을 들었다). 그만 농담처럼 말한 것뿐이고. 말을 하다 보면 그런 일도 있잖소. 난설 씨를 오해하게 했다면 그건 내 본의가 아니오."

"선생님, 그 이야기는 이제 그만하세요. 선생님 마음은 이해했으니까……."

이렇게 모처럼의 장거리전화는 헤어질 때 조금 어색한 모양새가 되어 버렸다. 조금 정도……가 아니었다. 이거, 난처하게 됐군……. 이방근은 수화기를 놓은 전화함 앞에서 잠시 우두커니 서 있었다.

이방근은 곧 집을 나섰다. 이렇게 전화를 받으려고 아버지 집까지 오는 것도, 역시 기분이 좋지 않았다.

하숙집으로 향하는 도중에, 아니 전화를 끊은 순간부터 허무한 느낌이 따라 붙었다. 아무래도 전화의 뒷맛이 개운치 않았다. 위장에 간수가 떨어진 것처럼 심장이 욱신거렸다. 모처럼 이야기가 좋은 느낌으로 진행되고 있었는데, 게다가 도항증명서 발행의 책임 문제가 예상외로 서울에서 이렇다 할 지장도 없이 잘 해결되었다는데, 어쩌다 입에서 튀어나온 한마디가 전화의 분위기를 망쳐 버렸다. 반대급부, 이 무슨 쓸데없는 말을 했단 말인가, 답례…… . 젠장.

이방근의 탁한 구름 같은 망상의 소용돌이 속에는, 그 사냥개 같은 눈을 한 경찰 간부의 팔에 안긴 문난설의 하얀 육체가 한순간 헤엄치고 있었던 것이다. 어쩔 도리가 없는, 이 비루한 상상의 날개 짓…… . 그리고 반응을 보고 상대를 재보려는 불쾌한 마음의 움직임…… . 그녀는 그것을 민감하게 알아차리고 반격했다. 당연한 일이다. 답례라기보다, 제 나름대로 확실하게 손을 써 두었다고요…… . 말하자면, 그 남자와는 특별히 관계가 없다는 것이다, 요구해도 응하지 않는다, 응하지 않고 있다는 것이다. 적어도 이 한마디가 이방근을 안심시켜, 얄궂은 질투심에서 해방되었다. 제 나름대로 확실하게 손을 써 두었다고요…… . 설마 그 손이라는 것이 망상의 소용돌이의 중심, 그녀 자신이라는 것은 아니겠지, 바보 같이! 이방근은 노상에 칵 하고 침을 내뱉었다. 홀딱 반했다는 둥, 불쾌한 말투…… . 분명히, 불쾌한 말투였다. 젠장.

어쨌든 마지막에는 다음 달 초에 서울에서 만날 것을 재확인한 후에 전화를 끊었기에 결렬은 아니지만, 기다리고 있겠어요……라는 그녀의 목소리에, 전화를 처음 받았을 때와 같은 다정다감함은 느낄 수 없어 공허했다. 통화 중 부풀어 올라 흥분한 기분이 오그라들어 사라져 버렸다. 도대체 무엇을 위한 전화였던가. 끊어져 버리면 마치 아무 것도 뒤에 남지 않는, 쓸쓸함마저 감도는 느낌이었다. 이방근은 전화 상에서 나눈 대화를 거듭 생각하고 있었는데, 음, 왜 이렇게 일일이 구애되고 있는지, 핫핫, 문난설 여사의 마음에 들고 싶어서…….

하숙집으로 돌아온 이방근은 소파에 몸을 던지듯 드러누웠다. 체내 를 도는 혈관에 의식이 녹아들어 그 흐름이 문난설이 된 것처럼, 그는 그 의식으로부터 자유롭지 못했다. 참, 그렇다고는 해도, 꽤나 작심을 한, 마치 나의 맹점을 찌르는 듯한 이틀 전 아버지의 발언이었다. ……이참에 차라리 서울에 가서 사는 게 어떻겠느냐. 뭐가 좋다고 제 주도에서, 하숙생활을 하고 있는 건지……. 용케도 아버지 이태수가 이 한마디를 입에 담았던 것이다.

서울로 가서 사는 게……. 문난설이 해변의 하얀 파도가 되어 철썩 하고 아버지의 말을 흘려보낸다. 네가 집으로 다시 돌아올 생각이 없 다면, 어차피 일단 집을 나갔으니, 이참에 차라리 서울로 가서 사는 게 어떻겠느냐. 적어도 좀 전에 그 조금 서먹서먹한 통화 전이었다면 문난설은 얼마나 기뻐했을까. 아니, 이번에 서울에 가도 그녀와 만난 다고 단정할 수는 없다. 약속을 했기 때문에 그럴 수도 없다. 만나고 싶지 않다면 안 만나면 되는 일. 자신 스스로가 만나지 않고 견딜 수 있을까. 황동성이 국제신문의 부편집장을 맡으라……고 한다. 그리 고 느닷없이 그런 사랑의 보증 따위는 없다고 쓸데없는 말을 한다. 아니, 황동성이 말한 게 아니다. 음, 유달현 이놈, 유달현이 얇은 입술 을 다문 채 웃고 있었다……. 조금 전, 귀가하던 도중에 유달현과 딱 마주쳤던 것이다. 아니, 딱 마주친 건 아니다. 그놈 쪽에서 이상한 태 도로 말을 걸어왔다. 사람을 깔보듯이. 오랜만일세, 이방근 동무, 놀 랄 건 없잖나. 뭔가 중얼중얼 혼잣말을 하고 있는 것 같던데, 이사를 했다면서. 최근 2, 3일 집을 비우고 있었는데, 내일 밤이라도 방문하면 어떻겠나. 집에 있을 건가……. 마치 유달현이 갑자기 땅속에서 솟아오른 것처럼 눈앞에 서 있었던 것이다.

이방근은 몸을 일으켰다. 아버지는 확실히 맹점을 찔러온 것이다. 아버지는 역시 이 아들을 '방탕한' 자식이라면서도 절대 떼놓고 싶지 않은 모양이라고(이방근은 결코 그것을 원하는 것은 아니었지만) 계속 생각해 왔기 때문에, 내치는 듯한 그 말투로 봐서는 상당한 각오를 했을 터였다. 넌지시 서울행을 권하고 있다. 아니, 일종의 섬 밖으로 추방하려는 꿍꿍이속이고, 성가신 존재를 털어 내려는 것이며, 그것은 어떤 사태의 도래에 대비한 촉각이 발동하고 있다는 징조일지도 모른다. 아들이 여기에 있다가는 큰일이 생긴다. 무슨 일엔가 말려들게 된다. 결국 그것은 아버지 그 자신이 말려드는 일이 될 것이다. 아버지는 그것을 두려워하고 있다……. 그럴 것이다. ……생각해 보겠습니다. 제주도를 떠날 생각이 없으면서도, 나는 그렇게 대답했다. 문난설의 상(像)이 하얀 파도의 물보라가 되어 덮쳐왔고, 아버지와의 대화를 방해하고, 그녀에게서 불거져 나온 의식을 그녀 자신의 품으로 그녀 자신의 것으로서 유인하고 있었다.

일본에서의 어선 구입 건으로 예비조사를 부탁해 둔 한대용의 배가 월말에 돌아올 예정이라서, 이방근은 서울로 출발하기 전에 그와 만나야만 했다. 그리고 일본으로 출발하는 다음 배가 언제가 될지 모르지만, 그 배로 일본으로 동행할 수 있을지는, 서울에 가 일의 진행 상황을 본 후에 결정하게 된다. 가령 여동생을 혼자 일본으로 보낼 경우에도 한대용의 배라면 안심하고 맡길 수 있다고 생각했다. 그럴 경우 문제는, 화물 사정 등으로 부산에 기항할 수 있을지 여부가 관건이었다. 단지 유원 한 사람을 위해 부산을 경유하는 것은 어려울 것이었다.

이방근은 한대용을 만난 후에 당장이라도 서울로 출발할 수 있도록 도항증명서의 수속을 사전에 해 두기로 했다. 지금까지의 출장증명서는 도청 학무과의 촉탁으로 만들었지만(지금도 그 직함은 있기 때문에, '출장'의 경우는 서울의 박물관을 돈다고 해서 일단 그 형식은 갖출 수 있었다. 물론, 출장비는 받지 않는다), 양준오가 개입돼 있기도 해서, 이번에는 도청의 출장증명을 삼가는 것이 좋을 것 같았다. 간접적이나마 양준오에게 뭔가 폐가 될 만한 일은 피하려는 이방근의 배려가 작용하고 있었다.

서울의 황동성에게 연락하면 간단히 증명서를 만들어 보내 준다는 이야기였지만, 신문사에 끌려들어갈 구실이 될지도 모를 그런 부담은 만들고 싶지 않았다. 그렇다고 해서 아버지 이태수의 덕을 보는 것도 마음이 내키지 않았다. 오남주처럼 경찰이 직접 발행하는 개인적 용무라면(그나마 보통은 신청해도 증명서가 나오는 일이 좀처럼 없고, 처음부터 거의 받아들이지 않았다), 전면적으로 경찰이 심사를 하게 된다. 물론 이방근은 경찰이 오남주 건으로 걸고넘어지거나 하지 않는 이상 출도허가를 받을 수 있겠지만, 그는 그 방법을 피했다. 그래서 결국은 아버지 회사인 남해자동차의 증명서를 사용하기로 했다. 경찰이 이것을 검토해서 출도허가 검인을 찍으면 된다. 어차피 뻔히 들여다보이는 형식적인 서류심사였기 때문에, 허가를 받지 못하는 경우는 거의 없을 것이다.

이렇게 하면 같은 경찰의 허가이면서도 간접적이어서, 경찰의 신청 용지에 신원조사 비슷하게 이것저것 적어가며 심사 대상이 되는 일은 피할 수 있다. 이를테면 아버지의 은혜를 입는 일이 되지만, 경찰서로 여러 번 발걸음 하는 것보다는 훨씬 낫다. 이것도 누구나 가능한 일은 아니다, 일종의 특권인 셈이다. 도대체 언제쯤 이 해상봉쇄, 교통제한

이 없어져 누구나 자유롭게 고향 땅을 드나들 수 있을 것인가.

　경찰은 이미 본격적으로 오남주의 행방을 추적하고 있을 테지만(한라산 안쪽까지 추적할 수는 없다), 월요일이 돼서도 이방근에 대한 참고인으로서의 호출은 없었다. 서울의 증명서 발행 문제는 그렇게 정리되었다. 이방근이 책임을 질 일은 애당초 없었지만, 행방불명인 오남주와 엮어서 문제를 삼으려면 얼마든지 가능한 일이고, 이방근이 아니었다면 이미 참고인의 테두리를 넘어 취조의 대상이 되었을 것이다. 어쨌든 이방근이 '배후인물'이 아니라고 믿는, 그렇게 바라고 있는 아버지가 손을 쓴 것이겠지만, 그것은 이방근에게 굴욕적인 기분을 맛보게 했다.
　아들의 서울행을 안 이태수는 무얼 하러 가느냐고 물었지만 이방근은 아무렇지 않다는 표정으로 조만간 돌아오겠지만, 서울로 이사 가는 것도 염두에 두고 예비조사를 할 생각입니다……라고 대답했다. 당신이 정말로 그것을 원한다면, 이라는 여운을 남기면서. 그리고 서울에서의 오남주에 대한 도항증명서 발행의 책임 문제는 해결되었으니 안심하십시오, 라고 한마디 덧붙였다.
　이방근은 경찰서 보안계에, 이번에는 참고인으로서의 출두가 아니라, 남해자동차의 도항증명서를 들고 자진해서 찾아갔다.
　세상에는 참으로 많은 형태의 얼굴이 있지만, 튀어나온 눈에 평평한 얼굴을 한 약간 넙치같이 생긴 주임이 미리 서장한테라도 지시를 받았는지, 어쨌든 상냥하게 이방근을 맞이했다. 그리고 소정의 증명서를 형식적으로 훑어보더니, 일단 서장실에 의견을 물은 뒤, 즉석에서 허가 도장을 찍었다. 정말 눈 깜짝할 사이에, 어이없을 정도로, 보통은 손에 넣을 수 없는 증명서가 완성되었다. 순간 복잡한 감상에 빠졌다. 음, 이제 배를 탈 수 있다. 오늘 밤에라도, 배만 있다면 당장이라도 서울로 출발할 수 있다. 이방근은 유원의 일로 상경하면서도, 여동생보다 문난설의 얼굴이 먼저 뇌리를 스치는 것을 보았다. 어쨌거나 어젯밤에는 문난설과의 통화 내용이 자꾸만 떠올라, 좀처럼 잠들지 못한 것은 어찌 된 일인가.

이방근은 증명서를 상의 안주머니에 넣고 자리에서 일어나면서, 오남주의 행방은 파악했습니까? 라고, 상대가 오남주의 일을 꺼내지 않았으므로 잠자코 나오면 될 일을, 정말이지 쓸데없는 말을 했다.

"행방은 처음부터 파악하고 있지요. 섬 안입니다. 절대로 섬에서 나갈 수는 없죠. 오남주 주변의 배후 관계를 샅샅이 조사하고 있는 중입니다."

주임은 입산이라는 말은 피한 채, 배후 관계 운운하는 것이 좀 걸렸지만, 이전과 다름없는, 듣기에 따라서는 전혀 특별할 것도 없는 말을 했다. 그리고는 오남주의 어머니가 체포되었다고 했다.

"뭐요?"

이방근은 내심 놀랐지만, 그 반응이 표정에 나타났는지, 그것을 탐색하는 듯한 상대의 험악한 눈빛을 감지했다. 그 순간적으로 덤벼들 것처럼 변하는 사냥개의 눈이, 명동의 아바이순대 집에서 만났던 최 공안과장의 그것과 겹쳐졌다. 경찰이라는 것은 어딘가 아주 닮았거나 똑같다. 이방근은 어째서 그의 모친이 체포되었는지, 꼭 체포해야 했느냐는 식으로, 이것도 상대방의 말에 이끌리듯 되물었다.

"이 선생은 좀 놀란 모양이군요. 왜냐하면 아들을 도피시킨 용의입니다."

"어디로 도피시켰다는 겁니까?"

"어디로? 이 선생은 마치 변호사 같은 말투군요. 그러면서도 사정을 잘 이해하지 못하고 있는 것 같습니다. 오는 도항증명서를 휴대한 체제기간에 제한이 있는 자이고, 동거 중인 어머니는 그 위법성을 잘 알고 있음에도 불구하고, 자식이 행방을 감추는 데도 신고하지 않고 내버려 두었습니다. 알겠습니까. 아들의 도망 방조입니다. 또한 도망에 대해 함께 상의한 공모 용의도 있습니다. 우리들은 무턱대고 무고한 사람을 연행하는 것은 아닙니다."

이방근은 자리에서 일어났다.

"서울에서는 언제 돌아오십니까?"

주임은 의자에서 일어선 이방근을 눈으로 쫓으며 말했다.

"잘 모르겠습니다." 이방근은 의자를 책상 쪽으로 밀면서 말했다. "증명서의 유효기간 내에는 돌아오겠지만요. 어째서, 그걸? 묘한 걸 물으시고……."

"다시 한 번 참고인으로서 협조를 부탁드리게 될 테니까요."

"아아, 그 일 말이군요. 좋습니다. 그런데, 수도경찰청에서 발행한 오남주의 도항증명서 문제는 서울에서 해결됐지 않소."

"……" 금세 주임의 표정이 험악하게 변했다. 이방근의 정보 입수에 놀랐을지도 모른다. "그 증명서 발행에 원래 문제가 있었던 것은 아닙니다. 우리 쪽에서 이 선생께 부탁하고 싶은 것은 도항증명서가 아니라, 오의 도망 건이라는 것은 알고 계시죠."

"도망 건이라고 하시지만, 그것이 저와 무슨 관계가 있는지 전 모르겠습니다. 억지로 저를 그 일에 결부시키거나 한다면, 이쪽도 가만있지 않을 겁니다."

이방근의 목소리가 다른 부서의 경찰들에게도 들린 듯했다. 순간 살기를 띤 듯한 분위기가 이방근에게 전해지고, 그의 눈 속에 전체가 들어온 주임의 평평한 얼굴이 경련을 일으키며 움직이더니, 일그러진 엷은 웃음을 지었다. 노기와 기죽은 표정이 얽혀 있었다. 이방근은 두 팔과 등에 소름이 좍 돋으며, 그 차가운 감촉을 의식하였다.

"호오, 이 선생, 말조심하시죠. 여기는 경찰서 안이라는 걸 잊으셨습니까? 경찰은 민주국가에 있어서, 엄정한 법질서를 지키기 위해 움직이는 법의 집행기관이라는 걸 모르실 리 없을 텐데요. 지금의 발언은, 경찰을 법률에 반하는 위법집단이라고 하는 것 같군요. 경찰에 대해 도전하실 생각인가요."

목재 의자의 등받이에 한 손을 올리고 서 있던 이방근은 좀 지나쳤나 하고 생각했지만, 엄정한 법질서의 집행기관 운운하는 주임의 말에 웃음이 나올 정도로, 차분함은 잃지 않고 있었다.

"무슨 말씀을 하시는 겁니까. 어디의 누가 경찰에 도전한다는 겁니까. 마치 하늘을 두려워하지 않는 듯한 말을. 그거야말로 말이 지나친 겁니다. 전 오의 도망 건과 관계없다는 걸 강조하고 싶을 뿐입니다. 도망갔다면, 제가 도망가게 한 것도 아니고. 다시 한 번 그것을 강조해 두겠습니다. 그리고 말 나온 김에 하는 얘기지만, 전 서울로 이사 갈지도 모르겠습니다."

"서울로? 오오, 그건 또 왜 그렇습니까? 갑자기."

이방근의 의외의 말에 정신을 빼앗긴 듯한 주임이 표정을 되돌리고 눈빛을 바꿨다.

"갑자기는 아닙니다. 제 이사에 흥미가 있으십니까? 그럼, 이만 실례……."

이방근은 자리를 떠났다. 카운터 밖 통로로 나와, 문득 생각났다는 듯이 멈춰 서서는, 담배를 물고 불을 붙였다. 심장의 고동이 크게 울리고 있었다. 도항증명서 건으로 온 것인지, 무엇 때문에 경찰서에 온 것인지, 증명서 때문이 아닌 것 같다는 착각으로, 혼란을 느끼며 경찰서 건물 밖의 밝은 하늘 아래로 나왔다. 뭔가 냄새가 나고 있었다. 독한 냄새가 머리의 심을 광선처럼 관통했다고 생각했다. 시체가 어딘가 공중에 떠 있었다. 어떤 악취 속에서, 그 악취를 몸에 휘감고 나온 것처럼, 이방근은 양복 상의의 가슴께와 양쪽 팔에 시선을 던지고, 코를 킁킁거리며 경찰서 건물이 있는 구내에서 관덕정 광장으로 나왔다.

오남주의 어머니가 체포되었다. 경찰에 대한 도전. 그곳은 이 사회에서 절대적 권력을 가진 경찰서이다. ……이쪽도 가만있지 않을 겁니다. 주임에게 말한 것이 아니라, 경찰 자체에 대해 말한 게 아닌가. ……아이고, 선생님, 부디 저 좀 도와주세요. 전 늙은 몸, 죽어도 상관없지만, 딸이 불쌍해서……. 술에 취해 날뛰는 아들을, 어머니와 여동생 앞에서 둘 다 죽어 버리라고 울부짖는 아들을, 서울에서 어머니와 여동생의 제사를, 살아 있는 육친과 여동생의 경야를 자기 혼자 치렀다는 아들을 어머니는 두려워하고 있었다. 이래저래 울며 호소하던 그녀의 목소리가 되살아났다. ……'서북'의 자식이……. 아이고-, 태어날 아이에게 무슨 죄가 있다는 거우꽈……. 하지만 '서북'의 자식이 태어나는 게 무서워요……. 부디 선생님, 저를 도와주세요. 그 아이를 달래 수 있는 사람은 선생님뿐이우다……. 모친이 체포되었다고 들었을 때는 내심 깜짝 놀랐지만, 그리 놀랄 일은 아니었다. 만약 딸의 '남편'이 '서북'이 아니었다면, 모녀가 함께 체포되었을 것이다.

모슬포에서 한라산 쪽으로 올라가는 중산간지대에 오남주 가족의 마을이, 게릴라와의 화평 공작을 이유로 경질당한 김익구 제9연대장의 후임, 박경진 토벌대장에 의해 마을이 불탔을 때 학살자도 나왔기 때문에, 나이 든 노파라 해도 체포가 드문 일은 아니었다. 그래도 이방근은 직접 만난 적이 있는 만큼, 마음이 괴로웠다. 그러나 그는 묵살하기로 마음먹었다. 오남주 어머니의 석방을 위해 움직이다가 필요 이상으로 오남주와의 관계를 억측하도록 빌미를 줄 수 있기 때문이었고, 비록 '서북'이지만 사위가, 이럴 때는 힘이 되어 줄 수 있는 사위가 있었기 때문이었다. 입산했을 오남주가 살의를 담은 그 계획을 당장 실행하지 않는 한, 취조 결과에 따라 석방될지도 모른다.

차라리 이런 일을 듣거나 보지 않는 서울에라도 이사 가 버리는 편이 얼마나 마음 편할까. 게다가 이제부터 섬의 정세는 점점 긴박해질 것이다. 갑자기 덜컥하고 가슴이 욱신거리며 소리를 내더니, 문난설의 존재가 의식 전체를 차지하고, 성내 읍 전체를 뒤덮으며, 그녀와 함께 동거할지도 모를 공간 하나가 눈에 떠올랐다.

이방근이 광장에서 서문길을 지나 하숙집으로 향하는 전방으로, 사나흘 전에 본 것과 비슷한 국방군 병사를 가득 태운 트럭이, 메마른 도로의 흙먼지를 날리며 지나갔다. 세 대의 트럭이 연이어 지나갔다. 무장집단의 땀 냄새가 덩어리가 되어 트럭에서 떨어져 흩어졌다. 일개 소대 정도의 완전무장한 병력이었는데, '일주간한라산작전'에 참가하고 돌아가는 토벌대의 일부였다. 일단 관덕정 광장으로 들어간 모든 트럭에는 군인만 보이고, 체포된 게릴라로 보이는 사람들은 없었다.

소문에 의하면 시작된 작전이 거의 끝나가고 있는데도, 작전 지역에 게릴라로 보이는 그림자는 일체 눈에 띄지 않고, 포위망에 쥐새끼 한 마리 걸리지 않아서, 토벌사령부에서는 이상하게 생각하고 있다는 것이었다.

밤에, 유달현이 그의 말대로 찾아왔다. 찾아와도 지금은 하숙생활을 하는 몸이라 아무것도 대접할 것이 없다고 했더니, 그걸 진심으로 받아들인 것도 아닐 텐데, 이사를 축하한다며 술을 한 병 들고 왔다. 아버지가 있는 집에 드나들 때는 없던 일이었다. 풀어헤친 보자기 안에는 5홉들이 소주병, 이미 기름이 배어 나와 반투명으로 빛나고 있는 낡은 신문에 몇 겹으로 감싼 돼지고기 편육, 그리고 소금까지 곁들여져 있었다.

독상을 좁은 방 한가운데에 놓고, 이방근은 장지문 옆의 앉은뱅이 책상에 몸을 기대듯이 앉고, 유달현은 벽 쪽 소파에 한쪽 팔꿈치를 올려 상반신을 기대다시피한 편안한 자세로 앉아 술을 주고받았다. 방 한가운데라고 해도 각자의 위치에서 손을 뻗으면 독상까지 충분히 닿을 거리였다.

이방근은 갈색 종이봉투에서 땅콩을 꺼내 상 위에 올렸다.

"……이사했다는 말을 듣고 좀 더 빨리 오려고 했지만, 2, 3일 감기 기운으로 누워 있었네. 그리고 2, 3일은 집을 비워서, 후후훗, 그 집을 비운 얘기는 나중에 하기로 하지. 게다가 신학년이라서 일이 몹시 바빴고. 정말로 미안하네. 특별히 다른 뜻은 없었어." 굳이 양해를 구할 필요도 없었지만, 유달현은 그렇게 말했다. 그러고 보니 볼이 좀 여윈 듯하고, 그런 만큼 머리가 더욱 벗겨진 것처럼 눈에 띄었다. 그는 새삼스레 방을, 낮은 천장을 둘러보며 계속해 말을 이었다. "용케도 이 선생이 이런 움막 같은 방에서 생활하고 있군. 이방근도 변했어. 아니, 원래 집이 넓어도 자넨 소파에서 살았고, 동굴생활을 한 거나 마찬가지였으니까. 사람은 변하는 법이지. 이방근은 변하지 않을 거라고 생각했는데. 세상에 영원한 것, 변하지 않는 건 없겠지. 이게 유물론이고 철학의 원리니까. 난 이렇게 앉아 있으면 숨이 막힌다구."

"그렇게 말하는 유 동무의 방도 넓지는 않아. 같을 거야. 이게 일반적인 거라구."

"그건 말도 안 돼. 나와 이 선생을 비교할 순 없지. 나야 당연한 일이지만, 자넨 달라. 안 그런가. 일반적이라고 했지만, 그 보통 사람들이 이상하게 생각하는 것도 무리는 아니지. 그러나 말해 두지만, 난 그렇지 않아. 난 알고 있어. 다른 사람들처럼 이상하게 생각하지 않는다구. 필연성이 있거든. 필연성이야. 난 이번의 이방근 자신의 행동에 대한 결정에 찬성일세. 다른 사람들은 이해할 수 없다고 하더라도, 난 알 수 있어. 알고 있다고."

"어떻게 안다는 건가? 필연성이니 뭐니 하면서. 뭐가 필연성인지 모르겠지만……"

"우정이지. 자넨 냉담하지만 난 달라. 자네에 대한 우정 때문에 난 이해할 수 있어. 무엇이 필연성인지도 이제 곧 알게 될 걸세."

"그러나, 행동의 결정이라든가 하는 건 너무 과장됐네. 난 그저 얌전히 이사를 했을 뿐이야. 오늘 밤은 부탁이니까, 이방근이 소파에서 일어났다, 이방근이 소파를 떠난 것이, 아니, 행동을 결정한 게 유달현의 탓이라고 하지는 말게."

"하마터면 말을 할 뻔했는데, 그만두지. 그런데 말야, 그건 말한다든가 말하지 않는다든가 하는 그런 문제가 아니야. 사실 이방근은 소파를, 여기에도 하나 1인용 새 소파가 있지만, 이방근은 밤이고 낮이고 움막생활을 해 온 낡은 소파를 팽개쳤네. 이제 이 동무는 소파로, 그 집으로 돌아가는 일은 없을 거야."

"……마치, 유 동무, 자넨 언제부터 예언자처럼 된 건가?"

"그 말은, 즉 내 얘기가 적중했다는 거로군. 그렇지."

"설마……"

"설마가 아니겠지." 유달현은 엉덩이를 끌어올리듯이 움직여, 그대로 몸을 기대고 있던 쪽 소파에 앉았다. 그리고는 상반신을 굽히며 손을 뻗더니 컵을 들어 입으로 가져갔다. "그런데 소파를 떠난 이방근은 지금 무얼 하고 있는 걸까?"

"흥, 뭘 하고 있느냐는 둥, 여전히 자넨 쓸데없는 말을 하고 있어. 그건 무슨 뜻인가?"

"쓸데없는 말이 아닐세. 중요한 일이야. 난 예전의 움막 주인이 아닌 이방근이, 지금은 무엇의 주인인가를 생각한 것뿐이네. 흥미가 있거든."

"흥미……? 흥미라면, 오히려 내 쪽이 자네에게 흥미가 있지."

이방근은 상대방의 내면으로 한발 들여놓으며 말했다.

"나한테 흥미가 있다고? 무슨 말인가?"

유달현은 주의 깊게 표정을 자못 의아스럽다는 듯이 천천히 움직이며 바꿨다. 마치 수의근(隨意筋)이 작동하는 것처럼.

"모르겠나?"

이방근은 한발 더 나아갔다.

"아아, 모르겠네. 정말 묘하게 흥미로운 얘기군."

유달현은 얇은 입술을 당겨 희미한 웃음을 지었다.

"언젠가 알게 될 날이 있겠지."

"뭔가, 그 말투는. 이상하구만. 어떤 흥미가 있는지를 말하는데, 그렇게 시간이 걸린단 말인가."

"자네가 흥미, 흥미하면서 내 일을 말하니까 그런 걸세. 난 원래 흥미라는 말 자체를 싫어하네."

"그걸, 지금 처음 말한 것도 아니잖나. 일전에 만났을 때, 그 옥류정에서 한잔하다가 '서북' 놈들과 한판 붙었던 그날 밤 말야. 자네가 동굴에서 나와 그야말로 동면에서 잠이 깬 북극곰처럼, 이방근이 어떻게 할 것인가. 거기에 흥미가 있다고 내가 말했지 않나. 내가 여자였다면 자네에게 열심히 감정표현을 했을 텐데, 자네로 말하자면 정말이지 냉담한 인간이야. 분명히 난 자네를 존경하고 있네. 적어도 난 자네를 이해하고 있다고 생각하는데, 자넨 나라는 사람을 바보 취급하고 있어, 그것도 형편없이 말이지."

"바보 취급을 하지는 않아."

"정말이지, 자넨 부끄러운 줄도 모르고 그런 말을 잘도 하는군. 그렇지 않다면 무시하고 대답을 안 하면 되잖아. 굳이 대답을 하니까, 바보 취급하는 것에 대한 변명이 되는 걸세. 흐−음……."

"어렵군."

"어려운 건 이 동무가 아닌가. 자네 오늘은 좀 이상하군."

"어떤 점이 이상하다는 건가. 이상한 것도 여러 가지잖나."

"냉담하군. 냉정한 건가."

"차갑다는 말인가. 그건, 조금 전에도 말하지 않았나. 난 그런 인간이야."

"아까는 나의 우정에 대해, 자넨 냉담하다고 말했지만, 그것과는 뉘앙스가 달라……."

유달현의 그늘진 볼에 술기운이 배어나고 있었다. 이방근은 술병을 들고, 바닥을 보인 유달현의 컵에 술을 따랐다. 먼지 냄새 나는 땅콩의 껍데기가 독상 테두리 끝부분에 무참히 쌓여 있고, 얇은 껍질과 껍데기 조각이 장판에 흘러 떨어져 있었다.

이방근은 앉은뱅이책상에 오른쪽 팔꿈치를 대고 한쪽 턱을 올려놓은 채, 30와트 전등 밑의, 지금은 소파에 앉아 있는 유달현의 눈동자의 움직임이 잘 보이지 않는 가느다란 눈매를 한 얼굴을 보고 있었다. 여전히 귀를 기울이지 않으면 알아듣기 힘든 낮은 목소리로 소곤소곤 이야기를 계속하는 수다, 파충류가 땅을 기어간 흔적 같은 느낌. 이방근은 새끼횟집 주인 송 씨를 통해, 만일 유달현이 일본으로 밀항할 경우 체크할 수 있는 장치는 마련해 놓았기 때문에 안심하고 있었지만, 유달현을 직접 눈앞에 두고 있자니, 일본행의 소문이 실체가 없는 것처럼 여겨졌다. 그렇다고 해도 이 남자의, 지금 이 남자의 정체는 무엇일까.

경찰인 정세용과 내통하고 있다는 확실한 증거는, 성내 직장세포 책임자 중 몇 명으로 조직된 규율위원회의 '감시' 아래서도, 이렇다 할 증거를 얻을 수 없었다. 조직은 이미 구두 이외의 문서 사용은 전혀 하지 않고 있었으며, 세포회의 등은 극도로 제한, 책임자로부터 종선(縱線)의 개별적인 전달 방법을 취해, 조직방위의 조치를 했다고 한다.

이미 유달현이 내통하고 있다면, 오늘 밤의 태도는 정말로 뻔뻔스러운, 신을 두려워하지 않는 자의 천연덕스러움이라고 할 수 있었다. 과연, 이 남자가……? 이방근의 내부에서부터 의심이 흔들렸다. 그는 가볍게 헛기침을 하고 일어나, 일어나지 않고도 엉거주춤한 자세로 손을 뻗으면 장지문에 닿겠지만, 방 안에 자욱한 담배 연기를 내보내기 위해 일어나 장지문을 반쯤 열었다. 달빛이 안뜰을 밝게 비추었고, 벌레 소리가 빛의 구석에서 나고 있었다. 이렇게 주절주절 말하는 남자가, 과연 조직을 팔 수 있을 것인가. 아니, 그러니까 모든 것을 이야기하는 것처럼 말하면서도, 모든 것을 이야기하지 않았다. 아직 팔지는 않았다. 그러나 그 직전까지 간 것은 아닐까.

"정말로 움막 같은 방이로군, 여긴."

이방근은 두세 걸음 움직여 원래 자리로 돌아왔다. 그런데, 처음에 유달현이 수상하다는 정보를 가져온 것은 누구였던가. 박산봉이다. 그 녀석이 정세용과 유달현이 함께 있는 것을 의심스럽다고 주시하면서 몇 번인가 추적했던 것이다. 혹시 그 녀석 말에 놀아나고 있는 것은 아닐까.

"이 동무, 아까 내게 흥미가 있다고 했는데, 그 얘기를 계속하는 게 어떤가. 난 말이지, 이륙 후의, 아니지, 자넨 비행기가 아니야, 소파에서 일어선 자네에게 흥미가 있다고 했으니까, 이번에는 이 동무가 내게 얘기할 차례 아닌가. 얘기해 보게, 어떤 얘기라도 들을 테니."

유달현은 취해 있었고, 낮은 목소리가 코가 막힌 것처럼 가라앉았다. 2, 3일 자리에 누워 있었던 탓인지 평소보다 기운이 없었다. 이방근은 상대가 겁먹을 정도로 가늘게 숨겨져 있어서 보이지 않는 양쪽 눈동자를 도려낼 것처럼, 유달현을 계속 쳐다보았다. 흥미라……. 중얼거림이 밖으로 새어 나왔다. 그러나 설마, 자네가 통적분자일지도……라는 생각을 하고 있기 때문이라고는, 말하지 못했다. 그는 자신보다 한 수 높은 소파에 앉은 유달현의 두 눈을 도려내던 시선의 끝을 접고, 컵의 술을 입에 머금어 점막을 태우는 자극의 딱딱한 흐름을 목구멍에서 식도로 보내 떨어뜨렸다. 푸우―웃.

"지금 여기가 움막 같은 방이라고 했는데, 자넨 넓은 집에 살면서도 의식 안의 움막에 있던 인간이야. 그렇잖나. 이 동무는 사회와 관계를 끊고, 모든 것에 무관심하게 살고 있었어. 조국조차 자네에게는 성가신 존재였지. 그것이 4·3무장봉기의 충격으로 뒤집혀 버린 걸세. 난 눈앞에 다가오는, 자넨 꿈에도 생각하지 못했던 4·3혁명의 봉기에 대해, 미군정청도 경찰도 사전에 전혀 몰랐던 그 일에 대해, 자네에게 알렸네(이방근은 앉은 채로 상반신을 쭉 뻗어, 반쯤 열린 장지문을 2센티 정도의 틈만 남기고 닫았다). 왜 그랬는지 알고 있나? 우정일세. 어릴 적부터의, 소학교 이래로 같은 성내에서 자라난 사람끼리의 우정이야. 난 그걸 소중히 생각하고 잊지를 못해. 학생 시절에는 서로, 일제의 식민지

통치하에서, 여러 가지로 경우가 달랐던 건 사실이지만 말일세. 자네 집안이 놓여 있는 사회적 입장을 생각해서, 산 부대의 성내 점령 사태도 염두에 두고, 그것은 실현되진 못했지만, 그래서 미리 이 동무에게 얘기했던 거야. 따라서 자넨 일단 마음의 준비를 하고 4·3봉기의 사태에 임할 수 있었던 거라구. 자넨 눈을 떴어. 자신의 밖으로 말이야. 자넨 움막에 창문을 내고 밖을 보았지. 소파에서 일어나, 그리고 그 밖으로 나갔네. 그리하여 자넨, 후후훗, 집에서까지 나와, 이사까지 한 것이지. ……알고 있었다면 도와주었을 걸세. 난 이 동무의 이사를, 지금 말한 것처럼 상당히 높이 평가하고 있는데, 어떤가, 틀렸나? 아까 얘기한 필연성 말야. 내게는 다른 사람들처럼 이방근의 이사가 조금도 이상한 일이 아니라는 거지. 그런데 말야, 자네의 좋지 않은 점은, 움막에서 나온 주제에 그 사실을 인정하고 싶어 하지 않는다는 거야. 자넨 유달현을 의식하고 있어. 그 명백한 사실을 인정하는 건 유달현에게 굴복하는 일이라고 생각하고 있는 거지. 그게 두려운 거야. 자넨 어리석게도, 자존심이 높으신 양반이니까. 어릿광대처럼 행동하지만, 나 역시 그렇게 어리석지는 않아…….”

유달현은 컵을 들어 입에 대고는 꿀꺽 한 모금 마셨는데, 소주의 자극이 직접 목구멍을 건드렸는지, 자칫 토할 것처럼 사레가 들렸다. 그리고는 새빨갛게 얼굴을 찡그리며 재채기를 정중하게 두 번 반복하는 것이 웃겼다. 도대체, 동무는 무슨 말을 하고 싶은 건가! 하고 나오려던 말이 이방근의 입 안에서 사라졌다. 실제로, 무얼 이렇게까지 강조해야 한단 말인가. 마치 편집광 같다. 필요하다면 깔끔하게 인정하자.

“유 동무는 아까, 2, 3일 집을 비웠던 일을 즐거운 듯이 나중에 얘기하겠다고 했는데, 그건 뭔가.”

"아아, 그 얘기 말인가, 난 분명 그렇게 말했었지. 후후홋, 즐거운 듯이란 말이지. 그러니까, 잠시 서귀포 주변까지 갔다 왔는데, 실은 결혼을 할지도 몰라서……."

"뭐, 결혼? 자네가 말인가……."

"그렇다네. 뭔가, 그 말투는. 난, 재혼하는 사람은, 결혼할 수 없다는 말인가. 조만간, 좀 더 구체적으로 결정되면 얘기하지. 제일은행의 최상규가 중매를 섰는데, 아직 확실치는 않아."

유달현은 말을 흐렸다.

"오오, 최상규……. 으흠, 그렇다면 괜찮겠지. 어쨌든 경사스런 일이야. 필요하다면 돕겠네."

"그래, 고맙군. 그게 바로 우정이라는 거겠지."

"그런데, 자넨 정세용 형님과 만나나? 자네가 담임을 맡았던 세용 형의 부인, 즉 형수의 조카를 광주의 중학교로 전학시키는데 애를 썼다면서. 형수가 기뻐하더군."

이방근은 최상규란 이름에 정세용을 연상했기 때문에 이야기를 꺼낸 것은 아니었다. 단지, 자넨 정세용과 만나나……만으로는 너무 갑작스러워, 설명을 덧붙인 것이다.

"아아, 고생 좀 했지. 정세용 씨와는 그 일 때문에 몇 번인가 만났는데, 요즘은 만나지 못했어. 흐음, 그걸 왜 묻나?"

"웬일인지, 결혼이라는 얘기에 정세용이 떠올랐네."

"호오, 대단한 상상력이군. 어쨌든 자넨 자신의 능력을 모르는 구석이 있어. 남보다 자존심이 갑절은 센 주제에 말이야." 유달현은 한 손으로 소파를 가볍게 톡톡 두드리며 말투를 바꾸어 말했다. "이 소파는 상당히 편하군. 후후홋, 자넨 얼굴 좀 찡그리지 말게. 소파라는 말만 들어도 자넨 금방 화가 나겠지. 그런데 말야, 아까 재채기를 하면서 얘기도 날아가 버렸는데, 자넨 내가 말한 걸 인정해야만 해."

"도대체, 유 동무는 무슨 말을 하고 싶은가?"

이방근은 거의 어처구니가 없다는 어투를 숨기지 않고 말했다.

"아까 얘기한 거 말이야. 그걸 인정하려 들지 않는 자네가 애처롭다네." 유달현은 취기가 배어난 숨결이 가루처럼 잔뜩 흘러내리는 목소리를 냈다. "자네 자신을 위해 인정해 줬으면 좋겠어."

"후후, 인정한다, 안 한다 할 것도 없잖은가."

"아니, 인정하게, 자넨 인정하지 않으면 안 돼."

유달현은 여전히 이야기가 계속되는 것을 툭 잘라버리 듯이 이방근의 말을 가로막았다.

"뭔가, 그 말투는!" 이방근은 목소리를 높였다. "뭘 그렇게 나한테 캐내려는 건가, 응!"

"……"

소파 등받이에 한쪽 팔을 올려놓은 유달현이 순간적으로 말을 잃은 것처럼 입을 우물거렸다. 이방근이 움막으로부터 '탈출'하는데 산파역을 했다고 강조하던 강한 자세치고는, 아까부터 시든 푸성귀도 아닐 텐데 다소 기운이 없었다. 결혼 이야기를 하면서도, 기쁜 표정을 보이지 않았다. 초혼이 아니라고는 해도, 어딘가 기뻐하는 기색이 있어도 좋지 않은가.

이방근은 컵을 입에 대었다. 소주의 자극이 일단 목구멍을 태우고 지나가자, 말도 함께 흘러들어간 것처럼 나오지 않았다.

유달현은 두 발을 들어 올려 소파 위에 양반다리로 앉았더니, 들고 있던 땅콩 알맹이를 연달아 소리 내며 씹었다. 상반신이 흔들리고 있었다.

그 얼굴은 빈정거리는 엷은 웃음인지 슬픔인지 알 수 없는 표정이 취기와 함께 들러붙은 느낌이다. 그리고 지금까지 본 적이 없는, 왠지 원망스러워하는 듯한 시선을 이방근에게 보냈다. 취기에 눈이 가라앉아 있었다.

"이봐, 이 동무, 자넨 아까, 나한테 뭘 그리 캐내려 하느냐고 말했지 않나. 그건 말이지, 여기 있는 내가 할 소리야. 자네에게, 음……."

"……"

이방근은 허를 찔린 것처럼 움찔하며, 자신도 모르게 얼굴을 똑바로 들었다. 그리고 소파에 책상다리를 하고 앉아 있는 유달현을 정면으로 쳐다보았다.

"이 동무, 자넨 도대체, 내게서 뭘 캐내고 싶은 건가, 응. 웃헤헤, 내게 뭔가 캐내려 해도 아무것도 안 나와. 아무것도 나올 게 없다고. 나를 바보 취급하지 말게나, 훗훗후……."

유달현은 웃었지만, 당장이라도 거의 울 것 같은 목소리로 변해 있었다. 그는 훌쩍 자리에서 일어났다. 전신이 소파의 반동으로 흔들려 넘어지려는 것을 가까스로 버티며 장판 위에 내려섰다.

"이 동무, 그럼 난 이만 가 보겠네."

"이봐, 무슨 일인가, 잠깐만 기다려."

놀라 일어선 이방근은 그의 앞을 가로막고 땀에 젖은 손을 잡았다.

"귀찮구만, 놓아주게, 돌아갈 거야. 오늘 밤은 돌아간다고."

술 냄새가 이방근의 얼굴을 정면으로 덮쳤다. 유달현은 이방근을 힘껏 뿌리치며 방 밖으로 나갔다.

달빛이 밝은 안뜰로 내려선 유달현이 비틀거리며 소리쳤다.

"나한테 뭘 캐내고 싶은 건가, 아무것도 안 나올 거야!"

7

달빛이 은색으로 밝게 깔려 있는 안뜰에, 휘청거리는 그림자를 뚜렷하게 부각시킨 채 우뚝 선 유달현을 뒤쫓듯이 방에서 뛰어나온 이방근은 그의 한쪽 팔을 잡았다. 이대로 돌아가면 안 되고, 또 돌려보내서는 안 된다고 취한 머리로 생각했다. 이유는 없었다. 어쨌든 붙잡아야 한다. 이유는 나중에 뒤따라올 것이다.

"놓으라니까, 난 돌아갈 거야……. 나한테 뭘 캐내려는 거야, 에잇."

"이봐, 아무것도 없어. 자네가 무슨 말을 하는지 모르겠군. 방 안으로 들어가자구. 정말 아무 일도 없는데, 무슨 일인가 하고 이웃 사람들이 이상하게 생각할 걸세. 예전과 달리 여긴 내 집이 아니란 말이야. 하숙집이라고."

"이봐, 무슨 말인가. 내가 자네 집에서 술을 마시고 행패라도 부렸다는 말인가, 응?"

안채 한가운데의 덧문이 반쯤 열리고, 여주인이 내다보는 것이 보였는데, 이방근은 가볍게 고개를 숙이고 일부러 목소리를 내어, 죄송합니다…… 하고 여주인에게 들리도록 말했다. 갑자기 귓가에서 울린 이방근의 목소리에 유달현은 무슨 일인가 하고 주위를 둘러보았다. 덧문을 연 여주인이 웃는 얼굴을 달빛에 반사시키며, 이쪽 일은 내버려 두고 방으로 들어가면 좋을 텐데, 굳이 안뜰로 내려서 두 사람 앞으로 다가오더니 냉수 한 사발 시원하게 쭉 들이키는 게 어떠냐……고 공연히 참견을 했다.

그녀가 하는 말을 제대로 들은 듯한 유달현이, 오오, 물을, 차고 시원한 물을 한 잔 주세요……라고 생기 없는 쉰 목소리를 내는 것이,

이방근은 놀라우면서도 우스웠다.

"자, 이쪽으로 오세요."

앞장서서 안채 끝에 있는 부엌으로 성큼성큼 걸어가는 여주인의 뒤를, 조금 전까지 옥신각신하던 유달현이 이방근과 함께 잠자코 따라 갔다.

아까부터 달빛 받은 구석에서 나고 있던 벌레 소리가, 그것은 부엌 벽 쪽의 돌담 근처였지만 사람의 발소리가 가까워져도 사라지지 않았다.

여주인은 판자문을 열고 부엌으로 들어가더니, 곧 사발이 아닌 물을 뜰 때 사용하는 바가지에다 찰랑찰랑하게 물을 담아 와서는, 유달 현이 이미 내밀고 있던 양손에 건네주었다. 바가지의 흔들리는 물속에서 달빛이 반짝반짝 가늘게 부서졌다. 유달현은 마치 갈증이 났다는 듯이 바가지의 물을 단숨에 꿀꺽꿀꺽 다 마셔 버렸다. 아이고, 맛있다, 맛있어, 속이 다 시원하네……. 술 냄새, 큰 숨을 토해 낸다. 여주인이, 한 바가지 더……? 하는 소리에, 유달현은 고개를 저으며 감사 인사를 하고 그곳을 떠났다.

유달현이 그대로 돌아간다는 것을, 이방근은 취기 때문이었는지 잠깐 기다리라며 거의 억지로 상대의 팔을 끌어당겨 방으로 데리고 올라왔다. 유달현은 차가운 물을 마신 탓에, 갑자기 머릿속에 신선한 공기라도 들어간 것처럼 발걸음도 안정되어 있었다. 5홉들이 병에 술은 아직 남아 있었지만, 유달현은 자리에서 일어나기 직전에 술을 너무 빨리 마셔서 갑자기 취기가 퍼진 것이 틀림없었다.

유달현은 소파에 앉아 담배를 물고 불을 붙였다. 한순간 생기가 돌아온 것 같던 얼굴에 다시 술기운이 배어 나왔다. 냉수 한 잔으로 금방 술이 깰 리는 없었다.

이방근은 앉은뱅이책상 옆의 원래 위치에 책상다리를 하고 장판에

엉덩이를 대었다. 그는 독상에서 자신의 책상 위로 옮긴 컵의 3분의
1 정도 남은 술을, 목구멍이 타들어 가는 것을 참으며 천천히 다 마
셨다.

유달현은 상반신을 굽히고, 젊은데도 머리가 벗어져 가운데까지 숱
이 옅어지기 시작한 머리를 이방근 쪽으로 돌리더니, 이제 막 피우기
시작한 담배를 재떨이에 껐다. 그리고 5홉들이 병을 한 손으로 잡고
밥상 위에 놓인 자신의 컵에 술을 따르며, 술은 끝이로군, 난 이걸
마시고 돌아가겠어……라고 중얼거리듯 말했다.

"술이라면 걱정할 필요 없어. 우리 집에, 아니 내 방에 술이 떨어지
는 일은 없으니까. 유 동무가 온다는데, 나도 술 정도는 준비해 뒀지.
그보다 천천히 마시지 않으면 그것만으로도 취하네. 감기 기운이 있
다고 했는데, 피곤한 거 아닌가. 그래서 고약하게 취하는 거 아니야?"

아니, 실컷 마셔도 괜찮다. 취기에 들떠서 뭔가를 이야기할지
도……. 아니, 내 경우는 말해서 안 될 것은 취할수록 말하지 않는다.
그래서 적당히 떠들며 먹이를 놓으면, 인간은 그걸 덥석 물고 아무렇
지 않게 생각한다. 유달현 역시 그 정도의 연기는 가능하다. 그러나
의외로 이 남자는 여린 구석이 있다.

"고약하게 취한다고?" 유달현은 컵을 입술에 대고 꿀꺽 한 모금 흘
려 넣었다. "후후훗, 마치 술의 권위자는 자네뿐이라는 말투로군, 아
니, 사실은 그 말이 맞지. 이방근 정도의 주호는 아니더라도, 나 역시
이 정도 술로는 끄떡없어. 이 동무, 난 말야……. 자넨 말이지, 왜
내가 돌아간다는데 내버려 두지 않았나. 이렇게 말하면 자네가 화를
낼까……."

이방근은 상대방이 일부러 자네가 화를 낼까 라는 말을 하지 않았다
면, 그냥 흘려버렸을 것을(거기까지 생각한 것은 아니었지만, 그 억양 없는

어조는 일부러 붙잡아 줘서 고맙다는 식으로도 받아들일 수 있었다), 그렇지 이건 화를 내야 한다고 의식한 순간, 다소 발끈해서 유달현의 얼굴을 쳐다봤다. 더구나 계속해서, 특별히 이상한 의미로 묻는 게 아니라고 한 말이 이방근을 자극했다.

"그 이상한 의미로……라는 건 무슨 말이지?" 이방근은 순간, 왜 붙잡은 건지, 그대로 놔뒀으면 좋았을 것을 하고 생각하면서 말했다. 붙잡은 이유는 없다. 갑자기 일어나 돌아간다고 안뜰에서 소리를 쳤기 때문에, 일종의 반사작용에 지나지 않았다. "난 그저 붙잡은 것뿐이야. 이유는 없어. 목적도 없고. 뭔가 억측하고 있다면……(아아, 억측하고 있다……. 문난설의 전화 목소리가 귓속에서 울렸다. 뭔가 이상한 억측을 하고 계신 거 아닌가요, 이방근은 가슴에 면도날이 스치는 듯한 아픔을 느꼈다), 그래, 뭔가 마음에 들지 않는다면, 자, 돌아가도 괜찮아. 내가 자네를 붙잡은 데에는 목적이고 뭐고 아무것도 없어."

"알았네. 후후, 여전히 성미가 급하시군. 지금 돌아가라니, 이봐, 난 이제 막 술을 입에 댔단 말일세. 이걸 마시면 돌아가겠어. 지금 자네와 싸우는 것도 아니잖나. 정말로 차가운 인간이구만. 그러나 이유가 없는 거, 그것이 우정일세. 난 그걸 느끼고 있어. 고약하게 취했다고 걱정도 해 주고 말이야. 뭐, 그 일이라면 괜찮아. 내버려 뒀다면 난 당연히 돌아갔겠지. 자네가 문까지 배웅을 하든 말든 난 돌아갔을 거라구. 하지만 말야, 난 밤길을 혼자 걸으며 생각하겠지. 이방근이란 놈은 얼마나 냉혹한 놈인지, 사람이 취해서 고통스럽게 외쳐도 붙잡지도 않으니, 놈은 역시 무서워. 인간이 아니야……. 그랬겠지."

"흠, 인간이 아니면, 뭔가."

어차피 쓸데없는 말이다, 이방근은 잠자코 있어야겠다 생각하면서 말했다.

"물론, 당연히 인간이지, 그렇잖나. 인간 이상이라는 말이지. 일일이 신경 쓰지 말게. 결과적으로 내버려 둔 게 아니니까, 밤길을 혼자 돌아가도 이런 생각은 더 이상 나지 않겠지만 말일세. 음, 이방근 동무, 그런데 말야……." 아니나 다를까, 쓸데없는 말을 지껄이던 유달현은 한숨 돌리더니, 차분한 어조로 말했다. 조금 전의 안뜰에서 달을 보고 짖듯이, 내게서 뭘 캐내려는 것이냐고 소리치던 일은 이미 까맣게 잊어버린 모양이었다. "발 없는 말(馬)이 천 리를 간다고 하지 않나. 즉, 소문 말이야. 그러니까, 내가 일본 간다고 하는 소문이 난 모양인데, 이 동무는 듣지 못했나?"

눈꺼풀에 술기운이 밴 유달현의 가는 두 눈이, 탐색을 하듯 이방근에게 향했다.

"뭐라고……." 이방근은 심장이 덜컥하며 어딘가로 툭 떨어지는 듯한 소리를 들었다. 마치 기습을 당한 것처럼, 상대인 유달현 쪽이 아니라, 자신이 표정이 변하는 것을 의식할 정도였다. 뭐라고……. 이것은 말이 돼 있지 않았다. 유달현의 소문을 들었는지 어떤지, 바로 대답할 수 있는 질문인데도 말이 나오지 않았다. 이 즉답을 하지 못한 상황이 결국, 들었다……는 대답을 입 밖으로 내보냈다. "분명히 들었네. 발이 없어도 천 리를 간다고 하는데, 성내 같은 곳은 십 리도 안 되잖나."

"누구한테 들었나?"

"누구한테라니, 소문에 특정 인물이 있겠는가. 소문은 걷거나 달리거나 하는 사이에 불특정 다수가 돼 버리니까. 말하자면 풍문이라는 것이지." 이방근은 여전히 심장의 고동이 울리고 있었다. 최용학에게 들은 유달현의 일본행 이야기. 혹시 조직의 명부를 적에게 팔아먹고 섬에서 도망치는 것이 아닐까…… 하고 충격을 받아, 송 선주를 통해 유달현의 밀항 루트를 가로막아 놓고서, 그런 기색은 보이지 않았다. "그런데, 왜 그런 소문이 난 건가. 소문이 연기라고 한다면, 뭔가 불이 될 만한 것이라도 있었나?"

"없네, 그런 건 없어. 소문만, 연기만 난 거라구."

유달현은 컵을 입술에 대고 조심스럽게 마셨다.

"이상한 일이군."

"계속해서 모두가 일본으로 밀항해 가잖나. 나도 전쟁 전에는 일본에 있었으니까, 이 동무도 그렇잖아. 그래서 어디선가 술을 마시며 일본에 가고 싶다……라는 식으로 말한 게 퍼졌을지도 모르지."

"흐음, 대단하군, 유 동무는. 자네가 그런 말을 조금했다고, 그것이 발 없는 말(馬)이 되어 천 리를 간단 말인가."

"빈정거리는 건가?"

유달현은 얇은 입술을 옆으로 끌며, 싫지는 않다는 듯이 웃었다.

"흐─음."

이방근은 대답하지 않았다.

"내가 일본에 갈 땐 이 동무에게 인사를 하고말고. 자네한테 말도 없이 내가 섬을 떠나 일본으로 갈 거라고 생각하나?"

"……"

음……. 이방근은 유달현을 돌아보며 고개를 가볍게 끄덕였다. 아니, 스스로 고개를 끄덕이고 있음을 의식했다고 하는 편이 옳았다. 양준오의 목소리, 아마도 유달현은 이 형에게 말하지 않고 일본으로 가지는 않을 겁니다. 그는 이 형을 증오하거나, 내심 존경하기도 하면서, 아마 좋아하고 있겠지요. 그의 신변에 갑자기 무슨 일이 일어나지 않는 한, 일본행이란 없지 않겠습니까……. 냉정한 견해를 보이고 있던 양준오의 이야기가, 지금 유달현의 말과 겹쳐지면서 이방근은 고개를 끄덕이고 있었던 것이다. 그리고 그 말이 가슴을 치는 걸 느꼈다.

"이 동무도 내가 일본에 간다는 소문을 듣고, 내게 서먹서먹해진 건가? 요즘 내 주변에선 아무래도 나에 대한 태도가, 눈엔 잘 보이지 않지만 서먹서먹하다네. 일본행 소문 탓이겠지……. 흠, 이런 얘기는 그만두자구."

유달현은 담배에 불을 붙여 한대 피우더니, 후우- 하고 낮은 한숨과 함께 연기를 내뿜으며 땅콩을 들고 씹었다.

이방근은 취기의 소용돌이가 뜨거운 심지를 만들고 있는 머릿속에서, 순간적으로 의혹이 멀어지는 느낌에 안심과 당혹감이 교차했지만, 이해할 수 없었다. 일본으로 가는 인간이 결혼을 한다는 것도 이상하다. 그냥 일본으로 간다고 해도, 적어도 아직 그 시기가 아닌 것만은 분명하다. 결혼하는 것이 나쁜 일은 아니지만, 이 시기에 '혁명가', 조직원인 자가 결혼 이야기에 응하는 것도 이상하다는 생각이 들었다. 무엇보다 양준오도 말했듯이, 그 이야기의 진위를 파악하는 것이 우선이고, 지금 본인과 그 일을 화제 삼고 있으니 확인하는 데는 지금이 절호의 기회가 아니겠는가. 반 가깝게 열린 장지문 밖 안뜰의 지면이, 달에 비친 넓은 바다의 일부처럼 반사되며 눈을 스쳤다. 밤이 깊어감에 따라 벌레 소리의 기세가 한층 더해졌다.

땅콩 알맹이를 씹는 소리가 사라졌다. 이방근은 담배를 물고 불을 붙였다.

"이 동무, 화제가 바뀌네만, 김성달 일행이 '북'에 갔지 않은가." 유달현은 이방근을 힐끗 쳐다보던 시선을 떨어뜨리고 계속했다. "그들은 언제 제주도로 돌아오나, 귀환할까……, 혹은 귀환하지 않을 수도 있겠지, 음……."

그 말끝이 목구멍에 가래가 걸린 것처럼 쉰 목소리를 냈다. 이방근은 왠지 그 쉰 목소리가 뭔가의 심리 작용 탓으로 느껴져, 왠지 마음에 걸렸다. 유달현이 그 쉰 목소리를 가다듬으려는 것인지, 가벼운 헛기침을 하고 소파에서 상반신을 일으키더니, 양쪽 발을 두고 있던 장판 위에 엉덩이를 깔고 고쳐 앉았다. 그는 밥상 위의 컵을 손에 들고 입으로 옮겼다. 이미 3분의 1 정도로 줄어든 투명한 액체가 유리컵 안에서 흔들렸다. 떨리는 손의 반응은 아닐 것이다.

"지금 자네가 한 말은 무슨 뜻인가?"

이방근이 말했다.

"김, 김성달 말야."

"그건 알고 있지만, 그는 게릴라 대장이었잖아. 자넨 이상한 걸 나에게 묻는군, 그 일은 자네 쪽이 국외자인 나보다 훨씬 잘 알고 있지 않나?"

"그런 식으로 대충 얘기하지 말게나. 난 존경하는 자네의 의견을 묻고 있는 것뿐야. 난 존경하는 상대에게 그 의견을 묻는 데 인색하지 않거든. 그렇게 무턱대고 말한 게 아니야." 부정맥처럼 목소리가 다소 흐트러지듯이 떨린 것 같았다. "그래서 말인데, 자넨 자신을 국외자라고 했지만, 지금의 정세하의 제주도에서 국외자니 국내자니 할 게 어디 있나. 자넨 이런 문제에 통찰력이 있으니 말일세. 동무도 풍문은 아니더라도 들을 기회는 있었을 거 아닌가."

"그런 적은 없네."

이방근은 딱 잘라 말했다.

"흠……." 유달현은 코를 킁킁거리며, 취기를 빨아들인 가는 눈을 주의 깊고 크게 뜨면서 이방근을 바라보았다. "그런가, 김성달이 인민군과 함께 남하한다느니, 이런 건 분명히 난센스지만 말이야, 38선을 돌파하지 않더라도 뱃길로 온다느니, 아니 그 경우엔 돌아온다는 것이시. 그렇잖나, 그러니까 그, 상당량의 무기류를 가지고 제수도에 상륙한다…… 그런 거 말일세."

"음, 그러고 보니, 그런 얘기, 이것도 소문일지 모르지만, 그 정도의 얘기는 나도 들었어. 그 일에 대해선, 자네가 나에게 만약 얘기해 줄 수 있다면 자세히 듣고 싶을 정도야. 왜 내게 그런 걸 묻는 건지 모르겠군. 아직 실제로 상륙한 건 아니지 않나? 아니면, 상륙이라도……, 그런가?"

이방근은 일부러 의문을 던졌다.

"상륙? 실제로 상륙했다고? 그리되면 큰일이겠지, 그게……." 유달현의 취한 얼굴이 갑자기 어두워졌지만, 취중이면서도 용케 말을 놓치지 않고 정리하듯 말을 계속했다. "그야말로 곧 전투가 시작될 테니까 말이야, 큰 전투가 될 거야. 그렇지 않나, 큰일이지, 정말로. 잠시 유예가 필요하네, 시간이……. 자넨 지금, 만약 얘기를 해 줄 수 있다면 하고 자못 뭔가 있는 것처럼 말했지만, 내가 알 리가 없잖나. 나는 지금 세포조직의 책임자도 아니고. 나는 벌써 그만뒀으니까. 얼마 전에, 최상규, 그래, 그놈……, 그, 자네 여동생인 유원 동무에게 열을 올리고 있는 최용학의 아버지 말야. 이태수와 함께, 아니 자네 아버님이신 이태수 선생님과 함께……. 그렇지, 굳이 내가 설명하지 않아도 자네가 잘 알고 있을 거야. 난 말일세, 유원 동무와 그 남자가 어울리지 않는다고 생각하는데, 아니지, 결혼 얘기가 오가고 있는 중에, 이거 실수했군. 이방근 동무 앞이니까 얘기하는 것뿐일세. 요전에 용무로 만났을 때 최상규가 얘기한 것인데, 여당계 간부의 입에서 김성달이 무기를 가득 싣고 상륙할 것 같다는 정보가 들어왔다는 거야. 그래서 자네에게 물어본 것뿐이네. 하나의 얘기로서, 그럴 가능성이 있는지. 자넨 어떻게 생각하고 있는지 말야. 말하자면 이방근 선생의 의견을 말이지……."

이방근 선생의 의견을……. 지금까지의 이방근 선생과……는 달랐
다. 술 냄새를 압도하는 불쾌한 냄새가 풍겼다. 음, 의식적인지 어떤
지, 최상규와 만난 것을 입 밖에 내고 있었다. 그 자리에서 일본행
이야기가 나오지 않았을까.

"그만두게, 그런 말투는."

"……?"

"자네는 무얼 그리 이러쿵저러쿵 장황하게 말하는가. 도대체, 유 동
무 자신은 어떻게 생각하고 있는가?"

"뭔가, 같은 문답이 반복되고 있잖나. 그럼 내가 말하지. 난 반반이
라고 생각하네. 이 동무는 어떤가, 응?"

유달현은 소파에 기댄 등을 똑바로 세우며 덤벼들듯이 말했다.

"난 모르겠어." 이방근은 대답하고 싶지 않았지만, 억지로 말했다.
"반반이란 말은 대답이 되지 않잖나. 모른다는 것과 마찬가지야, 그
건……. 자네가 왜 그런 걸 묻는지, 화제로 삼고 싶어 하는지, 그 이유
를 모르겠어. 어쨌든 말야, 그들은 '북' 쪽에서의 회의에 참가했다가,
회의나 행사가 끝난 뒤에는 이쪽으로 돌아오는 걸 전제로 출발했지
않나. 그러니까 제주도로 돌아오는 걸 당연한 게 아닌가. 이것이 보통
의 건전한 사고방식일세. 돌아오지 않는다면 무책임하기 짝이 없는
배신자지. 그 도민 감정이라는 게 있잖아. 이미 이쪽에 돌아왔는지
어떤지는 모르겠지만, 여러 가지 원조물자를 싣고 돌아오는 건 당연
하다고 생각하네만. 단지 남북이 단절되어 있기 때문에, 시간적으로
그렇게 간단치 않다는 건 알지만, 조만간 시간적으로도 슬슬 돌아오
지 않겠는가. 게다가 정보라는 것이, 여당계 즉 정부 계통에서 나왔다
는 게 좀 웃기지만 말일세."

이방근이 자신 있는 어조로 말하자, 유달현은 한순간 구름처럼 불안이 솟구쳤다가 사라진 기묘한 표정이 되었다. 뭔가 기세가 꺾인 듯했다.

"자, 한 잔 늘게나."

이방근은 5홉들이 병을 손에 들고, 별다른 반응 없이 상대가 하는 대로 맡기고 있는 유달현의 컵에 술을 따르고, 다시 자신의 컵에도 남은 술을 전부 따랐다. 거의 가득 찼다. 그다지 양질이 아닌 소주 냄새가 코를 확 찔렀다.

"이봐, 유 동무……."

이방근은 컵을 밥상 위의 상대의 컵에 가져다 쨍하고 부딪치며 마시기를 권하고 나서, 꿀꺽하고 크게 한 모금 마셨다. 두 손가락으로 돼지고기 껍질이 붙은 편육을 집어서 벌린 입안에 던져 넣었다.

유달현은 컵을 입에 댄 뒤에 땅콩을 씹었다.

이방근은 이야기 도중에, 의식적으로 김성달의 귀환에 대한 현실성과 필연성을 강조하였다. 상대방 이야기의 움직임에, 왠지 그 귀환을 그다지 바라지 않는 듯한 인상을, 조금 전에 실제로 상륙한 건 아니겠지? 라고 했을 때 다소 당황하는 기색의 반응에, 어라? 하는 느낌을 받았기 때문이었다. 게릴라 사령관의 귀환이 게릴라 측의 승리와 전투력 강화로 이어진다면, 그것은 아주 환영받을 일이고, 권력투쟁의 적이 아닌 이상 기뻐하지 않을 이유가 없었다.

"이것이 내 나름의 생각인데, 어떤가, 유 동무의 생각은?"

"으흠." 유달현은 입속에 땅콩을 넣은 채 우물거리며, 고개를 가로저었다가 끄덕이며 말했다. 그 시선이 흩어졌다. "아니 아니야, 나도 그렇게 생각해."

"반반이 아니란 말인가."

"뭐라고?"

"이런 문제는 상당히 억측에 지배당하는 경우가 많아서 말야. 저 멀리 38선 너머의 일이지 않나. 그러니 억측으로 말할 수밖에 없겠지. 하나는 소망, 기다리는 쪽 간절한 소망이기도 하고, 다른 하나는 배척하는 쪽의, 다시 말해 반 게릴라 쪽의 혐오, 공포……. 그런 의미로는 반반이겠군."

"자네 농담하고 있나, 사람을 놀리는 거 아닌가?" 유달현의 표정이 되살아나, 꿈틀하고 파도를 치듯 튀었다. "뭔가, 그 소망이라느니, 공포라느니 하는 것은……? 뭐가 그걸로 반반이라는 건가. 내 말은, 이쪽에 돌아올 가능성도 있고(주의 깊게, 상륙이라는 표현을 피한 모양이다), 또 귀환할 수 없을지도 모른다는 것인데, 자네 말은, 그러니까 백 퍼센트 귀환한다는 게 아닌가."

"자넨 비관적이군. 자네들은 혁명적 낙관주의라고 하잖나." 이방근은 결코 백 퍼센트라고는 생각하지 않고 있었다. 그야말로 유달현과 마찬가지로 반반이고, 게다가 이를테면 소망하는 쪽에 들어갈 것이다. 그리고 해서는 안 될 말이 조심성 없이 튀어나왔다. "유 동무, 자넨 상륙이 무서운가?"

그러나 그는 말한 직후 실수했다고는 생각하지 않았다. 상당히 마찰감을 느끼면서도, 사출감을 닮은 쾌감을 동반하고 있었다. 그는 그러한 느낌의 기세에 편승해 똑바로 유달현의 얼굴을 쳐다보았다. 험악한 분위기가 피어올랐다.

"뭐?" 가래가 걸린 것 같은 쉰 목소리였다. 유달현의 얼굴에서 분명히 핏기가 가시고, 낭패와 공포에 가까운 빛이 퍼졌다. 그는 컵을 손에 들고 탁! 하는 소리를 내며 다시 상위에 놓았다. 컵 안의 술이 춤을 추듯 튀더니, 컵 밖으로 물보라를 일으키며 유달현의 손을 적셨다.

어찌 된 일인지, 그는 여흥이 도는 것도 아닐 텐데 그것을 재빨리 핥았다. "상륙……? 상륙이라니 무슨 상륙을 말하는 건가, 응? 자, 자넨 무슨 바보 같은 소리를 하는 건가, 내가 김성달의 상륙을 두려워한다니……. 무슨 말인가, 그건, 우-우-웃, 헷헤……(웃었지만, 웃는 소리조차 나오지 않았다), 이봐, 이방근, 설명해 봐. 어째서 내가 그들의 상륙을 두려워한다는 건지. 그가 권력투쟁의 적대자인가. 내가 반혁명적인 일을 저질러서, 그래서 그들의 상륙과 동시에 숙청이라도 당한다는 말인가. 소망이라느니 뭐니, 영문을 알 수 없는 말을 했는데, 내가 반게릴라 측이라는 건가. 그런가? 이방근……." 그는 상반신을 흔들며 엉덩이를 들어 올려 기대고 있던 소파에 털썩 앉았다. "이봐, 말해 봐. 그건 무슨 의미냐고. 에?"

"……"

이방근은 소파 위로 자리를 옮겨 앉은 유달현의 창백한 얼굴을, 눈을 조금 깜빡거리고 나서 가만히 쳐다보았다. 말을 해도 좋고, 말하지 않아도 좋다는 듯이. 그러나 그는 유달현으로부터 시선을 떼고 유보하듯이 아무 말도 하지 않았다.

"이봐, 자네, 말을 해, 입을 열라고."

"자넨 상륙이 무섭냐고 말했어." 발끈해서 이방근은 같은 말을 입에 올렸다.

"그렇지 않다면, 무섭지 않다고 대답하면 되잖나."

"뭐라, 그 말투는, 나를 뭘로 생각하는 건가, 사람을 바보 취급하다니!"

유달현은 갑자기 소파에서 일어나더니, 이방근 쪽으로 상을 뒤엎을 듯 비틀거리며 다가가, 느닷없이 이방근의 뺨을 세게 한 대 내리쳤다.

왼쪽 볼이 어디론가 날아가 버릴 것 같은 충격으로, 이방근의 눈에서 불꽃이 튀었다.

그는 고개를 흔들고 일어서면서 상대의 아직 공중에서 허우적대는 오른손을 잡은 뒤, 나머지 한 손으로 와이셔츠 옷깃을 세게 거머쥐고, 마치 상대의 몸 전체를 매달아 올리듯 두세 걸음 밀다가, 힘껏 소파에 내동댕이치듯이 털썩 내려놓고는 떨어졌다. 만약 방이 넓었다면, 거기 어디에 업어치기로 내던졌을지도 모른다. 유달현은 소파의 반동으로 중심을 잃고, 일단 옆으로 고꾸라졌다가 다시 바로 앉았다.

유달현이 다시 덤벼들 기색은 없었지만, 만일 덤벼든다고 해도 이방근은 상대하지 않을 것이다. 그는 후 하고 크게 숨을 토한 뒤, 비좁다, 지금 비좁다고 의식하고 있는 방 안에서, 원래 자리로 몇 걸음 돌아가 앉았다. 유달현 이놈, 어지간히 힘을 쏟아부었는지, 한쪽 볼이 얼얼하게 아파서 자연스레 손이 그곳으로 가, 맞은 자리를 쓰다듬고 있었다. 볼은 제대로 붙어 있었다. 유달현을 소파로 내던졌기 때문일까 화는 나지 않았다. 이방근은 잠자코 컵의 술을 마셨다.

쳐다보니 유달현은 소파에 앉은 채 고개를 늘어뜨리고 있었다. 취한 모양이었다. 취한 데다 피곤한 것이다. 무언가 골똘히 생각하고 있는 느낌도 들어 이방근은 눈을 돌렸다. 그는 상대방을 신경 쓰지 않고 천천히 술을 입으로 가져가다가, 안뜰 구석에서 한층 시끄럽게 들려오는 벌레 소리를 타고, 어딘가 이 방 밖의 멀리에 생각이 가 있는, 아주 잠시 이 방을 비우고 있는 자신의 머릿속을 의식했을 때, 무심코 유달현을 보았다. 여전히 고개를 숙이고 있었다. 어라……? 고개를 숙인 얼굴의 코끝에서 콧물을 흘리고 있는 듯했다. 소파 등받이에 몸을 기대지 않은 상체가 희미하게 흔들렸다. 콧물이 입술을 타고 내려오는 게 아니라, 공중에 흔들리듯 매달려 있었다. 더 늘어져 이제 곧 떨어질지도, 아니면 그대로 계속 매달려 있을지도. 졸고 있는 것이다. 괜히 너무 심각해졌나 싶어서, 이쪽이 감정이입을 할 뻔했는데, 이방근은 동정적인 기분이 싹 가시며 웃음이 나왔다. 그러나 그걸로 됐다. 웃음이 나오며, 그편이 더 낫다.

이방근은, 이봐 하고 불러 깨우려다가 잠시 그대로 누는 편이 좋겠다고 생각했다. ……나보다 뻔뻔스럽게 나오는군. 나는 아무리 취해도 저렇게는 안 되는데. 게다가 그렇게 많이 마신 것도 아니다. 의외로 이런 것을 무신경하고 칠칠치 못하다고 하는 것일지도……. 그는 유달현의 벗겨진 머리를 가만히 바라보았다. 머리 정수리까지 벗겨진 것은 아니지만, 한대용의 밀림 같이 빽빽한 머리와는 달리, 머리꼭대기의 바람 부는 초원은 드문드문해서, 살갗이 30와트 전등 밑에서 다소 내비치는 듯했다. 지금까지 그의 머리꼭지 따위를 제대로 볼 기회가 없었지만, 이방근은 무심코, 덥수룩한 자신의 머리로 손을 갖다 대 봤을 정도였다. 엷은 핑크로 물든 살갗은 왠지 생기가 넘치는 것이 매력적이기까지 했다.

저 머릿속에 어떤 음모가 들어 있는 것일까. 그가 결혼을 한다는 것도 이방근에게는 엉뚱한, 의심을 불러일으킬 만한 것으로 생각되었고, 그 외에도 의문이 있었지만, 모처럼의 기회이긴 하지만 더 이상 언급하지 않기로 했다. 왜 그는 김성달의 상륙에 이토록 집착하는 것일까. 이상하지 않은가. 내 생각이 미치지 못한 무언가가 있는가. 그릇된 의심일지도 모르지만, 유달현은 김성달의 상륙에, 다시 말해 게릴라의 승패의 전망에 도박을 하고 있는 것은 아닐까. 어차피 그는 게릴라가 아니다, 읍내에 사는 단순한 조직원에 지나지 않는다. 게릴라 측이 이길지 어떨지 저울질할 수도 있다. 과연 게릴라에게 승산이 있을까. 이방근 자신도 그에 대한 확답은 없었다. '북'의 공화국이 몇천, 몇만의 원군을 보내거나, 육지에서 국군이 봉기하다면 이야기는 달라진다.

취기가 망막하게 퍼지는 저편에서, 목소리가 들리고 메아리친다. 아니다……. 이방근은 머리를 천천히 좌우로 흔들었다. 유달현이 반반이라고 한 것은, 양자 사이에서 그 자신의 흥정, 동요 아닐까. 기회주의, 기회주의자……. 배신은 일본행과 반드시 관계있는 것은 아니다. 지금 일본에 가지 않는다고 해서 배신행위가 아니라고는 할 수 없다. 배신이 성립된 결과로서 일본행의 선택이 이루어지는 것이고, 그것은 단순한 소문으로 그치는 것이 아니다, 이방근은 그렇게 생각했다. 그릇된 의심일지도 모르지만, 자신의 상상은 틀리지 않을 것이다, 그렇다면 결코 그릇된 의심이 아닌 것이다…….

유달현의 머리가 저절로 움직이더니, 숙이고 있던 얼굴을 들었다. 그는 흘러내린 콧물이 입술에 들러붙은 것을 부끄러워하는 기색도 없이 손등으로 닦고, 다시 바지 주머니에서 꺼낸 손수건으로 코끝과 입, 그리고 손에 묻은 것을 말없이 닦아냈다. 그 동작이 왠지 무기적으로, 보고 있는 쪽의 취기의 막이 걸려 있는 양 눈의 렌즈에 좁혀지면서 움직인 탓인지, 동작이 순간적으로 몽유병 환자 같아 현실감이 없었다.

그는 졸음에서 깨어나면서도, 그 순간의 놀라움의 기색도 없이, 두리번거리지도 않았다. 아니, 꽤 침착하고 여유가 있어 보였고, 어쩌면 잠에서 덜 깨어 아직 완전히 정신을 차린 상태가 아닐지도 모르지만, 이방근은 그 모습에 적잖이 감탄하고 있었다.

유달현은 이방근을 마치 낯선 사람을 앞에 두고 가만히 초점을 맞추듯이, 그리고 홀린 것처럼 눈도 깜빡이지 않고 잠시 바라보았다. 충혈된 두 개의 가느다란 눈 속의 움직임을 멈춘 희미한 막이 낀 것 같은 눈동자가 또렷이 보였다. 잠깐의 졸음이 그에게 평정을 되찾아 준 것 같았다. 몇 분이었지만, 졸지 않았다면 그는 뭔가 쓸데없는 말을 지껄였을지도 모른다.

유달현은 제정신이 든 것처럼 시선의 위치를 바꾸더니, 몇 시인가? 라고 말했다. 잠에서 깬 뒤 처음 하는 말이었는데, 원래 낮은 목소리가 알코올 탓으로 갈라져 있었다.

"아홉 시야."

"아홉 시……?"

유달현은 자신의 손목시계를 들여다보았다.

"어딘가에 갔다 왔나?"

"무슨 말인가?"

"잠들었었나 하는 말야."

"그런 것 같아."

유달현은 돌아가려는 것인지, 일어섰다가 휘청거리며 소파에 주저앉았다.

"……돌아가겠네."

그는 소리를 높이며 기합을 넣듯이 다시 일어섰지만, 다리가 말을 듣지 않는지 일어선 채로 휘청거렸다. 아직 잠이 덜 깬 것인가.

"잠시 앉아 있는 게 어떤가. 자고 가도 상관없고. 좁긴 하지만 어떻게든 되겠지. 소파 위에서도 잘 수 있어."

이방근은 이렇게 좁은, 서로의 숨소리도 들릴 것 같은 곳에 남을 재우기는 싫었지만, 그래도 묵게 할 생각으로 그렇게 말했다.

"호-음, 이방근도 변했군. ……우정인가?"

"……글쎄."

유달현은 소파에 앉지 않았다. 그는 불안한 걸음걸이로 방 밖의 달빛 속으로 나갔다.

자리에서 일어난 이방근은 술 컵을 손에 들고 꿀꺽하며 크게 한 모금 마셨다. ……아아, 진절머리 나는 우정이다. 30와트의 발그스름한 빛의 피막에서 나온 그는, 은빛의 차가운 물방울이 쏟아져 내려 가득 채운 지상의 광경을 보았다. 집들의 초가지붕도 돌담도, 돌담 옆에 늘어선 커다란 항아리들도……. 이방근은 취기가 깰 것 같은 달빛을 받으며 툇마루에 섰지만, 때 묻지 않은 눈이 하얗게 깔린 듯한 안뜰에 발을 내딛어 더럽히는 게 망설여졌다. 그는 흐르는 것처럼 펼쳐진 넓은 바다를 상상했다.

　두 사람은 밖으로 나왔다. 처음에는 혼자서 돌아가겠다고 고집 부리던 유달현도, 자신의 팔을 잡듯이 하고 일부러 집에서 나온 이방근을 물리치지 않았다. 유달현 식으로, 우정의 일단으로 받아들여 만족한 것일까.

　이방근은 일단 신작로로 나왔다가, 다시 서문교가 걸려 있는 냇가로 발길을 향했다. 관덕정 광장에서 남문길을 올라가든가, 신작로와 접한 읍사무소 앞의 영화관이 있는 길로 가는 것이 지름길이었지만, 이방근은 명선관 앞으로 지나는 것을 피했다.

　두 사람은 물의 흐름에 야광충처럼 달빛이 부서져 헤엄치는 하천을 따라 올라가면서 조금 돌아갔지만, 아무래도 잠이 덜 깬 듯하던 유달현의 발걸음도 차분해져 걷는 데에 지장은 없었고, 우회했다고 한들 걸어서 10분 미만의 거리이기 때문에 대수롭지 않았다.

　이방근의 취기는 그 발걸음과 함께 빨리 한발 한발 진행해 술이 배어들었던 장과 위가 이미 또 다른 술을 원하기 시작했다. 평소 같으면 이대로 어딘가 선술집에라도 들어가 틀어박혔을 것이다.

　두 사람은 거의 이야기를 나누지 않았다. 이방근이 한마디 하고, 우회하는 길을 걷기 시작했을 때도, 유달현은 이견을 내세우지 않았고 말도 많이 하지 않았다. 그러나 이방근의 머릿속에는 여덟 시쯤에 찾아와서 약 한 시간 동안 나는 유달현과의 대화, 그 뉘앙스, 한참 졸면서 콧물을 늘어뜨리던 모습, 그리고 어떤 꿈을 꾼 것일까……까지(그 모양새를 봐서는 꿈을 꿨을 가능성이 있다), 여러 가지 생각이 맴돌고 있었다. 유달현의 머릿속에도 조금 전까지의 그 흙냄새 나는 좁은 방이 차지하고 있을 것이다.

빙 돌아온 언덕 위쪽의 남문길을 내려와 골목으로 들어서서, 유달현의 하숙집의, 감나무 그림자가 달빛에 떠 있는 사촌의 집 앞까지 왔을 때, 이방근은 인기척이 없는 걸 확인하더니, 상대의 귓가에 얼굴을 가까이 대고, 이봐, 유 동무…… 하고 다른 사람 같은 목소리로 귓구멍을 향해 술 냄새 나는 숨을 불어넣었다.

"배신하면 살려 두지 않을 거야, 알았지."

"_____"

유달현이 목을 세차게 흔들며 이방근을 쳐다보았다. 경악하는 기색이 달빛을 받은 얼굴에 흩어졌다. 이방근의 얼굴 밑에 그 얼굴이 있었다. 이방근은 더욱 집요하게 그 자리에 우뚝 선 유달현의 귀로 입을 가져갔다.

"이봐, 들었나, 귓구멍 속에 잘 들어갔나. 대답해 봐."

이방근이 아닌, 다른 사람, 이방근의 안에서 나온 또 다른 사람의 모습이었다.

이방근은 한순간 이상하게 상대가 모르는 사이에 히죽 웃고 있었고, 난 농담조로 말했다고 생각했지만, 상대의 귓바퀴가 떨리고, 귓속 깊숙이 살의가 담긴 말을 전했다고 실감했을 때, 아니 농담이 아니다. 농담조로 느낀 것은 일종의 두려움에서 온 것이라고 생각했다.

"적당히 하게나." 유달현은 혼신의 힘을 다해, 이방근의 입가에서 얼굴 한쪽 귀를 탈환이라도 하듯이 떼어 내면서 가까스로 몸을 돌렸다. 그 목소리는 일그러진 웃음과 공포로 떨고 있었다. "농담도 적당히 하라구, 헷헷헷헤, 오늘 밤, 자, 자네 방에서 머물지 않길 잘했군. 자고 있는 사이에 살해당할지도 몰라. 꿈이다, 꿈속에서⋯⋯. 꿈이란 말야, 자네를 살인자로 만들고 싶지 않으니까. 잘 들어. 무, 무슨 소린지 알 수 없는 말은 하지 말라구. 그것보다, 자넨 움막에서, 소파에서 기어 나와, 결국 이사까지 하고, 집에서 나온 사실을, 현실 세계에 눈을 뜬 걸 인정해야 돼. 자넨 그걸로 어엿한 한 인간이 된 거야. 잘난 척 하기는, 헷헷헤, 훗훗훗후웃⋯⋯." 그의 목소리의 떨림이 멈추지 않고, 오한이 든 것처럼 양 어깻죽지를 곤두세운 채 가늘게 떨고 있었다. "뭐, 뭘, 살려 두지 않겠다는 둥, 농담도 적당히 하라구, 웃훗훗훗, 돌아가! 돌아가라고!"

그는 이방근에게 덤벼들려고는 하지 않고, 주변에 울리는 큰 목소리를 냈다. 달의 강력한 인력에 끌리듯이, 그는 밤하늘을 향해 팔을 치켜들고 외쳤다. 그것이 슬로모션처럼 이방근의 취한 눈에 비쳤다.

"농담이 아니야."

이방근은 씨익 웃으며 상대를 쳐다본 뒤, 그 자리를 떠났다.

"에고이스트, 너야말로 뒈져 버려! 소파에 미친 놈, 네가 싫어하는 소파와 함께 뒈져 버려!"

지금까지 들어 본 적이 없는, 어딘가에서 막혀 있던 것이 돌연 뚫린 것 같은 큰 목소리였다.

이방근은 근래에 없는, 아니 지금까지 들어 본 적이 없는 욕을 먹으며, 서둘러 골목에서 퇴각하듯 나왔다. 이웃 사람이 튀어나오기라도 하면 달갑지 않다. 그렇다 해도 대단한 학교 선생이다. 사람들은 술에 취해 흐트러진 적이 없는 성실한 그가 정신이 이상해진 것이라고 생각할 것이다.

이방근은 어깨에 떨어지는 달빛 물방울의 물보라를 의식하면서, 바다에도, 술집도 들르지 않고 곧장 하숙집으로 향했다. 달빛이 감색 상의의 어깨에 무겁다. 취한 눈에 들어오는 현재의 모든 것이 달빛의 물보라인 것이다. 알코올의 자극으로 유발된 특유의 두통이 머리의 심지에서 욱신거렸다. 두개골의 벽을 안에서 단단한 것으로 치는 소리가 나고, 두통의 파도가 일었다.

머릿속 공간이 갑자기 부풀어 용량이 커지기 시작한 것 같았다. 머릿속에서 뭔가 흔들리기 시작했다. 이방근은 양손으로 머리를 감싸듯 눌렀다. 머릿속이 공 모양으로 급격한 팽창을 계속해 가며 금이 가고, 갈라진 틈이 보이고, 흔들흔들……. 머릿속에서 지진이 일어났다. 덜컹덜컹 삐걱삐걱…… 건물 기둥이 휘면서 벽이 떨어지고, 빌딩이 크게 삐걱거리는 소리를 내며……. 지진은 머릿속에서 몸에 이르고, 아이구! 아, 아이구! 이방근은 비명을 지르며 길가에서 양손으로 머리를 감싼 채 주저앉은 것도 잠시, 갑자기 스프링에 올라 탄 것처럼 튀어 올라, 영문을 알 수 없는 비명을 지르며 달밤 길을 마구 달렸다. 취기의 기세가 머릿속을 팽창시키고 있었다. 지금 당장이라도 술이 깨야 하지만, 기세가 오른 취기의 지속이 머리를 팽창시켜 폭발시키려 한다……. 격렬한 통증이 머릿속 공간을 달렸다. 머리가 날아가, 머리 벽이 부서져 산산조각이 난다!

이방근은 좁고 매우 비탈진 길을 뛰어오르고 있었다. 길 양쪽은 초가지붕의 민가지만, 사람의 왕래는 없었다. 숨이 차서 발이 움직이지 않아 겨우 멈춰 선 곳은 언덕 위, 밤하늘에 커다란 가지들을 뻗은 채 높이 솟아 있는 아름드리 은행나무 아래였다. 옆의 경사를 내려가면 바로 거기가 고망술집, 움막 같은 작은 술집, 주부가 가사 일을 하면서 간간히 하고 있는 해산물 요리가 맛있는 움막술집이었다.

이방근은 아름드리 은행나무 밑동 바위 위에 앉아 거친 숨을 몰아쉬며, 머리를 감싼 채 잠시 앉아 있었다. 낙엽이 달빛의 물보라를 싣고 하늘에서 춤추다, 주위에 다시 하나 둘 떨어져 포개지고, 이방근의 머리 위, 어깨 위에 바스락대는 소리를 내며 내려앉았다.

얼마간의 시간이 흘렀다. 두통이 썰물처럼 서서히 멀어져 가는 듯했다. 격렬한 고동이 하늘로 사라져 가는 듯했다. 그는 손수건을 꺼내 이마의 식은땀을 닦았다. 이방근은 겨우 제정신을 차린 것 같았다. 무서운 발작이었다.

낙엽을 밟는 소리가 나고, 사람의 그림자가 조심조심 다가왔다. 자세히 보니, 바로 옆 술집의 여주인이었다. 묘한 자세로 웅크리고 있는 이방근의, 조금 상상하기 어려운 모습을 발견한 여주인은 놀라서 소리를 질렀다. 아이고, 이런 곳에서 선생님이……. 아이고, 갑자기 어디 몸이라도 안 좋아져서……. 그러더니, 어서 우리 집에 오셔서 쉬세요……라고 했다.

이방근은 일어나, 여자의 뒤를 따라 좁은 길에서 갈라진 경사를 내려왔다. 이방근이 앉아 있던 은행나무 밑동의 반대쪽 나무 그늘의 움푹 팬 곳에 있는 작은 집이었다.

이방근은 손님용 작은 온돌방에는 들어가지 않고, 툇마루에 앉은 채로 오메기술, 좁쌀떡으로 만든 조청 빛의 구수한 술을 사발로 한 잔 마시고, 얼마인가 여분의 돈을 내놓은 뒤, 무척 의아해하는 여주인을 뒤로 하고 그곳을 나왔다. 부엉이처럼 묵직한 몸매이지만, 부엉이처럼 추녀가 아니라 미인인, 다만 유부녀인 여주인에게 유달현이 마음을 두고 있는 듯했지만, 경사스럽게도 다른 여자와 결혼하게 된다. 뭐라, 그놈이 결혼을…….

아까는 취기가 머리를 팽창, 작렬시키는 촉진제가 되었지만(끓어오르는 취기를 바로 깨우는 약도 방법도 없었다. 오로지 술이 깰 때까지, 언제 깰지 내일까지라도 기다려야만 한다. 이 초조함과 공포, 절망감이 두려워서 두개골을 파괴하는 취기의 광적인 폭발력은 더욱 강해지는 것이다), 시늠은 한 사발의 술이 찰싹찰싹 부드러운 파도처럼 기분을 안쪽으로 채우고 있었다.

취기는 더해만 갔다. 그는 걸었다.

아니, 도대체 어찌 된 일인가. 하마터면 머릿속이 날아가 버릴 뻔했다. 새로운 취기의 진행과 함께 땀이 뿜어져 나왔다. 등에 배어드는 것이 느껴졌다.

하숙집으로 돌아오자 이방근은 상의도 벗지 않고 소파 위에 몸을 뉘였다. 피곤했다. 피로에 싸인 머릿속에서, 누군가의 목소리가 메아리치고 있었다. 배신을 하면 살려 두지 않을 거야. 이봐, 들었나, 귓구멍 속으로 잘 들어갔나, 대답을 해……. 누구의 목소리인가. 다시 한 번 그 누군가의 목소리, 다른 사람의 목소리. 살려 두지 않을 테다. 정말로 살려 두지 않겠지, 여기는 전쟁터다. 중국 대륙의 전쟁터, 만주의 전쟁터, 유럽의 전쟁터, 오키나와의 전쟁터, 가는 곳마다 전쟁터다. 배신하면 살려 두지 않을 거야. 분명히 누군가가 낸 목소리이다……. 이방근은 중얼거리며, 술기운 속에서 누군가의 목소리에 질문을 하고 있었다. 누구냐, 넌……? 네놈의 실체는 무엇이냐, 넌 어느 전쟁터에 있는 거냐? ……. 머릿속에서 메아리치고 있는 것은, 나의 목소리가 아니다.

이방근은 누워 있던 소파에서 잠이 깼을 때, 가을밤의 냉기가 방을 가득 채우고 있는데도 땀을 흠뻑 흘리고 있었다. 어느새 잠이 들어 반 시간 정도 잔 듯했다. 목이 말라, 얼마 남지 않은 주전자의 물을 주둥이에 직접 입을 대고 거의 다 마셔 버렸다. 취기는 멈췄지만, 그

결로 깬 것은 아니었다. 숙취 같은 것이 아니라, 정의를 내리기 힘든 어중간한 취기 속에서, 무거운 두통이 남았다. 그러나 취기는 어느 정도 가벼워지고 다소 편해진 것은 사실이었다. 반 시간을 잔 잠의 효능은 대단했다.

잠이 깸에 따라, 잠의 경계로 막혀 있던 그 건너편의 풍경이 뚜렷하게 되살아났다. 무서운 비명 소리, 지금까지 들어 본 적이 없는 유달현의 그 큰 목소리는, 꿈이 아닌, 꿈의 건너편 쪽 달빛에 비쳐졌을 때의 일이었다. 농담도 적당히 하라구, 에고이스트, 너야말로 뒈져 버려……. 배신하면 살려 두지 않을 거야. 결코 농담이 아닌, 자신의 목소리, 이방근의 목소리다. 누군가의 목소리가 아닌, 내 목소리, 아니 다른 사람의 목소리……. 목소리가 머릿속에서 뒤섞여……. 그는 소파에서 일어나 상의를 벗고, 와이셔츠의 단추를 풀어 가슴을 열고, 수건으로 목덜미와 앞가슴, 겨드랑이 등의 땀을 닦아냈다.

배신이란 무엇인가……. 이방근은 담배를 피우고 있었다. 누가 무엇을 배신하고, 누가 그것을 배신이라 말하며, 그리고 살인의 선고까지 했다는 것인가. 배신이란, 실제로 배신했다고 해도, 그것은 누가 하는 말인가. 나 이방근과 무슨 관계가 있나. 이상하다, 생각해 보면 기기묘묘한 일이다. 나는 누구의 대역을, 게다가 사형 집행인의 흉내를 내려고 하는 것인가. 누군가에게 부탁을 받고, 누군가에게 명령이라도 받았단 말인가. 그것을 잊어버린 것은 아닌가. 머릿속에서 목소리가 메아리쳤다. 살려 두지 않을 거야……. 누구냐? 내가 놈을 죽인다……? 어디에 죽일 근거가 있는가. 설령 그가 배신했다고 하더라도, 다른 사람도 아닌 내가 굳이 참견하여 그를 죽일 근거가 어디에 있는가? 도대체가, 유달현의 말마따나, 농담도 적당히 해라, 아닌가. 게다가 사전에 협박, 그것은 명백하게 협박을 할 근거도 없다. 가령

살려 두지 않을 경우, 어떻게 할 작정인가. 아니다, 이것은 다른
일……. 이방근은 흥이 깨져 버렸다. 속이 뻔히 들여다보이는 연극이
아닌가. 그것은 술에 취한, 그래 고약하게 취한 탓이었다. 그, 분명히
자신 안에서 하나의 등신대 그림자가 빠져나가는 느낌, 그것은 자신
이 아니다. ……뭐라고, 어엿한 한 인간? 자넨 그걸로 어엿한 한 인간
이 되었다니, 후후…….

　이제 와서 농담이라며 취소할 수도 없다. 이방근은 혼자 미소를 지
으며 그렇게 생각했지만, 그러나 입술 끝에 띠운 그 웃음은, 취소할
마음이 없다는 자신에 대한 표시였다. 그는 분명히 술 탓도 있었다고
생각했지만, 그렇다고 해도 그것을 후회하고 있지는 않았다. 담배를
재떨이에 비벼 끈 이방근은 컵의 소주를 음미하듯이, 약용 술이라도
마시듯이, 조금 생각에 잠기며 입에 잠시 머금고는 목구멍으로 흘려
보냈다.

　이상하게도, 밖에서 어떤 낯선 인간이 다가오고 있는 느낌이 들었
고, 잠의 경계 저편에서 분명히 자신으로부터 나갔던 다른 사람의 그
림자가, 지금 다시 잠을 뛰어넘어 소파에 있는 이방근으로서, 자신
안으로 들어와 하나로 합쳐지는 것을 느꼈다. 그것은 나, 이미 대역이
아니었다. 그건 나였다. 그, 내 안에서 분리되어 나온 그림자는 이방
근이었다. 엉덩이 밑의 소파가 삐걱거렸다. 아까부터 삐걱거리고 있
었다. ……어엿한 하나의 인간. 고망술집, 움막의 술집, 언덕 위 아름
드리 은행나무 기슭 한편 움푹 들어간 곳에 있는 오두막집의 작은 방.
고망·방, 움막의 방. 자넨 움막에서, 소파에서 기어 나와, 결국 이사
까지 하고, 집을 나온 사실을, 현실세계에 눈을 뜬 걸 인정해야 돼.
자넨 그걸로 어엿한 하나의 인간이 된 거야. 잘난 척 지껄이기는, 헷
헷헤, 홋홋홋후웃.

이방근은 자신의 이사, 가출이 무엇을 의미하는지 모르는 것은 아니었다. 나는 얌전하게 이사를 한 것뿐야……라고 유달현에게 말했지만, 이사는 그에게 있어 하나의 커다란 선택이었고, 다시 집으로 돌아갈 수 없는 출발이기도 했다. 이 작은 움막 같은 방에 와서, 무슨 출발이 있겠는가. 그러나 움막은 그 넓은 집의, 그야말로 서재의 소파 위에 있었던 것이고, 이 흙냄새 풍기는 창문도 없는 방은 움막이 아니다. 그것을 유달현은 보고 있었다. 소파의 움막에서 나와, 현실에 눈을 뜬 것을 인정해야 한다. 인정하고 자시고 할 것도 없었다. 그러나 인정하지 않으면 안 된다. 유달현이 데리고 나온 게 아니라, 자신의 의지로 나온 장소이고, 행동, 행위로의 길이다. 그러나 자넨 이제 다시 집으로 돌아가는 일은 없을 거라는 말을 이 소파에 앉은 그에게서 들었을 때, 정말로 난 움찔 놀랐다. 거기까지 파악할 능력이 그에게 있었다니(게다가 이 엉뚱하고도 이상한 인상을 주는 이사를, 그는 필연성이라고도 했다). 어리석게도 간과하고 있었다는 께름칙한 느낌까지 들었다. 동시에 나는 그에게 굴욕감마저 느꼈다. 자넨 움막의 주인이 아니야, 지금은 무엇의 주인인지 난 알고 싶다…….

　유달현의 말처럼 4·3게릴라 봉기를 사전에 알려 주고, 그 혁명적 의의를 강조하면서, 그 녀석이 말하는 움막에서 나를 천천히 끌어내려 한 것은 사실이었다. 그는 나에게 하나의 계기를 가지고 왔다. 그래, 분명히 나의 '기분 좋은' 소파를 위협한 것은 유달현이었다. 그러나 나에게 도래한 하나의 계기를 포함해, 전체적으로는 유달현을 내게 보내고 선택을 강요한 것은 4·3사건 그 자체였다. 4·3의 현실이 내 소파를 파괴한 것이다.

　여기는 움막이 아니다. 그래, 내가 그 서재에 그대로 있었다면……. 무슨 일이 자신의 밖에서, 세계에서 무슨 일이 일어나 움직이고 있는

지를 모르고, 자기 자신도 모른 채, 고인 물처럼, 매너리즘의 허무한 우산 밑에서, 시니컬하게 세계를 바라보며 낮잠만 자고 있었을 것이다. 어쩌면 자살하는 일조차 없이…… 개인을 넘어선 현실의 총체, 역사 속에서 나와 스스로를 빈설하는 것은 소파의 움막이 아니다. 움막안의 허무의 반추가 아닌 것이다. 세계는 시니컬하게 바라볼 수 있는 대상이 아니라, 그 시니컬하게 바라보는 자를 벌레처럼 뭉개버리고 말 것이다.

반 컵 분량의 술은 다시 열을 동반한 취기를 두터운 느낌으로 되살렸다. 그는 앉은뱅이책상 옆에 놓인 다른 5홉들이 병을 소파로 가져와 빈 컵에 부었다. 닫힌 장지문에 달빛이, 바로 밖에 달의 여신이 서 있기라도 한 것처럼, 전등의 반사를 밀어내며 밝게 다가왔다.

이방근은 오늘 밤 유달현의 방문과 달빛 아래서 일어난 일을 통해, 자신이 분명 소파 밖으로, 현실로 발을 내딛고 있음을 의식했다.

앞으로 2, 3일 안에 한대용이 일본에서 돌아와야만 한다. 그와 만난 후에는 곧 서울로 출발한다.

▌지은이

김석범(金石範)

　1925년 일본 오사카에서 태어났고, 교토대학을 졸업했다. 〈제주4·3〉을 테마로 한 대하소설 『화산도』를 집필하고, 일본에서 4·3진상규명과 평화인권운동에 젊음을 바쳤다. 1957년 『까마귀의 죽음』을 발표하여 최초로 국제사회에 제주4·3의 진상을 알렸다.

　대하소설 『화산도』로 일본 아사히(朝日)신문의 〈오사라기지로(大佛次郎)상〉(1984), 〈마이니치(每日)예술상〉(1998), 제1회 〈제주4·3평화상〉(2015)을 수상했다. 1987년 〈제주4·3을 생각하는 모임 도쿄/오사카〉를 결성하여 4·3진상규명운동을 펼쳤다. 재일동포지문날인 철폐운동과 일본 과거사청산운동 등을 벌려 일본사회의 평화, 인권, 생명운동의 상징적인 인물로 추앙받고 있다. 주요 소설로서는 『까마귀의 죽음』, 『화산도』, 『만월』, 『말의 주박』, 『죽은 자는 지상으로』, 『과거로부터의 행진 (상)·(하)』 등이 있다.

▌옮긴이

김환기
동국대학교 일어일문학과 졸업
(현) 동국대학교 교수/동국대일본학연구소 소장
『시가 나오야』, 『재일 디아스포라 문학』, 『브라질(Brazil) 코리안 문학 선집』,
「코리안 디아스포라 문학의 '혼종성'과 초국가주의」 외 다수.

김학동
일본 호세이(法政)대학 일본문학과 졸업
(현) 동국대학교 일본학연구소 연구원/공주대학교 출강
『재일조선인문학과 민족』, 『장혁주의 일본어작품과 민족』,
『한일 내셔널리즘의 해체』(역서), 「김석범의 한글 『화산도』론」 외 다수.

火山島 ⑨

2015년 10월 16일 초판1쇄
2016년 8월 26일 초판2쇄
2021년   1월 15일 초판3쇄

지은이 김석범
옮긴이 김환기 · 김학동
펴낸이 김흥국
펴낸곳 보고사

책임교열 유임하(문학평론가/한국체대 교수)
책임편집 황효은
표지디자인 정보환 · 손정자
제작관리 조진수   **마케팅** 이성은
인쇄제본 영신사   **종이** 한서지업사   **코팅** IZI&B

등록 1990년 12월 13일 제6-0429호
주소 경기도 파주시 회동길 337-15 보고사
전화 031-955-9797(대표)
        02-922-5120~1(편집), 02-922-2246(영업)
팩스 02-922-6990
메일 kanapub3@naver.com / bogosabooks@naver.com
http://www.bogosabooks.co.kr

ISBN 979-11-5516-469-3 04810
        979-11-5516-460-0 04810(세트)

정가 14,000원